20 - 21세기, 모더니즘과 포스트모더니즘 문학의 진단

Diagnosis of 20th & 21st Century Modernistic & Postmodernistic Literature

〈율리시스〉 & 〈피네간의 경야〉

제임스 조이스
James Joyce

김종건 저

제임스 조이스 문학의 모더니즘적 진단
James Joyce(Modernistic Diagnosis)

〈율리시스〉 "블룸즈데이" Bloomsday(1904, 6, 16, 목요일)

〈피네간의 경야〉 "이어위커나이트" Earwickersnight(1938, 3, 21, 월요일)

일러두기

1) 제임스 조이스, 〈율리시스〉 원본(뉴욕: 펭귄 북, 1986), 〈피네간의 경야〉 원본(런던: 파이
   버 & 파이버, 펭귄 북, 1939)을 저본底本으로 참고 함.
2) 난외의 본문 중 부호는 〈율리시스〉 (U)를 첨부함.
3) 〈피네간의 경야〉의 본문의 숫자는 [ ] ( ) 안에 페이지와 행을 표시 함.
4) 대괄호 [ ] 안의 문장 및 구절은 독자를 위한 참고 자료임.
5) 난해한 어구는 한자漢字를 첨부함.
6) 각 부(Book)의 장(Chapter)은 I, II와 1, 2,의 숫자 기호로 하고, 참고서의 원문으로 함.
7) 책의 제제提題는 〈 〉 안의 문장은 이탤릭체로 함.

크라이브 하트(영국 에식스 대학 교수)의 〈경야〉 논평

〈경야〉가 번역될 수 없다는 데는 한 가지 중요한 의미가 있다. 독자들은 때때로 빈정거린다. 〈경야〉를 번역 한다: 그래, 하지만 어느 언어로부터? 그러나 그것은 일종의 과장이다. 작품의 작은 부분을 제외하고 거의 모든 기본적 언어와 문법적 구조는 영어이다. 대상 언어(한국어)로 옮기는 통상적 과정은 원전의 대부분을 위해 힘을 쏟아야 한다. 진짜 문제는 어구적 및 역사적이다. 즉, 조이스는 단어들, 이름들, 구절들을 많은 다른 언어들로부터 차용했으며 자기 자신의 세대뿐만 아니라 보다 넓은, 주로 유럽의 의미를 지닌, 문화적 및 정치적 사건들에 대한 수많은 언어들로 그의 작품을 매웠다. 전체 작품 가운데 독자는 그 일부분만을 볼 수 있다. 번역은 한 사람 - 또는, 때때로 한 무리의 사람들이 볼 수 있는 비전을 제공하는데 특별히 도움을 준다. 수십 년 간에 걸치니 연구의 선물인 김 교수의 번역은 그러한 해명의 과정에 값진 보탬이 될 것이다. 여불비례,

2001. 11. 9.

* 미국 〈제임스 조이스(계간지)〉(2011년 여름호) 쉐리 브리빅, 템플 대학 교수 논평

〈한국 제임스 조이스 학회〉의 가장 두드러진 현상은 김종건 회장의 조이스 연구로, 그는 오늘날 강건한 80대의 노학자이다. 그는 조이스와 셰익스피어에 관해 청중들에게 빈번하고 놀라운 논평을 행했다. 김 교수는 〈경야〉 본문보다 한층 긴 주석을 본문 뒤에 첨가하고 한국어의 완전한 번역본을 출판했다.

2001. 10. 23.

기사 논평

 제임스 조이스는 아마도 20 - 21세기의 4차원적 작가이다. 그는 모더니즘 또는 포스트모더니즘의 양대 증언으로 칭하는 〈율리시스〉와 〈경야〉를 썼다. 그의 당대의 호소적 작품들은 비범한 작품들로 세상을 경악하게 하고 있다. 이들은 현대 문학의 양대 금자탑들이다.

 고려대 김종건 명예교수는 1950년부터 오늘까지 근 60년간을 조이스를 연구하고, 그의 걸작들 및 조이스 전집을 번역 출판했다. 그는 〈율리시스〉를 번역하여 한국 펜클럽으로부터 "번역 문학상" 수상했고, 〈피네간의 경야〉 번역과 그의 연구서를 출간하여 "대한민국 학술원 상"을 받았다. 그의 최근 번역본과 주석본은 조이스의 초창기의 작품들을 〈경야〉와의 관계를 개척했다.

 김 교수는 1970년대 "한국 제임스 조이스 학회"를 창립하고, 80년대 "한국 제임스 저널"을 창간했으며, 2000년 초창기로부터 오늘까지 〈율리시스〉와 〈피네간의 경야〉 독해를 전공자들과 상호 교수하고 있으며, 현재는 난해한 〈피네간의 경야〉의 독해를 시작하고 있다. 그는 10여 차례 더블린을 방문하고, 조이스의 작품들의 배경을 답사하고 출간했다.

조선일보

제임스 조이스(1919~1920년경)

작품 교정에 몰두하고 있는 제임스 조이스

율리시스 집필시 필자 초상

취리히 묘지의 조이스 좌상과 그의 유명한 스틱(ashplant)

아일랜드 지도와 〈피네간의 경야〉

샌디코브 해변의 마텔로 탑(〈율리시스〉제1장 배경: 조이스 박물관, 20세기 모더니즘 문학의 요새要塞)

Getty images/이매진스

스페인이 1713년 영국에 넘긴 땅인 지브롤터에는, 경관이 아름다운 '지브롤터의 비위'가 있어요.

지브롤터의 바위(Gibraltar Rock): 몰리의 탄생지, 스페인 속 영국 땅 - 300년 넘게 영토 분쟁 중. ALP는 〈경야〉종말에서 새벽을 노래함에 반하여 〈율리시스〉의 종말(18장)의 몰리는 그의 출생지를 노래한다: "그래요 나의 야산의 꽃이여 그리고 처음으로 나는 나의 팔로 그이의 몸을 감았지 그렇지 그리고 그이를 나에게 끌어당겼어 그이가 온갖 향내를 풍기는 나의 앞가슴을 감촉 할 수 있도록 그래 그러자 그이의 심장이 미칠 듯이 팔딱거렸어 그리하여 그렇지 나는 그러세요 하고 말했어 그렇게 하겠어요 그래요(Yes)."

채프리조드의 HCE의 주막: 〈피네간의 경야〉 배경:
21세기 포스트모더니즘 문학의 보루堡壘

dongA.com

소설 '피네간의 경야' 세 번째 번역 출간

김종건 고려대 명예교수

아일랜드 소설가 제임스 조이스(1882~1941)가 17년간 집필한 역작 '피네간의 경야'가 한국어로 세 번째 번역 출간됐다. '복원된 피네간의 경야'(4만8000원·어문학사)를 낸 김종건 고려대 명예교수(84·사진)는 전화 통화에서 "제임스 조이스 문학을 전공한 이들이 일주일에 한 번씩 모여 함께 '피네간의 경야'를 읽는데, 4시간 동안 4쪽 정도 진도가 나갔다"고 말했다.

김 교수는 2002년 처음으로 이 책을 번역한 뒤 2012년 개역에 이어 다시 한번 출간했다. 이번에는 2014년 펭귄 출판그룹이 내놓은 'The Restored Edition of Finnegans Wake'를 토대로 했다. 잘못된 철자와 구두점, 누락된 어귀 등 약 9000개의 오류를 바로잡아 낸 판본이다.

김 교수는 1973년 조이스 연구센터가 있는 미국 털사대에서 네덜란드의 리오 크누스 교수로부터 '피네간의 경야'를 배우기 시작했다고 했다. 40년 이상 이 책의 연구와 번역에 매달린 셈이다. 김 교수는 역자 서문에서 "기존 번역에서 읽기 어려운 한자나 표현이 맞지 않는 신조어를 다수 지우고, (일부) 한자 조어를 한글로 해체함으로써 산문화했다"고 밝혔다.

조종엽 기자 jjj@donga.com

〈피네간의 경야〉 3번째 번역 출간 기사(동아일보: 2018. 9. 12.)

더블린 거리의 조이스 입상 & 더블린 중심가 및 애국자 오코넬 동상

Over Fifty Years' Study Culminates in the Annotated Translation of the Complete Works of James Joyce

Dr. Chong-keon Kim

The Complete Joyce Translation Nov 29, 2013

The NAS Award, Sep 13, 2013

Ulysses Final Reading Apr. 20, 2014

The dedicated research of Dr. Chong-keon Kim, honorary Professor of English Language and Literature at Korea University, Seoul, has culminated in an annotated translation into Korean of James Joyce's complete works. Dr. Kim's constant promotion of Joyce's writings in academic fields earned him the National Academy of Science (NAS) Award on 13 September 2013 in recognition of his scholarship on Joyce and his translation of *Finnegans Wake*.

Dr. Kim achieved his B.A. and M.A. degrees from the Department of English Language and Literature at Seoul National University and his Ph.D. degree from the University of Tulsa in 1973. In 1979, thanks to Dr. Kim's initiative, the James Joyce Society of Korea (JJSK) was established, and it continues to influence and aid the development of Joyce studies in Korea.

Since his first translation of *Ulysses* in May 1968, Dr. Kim has never stopped re-reading and revising his work. He published the final version of *The Complete Works of James Joyce*, translated into Korean in two volumes, on 29 November 2013.

Dr. Kim retired from Korea University in 1999 but continues to read and revise his translations, and he has also encouraged the members of the JJSK to extend their discussions of Joyce's works. Those members completed the reading of *Ulysses* in April 2014, after monthly meetings every third Saturday for nearly twelve years. They are presently having the same meeting for a comprehensive reading of *Dubliners*, and they sponsor two annual academic conferences on Joyce, including a biennal international one.

〈James Joyce Quarterly〉지에 실린 역자

양자물리학자들

Heisenberg

Locke

Einstein

신물리학의 개발

◆ The Development of New Physics ◆

더블린(多拂隣)(DVbLIn)의 풍경철인지석風
景哲人之石, 그것은 로림露林 속 매흑가魅黑
歌의 면몽眠夢들 중의 하나였나니 대大느릅
나무 밑의 회전통로(앞뜰의 지륜석指輪石과
함께). 이제 아나촌寸이 주어졌으니, 그대 척
尺을 온통 취하라 실례지만! 그리하여, 노

Contents:

- Toward New Physics
- The Quantum Theory: Planck and Einstein
- The Special Theory of Relativity
- The Nature of Time and Space
- The New Role of Mathematics
- Non-Euclidean Geometry
- The General Theory of Relativity
- Bohr's Planetary Model of the Atom
- Matrix Mechanics and Wave Mechanics
- Uncertainty and the Complementarity
- The Copenhagen Interpretation

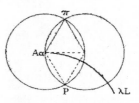

"Now ... we see the copyngink strayedline AL..."
Finnegans Wake (293-94)

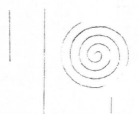

"... by the light of philophosy (and may she never folsage us!) things will begin to clear up a bit"
Finnegans Wake (119.04-06)

* 양자 불리학자 Heisenburg(149.35)
* 신 물리학자 Locke
* 상대성 원리의 주창자 Einstein(508.06)
* 신 물리학의 진정 태내골胎內骨의 상호 작용(293.06)

신물리학

◆ Conclusion: New Physics and *Finnegans Wake* ◆

James Joyce meant *Finnegans Wake* to become a universal book. His universe was primarily Dublin, but Joyce believed

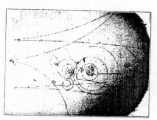

양자물리학

◆ Quantum Physics in *Finnegans Wake* ◆

Contents:

- Joyce and Quantum Mechanics
- A Change in Working Method
- The Subsemantic Particles
- Interconnectedness
- The Flux
- Being and Becoming
- The Reader and the Experimenter
- Mind and Matter
- The Quantum World in *Finnegans Wake*
- Uncertainty

"... the sameold gamebold adomic structure ... as highly charged with electrons as hophazards can effective it"
Finnegans Wake (615)

"신 물리학"과 〈경야 2〉 "양자 물리학"

기억수(水)할지라(mememormee)! 수천송년數千送年까지. 들을지니. 열쇠. 주어버린 채! 한 길 한 외로운 한 마지막 한 사랑 받는 한 기다린 그 [619.20-628.18]

더블린만의 등대(새벽)

호우드 성(Howth Castle): 1177년 이후, 성 로랜스 가족의 집으로, 현재의 성은 1564년 건립되었으며, 18세기에 재건되었다. 호우드 반도의 더블린 만 북쪽에 위치한다. 〈경야〉의 첫 구절에서 "호우드 성과 주원"으로서 등장하며, 또한 제I부 1장에서 프랜퀸과 잘 반 후터 백작의 일화의 세팅이기도 하다.

서사(Prologue)

필자는 거의 반세기 이상을 조이스 문학, 특히 모더니즘 및 포스트모더니즘의 핵(core)이라 할, 〈율리시스〉 및 〈피네간의 경야〉를 공부하고 연구해 왔다. 이제 여기 〈율리시스〉와 〈피네간의 경야〉의 문학적 진단을 끝으로 조이스의 오랜 탐구의 여정을 마감하려 한다.

아래 〈피네간의 경야〉 제I부 4장의 초두에는 바다 새들이 트리스탄과 이솔테가 연애하는 장면을 조롱하는 "퀴크!"라는 가사가 담겨 있다. 이 말은 새 물리학의 구성요소인 입자粒子를 상징한다. 이는 〈경야〉(1939)에서 "Three quarks for Muster Marks"의 시행으로 노래된 가사의 일부로, 1960년대 미국의 물리학자 머리 겔만드(Murry Gellmannd)에 의해 최초로 발명된 신 물리학(New Physics)의 입자이다. 여기 본서에서 〈피네간의 경야〉의 **포스트모더니즘 진단**의 연재는 논문의 상징적 본질(quintessentiality) 및 핵(core)을 대변한다.

- 마크 대왕을 위한 3개의 퀴크(quarks)!
확실히 그는 대단한 규성叫聲은 갖지 않았나니.
그리고 확실히 가진 것이라고는 모두 과녁(마크)을 빗나갔나니.
그러나 오, 전능한 독수리 굴뚝새여, 하늘의 한 마리 종달새가 못되나니.
은銀말똥가리가 어둠 속에 우리들의 셔츠를 찾아 우아 규비산叫飛散함을 보나니
그리고 팔머스타운 공원 곁을 그는 우리들의 얼룩 바지를 탐비探飛하나니?
호호호호, 털갈이를 한 마크여![383.01 – 383.08]

제임스 조이스의 생애와 작품들

아일랜드의 작가 제임스 조이스(James Joyce)(1882 - 1941)의 소설은 언어, 상징주의 및 내적 독백과 의식의 흐름, 서술적 기법들과의 실험으로 두드러진다.

현대의 상징적 소설은 제임스 조이스의 복잡성에 많이 뒤처진다. 그의 주지주의와 철학, 신학 그리고 외국 언어들의 광범위한 영력에 대한 그의 파악은 영어를 그것의 한계까지 그로 하여금 뻗을 수 있게 했다.(그리고, 어떤 비평가들은 〈피네간의 경야〉를 넘어, 믿거니와) 암흑과 그것의 부수적 면제의 혐의로 그의 소설 〈율리시스〉의 시련은 현대의 영국 소설의 주제와 언어에 대한 사회적 인습에 의해 이전에 놓인 한계를 넘어 돌파구를 기록했다.

조이스는 1882년 2월 2일, 더블린의 교외인 라스가에서 태어났다. 그의 부친인, 존 스태니슬라우스 조이스는 아마추어 배우이며, 인기 있는 테너 가수로서, 처음에는 더블린의 양조장에서 일하고, 이어 더블린 시의 수세리收稅吏의 증수원增收員으로 고용되었다. 조이스의 모친, 메리 제인 조이스는 탁월한 천재적 피아니스트였다. 부친은, 멋진 테너 목소리와 음악의 사랑이 부여된 채(그는 한 때 유명한 당대 아일랜드 테너인, 존 맥콜맥과 가수 경쟁에 돌입했었다)였다. 조이스는 그의 아우 스태니슬로스에 의하면, "키가 크고, 홀쭉하며, 뛰어난 외모와 태도"로 서술되었다. 그는 시력을 회복하는 10번의 수술에도 불구하고, 그는 사망 시에 거의 장님이었다. 그는 자주 왼쪽 눈에 검은 안대를 둘렀고, 비록 그의 친구들이 그를 경쟁에서 재치 있고 경쾌하게 기억될지라도 검소한 색깔의 옷을 자주 입었다.

조이스는 전적으로 아일랜드의 예수회 학교에서 교육을 받았다. 이들은 킬데어 주의 클론고우즈우드 칼리지, 더블린의 벨비디어 칼리지, 그리고 유니버시티 칼리지였으며, 거기에서 그는 철학과 언어들에 탁월했는지라, (그는 입센의 연극을 원어로 읽기 위해 노르웨이어를 마스터했다) 1902년에 졸업 후, 그는 자신의 인생의 나머지를 끝낼 자의적 망명으로 아일랜드를 떠났다. 그는 자신의 어머니의 최후의 병 때문에 1903년 잠시 귀국했다. 그러나 어머니의 사망 뒤로 1904년 파리를 향해 떠났는데, 그의 미래의 아내가 될 노라 바나클이 그와 함께 동행 했다. 1915년까지 그는 트리에스트에서 영어를 가르쳤고, 이어 그의 아내와 두 아이들과 함께 스위스의 취리히로 이사했다. 1920년에 그들은 파리에 정착했고, 1922년에 〈율리시스〉의 성공적 출판까지 사실상 빈곤 속에 살았다. 당대 미국의 시인인, 에즈라 파운드와 같은 문인 친구의 중재는 조이스를 위해 영국 정부로부터 그가 극히 필요했던 재정적 원조를 안정시켜 주었다.

비록 그의 명성은 소설에 있었으나, 조이스의 최초의 출판된 책은 한권의 36편의 서정시인, 〈**실내악**〉(1907)이었다. 그의 〈수집된 시들〉(〈한 푼짜리 시들〉과 〈저 아이를 보라〉를 포함하여)은 1938년에 출간되었다. 그의 소설들은 본질에 있어서 서정적 및 자서전적이요, 또한 시인으로서 그의 음악적 연구의 영향, 훈련과 그의 예수회의 훈련을 보여준다. 비록 그는 자신의 고국, 그의 가족 그리고 그의 교회와 차단했을지언정, 이러한 3가지 (아일랜드, 부친, 로마 가톨릭주의)를 기초로서, 그 위에 자신의 예술을 구축했다. 더블린 시는, 특히, 조이스에게 우주적 상징을 마련했는지라, 그를 위해 더블린의 심장은 "세계의 모든 도시들의 심장"이었고 특별히 우주가 포함된 것을 보여주는 방도였다.

초기의 소설

〈**더블린 사람들**〉(1914)은 1904년에 완성된 15개의 단편집이지만, 검열의 문제들 때문에 출판이 지연되었는지라, 이는 지배적 군주인, 에드워드 VII세의 의심받는 중상中傷으로부터 야기되었다. 조이스 자기 자신은 그들의 문체를 "꼼꼼한 비속성"의 하나로서 서술했으며, 많은 이들은 "도시의 영혼을 배신하기 위한 마비로서 쓰기 위하여" 사용한 것이라 말했다. 그의 등장인물들은 자연주의적 세목으로 묘사되었는바, 애초에 이들은 많은 독자들의 분노를 야기 시켰다. 상징주의, 주제들과(마비, 죽음, 고독, 사랑의 실패) 같은 다양한 방책, 거기 결코 존재하지 않은 상징적 성배聖杯를 위한 신화적 여행 및 탐색들 가운데, 조이스는 자신의 문학적 발명을 차용했는데. 이는 그가 공동의 사건들의 상징적 차원으로 서술했던 종교적 말인, "에피파니"(현현顯現)란 말이었다. 이는 대화나 혹은 음악의 단편들로부터 - 사건이나, 경험의 "혼"(soul)이 그것의 외형의 성의聖衣로부터 우리에게 "돌출할" 때 생기는 영감과 같은 것이다.

조이스의 최선의 것으로 간주되는 이야기인, 최후의 "사자들"(the Dead)에서, 주인공 가브리엘 콘로이는, 망령든 숙모들과 물질적 안락으로 둘러싸인, 조심스럽고 면학적勉學的 청년이다. 나중에 그는 놀랍게도 자신의 아내가 그녀에 대한 사랑 때문에 죽은 정열적 젊은 남자와의 낭만적 연애 사건을 가졌음에 놀람을 발견한다. 이야기는 아일랜드와 우주 위에 조용히 내리는 눈으로 끝나는데, 이는 생명을 주는 습기와 보존 또는 도덕적 및 정신적 죽음의 냉기를 의미하는 모호한 상징이다.

〈젊은 예술가의 초상〉(1916)은 한 청년의 유사 - 자서전적, 혹은 빌둥스로망(개발 소설)이다. 민감하고 예술가적 젊은 남자인, 주인공 스티븐 데덜러스는 그의 환경에 대담해지지만, 동시에 그것에 반항한다. 그는 아버지, 가족, 그리고 종교를 거역하고, 조이스처럼 소설의 종말에서 아일랜드를 떠나기를 결심한다. 그는 자신의 망명의 이유를 서술하기를, "나의 종족의 창조되지 않은 양심을 나의 영혼의 대장간에서 버리기 위해서 떠나가노라." 주인공(영웅)의 상징적 이름은 로마의 고대 시인인, 오비드의 데덜러스로부터 따왔는바, 공작工匠은 밀랍蜜蠟으로 날개를 만들어 그의 아들이 태양에 너무 가까이 날아가, 그들의 밀초가 녹아 그를 바다에 빠져 죽도록 한다.

조이스와 그 뒤로 다른 이들을 위해, 데덜러스는 예술가의 한 상징이 되었고, 주인공, 스티븐은 〈율리시스〉(1922)에 재차 나타난다. 조이스의 청년기의 예술가의 초상은 화풍을 닮았는바, 그의 미숙한 영웅을 보여주며, 여전히 그의 신분을 찾는다. 그의 중요한 흠점欠點은 사랑의 실패요, 고독, 자기 자신을 인생에 몰입沒入하는 그의 무능에 의해 들어난다. 영웅(주인공)의 선언인 즉, "나는 섬기지 않겠다"로서 그를 또 다른 공중으로 치솟는 인물로 연결시킨다. 그리하여 그의 자만의 죄는 또한 사랑의 가능성을 배제했는지라, 그것은 조이스를 위해(언제나 학자답게 정통파적) 모든 기독교적 덕망과 최고의 인간화의 위대성을 대표했다.

〈**율리시스**〉(1922)는 전반적으로 조이스의 가장 성숙한 작품으로 사료되거니와, 호머의 〈오디세이아〉에 모형을 둔다. 18개의 장들의 각각은 희랍 서사시의 에피소드 하나하나에 느슨하게 일치되고, 조이스의 다른 모델들의 메아리를 지닌다. 이는 단테의 〈연옥〉과 괴테의 〈파우스트〉의 다른 원천들 사이에 속한다. 주인공의 행위는 1904년6월16일 단 하루에 일어난다.(여전히 많은 나라들에서 "블룸즈데이"로서 이야기 되거니와), 이 날 아일랜드의 유대인인, 리오폴드 블룸(율리시스)은 자기 집의 침대에 그의 아내 몰리(페넬로페)를 남겨둔 채 당일 더블린의 거리를 통해서 산보하거나 마차를 타고 거리를 순회한다.

〈율리시스〉에서 의식의 흐름의 기법을 통하여, 조이스는 독자로 하여금 블룸의 의식 속으로 들어가거나, 편파적 대화의 카오스, 육체적 감정 그리고 거기 등록되는 기억들을 인식하도록 만든다. 표면적 행동 아래 놓인 것은 그와 몰리 내외가 자신들의 잃은 아이를 대치하기 위해 아들을 찾는 리오폴드의 신화적 탐색이다. 그는 대신 정신적 자식이라 할, 스티븐 데덜러스(텔레마커스)를 대치하는지라, 후자는 그의 가족과 신앙을 거절한 다음에, 부친을 필요로 한다. 그날 동안 그들의 각각의 우연의 만남에서, 신화의 탐색은 한층 분명해진다. 두 사람은 블룸이 불쾌한 동료들과 경찰로부터 술 취한 스티븐을 구하자, 마침내 그들은 정신적 부자로서 결합한다. 그들은 블룸의 집에서 뜨거운 초콜릿을 마시고 상징적 영교靈交를 나누는바, 지구모地球母(Earth - mother)라 할, 몰리는, 그녀의 정부情婦와 함께, 인생의 경험에서 육체의 함몰을 대표한다. 조이스의 문체의 기법적技法的 발명, (특히 그의 광범위한 의식의 흐름) 그의 형식과 더불어, 그의 비상하게 솔직한 사실과 언어는 〈율리시스〉를 현대 소설의 발전에 중요한 시금석이 된다.

〈**피네간의 경야**〉(1939)는 조이스의 최후의 소설로서, 조이스의 모든 작품들 중 가장 난해한 것이다. 소설은 분명한 서사나 이야기 줄거리가 없으며, 언어의 소리나 음률, 그리고 표면을 제시하는 말장난에 의지하거니와, 그 아래 의미가 숨어있다. 대부분의 비평가들에 의하여 소설로서 생각될지라도, 어떤 이들에 의하여 작품을 시詩로서, 타자들에 의하여 몽마夢魔로서 불려왔다. 조이스는 그의 최후의 책을 "미몽迷夢"(nightmaze)으로 불렀다. 그것은, 더블린의 한 낮을 다루는 〈율리시스〉와 대조적으로, 피네간의 경야는 더블린의 한 밤의 사건들에 관계한다.

잠재된 이야기 줄거리와 등장인물들은 한 더블린의 주점의 남성 인물로서, 상냥한 주인, H. C. E 이어위커이요, 그의 아내와 그들의 아이들로서, 특히 쌍둥이 아들인, 케빈과 제리에 이야기의 중심을 맞춘다. 조이스는 여기 재차 그 어느 때보다 한층 복잡한 신화를 차용함으로써, 더블린을 추락한 이상향으로, 영웅을 아담으로 삼는, 일련의 긴 영웅들과 연관시킨다. 그는 자신을 또한, 더블린 만灣의 호우드 언덕과 더블린을 지리적 이정표와 연관시킨다. 또한 그의 아내 아나 리비아 플루라벨(A. L. P)은 리피 강 및 역사와 전설의 다양한 여성들과 연관된다. 작품에서, 아일랜드와 우주의 역사의 편린들이 세계 역사와 지리의 사실적 세목들과 혼성되기도 한다.

오비디우스의 윤회적輪廻的 전통을 작용하면서, 조이스는 그의 인물들을 일련의 현혹적 변형을 갖도록 야기 시킨다. 〈경야〉의 주인공 HCE(그의 별명인: "매인도래"는 모든 인물들을 암시한다)는 연속적으로 아담, 험티 덤티. 입센의 건축 청부업자(그들의 모두는 문학에 있어서 어떤 종류의 추락

과 연관된다) 그리스도, 아서 왕, 웰링턴 공작(그들 모두는 봉기와 연관된다)
이다. 이어위커 부인은 이브, 버진 메리, 나폴레옹의 조세핀, 그리고 다른
여성 인물들(그녀의 두음 ALP는 그녀를 알파, 인생의 여성 원리 및 초심자로 삼
는다) 그들의 쌍둥이들은 경쟁의 원리, 셈과 숀, 외향자外向者 및 내성자
耐省者, 그들의 부친의 성격의 반대적 요소들로 대표되거니와, 문학과 역
사의 모든 경쟁적 형제의 반대적 요소들 - 〈성서〉의 카인과 아벨, 야곱과
에서, 피터와 폴, 마이클과 루시퍼이요 그리고 그들의 싸움은 신화와 환적
역사의 유명한 싸움들로 봉기한다.

또한 더블린 주위의 지리적 장소들은 상징적 의미를 띤다, 예를 들면,
유명한 더블린 정원인, 피닉스 공원은 에덴동산이 된다. 상징주의와 말장
난 그리고 이중의 언어 구조 및 다양한 언어들의 둘, 셋, 혹은 더 많은 의미
를 지니는 외래어들의 소개와 더불어 이들은 한층 복잡다난하게 진행 되
는지라, (그들은 덴마크어와 에스키모어를 포함하여) 예를 들면, 〈신약 성서〉
에서 마태, 마가, 누가, 요한의 웅축으로 이들 복음의 작가들은 "마마루요
Mamalujo"로서, 에덴동산은 "에덴버리 두브린. W. C."로서 현대 아일랜
드의 그것의 많은 중복의 하나로서 출현한다.

〈피네간의 경야〉의 수수께끼 같은 표면 아래, 모든 시대의 전통적 작가
들과 철학가들의 관련된 주제들이 놓여있다 - 봉기와 추락, 참신한 과정, 많
은 영원과 변화, 그리고 대조적 관념들의 반대로부터 진리의 변증법적 출현
- 예기하게도, 작품은 독서 대중에 의하여 잘 읽혀지지 않는지라, 그리하여
조이스는 그것의 출판 뒤로 친구들로부터 재정적 도움을 강제로 구해야 했
다. 제2차 세계 대전의 발발과 더불어, 그와 그의 가족은, 빌린 돈으로, 점령

된 프랑스의 요양원에 병든 딸을 남겨 둔 채, 스위스의 취리히로 떠났다. 조이스는 1941년 1월 13일 취리히에서 사망했다. 오늘날 취리히에는 〈제임스 조이스 재단〉(James Joyce Foundation in Zurich)이 번성했다.

목차

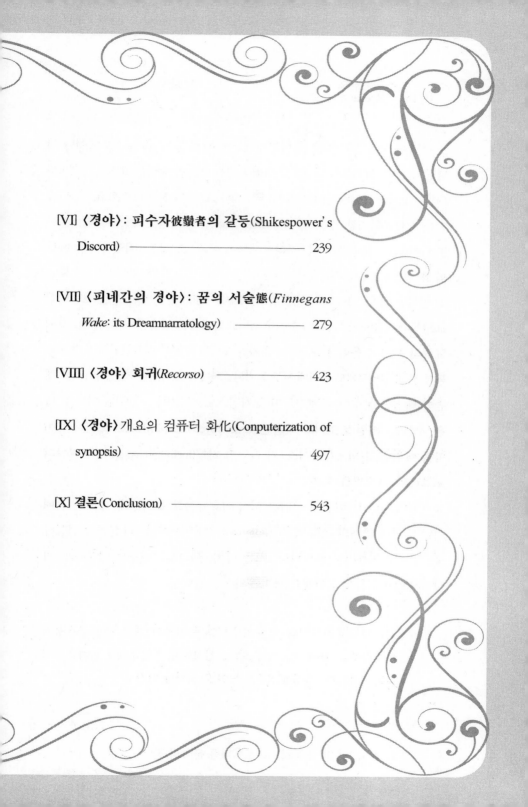

[I] 서문(Preface)

아일랜드의 남부 해안, 샌디코브에는 마텔로 탑(Martello Tower)이란 기념탑이 하나 서 있다.(해상으로 침범해 오는 프랑스 함대를 요격하는 영국의 13개의 요새들 중 하나) 이는, 당대 미국의 낭만주의 모더니스트요, 그의 유명한 소설 〈위대한 개츠비〉(*The Great Gatsby*)의 저자 F. 스코트 피츠제랄드(Fitzgerald)(그와 조이스는 파리의 단짝 모더니스트 친구들이었거니와) 유랑의 요람지이기도 하다.

필자는 재임 시 그의 〈개츠비〉가 20세기 100대 영미 소설 중 2등이었고, 1등은 〈율리시스〉이며 3등의 조이스의 〈젊은 예술가의 초상〉이 반열班列의 순서에 올랐다.(2, 3등의 양자가 모더니스트 짝이란 인연에 몹시 매료되어, 학생들의 교재로 동시에 자주 동원되었거니와) 〈위대한 개츠비〉 또한 해변의 배경을 무수한 갈매기들이 호기심으로 비산하는 곳이다. 마텔로 탑은, 오늘 날 **제임스 조이스 박물관(James Joyce Museum)**으로, 모더니즘 문학의 핵심인, 그의 〈율리시스〉의 기억의 기록(memorabilia)을 담은 지상의 보고寶庫요, 보탑寶塔이다.

이곳 샌디코브 해변의 기념관 역시 피츠제럴드 못지않게, 수많은 갈매기들이 그것 근처의 "포티푸트"(Fortyfoot)에서 수영하는 나신들을 엄탐하듯, 그를 순회하기로 유명하다. 이는 마치 우리나라 제주도 남부 해안의 날카로운 바위들을 강타하는 파도들의

> - 침침한 바다의 하얀 가슴. 쌍을 이룬 억양, 두 개씩 두 개씩. 하프 줄을 퉁기는 바람의 손, 그들의 쌍을 이룬 화음을 합치면서. 침침한 조수 위에 빤짝이고 있는 백파白波의 쌍을 이룬 "언파言波"를 닮았다.(U 8)

이 마텔로 탑은 젊은 영웅 스티븐 데덜러스(Stephen Dedalus)의 명상의 보고이다. 이곳 수영장에서 언젠가 필자 역시 조이스를 감탄하며 수영을 즐겼건만, 육체의 빈약은 서구의 갈매기들의 감탄을 사지 못했다.

이 마텔로 탑은 옥상에 희랍의 푸른 깃발을 해풍에 나부끼는 〈율리시스〉 초장 初章의 배경이요, 또한 조이스의 불멸의 소설 〈경야〉 제III부 1 - 2장의 정서를 위한 개정의 노트들과 그의 문학 재료들을 보관한 작가의 값진 지식의 보고로 유명하다. 그곳에는 필자의 한국에서 번역된 〈제임스 조이스 전집〉(어문학사)도 소장되어 있다. 그것은 지금도 여전히 갈매기들의 호기심의 대상이다. 최근에 근처에 심은 해변의 애송이 한그루 나무가 염풍을 춤도록 탄다. 제임스 조이스는 이 보고에 담긴 그의 진작의 걸작 〈율리시스〉(Ulysses)에 대하여 초기에 당당히 말했다. "나는 너무나 많은 수수께끼와 퀴즈를 그 속에 담았기에 수 세기 동안 대학교수들은 내가 뜻하는 바를 논하기 위해 바쁠 것이요, 그것이 그의 불멸을 보증하는 유일한 길이다." 또한 그의 만년의 마魔의 걸작 〈경야〉(Finnegans Wake)와 함께, 그가 자신하듯, 지난 20세기 문학의 모더니즘(literary Modernism)과 그를 걸쳐 오늘날 21세기 문학의 포스트모더니즘(literary Post - modernism)의 양대 증언적證言的 텍스트로서, 불멸의 영웅적 창조물로 군림한다.

이를테면, 한 걸음 더 나아가, 〈경야〉는 밤의 정신적 편력과 꿈의 어지러운 기록으로서, 그것의 우화적寓話的 어려움과 광범위한 예술 때문에, 특히 다른 어떤 현대 문학 작품보다 한층 비평적 연구와 번역을 요구해 왔고, 지금도 그러하다. 조이스의 현대판 클래식의 번역본들은 호머의 대본들처럼 학생들과 학자들에게 현대를 읽기 위한 충실한 걸작들이다. 특히, 이들의 번역 출판은 보수적 비평가들에 의해 세계적으로 지적된 "가장 위

대한 바건의 책들"(books of the greatest bargain)로 재삼 증후하다. 이들 양
작품들의 주요 형세들은 그들의 출판 이래 신나는, 그러나 고통스런 애독
자들에게 점차로 초토화焦土化 하고 있다. 하지만 후자는 그의 더 많은 인
유들, 주제들, 그리고 언어적 세목들은 계속적으로 빛을 보고 있으면서도,
이들의 수많은 난해한 지적 귀소歸巢들은 여전히 암울하게 미결로 남아
있다.

이들 작품들의 목적론적(teleological) 접근의 시도는 언제나 비평가들의
딜레마를 제시하고 있기 마련이라, 작품들의 급진적이요 보수적 해석 간
의 선택은 하시何時를 막론하고 여전하다. 그리하여 햇빛은 어둠을 점차
로 밝혀주기 마련으로, 1956년 서울대 대학원 영문과의 래이너(Rainer) 교
수에게 〈율리시스〉를, 1973년에 미국의 조이스 연구 센터가 있는 오클라
호마의 털사대학에서 네덜란드의 리오 크누스(Leo Knuth) 교환 교수와 본
국의 재기 발랄한 스텔리(Staley) 박사에게 최초로 〈경야〉의 탐색을 사사
하기 시작했다.

연구자들은 마텔로 박물관의 이들을 솟구고 연구하기 위에 매해 미국
에서만도 5,000여 명의 학도들이 그를 탐하여 찾아온다. 해마다 "블룸즈데
이"(Bloomsday)(원초는 1904년6월16일)에는 아일랜드산産 기네스 흑맥주가
즐비한 거리의 창고에서 행인의 목을 적시기에 한창이다.

1922년 최초로 파리에서 출판된 "셰익스피어 컴퍼니"의 초판은, 그것
이 담은 외설 시비로, 뉴욕 지방법원의 울지 판사의 유명한 판결문이 세계
200여 명의 변호인들의 효과적 찬성의 호응을 얻었다. 미국에서만 매년
10,000부의 책이 팔린다. 우리나라에서 2002년에서 〈율리시스〉를 3번째
로 번역하고, 작년 2018년에는 "율리시스 제4개역판"이 출판되었다.

또한 그것의 1,141페이지에 달하는 방대한 〈주석본〉이 역시 필자에 의해 동시에 출간되었으며, 그의 제4개역판에는 약 1,220여 쪽(약 17,000여 항)의 주석을 본문 뒤에 실어 독자의 감탄을 안고 출판되었다.

조이스 자신도 그의 〈율리시스〉를 1986년 개정한 뒤, 〈경야〉를 위해 17년 동안을 그의 천재성을 헌납했거니와, 이 "총 미로의 밤"(Allmazifull Night)은 1939년 미국 뉴욕의 바이킹 프레스 출판사 및 영국의 파이버 앤드 파이버 출판사에서 각각 처음으로 출판되었다. 그 뒤로 세계의 저명한 〈경야〉 학자들, 특히 아일랜드의 서지학자들인, 로스(Rose)와 오한런(O' Hanlon) 두 교수들은 초판이 담은 그것의 잘못된 철자, 구두점, 누락된 어귀, 다양한 기호의 혼잡 등, 9,000여 개의 오류들을 긴 세월 동안 수정 보안해 왔다. 그들은 이제 텍스트 분석의 종국에 도달했는바, 로스는 말하기를, "나는 이 날[복원의 날]이 올 것을 결코 생각지 못했다. 텍스트의 복잡성 및 사회적 상황의 복잡성은 그것이 아주, 정말 아주, 어려움을 의미했다. 그러나 우리는 그것에 부딪치고, 거기 달하여, 마침내 해냈다." 그러자, 드디어, 그의 개정본이 〈복원된 피네간의 경야〉(*The Restored Edition of 'Finnegans Wake*)란 이름으로 그의 초판 출간 75년 만인 2014년에 미국의 펭귄 출판사에 의하여 재차 완전 원판이 출간되기에 이런 것이다.

조이스가 자신의 걸작으로 자랑하는 〈피네간의 경야〉(*Finnegan's Wake*)는 팀 피네간(Tim Finnegan)이란 이름의 벽돌 운반 공에 관한 아일랜드의 민요에서 따온 것이다. 때때로 "Finnegan's Wake"라고 철자된다. 이는 많은 판본들이 있으나, 본래의 작가는 미상으로, 19세기부터 전해오는 민요이다.

주류의 애호가로 태어난, 팀은 어느 날 사다리에서 추락하여 죽는 것으로 사료된다. 그의 경야에 소요가 터지자, 어떤 이가 그의 두상에 약간의 주류를 흘리자, 잠에서 깨어난다. 그는 자신의 침대에서 도약하며, "내가 사망한줄 아느냐"라고 말한다. 이에 관한 조이스는 그의 책의 타이틀을 민요에서 따왔는지라, 책의 신화적 부구조副構造를 통하여 죽음과 부활의 주제를 사용한다. 민요에 대한 인유는 〈경야〉에서 빈번히 발생하지만 한 군데에서 그의 내용과 온전히 동일시된다.

- 하지만 그[HCE]는 우인림牛人林 곁의 많은 문호門戶에 유물들을 남겼나니, 왜냐하면 그들은 그렇게 산마루와 계곡 하저河底 그리고 신석기 포도鋪道 위에, 호우드 언덕에 또는 쿠록 지역에 또는 심지어 인니스케리 마을에, 침묵한 운잡雲雜 동산이야 말로, 그의 방에 갇힌 돌무덤이 증언하듯, 인간사회의 진화의 둘도 없는 직선형성直線形成의 한 가지 학설이요, 모든 사자死者로부터 혹생자或生者에 이르기까지 바위의 성약聖約이기 때문이라. 우리는 올리버의 양羊들이라 그들을 부르나니, 돌멩이의 보고寶庫들, 그리고 그들[유물들]은, 흐린 안개가 구름 쌓이듯, 그날 그 때 그에게로, 그들의 목자牧者요 기사騎士 영웅에게, 집결할지니, 아서 왕예王譽의 아자 바의 전광창電光槍과 꼭 같이 어떤 핀. 어떤 핀 전위前衛!, 그는[HCE] 대지면大地眠으로부터 경각徑覺할지라, 도도한 관모冠毛의 느릅나무 사나이, 오 - 녹자綠者의 봉기(하라)의 그의 찔레 덤불 골짜기에 잃어버린 영도자들이여 생生할지라! 영웅들이여 돌아올지라! 그리하여 구릉과 골짜기를 넘어 주主풍풍파라팡나팔,(우리들을 보호하소서!) 그의 강력한 뿔 나팔이 쿵쿵 구를지니, 로란드여, 쿵쿵 구를 지로다.

이번에 필자(역자) 역시 2014년에 출간된 펭귄판인 "새로 복원된" 〈경야〉의 한국어 번역을 위해 지난 5년 동안 원본의 오철誤綴 및 오역을 세밀히 조사해 왔다. 그렇다고 필자의 이번 2018년에 출간 〈"복원된" 피네간의 경야〉

가 2014년판의 진정한 교체交替라고는 할 수는 없다. 그러나 한국의 번역본이 담고 있는 수많은 "읽을 수 없는(unreadable)" 한자漢字나 불합리한 표현의 신조어들(coinages)을 다수 지우고, 응축어들(portmanteau words)을 한글로 해체함으로써 산문화했다. 그러나 이번의 번역에서 앞서 편찬자들인 로스와 오한런이 성취한, "새 판본"을 위한 한자 사용의 정확도는 컴퓨터의 힘을 빌리지 않는 한 기대할 길이 거의 없었다. 〈경야〉는 과연 세계 만국어의 곡예인 것만 같다.

조이스의 〈경야〉는 〈율리시스〉와 함께, 모든 페이지에, 이를테면, "피수자彼鬚者(Shakisbeard)(177.32), 단테, 괴테"를 비롯한 문인들의 수많은 인유들이 밤하늘의 별들 마냥 흩뿌려져 있다. 이는 제임스 아서턴(James Atherton)이 수행한 값진 논증의 결과이다.[〈경야의 책〉(the Books at the Wake)(162 - 165)] 조이스는, 일종의 텍스트의 내부의 논평을 가지고 계몽적 소개와 더불어, 우리에게 20세기 또는 21세기의 가장 위대한 작품들 중의 하나의 요지를 모더니즘적 및 포스트모더니즘적으로 제공한다. 한국에서 필자의 희망인 즉, 조이스의 학도들 또는 연구자들로 하여금 이 사랑의 노동이 거대한 작품들의 복잡한 세계를 총체적으로 계속 개척해 나가도록 도울 것이다.

최근의 〈경야〉의 텍스트를 읽는다는 것은 독자들의 엄청난 시간과 정력과 인내를 요한다. 과연 전대 미증유의 어렵고 복잡한 작품이요, 그것의 동료 격인 〈율리시스〉를 몇 갑절 능가하리라. 〈경야〉의 해독을 위해 독자는 자주 실망하기 일 수 일지니, 작품의 내용 절반은 "보통의 독자"(common reader - 일반 독자)에게 거의 해독이 불가능하기 때문이다. 그럼 조이스의 책의 해독이 "보통의 독자"에게 전혀 불가능한가! 그렇지만은 않다. 우리는 조이스의 이 같은 생성生成을 위해 광분해야 하는가! 그렇지만은 않다. 조이스의 〈율리시스〉와 〈경야〉의 구성은 가장 합리적이요, 과학적이기 때문이다.

현대판 한자 부재의 〈경야〉의 한국판 한 페이지의 해독을 위해 더 많은 각종 사서 및 옥편을 비롯하여, 백과사전을 100번~200번 뒤져야 한다. 〈경야〉의 해독과 번역은 끝없는 농경農耕의 작업인 것만 같다.

〈경야〉의 구조가 비코의 환적環的일지라도, 여기 방금 다루는, 본서는 마지막 장이 총화이듯 전반적 소개이다. 비코의 환의 첫 기간에 중심을 둔 채, 첫 장은 창세기, 인류학, 고고학, 그리고 히브라이 및 아라비아의 어의語義의 말장난(pun)에 언급함으로써, 원시적인 것 및 종교적인 것과 신화적인 것을 관계한다. 그것의 우화寓話와 상형문자는 적합한 방법이다. 그러나 각 시기는 다른 것들을 포함하는지라, 물질과 방법은 마찬가지로, 역시, 다른 시가詩歌들을 포함한다. 바벨의 탑은 울워드 빌딩(Woolworth Building)이 되고, 인간의 추락은 벽가壁街(월 스트리트)의 주가의 폭락을 야기한다. 모든 사물들과 시간들은 여기 이웃들이요, 모든 인간의 언어들이다.

이 처럼, 〈경야〉의 첫 장은 작품의 서곡 격으로, 작품의 주요 주제들과 관심들, 이를테면, 피네간의 추락, 그의 부활의 약속, 시간과 역사의 환상 구조, 트리스탄과 이졸테 속에 구체화 된 비극적 사랑, 두 형제의 갈등, 풍경의 의인화 및 주인공 이어위커(Earwicker)의 공원에서의 범죄, 언제나 해결의 여지를 남기는 작품의 불확실 등을 소개한다. 암탉이 퇴비더미에서 파헤쳐 낸 불가사이의 한 통의 편지 같은, 작품 전반을 통하여 계속 거듭되는 다른 주제들이 또한 이 장에 소개된다. 주인공 HCE를 비롯하여, 그 밖에 다른 주요한 인물들도 소개된다. 작품의 제I부 1장은 전체 작품의 간략한 총괄로서 "세계 속의 세계"(world within worlds)를 압축한다.

　흔히들 지적하다시피, 〈경야〉는 그 시작이 작품의 마지막 행인, 한 문장의 중간과 이어짐으로써, 이는 부활과 재생을 암시한다. 조이스는 H. S 위버(Weaver) 여사에게 보낸 한 서간에서 "이 작품은 시작도 끝도 없다"라고 말한 바 있는데, 이는 작품의 구조를 이루는 비코(Vico)의 인류 역사의 순환을 뒷받침한다. 이 작품의 첫 페이지에서 100개의 철자로 된 다어음절 多語音節의 천둥소리가 들리는데,(작품 중 모두 10개의 천둥소리가 들리고, 각 100개의 철자로 되지만, 최후의 것은 101개이다) 이의 최후의 철자로서, 완성과 환적 귀환으로 "회문回文"(palindrome)이라 칭한다. 이는 비코의 "회환"(recirculation)이요, 완성으로 책의 주제로 삼는다. 이 천둥소리는 하느님의 소리요, 여기 피네간의 존재와 추락을 선언하는 격이다. 〈경야〉를 열심이 읽도록 촉진하는 하느님의 목소리인 것이다.

　이상의 〈경야〉 모체(matrix)의 해설에서 독자는 작품의 모든 주제들(motifs)을 조람하거니와, 아일랜드의 한 가족의 꿈같은 희비극적(tragic - comic) 익살은 영어보다 많은 다른 언어들로서 조이스의 공명共鳴하고 유희遊戲하는 유독한 "경야적 언어"(Wakean language), 그리고 그것은 비유담(parable), 어구, 언어유희, 말장난, 민요, 철학, 그리고 종교적 텍스트요, 비범하게 발명된 세계를 포착하기 위해 쓰였는지라, 희곡 중의 "총락희곡 總落戲曲"(funferall=all+fall+comic)이다.

　조국 아일랜드를 누구보다 사랑하는 두 조이스의 서지학자들인, 대이비스 로즈(Davis Rose)와 오한런(John O'Hanlon)(그들은 실제 형제로, 개명을 했거니와)은 같은 동포 작가인, 스위프트(Swift) 작의 만인의 책 〈걸리버 여행기〉(*The Gulliver's Travellers*)에서처럼, 조이스의 거작 〈율리시스〉

와 〈경야〉를 20 - 21세기의 자만과 자랑을 세계의 지식인들에게 광고한다. 이들은 "모든 책들 중에 가장 책冊스럽다"(the most bookish of all books) 〈율리시스〉를 1934년에, 〈경야〉를 1939년에, 뉴욕의 바이킹 출판사가 최초로 세상에 출판 이래, 오늘 날 세계는 그들로 생산된 거대한 학구성學究性의 결과를 주목하고, 자만이나 하는 듯하다.

당시 파리의 조이스와 그의 지인 신화학자 프레이저(Sir James Frazer) 경간에는 다음과 같은 일군의 뼈에 닿는 대화가 오갔다.

> "이름이 뭐요?" 프레이저 경("금지金枝"의 작가요, T. S 엘리엇의 〈황무지〉에 큰 영향을 준)이 조이스에게 물었다.
> "조이스, 제임스 조이스입니다"가 답이었다.
> "뭘 하시오?" 프레이저 경은 예의 있게 질문했다.
> "글을 씁니다" 조이스가 말했다.

그것으로 충분했다. 〈율리시스〉로부터 〈경야〉까지 거의 직통으로, 조이스는 20 - 21세기의 모던 - 포스트모더니즘의 개념이 될 두 권의 작품을 쓰면서 22년의 고된 세월을 보냈다. 그 뒤로 이들은 오늘날 - 이즈음의 열렬한 학구성의 대상이 되었는지라, 세상은 그처럼 지속적 인내성을 요구하는 책도 드물 것이다.

여기 필자(역자)가 쓰려는 〈경야〉 신조어인, "〈Allmazifull Night〉"(총미로總迷路의 밤) - New Reading of *Finnegans Wake*(〈경야〉의 신독법新讀法)은 특히, 신 물리학(New physics)의 개체 연구라는 취지에서 따온 것이다. 예를 들면, 미국의 시러큐스 대학의 베그날(Begnal) 교수의 책인, 〈피네간의 경야의 꿈의 서술〉(Narrative of *Finnegans Wake*)이나, 작품이 아침의 부활의 순간을 향해 그의 중심을 지나 움직이기 시작할 때, 환언하면, "경야"(wake)란 말의 원자原子가 장례葬禮로부터 부활로 바뀐다. 이는 본 영구서의 주맥인 - 이즈음의 미술의 골자인, "꼴라쥐"(collage)의 특징이나, 혹은 생물리학 또는 생화학의 꼴리겐(collagen) 교원질膠原質로 결합된 조작의 성질을 띤다.

〈율리시스〉, 특히 〈경야〉의 작품은 단어 하나하나가 수많은 의미의 중첩인지라, 세상에서 가장 읽기 어려운 책으로 알려져 있다. 예일 대학의 블룸 교수(Prof. Bloom)는 그의 유명한 저서 〈서구 규범〉(Western Canon)에서 주장하기를, 서구 학계에서 가장 장편의 소설은 프루스트 작 〈잃어버린 시간을 찾아서〉(A la recherche du temps perdu)요, 가장 중량 있는 책은 16세기 영국의 E. 스펜서(Spencer)의 위대한 시적 로맨스 〈신선여왕〉(The Faerie Queene)이라 했다. 조이스의 〈율리시스〉와 〈경야〉는 길이나 중량 면에서 이들을 능가한다고 했다. 그것을 풀면 프루스트요, 어휘를 저울로 달면 스펜서이다.

오늘날 프랑스의 해체주의 비평(Deconstructive Criticism)의 대가인, 프랑스의 자크 데리다(Derrida)가 어느 날 동경의 뒷골목 작은 서점에 들였는바, 거기 한 어린 소녀가 부르짖었다. "아! 저 많은 책들을 누가 다 읽는담?" 데리다가 대답하기를, "염려 마오, 아가씨, 마치 고대 희랍의 호메로스 작 〈일리아드〉와 〈오딧세이〉처럼, 조이스의 〈율리시스〉와 〈경야〉 두 권 만 있으면 족하오."

오랜 역사의 뿌리를 뻗어 온 중국의 표의문자表意文字인 한자漢字는 글자 하나하나가 제각기 나름대로의 뜻을 가지고 있음으로 그 구조를 우리는 본 받아 〈경야〉의 한어에 한글이 한자와 혼성되어야 한다는 사실을 터득한다. 조이스의 〈경야〉 언어는 한자와 마찬가지로 그 짜임을 문자의 구조로서 이용해야 한다. 예를 들면, 〈경야〉의 중요한 단어 중의 하나는 "corpose"인데 이를 번역하기 위해서는 한글과 한자가 동시에 한 덩어리로 다져져야한다. "곡물穀物(crop)과 시체屍體(corpose)"의 합의체로 그 구성이 한자의 구성과 유사하다. 그러나 한글은 〈경야〉어와는 달리 풀어씀으로서 총체적 뭉치를 만들기 위해 노력해야 하는데, 이는 1920년대에 미국의 시인인 E. 파운드(Pound)가 주창한 사상파(Imagism)의 원리를 따라야 한다. 파운드가 시도하는 이미지즘의 원칙은 한자의 구성 원리로서 〈경야〉어의 구성에 합당하다. 또 다른 예는 "남짝이"(southdenly)(011.01)로서 "south+suddenly의 합성체요 (제비가) 남쪽으로 급히 날라 간다"라는 "南"(south)과 "짜기"(suddenly)의 합성에서 찾을 수 있다. "prumptly"(신속愼速히)는 "promptly"(속速히)+"prudently"(신중愼重히)의 조어적造語的 합성어合成語(portmanteau, polyglot, polysemetic), 또는 coinage, ideoglossia가 되어야 한다.

〈경야〉어는 수많은 외래어들이 중첩되고 혼성된 "언어유희"(linguistic punning)로서, 주된 기법은 "동음어의同音語義"(homonym)이다. 그것은 지금까지 한국어 번역을 위해 우리의 한글을 한자와 혼용하는 것이 최선의 해결 방법이었다. 그것의 어역語譯은 양 글자들의 응축으로 가능한지라, 우리는 오늘날 한자의 배척을 외치고 있으나, 한자를 알고 한글에 전념해야지, 한자 없는 한글만의 〈경야〉 번역은 내용의 문맹文盲이요. 맹탕일 수밖에 없다. 〈경야〉는 628페이지에 달하는 방대한 장편으로, 그것은 신화 및 역사의 언어유희의 층층을 쌓은 백과사전 격이다. 조이스는 〈경야〉를 인간의 마음이 작동하는 방식으로 썼다. 즉, 모든 지식의 전후 참조(cross reference)이다.

이처럼, 조이스는 언어들(말들)을 쪼개고 뒤섞여 잡탕을 만들어 수많은 맛과 향을 내는 비상하게도 지적인 소설을 썼다. 즉 언어의 황당무계한 말글타주(몽타주)인 셈이다. 셰익스피어는 언어의 왕으로, 37개의 연극들에 2만여 자를 구사했지만, 조이스의 〈경야〉는 가능한 모든 문체, 기법과 단어, 말장난, 어형변화와 보조어(신조어), 및 사전에도 없는 말들을 사용하는 언어의 연금술적이요, 난해한 참고서 격으로, 조이스는 〈경야〉에서 "언어의 왕이요 마술사"이다. 여기 〈경야〉 어인, "shapekeeper"(123.24)는 조어로서, 제I부 5장에서, 편지에 구멍(동공)을 내는 일로, 교수가 화가 났거나 혹은 "오장이지다"(cuckolded)라는 중첩어이다. Great Shapesphere(295.04)는, "위대한 셰이프스피어(모형면模型面)"에서 생성된 어휘로서, "위대한 셰이프스피어(Great Shapesphere)", 즉, (1)셰익스피어에 대한 인유, 〈경야〉에는 그에 대한 다양한 별명들이 있다. (2)예이츠(Yeats)의 시집 〈오신의 표박〉(*The Wanderings of Osin*)(1889) 중의 인유어로서 "국면"(Sphere)의 상징화 된, 궁극적 현실을 의미하는 말이다.

특히, 새 번역은 원문의 페이지와 서로 맞추고, 그 내용의 보다 쉬운 이해를 위하여 조이스의 초판본과 필자가 마련한 참신한 해설을 그 변방邊方 세심하게 기록하여 편집했다. 또한 본문의 "지시 대명사" 및 "인칭대명사"의 미지의 실체들을 역문 문장 내의 [ ]속에 하나하나 그를 읽기 쉽게 삽입했다.

이번 한국의 〈복역판과 연구본〉은 이러한 총체적 감상에 의해 우리에게 작품의 전반적 형태를 최소한 음미함으로써, 이를 재삼 이해하는 참신한 방도를 제공할 것이다. 일반 독자는 이 엄청난 작품을 그것의 카바에서 카바까지, 온갖 뉘앙스와 초점을 따르면서도, 그것을 다 읽을 시간, 스태미나,

혹은 경험을 갖지 못할 것인지라. 그러나 비록 그렇더라도, 그들은 책의 커다란 디자인을 그들의 독력으로, 소우주로, 여전히 경험할 것이요, 그리하여 이의 최단 접촉이야말로 독자를 필생동안 기리는 인내를 요하리라.

현대성의 아이콘인, 독자여, 그대는 데카르트적 주제를 벗기기 위해 "창두槍頭"(spearhead) 했던가? 아니면 그대는 영원히 분할되고, 결코 충분히 자기 자신에게 알려지지 않은 현대인의 지고의 예가 되었던고? 조이스의 예술과 프로이트, 비코, 브루노의 철학적 관념들의 분석을 능숙하게 결합하는 지대한 집합을 문화적 비평의 새 통찰력을 흥분을 가지고 말이다. 여기 실린 글들의 복강腹腔이 허기지지 않게, 흥미롭고, 그리하여 철인들과 사회적 이슈들의 종합이 강력한 빈도로 최근의 학문적 조류로 흘렀으면!

필자는 본 연구서의 일부인 "신 모던 물리학"의 일부를 비숍(J. Bishop) 교수가 그의 최신 연구서인, 〈피네간의 경야의 어둠의 책〉에서 명쾌하게 지적했음을 아래 알리고 져 한다. 하지만 거기 존재 하지 않았던 몸체는 여기 존재하지 않는지라. 단지 질서가 타화他化했을 뿐이로다. 무無가 무화無化했나니. 과재현재過在現在라!

- 볼지라, 성자와 현자가 자신들의 화도話道를 말하자 애란(아일랜드)의 찬토讚土가 이제 축복되게도 동방퇴창광사東邦退窓光射하도다.[613.01 - 613.16] 사람들이, 전환한 채, 패트릭을 갈채한다. 태양이 솟을 때 - 성 패트릭과 대공작 버캐리의 토론이 끝나다 - 막간 바깥 일광, 야생의 꽃과 다종 식물들이여, 근관류연根冠類然한 영포穎苞(植)의 불염포佛焰苞(植)가 꽃뚜껑 같은 유제荑第(植) 꽃차례를 포엽윤생체화苞葉(植) 륜생체화輪生體化 하는지라 버섯균조류菌藻類(植)의 머스캣포도 양치류羊齒類(植) 목초종려木草棕櫚 바나나 질경이(植). 무성장茂盛長하는, 생기생생한, 감촉충感觸充의 사思 뭐라던가 하는 연초連草들. 잡초황야야생야원雜草荒野野生野原의 흑인 뚱보 두개골과

납골포낭納骨包囊들 사이 매하인하시하구每何人何時何久 악취 솟을 때 리트 리버 사냥개 랄프가 숫놈 멋쟁이 관절과 암놈 여신女神 허벅지를 악골운전顎 骨運轉하기 위해 헤매나니. 땡. 염화물잔鹽化物盞.[613.13 - 613.26]

위의 구절은 우리로 하여금 그의 장례에서 우둔한 이집트의 미이라 (mummy)에 대해 경구적 경험을 충분히 감상하도록 허락하거니와, 여기, 이른 아침 시간에, 조이스의 "투텀칼멈"(Totumcalmum)(026.18) 묘진혼사 墓鎭魂士가 홀로 장례 침대에 놓였으니, "유제菜第(植) 꽃차례"(Amenta) (613.18)의 깊이와 암혹으로부터 그를 나르기 위해 그이 머리에서 세계 속 으로 솟는 태양이 구름바다를 헤쳐 노 젖는 보트 운항이다. 이는 신 모던 물리학의 원리를 설명한다.

화두를 바꾸거니와, "인공두뇌학人工頭腦學"(cybernetics)은 〈경야〉 속 에서 발견될 것이다. 최근에 작품 속에 인공두뇌학의 사전 윤곽을 발견하 는데, 한편으로 〈계몽적 3부극〉(*The Illuminatus Trilogy*)의 저자인, 로버트 앤턴 윌슨(Wilson)은 분명히 포스트모더니즘 독자의 저자의 힘을 들어내 는 그의 독서에서, 작품 속에 수소폭탄을 위한 공식과, DNA(생화학 분석) 의 중복 나선螺線의 분자구조를 발견했다. 즉, 소립자화素粒子化 되어 있 는 새 물리학적 요소 말이다.

나아가, 초창기 조이스 학자인 아담스(Robert M. Adams)는 〈뉴욕 타임 스 서평〉(*New York Times Book Review*)에서 앞서 브리빅(Brivic) 교수가 〈계 간지〉에 실린 비숍의 조이스 신간의 서평을 응당히 동조한다. 필자 생각 으로, 비숍은 새 〈경야〉의 서문에서 그의 어느 선배들보다 혹은 후배들보 다 한층 대담하고, 한층 철저하고, 한층 상상적이요 한층 유식한지라, 그의 정신분석적 글은 그것 자체에 대한 텍스트의 코멘트로서, 그것을 이루듯 확실하게 구성한다. 그러나, 필자 의견에, 〈경야〉 전체를 낭송하면서,(필자 추측에) 그는 한 독자가 인식하는 일치와 불일치를 1,000배 만큼 배가할 수 있는 것 같은 지라, 그리하여 논리적 물리학의 회로소자回路素子의 인상적 배열을 통해서 그들을 확충할 수 있다.

끝으로, 이 책이 수용한 총체는

제I부에 등장하는 원자 물리에 관한 지론인 즉, 버클리에 의한 소련 장군의 사살이 그에 의해 문학적 사건으로서가 아니라 사살 자체가 얼마나 과학적 이론으로 이루어지는지를 설명하는데 이바지한다. 이는 다분히 아인스타인의 상대성 원리가 과학의 역할이 어떻게 이바지하는 가이다. 셰익스피어 역시 그러하리라.

이 책은 서론을 합하여 모두 10장을 이룬다. 제II장은 대만의 한 교수가 필자를 찾아온 일담逸談을 실었다. 대만에서 서울로 필자를 찾아왔다. 인터뷰는 영어로 진행되었다. 그는 시종일관 학구적이었다. 미국 뉴욕의 버펄로우 대학에서 〈경야〉로 박사학위를 취득했다. 따라서 필자는 그의 성의를 생각하여 성실히 인터뷰에 응해 올렸다. 전체 〈경야〉 작품(총17장) 중 첫2장을 이미 번역 출판한 상태이며, 앞으로도 2년은 족히 더 걸린다고 자신했다.

제[VI]장은 피수자彼(鬚者(Shakisbearde)의 갈등(Discord)을 다룬다. 본서에서 셰익스피어의 중량은 무거운지라, 2018년에 개최된 〈한국 제임스 조이스 국제 학회〉에 유타 대학의 조이스와 셰익스피어의 연구로 부동의 권위를 지닌, 명성의 빈센트 챙 교수(Vincent Cheng)(유타대 교수)를 초빙하여 조이스와 셰익스피어의 갈등을 심도 있게 다루었다.

조이스는 1913년 2월을 통해서 일련의 강연들 다루었고, 스티븐에 대한 언급을 기초했고, 트리에스트의 포포라 대학에서 "셰익스피어의 햄릿"이란 총체적 타이틀 아래 강연을 행했다. 오늘 날 비록 강연 자체는 상실했으나, 조이스의 노트들은 코넬 대학 도서관의 〈조이스 관〉에 보존되고 있다. 그의 트리에스트의 사설 도서관에 조이스는 셰익스피어 전집 한 권뿐만 아니라, 20여 권에 달하는 노래, 소네트 및 개인적 희곡들을 보존하고 있다. 조이스는 또한 〈율리시스〉의 "스킬라" 장에 대해 직간접으로 언급된 몇 명 비평가들의 다수 셰익스피어에 관한 책들을 그 곳에 소유한다. 〈경야〉에서 셰익스피어적 언급들, 〈율리시스〉에서 그것들처럼, 다수 장소들이 거기에 산재한다. 이러한 연극들의 상당한 글 행들과 〈경야〉의 행들이 유타 대학의 빈센트 교수의 저서, 〈셰익스피어 및 조이스: 피네간 경야의 연구〉에 수록되고 있다. 또한 윌리엄 슈트의 초기 연구인, 〈조이스와 셰익스피어: 율리시스의 의미의 연구〉를 뒤따르는 포맷이 그 곳에 보관되어 있다.

〈경야〉의 부록: 컴퓨터 화(化)의 개요(*Finnegans Wake*: Appendix of Computerization of Synopsis)는 책의 말미에 첨가하거니와, 벤스톡(Bernard Benstock)의 저서인, JOYCE_AGAIN'S WAKE이 담은 "작업 개요"(synopsis)의 범례를 따랐을 뿐이다. 독자의 편리한 이용을 간절히 바라며, 그를 위해 손쉬운 언급을 여기 부침한다. 그것은 거기 실린 〈조이스의 비평문 해설〉이나, 그것의 현대 양자 물리학, 그라스툴(Glasthule)의 단화 短話, 피스자의 갈등, 꿈 서술, 〈경야〉 제IV장의 회귀의 이해로서 만을 의도하지 않는다. 그것은 고작해야 〈경야〉의 특수한 부분에서 일어날지 모

를 표면적 암시를 주거나, 혹은 한층 독립적인 부분들의 하나를 위한 표제
일 뿐이다.

조이스의 이 엄청난 〈경야〉: 1938년3월21일(월)새벽, "이어위커의 아침
녘"(Earweakermorning), HCE는 아직 잠자지만, 그를 곧 깨우고, 그와 호워
드 언덕으로 산보를 떠날 그녀이다. 섬은 우회전! 필자 호우드 꼭대기에
서면 돌무덤을 발견한다. 그것이 전설의 핀의 두상頭狀이다. 두 발은 멀리
피닉스 공원에 묻혀 있다. 호우드 언덕에는 만병초꽃(rhododendrons)이 만
발하다. 그 아래서 블룸과 몰리가 첫딸 밀리를 잉태했다. 바다 멀리 빨간
등대가 깜박이고, 영국의 우편선이 그 곁을 곧 지나 가리라, 희뿌연 안개
틈으로 만을 건너 마텔로 탑이 아련하다. 탑 속의 세 젊은이들, 멀리건, 헤
인즈 그리고 스티븐이 아침 8시15분을 조반朝飯하리라. 8시45분에 기도
하리라. 맨 먼저 수영에 뛰어든 첫 놈! 셋째 놈에게 그는 "찬탈자"(Usurper)
이다.

[II] 모던 - 포스트모더니즘적 〈경야〉에 대한 한 중국인의 인터뷰
(서울에서)(a Chinese Interview To Postmodernism)(In Seoul)

당신과 인터뷰를 갖게 된 것은 큰 영광입니다. 그러나 이 만남을 인터뷰라기보다, 〈경야〉의 번역과 조이스의 연구에 대한 당신의 학구적 위탁에 대한 저의 심오한 존경을 보여드리는 저의 겸허한 제스처로서, 이번의 만남을 살펴주십시오. 어떠한 형태든 인터뷰를 환영합니다. 당신으로부터 배우기를 기대합니다. 건강하옵소서.

梁孫璨 올림

본서의 제II장에서 필자는 한 중국학자의 청을 받아, 그가 방금 중국어로 번역 중인 〈경야〉의 취의趣意를 비평가 B. B 교수의 "모더니즘"의 정의에다 적용해 보았다. 이는 바로 문학 작품의 형식주의에서, 형식, 문체, 구조를 비롯하여, 유아론적 반성론(solipsistic reflexivism)등을 의미한다. 중국의 "당신"에게 〈피네간〉의 성공을 빌어마지 않는다. 조이스 이외도 대표적 모더니스트 작가들인 당대의 T. S 엘리엇과 에즈라 파운드의 이론도 함께 적용해 보았다.

그런고로 얼마나 그가 주수酒水에 젖은 남근자男根者인지를 그대에게 보여 줘야만 했던고! 그리고 오랜 세월 동안, 독주毒酒 가촌家村의 시멘트 및 건축물의, 이 나무통 운반 신공神工[역사의 창시자인 피네간은 황하黃河[중국의 강 이름에서 유래] 곁에 생자들을 위하여 그 강 둑 위에 극상의 건축물을 쌓았도다.(04.30)

노기골기심상(老驥骨寄心尚)이라! 중국에서 용등운기龍燈雲氣 용룡龍이 구름을 타고 노마老馬를 찾아 이곳 한국을 왔도다!

다음의 글은 2019년 1월 19일(토)에 서울에서 가진 국립 대만 사범대학 영문과 교수에 의해 치른 한국의 〈경야〉 번역본에 대한 인터뷰에서 의도된 15개의 문제들과, 한국어 번(역)필자의 그들에 대한 응답을 간략하게 기록한다. 인터뷰 수행자인, **梁孫璨 교수(Prof. Liang)**는, 야심 찬 젊은 조이스 학도로서, 그는 이미 〈경야〉의 2장들을 본국어(한자)로 번역하여 책의 형태로서 출판한 상태였다. 인터뷰는 영어로 질의응답이 진행되었는바, 한국어로 번역되었다.

번역에 대한 아래 인터뷰의 항목들은 대단히 훌륭하여, 항목 상으로 하나하나 응답하기에 앞서 인터뷰의 전반적 취지를 파악할 필요가 있는지라, 영어로 된 질문들의 전체 취지를 파악할 필요상 한국어로 아래 번역한다.

질문의 취지인즉,

1. 당신의 교육적 배경은? 당신의 전공은? 그리고 어떻게 하여 제임스 조이스에 애초에 흥미를 가졌던가?

2. 왜 당신은 〈경야〉를 번역하기를 결심했던가? 혹은, 당신의 〈경야〉를 번역할 기본적 취의趣意(tenets)는 무엇이었던가? 특히 그들 중 얼마나 많은 것들을 한국어에 당장 적용할 수 있는가?

3. 전반적으로, 당신은 번역 도중에 가져야 할 본질적 작업의 가장 중요한

양상은 무엇이라 생각하는가?

4. 당신이 〈경야〉의 번역에 있어서 파악해야 할 가장 어려운 양상은 무엇이라 생각하는가?

5. 비록 〈경야〉는 광범위하게 번역하기에 불가능하다 할지라도, 당신은 우리들의 관심을 "번(역)필자의 개인적 다양성의 해석에 주의를 끌거나, "이리하여 〈경야〉 번역이 희망으로부터 멀리 떨어져 있거니, 번(역)필자 측의 유일한 노력이 운문의 한층 효과적이요, 효율적으로 어떻게 창조할 수 있는가?' "경야적 독해: 〈경야〉를 한국어로 번역하기". 당신은 원문의 한층 효율적이요 효과적인 번역을 창조하는 능력을 의미하는 바를 설명할 수 있을 것인가?' 다시 말해, 〈경야〉 번역은 "합법적으로" 저자의 의도로부터 허락받는 것이 얼마나 먼가 말이다? 다른 말로, 얼마나 많은 것이 〈경야〉상으로 조이스적이요, 그것의 얼마나 많은 것이 〈경야〉의 해석적 창조인가?

6. 당신의 번역에서, 다의적 의미, 특히 얼마나 많은 것이 이탈리아의 저명한 철학자 브루노의 "반대의 일치"(Brunonian coincidences of contraries)로서 새겨질 수 있었던가? 즉, 어떻게 하여 직접적으로 모순당착적인 이중의 의미로 하나의 단어를 번역할 수 있었던가? 당신은 책의 한 특별한 구절을 선택하거나, 우리를 위해 다언어적 / 브루노의 양상들을 작업할 수 있기 위해 개략할 수 있었던가?

7. 당신이 지적하다시피, 〈경야〉는 과연 음악의 작곡법과 거의 유사한가?

당신의 번역에서, 어떻게 〈경야〉에 심하게 오케스트라 된 음률과 소리를 다루었는가?

8. 당신이 번역을 할 때, 특별한 독서법(즉, 학자들, 혹은 전반적 대중)이 당신의 마음에 있었던가? 그렇다면, 그 이유를 우리에게 말할 수 있는가?

9. 〈경야〉의 당신의 한국어 번역에 있어서, 어느 부분들(즉, 단어, 문장, 구절, 혹은 장들)이 당신이 좋아하는 문구들인가? 당신은 어떤 예들을 들 수 있는가? 그리고 왜 그들은 당신이 좋아하는 것들인가?

10. 왜 당신은 중국 활자들을 당신의 한국어 번역에 영합했던가? 당신은 무슨 효과를 성취했던가?

11. 당신은 그들의 의미가 불확실한 부분에 대해, 만일 있다면, 그 문제들을 어떻게 해결했던가?

12. 선견지명으로, 어떻게 당신은 〈경야〉를 한국어로 번역할 경험을 서술하기를 좋아하는가?

13. 당신은 〈경야〉를 자신의 원어로 번역하기를 원하는 어떤 편린들을 마련할 수 있는가?

이상의 질문들에 답하기에 앞서 우리는 그에 대한 배경지식이 필요하다. 조이스의 〈경야〉나 〈율리시스〉는 20 - 21세기 세계 최대의 고전들이거니와, 이는 이른바 "선언서"(manifesto)가 아닌가. 그들은 번역 상, 과거의 인습적인 것들과 어떻게 다른가? 이를 위해 "문학의 선언서"를 어떻게 정의 할 것인가?

서양 문학의 조이스적 조류는 때의 흐름이 1970년대였다. 오늘 날 〈율리시스〉의 "블룸즈데이"(Bloomsday, 1904,6,16) 100주년을 기념하여 필자는 미국의 오크라호마 주의 털사(Tulsa)대학에 재학 중이었다. 이 대학은 그의 대학원장인 스탤리 박사(Dr. Staley)가 영도하는 〈조이스 연구소〉로 세계적으로 유명했거니와, 대학이 운영하는 〈제임스 조이스 계간지〉(*James Joyce Quarterly*)를 발간하고 있었다. 앞서 기념일의 100주년을 기념하여, 세계적인 조이스 학자들이 강연을 위해 수 없이 그 곳으로 초빙되었다.

그 중에서도 미국의 템플(Temple) 대학의 조이스 학자인 비비(Maurice Beebe) 교수가 인기였다. 그는 "블룸즈데이"를 기념으로, "제임스 조이스와 문학의 모더니즘"(James Joyce and Literary Modernism)을 연제로 강의했다. 강의의 주요 요지는 다음과 같았다.

모더니즘의 중심으로서, 조이스는 - 이즈음의 "노부老父"(old father)요, 우리가 모더니즘으로 부르는 문학 운동의 중심에 서 있다"라고 한 비평가 레슬리 피드러(Leslie Fiedler)의 주장을 거의 모든 이들은 동의하고 있는 것 같았다. 조이스의 〈율리시스〉와 〈경야〉의 양 작품은 역사, 철학, 신학 등 모든 지식의 총화요, 역사적, 문학적, 신화적, 전통적 의식의 층(layer)들을 축적한, 이른바 "경제어"(economic language)로 구사된 꿈의 세계요, 항적 航跡(wake)의 환상이다. 당대 작가인 이블린 (Evelyn Waugh)은 한 때 조이스의 작품을 "지식의 허영"이라 비난한 바 있다. 그러나 조이스는 그의 작품들과 주인공들은 자신들보다 "더 좋게(better)" 창조함으로써, 20 - 21세기의 지적 딜레마를 공박한다. 예를 들면, 조이스 작의 〈초상〉(*A Portrait*)에서 주인공 스티븐 데덜러스(Stephen Dedalus)의 다양한 지식은 전세기 및 금세기의 지적 딜레마요, 아인스타인적 상대주의(Einstainian relativism) 원리(물리학: 상대성 이론)이기도 하다. 이 상대주의는 앙드레 지드(A. Gide)의 주된 모더니스트 작품인, 〈모조模造〉(*Counterfeiters*)나, 두렐(Durrell)의 〈알렉산더 카운터즈〉(*Alexander Counters*), 버지니아 울프의 〈파도〉(*The Waves*)에서처럼, 마비, 근심, 신분 등, 오늘의 문제성의 근간을 이룬다. 이러한 상대성은 스티븐으로 하여금 허무주의(nihilism)와 유아론(solipsism)으로 인도한다. 그러나 모더니즘 작품들은 부정의 세계를 근정으로 이끄는데 주된 취지趣旨를 둔다.

20세기 초의 모더니즘의 3대 거인들은 에즈라 파운드(E. Pound)를 초두로, 그 중심에 제임스 조이스, 그리고 그의 그 말에 엘리엇(T. S Eliot)이 서 있었다. 파운드의 중편 시 〈모베리〉(*Mauberley*)와 장편 시 〈캔토스〉(*Cantos*), 조이스의 자서전적 〈초상〉 그리고 〈율리시스〉 혹은 〈경야〉, 그리고 엘리엇의 중편 시 〈프루프록의 연가 및 기타〉〈*Love Song of Prufrock and other Observations*〉, 그리고 〈황무지〉〈*The Waste Land*〉, 〈4중주〉〈*Four Quarters*〉가 모더니즘의 3대 작가들의 대표적 작품들이다.(시상詩想의 시들은 서로 대비되는 '객관적 상관물들'(Objective Correlative)이거니와) 이들의 작품들은 부정의 세계를 긍정으로 이끄는 주된 주제들을 갖는다. 그러나, 3대 중심 모더니스트들 중 조이스를 제외한 다른 양자들은 부정에서 '초월론적 희망'(transcendental hope)의 주제를 갖는 방면에, 조이스의 작품들은 유독이 '긍정의 비전'(affirmative vision)을 갖는데 차이가 있다.

여기 중요한 3대 모더니스트 작가들의 번역상의 걸작들을 다루면서, 필자가 한결같이 염두에 두어야 할 것은 이들 긍정의 세계를 창출하려는 번역의 기술이다. 특히, 본 논문에서 주된 영어인, 〈경야〉를 중국(한자)어로 번역함에서 염두에 두어야 할 것은 중국 번역본에서(그 복잡한 한자로) "긍정"의 정신을 어떻게 살리느냐가 필자의 가장 큰 강건剛健임은 두 말할 필요가 없다. 그것이 조이스가 추구하는 본질적 필연성(necessary essentiality)이기 때문이다.

　　1972년의 〈율리시스〉 출판 50주년 기념에서 앞서 B. B 교수는 모더니즘의 다음 4가지를 특징으로 들었다.

　　　첫째로, 모더니즘 문학은 형식주의(formalism)를 특징짓는다. 그것은 구조와 디자인의 중요성을 강조한다 - 심미적 자율성이요 예술 작품의 독립적 본질로서 - "시는 의미해서는 안 되고 존재해야 한다"(a poem should not mean but be) - 의 유명한 개념(dictum)에 의하여 거의 개관되는 정도까지 나아간다. 둘째로, 모더니즘은 유리琉璃(detachment) 및 비 위탁(non commitment)의 태도에 의하여 특정되거니와, 이를 필자는 신 비평가(New Critics)에 의하여 사용되는 그러한 말의 의미에서 "아이러니"(irony)의 전반적 제제提題 아래 둔다. 셋째로. 모더니즘 문학은 신화의 사용을 초창기의 식이 아니요, 예술을 질서화 하는 전단적傳單的 방법으로서 이다. 마지막으로, 교수는 모더니즘의 시대를 인상주의(Impressionism)시대로부터 날짜를 잡거니와, 그 이유는 그의 생각에 인상주의가 시기로부터 개발의 분명한 선이 있기 때문이다. 모더니스트 예술은 그것 자체로 되돌아가서, 그의 창조(creation) 및 작문(composition)과 대체로 관계한다. 관람자는 관람되는 주제보다 한층 중요하다. 인상주의자들의 주장인 즉, 관람자는 모더니스트 예술과 문학의 세계 내에서 유아론적唯我論的(solipsistic) 세계로 인도되는 관찰된 주제보다 더 중요하기 때문이다.(Beebe: 1974. p.175.)

이상의 4가지 특징들은 최근 비평의 활발한 문제로 등장하고 있다. 아래 한층 상세히 설명하거니와,

모리스 비비 교수의 모더니즘 정의 6가지 요지

1. aesthetic formalism(importance of structure and design)
2. independent whatness of the work of art: a poem should not mean but be(That's Poundian Imagism)
3. mythic structure
4. semi - linguistic analysis, behavioristic psychology
5. solipsistic reflexivism
6. Pseudo scientific analysis

모더니즘 작품의 번역(특히 중국어)에 있어서, 형식주의는 아리스토텔레스나 드라이든의 연극의 단위(dramatic unity)가 강조하다시피, 어느 시대 어느 작가치고 형식주의에 관심을 두지 않는 이는 없다. 고대 중국 문학이나 오늘의 중국 문학도 예외는 아니다. 그러나 우리가 유별해야 할 것은 모더니즘 작가들은 내용(content)과 형식(form)을 작가의 창작의 기본적 요건을 삼고 있다는 점이다. 이는 조이스의 초기 논문에서 유명하다. 즉 〈경야〉를 지적하여, 〈진행 중의 작품의 정도화를 위한 그의 진상성을 둘러싼 우리들의 중탐사〉(*Our Exagmination round His Factification for Incamination of Work in Progress*)의 첨단 논문집에서, 조이스뿐만 아니라, S. 베케트, 유진 졸라스

(Eugene Jolas)가 강조하는 개념(dictum)이다. 즉, 그들은 청각과 음악의 차원 (dimension)을, 〈중탑사〉에 실린 베켓의 첫 논문에서 언어의 음률과 소리에 대한 초점을, 그리고 조이스는 형식과 내용의 일치를 각각 강조한다. 베켓 의 이에 실린 아래 논문인 즉, "*Dante - Bruno, Vico - Joyce*"에서:

- Here form is content, content is form. You complain that this stuff is not written in English. It is not written at all. It is not to be read - or rather it is not only to be read - His writing is not about something; it is that something itself.

모더니즘의 최초의 증인이라 할 헨리 제임스(Henry James)의 "픽션의 예술"(The Art of Fiction)에서 그는 픽션의 패턴과 리듬을 강조하고 있거 니와, 그의 걸작 〈대사들〉(*The Ambassadors*)에서 이 이론을 실천한다. 이 러한 형식의 강조는 프랑스의 상징주의자, 데카당파(*fin de siecle*) 심미 파 및 월터 패타(Water Pater)의 전통을 답습한다. 이는 V. 울프의 〈블룸즈베 리 철학〉(Bloomsbury Philosophy) 및 그의 전통과 거의 다를 바 없다. 그러 나 혼성 모더니즘(hybrid Modernism)은 오히려 객관성(objectivity)을 강조 하는데, 이는 중국 한자 시의 고전적 기준(classical criteria)에 속한다. 이는 또한 파운드의 사상파(Imagism) 시나, 엘리엇의 "객관적 상관물"(Objective Correlative) 및 조이스의 〈초상〉에서 데덜러스의 심미론(Aesthetic Theory) 과 맥을 같이 한다. 이는 조이스의 현현화(顯現化((Epihanization)로서, 파 운드의 사상파의 특징(criterium)과 같다.

파운드의 '이미지즘' 지론인 즉:

1. direct treatment of the "thing", whether subjective or objective
2. to use absolutely no word that does not contribute to the presentation
3. as regarding rhythm: to compose in sequence of the musical phrase, not in sequence of metronome

엘리엇의 '객관적 상관물'의 지론인 즉:

The only way of expressing emotion in the form of art is by finding an "objective correlative," in other words a set of objects, a situation, a chain of events which shall be the formula of that particular emotion - .

조이스(데덜러스)의 심미론인 즉:

Three things are necessary for the perception of the beautiful:
1. wholeness or integrity(integritas) - impressionism
2. harmony or proportion(consonatia) - realistic naturalism or vice versa
3. clarity or radiance, symbolistic dimension

한자의 구성도 위의 신조어와 비슷하여, 이론적 상대물(theoretical counterpart), 즉 사상, 지력(thought, intellect) 및 감정, 정서(feeling, emotion)를 갖는다. 또한 시인 스펜더(S. Spender)의 말대로, 사상과 시와 산문의 경계(demarcation)를 완전히 붕괴하는 지라, 나아가 엘리엇의 "객관

적 상관물" 역시 사상 파의 가장 중요한 부산물이다. 조이스의 *integritas*
와 *consonantia*의 심미적 형식주의의 시각적 전시展示는 〈율리시스〉
의 다음과 같은 블룸의 글자 수수께끼(anagram)나 한자의 현현화顯現化
(Epiphanization)의 구성과 유사한데, 이들은 앞서 비. 비. 교수의 모더니즘
의 지론과 글자 수수께끼의 맥을 이어간다.

〈율리시스〉에서 (1):

Leopold Bloom

Ellopodbomool

Molldopeloob

Old. Ollebo.M.P. (U 554)

〈율리시스〉에서 (2):

그에게 이렇게 이글링턴 왈: 자네 그 유서 말이군.

그러나 그건 설명되었어, 법률가들에 의해, 난 믿어.

그녀는 과부로서의 유산을 받을 권리가 있었던 거야.

관습법에 따라. 그의 법률 지식은 대단했어, 판사들의 말에 의하면.

그를 사탄(마왕)이 조롱한다, 조롱 자 왈: 그런고로 그는 그녀의 이름을 빼놓
았지.

최초의 초고(草稿)에서 그러나 그는 빼놓지 않았어.

선물을, 그의 손녀를 위해, 그의 딸들을 위해, 그의 누이를 위해, 스트랫포드
의 그의 옛 친구들을 위해, 그리고 런던의. 그런고로 내가 믿기에, 그녀의 이

름을 써넣도록, 그가 권고 받았을 때.

그는 남겼어 그녀에게 그의

차선(次善)의

침대를.

펑크트(구두점).

남겼다그녀에게그의

차선(次善)의

남겼다그녀에게그의

최선(最善)의침대

차최선(次最善)의

남겼다한개침대.

〈경야〉에서:

Hanandhunigan's:

he and she again(덴마크어): han=he, hun=she, Han(東)=(중국어).

Hun(北)again(西): 중국의 漢王祖(207 BC − AD 220)

모체母體(matrix)

Shize? I should shee! Macool, Mcool. orra whyi deed ye diie? joy: 조기嘲氣

(joky)＝jo+joke+joy+Joyce+joucity(嘲意市)

Epiphany(顯現)＝Epi(外)＋phany(幻像)＝ 日＋絲＋頁＋王＋見

It was of a night, late, lang time agone, in an auldstane eld.(그것은 밤에 관한 이야기, 늦은, 그 옛날 당시에, 고석기 시대에)

long ago old stone elder

lag gone elm

agon stained hero

한자漢字나 한시漢詩에서 한글이나 한글 시와 다른 것은, 전자는 사상파적 시혼詩魂(Imagistic poetic soul)을 품으며, 후자는 사형장문蛇形長文(prosaic length)인지라, 예를 들면, 전자는 스펜서(Spencer) 작의 응집된 낭만시인, 〈요정의 여왕〉(*The Faerie Queene*)의 사형이요, 후자는 프랑스의 프루스트(Proust)의 산문 소설인, 〈잃어버린 시간을 찾아서〉(*A la recherche du temps perdu*)로서, 전자는 응결형凝結型인데 반하여 후자는 사형蛇形의 장문적長文的 산문散文이다.

이상의 형식주의적 신조(formalistic credo)에서 볼 수 있는 것은 이들이 모두 심리적(psychic) 이라기보다 기술적 척도(technical criteria)라는 당위성이다. 당대의 발랄한 모더니스트 작가인, 포드 M. 포드(Ford M. Ford) 역시 형식주의 작가로서, 그는 조이스 및 파운드와 사교하는 파리의 사진을 찍었음을 엘먼(Elmann)은 그의 〈제임스 조이스〉(*James Joyce*) 전기에 수록하고 있다. 포드의 명작인 〈선량한 군인〉(*The Good Soldier*)은 에밀 졸라 작의 〈걸작〉(*L' Oeuvere*)과 함께 인상주의 걸작으로 유명하다. 졸라는 발작과 함께 자연주의 작가들의 거장들로서, 앞서 지적한 〈걸작〉(*Masterpiece*)은 당대 비평가 리차드(I. A Richards)가 "음악의 관념"(idea of music)으로 칭하고, 크게 칭찬한 바 있다.

또한, 1972년 털사 대학의 저명한 〈대학 모노그래프 시리즈〉(*University Monograph Series*)에 수록된 비평가 루카치(George Lukacs)의 제자요 헝가리의 마르크스주의자인 피터 에그리(Peter Egri)의 "아방가르드주의와 현대성現代性"(Avantgardism and Modernity)이란 논문에서 조이스의 〈율리시스〉는 마르크스주의를 제외한 모든 문학적 이즘들(isms)의 총화라 예증한 바 있다. 마르크스주의자가 마르크스를 공제하다니 아이러니가 아닐 수 없다. 마르크스주의자들은 모더니즘을 오히려 사실주의의 승리로 본다. 루카치는 "모더니즘은 예술의 풍요가 아니요 부정이다."(Modernism means not the enrichment but the negation of art)라 힐난한다.

그러나 〈율리시스〉에는 비록 주인공인, L. 블룸(Bloom)의 이상주의적 모더니즘(idealistic Modernism)이나, 제2장의 디지(Deasy) 교장의 역사주의(historicism)가 마르크스주의 개념을 다분히 내포하고 있긴 해도 마르크스주의의 도그마는 없다. 당대 비평가인, 칼(F. R Karl)의 말대로, 마르크스주의가 소설적 성격(fictional character)을 '어색하게 하거나'(wooden), 역사는 인간의 존재론적(ontological) 기반이 될 수 없다는 모더니즘 본연의 취지로 보아 조이스가 그를 배제한 것은 당연하다. 조이스가 마르크스주의와 동의 할 수 없는 점은 인간은 적어도 자기 자신을 혁명화 할 수 없으며, 전혀 새로운 것을 창조할 수 없다는 그의 신념에 있다. 〈경야〉의 비코적(Viconian) 코르소 - 리코르소(*corso - recorso*)의 역사주의에 대하여 조이스는 그의 서설에서 다음과 같이 말한다.

- 하지만 거기 존재 하지 않았던 몸체는 여기 존재하지 않는지라. 단지 질서가 타화他化했을 뿐이로다. 무無가 무화無化했나니. *과재현재過在現在!*(Yet is no body present here which was not there before. Only is order othered. Nought is nulled. *Fuitfiat!*)(613.14)

모더니즘의 기법적 역설(technical paradoxology) 중의 하나가 파운드의 "후기 캔토스"(*later Cantos*) 및 "피산 캔토스"(*Pisan Cantos*)에서 볼 수 있는 와권주의渦港主義(Vorticism)이다. 파운드는 그것에 관한 그의 수필에서 다음과 같이 서술한다.

- 이미지는 관념이 아니다. 그것은 찬란한 양상 혹은 뭉치이다. 그것은 - 와권이다. 그것으로부터 그리고 그것을 통하여 그리고 그것 속으로, 관념들은 한결같이 돌진하고 있다 - 와동주의渦動主義(vorticism) 말이다.(파운드)

파운드의 〈캔토스〉가 와동을 위한 비가悲歌라면, 조이스의 〈경야〉는 희비극주의(tragicomicism)를 저변으로 한 찬가讚歌이다. 〈율리시스〉와 〈경야〉의 차이점은 전자는 심상주의心象主義(Imagism)(1912년경에 일어난 시의 풍조로서, 운율에 주요성을 두어 정확한 영상으로 표현의 명확성을 꾀하는 텍스트이요, 후자는 와동주의의 텍스트이다) 상상주의想像主義(Imagism)는 참조적參照的(referential)에서가 아니고, 문맥적(contextual)에서 "절대적 음률"(Absolute rhythm)이 이루어진다. 그러나 〈경야〉의 언어는 초음파적(ultrasonic) 단어로 단어 하나하나가 수많은 의미의 과포상태過褒狀態를 이룸으로써, 그 자체가 시의 이상이나 이미지가 담겨 있는 응결시凝結詩가 된다. 예를 들면,

그의 통침석桶寢石을 날카롭게 다듬을지니, 그의 관을 두들겨 깨울지라! 이전 세계 하처何處 이 따위 소음을 그대 다시 들으리오?

(his pillowscone, tap up his bier! E' erawhere in this whorl would)(6.24)

bier	whorl
beer G; Bier: Fr: Biere	world
bier(catafalque)	whorl(of the ear)
	whir(confusion, chaos)

E' erawhere

wherever

Arrah, where

E(HCE propped upright

era, where

이상은 추락(fall)과 경야(wake)의 이중성을 띤 축제의 한 장면으로서, 여기서 볼 수 있는 〈경야〉어의 구성은 중국 Fenollosa의 한자의 회화성繪畵性(pictographic nature)에서 취한 표의문자表意文字의 방법(ideogrmatic method)과 비슷하다. 그런가 하면, 〈경야〉의 언어는 〈캔토스〉의 언어와 유사하지 않는 데가 있다.

Hast' ou seen boat' s wake on sea - wll, how creasts it?

What panache?

Paw - flap, wave - tap, that is gaiety.(Pound' s Cantos)(new Directions, 1970, Canto 110. p.787.)

모더니즘의 심미적 형식주의는 결국 구조와 디자인을 의미한다. 그런 가 하면, 오늘 날 첨단 서구문학은 포스트모더니즘이 조이스의 〈경야〉를 기치를 세우는데 있다. 한 때 조이스는 첨단 문학의 포스트모던 문체화文體化(postmodern stylistics)를 다음처럼 이론화 했다.

> - 중요한 일이란 우리가 단순히 글을 쓰는 것이 아니라, 우리가 어떻게 쓰는 가 하는 것이요, 그리하여, 나의 의견으로, 현대 작가는 무엇보다도 모험자 가 되지 않으면 안 된다. 그는 모든 모험을 기꺼이 경험해야할지니, 만일 필 요하다면, 설립자가 되도록 준비해야한다. 말을 바꾸면, 우리는 위험스럽게 글을 써야 한다는 것이다.(제임스 조이스)

위와 같은 조이스의 포스트모니즘 문체화의 글이 바로 그의 〈경야〉이 다. 포스트모더니즘은 확실히 현대 조류의 문학과 문화의 연구 상으로 모 든 범주들의 가장 경쟁들 중의 하나이다.

한 세기의 거의 3/4 동안, 독서의 모더니스트 방법은 조이스를 읽는 유 일한 방법이었거니와 - 유용하고, 과연, 강력하고, 그러나, 한정된, 모든 건 축의 골조骨彫마냥, 그러한지라, 여기 이 글은 포스트모더니즘 속으로 이 러한 한계들을 가로질러 도약한다. 거기 무흠위無廠衛의 조이스가 여전 히 발견할 즐거움들과 가능성들이 있다.

아래 글은 필자가 지금까지 모더니즘과 포스트모더니즘(특히 조이스를 포 함하여)을 제작하는 소재들이다. 조이스의 〈율리시스〉와 〈경야〉는 가장 구조 화된 작품들이다. 로렌스 스턴(Laurence Sterne)의 〈트리스트람 샌디〉(Tristram Shandy)의 기발한 기법과 구조도 조이스의 그들에 미치지 못한다.

조이스 자신이 베케트에게 나는 과제도 했을지 모른다.(I may have

oversystematized)라고 실토한 바 있거니와, 〈율리시스〉는 "Telemachia" (I)에 3 장, "Bloomiad" (II)에 9장, "Nostos" (III)에 3장으로, 〈경야〉에는 "The Book of Parents" (I)에 8장, "The Book of Sons" (II)에 4장, "the Book of the People" (III) 에 4장, 그리고 종장인, "Recorso" (IV)에 1장으로 각각 구분된다. 〈초상〉은 그의 첫 1페이지 반에 뒤이은 주제(motif)가 집약된다. 〈경야〉의 최초의 한 절이 우뢰(천둥)(thunder)의 추락에서 시작하여 탄생, 결혼, 멸망, 그리고 소생 의 개구리의 창가唱歌로 전환하면서, 철학적 비코주의(Viconism)을 이룬다. 여기 비코는 〈경야〉 구조의 주축이다.

〈경야〉의 기법 및 문체는 꿈과 무의식을 그 논리로 삼는 초현실주의 (surrealism)의 승리이다. 〈율리시스〉에도 "키르케"(Circe)에서 주마등의 환 영幻影(phantasmagoria) 혹은 환각(hallucination)이, 그리고 "이타카"(Itaca) 장에서 윤회(metamorphosis)가 판을 치지만, 〈경야〉에서는 이 양자가 회 전 목마처럼 윤중윤輪中輪(wheel within wheel)을 이룬다. 탁월한 케너(H. Kenner) 교수(〈파운드 이라〉(*Pound Era*)의 저자)가 제임스(H. James)의 〈대 사들〉(*Ambassadors*)을 "a hundred cubic inches of wood pulp"라 비유한 것 은 분명히 〈율리시스〉나, 〈경야〉에 적용되는 말이다. 〈율리시스〉의 각 에 피소드는 마치 〈더블린 사람들〉의 15스토리들을 연상하지만, 형식주의에 관한 한 무어(G. Moore)의 〈중요 윤리〉(*Principia Ethica*)의 비평 기준을 뒷 받침하고 있다. 이는 벨(C. Bell)이나 스트라키(L. Strachey)의 "블룸즈버리 그룹"(Bloomsbury Group)(20세기 초두, V. 울프 등이 수립한 문학 집단)에서 보듯 미국의 포(E. Poe)나 위트먼(Whitman)의 시를 영상하게 한다.

한자문漢字文을 깃든 이 논문은 현저하게 새롭고 참신한 글이 되기를 바라거니와, 이것이 20세기 모더니즘 및 21세기 포스트모더니즘의 배경 지식을 공급하기를 바란다. 이는 예외적으로, 쉽고 기지적機智的인지라,

넘치는 피치의 논쟁은 우리가 비평적 독서와 시대구분(periodization)의 수 감收監된 범주로부터 자유로이 파괴할 수 있을 것이요, 이는 우리에게 거의 반복(tautology)의 형태로서 모더니스트인 조이스를 공급할 것이다. 이러한 주제를 통하여 소재를 대령하면서 필자는 최근 문학 운동을 고답적으로 읽을 수 있고, 가르칠 수 있는 조이스적 상투어의 개혁을 제공할 것이요, 가장 억압적 문학의 토론을 통하여 문학의 행군을 진행하리라.

케너의 〈입방의 인치〉(cubic inches)라는 표현은 전환(transition)없는 "객관적 상관물"(Objective Correlative)로서 엘리엇의 〈황무지〉, 파운드의 〈캔토스〉, 〈휴 소로윈 모베리〉(*Hugh Selwyn Mauberley*), 하트 크레인(Hart Clane)의 〈다리〉(*The Bridge*), W. C 윌리엄즈의 〈패터슨〉(*Paterson*)등의 형식론에 적용되는 기법을 의미한다. 이들 대표적 모더니스트 작가들 가운데서, 〈패터슨〉의 다양성(diversity)이 타 작품들을 능가하지만, 형식주의에 있어서 최고의 "대교大橋"(big Bridge)를 갖는다. 이는 퍼셀(E. Fussell)이 말하는, "단순한 구성의 은유"(a single constituting metaphor)의 산 증거이다. 1930년대 가장 야심작이라 일컫는 도스 파소스(Dos Passos)의 〈USA〉 3부작에서 〈대금〉(The Big Money)과 〈뉴스릴〉(newsreel), 〈카메라 아이〉(Camela Eye), 〈전기〉(Biography)등의 기법으로, 조이스의 〈율리시스〉에 도전한 것으로 전하나, 조직적 형식에서는 도저히 그를 따를 수 없었다. 〈대금〉은 오히려 파편의 연속에 불과하기 때문이다. 이러한 모자이크(mosaic)단편이 만화경적 제시를, 앞서 마르크스주의 비평가인 루카치는 "개성의 해체"(dissolution of personality), 또는 "실체의 희박성"(attenuation of actuality)으로서 힐난한다. 그러나 가세트(Ortege y Gasset)의 "예술의 탈개성화"(dehumanization of actuality)나, 프랑크 커모드(Frank Kermode)의 "파괴"(destruction)가 아닌 "탈창조"(decreation)는 모더니즘의 형식적 '장악'(encapsulation)을 위한 이상적인 제언이다.

〈율리시스〉에 있어서 저명한 조이스 전기가인 엘먼이 최근 공개한 계획(Carlo Linachi schema)은 Gorman - Gilbert schema와 상당한 차이가 있다. Linati schema에 의하면 〈율리시스〉의 구조는 "3분기"(triad)로 구분된다. 즉, 최초의 9에피소드는 "사랑의 비전"(a vision of love)으로서, "예술의 비전"(a vision of the art)이요, 후반의 9에피소드는 재차 "사랑의 비전"(a vision of love)이라 했다. 이것은 작품의 3대별과 다른 2등분 구조를 말해준다. 또한 〈율리시스〉의 첫 철자인 "Stately"의 S와 마지막 자인 "Yes"의 S는 뱀이 꼬리를 무는 아담의 원시 신화(Adamic primitive myth)나 영원성의 기호(옆으로 누운 8)를 이룬다. 이것은 〈초상〉이 "Once upon a time"으로 시작되어 "in good stead"(space)로 끝나며, 〈경야〉의 "riverrun"의 첫 구와 "long the"의 작품의 결구가 합침으로써 비코의 역사성을 상징하고 있다. 이는 베케트의 〈몰로이〉(Molloy)의 구조와 거의 대응을 이룬다.

다음으로 "비 - 위탁 - 아이러니"(non - commitment - irony)를 들거니와, 앞서 B. B 교수의 정의의 두 번째 특징은 현대 영웅(modern hero)의 사회에 대한 "비위탁성" 또는 "유리성(遊離性)"(detachment)이다. 이것은 모더니스트 작가들의 픽션의 영웅적 작품상의 중요성과 그가 전통적 아리스토텔레스의 합리주의에서 이탈하려는 이분법(dichotomy)은 바로 신 비평가들(New Critics)이 말하는, '아이러니'가 아닐 수 없다. 버지니아 울프가 반기를 들어 "물질주의자"(materialist)라고 한 에드워드(Edward)의 소설가들, 즉 버틀러, 골스워시, 베넷 등의 주인공들은 그들 자신이 당대의 예언자 또는 개척자(pioneer)로서 역사의 흐름에 위탁하는, 이른바 D. H 로렌스(Lawrence)가 칭하는 "의식적이고"(conscious ego)들이다. 괴테가 〈빌하름

마이스터(Wilhelm Meister)에서 묘사한 햄릿 상상(像)은 그의 사회의 예언자이요, 도전자로서 사회의 불의와 부조리에서 벗어나 이성과 상상력으로 판단하는 주인공들이다. 이는 〈율리시스〉 제 9장 초두의 도서관 장면에서 젊은 모더니스트들에 의하여 열렬히 펼쳐진다. 거의 1/4 21세기에 걸쳐, 작품을 읽는 방법은 조이스를 읽는 것이 유일한 길이었는지라, 즉, "유용하고, 그래요, 힘 있고 그러나, 한정된, 모든 구조물들을 닮았다" 조이스는 이러한 한계를 뛰어넘어 포스트모더니즘을 도약하는바, 거기서 비非의혹적 조이스의 기쁨과 가능성들이 여전히 발견되리라.

조이스는 역사의 흐름에 참여하고 속하기를 바란다. 1880년대에서 제 1차 대전 말까지를 묘사한 중산층의 사회비판인 골스워시(Galsworthy) 작의 〈포스티 현인〉(*The Forsyte Saga*)의 주인공 솜즈(Soames) 역시 자신을 개척자로 간주했다. 그러나 버틀러(Butler)의 교양소설(*Bildungsroman*)인, 〈육체의 길〉(*The Way of All Flesh*)에서 그의 환경, 학교 및 양친의 지배에 항거하는 인습 타파적 영웅인, 폰티펙스(Pontifex)는 20세기 소설 문학의 낯익은 작품으로 미국 소설가 토머스 울프(Thomas Wolf)의 〈고향을 바라보라, 천사여〉(*Look Homeward, Angel*), 딜런 토머스(Dylan Thomas)의 〈어린 개(犬)로서 예술가의 초상〉(*Portrait of the Artist as a young Dog*), S. 몸(Maughham)의 〈인간의 감금〉(*Of Human Bondage*)을 들 수 있다.

이러한 전통적 영웅들(주인공들)과는 달리, 모던(현대의) 영웅들은 스티븐 데덜러스처럼 "역사의 악몽"에서 도피하기를 바란다. 초기의 엘리엇의 감수성을 반영하는 프루프록(Prufrock) 역시 "나는 예언자가 아니다"(I am no prophet), 자신은 자기비평으로 향하면서, "아니야. 나는 왕자 햄릿이 아니요, 될 뜻도 없다."(No. I am not prince Hamlet, nor was meant to be)라고 한다. 파운드의 초기 E. P. 또한 "책망의 늙은 암캐 / 어설픈 문화를 위하여"(for an old bitch gone in the teeth / For a botched civilization)를 위해 희생하려 들지 않는다. 햄릿과 스티븐의 수많은 성격상의 유사성에도 불구하고, 한 가지 분명한 차이점이 있다면, 전자의 적극적 사회 참여에 반하여, 후자의 "인생의 마상창시합"(the joust of life)에서의 회피이다. 이들은,(즉, Modernist - I) 케너 교수가 일컫는 "동종요법적同種療法的 자아."(homeomorphic ego)들로서, 예를 들면, 〈황무지〉의 I Tiresias이요, 파운드의 E. P. 및 모버리(Mauberley), 그리고 V. 울프의 〈달로웨이 부인〉(*Mrs. Dalloway*)에서 Peter Walsh, 〈등대로〉(*To the Lighthouse*)의 릴리(Lily), 포크너의 〈소리와 분노〉(*Sound and Fury*)의 퀸틴(Quentin)들로 대표되며, 그들은 자신들이 수립한 밀폐된 세계(Hermetic world) 속에서 신화요법적 (mythotherapic), 즉, 자의적 종결부(coda)를 찾는 주인공들이다. 이들은 작가의 구변가口辯家(mouthpiece) 또는 변신(*alter ego*)으로서, 예를 들면, 콘래드(Conrad) 작의 〈로드 짐〉(*Lord Jim*)에서 말로(Marlow)는 보다 나이 든 콘라드 자신으로 짐의 운명에 참여하고 있다. 조이스의 스티븐은 〈초상〉에서 마치 시인 블레이크(Blake)의 앨비언(Albion)(영국의 옛 아명)처럼 창조의 신으로서, 자신의 우주론(cosmology)을 구축하고, 현실과 유리되어 있다.

- 예술가는, 창조의 하느님처럼, 그의 수공품 안에 또는 뒤에 또는 그 너머 또는 그 위에 남아, 세련된 나머지, 그 존재를 감추고, 태연스레 자신의 손톱을 다듬고 있는 거야.(p. 215.)

모더니스트 영웅들은 이처럼 실존주위 시간으로부터 분리되어 버그송의 "지속"(*la duree*) 또는 영원한 현재(everlasting Now)의 종교 - 심미적 철회를 시도함으로써, 스스로 "열정"(elan vital)을 마련한다. 그리하여 도시의 군거 위에 현세의 조감도를 들어다 보듯 그를 판단한다. 〈율리시스〉의 백과사전주의의 의도는 바로 여기에 있다. 이는 모더니즘의 원조라 할 플로베르의 전통이다, 플로베르는 한 예술가로서 하나님처럼 자신의 작품 밖에 서있기를 원했다. 그리하여 플로베르식의 유리성琉璃性(aloofness)이야말로 모던 헤로(Modern Hero)의 유리현상을 원했다. 그러나 같은 모더니스트 작가들 가운데서도 엘리엇이나 조이스처럼(〈더블린 사람들〉의 첫 3이야기는 제외하지만), 파운드는 그의 〈캔토스〉에서 자신의 이질동형異質同形(homeomormorphism)을 감추려 하지 않는다. 〈캔토스 III〉는 "I sat on the Doganastepe"을 시작함을 알 수 있다.

그러나 모던 헤로의 속세와의 유리현상은 로맨틱 헤로의 그것과는 다르다. 낭만주의는 한 마디로 저유(liberation)이다. 따라서 로맨틱 헤로는 현세에서 완전히 도피한다. 그에게는 자살이 극단이다. 그러나 모던 헤로는 비록 속세와 유리되어 있어도, 그를 판단하고 음미하며 시기가 오면 아리스토테리언 헤로처럼 사회의 위락慰樂을 할 각오가 서 있다. 〈율리시스〉는 스티븐에게 인식론의 시련장이다. 즉, "그대가 아는 바를 어떻게 아는가?"(how do you know what do you know?)의 시련을 겪으면서 작품 말에서 그는 현재의 딜레마에서 거의 구조된다. 〈율리시스〉의 Linati schema가 공개한 스티븐의 종말이 *nouba alba*에로 출발함은 작품의의 축소판이라 일컫는 미국의 모더니스트 시인 크래인(Crane)의 〈다리〉(*The Bridge*)에서 〈브루클린 다리에로〉(*To Brooklyn Bridge*)의 마지막 스탠자의 "신으로의 신화"를 연상하게 한다.

이는 조이스적 스티븐이 "여기와 현재"(here and now)의 경험주의(empiricism)와 함께 Apollonian Modernist에서 Dionysian Modernist로 전

환함을 의미한다. 크레인의 〈다리〉(*Bridge*)는 엘리엇의 초기의 부정주의 (negativism))에 대한 반증이었다. 그에게는 작가의 임무야 말로 카오스를 초월한 가치의 새로운 종합(synthesis)을 찾는데 있다. 마찬가지로, 〈경야〉 에서 젊은 남자 주인공 셈(Shem)이 그의 〈성서〉의 아벨(Abel)격인 아우 숀 (Shaun)과의 "얼간이"(human dumbbell)의 양극성으로 화해한다. 이는 브루 노(Bruno)의 "반대의 변증적 반대"(dialectical process of opposites)이요, 그의 저서 〈*De infinito Universo et Mondi*〉(1584)〉에서 반대의 일치를 강조하는 바, 이는 "실제와 가능은 영원에서 다르지 않다"(The actual and the possible are not different in eternity)로서, 예를 들면, HCE의 쌍둥이 자식들인, 형 바 트(Butt, Shem)와 아우 탭(Taff)(Shaun)의 두 적대자는 갑자기 〈동일인〉 "one and the same person"(354.08)이 된다. 이러한 이치는 블레이크(Blake)의 〈천 국과 지옥의 결혼〉(*The Marriage of Heaven and Hell*)에서처럼 매력과 반항, 증오와 선악이 인간의 생존을 위해 필요불가결하며, 양자는 결국 재결합한 다는 것이다. 스티븐은 〈율리시스〉 말미에서 형이상학적 부성, 허무주의의 및 지적 궁지(quandary)를 경험하며, 인간 조건에 참여하고 자연과 죽음을 시인할 단계에 이른다. 이제 그는 아비와 자식이 아니고, 자신이 아비가 되 어야 하며, 셈이 "윤환輪環의 역사"(cyclewheeling history)를 써야하듯, "이클 레스 가의 비非 판독의 청본青本"(unreadably Blue Book of Eccles)(179.27)을 써야 할 처지이다.

B. B 교수는 신화 구조(mythic structure)를 모더니즘의 셋째 특징으로 내 세운다. 로맨틱 및 빅토리아 작가들에 의하여 사용된 고전 신화는 적어도 방법론으로서 사용되지 않았다. 재래의 신화는, 다시 말해서, 신념을 위한 훈련이나 해석을 위한 주제로 쓰여 졌다. 톨스토이의 〈부활〉(*Resurrection*)

이나, 졸라의 〈저미날〉(*Germinal*) 및 〈나나〉(*Nana*)에서처럼, 재래의 신화는 신화시적神話詩的(mythopoetic)디자인을 위한 신화적 언급의 단편적 시리즈로 일관되어 작품의 주제를 돕는다. 그러나 모더니스트 작가들, 특히 카프카(Kafka), T. 만(Mann), 베케트 등은 오늘의 인간의 경험을 합리적 이해에서 접근할 수 없다고 보고, 사회적, 논리적 마비(paralysis)를 피하기 위하여 신화를 사용하고 있다. 당대 영국 소설가인, 포스터(Forster)의 〈인도로 통관通觀〉(*Passage to India*)에서 볼 수 있는 힌두 신화, 기독 신화, 포크너의 〈소리와 분노〉에서 〈예수 부활 신화〉(Easter myth), 파운드의 캔토스와 율리시스 신화, 카잔자키스(Kazantzakis)의 오디세이 신화, 그리고 조이스의 〈더블린 사람들〉의 "은총"(Grace)에서의 단테 신화(Dantesque myth), 〈초상〉의 다이데이리언(Daedalian)신화, 〈율리시스〉의 호머 신화, 그리고 〈경야〉의 부활 신화(비코, 브루노)등은 적어도 작품의 주제형主題型(motif- pattern)을 이룰지라도, 이들은 신화적 서술의 설계 위에 구조되어졌지, 서술 자체가 신화와 직접적 관련은 없다. 〈율리시스〉는 포프(A. Pope)의 〈머리다발 강탈〉(*The Rape of the Lock*)에서처럼 호머의 문체적 패러디는 아니다. 조이스에게는 오디세이 신화, 오디세우스의 부친 탐색, 방향, 및 귀향(*Nostos*)의 전반적 리듬(overall rhythm)이 됨으로써 전체 작품의 신화 구조역을 하고 있다.

그러나 우리가 여기서 주의해야 할 점은 파운드가 오디세이 신화를 〈율리시스〉의 골격(scaffolding)으로서, 길버트(Gilbert)의 구조적 등뼈(backbone)는 당연하지만, 오디세이 신화에 의하여 모델화 된 작품의 구조는 작가의 외적 필요성 때문이지, 독자에게는 그리 중요하지 않다는 사실이다. 흔희들 조이스의 작품들을 신화 자체에 입각하여 텍스트 자체로 해석하려 함은 건전한 비평이 되지 못한다. 예를 들면, 〈율리시스〉의 해석이

스티븐, 블룸 및 몰리 등의 행동에 의지하지 않고 스키마에 의존함은 큰 위선이요, 만일 이러한 형태상의 해석이 이루어 질 경우, 조이스 문학의 본질의 모호성(ambiguity)(그 자체가 인생을 신비와 풍요에로 이끄는 것으로)이 말살되는 결과가 된다. 이것이 바로 최근의 "아카이브"(Archives)(1976)(현재 버펄로 대학 도서관에 소장)에 드러난 작가가 〈율리시스〉의 창작 과정에서 남긴 호메로스적 타이틀의 완전한 제거의 이유인 것이다.

모더니즘의 배자적胚子的 수필로서 비평가들이 자주 인용하는 엘리엇의 "율리시스, 질서 및 신화"(*Ulysses*, Order and Myth)에서, 그는 다음과 같이 이를 서술한다.

- 신화를 사용함에 있어서, 당대와 고대 간의 계속적인 평행을 조율함에 있어서, 조이스는 한 가지 방법을 추구하는 바, 그것은 타자들이 그의 다음으로 추구해야만 한다. 그것은 단순히, 통제, 질서, 당대의 고대인, 무의無義와 무정부의 거대한 파노라마에 형태와 의미를 부여하는 것이다.

여기서 엘리엇은 당대와 고대를 들어 그 평행을 강조하고 있다. 그러나 엄격이 말해서 이 평행은 〈율리시스〉에 관한 한 정확하지 않다. 물론, 〈황무지〉에는 당대와 고대의 조류潮流(tide and ebb)식 평행이 가능할 것이다. 그러나 조이스는 현대성에 너무나 그리고 끊임 없이 집착한 나머지, 고대에는 별만 흥미와 감각을 갖지 않는다. 예를 들면, 〈율리시스〉의 "프로테우스" 에피소드에서 스티븐의 원시주의(primitivism)에 대한 관심, 즉 아담의 신화는 이내 현실로 되돌아옴으로써, D. H 로렌스의 중편 소설 "말을 타고 떠난 여인"(The Woman who Rode Away)에서 보는 작가의 원시주의와는 엄청난 차이가 있다. 〈율리시스〉의 구조가 엘리엇 식의 순수한 평행이 아닌 또 한 가지 예는 "이타카" 말에서다. "키르케"에서 섹스의 체육학(gymnastics)을 즐긴 몰리는 "이타카"에서 기아 - 텔라스 신(Gea - Tellas)으로, "나우시카"에서 세계문학 최초로 독자들 앞에서 수음(masturbation)을 강행한 블룸이 같은 "이타카"에서 인간의 모든 가능성, 즉 "Sinbad the Sailor and Tinbad the Tailor"의 변용을 거듭함은 엘리엇 식의 평행보다 오히려 변용(metamorphosis)이다.

변용이 〈율리시스〉 말에 갈수록 빈번함은 디오니시스적(Dionysiac)(낭만적) 변천인 〈경야〉를 예고한다. 이처럼 엘리엇과 조이스의 어긋난 신화 구조의 개념은 전자에게는 현재보다 과거가 나아서, "귀향"(Nostos)인 반면, 후자에게는 과거나 현재가 다 마찬가지인 비코의 역사주의의 견해차이다. 엘리엇은 그의 비평문인, "전통과 개인의 재능"(Tradition and Individual Tradition)에서 "- 역사 감각은 과거의 과거 성 뿐만 아니라 현재의 그것을 포함 한다"(- the historical sense involves a perception not only of the pastness of the past, but of its presence)라고 피력하고 있는데, 이는 그가 현재의 처지를 과거의 신화적 골격 구조 속으로 짜고 들어감으로써 과거를 강조하고 있다. 〈황무지〉가 전통의 선택에 있어서 완전한 절충주의折衷主義(eclecticism)라면, 조이스의 〈율리시스〉는 현대성의 고수固守로서 미래의 집착인, 시인 크레인(crane)이나, 시인 긴즈버그(A. Ginsberg)처럼 엘리엇 식으로 전통에 빚지지 않는다.

그러나 이러한 평행주의(parallelism)는 신화 구조에만 국한한 것은 아니다. 따라서 B. B 교수의 정의(definition)에는 얼마간 무리가 없지 않다. 왜냐하면 〈율리시스〉에는 신화구조 이외에도 평행주의를 이루는 은유적 방법이 있기 때문이다.

유아론적 반성론(solipsistic reflexivism)는 B. B 교수의 정의가 명시하다시피, 인상주의 작가들의 주장인, 관찰자가 관찰 당하는 주체보다 중요하다는, 궁극적으로 모더니스트들이 "세계들 속에 세계의 유아론적 창조"(solipsistic creation of worlds - within - worlds)로서 모던 헤로를 인도함으로써, 그를 양심의 감옥 속에 속박한다. 유아론적 반성론은 모던 헤로가 갖는 유일한 의사 표시의 방법이요, 조이스의 경우 〈율리시스〉에 그가 조라나 발작의 외적 요소를 너무나 상세히 기록하기 때문에 인간의 내적 요소, 즉, 인간 의식 및 반성주의 이외에 더 쓸 것이 없다는데서 주인공들의 반성(영)주의는 연유한다.

모더니스트 작가들은 그 대부분이 그들 자신들에 관해 작품들을 쓰고 있는 셈이다. 프루스트의 〈잃어버린 시간을 찾아서〉나 A. 지드(Gide)의 *Les Faus Mannayeaurs* 및 리처드슨(D. Richardson), 그리고 울프(V. Woolf)의 〈파도〉(*Waves*), 포크너(W. Faulkner), 아킨즈(C. Akins), 헬러(J. Heller)등의 작품들은 심리적 전투장 위에 "〈점성법〉"(pointillism)이나 "원자화"(atomization)란 기법으로 유아론적 반성주의를 가장 잘 표현한 대표적 것들이다. 모더니스트 작가들이 이처럼 유아론적 의식의 흐름이나 무의식을 시도하는 이유는 인간의 외적 현실, 즉 역사의 기록에서 벗어나, 자신이 구축한 우주론(cosmology) 속에서 이분법적 시간(dichotomous time)에서 동시성적 시간(synchronic time)을 향유 하려는데 있다. 예를 들면, 마르셀(Mashrcel)은 유명한 "madeleine cake"(일종의 茶)에서 잃어버린 시간으로 거슬러 올라간다. 그러나 마르셀의 반성주의는 의식의 흐름(stream of consciousness)이 아닌 것이 대부분의 모더니스트 작가들의 기법들과 다른 점이다. 이러한 "madeleine"의 동기는 조이스의 블룸이 "카립소"에서 로란드(Roland)빵 가게의 빵 냄새가 쿠라칸 - 형(Kurakan - type)의 〈아라비안나이트〉 분위기(aura)로 향하는 것과 비교된다. 〈율리시스〉의 "스킬러" 장에서 스티븐이 셰익스피어의

- 그는, 자기 스스로로부터 몸을 감추기 위하여, 오랜 상처를 핥고 있는 늙은 개[犬]처럼, 자신이 여태 쌓아 올린 창조물에 지쳐, 되돌아가는 거요.(He goes back, weary of the creation he has piled up to hide him from himself, an old dog licking an old sore) 그러나, 상실은 이득을 뜻하기 때문에, 그는 자신이 지금까지 쓴 지혜를 또는 자신이 여태까지 노출한 법칙을 알지 못한 채, 축소되지 않는 개성을 지니면서 영원을 향해 계속 나아가는 거요. 그의 투구 앞 받침은 치켜 올려졌소. 그는 유령이며, 이제는 하나의 그림자, 엘시노어의 바위 혹은 그대의 의지에 따르는 바람, 바다의 소리, 그의 그림자의 본질인 자, 부친과 동질인 자식의 심장 속에만이 들리는, 한 가닥 소리란 말이요.(U 162)

라고 설파함은 바로 이 때문이다. "Dog"의 역은 "키르케" 장에서 "God"가 된다. 셰익스피어가 예술가의 창조자가 됨은 스티븐의 "유리된 하느님, 손톱을 다듬어며"(repairing is finger nails)와 같다. 예술가 - 조이스의 말대로, "신이여 교수자여!"(Hangman God!)(*dio boia*)이다. 현실을 파괴하려는 hangman은 잇따라 상징적 질서를 창조하는 God - Dog가 된다.

비평가 - 교수 슈트(W. Schutte)나 스타인(Steinberg)이 그들의 최근 논문에서 〈율리시스〉의 "페넬로페"에서 몰리의 내적 독백(인상주의적 기법)훨씬 이전에 프로이트나 융(Jung)의 '의식의 흐름'의 총체적 잠입을 예상한 것은 예리한 비평안批評眼이라 할 수 있다. 이것은 〈경야〉의 주인공 H. C 이어위커의 무의식의 도래를 예고하기 때문이다. 여기 이 작품에서 조이스의 분신 - 유아론자 격인 셈(Shem) 역시 환류環輪의 역사를 길게 쓴다.

- 군중으로부터 그를 구하기 위하여 색커슨 순경에 의하여 채포된 셈. 설토 설토 스끄럼 슬리퍼와 더불어, 그는 쉬 잽싸게 안으로 사라졌도다. 사(여)바

라! 분명히 백발白髮틱해海 묵묵분위기의 저 총백總白의 가련한 경호원은 이 원참사原慘事(페인폴 케이크)에 문자 그대로 깜짝 놀랐는지라, 어떻게 그가 자폭엄습했는지, 그리고 그가 그 곳에 가게 되었는지, 도대체 그가 거기 가기를 의도했는지, 그럴 거야 하고 생각하는지 어떤지, 게다가 실제 그가 오후의 전체 추세를 통하여 어떤 종의 암캐 자식이 그를 덮쳤는지, 다시 그의 상대촌항相對村港(카운터포트)에서 어떻게 카프탄 땅의 주피酒皮의 술고래를 위한 크리스마스의 용량을 권고 받고 마음이 진동했는지 그리하여 심지어 더욱 놀란 것은, 그 사이, 그의 극대의 경악을 보면서, 그에게 보고된 바, 감사하게도, 오물과 함께 사자死者(데드)의 당해의 결판結版을 농담하며, 어떻게 하여, 어이쿠맙소사(애러비), 도미니카 회會와 결모結謀하여 아무의 허락도 요구하지 않은 채, 그가 자기 자신의 살모살모(마더)에게 당당하게도, 자연스럽게 두 갤런(투 갤런트)의 맥주를 갖고 귀선歸船한 이름 그대의 교활자였는지. 차렷, 경계 그리고 거머잡앗!(186 - 187)

〈더블린 사람들〉의 이야기들의 타이틀들을 모두 내포하는 위의 구절에서 조이스는 우리들 독자에게 그의 작가적 야심은 물론, 자신이(186 - 187) 군중으로부터 그를 구하기 위하여 색커슨(Sachkson) 순경에 의하여 체포된 셈(Shem)이다. 자신이 〈경야〉를 쓰고 있을 뿐만 아니라, 그의 분신(surrogate)인 스티븐의 사명, 즉 "나의 종족의 창조되지 양심을 나의 영혼의 대장간에서 버리기 위하여"(to forge in the smithy of my soul the uncreated conscience of my race)를 수행하고 있음을 암시한다. 만일 스티븐이 〈율리시스〉의 "스킬러" 장에서 전개되는 셰익스피어주의(Shakespearism) - 셰익스피어 극의 모든 극중극 인물들이 작가 자신이라 함은 조이스가 스티븐, 리오폴드(Leo+pold)(lion+coward), 멀리건, 거티 맥도웰에 이르기 까지 모두 조이스 자신을 의도하고 있음을 우리는 가정할 수 있다. "에어마이어스" 장에서 "그대는 의심할지니 - 즉 나는 내가 아일랜드에 속하기 때문에 중요하다 - 그러나 나는 의심하는 지라 - 아일랜드는 그것이 내게 속하기 때문에 중요하다." 조이스는 도서관 장면에서 자신의 신원을 다짐하듯, 그의 "나, 나 그리고 나, 나(I, I and I, I)임에 틀림없다"(U 9.45)라고 블룸에게 말한다. 조이스는 그의 'I, I and I, I'의 기호(semiotic sighn)를, 비평자 존 그로스(Gross)의 말대로, 가장 민주적인 소설인 〈율리시스〉의 초두에 "St(ephen)ately, Poldy)lump, Buck Mulligan, M(olly)ulligan"으로 이미 심어 놓은 반성적 유아론자이다.

이상으로 모더니즘은의 개요와 변천에 이어, 그의 특징을 - 이즈음의 *magnum opus*(문학 대작 또는 개인의 대작)이라 할 〈율리시스〉에 지금까지 적용해 보았다. 덧붙여 〈경야〉에도 얼마간을.

결론적으로, 제 2차 세계대전 이후 반항 문학의 문맥(콘텍스트) 속에 사르트르나 카뮈의 강력한 실존주의(Existentialism) 철학이나 부조리 철학(Absurdism)의 대두로 모더니즘의 기운이 시들고, 심각한 변용을 가져온 것은 부인할 수 없다. 이로 인해 모더니즘이 이른바, "덜 형식주의"(less Modernism), "덜 아이러니"(less irony) "변형된 신화"(altered myth), 및 노만 O 브라운(Norman O Brown)의 탁월한 특징 "다기적 多岐的 심술"(polymorphous perversity)의 특징을 드러낸 포스트(후기)모더니즘이 전향한 것은 사실이다. 그러나, 포스트모더니즘 속에서도 조이스 캐리(Joyce Cary), 로렌스 듀렐(Lawrence Durrell), S. 배케트, 안소니 포웰(Anthony Powell) 및 안소이 버저스(Anthony Gurgess)등 많은 포스트모던 작가들은 아직도 모더니즘의 영향권 내에 있다.

최근의 조이스 오츠(Joyce Oates), 존 포우레스(John Fowles), 존 버저(John

Berger)등은 실재로 반성적 유아론자의 작가들이고, 존 바스(John Bath), 로버트 쿠버(Robert Coover). 로란드 사크니크(Roland Sukenick)등 작가들은 "반성적 나르시시즘"(reflexive Narcissism)의 애호가들이다.

이른바 〈후기 율리시스〉(Post *Ulysses*) 소설들 이래 모더니즘에 큰 반기를 든 작가가 C. P 스노우(Snow)이다. 그는 실험주의 모더니스트 작가들이 그들의 작품들 속에 과학적 개발을 무시했다고 주장하고, 자신은 사실주의 전통으로 되돌아가고 있다. 또한 리브스(F. R Leaves)는 조이스의 〈율리시스〉를 소설의 "죽음의 종말"(dead end)로 규정하고, 조지 엘리엇, 헨리 제임스, 찰스 디킨즈, 조셉 콘로드의 산문 못지않게 과학에 큰 관심을 나타낸 작가들이다. 예를 들면, "이타카"장의 냉기의 객관적 교리문답(cold objective catechism)은 바로 과학의 기벽주의嗜僻主義(mnemotechniqe)(U 514, 689, 710) 그 자체이다. 또한 〈율리시스〉가 몰리나 블룸의 성(섹스)문제에 있어서 불가피한 솔직성은 스노우(Snow)의 사실주의를 훨씬 능가 한다 할 것이다.

오늘날 서구 문학은 적어도 방법론의 다기주의多技主義(polymorphism)이나 전도성顚倒性(perversity)에 있어서 모더니즘을 대표하는 〈율리시스〉나 〈황무지〉의 중량을 따를 수는 없을 뜻하다. 우리는 모더니즘의 전통의 이탈 "a detour or dead away from the main highway of tradition"이라고 한 비평가의 의견을 나누기 힘들다. 오히려 조이스의 회대의 전기가인, 엘먼이 조이스의 전기 초두에서 "우리는 아직 제임스 조이스의 당대인들이 되기를 배우고 있다"라고 한 말을 동의할 채비이다. 최근의 비평가 로빈 라비노비치(Rabinovich)는 오늘의 소설가들이 직면한 궁지(quandary)를 다음과 같이 말하고 있다.

- 실험 기법을 사용하기를 바라는 젊은 소설가를 위해, 조이스는 불가는 듯하
고, 그와 동등하다는 것은 그를 모반하는 것일 것이다. 유일한 대답이란 전
혀 다른 반향으로 들러 가는 듯하다.

조이스를 중심으로 모더니스트 또는 포스트모더니스트 작가들이 작품
의 개념이나 기법을 모두 개발해 버린 이상, 오늘의 작가들은 부득이 전통
으로 되돌아갈 수밖에 없다는 결론이다. 이것이 오늘의 서구 작들이 당면
한 딜레마라면 딜레마이다. 애당초 모더니즘은 이미 수립한 문학 전통의
가치에 항거하는 현명이었다. 이러한 혁명을 끝까지 수행하기 위해서는
영웅주의 "인내"가 필요하다. 많은 모더니스트 작가들 가운데 조이스만
이 〈경야〉의 제5장에서 쿵(Kung)(중국의 공자)이 설파하는 "인내"(patience),
모든 포스트모더니즘 최대의 놀라운 "인내"를 자인하면서 17년 동안 하루
평균 10여 시간을 집요하게 작업하지 않았던가!

- 인내忍耐, 만일 이어워커의 존재 자체가 의심스럽다면, 그는 편지에 관해
  말할 수 있을 것인가? - 책의 해독을 위한 인내의 필수적 조건. 이제, 인내.
  그리하여 인내야말로 위대한 것임을 기억할 지라, 그리하여 그 밖에 만사
  를 초월하여 우리는 인내 밖의 것이나 또는 외에서 이루어지는 것은 무엇이
  든 피해야 하도다. 공자孔子의 중용中庸의 덕德 또는 잉어(魚)독장督長의 예
  의범절편禮儀凡節篇을 통달하는 많은 동기를 여태까지 갖지 않았을 통뇌痛
  腦의 실업중생實業衆生에 의하여 사용되는 한 가지 훌륭한 계획이란 그들
  의 스코틀랜드의 거미 및 엘버펠드(E)의 지원知源 개척하는(C) 계산마計算
  馬(H)와 합동하는 브루스 양兩 형제에 의한 그들의 합병의 이름들로 소유되
  는 인내의 모든 감채기금減債基金(투자)을 바로 생각하는 것일지라. [108.08
  - 108.28]

또한, 〈경야〉의 제7장에서 셈은 대중으로부터 그를 도우기 위해 순경 색커손에 의해 채포되지 않았던가!

- 연속 현재시제의 외피로서 모든 결혼성가를 외치는 기분형성의 원윤사圓輪史를 천천히 개필해 나갔나니(그에 의하여, 그가 말한 바, 자기 자신의 개인적인 생무능生無能의 인생에서부터, 총육자總肉者, 유일 인간 자, 사멸 자에게 공통인, 위험하고, 강력한, 분할 분배적 혼돈 속으로 의식의 느린 불꽃을 통하여 우연변이變移되는 것을 반영하면서) 그러나 사라지지 않을 각 단어와 함께, 그가 수정의 세계로부터 먹물 뿜어 감추었던 오징어 자신은 그것의 과거의 압박 속에 유감스럽게도 도리안그래이어(doriangrayer)처럼 사라져 버렸도다.(186)

중국계의 재미 셰익스피어 학자, 첸(V. Chen)(주: 〈셰익스피어와 조이스〉의 저자)은 〈경야〉의 기다림의 "인내"를 앞서 "쿵"처럼 아래 설파한다.

- 〈경야〉는 조이스의 인생에서 감수를 발견하지 않았다. 그러나 햄릿처럼, 그는, 〈경야〉가 참된 잠자는 자가 될 것을 믿으면서, 일어나기를 배웠다. "그들로부터 햄 문(文)"(From Let Rise till Hum Lit) 조이스는 자주 〈경야〉로 하여금 잠자도록 스스로 말해야 했다. "Let sleepth"(555.01)그리하여, 비로서, 회귀의 불사조처럼, 그것은 재의 토루土壘로부터 일어나리라 그리고 새 비코의 환에서 새 〈햄릿〉으로서 인식 받으리라. 그러자 그것은, 마침내, [햄文](Hum Lit)으로서, 인간성의 그리고 문학의 애인들에 의하여 쾌락 받고, 읽히고 사랑받으리라. 〈셰익스피어 및 조이스〉(109)

중국의 문장紋章에 다음의 인내가 살아 쉼 쉰다.

百忍堂中有泰和! [100번 인내면 가화만사성이라!]

　마지막으로, 저자(필자)는 〈초상과 〈경야〉를 비유희성非遊戲性으로 읽으며 비담대非膽大하다. 귀중함에 의하여 첫 통제되고, 그것의 중심에서 시인이 되리니, 〈율리시스〉와 〈경야〉의 한결같이 개발적인 변덕스러운 경험으로부터 최후의 놀라운 후퇴를 감행할지로다.

[III] 제임스 조이스: 비평문 해설

(James Joyce: Critical Interpretation)

약 1896년부터 1939년까지 조이스에 의해 쓰인 57편의 비평문집으로, 1959년에 출판되었다. 에드워드 메이슨과 리처드 엘먼에 의해 편집된 채, 수필, 서평, 연설, 신문 기사, 운시로 된 대판지, 편지 및 프로그램 노트들의 편집물로서, 이들의 각 내용은 〈율리시스〉와 〈경야〉 및 그 밖에 작품들의 소재들로 활용됨으로서, 작품 해설에 중요한 소재가 되고 있다.

〈제임스 조이스의 비평문집〉(*The Critical Writings of James Joyce*)은 조이스가 1896년부터 1937까지 약 40여 년에 걸쳐 쓴 57편의 문집으로, 1959년에 런던에서 출판되었다, 조이스 학자들인, 에드워드 메이슨(Edward Mason)과 리처드 엘먼(Richard Ellmann)의 자세한 소개와 함께 정교하게 편집된 이 문집은 논문들(수필), 서평, 연설 문, 신문 기사, 공격 문, 편집자에게 보낸 서간문 및 프로그램 노트를 총 망라하거니와, 이들은 〈율리시스〉를 비롯하여, 〈더블린 사람들〉, 〈젊은 예술가의 초상〉 등, 그의 문학 세계의 모든 담론을 누비이불처럼 짜 맞추고 있다. 편집자들은 말한다. "조이스의 비평은 그것이 조이스에 관하여 보여주는 것이기 때문에 중요하다. 모든 작가는 필연적으로 자기중심적이다. 그러나 조이스는 대부분의 사람들보다 한층 그러하다."

이미 조이스의 산문들에 익숙한 독자는 이 문집에서 보여 지는 조이스의 문학 이론의 심오성과 문체의 정교함에 경악을 금치 못한다. 이들 비평문들 가운데 유명한 것으로, 상당한 분량에 이르는 "연극과 인생"(Drama and Life)을 비롯하여, "입센의 신극" "미학(심미론)" "제임스 클래런스 맹건(1)" "아일랜드, 성인과 현인의 섬" 그리고 재차 "제임스 클래런스 맹건(2)"을 합쳐 6편이다. 이들은 비평문으로서 조이스 문학의 전체 영역의 중요한 일환을 이룸은 물론, 우리에게 그의 여타 중요 산문들, 시, 드라마의 회동會同과 회통回通을 위해 커다란 역할을 한다.

"연극과 인생"은 드라마의 특성과 그것의 인생과의 관계를 논하거니와, 조이스는 이 논문에서 서술적 석명釋明에 편승함으로써, 드라마에 대한 심미적 반응을 억압하는 접근을 거절한다. 연극에서 그는, 미래의 새로운 연극은 진리를 묘사하려는 정열의 상호 작용이 극작가와 청중의 의식을 지배함으로써 인습과의 전쟁이 될 것이라고 설파한다. 조이스가 여기 내세우는 개념은 그의 나중의 작품들, 특히 〈영웅 스티븐〉(Stephen Hero)과 〈젊은 예술가의 초상〉(A Portrait of the Artist as a Young Man)에서 심미적 예술에 대한 유용한 광택으로서 스티븐의 성격 형성에 이바지 한다. "입센의 신극"은 조이스의 우상이었던 입센의 최후 극인 〈우리들 죽은 자가 깨어날 때〉(When We Dead Awaken)에 대한 일종의 상찬적賞讚的 성격을 띤 논문으로, 조이스 자신의 천재에 대한 스스로의 정당성을 부여 한다.

이어 "미학(심미론)"이란 논문은 '파리 노트북'과 '폴라 노트북'의 두 편으로 이루어졌는데, 전자는 조이스가 처음 파리에 머물렀던 1903년 2월과 3월에 걸쳐 쓴 것이요, 그는, 비극과 희극 간의 아리스토텔레스적 구별을 행하며 자신의 이론을 전개해 나간다. 그는 "예술의 서정적, 서사적 및 극적 조건"을 채택한다. 그는 한 편의 예술 작품의 특수한 요소들을 계속 탐구하기 시작하고, 예술 그 자체의 정의를 향해 나아간다. 마지막으로, 그는 변증법적 문답법을 빌어서 예술의 개념을 다듬으려고 애쓴다. 후자는 조이스가 1904년 11월 폴라(Pola)에 머무는 동안 쓴 3개의 항목으로 된 글이다. 여기 그는 아리스토텔레스적 심미론의 탐색으로부터 토머스 아퀴너스의 스콜라 학파에 근거한 것으로 움직인다. 〈초상〉에서 스티븐 데덜러스의 노력을 예상하면서, 조이스는 이 3개의 항목에서 선의 특질, 미의 특질 및 인식의 특질에 대한 그의 인상을 - 결절結節된 형식으로 - 제공한다. 심미론에 관한 이러한 언급은 비록 아주 짧은 것일지라도, 조이스 학도를 위해 중요한 작용을 하리라. 게다가, 이러한 언급은 또한 〈영웅 스티븐〉과 〈초상〉에서 개진된 예술과 심미론에 대한 견해를 너무나 분명히 예고하기 때문에, 사실상, 그것은 이들 작품들의 창작 초기 단계의 견해를 마련해 주는 셈이다.

　"제임스 클래런스 맹건(1)"과, 후속편인, "제임스 클래런스 맹건(2)"은 조이스에 의해 19세기 아일랜드 시인 맹건을 조국의 사람들에 소개하는 목적으로 쓰였다. 조이스가 이 논문에서 맹건의 운시적 상상력에 대한 찬사로 그를 골랐을지라도, 그는 시인에 대한 자신의 평가를 용의주도하게 자제하고 있다. 그는 맹건의 작품 속에서 발견되는 아일랜드적 우울憂鬱에 대한 숙명론적 감수에 관해서는 비판적이다. 조이스에게, 아편과 알코올의 탐닉에 의해 병든 채, 문학적 성공의 가장자리에 있는, 한 이류 시인으로서, 맹건의 인생이, 예술가가 부족한 아일랜드 사회의 모호한 환경애서 비롯된 맹건 자신의 좌절감을 밝혀준다.

　이어지는 상당히 긴 논문인, "아일랜드, 성인과 현인의 섬"은 조이스가 이탈리아에서 행한 강연들 중의 하나로, 그는 이 강연을 아일랜드의 문화와 역사의 특질들(문학적, 지적 및 정신적)을 소개하기 위해, 그리고 아일랜드의 영국과의 착잡한 관계를 부각시키기 위해 활용한다. 여기서 조이스는 조국이 자랑하는 특수한 개인들을 찬양하고, 그들이 행한 중요한 사건들을 기록하는데 주저하지 않으며, 특히, 아일랜드의 언어와 문화를 위한 게일 연맹의 부활을, 그리고 J. 스위프트, W. 코스그레이브 및 B. 쇼 등이 행한, 영국 문학과 문화에 끼친 아일랜드의 지대한 공헌을 열거한다.

그 밖에도, "오스카 와일드 〈살로메〉의 시인"은 트리에스트에서 리처드 슈트라우스의 오페라 "살로메"의 첫 공연에 즈음하여 와일드에 의해 쓰인 것으로서, 이는 1892년에 그가 쓴 동명의 연극에 기초한다. 이는 영국 당국에 의한, 그리고 단연코 남색男色(sodomy)이라는 죄목의 기소로 인한 와일드의 체포, 그리고 죄의 기각 뒤에, 영국 대중들이 그에게 행사한 독선적이요 위선적 처형에 대한 주의를 환기시킨다. 나아가, 또 다른 글, "금지된 작가로부터 금지된 가수로"는 조이스로 하여금 아이리시 - 프랑스계의 테너 가수인 존 설리번의 생애를 진척시키도록 돕는 일종의 공개적 서한이다. 제자題字는 일종의 과장인지라, 왜냐하면 설리번 자신이 응분의 역할을 갖지 못한다는 조이스의 감정에도 불구하고, 그는 결코 "금지된 가수"가 아니기 때문이다. 특히, 이 서한은, 〈경야〉적 언어유희를 비롯하여, 인유 및 오페라의 인용과 외래어 구절로 내내 점철된 채, 서리번의 생애의 성취를 개관하고, 그의 능력을 격찬하며, 당시의 엔리코 카루소 및 지아코모 로리 볼피를 포함한, 다른 테너들 이상으로 그를 어림잡는다. 이 비평문집의 편집자들은 여기 그들의 문집에 조이스의 〈성직聖職〉과 〈분화구(버너)로부터의 가스〉의 두 편을 포함시키고 있으나, 이는 다른 서지학자들에 의해 별도의 해학 시로서 법주화範疇化되기도 한다.

비평문들은 조이스에 의해 정교하게 짜여진 일종의 심미적 및 비평적 조각보로서, 특히 이들은 조이스의 문학 창조의 의식을 위한 일벌을 마련함은 물론, 그의 모든 작품들에 영향을 준 텍스트 외적 요소들에 대한 보다 분명하고 심오한 통찰력을 제공한다. 이들, 주옥과 같은 글들은 각각의 고유한 특성을 지니며, 그들의 문학적 및 심미적 취의에 있어서 상호 상이하면서 아주 동일하고, 동일하지만 전혀 다르다.

앞서 지적한대로, 아마도 가장 매력적이라 할 소품인, "금지된 작가로부터 금지된 가수로"란 논문의 한국어 번안은, 〈경야〉 본문을 번역하는 전철(2002년)을 재차 아우르고 답습하는 듯, 그러나 덜 복잡하게도, 특히 그것의 언어학적 분석과 무수한 사전 찾기에서 그러하다. 여기 번역에 있어서, 텍스트는, 역설적 이기게도, 불가독성不可讀性의 구체화로서, 그 가독이 가능하다.

덧붙여, 편집자들에 의해서 마련된 많은 정교한 각주들이(몇몇을 재외하고) 이 번역문에서 누락되었음을 유감스럽게 생각한다. 권말의 해설은 조이스 비평가들의 A. N 퍼그노리 및 M. P 길레스피, 그리고 필자의 것임을 여기 밝힌다.

이상의 우리말 번안이 모쪼록 조이스의 문학 및 비평의 이해를 돕는데 많은 도움이 될 수 있다면, 그것의 필자의 소임을 잘 마치는 것이다. 독자 여러분의 질정叱正을 청한다.

또한 아래 해설은, 편집자들인 에드워드 메이슨과 리처드 엘먼에 의한 본문의 각 항의 서문에 덧붙여, 일종의 보조 자료로서 공급된 것이다.

1. 겉모습을 믿지 말라(Trust Not Appearances)

조이스가 14살 때 벨비디어 칼리지 시절에 쓴 것으로 전한다. 이는, 학교의 숙제물의 토픽을 다룸에 있어서, 조이스가 당시 그의 독서의 범위와 그의 창조적 실력의 아직 발달하지 않은 상태를 보여주는 그의 자의식적 문체에 의거한다. 논문은 자연의 이미지들로부터, 상투어의 반복, 어느 판단이고 외부의 형태들에 근거하는 어리석음을 통해 들어나는 인간성의 그것들에로 움직인다. 이 논문의 자필 원고는 현재 코넬 대학의 〈조이스 문집〉에 수록되어 있다.

2. 힘(Forces)

논문은 조이스가 더블린의 유니버시티 칼리지 시절 학급의 과제물로, 1898년 9월에 쓰인 것이다. 그것은 물리적 힘에 의한 복종의 특성과 효과를 분석한다. 조이스는 자연력의, 동물들의 그리고 인간 집단의 복종과 같은 것들의 몇몇 전반적 유형들을 다룬다.

3. 언어의 연구(The Study of Languages)

조이스가 UCD에 재학하는 동안, 필경 1989년 및 1899년 사이에 쓰인 논문으로, 현재 코넬 대학 도서관이 소장한다. 비형식적 문체, 주제적 보편성 및 경향을 노정하면서, 논문은 그럼에도 불구하고 조이스의 수사적 논의들과 작문의 과정의 초기 샘플로서 비평적 가치를 지닌다. 우리가 기대하는 만큼, 논문 자체는 언어학의 연구에 대한 특별히 놀랄만한 통찰력

은 제시하지 않더라도, 그것은 조이스의 성장하는 박식과 지적 자신감을
생생하게 보여준다.

4. 아일랜드 왕립 아카데미 "이 사람을 보라"(Royal Hibernian Academy "Ecce Homo")

조이스가 1899년 6월에 UCD의 정규 학습 과정의 일부로서 쓴 논문이
요, 글은 헝가리의 화가 마이클 멍카시(Munkacsy)(1844 - 1900)가 그린 그림
으로, "Ecce Homo"(라틴어, "이 사람을 보라": 성서의 요한복음 19장 5절에서
면류관을 쓴 예수에 관해 언급하는 빌라도의 말)에 대한 그의 분석이다. 그림
은 당시 더블린의 왕립 아카데미에서 전시되고 있었다. 이 비평집의 편집
자들인 메이슨과 엘먼은 그들의 소개문에서, 그림 창작의 극적 요소에 관
한 조이스의 평을 칭찬한다. 그러나, 대부분의 독자에게, 이 논문은 조이
스의 드라마에 대한 견해를 결집한 초기작품(juvenilia)으로, 그것의 전기적
가치 이외 별반 흥미가 없는 결과물로서 생각한다.

5. 연극과 인생(Drama and Life)

이 글은 드라마의 특성과 인생에 대한 그것과의 관계에 관한 것으로, 조
이스가 그의 18세의 생일 직전, 1900년 1월 20일에, UCD의 〈문학 및 역사
학회〉(the Literary and Historical Society)앞에서 발표한 것이다.

논문은 무대 위에서 일어나는 것 및 우리들의 일상의 존재 속에 지나가
는 것 사이의 인습적 상관관계를 질문한다. 조이스는 새 극에 있어서 "진
리를 묘사하는 정열의 상호 작용"이 이제 극작가와 청중의 의식을 지배함

과 아울러, 이 새로운 형식은 "미래를 위해 인습과의 싸움이 될 것이라," 주석한다. 이 변화하는 상관관계에서, 그는 주석을 다는지라, 우리가 드라마를 보는 방법이 바뀌고 있다는 것이다.

예를 들면, 〈야생의 거위〉를 비판하는 것은 거의 불가능하다. 우리는 그것을 개인적 고뇌처럼 단지 곰곰이 생각할 수 있다. 이런 점에서, 조이스는 서술적 석명釋明을 위해 심미적 반응을 억압하는 드라마에 대한 접근을 거역한다. 약간의 수식과 함께, 이 논문의 어떤 요소들의 미숙임에도 불구하고, 조이스가 논문에 제시하는 개념은 그의 후기 작품, 특히 〈영웅 스티븐〉과 〈젊은 예술가의 초상〉의 스티븐의 성격 속에 분명한지라, 그들은 젊은 나이로부터 그의 모든 글쓰기를 생동 있게 하는 심미적 및 예술적 견해에 대한 일종의 유용한 관택으로서 이바지 한다.

6. 입센의 신극(Ibsen's New Drama)

조이스의 헨릭 입센의 최후 극작품인 〈죽은 우리가 깨어날 때〉(When WE Dead Awaken)에 대한 그의 최초로 출판된, 솔직하고, 상찬적賞讚的 에세이이다. 이 논문은 〈포트나이트리 리뷰〉지의 1900년 4월 1일자호에 나타났다. 논문은 입센의 주의를 끌었으며, 영어 필(역)자인, 윌리엄 어처를 통해서, 그는 조이스에게 그의 감사를 표현했다. 이러한 권위 있는 영어 잡지에 논문을 발표함은 조이스를 UCD에서 유명하게 만들었음은 물론, 더욱 중요하게도, 그것은 그이 자신의 천재에 있어서 스스로의 자신감에 대한 보증으로서 이바지 했다. 논문은 1930년 3월, 런던의 "율리시스" 서점에 의해 재 인쇄되었고, 〈조이스 비평문집〉에 포함되었다.

7. 소동의 시대(The day of the Rabblement)

이 글은 아일랜드의 민족주의와 지방의 태도의 요구에 굴복하는 아일랜드의 문예극장에 대해서 품은 조이스의 환멸을 표시한다. 논문의 제목인 즉, "상업주의 및 야비성과 전쟁하는" 권리를 주장하는 극장의 실패를 고발하고, 소동과 타협하는 극장 운동을 향한 조이스의 냉소주의를 반영한다. 조이스는 이 기사를 10월에 써서, UCD의 새로 설립한 학부 잡지인 〈성 스티븐즈 매거진〉지의 편집자에게 제출했다. 기사는 잡지의 지도 교수인 예수회의 헨리 브라운 신부에 의해 거절되었다. 조이스는 그러한 결정을 대학 학장에게 호소했으나, 만족을 얻지 못했다. 그러자 그는 급우인 프란시스 스캐핑턴와 합세했는데, 후자의 논문인, 여성의 권리에 관한 "대학 문제의 잊혀진 양상" 또한 이전에 브라운 신부에 의해 거절당했다. 그러자 조이스와 스캐핑턴은 함께 그들의 논문들을 사적으로 인쇄하여, 그의 아우 스태니슬로스의 도움으로, 약 85부를 인쇄하여 동료들에게 배포했다.

8. 제임스 클래런스 맹건(James Clarence Magan)

이 논문은 대학생으로서 조이스에 의해 쓰인 것으로, UCD의 "문학 및 역사학회"의 1902년 2월 2일의 모임에서 처음 발표된 것이다. 그것은 잇따라 같은 해 5월에, 비공식 대학 잡지인 〈성 스티븐즈〉지에 출판되었다.

논문의 목적인 즉, 비록 1980년대를 통하여, 클래런스 맹건, 특히 시인 W. B 예이츠와 유명한 영국 시인이요, 수필가인 라이오넬 존슨으로부터 과거 상당한 지적 및 예술적 관심의 대상이었을 지라도, 19세기 아일랜드 시인으로서 맹건의 작품을 소개하는데 있다. 동시에, 조이스는 이 논문에서 한 헌신적 신참자(新參者)(acolyte)의 역할을 피하기 위해 유념한다. 비록 조이스가 맹건을 그의 운시의 상상적 힘 때문에 칭찬을 위해 그를 골랐을지라도, 그는 시인에 대한 자신의 평가를 재한하려고 애를 쓴다. 그는 특히 자신이 맹건의 작품에서 발견하는 아일랜드적 우울의 숙명적 감수에 대해 비판적이다. 조이스에게, 문학적 성공의 가장자리에서 살고 있는 군소 시인으로서 맹건의 인생은, 아편과 알코올의 탐닉에 의해 상처 입은 채, 아일랜드 사회의 예술가에 대한 모호한 태도에 의해 야기된 그의 좌절감을 설명한다.

9. 아일랜드 시인(An Irish Poet)

기사는 1902년 12월 11일자의 〈데일리 익스프레스〉지에 실린 윌리엄 루니(W. Rooney) 작 〈시와 민요〉에 관한 조이스의 평으로, 루니는 신페인 운동의 설립을 강하게 지지했으며, 그것의 신문인 〈유나이티드 아이리스먼〉지에 빈번히 기고했다. 조이스는 그의 평에서 루니의 운시의 저속한 특성을 비판하고, 그것의 국민적 주제 때문에 시를 칭찬한 자들을 힐책한다.

10. 조지 메러디스(George Meredith)

월터 저롤드가 지은 소설가 메러디스의 비평적 전기인 〈조지 메러디스〉에 관한 조이스의 평으로, 이는 〈데일리 엑스프레스〉지의 1902년 12월 11일자 신문에 처음 나타났다. 조이스는 메러디스의 소설을(비록 그는 또한 그에 대해 비판적일지라도)기쁨으로 읽었으며, 저롤드의 "표면적 분석"보다 메러디스의 예술에 대한 보다 나은 평가를 더 좋아했고, 책은 "읽을 가치가 있다"
라고 결론지었다.

11. 아일랜드의 오늘과 내일(Today and Tomorrow in Ireland)

스티븐 귄(Stephen Gwyne)저의 동명의 책에 대한 조이스의 서평으로, 책
은 1903년 1월 29일자의 〈데일리 엑스프레스〉지에 나타났다. 책은 민족주
의자의 조망에서 아일랜드와 아일랜드의 생활에 관련 된 토픽을 지닌 10
편의 수필들로 이루어졌다. 조이스는 아일랜드의 서부의 어업에 관한, 아
일랜드의 낙농업에 관한 그리고 아일랜드의 카펫 제조에 관한 귄(Gwyne)
의 설명에 대한 면식을 보여준다. 그러나 그는 아일랜드의 문학에 관한 귄
의 광범위한 상찬적賞讚的 비평에 별반 자신 없는 견해를 보여주는 바, 귄
의 비평을 "덜 두드러진 것"으로 평한다.

12. 경쾌한 철학(A Suave Philosophy)

H. 필딩 홀의 책 〈인민의 혼〉에 관한 조이스의 서평으로, 이는 더블린
의 신문인 〈데일리 엑스프레스〉지의 1903년 2월 6일자에 "사고의 정확성
을 위한 노력" 및 "식민지의 운시들"과 함께 나타났다. 책은 불교의 기본
적 교의敎義를 음미하는데, 조이스의 견해는 필딩 홀의 주제를 위한 그의
파악에 대한 약간 가려진 회의주의에 의해 강조된다. 책의 주제적 문제에
대한 조이스의 열성적 반응은 불교철학을 알리는 평화주의자의 특성에 대
한 그의 동정적이고도 본질적 힘을 보여준다.

13. 사고의 정확성을 위한 노력(An Effort at Precision in Thinking)

　　제임스 안스티(James Anstie)의 〈보통 사람들의 대화〉에 대한 조이스의 평으로, 이는 두 다른 평들인 "식민지의 운시들" 및 "경쾌한 철학"과 함께, 〈데일리 엑스프레스〉지 1903년 2월호에 실렸다. 이 평에서, 조이스는 안스티의 형식적 대담 집 또는 대화 집을 사실상 비범한 사람들의 논술로 가득한 작품으로 각하했는지라, 그의 견해로, 어떠한 평범한 사람도 작품의 화자들이 야기하는 미세하고 외견상으로 부적절한 세목을 띤 지루함과 매력의 수준을 지속할 수 없다는 것이다.

14. 식민지의 운시들(Colonial Verses)

　　클라이브 필립스 - 울리(Clive Philips - Wolley) 작의 〈어떤 영국 에서 [Esau]의 노래〉에 대한 조이스의 서평으로, 이 100개 단어 내외의 간결한 평가는 〈데일리 엑스프레스〉지 1903년 2월 6일 조이스에 의한 다른 두 평론들인, 필딩홀(H. FildingHall 저의 〈사람들의 영혼〉 중의 "경쾌한 철학"과 제임스 안스티 저의 〈보통 사람들의 대화〉 중의 〈사고의 정확성을 위한 노력〉과 함께 나타났다. 조이스의 짧으나 냉소적 평가는 필립스 - 울리의 운시들의 음운과 주제에 초점을 맞춘다. "그의 운시는 대부분 충성스럽고, 그것이 그렇지 못할 때는, 캐나다의 풍경을 서술한다."

15. 카트리나(Catilina)

　입센의 초기 연극인 〈카트리나〉(Catilina)의 프랑스 번역본에 대한 조이스의 평으로, 이는 1903년 3월 21일에 영국의 문예지 〈스피커〉지에 나타났다. 조이스는 번필(역)자의 서문을 짧게 개관함으로써 시작하는데, 그것은 극작가가 20살의 학생이었을 때 쓴 연극의 역사에 관한 전기적 정보를 포함한다. 조이스가 언급하는 대로, 〈카트리나〉의 입센은 후기의 사회적 드라마의 입센이 아닐지라도, 이 연극은 그의 후기 작품들에서 발견되는 자연주의적 및 사회적 요소들을 함유한다. 조이스는 입센의 비평가들이 그의 작품들을 정확하게 평가하는 실패를 판단하기를 삼가 하지 않으며, 그는, 만일 〈카트리나〉가 예술 작품으로서 장점을 덜 가졌다 할지라도, 그것은 그럼에도 불구하고 입센의 초기 극적 경향의 한 가지 예를 함유하고, 감독이나 출판자가 간과한 바를 들어낸다: "자신의 것이 아닌 형식과 다투는 독창적이요 유능한 작가."

16. 아일랜드의 영혼(The Soul of Ireland)

　이는 오가스타 그레고리 부인(Lady Augusta Gregory)이 쓴 〈시인과 몽상가〉(Poets and Dreamers)란 책에 대한 조이스의 서평으로, 〈더블린 데일리 엑스프레스〉지의 1903년 3월 26 일자에 나타났다. 그레고리 부인의 책은 서부 아일랜드의 농민들로부터 수집한 이야기들, 애란 어의 시 번역물 그리고 더글러스 하이드 작의 단막극인 아일랜드어 연극들을 포함한다. 그레고리 여인의 작품의 광범위한 영역에도 불구하고, 조이스는 켈트의 부활의 열성을 향한 그의 반감을 분명히 하는 음조로서 그레고리 부인의 노력을 각하시킨다.

리처드 엘먼에 따르면, 그레고리 부인은 〈데일리 엑스프레스〉지의 편집자인, E. V 롱워스에게 조이스로 하여금 그녀의 논문을 평하는 기회를 주도록 설득했는데, 그녀는 자신의 책에 대한 조이스의 취급에 깊이 불쾌했다. 〈율리시스〉의 "스킬라와 카립디스" 에피소드(제9장)에서, 조이스는 그 사건을 회상한다. 그들이 국립 아일랜드 도서관을 떠날 때, 벅 멀리건은 조이스의 분신인 스티븐 데덜러스로 하여금 빈약한 비평보다는 오히려 기지의 실패를 비난 한다: "롱워드가 굉장히 속상해하고 있어 - 자네가 저 수다쟁이 그레고리 할멈에 관해서 쓴 후로 말이야. 오 너 종교 재판을 받을 술 취한 유태 예수교도 같으니! 그대는 예이츠의 필치로 쓸 수 없었나."(U 173) 여기 멀리건은, 스티븐에게 W. B 예이츠가 행한 것으로 생각되는, 그레고리 부인의 작품을 칭찬했던 지지자와 회유하는 시인의 비평적 성실성과 타협하도록 요구하고 있다.

17. 자동차 경주(The Motor Derby)

1903년 4월 7일자 〈아이리시 타임스〉지에 출판된 조이스의 기사. 그것은 조이스가 프랑스의 자동차 경주 선수인 헨리 포니에르(Henri Fournier)와 함께 행사한 회견의 사본으로 이루어지는데, 후자는 그 해 7월에 더블린을 위해 계획되는 두 번 째 제임스 고던 베넷 경마 컵(James Gordon Benett Cup)에 참가할 판이다. 조이스는 당시의 회견의 회상을 〈더블린 사람들〉의 단편인, "경주가 끝난 뒤"의 배경을 위해 채택했다.

18. 아리스토텔레스의 교육관敎育觀 (Aristotles on Education)

존 버넷(John Burnet)의 〈아리스토텔레스의 교육관〉에 대한 조이스의 표제 없는 견해에 대해 〈제임스 조이스의 비평문집〉의 편찬자들이 붙인 제목으로, 이는 〈데일리 엑스프레스〉지의 1903년 9월 3일에 실렸다. 이 글은 아리스토텔레스의 견해들의 무작위적 및 불완전한 편집에 대해 간략하게 처리하거니와, 조이스는 책을 "철학적 문학에 대한 가치 있는 추가 물"이 될 수 없는 것으로 판단한다. 그러나 조이스는, 에밀 콤즈(Emile Combes)의 책은 프랑스의 교육제도를 음미하는 운동을 정당화하기 위해 아리스토텔레스의 관념들을 사용하는 그의 노력에 대한 유용한 개선책을 제공한다는, 베넷의 견해를 억지로 감수한다.

19. 쓸모없는 자(A Ne're - do - well)

칼(V. Caryl) 작의 동명의 제자를 지닌 책에 대한 조이스의 서평으로, 〈데일리 엑스프레스〉지의 1903년 9월 3일호에 출판되었다. 이는 단지 3개의 짧은 문장들로 구성된다. 첫째 것은 익명을(조이스가 〈아이리시 홈스테드〉지에 "자매들"의 단편을 출판했던 1년 되에 행했던 것과 같은) 저자가 사용한데 대해 조이스는 공격한다. 둘째는 책의 내용을 간단히 처리한다. 셋째는 출판자로 하여금 책을 프린트한데 대해 면죄시킨다.

20. 엠파이어(제국)빌딩(Empiare Building)

조이스가 1903년, 신문의 출판을 위해 분명히 의도한 편지로, 1959년에 〈제임스 조이스의 비평 문집〉에 사후 출판되었다.(제자는 논문의 첫 두 단어로부터 취했으며, 이를 비평문집의 편자들에게 아마 양도했으리라) 조이스는 프랑스의 모험가요, 이름이 자크 르보디, 자칭 제국의 건설 자가 행한 수부들에 대한 학대에 대해 언급한다. 개인적으로 행동하면서, 르보디는 자신의 봉건 왕국을 수립할 의향으로 일단의 상인들과 함께 1903년의 여름에 아프리카 북안 주위를 항해했다. 조이스에 따르면, 이 항해의 결과로서, 르보디는 "난관과 질병 때문에 파괴를 당한" 두 수부들에 의해 고소당하는지라, 그들은 선장의 무시와, 그가 붙잡기를 바랐던 그 지역 주민들에 의한 잇따른 체포를 통해 고통을 받는다, 궁극적으로 프랑스 정부는 그들의 방면을 돕기 위해 개입했다. 조이스의 편지는 그러한 전체 사건이 프랑스 정부에 의해 그리고 일반 대중에 의해 그토록 경시 당한데 대한 불쾌함을 표시한다.

21. 새 소설(New Fiction)

〈데일리 엑스프레스〉지의 1903년 9월 17일자에 실린 아퀴라 캠프스터(Aquila Kempster)의 책 〈왕자 아가 머자(Mirza)의 모험〉에 관한 조이스의 서평으로, 주로 인디언들의 생활을 다루는 이 이야기 집에서 조이스는 별반 만족을 찾지 못하는 듯하다. 비록 그이 자신의 독서가 주제 자체는 그에게 흥미를 줄 것이라 암시할지라도, 그는 책의 문학적 장점이 독서 대중의 가장 저급한 흥미에 영합하는 조야함과 야만성에 의해 심각하게 오손되고 있음을 아주 솔직하게 서술한다.

22. 목장의 기개氣槪 (The Mettle of the Pasture)

이는 같은 이름의 제임스 레인 알런(James Lane Allen) 작의 책에 대한 조이스의 서평으로, 책은 약혼녀가 남자의 이전의 부도덕한 행위를 안 다음 그를 저버리자, 그가 단지 죽음의 순간에 그녀에게 되돌아온다는 이야기를 일종의 멜로 드라마적 양상으로 다룬다. 조이스의 서평은, 주로 인디언의 생활을 다룬 이야기 모음집인, 아퀴라 캠프스터 작의 〈왕자 아가 머자의 모험〉에 대한 그의 서평과 함께, 1903년 9월 17일 자의 〈데일리 엑스프레스〉지에 발표되었다.

23. 역사 엿보기(A Peep into History)

존 포록(John Pollock) 작의 역사 〈로마교황의 음모〉라는 책에 대한 조이스의 서평으로, 〈데일리 엑스프레스〉지의 1903년 9월 17일자호에 발표되었다. 〈제임스 조이스의 비평문집〉의 편집자들인 엘먼과 메이슨은 그들의 노트에서 조이스의 많은 사실적 오류를 지적하는데, 그들은 이를 조이스가 이 책에 대한 엉성한 주의 이상을 거의 베풀지 않았음을, 그리고 이는 이쯤 하여 그의 서평들의 전반적으로 피상적 특성을 암시하고 있음을 지적한다.

24. 프랑스의 종교 소설(A French Religious Novel)

이는 프랑스 소설가인 마셀 티나야(Marcelle Tinayre)의 소설 〈죄의 집〉에 대한 조이스의 서평으로, 이에서 조이스는 소설의 줄거리를(중심인물인, 오거스틴 첸터프레의 인생에 있어서 육체적 사랑과 정신적 야망 간의 갈등) 개관한다. 아마도 이야기 줄거리의 정보 때문에, 조이스는 서술을 높이 평가하고, 티나야의 문체상의 성취를 또한 평한다. 서평은 1903년 10월 1일자의 〈데일리 엑스프레스〉지에 출판되었다.

25. 불균형한 운시(Unequal Verse)

이는 리머릭 소재 성 존 처치의 교구목사 프레드릭 랭브리지(Frederick Langbrodge)(1849 - 19220) 작의 〈민요와 전설〉에 대한 조이스의 서평으로, 〈데일리 엑스프레스〉지의 1903년 10월 1일자호에 나타났다. 조이스는 랭브리지의 대부분의 운시를 각하했으며, 비록 그가 칭찬을 위해 단 한 수의 시를 골랐을지라도, 그것을 "평범한 서정시집의 잡동사니"로서 서술했다.

모리스 매타린크에게

아, 음울하고, 유령의 장소에 사는 그대여,
거기 육체는 절반 정신이요, 거기 여린 눈은
크고 천진한 비극으로 무거운지라.
거기 이상하고, 생각에 잠긴 황혼이, 불길한 물의

공간을 가리니, 날짜 없는 탑의 밑 주위를 부수면서,

인간처럼, 슬픈 그리고 당해의 오랜 숲과 대답으로

저주받은 종족의 슬픔을 전하도다.

나는 감히 그대의 예언하는 꿈, 신비의 발까지

분리할 수 없는지라,

나의 운율의 책, 거기 소란스런 빈곤이 다투나니,

그리고 모든 대기는 매매賣買로 타락하도다.

하지만, 그대처럼, 나는 흰 날개 치는 것을 듣노라,

리고 검은 파도와, 깨어지는 심장을.

26. 아놀드 그레이브스의 새 작품(Mr. Arnold Graves, Novel)

조이스의 선배 작가인 아놀드 F. 그레이브스(Graves) 작의 〈클리템네스트라: 비극〉에 대한 조이스의 서평으로, 조이스는 그들이 부정不貞이든 혹은 살인이든 범하는, 예술가 자신의 등장인물들과의 '무관심한 동정'을 여기 옹호한다. 이는 1903년 10월 1일자의 〈데일리 엑스프레스〉지에 출판되었다.

27. 소외된 시인(A Neglected Poet)

영국의 시인 조지 클레브(George Crabbe)의 앨프레드 애인저 판에 대한 조이스의 서평으로 〈데일리 엑스프레스〉지의 1903년 10월 15일자호에 출판되었다. "클레브의 작품들 중 많은 것이 둔탁하고 두드러지지 않다는" 조이스의 시인에도 불구하고, 그는 클레브가 그럼에도 불구하고 보다 잘 알려진 앵글로 - 아이리시 작가인 올리버 골드스미스(Oliver Goldsmith) 보다 월등하다는 의견을 제안한다. 그는 애인저 판이 "클레브와 같은 이를 위한 자리를 마련하는데 성공하리라는" 희망을 계속 표현한다.

28. 메이슨의 소설들(Mr. Mason's Novels)

교육가, 사서가, 희귀본 수집자 및 스태니슬로스 조이스와 함께 〈초기의 조이스: 서평(1902 - 1903)〉 그리고, R. 엘먼과 한께, 여기 〈제임스 조이스 비평문집〉의 편집자로서, 메이슨은 다른 작품들 가운데서도, 〈제임스 조이스의 '율리시스'와 비코의 환〉의 저자이기도 하다. 그는 1982년에, 폴더의 골로라도 대학 도서관 상담역으로 임명되었다.

29. 브루노 철학(The Bruno Philosophy)

J. 루이스 맥킨티어(Lewis McIntyre)의 저서 〈지오다노 브루노〉에 대한 조이스의 서평으로, 1903년 10월 30일에 〈데일리 엑스프레스〉지에 나타났다. 조이스의 아탈리아의 르네상스 철학자인 지오다노 브루노(Giordano Bruno)를 향한 음조에서 동정적인, 그의 서평은 브루노의 관념들을 위한 그의 인생, 사상 및 열성에 대한 지식을 즉시 들어낸다. 그의 짧은 서평을 통해, 조이스는 서양 철학을 위한 브루노의 공헌에 대한 맥킨티어의 평가를 강조한다. 브루노의 생활과 사상에 관한 영문 책자들의 부족을 주목하면서, 조이스는 논문의 첫 구절에서 그에게 뿐만 아니라 맥킨티어의 비평적 연구에 깊이 관여한다.

30. 인도주의(Humanism)

쉴라(F .C. S Schiller)의 〈인도주의: 철학적 논문〉에 대한 조이스의 서평으로, 이는 1903년 11월 12일에 〈데일리 엑스프레스〉지에 나타났다. 조이스에 따르면, 윌리엄 제임스(William James)의 견해에 대한 유럽의 지도적 옹호자인, 쉴라는 혼성철학을 재창하는지라, 이는 인습적 인도주의를 실용주의에 한층 가까운 신념의 제도 속에 형성시킴으로써 그것을 재 정의한다. 놀랄 것도 없이, 쉴라의 공격적 실용주의는 조이스의 성질에 대치되거니와, 후자는(그가 〈성직〉에서 주석한대로) "옛 아퀴너스 학파 속에서 단련된다."

31. 셰익스피어 해설(Shakespeare Explained)

〈데일리 엑스프레스〉지의 1903 11월 12일자호에 출판된 A. S 캐닝의 책 〈셰익스피어 8개의 연극 연구〉에 대한 조이스의 서평으로, 그것의 타이틀은 분명히 아이러니하거니와, 왜냐하면, 때때로 지나치게 학구적인 음조로서 조이스는 자신이 셰익스피어에 대한 캐닝의 경박한 접근을, 그리고 초보적 학구성에 대한 주의의 결여를 날카롭게 비평하기 때문이다. 그는 결론짓기를: "책 속에는 칭찬할 만한 어떤 것도 발견하기 쉽지 않다."

32. 볼래스 부자(Borlase and Son)

T. B 러셀의 소설 〈볼래스 부자〉에 대한 조이스의 서평으로, 그것은 1903년 11월 19일자의 〈데일리 엑스프레스〉지에 수록되었다. 여기 조이

스는, 러셀이 도시 밖 교외인의 마음과 펙함 라이(Peckham Rye)에 살고 있는 아르메니아의 망명자들을 묘사한 작품의 사실주의와 "비非감상적 활력"을 강조한다.

33. 미학(Aesthetics)

이 논문의 제목은 엘먼과 메이슨에 의해 주어진 것으로, "파리의 노트북"과 "폴라의 노트북"을 포함한다. 이는 조이스가 20세 전반에 쓴 그의 심미론에 대한 성명으로, 그의 잇따르는 글쓰기를 안내할 심미적 및 예술적 가치를 형성한다.

"파리의 노트북"은 조이가 처음 파리에 있을 동안 1903년 2월과 3월 사이에 쓰인 일연의 짧은 관측들로 구성된다. 그것의 형식과 내용에 있어서, 조이스가 UCD 학생이었을 동안 개발한 아카데믹 작문의 패턴을 지닌다. 그는 아리스토텔레스의 양식으로, 비극과 희극 간의 인습적 구별을 제공함으로써, 시작한다. 이어 그는 "예술의 세 가지 조건들, 서정적, 서사적 및 극적 조건들"을 다룬다. 그는 한 편의 예술의 특색 있는 요소들을 개척하기 위해 나아가며, 예술 자체의 정의를 향해 움직인다. 마지막으로, 변증법적으로 구성된 일연의 질문과 대답을 통하여, 그는 예술의 개념을 정의하기를 탐구 한다.

"폴라의 노트북"은 조이스와 그의 아내 노라 바너클이 그 도시에 처음 정착한 후 1904년 11월 7일, 15일 및 16일에 그가 쓴 3항목으로 구성되거니와, 거기서 그는 그 지방의 벨리츠 학교에서 영어 선생으로 고용될 예정이었다. 조이스는 심미론의 아리스토텔레스적 탐색으로부터 성 토머스 아퀴너스의 스콜라 철학에 근거한 탐색으로 움직인다. 〈젊은 예술가의 초상〉에서 스티븐 데덜러스의 노력을 예상하면서, 조이스는 3구절의 짧은 구절로서 선의 특성, 미의 특성 그리고 최후로 인식의 특성에 대한 그의 인상들을 결절된 형태로 제공한다.

비록 심미론에 대한 이러한 말들은 아주 짧을지라도, 그들은 조이스의 장차 출현하는 창조적 의식으로의 일별을 마련하고, 모든 그의 작품에 영향을 주었던 텍스트 외적 요소들에 대한 보다 분명한 감각을 제공한다. 덧붙여, 이러한 말들은 〈영웅 스티븐〉과 〈젊은 예술가의 초상〉에서 주장된 예술과 심미론에 대한 견해를 너무나 분명히 예고하는데, 사실상, 그들은 이러한 작품들의 초기 제작 단계의 견해를 마련해 준다.

34. 성직聖職(The Holy Office)

이는 조이스가 1904년 8월 가까이 언젠가 더블린의 문학인들, 특히 시인이요 극작가인 W. B 예이츠 및 신비주의 시인인 A. E 조지 러셀을 공격하여 쓴 일종이 해학적 시이다. 비록 조이스는 그가 이 시를 쓴 후, 1904년 8월에 그것을 인쇄했을지라도, 그것의 인쇄비를 지불할 능력이 없었다. 1905년 초에, 폴라에서, 조이스는 그것을 재차 인쇄하여, 더블린으로 보내, 그의 아우 스태니슬로스로 하여금 그의 지인들에게 그것을 배포하도록 했다. 이 공격 시에서 조이스는 자기 자신을 "정화 - 청결"이란 이름을 부여하는데, 이는 솔직한 정직성이야말로 타협될 수 없는, 솔직한 예술가의 정결한 역할임을 암시한다.(조이스의 최후 작 〈피내간의 경야〉의 아나 리비아 플루라벨의 재생의 물을 예상하듯) 조이스의 제자는 특히, 16세기에 반反 종교개혁(Counter Reformation)의 일부로서 수립된, 교회의 공식적 체계인, "성직"(the Holy Office)의 회중에 대해 암시한다. 그것의 구성원들은 교리의 가르침을 지지하고 이단을 억제하기 위해 지명되었다. 제자는 모호하다. 조이스는 여기 더블린의 문학자들의 거짓 예술을 정당하게 탄핵하고, 한 이단자로서, 아일랜드 예술과 문화의 지방성을 옹호하는 자들에 의한 국교 신봉의 사기성을 탄핵하는 듯 보인다.

35. 아일랜드, 성인과 현인의 섬(Ireland: Island of Saints and Sages)

조이스가 1907년 4월 27일에 트리에스트에서 행한 강연으로, 그것은 그가 포포라(Popolare)대학에서 이탈리아어로 행하기로 된 세 개의 제안된 연설들의 첫째 것이다. 조이스는 이 연설에서 아일랜드의 문화와 역사의 중심적 특성들(문학적, 지적 및 정신적)을 그의 청중들에게 소개하고, 아일랜드의 영국과의 불행한 관계를 강조하기 위해 사용했다. 연설의 음조는 아일랜드의 문화적 허점 및, 아일랜드 역사를 강조하는 놓친 정치적 기회의 아이러니한 감각과, 아일랜드 사회의 특별한 요소들에 대한 애정 어린 설명 사이를 왕래한다. 조이스는 여기서 특수한 개인들을 칭찬하고, 중요한 사건들을 유념하는데 주저하지 않는다. 특히, 아일랜드어의 게일 연맹의 부활 및 조나단 스위프트, 윌리엄 코스글레이브 및 조지 버나드 쇼와 같은 영국 문학과 문화를 위해 공헌한 많은 아일랜드인들을 들먹인다.

36. 제임스 클래런스 맹건(2)(James Ckarence Mangan(2)

맹건의 후속 편인 이 논문은 "Giacomo Clarenzio Mangan"이란 이탈리아 원어에서 번역된 것으로, 예일 대학 도서관의 슬로컴 모음집의 24페이지에 달하는 불완전하고 심히 교정된 자필 원고본이다. 코넬 대학 도서관의 조이스 문서 속에 이 연설의 타자된 원고본이 들러 있는데, 이는 4페이지들이 한꺼번에 탈장된 자필 원고로부터, 다수의 오류와 더불어 복사된 것이다. 4페이지들은 존 슬로컴에 의해 분리된 채 발견된 두 패이지들 중의 하나로, 그의 문집이 예일 대학으로 이송되기 전 언젠가 원고에 첨가되었다. 다른 페이지들에는 페이지 매김이 부재하며, 분명히 이 원고의 한 부분이 아니듯 하다. [앞 제8항 "제임스 클래런스 맹건" 참조]

37. 페니언주의(Fenianism)

이 글은 "페니언"이란 말의 설명으로 시작하여, 영국 제국주의에 대한 반응으로서 물리적 힘을 주장하는, "백의 당원"이나 "무적 혁명단"과 같은 다른 아일랜드의 민족주의자 및 분리주의자 구룹을 언급한다. 조이스는 영국 상품의 불매운동과 아일랜드의 언어의 보존을 포함하는 신 페니언들과 신페인(우리들 스스로 'We Ourselves') 당의 특별한 정책을 상세히 설명한다. 그리고 이어 그는 19세기 동안의 아일랜드 혁명 운동의 짧은 개략을 기술한다. 비록 조이스는 수시로 동원된 방법에 대해 비판적일지라도, 그는 근본적으로 독립을 향한 추세에 동정적이었다.

비평문은 또한 아일랜드의 상황(조건)이 그것의 인민들을 자신이 초래한 망명으로 강제한다는 조이스의 관찰을 포함한다. 그는, 수학적인 규칙으로 해마다 줄어들고 있는 인구에 대한, 그들의 조국의 경제적 및 지적 상황을 참을 수 없는 아일랜드 사람들의 미국 혹은 유럽으로의 끊임없는 이민에 대한, 광경을 논평한다. 글은, 특히 현재에 있어서, 망명의 문제성을 가지고, 조이스의 강박관념을 들어낸다. "자치, 성년에 달하다" 그리고

"자치법령의 혜성彗星"과 같은 논문들에서, 조이스는 마침내 동화된 유사한 관념들을 〈젊은 예술가의 초상〉, 〈망명자들〉, 〈율리시스〉 그리고 〈경야〉의 부분들의 주제적 토대 속으로 혼성시킨다.

38. 자치 성년에 달하다(Home Rule Comes of Age)

조이스는 영국의 수상 윌리엄 글래드스턴이 1886년 4월 8일에 그의 첫 자치법안을 소개한지 21년 뒤에 이 기사를 썼다. 그는 자신이 서술하다시피 "파넬의 도덕적 암살"에서 그들의 공모를 위한 글래드스턴과 아일랜드 가톨릭의 승정들의 고발을 포함하여, 이 불운한 조처의 역사를 짧게 개관한다. 조이스는 자치 법에 관한 두 가지 결론에 도달하는바, 첫째는 아일랜드의 의회 당이 파산 당했다는 것이고, 둘째는 영국의 자유당, 아일랜드의 의회, 당 그리고 가톨릭교회 성직자단은 영국정부가 아일랜드 독립을 위한 노력을 좌절시키기 위해 사용할 수 있는 힘이라는 것이다. 이들 기구들은 자치법의 문제를 떠맡는 다른 위치임에도 불구하고, 정치적 혼란에 대한 심각한 반응들을 제공함이 없이 아일랜드 국민들을 지배하기 위한 같은 결정을 분담한다.

39. 법정의 아일랜드(Ireland at the Bar)

이 기사는 1882년에 골웨이에서 행해진 살인 재판에 초점을 맞춘다. 비록 조이스는 정의의 광범위한 문제들을 생각할지언정, 그의 논의의 핵심은 영국의 법률적 제도와 아일랜드의 피고 간의 아주 특별한 문화적 및 언어적 분리에 있다. 재판 자체는 영어로 행해졌지만, 피고들 중의 한 사람인, 마일스 조이스는 영어를 말하지 않고, 진행은 그를 위해 통역되어야 했다. 그는 전반적으로 죄가 없는 것으로 간주되고, 진행의 참된 파악을 결핍하고 있다는 사실에도 불구하고, 유죄로 판명되어, 그의 동료 피고들과 함께 교수형을 당한다. 조이스는 이 사건을 아일랜드 내의 영국인들의 무정한 제국주의적 태도에 관심을 집중하기 위해 사용한다.

이 기사는 〈젊은 예술가의 초상〉과 〈율리시스〉에서 점진적으로 분명하게 되는 아일랜드를 향한 조이스의 복잡한 태도로의 통찰력을 제공한다. 비록 아주 어린 소년으로서 조이스는, 배신과 파넬의 죽음에 대한 "힐리여 너마저"라는 개탄 시를 쓸 정도까지, 그의 부친의 친 파넬적 동정심을 함께 나눌지라도, 그의 청년시절로부터 내내 아일랜드의 민족주의에 대한 모호한 견해를 지녀 왔다. 조이스가 1904년 아일랜드를 떠났을 때, 그는 아일랜드의 인습적 애국주의에 대한 두드러진 반감을 느꼈다. 나아가, 그는 19세기에 있어서 백의단, 몰리 모구이즈 단 및 리본먼과 같은 단체들에 의해, 그리고 20세기 초에 있어서 아일랜드의 혁명 형제단 및 아일랜드 공화 군에 의해, 야기된 과격한 테러 집단을 스스로 지지할 수 없었다. 동시에, 조이스가 트리에스트에서 쓴 일련의 논문들에 의해 나타나듯, 그의 태도는 자신이 대륙에 있는 동안 두드러진 진화를 경험했다. 스티븐 데덜러스가 〈율리시스〉에서 아일랜드의 민족주의를 영국과의 단순한 대결보다 한층 넓은 개념으로서 보았음을 나타내듯, 조이스 자신은 심지어 그가 염두에 두지 않았을지라도, 아일랜드의 문화적 및 사회적 제도에 대한 점진적으로 두드러진 개념, 아일랜드 정책의 책동을 한층 큰 불만을 가지고 상시 들어냈다.

40. 오스카 와일드: 〈살로메〉의 시인(Oscar Wilde: The Poet of Salome)

이 글은 트리에스트에서 리처드 슈트라우스 작 〈살로메〉의 첫 공연에 즈음하여 쓰인 것으로, 1892년에 오스카 와일드에 의해 쓰인 같은 이름의 연극에 기초한 것이다. 조이스의 글은 와일드의 아일랜드적 유대에 대한 의식적 강조로서, 와일드의 생애를 묘사한 간결한 스케치이다. 조이스는 영국 당국의, 그리고 과연, 그의 체포와 남색男色의 고발에 대한 유죄 판결 뒤에 와일드에게 행한 영국 대중의, 독선적이요, 위선적 박해에 주의를 끈다.

41. 버나드 쇼의 검열관과의 싸움(Bernard Shaw's Battle with the Censor)

버나드 쇼의 단막극 "블란코 포스넷의 등장"(The Shewing - up of Blanco Posnet)에 관한 조이스의 기사. 연극의 내용인 즉, 말馬 도둑인, 블란코 포스넷의 재판에 관한 것으로, 그는 앓는 아이의 생명을 구하기 위하여 먼 도회에 도달하기를 애쓰는 한 여인에게 자신이 훔친 말을 준데 대해 채포된다. 제판은 사법체계에서 도덕성의 결핍에 대한 포스넷의 탄핵에 초점을 맞춘다. 영국의 체임벌린 경은 극의 공연을 금지시켰는데, 분명히 그것의 모독적 언어 때문이다. 비록 그의 사법권이 더블린까지 확대되지 않을지라도, 그는 그곳에서 연극의 공연을 막으려고 애를 쓰나 실패한다. 연극은 1909년 8월 25일 더블린의 애비 극장에서 그것의 첫 공연을 가졌는바, 그것의 합동 연출가들은 예이츠와 레이디 그레고리로서, 그들은 이 극의 공연을 정상화 하는데 큰 몫을 했다.

42. 자치법령의 혜성彗星 (The Home Rule Comet)

이 기사에서 조이스는 하늘의 혜성의 이미지를 영국 의회에서 행한 아일랜드의 자치법안의 소개를 위한 은유로서 사용한다. 그것은 주기적으로 정치적 수평선에 나타났다가, 이어 시야에서 살아져 버린다.

자치를 성취하려는 아일랜드의 실패에 대한 조이스의 못마땅함은 영국 국민을 향해서처럼 아일랜드 국민을 향해 뻗어간다. 논문의 끝에서 두 번째 구절의 한 점에서, 조이스는 아일랜드가 갖는 스스로의 배신을 비난하는데, 이는 그의 작품을 통해 만연된 주제이다:

그것은 그의 언어를 거의 전적으로 포기했고, 정복자의 언어를 감수했으니, 이 언어가 문화를 동화하거나 도구인 정신성에 자기 자신을 적응시킬 수는 없었다. 그것은 언젠가 필요의 시간에 그리고 언제나 보상을 득하지도 못한 채, 그것의 영웅들을 배신해 왔다. 그것은 그들을 단지 칭찬하면서, 그것의 정신적 창조자들을 유배시켰다.

43. 윌리엄 블레이크(William Blake)

조이스는 이 논문의 많은 양을 블레이크의 예술에 대한 신비적 및 예술적 영향의 자세한 탐구에 이바지한다. 이야기는 블레이크의 예술적 특성의 다양한 양상들을 답습하고, 그의 독립성과 성실성을 강조하며, 당시의 사회적 문맥 속에 그를 위치시킨다. 조이스가 인식하는, 블레이크의 아내와 자기 자신의 아내인 노라 바너클과의 평행으로 아마도 영감을 받은 듯

한 일종의 탈선에서, 연설은 블레이크와 그의 아내 간의 지적 및 문화적 불균형을 주목하며, 그녀를 교육시키려는 블레이크의 노력에 관해 평한다. 그러나 최근의 비평은 노라의 인물묘사의 정확성에 강한 의문을 던지고 있다.

44. 파넬의 그림자(The Shade of Parnell)

이 논문에서 조이스는 1912년 5월 9일에 영국 하원에 의한 제3차 아일랜드 자치법안의 통과에 대해 언급하는데, 그것은 당시, 조이스의 말로, "아일랜드의 문제와 해결되는 듯했다." 조이스는 지난 세기에 걸쳐 아일랜드의 상황에 대한 상호적으로 만족스런 해결을 안착시키려는 아일랜드와 영국의 정치적 노력에 대해 반성하며, 자신의 조국을 위한 자치법안을 안정시키기 위한 한 세기 전의 파넬의 노력과 더불어 다양한 인물들과 당들의 당면한 책동들을 대조한다. 그는 파넬의 생활과 생애의 호의적 개략을 예언적으로 제공하는바, 파넬을 위해 영국의 자유당 지도자요, 4선 수상인, 글래드스턴에 그를 비유한다.

45. 부족의 도시(The City of the Tribes)

이 글에서 조이스는 이탈리아의 사회적, 문화적 그리고 역사적 조건들과 골웨이의 그것들 간의 몇몇 광범위한 연관들을 확인하고, 골웨이의 사회적 역사에 대한 짧은 설명을 제시 한다. 이는 1493년에 자기 자신의 아들 월터 린치를 교수형에 처하도록 명령한 그 도시의 최고 재판관 제임스 린치의 이야기로 절정에 달한다. 조이는 자신의 마음속에 메아리치는 이

이야기와 함께, 이름 린치를 〈초상〉과 〈율리시스〉에서 그의 이전의 친구
요, 때때로 배신자였던 빈센트 코스글이브에 기초한 인물의 소설적 이름
으로 사용한다.

46. 아란 섬의 어부의 신기루(The Mirage of the Fisherman of Iran)

이 이야기는 조이스가 노라 바나클과 아일랜드 서부의 골웨이 도회의
해안에서 떨어져 놓여 있는 아란 섬으로의 여행 동안에 겪은 경험에 근거
한 것이다. 이야기는 골웨이 만灣을 가로질러 아란모어의 섬까지 선편에
의한 항로를 자세기 서술하며, 또한 골웨이의 변두리 시골과 아란 섬에 관
한 아주 칭찬할 만한 견해를 제공한다. 조이스는 〈젊은 예술가의 초상〉의
마지막에 나타나는 아일랜드의 서부에 대한 복잡한 인유들을 예시하는 감
수성을 가지고, 아란 섬의 마을 사람들 중의 한 사람의 가정에서 갖는 차
대접에 관해 자세히 설명한다. 그는 또한 그 지방의 소가죽으로 된 신발
인, 팸푸티(pampooties)에 의해 매료된 듯 하다. 그는 이 말을 〈율리시스〉
의 "스킬라와 카립디스" 에피소드(제9장)에서 재차 사용하는데, 당시 그의
익살꾼 친구 벅 멀리건은 아일랜드의 전원문화田園文化에 스스로 함몰한
존 밀링턴 싱의 노력을 풍자하기 위하여 이 말을 상기시킨다.

논문의 오히려 신비스런 부제副題는 아란모어의 새 준설항浚渫港을 위
해 행해지는 계획에 관해 언급한다. 조이스는, 평화주의자로 스스로 생각
하는 어떤 사람으로부터의 예기치 않은 논의의 글줄을 사용하면서, 항구
는 전쟁 동안에 영국에 대한 해군의 전략적 이득을 마련해 줄 것이기 때문
에 유용할 것이라 주장하는데, 그 이유는 캐나다의 곡물을 아일랜드를 경
유하여 영국으로 운송하도록 할 것인지라, 그것으로 "영국과 아일랜드 및

적 함대들 간의 성 조지 해협의 항해의 위험을 피한다는" 것이다.

47. 정책과 소牛의 병(Politics and Cattle Disease)

여기 조이스의 기사에서 그는 아일랜드의 여러 지역들에서 소의 아구창의 최근 발생을 심각하게 생각하거니와, 그는 아일랜드산産 소고기를 영국 시장 밖으로 추방하려는 영국의 결과적 노력을 성토한다. 이 편지와 트리에스트의 한 친구 헨리 N. 블랙우드 플라이스에 의해 쓰인 편지는 〈율리시스〉의 "네스토르" 에피소드(제2장)에서 가레트 디지에 의해 쓰인 꼭 같은 주제의 편지에 대한 토대를 마련한다. 비록 스티븐이 디지의 편지를 경멸로서 생각할지라도, 그는 그것을 출판하려는 디지 씨를 도우기를 동의한다. 그리고 "아이올로스" 에피소드(제7장)에서 스티븐은 그것을 인쇄하도록 신문 편집자인, 마일리스 크로포드로부터 약속을 얻어내자, 그것은 뒤에 그의 신문인 〈텔라그라프〉지에 출판된다.(에우마이오스 에피소드[제16장] 참조) "스킬라와 카립디스" 에피소드(제9장)에서, 조지 러셀은 덜 적극적이지만, 그것을 〈아이리시 홈스테드〉지의 출판을 위해 고려할 것에 동의한다. 이러한 노력들에 대한 벅 멀리건의 반응을 예상하면서, 스티븐은 자기 자신에게 "우공을 벗 삼은 음류시인"(the bullockbefriending bard)이란 이름을 제공한다.

48. 분화구(버너)로부터의 가스)Gas from a Burner)

이는 조이스에 의해 1912년에 쓰인 독설적 시로서, 마운셀 출판사의 사장 조지 로버츠가 〈더블린 사람들〉을 출판하기로 한 계약을 어긴데 대해,

그리고 인쇄자 존 팰코너가 이미 프린트된 원고지를 파괴한데 대해 지독히 해학 한다. 3년 전에 로버츠는 이야기들을 출판하기로 동의했었으나, 마지막 순간에, 변호사의 충고로, 그는 조이스에게 용납될 수 없는 변경을 주장했다. 대부분, 로버츠의 목소리로 쓰인 채, "분화구로부터의 가스"는, 원래 일종의 맹렬한 격문으로 출간되었으며, 여기 〈조이스의 비평문집〉에 재 수록되었다.

　조이스는 그가 1912년 9월에 아일랜드를 영원히 떠나기 전 원고의 완전한 사본을 아무튼 얻을 수 있었거니와, 트리에스트로 향하는 도중 이 해학 시를 원고 뒷면에다 갈겨, 그 곳에서 그것을 인쇄하여, 그의 아우 찰스에게 보내 더블린에서 배부하도록 했다.

49. 둘리의 신중성(Dooleysprudence)

　조이스의 짧은 해학 시로서, 세계 1차 대전의 전투원들을 조롱한다. 그것은 조이스가 중립국인 스위스에 살고 있을 동안, 1916년에 쓰였으며, 전쟁의 비 연루자인 둘리 씨를 서술하거니와, 그의 평화로운 생활이 전쟁과 병치된다. 둘리 씨의 인물은 아일랜드 - 미국계의 익살 자 핀리 피터 던에 의해 창조된 철학적 주점주인에서 파생된 것이다. 그는 또한 조이스가 잘 아는 인기곡인, 빌리 제롬 작의 "둘리 씨"(1901)란 노래의 주체이다.

　　모든 용감한 국민들이 전쟁으로 달려 갈 때
　　바로 그 일급의 케이블카를 타고 점심을 먹으려 집으로 가서,
　　혼자서 캔트로프 콤포츠를 즐겁게 먹으며,
　　지구의 지배자들의 소란스런 전황(戰況) 발표를 읽을 자 누구리오?

그건 둘리 씨,

둘리 씨,

우리들의 조국이 여태 알았던 가장 냉정한 녀석,

"그들은 동전과 달러를

훔치기 위해 외출하도다,"

둘리-울리-울리-우 씨가 말하도다.

50. 영국배우들을 위한 프로그램 노트(Programme Notes for the English Players)

이는 일종의 광고 전단 노트의 모음집으로, 조이스와 클로드 스키즈에 의해 조직된 취리히의 연극 배우단인, 〈영어 배우들〉의 1918 - 1919년 사이의 기간 동안에 조이스가 쓴 것들이다. 여기 조이스는 J. M 바리 작인, 〈12 파운드 얼굴〉, 존 M. 싱 작인, 〈바다로, 말을 타고〉, G. B 쇼 작인, 〈소네트의 흑부인〉 및 에드워드 마틴 작인, 〈헤더 들판〉을 위한 소개문들을 썼다.

51. 파운드에 대한 편지(Letter on Pound)

조이스에 의해 1925년 3월 13일에 쓰인 편지로서, 이는 에즈라 파운드에게 헌납된 문학잡지 〈코터〉지의 창간호에 출판되었다. 잡지의 편집자였던 어네스트 월시는 한 때 파운드와 밀접한 친구들인 많은 유명한 개인들로부터 추천장을 간청했다. 비록 조이스와 파운드 간의 친밀한 관계의 시기가 지나갔고, 두 사람이 어떤 냉기로서 서로를 보았을지라도, 조이스는 자신이 성실하게 느꼈던, 파운드의 현대문학에 끼친 지대한 공헌에 대해 경의를 표하기 위해 협력함으로써, 심각하게도 불찬성의 반응을 피했다. 비록 편지는 파운드의 작품에 관해 거의 말하지 않을 지라도, 조이스는 "내가 쓴 모든 것에서 그의 우정의 도움, 격려 및 관대한 흥미"를 위해 자신이 파운드에게 빚진 것에 대해 자유로이 감사했다.

52. 하디에 대한 편지(Letter on Hardy)

이는 1928년 2월 10일 조이스에 의해 쓰인 영국의 소설가요 시인인 토머스 하디에 헌납된, 프랑스어로 쓰인 편지로서, 조이스의 하디에 대한 견해를 요청하는 편집자의 요구에 응하여 쓴 것이다. 편지는 사실상 작가 하디에 관해 언급하는 바가 거의 없다. 그 이유는 조이스가 하디의 작품과의 자신의 친근함을 결하기 때문이다. 대신 그는 저자에 관하여 몇몇 악의 없는 말들을 제공한다.

53. 스베보에 대한 편지(Letter on Svevo)

이는 1929년 5월 31일에 이탈리아어로 쓰인 편지로서, 이탈리아의 잡지인 〈솔라리아〉지에 출판되었는데, 잡지의 일부는 작고한 에토르 시미츠(그의 필명은 이따로 스베보)에게 헌납된 것이다. 스베보는 전 해 자동차 사고로 사망했다. 스베보는 조이스의 트리에스트의 이전 영어 학생으로, 조이스와 절친한 사이었다. 스베보는 조이스의 격려로 그의 글을 쓰고 출판하는 노력을 지속했다. 조이스는 스베보의 문학적 성취에 대해 토론하기를 피했고, 대신 그가 그와 가진 즐거운 기억들을 언급함으로써, 개인적 회고에 초점을 맞춘다.

54. 금지된 작가로부터 금지된 가수로(From a Banned Writer to a Banned Singer)

 이는 1932년에 〈새로운 정치인과 국민〉지에 발표된 글로서, 아이리시 - 프랑스계 테너 가수인 존 설리번의 생애를 증진하도록 돕는, 조이스가 쓴, 일종의 공개서한이다. 제목은 일종의 과장인지라, 왜냐하면, 설리번이 당연히 그가 받아야 할 역할들을 받지 못했다는 조이스의 느낌에도 불구하고, 그는 결코 "금지된 가수"가 아니기 때문이다. 〈경야〉식의 언어유회를 비롯하여, 글의 인유들, 오페라의 인용 및 외국 어구들로 내내 점철된 채, 편지는 설리번의 생애의 업적을 개관하고, 그의 능력을 칭찬하며, 그를 엔리코 카루소와 지아코모 로리 볼피를 포함하여, 당시의 다른 테너 가수들 이상으로 그를 평가한다.

 조이스의 설리번의 챔피언다운 생애와의 오랜 강박관념은 일시적 관심이 아니거니와, 비밀도 아니다. 1935년에, 파리에서 어느 밤, 루치 노엘에 의하면, 조이스는 〈윌리엄 텔〉에서 설리번의 유명한 솔로 곡을 듣고, 자리에서 벌떡 이러나, "브라보 설리번"하고 고함을 질렀다 한다.

 버로 켈리 호기심에서 설리번이란 자는 매鳥를 여하히 닮았는고? 그것은 어떤 마커스 블루타스의 대담한 얼굴을 지녔나니, 한 마리 펼친 독수리의 날개 어깨翼背. 콜라의 그랜드 피아노를 닮은 놋쇠 발을 가진 수도경찰의 유니폼을 입은 육체. 그것은 매부리코에 주름 잡히고, 남향으로 디미누엔도로다. 그것은, 그들의 연기煙氣 낀 외로운 골짜기 위의 어떤 당나귀들에 의해 최후로 보이고, 들리는지라, 그것이 날자, 회광灰光을 진음塵陰하면서. 그것의 부르짖음이 굴곡도屈曲島 사이 메메메아리치도다. 마지막으로! 혹의교황우黑衣教皇牛들, 궤주潰走하면서, 그들의 뿔 나팔 감추었나니, 온통 경악하고 많이 전도顚倒된 채, 그것은 그들의 오버코트 위의 도랑(싸구려)우유를 설명하도다.

Just out of kerryosity 1)howlike is a Sullivan? It has the fortefaccia 2)of a Markus Brutas, 3)the winghud of a spread - eagles, 4)the body uniformed of a metropoliceman 5)with tyhe brass feet of a collared grand. 6)It cresces up in Aquilone 7)but diminuends ausstrowards. 8)It was last seen and heard of by some macgilliccuddies above a lonely valley of their reeks, 9)duskening the greylight as it flew, its cry echechohoing among the anfractuosities: pour la derniere foios! 10)The blackbulled ones 11)stempeding, drew in their horns, 12)all appailed and much upset, which explaints the buttermilk on their overcoats.

1) 켈리 호기심(kerryyosity): "Curiosity" 및 설리번 가족 충신 주인, "Kerry"의 결합.
2) 마커스 블루타스(Markus Brutas): Brutus는 Brito란 켈트의 이름의 라틴어화한 형태이다. 설리번은 그들 모두들 가운데 가장 고상한 로마 - 아이리시만이다.
3) 대담한 얼굴(fortefaccia): "Bold face" 즉 뺨(cheek). 조이스는 1930년 3월 18일자의 Harriet Weaver에게 한 그의 서간애서 설리번의 약한 자에 대한 위협을 언급한다.
4) 독수리의 날개어깨翼背(the wingthud of a spread eagle): 그는 넓은 어깨를 가졌다.
5) 콜라의 그랜드 피아노를 닮은 놋쇠 발(the brass feet of a collared grand): 설리번은 Collard 그랜드 피아노를 닮은 발을 지녔었다.
6) 수도경찰의 유니폼을 입은 육체(the body uniformed of a metropoliceman): "메트로폴리탄" 오페라에 대한, 그리고 "더블린 수도 경찰청"에 대한 언어유희로서, 경찰들은 사이즈로 선발된다.

7) 매부리코(Aquilone): "aquiline" 및 "aquila"에 말장난을 지닌 북풍.

8) 남향으로(austrowards): Southwarde(남풍인, Auster). 조이스는 설리번의 목소리의 역학에 관해, 그리고 Kerry 남쪽과 동쪽의 극서에 있는 매산鷺山 (Aquilone)으로부터, Cork까지, 그리고 그의 생애에 있어서, 보다 나중에, 파리와 이탈리아(오스트리를 향한)까지의 설리번 가족의 진행에 대해 논평한다.

9) 연기煙氣(reeks): Macgillicuddy's Reeks: Kerry의 산, 설리번은 아이로서 아일랜드를 떠나, 노래하기 위해 최근 그곳으로 되돌아 왔다.

10) *마지막으로!(pour la derniere fois!)*: 〈윌리엄 텔〉의 제4막의 서곡에서 아놀드의 아리아로서, 당시 그는 "마지막"으로 그의 부친의 가정을 방문한다. 이것은 설리번의 아일랜드로의 마지막 방문이었다.

11) 흑의교황우黑衣教皇牛들(blackbulled ones): 흑의의 성직자 및 교황(papal bull)에 의해, 또한 작은 흑종인, 캘리의 암소들에 의해 지배되는 아일랜드인들.

12) 그들의 뿔 나팔(their horns): 아일랜드 통속어에 대한 언급: "켈의 암소들은 긴 뿔을 가졌다네" 설리번은 그의 아일랜드 비평가들을 혹평했는지라, 그들은 그가 아일랜드에 노래하자 그들의 뿔로 죄었다.

55. 광고 작가(Ad - Writer)

이는, 이타로 스베보(에토레 쉬미츠)의 소설 〈사람이 늙어 가면〉의 출판자, 콘스턴트 헌팅턴에게 행한 조이스의 1932년 5월 22일자의 편지에 주어진 제자로, 이 소설을 위해 조이스는 서문을 쓰도록 요청 받았다. 트리에스트에서 한 때 그의 언어 학생이었던, 쉬미츠와의 오랜 우정에도 불구하고, 조이스는 누구에게든 이러한 평론을 쓰기를 거절하는 오랜 입장을 취했다. 따라서 스태니슬로스 조이스는 서문을 썼으나, 출판자는 제임스 조이스더러 어떤 종류의 논평을 쓰도록 압력을 가했다. 조이스는 "광고 작가"라는 한 재치 있는 대답으로 응했는데, 이는 그의 "박식한 친구"요 "트리에스트 대학의 영문학 교수"(그의 아우)가 이미 쓴 것에 대해 더 이상 첨가할 수 없음을 설명한다.

56. 입센의 〈유령〉에 대한 발문(Epilogue to Ibsen's Ghosts)

이는 조이스가 파리에서 한 달 전 입센의 연극 공연을 본 다음 1934년 4월에 쓴 시이다. 입센의 사랑과 의무의 갈등 및 죄와 책임의 충돌이 거듭되는 주제들은 입센의 선장 알빙의 유령을 통해서 조이스에 의해 아이러니하게도 제시된다. 연극에서, 알빙의 초기 난교亂交의 결과는 아마도 그의 적출의 아들 오스왈드의 병病을 함유한다. 조이스는, 그러나, 한 때 알빙의 아내와 사랑에 빠졌던, 교구목사 만더스가 오스카 와일드의 실질적 아버지임을 암시함으로써 냉소적으로 책임을 회피시킨다. 시는 조이스가 중년에 입센에게 그의 젊음의 관심을 지녔던 반면에, 그의 열성이 극작가의 작품들의 한층 유리되고 비판적 평가에 의해 대치되고 있음을 암시한다.

57. "제임스 조이스의 '권리'에 대한 보고서: 작가의 정신"(Communication de M. James Joyce sue le Droit Moral des Ecrivains)

이 논문은 1937년 6월 20 - 27일 사이 파리에서 개최된 제15차 국제 PEN 대회에서 행한 조이스의 연설이다. 조이스는 이를 불어로 썼으며, 미국의 사무엘 로스에 의한 〈율리시스〉의 도작盜作 출판을 금하는 뉴욕 지

방법원의 판결에 관해 언급한다. 조이스는 자신이 믿기를, 법은 저자들이 그들의 작품들에 대하여 갖는 당연한 권리를 언제나 보강하고 옹호해야 함을 주장한다.

사제관의 벽난로 위의 시계가 꾸르르 울었는지라 거기 성당 참사 오한런과 콘로이 신부 그리고 예수회의 존경하옵는 존 휴즈 신부가 차와 버터 바른 소다빵 그리고 케첩 수프를 곁들여 프라이한 양고기 조각을 들며 이야기하고 있었나니

"뻐꾹

뻐꾹

뻐꾹"(U 313)

[IV] 〈경야〉와 현대 양자 물리학
(*Finnegans Wake* and Modern Quantum Physics)

(1) 〈경야〉와 현대 양자 물리학

조이스의 우주는 원천적으로 더블린이요, 그러나 그는 우주야말로 특수성 속에 발견될 수 있음을 믿었다. "나는 언제나 더블린에" 그는 아서 파워(A. Power)에게 말했다. "왜냐하면 만일 내가 더블린의 심장부에 도달할 수 있다면, 나는 세계의 모든 도시의 심장에 도달할 수 있기 때문이오."(엘먼의 〈전기〉참조) 조이스는 그의 책에서, 신 물리학을 비롯하여, 양자기계(quantum), 뉴 - 크리시티즘, 언어학, 한자漢字의 구성, 신과학, 그리고 수많은 과학자들 및 심리학자들을 포용하고, 그들을 하나씩 해설한다.

조이스는 〈율리시스〉에서 주인공 블룸(L. Bloom)을, 세계의 미로(maze)속에 그의 길을 발견하도록 애쓰는 〈경야〉의 주인공 "차처매인도래"(HCE)(Here Comes Everyone)를, 각각 우주의 방랑인들이 되도록 그의 그러한 목표를 성취했다.

더욱이, 조이스는 그의 이 최후의 책 속에서 한층 더 멀리 나아갔는지라, 그의 주인공을 우주적 동양지재棟梁之材(Bymester Finnegan)(4.20)로 만들었다. 모든 세계의 도시들에 문자 그대로 도달했다. 시간과 공간의 경계를 가로지르면서, HCE는 "신화발기神話發起者요 극대조교자極大造橋者"(myther rector and miximost bridgesmaker)(126.10)이라, 이 나무통 운반 신공神工은 중국의 "황하黃河 곁에 생자들을 위하여 그 뚝 위에 극성劇性의 건축물을 쌓았도다."(piled building supera buildung pon the banks for the lives by the Soangso)(4.27 - 28). 그리고 그 밖에 어딘가 "전탑적全塔的으로 최고 안最高眼의 벽가壁價의 마천루摩天樓를 자신이 태어난 주액酒液의 순광純光에 의하여(a waalworth of a skyerscape of most eyeful hoyth entowerly)(4.35 - 36) 세웠도다." 〈경야〉는 그의 제I부 2장에서 HCE의 딸 이씨(Issy)가 조립한 제II부 2장의 각주의 우편 주석에서 논급하기를, "특별한 우보편宇普遍통한 가능한 여정旅程"(IMAGINABLE ITINERARY THROUGH THE PARTICULAR UNIVERSAL(260.R3)이라, 인물들은 소수지만 그들의 얼굴은 다수이다.

〈경야〉의 등장인물들은 서로 변신하면서, 사건들 및 객체客體들은 한결같은 유동 속에 상호적으로 피차 의존적 요소들의 독립적인 연속을 형성한다. 그것의 환적環的인, 끝없는 형태로서 결합 된 채, 책의 내용의 흐름은 우주의 짜임새의 아인스타인적 "상대성의 원리"(The Theory of Relativity)와 평행한다. "새 물리학"의 4차원적 시공간은 인간의 마음속에 현실을 구성하는 모든 사건들의 세계선世界線들(world lines)의 복잡한 환적 직물로서 상상된다. 세계선들은 조이스의 책에서 사건들처럼, 한결같이 유동하고 있다.

프랑스의 종교 세례자 쟌(Jean Baptiste de la Belle)은 〈경야〉와 현대적 새 물리학과의 관계를 다음과 같이 피력한다.

- 커다란 몸체의 세계선은 - 무수한 보다 작은 세계선들로 형성된다. 여기 그
리고 저기 이러한 섬세한 실오라기들은 직물을 들락날락하는 바, 그의 실오
라기들은 원자의(of atoms) 세계선들이다 - 우리가 직물을 따라 시간을 향해
움직일 때, 그의 다양한 실오라기들은 공간 속에 영원히 이동하고, 고로 서
로서로 나름의 장소들을 변경한다. (쟌 〈신비의 우주〉 125 - 26)

위에 인용한 예처럼, 조이스의 책의 어느 페이지에서든 그만큼 많은 문
리학적 운동이 담겨 있는 책은 드물다. 그것은 우주를 짜는 실오라기의 구
조를 지닌, 세계의 〈경야〉에서 또한 이미지들과 주제들은 한결같이 움직
이는지라, 상호 변형하고, 새로운 형태로 재현하기 위하여 단지 살아진다.
조이스는 그의 많은 시간을 많은 원천상源泉上의 요소들을 위해 지지하
고, 그들을 텍스트 속에 합동하기를 탐색함으로써, 그의 책의 영역을 확장
하는데 이바지 했다. 이러한 원천들은 지극히 다양했었을 뿐만 아니라, 그
들은 조이스에게 또한 동등한 정체들을 누렸다. 〈경야〉에서 자장가의 음
률은 〈성경〉처럼 멋졌고, 농담은 사실처럼 홍미롭다. 그는 다양한 요소들
을 혼성함으로써, 그것의 무한한 풍요와 복잡성을 온통 현실로 재창조하
려고 애를 썼다. 그는 현실의 어느 한 견해에 홍미를 갖지 않았다. 대신에,
그는 복수 - 수준의 현실이 마음속에 세계적으로 우리의 개인적 지각을 형
성하기 위하여 어떻게 스스로 구성하는지를 보여주려고 노력했다. 마음속
에 직감적 및 합리적 과정들을 구성하는 다양한 충격들이 한결같이 상호
작용하고 있기 때문에, 그들을 통해서 모두는 현실의 단순하고, 유일한 경
험을 창조한다.
　〈경야〉는 텍스트의 의미를 창조하기 위하여 독자의 참여에 의지함에
있어서, "새 물리학"에서 "양자 물리학"(Quantum physics) - 에너지 반사는
이산적離散的 양가兩價들에서 반사한다는 물리학적 원리(149.35) 확율곡

선確率曲線(probability wave)의 개념에 의존한다.

- 유량類量은 많은 도처인到處人에 의하여 자주 남용되는 말인지라(나는 그것
  이 정말로 가장 감질나게 하는 상태의 일이기에 그에 관한 유론類論을 작업하고
  있거니와)열정인熱情人은 종종 그대를 방문하여 다음과 같이 말하리라 그대
  는 당시 이러한 유량類量과 유량의 많은 것을 보아 오고 있는고?(147.36)

  위의 신 물리학 원리(theory of new physics)에서 곡선은 그 역학에 따
라, 그것의 가장 기초 수준에서 현실의 과학적 서술이 사건들에 관한 어
떤 지식으로 구성되지 않고, 오히려 그들의 발생의 확률에 의한다. 이러
한 확률을 존재와 비존재 사이에 절반 매달려진 채, 단지 "존재를 위한 경
향"을 표현한다. 과학자는 한 가지 한정된 형태를 현실에 부여하기 위하
여, 그의 실험에 적극적으로 참여해야 하는지라, 그리하여 실험적 과정
의 선택에 의하여 불가피하게 그 결과에 영향을 준다. "양성자적陽性子
的"(subatomatic) 실험 과정의 확률에서 확실성으로의 확률곡선의 변형은
〈경야〉의 독해讀解에서 바로 행위 자체를 평행하거나, 닮았다. 여기 텍
스트의 복잡성, 풍요 및 부정不定의 성격은 그것의 의미의 정확한 해석을
제외한다. 책은, 그러나, 텍스트가 읽히고, 그것은, 요소들이, 독자 자신
의 심적 이미지들 및 과정들과 혼성된 채, 그것 자체의 동적연속動的連續
(dynamic continuum)을 형성한다.

  〈경야〉는 이리하여 보어(Bohr)(덴마크의 원자 물리학자)의 상보성 원리相
補性 原理(complementarity principle)를 지지한다. 양자 물리학은 빛의 파동
적(undulatory) 및 양자 물리학(quantum physics)의 개념이야 말로 일단 우리
가 물리학이 우주가 아니고, 오히려 우주에 관한 우리의 지식을 연구함을
우리가 인식할 때, 혼란스럽지 않다. 두 자산資産은 빛 자체의 특질이 아니

라, 오히려 빛과 우리들의 상호작용(interaction)의 그것을 표현한다. 비슷하게, 〈경야〉는 그것에 관한 우리의 관념이 언어에 있어서 그러한 관념들의 표현만큼 세계 자체를 서술하지 않는다. 문자 상으로, 당장의 동기는 세계의 문학, 단어의 가장 넓은 의미에서, 인간의 지식뿐만 아니라, 〈경야〉 그것 자체를 대표한다. 책은 텍스트의 그리고, 확장하여, 그것이 서술하기를 시도하는 우주의 의미를 단조롭게 해석하는 시도에 함유된 어려움에 관해 광범위하게 평한다.

〈경야〉의 이러한 특징은 조이스의 목적이 책 속에 상대성(relativity)과 양자물리학陽子物理學에 의해 소개되는 우주의 개념을 재창조하는 것임을 반드시 의미하지는 않는다. 그들은, 그러나, "신 물리학"과 〈경야〉의 우주 간에 유사성의 복수성을 지적한다. 상대성과 양자물리학의 요소들을 합치시키려는 조이스의 의향은 그의 세계 견해의 집중과 세계의 새 과학적 개념을 반영한다.

조이스는 〈경야〉를 양자 물리학적으로 제작하면서 유사한 언어적 어려움과 대면했었다. 그의 목표는 꿈의 세계 또는 원초의 신비적 의식을 개척하는 것이었다. 그러한 목표를 실현하기 위해 그는

- 후속재결합後續再結合의 초지목적超持目的을 위하여 사전분해事前分解
 의 투석변증법적透析辨證法的으로 분리된 요소들을 수취受取하는지라.(the
 dialytically separated elements of precedent decomposition for the verypetpurpose
 of subsequent recombination)(614.33 - 35)

언어들의 원초적 사건을 분쇄하려 하고, 이리하여 새 유동적 및 아주 명시적 언어를 창조하려고 결심했다. 즉,

더욱이 그는 모든 그의 육신肉新을 신조新造하는 총림녀叢林女들을 진실로 복수적複數的이고 그럴싸하게 하고 싶은 것이었다.(an yit he wanna git all his flesch nuemaid motts truly prual and plusible)(138.08 - 09)

영어英語의 단철어單綴語의 유동과 풍요의 부재는 그의 작업을 용이하게 했다. 조이스는 철자를 변경하거나 혹은 단어들의 부분들을 새로운 실체로 혼성함으로써, 풍요롭고 다양한 어휘를 창조하려고 조정했다. 그의

- 이 말은 무無니이체식式의 어휘로서, 선험적先驗的 어근語根을 후험적後驗的 변설辯舌에 공급하는 것이니, 세상의 어떤 어미語味로도 야언어夜言語인지라,(in the Nichtian glossery which purveys aprioric roots for aposteriprious tongues this is nat language at any sinse of the world). 예스페르센(Otto Jesperson)(덴마크의 언어, 영어학자, 1860 - 1943)의 책 〈국제 언어〉(An International Language)는 Dr Sweet를 인용하고 있다. "후험적 언어를 구성하는 이상적 방도는 어근을 단철로 삼는 것이요 - 그리고 문법을 정신상 우선으로 삼는 것이다"의 패러디 보다 이전 어떤 생애에 기피했던 전리품이, 혹자가 생각하는 한 개의 항아리처럼, 뭐랄까, 가소可燒될 수 있는지 여부를 확인하는데 실패하듯, 아일랜드 방언에 당면하여(83.10 - 11)

"아일랜드 방언에 당면하여 우리는 분명히 무식한지라."(one might as fairly go and kish)(앵글로 - 아이리시 유행어) "한 버킷의 방언처럼 무식하도다."(ignorant as a kish of brogues)

이는 아주 효과적이요 집중적인 새 언어를 결과하게 하는 바, 그 속에

복수의 명시적 의미는 원초적으로 중요하다. "그런고로 그대는 내게 어떻게 하여 단어 하나하나가 "이중二重블린"(Dyoulong)(13.4) 집계서集計書를 통하여 60내지 10의 미처 취한 독서를 수행하도록 편찬될 것인지를 자세히 설명할 필요가 거의 없나니(이탈하려는 자의 이마를 진흙으로 어둡게 하소서!), 그것을 열게 했던, 세순영겁世循永劫, 델타 문자 문門이 거기 그를 폐문 할 때까지. 문門. 문門."(Deleth, mahomahouma, who oped it closeth thereof the Dor) (1)Deleth. 히브리 문자 (2)delta. 문(door). (3)dor. i)세대 ii)거주 (4)코니시어.(Cornish language)콘월 말(지금은 사어)지구. 더블린의 이 책(〈경야〉 속의 모든 단어들은 세순 영겁의 종말 가까이 델타 문자 꼴이 되는지라, 끝없는 독서의 종말을 야기하도록 서약할 것이다)(20.13 - 18)

조이스가 언어의 최소한 단위를 붕괴하는 그의 결심과, 언어의 분자로서의 그의 실험은 양자 계(quantum mechanics)의 목표와 방법에 현저한 평행을 형성했다. 조이스와 양자 물리학은 공히 지금까지 언어나 혹은 물리학의 최소한의 비非 분할로 간주되었던 것을 삼투하려고 시도하고 있었다. 〈경야〉의 원자기계原子機械(atom mechanics)와 언어 간의 대응은 책의 다음의 뉴스 통신에서 개발 된다.

- 또 다른 방송. 사살부父의 격변적 효과 - 원자의[무화멸망] 루터장애물항의 최초의 주경主卿의 토대마자土臺磨者의 우뢰폭풍에 의한 원원자源原子의 무화멸망無化滅亡은 비상공포쾌걸非常恐怖快傑이반적的인 고격노성高激怒聲과 함께 퍼시오렐리를 통하여 폭작렬爆炸裂하나니, 그리하여 전반적 극최상極最上의 고백혼잡告白混雜에 에워싸여 남성원자가 여성분자와 도망치는 것이 감지될 수 있는지라 한편 살찐 코번트리 시골 호박들이 야행자夜行者피커딜리의 런던우아기품優雅氣稟 속에 적절자신대모適切自身代母되도다.(353.22 - 29)

〈경야〉의 세계는 또한 정신적 실체로서 존재한다. 그리하여 그것은 독자의 마음과 텍스트 사이의 상호작용의 산물이 된다. 책의 이러한 비물질적 성격은 세계의 새 과학적 해석에 관한 것 보다 오히려 조이스 자신의 형이상학에 관한 반영이다. 그러나 양자 물리학은 전신의 구성으로서 조이스의 현실적 관념에 대한 부수적 지지를 마련한다. 예를 들면, 〈경야〉의 제I부 3장에서 힘의 분야에로의 물질적 분자의 용해 - 순수하게 정신적 본체本體 - 는 젊은 욘(Yawn)을 발견하는 도중이요, 그레고리(Matt Gregory)는 "깊은 시야時野를 통하여 자취를 탐한다."(seeking spoor through the deep timefield)(475.24) 조이스는 분야分野의 무 확정의 천성에 관해 언급하는데, 그것은 단지 물질이 되기 위한 잠재성과 더불어 확률 곡선으로 구성한다.

> - 아주 많이 감사하도다. 목적 달성! 그대[케브]가 내돌프를 골수까지 친 것이 중량重量인지 아니면 내가 보고 있었던 것이 붉은 덩어리인지는 말할 수 없어도 그러나 현재의 타성惰性에, 비록 내가 잠재적이긴 할지라도, 나는 내 주변에 광내륜光內輪의 환環[무지개]를 보고 있도다.(501.21)

위의 글은 "과학의 조이스 〈경야〉의 신과학 결론"(*The Joyce of Science. New Physics in Finnegans Wake. Conclusion*)에 실린 글의 번안的飜案的 해설임을 여기 밝힌다.

(2) 조이스와 양자 역학(Quantum Mechanics)

〈경야〉에는 당대의 양자물리학 이론이 텍스트에 산재해 있는지라, 아래 그의 이론을 텍스트에서 솟구어 본다.

〈경야〉 제I부 4장의 초두에는 바다 새들이 트리스탄과 이솔테가 연애하는 장면을 조롱하는 "퀴크!"라는 가사가 담겨 있다. 이 말은 새 물리학의 구성 요소인 입자를 상징한다. 이는 1939년 원본에서 "Three quarks for Muster Marks"의 시행으로 노래된 가사의 일부로, 1960년대 미국의 문리학자 Murry Gellmannd에 의해 최초로 발명된 신 물리학(New Physics)의 입자 용어이다.

구미 과학자들이 〈경야〉가 세상에 출간될 당시 물리학 또는 양자 물리학(또는 약학)이 번성하였고 조이스는 작가로서 그 계열에 속한다. 위의 "Quarks"라는 말도 조이스가 최초로 발명한 〈경야〉어(Wakean Word)를 겔만드(Gellmannd)가 이를 최초로 물리학의 한 단어로 삼았다. 〈경야〉에는 이 말 "퀴크"(quarks)(hadron)의 구성 요소로 된 물리학의 입자가 적어도 1번 나온다. 기존의 quantum이란 단어는 4번 출몰하거니와 [대문자 "Quantum"]이 1번 하늘의 큰 별처럼 빤작인다. 이와 유사한 많은 물리학의 단어들이 무수한 〈경야〉어들 사이에 음식의 후추 가루처럼 흩뿌려 있다. 〈경야〉에는 이 말 "퀴크"(quarks)(hadron)로 된 물리학의 입자어가 적어도 1번 나온다.(383.01)

- "quantum"의 첫째 것은,(149.35)에 나오는 말로 "유량類量은 많은 도처(인)到處(人)에 의하여 자주 남용되는 말인지라(나는 그것이 정말로 가장 감질나게 하는 상태의 일이기에 그에 관한 유론類論을 작업하고 있거니와", 둘째 것은,(167.07) "이는 마치 초超화학적 경제절약학經濟節約學에 있어서 최대열당량最大熱當量이 양적으로 양자충동력量子衝動力을 광조발光照發하는 듯하는 지라", 셋째 것은,(594.14) "내게 찌르는 수자誰者는 찌르는 통봉음경痛棒陰莖과 같은지라." 그리고 넷째 것은,(508.06) 대문자로 "Quantum"은, "단지 제 십이일(12일)째 평화와 양자量子의 결혼만의 경우를 위하여 곁치레로," 등등이다.

아인슈타인의 상대성 원리의 개발은 양자 역학의 소개에 의하여 평행되고 보존되었다. 당대 저명한 물리학자 막스 프랭크(Max Plank)는 1900년에 양자론을 선언했으나, 그것은 빛의 양자 성질에 아인슈타인의 논문을 의지한 것으로, 새로운 탐구에 그것의 방향과 동기를 부여했던 것이다. 이 무한히 작은 영력의 탐구는 우주의 변질하는 편물을 서술하는 상대성적 시도보다 심지어 한층 어려움이 증면되었다. 난관들을 극복함에 있어서, 양자 역학은 거대한 집합적 사업이 되었다. 1905년과 1930년 사이에 최고의 과학자들은 사전의 본질을 위한 그들의 탐구에 협동하기 위하여 국가적 변경을 한결같이 드나들었다. 이 작업은 오늘 날도 여전히 진행되고 있거니와, 그러나 분자 물리학의 출현을 세계를 관망하는 한결같은 방법으로서 분자 물리학의 출현을 기록했던 신세기의 세 번째 10년이었다.

이리하여 "양자" 현상의 철학적 해석의 발전은 〈경야〉의 필서와 우연일치 되는 바, 그것은 1923년 - 1939년간을 간격 한다. 분자 물리학과의 그리고 그들의 철학적 함축의의 발견에 관한 대중성은 아마도 상대성의 그것만큼 극적이 아니었다. 왜냐하면 양자 역학은 진화의 보다 긴 기간을 걸렸기 때문이다. 그럼에도 불구하고, 분자 세계를 이해하는데 있어서 중요한 성취에 관한 정보는 미디어에서 대중화 되었다. 조이스는 그이 자신 작업에 잠입했고 그의 관념을 지지할 수 있는 것은 무엇이나 민감했으며, 분자 물리학을 상대성 원리처럼 자신의 계획에 성실한 것으로 알았다. 이인슈타인의 작업에 있어서처럼, 그는 양자 역학에서 그이 자신의 작업의 형이상학과 방법들을 발명했다. 〈경야〉에서 조이스는 분자 물리학의 존재론적 및 인식론적 함축의含蓄義 뿐만 아니라, 또한 수많은 인유들을 마련했다.

이상의 양자 물리학에 관한 글들은 미국 털사대학에서 발간하는 국제 조이스 잡지 〈제임스 조이스 계간지〉(*James Joyce Quarterly*)에 수록되어 아래처럼 설명되고 있다.

Andrzej Duszenko

* **School/College.** College of Arts and Sciences/College of Arts and Sciences

* **Department.** Languages, Literature and Communication Studies

* **M.A.** Wroclaw University, Poland

* **Ph.D.** Southern Illinois University - Carbondale

* **Publications**.

"Abnihilization of the Etym. Joyce, Rutherford and Particle Physics." *Irish* [*University Review. A Journal of Irish Studies*] 46.2(2016).

"Contemporary Science and the Image of the World." *Stopping the Process?* [*Contemporary Views on Art and Exhibitions.*] Helsinki. The Nordic Institute for Contemporary Art, 1998.

"The Relativity Theory in Finnegans Wake." James Joyce Quarterly 32.1(1994).

"The Joyce of Science. Quantum Physics in *Finnegans Wake*." *Irish University* [*Review* 24.2(1994).]

[This project discusses the influence of the theory of relativity and quantum mechanics on James Joyce's last work. The background material includes a discussion of the development of modern science and its philosophy.]

(3) 조이스와 입자설

19세기 과학의 풀리지 않는 문제들 중의 하나는 빛의 성질의 문제였다. 뉴턴은 빛을 가지고 실험했으며 그의 결과를 〈오피딕스〉지에 발표하고, 빛은 작은 입자들로 구성되었음을 믿었다. 이 입자이론(corpuscular theory)은 빛의 직선의 전파로서 한결같았으나, 빛의 반사를 설명하는데 실패했다.(한 중간을 또 다른 것으로 통과함에 굽이면서) 음파에 대한 유추에 의하여, 빛의 파도의 혼은 다른 물리학자들에 의해 암시되었으나, 뉴턴의 권위는 주의를 그것으로부터 전환하는 경향이었다. 그러자, 1803년에, 토머스 영(Thomas Young)(1738 - 1829)은 단순하고 성실한 테스트를 수행했는지라,("이중 분할 실험"이라 불렸거니와) 그리하여 그것은 빛이 과연 물결로 구성되었음을 증명했다. 파도로서 여행하기 위해, 빛은 운동을 행사하는 중개를 요구했는바,(공기는 음파를 위한 중개를 요구했다) 빛의 파도의 성질을 설명하기 위하여, 그러자, 에테르 이론이 창조되었다. 이론을 선언하기를, 즉 우주는 에테르에 의하여 삼투되고, 불가시적, 무미의, 무색의 및 부동의 물질은 광파光波를 선전하는 목적을 위하여 유일하게 존재한다. 에테르 이론은, 그러나, 에테르의 탄성적, 고체 같은 자산을 위해, 새로운 문제를 창조하고, 빛의 파급을 요구하고, 행성들이 방해되지 않는 동작으로 타협되기 어려웠다.

에테르 이론에 의해 창조된 어려움은 1864년에 맥스웰의 자기磁氣 - 마그네틱 이론의 소개로서 만이 살아졌다. 맥스웰의 이론은 1831년에 파라

데이(Faraday)에 의해 실험적으로 발명된 맥스웰의 전자 마그네슘 이론의 분명한 수학적 서술을 마련했다. 맥스웰은 보여주기를, 즉, 만일 전자 - 마그네슘 행동은 에테르의 혼란으로서 여행한다고 가정하면, 그것은 횡단적 橫斷的 파도의 형태로서 에테르를 통하여 보급되리라. 그리고 그것의 속도는 빛의 속도와 동등하리라. 맥스웰의 동등함은 일시 20세기 물리학자들이 마침내 개폐改廢하기를 요구하는 부副원자적 영력의 특수한 요소들을 증명하리라.

원자의 구조와 작업을 해명하는 과정은 길고도 지루하다. 물리학자들은 참신한 신과학을 구성하는 감각을 가졌다. 그러나 그들은 그러한 형태의 성질상 개념을 갖지 않았다. 전 세기에 있어서 지리학적 탐험자들처럼, 무無 차트 영토에서 탐색하면서, 그들의 마음에 거칠게 한정된 목적을 가지면서도, 그러나 다음 단계는 그들을 어디로 데리고 갈 것인지, 그리고 그들은 거기서 무엇을 만날 것인지를 알지 못했다. 이러한 발명의 정신은 역시 〈경야〉의 필체를 특징짓는 것이었다. 조이스가 그의 최후의 책을 시작했을 때, 그는 단지 작업이 어떤 형태를 취할 것인지를 막연히 생각했을 따름이다. 그는 과연 전반적 계획과 방법을 가졌으나, 결과의 분명한 성질에 관해 아무런 생각을 갖지 않았다. 1923년 가을에, 그의 17년간의 긴 문학적 실험으로 겨우 몇 달이 지나자, 조이스는 하리에트 쇼 위버 여사에게 다음을 썼다.

> - 〈경야〉의 건설은 〈율리시스〉와는 안전히 다른 지라, 거기에는 적어도 부름의 항港들이 미리 알려졌다. 나는 될 수 있는 한 많이 작업했다, 왜냐하면 이들은 단편들이 아니지만, 활동적 요소들로서, 그들이 한층 더 그리고 약간 오래되었을 때 그들은 스스로를 혼성하기 시작할 것이기 때문이다.(〈서한〉 204 - 205)

(4) 작업 방법의 변화

조이스의 책의 방법과 영역은 비선례적非先例的이었고, 그리하여 그는
자신의 새로운 작업의 요구를 한층 과학적 과정의 요구에 맞추었다. 그의
목표는 여전히 예술가적이었으나, 그의 작업 방법에 있어서 그는 이제 소
설가보다 한층 과학자를 닮아갔다. 그는 제도적으로 그리고 애써 몇몇 노
트북들의 다언어적 리스트로 편집했고, 그들을 〈경야〉에 사용한 뒤에 개
별적 단어들을 지워버렸다. 그이 자신이 다국적인으로서, 그는 알바니아
어, 루터어 그리고 키스와힐리어와 같은 한층 암담한 언어들의 도움을 탐
색했다. 그는 과학적인 분석적 방법으로 단어들에 접근하기 시작했으며,
그들을 음절들과 음소音素들로 분쇄하고, 이어 그들을 그의 자신의 목적
에 따라서 재결합했다. 어원인, 단어들에 가장 과학적 접근은 〈경야〉의 텍
스트를 형성하는데 중요한 요소가 되었다.

조이스의 언어에 대한 새 접근과 그의 작업 방법은, 그러나, 그의 쪽에
서, 과학을 향한 새 태도로부터 결과하지 않았고, 오히려 그의 계획에 대
한 언어의 전통적 대우의 부당성으로부터이다. 〈경야〉의 목적은 무의식
또는 꿈꾸는 마음의 작업을 재창조하는 것이나, 거기서 의미의 복수성 및
이미지의 한결같은 변화는 형식적 논리의 사용과 전통적 언어적 구조의
사용을 제외한다. 이러한 난관들로 직면한 채, 조이스는 〈경야〉 속에 그의
자신의 새 언어로서 효과적으로 작업하고 새 방법을 고용하지 않으면 안
되었다.

〈경야〉의 세계는 또한 심적 존재로서 존재하는데, 독자의 마음과 텍
스트 간에 상호 작용을 생산한다. 책의 이러한 비물질적 성격은 세계의
새 과학적 해석에 대해서보다 조이스 자신의 형이상학의 반영이다. 그러

나 양자 물리학은 조이스의 현실에 대한 관념을 심적 건설로서 부수적 지지를 증명한다. 예를 들면, 물질적 분자를 힘의 분야 - 순수한 심적 존재는 - 매트 그레고리가, 욘(Yawn)을 찾기 위해 도중의 "최초로 등단한 산지 원로원 그레고리, 깊은 시야時野를 통하여 자취를 탐하며"(First klettered Shanator Gregory, seeking spoor through the deep timefield)(475.24) 또 다른 구절에서, 아이들의 수업으로부터, 조이스는 분야의 무한한 성질을 암시하는데, 그것은 단순히 물체가 되기 위한 잠재력으로 확률 곡선을 구성한다.

- 〈경야〉에서 [돌프](Dolph)의 화해 아주 많이 감사하도다. 목적 달성! 그대 [캐브](Cab)가 나[돌프]를 골수까지 친 것이 중량인지 아니면 내가 보고 있었던 것이 붉은 덩어리인지를 말할 수 없어도 그러나 현재의 타성에, 비록 내가 잠재적이긴 할지라도, 나는 내 주변에 광내윤의 환을 보고 있도다. 그대에게 명예를 그리고 우리들의 노출성露出性에 대해 그대를 격찬하기를! 나는 그대를 부가부附加俯 이륜마차에 태워 만인을 위해 유흥하고 싶은지라.(304.05 - 09)

"목적 달성되다니," 수학자 쥬레스 포인캐어(Poincare)이지만, 단어는 물질화된 부원자의 운동을 또한 야기한다. 그러나, 사진 접시 위의 그림은 일연의 밝은 집중 환의 형태를 또한 취한다.

- 조이스는 한층 나아가 "우리들이 이 와일드 광계廣界를 통하여 유배방랑流配放浪했는데도"(588.03) 혹은 "나는 공허의 세계너머로 여행할지라"(469.10 - 11) "매每 저런 사장물私場物들은 여태껏 여하 장소이든 간에 비존非存한지라 그리하여 그들은 온갖 금일今日 족극族劇에서 내외무변 바로 그대들의 취득 물구실을 해 왔도다"(589.01) 그리고 양자 물리학의 "다수학적多數學的 비물질성非物質性의 구렁텅이 심연에 관해 감각하는 지를"(394.31 - 394.32)

(5) 〈경야〉의 양자量子 세계

비물질적 세계의 새 물리적 개념은, 그 속에 물체의 분자들이 에너지로 변용하고, 반대로 또한 〈경야〉에서 개척되는지라, 수많은 인유들과 물리학에 대한 언급들을 통하여 양자 물리학의 분할 복원 자에 대한 언급들은 전자파의 다양한 원자들과 반사에 대해 역시 개척된다. 사진판 잉크의 효과는, 예를 들면, 사물과 더불어 반사(빛의)의 상호 작용을 포함하는 형상으로 "이러한 광감전지光感電池의 건전지乾電池 격인 무음無飮의 부름에"(323.25)에서 뿐만 아니라 초기 텔레비전 튜브(관)를 잇따르는 서술에 의해 언급된다.

> - 다프 머기(농아자)[교수], 그런데 그는 이제 아주 친절한 배려에 의하여 인용
> 될 수 있으리라.(그의 초음파광선통제超音波光線統制에 의한 음상수신감광력
> 音像受信感光力은 명암조종가明暗調整價가 칼라사진애호 유한 주식회사로부터
> 마이크로암페아 당 1천분의 1전錢에 제조되는 것과 동시에, 오히려 조금도 늦지
> 않은 가까운 장래에 기록을 달성할 수 있나니)(123.12 - 123.16)

반사의 에너지를 발하는 과정을 부원자의 영력의 시기함과 직면한 채, 바로 반대를 행하는지라, 그들은 한층 예술적, 창조적 접근을 향해 움직인다. 고전적 과학은 그것의 주제에 간련하여 엄격하게 수동적으로 이해된다. 그것의 작용은 독립적으로 그리고 광활하게 잉태되는 현실을 관찰할 것이다. 과학자의 목표는 현실적 구성의 경우를 지배하는 기계주의를 발견하거나 서술한다. 이러한 수동적, 과학적 접근은 예술가의 한층 활동적 태도와 대조되거니와 그의 목표는 심미적으로 즐기는 태도로서 현실을 변용하리라.

과학과 예술의 목표와 방법 간의 고전적 차이는 건립되지 않고 오도된 채 양자 기계에 의하여 들어난다. 한편으로, 분자 물리학은 암시하거니와, 그것의 고전적 의미로 궁극적으로 과학의 목표와 객관의 이러한 적 현실 같은 것은 없으며 결코 실현되지 않는다. 다른 한편으로, 예술적 및 상상 적 언어는 부원자적 현상을 서술할 수 있는 비수학적 매개로 만이 이루어짐을 증명 한다. 그들의 발견에 관해 이야기하기 위해, 물리학자들은 논리의 법칙을 포기해만 하고, 과학적 언어의 엄격함을 대신하여, 예술가들처럼, 그들은 자신들의 상상에 의지해야만 한다. 그들은 주어진 언어 상속에서 현실을 더 이상 서술하지 않고, 오히려 그들의 관념들을 전달하기 위한 이미지들을 창조해야만 한다. 선각자들의 언어는 새롭게 발견된 현상을 토론함에 있어서 비 타당하게 증명된다. 이러한 부적합성은 물리학자들을 새 원자를 개발하도록 강요하는지라, 그 중에 적어도 부분적으로 그들의 실험과 수학적 발견을 서술할 수 있다. 막스 프랭크에 의한 다음의 서술은 합리적 지적 그리고 과학적 언어를 향해 이러한 새 과학적 태도를 특별 지운다. 과학은 - 불식의 노력을 의미하고, 계속적으로 목표를 향해 전진하며, 시인적詩人的 지관은 그것을 인식될 수 있지만 지력은 결코 쉽게 포착할 수 없다.

(6) 부 - 의미적副 - 意味的 분자(sub - semantic Particles)

〈경야〉를 작업함에 있어서 조이스는 유사한 어려움에 봉착했다. 그의 목표는 꿈의 세계 혹은 원초적 신화 의식을 탐험하는 것이었다. 그러한 목표를 실현하기 위해 그는 말들의 원초적 문제를 파괴하려고 결심했다. "일종의 문맥門脈을 통하여 후속재결합의 초지목적超持目的을 위하여 사전분해의 투석변증법적透析辨證法的으로 분리된 요소들을 수취하는지라"(614.34 - 35) 그리하여 새롭고, 유동적이요 아주 높은 외연적外延的 언어를 창조하려 했다. 그리고 영어의 단음적 단어들의 풍부함이 그의 작업을 용이하게 했다. 철자를 바꾸고 품사들을 새 실체로 바꿈으로써, 조이스는 풍요하고 다양한 어휘를 창조하려 했다. 그의 "이 말은 무無니이체식式의 어휘로서, 선험적先驗的 어근語根을 후험적後驗的 변설辯舌에 공급하는 것이니, 세상의 어떤 어미語味로도 야언어夜言語인지라"(83.10 - 11) 그는 고답적으로 고대의 그리고 집중적 새 언어들을 결과하게 했으며 그 속에 무수한 암시적 의미들이 원초적 중요성을 띠었다. "고로 당신은 나를 철자하지 말지라"(20.13 - 16)

아인스타인의 빛의 새 원리는 양자 원리의 기초적 가정假定을 고착할 뿐만 아니라, 한층 먼 단계를 취했다. 프랑크는 에너지가 양자를 발산하거나 흡수했다. 아인스타인에 따르면, 그것은 발산과 흡수의 과정이 아니라, 양자화 하는 에너지 그것 자체이다. 사진寫眞 전자의 효과에 대한 아인스타인의 설명은 상당한 성취지만, 빛의 자연을 둘러싼 모호성을 해결하지 않았다. 영(Young)이 행한 1803년의 이중적 실험은 여전히 빛의 영류계수癭瘤係數를 위한 증거로서 여전히 감수되었다. 새 전자 입자 설 이론은 빛의 천성에서 다른 결론을 제공했으나, 그것은 영의 실험의 확인 성을 직접으로 의문시 하지 않았다. 더욱이, 재도약의 전자에서 에너지의 다른 수준의 설명에 있어서, 아인스타인은 빈도의 개념에 의존하지 않으면 안 되었는데, 그것은 전파의 재산이다. 파도의 빈도라는 말에서 분자의 총알 같은 흐름의 상식은 의식을 부정했고, 하지만 그것은 사진 전자 효과의 단지 유용한 설명인양 했다.

조이스의 과학: 〈경야〉에 있어서 신 물리학(The Joyce of Science: New Physics in *Finnegans Wake*)

(7) 조이스의 언어의 작은 단위들

단위들과 언어적 분자들로서 실험은 양자 기계의 목표와 방법에 놀라운 평행을 형성했다. 조이스와 양자 물리학은 지금까지 물리학이나 혹은 언어에서 가장 적고 불가시의 단위로 생각되었던 곳을 삼투할 것을 시도하고 있었다. 양자 기계와 〈경야〉의 언어 간의 이 통신은 책(〈경야〉)의 다음 뉴스 반송에서 개발 된다.

- 루터장애물항의 최초의 주경主卿의 토대마자土臺磨者의 우뢰폭풍에 의한 원원자源原子의 무화멸망無化滅亡은 비상공포쾌걸非常恐怖快傑이반적的인 고격노성高激怒聲과 함께 퍼시오렐리를 통하여 폭작렬爆炸裂하나니, 그리하여 전반적 극최상極最上의 - 홀울루루炊爛樓樓), 사발와요沙鉢瓦窯, 최고천제最高天帝의 공라마空羅麻 및 현대의 아태수亞太守로부터 투사화投射化되는지라. 그들은 정확히 12시, 영분零分, 무초無秒로다 올대이롱(종일)의 전戰왕국의 혹좌일몰或座日沒에, 공란空蘭의 여명에.(353.22 - 29)

위의 구절은 1919년에 로드 루더포드(Lord Rutherford)에 의한 원자의 최초의 성공적인 분할에 대한 언급이다. 그것은 파리, 로마, 아테네 및 다른 지역들에서 이 파열적 사건의 감수를 시험으로 생산된 바로 폭발을,(그리고 구절이 차단한 이야기에서 러시아 장군의 사살을) 전반적 혼란의 암암리의 의미를 비교하는 바, 우리는 계획들의 열편裂片과 도피 - "운동"(motons)과 "밀조 위스키"(mulicules) - 시험에 의해 창조된 부副원자의 분자들을 관찰할 수 있다. 제국적 로마는 제정적帝政的 공간이요 살인된 원자의 본래의 희랍적 개념에 대한 반대로서 분할될 수 있다.

이리하여, 로드 루터포드의 문맥 속에서 그의 자신의 문학적 실험을 유락愉樂함으로써, 조이스는 원자의 분할을 그의 언어의 신 접근과 원자의 분할을 비교한다. 원자들을 분할하는 문리학자들처럼, 그는 말들을 분쇄하고, 그들을 무無로 감수하며, 그런 다음 무에서 그는 새 단어들과 의미들을 감수한다. 이리하여 그의 단어들은 그들의 본래의 원천을 유지하는 의미에서 그리고 새 단어들이 형성되는 구걸 요소로서 사용되었거니와, 조이스는 비코(Vico)를 따르기에, 후자는 어원으로부터, 단어들의 기원의 주의 깊은 사찰을 통해서 인간의 역사의 코스와 성질에로 일잠—暫할 수 있다.

어원과 원자의 이러한 경야적經夜的 통신은 한층 멀리 확장하여, 아담 - 또 다른 제일 원칙, 그리고 인간의 상징, 창조와 절멸의 주재를 확장하여 포함하자, 조이스는 〈경야〉의 내용을 서술하고 약성어略性語(acronym)인, HCE는 분명히 작품의 주인공과 함께 원자적 구조를 동일시한다.(616.05 - 07). 그리고 아담을 위한 "아담적"이 되나니, 그것은 HCE의 조문呪文들의 하나가 된다. 인간과 부원자의 영역간의 통신은 작품 속에 그 밖에 다른 곳에서 역시 배경막이 된다. 그 때 HCE 집안의 캐이트(Kate), 청소부는 "원자를 분할하는 생득生得의 고통을"(333.24 - 25) 경험한다. 이씨(Issy)에 대한 설교에서, 존(Jaun)는 한층 멀리 아담과 원자 간의 연결을 지시 한다.

"우리는 아담 원자와 이브 가설로부터 오고, 촉觸하고 경작 할지 몰라도 그러나 우리는 끝없이 오즈(불화不和)신계神界의 것으로 선확적先確的으로 숙명 되어 있는 도다." (455.16 - 18)

(8) 상호연결성(interconnectedness)

　다른 영력營域들의 이러한 연결은 〈경야〉에서 특별하다. 작품은, 심리의 비합리적 양상의 작업을 중복시키기 위해 계획된 채, 꿈꾸는 마음의 합치는 유동적 및 운동에 따라서 조직되는 지라, 각성적 의식의 논리적 과정이 아니다. 결과적으로 경야적 현실의 저변적底邊的 특징은 모든 요소들에서 본질적 단위이다. 이러한 단위는 합리적 지력에 의한 모든 요소들에 부과된 범주를 무시한다. 대신에, 그것은 존재의 형식들을 연합하는 연결의 원칙을 감수하는 존재를 암시한다.

　〈경야〉의 본질적 특징은 또한 양자 기계의 발견에서 지지를 발견했다. 19세기에서 과학은 세계의 다양한 요소들 간의 상호 관련에서 순수하게 기계적 말로서 이해되었다. 고전적 물리학에 의해 서술된 우연한 상관관계는 사물들 간의 이산성離散性을 함유한다. 세계의 데카르트적 계획은 무수한 그러나 논리적 톱니바퀴의 운동으로서 깨끗하고 논리적인지라. 양자 물리학의 부원자적 실험은, 그러나, 진실됨이 오직 특수함을 지시하고, 궁극적으로 모든 물체는 심오한 방법으로 결합됨을, 단순한 우연의 상관관계는 하이젠베르크(Heisenburg)(주: 독일의 이론 물리학자, 양자 역학의 창시자)의 말로 암시되지 않는 심오한 방법으로 융합된다.

　에너지와 물체 간의 상오작용은 우주의 사건들의 본질적 상호연관성을 암시했다. 물체의 분자들의 새 정의定義는 힘의 분야의 단순한 일시적 현실화로서 지시된 것으로, 우주의 어떠한 요소도 적극적으로 그것의 환경으로부터 분리 될 수 없다. 사건들은 다른 사건들을 향해 더 이상 있지 아니하고, 그들은 언제나 다른 사건들을 향해 도달하는 바, 그로부터 개인적 요소들은 완전히 분리될 수 없다. 〈경야〉를 통하여 암시된 유사한 상호 연결성은 암시되기 마련인 것이다. 작품(책)은 복잡한 통신의 거대한 구조인지라, 그것의 어떤 한 요소의 의미는 전체에 대한 그것의 상호 연관성에서 단지 이해될 수 있다. "비분리 된 현실"(undivided reawlity)(292.31)은 두 가지 레벨에서 〈경야〉에서 표현된다. 한 가지 면에서, 접촉하는 언어의 형성은 유동을 강조하고, 관념들 간의 점차적 유동을 강조한다. 그들의 전통적 형태로부터 자유롭게 된 채, 말들은 서로 합류한다. 상징으로서 그들의 전통적 역할에 존재함을 혹은 구체적 실체의 기호들을 정지한 채, 그들은 대신 분명히 비非연결 된 현상들 간의 유대의 역할을 가정假定한다. 이러한 언어적 침투에 있어서 〈경야〉의 당면한 모티브의 한결같은 변화에 의하여 동행한다.

유사한 상호 연결성은 〈경야〉를 통하여 암시된다. 책(작품)은 복잡한 통신의 거대한 구조인지라, 그 속에서 어느 한 요소의 의미가 총체에 대한 그것의 상관관계 만에서 충분히 이해 될 수 있다. "비非 분할된 현실"(292.31)의 이 상호 해석은 〈경야〉에서 표현된다. 한편으로, 관념들 간의 접하는 단어의 형성은 유동적 점진적 연결을 강조한다. 그들의 전반적 형태로부터 해방된 채 단어들은 서로 사이를 삽입한다. 상징 또는 구체적 실체의 신호로서 그들의 전통적 역할 속에 정지하면서, 그들은 분명히 분리된 현상들 간의 유대를 대신 가장한다. 이러한 언어적 해석의 수준은 〈경야〉에서 재조再調하는 주제들의 한결같은 변천에 의해 동행된다.

그것의 유동성에 있어서 〈경야〉는 또한 "총체적으로 신선하게 되고," 책의 세계와 그 속의 모든 단어들은 조정된 존재보다 오히려 친숙한 원천에서부터 독창적 존재의 상태로 된다. 조이스는 한결같이 그의 독자에게 실재의 이 정교하나 본질적 특징을 상기시키거니와, 철학자들에 의하여 수 세기 동안 요구했어도, 양자 기계의 발견에 의해 재확인 되었다. 거의 그가 보조하는 만큼 자주, 공간은 시간의 공간과 협동하여, 그는 시간적 것들과 더불어 협동하고, 그는 "존재"를 한층 타당한 "존재성"을 가지고 그들을 보충함으로써 "존재"의 오도誤導된 함축어語를 수식한다. 그의 독자들의 좌절을 어려운 텍스트를 가지고 예상하면서, 예를 들면, 그는 이리하여 그들을 초조함을 주의시킨다.

- 인내忍耐, 만일 이어위커의 존재 자체가 의심스럽다면, 그는 편지에 관해 말할 수 있을 것인가? 책의 해독을 위한 인내의 필수적 조건. 이제, 인내. 그리하여 인내야말로 위대한 것임을 기억할 지라, 그리하여 그 밖에 만사를 초월하여 우리는 인내 밖의 것이나 또는 외에서 이루어지는 것은 무엇이든 피해야 하도다. (108.08 - 10)

자비(셈)는 그의 형제(아우)의 비난에 대해 옹호함에서 유사한 태도로 그를 타이른다.

그는 자기 자신을 보도록 그리고 자신이 미쳤음을 보도록 권고 받는다 - 정의(Justinus)는 자비(Mersius)를 향해 그의 연설을 끝맺는다.

- **자비**(彼者의) 나의 실수, 그의 실수, 실수를 통한 왕연王緣! *신이여, 당신과 함께 하소서!* 천민이여, 식인食人의 가인이여, 너를 낳은 자궁과 내가 때때로 빨았던 젖꼭지에 맹세코 예서豫誓했던 나, 그 이후로 광란무狂亂舞와 알

콜 중독증의 한 검은 덩어리가 되어 왔던 너, 지금까지 존재하지 않았던지 또는 내가 존재할 것인지 아니면 네가 존재할 생각이었는지 모든 존재성에 대한 강압감强壓感에 마음이 오락가락한 채, 광란무狂亂舞의 알콜중독증의 한 검은 덩어리로 언재나 내내 되어 왔던 너,(193, 343.36)

4노인들에 의한 그의 질문에서 욘(Yawn)은 관찰하거니와 나는 나 자신이 전혀 아닌바, 당시 나는 유쾌한 공포도 아니요, 그 때 나는 그이 자신을 이제 어떻게 내가 되려고 하고 있는지를 실현하기에. 그리고 질문자들은 응답하거니와 "- 오, 그대에게는 그게 그런 식 인고, 그대 가재動 피조물이여? 애당초에 숙어宿語 있었나니, 상습常習! 두건頭巾은 탁발형제托鉢兄弟와 친하지 않도다."(487.18 - 21) 세계는, 조이스의 단어들처럼, 유동상태에 있으며, "활생활活生活의 무진총체無盡總體들이 유생성流生成의 단 하나의 몽환실체夢幻實體인지라. 설화 속에 총화總話되고 제목잡담題目雜談 속에 화설話說된 채."(597.07 - 08) 단지 〈경야〉의 새 언어만이 동적 흐름과 변경의 본질을 표현할 수 있고, 전통적 단어들은 "그리하여 거기 도대체 모든 매시每市는 - 제발 평상복구平常服句로 이걸 읽을 지라"(523.10 - 12) 때문에 부적하도다.

[V] 〈경야〉:
글리스툴(Glashule)의 단화短話

글라스툴(321.08)의 이야기는 〈일편단화〉 격으로, 명확하고 흥미로운 단편 이야기들이다. 대략 80편을 헤아린다. 아래 글은 〈경야〉 II장의 주막 장면으로서, 그가 여행하자 시간은 경과하고 - 주막에서 음주가 계속되는 장면이다. 여기 글라신(Glasheen)이 대치代置되는 글라스툴(Glasthule)은 더블린의 단 레어리의 지역 대명사이다.

> - 거기 그의 더블린 주막의 저 여인숙 갑岬까지 연안염항행沿岸厭航行했는지라, 들락날락하면서, 오지奧地의 사심장死心臟, 글라스툴(Glasthule) 보언 또는 노라 도都의 보하 공원도公園道로부터(321.6 - 321.8)

필자는 자신이 10년 전보다 〈경야〉의 한층 나은 서술(이야기)을 위해 전력했지만, 그의 이해는 여전히 약하고 단속적이요, 그것은 이전 것보다 한층 편향적이다. 왜냐하면 어떤 면들에 관해 많은 것을 발견했고, 다른 것들에 관해 새로운 것은 거의 또는 전무하기 때문이다. 1963년에 필자는 서술적 진행, 서술적 연결이 다른 조이스 학자들에 의해 관찰되기를 희망했었다. 그것은 그러지 못했다. 필자는 지금도 계속 희망하고 있다.

〈경야〉의 서술은 켐벨(J. Campbell)과 로빈슨(H. M Robinson)에 의한 〈경야의 골격 구조〉(뉴욕, 1944)를 비롯하여, 틴달(W. Y Tindall)에 의한 〈경야의 독자 안내〉(뉴욕, 1969)에서, 그리고 벤갈(Benall)의 〈축소판 피네간의 경야〉로 약간 나타난다. 버거스(Burgess)의 것은 혼란과 우매愚昧를 퍼트릴 것 같지는 않다. 〈골격 구조〉(A. Skeleton Key)는 용감하고, 유용한 개척자였고, 우리 모두는 그에 빚지고 있지만, 그것은 과도기의 것이다. 〈골격 구조〉와 〈독자 안내〉(A Reader's Guide)는 〈경야〉를 혼자서 읽는 것이 무엇인가에 대한 서글픈 인상을 준다. 이것은 독자들의 게으름과 소심에 대한 과오보다 저자들에게 덜한 것이다. 그러나 〈골격 구조〉와 〈독자 안내〉는 어쨌든 사람들로 하여금 〈경야〉를 읽거나, 조이스를 읽어 넘기는 효과를 갖는다.

글라신(그라스톨)의 이 세 번째 개요(synopsis)는 〈경야〉를 읽기 위한 대용으로서 이바지함을 의미하지 않는다. 또한 그것은 〈경야〉의 한 서술로서 이바지함을 의미하지 않는다. 이 개요는 조이스의 멋진 무의미와 무한한 다양성을 생략 한다. 그것은 조이스의 언어의 "야만적 경제"(savage economy)를 느닷없고 깨어지게 만든다. 그것은 변형의 경험상 조이스의 변이變異의 세련되고 정교한 흐름을 놓치거나 혹은 난도질한다.

> 〈허영의 시장〉(Vanity Fair)의 편집자는 묻는다: "〈진행 중의 작품〉의 스케치들은 연속적이요 상호 연관적인가?'
> 조이스는 대답 한다: "그것은 모두 연속적이요 상호 연관적이다."[〈서간문〉, III, 193, 노트 8]

본서의 제〈VII〉장은 다른 장의 글의 내용처럼 〈경야〉의 내용이나 그의 석의釋義와 유사함을 이해하리라 독자에게 용서를 구하는 바이다. 주지하다시피, 조이스의 책은, 저명한 학자들, 특히 노리스(Margot Norris) 교수의 책처럼, (〈피네간의 경야〉의 탈 중심화의 우주)(*Deconstructive Universe of Finnegans Wake*) 마냥, 다른 말로, 외상外傷(trauma)과 뒤이은 강제적 행위의 본질적 소설화는 무의식의 구조적 작용에 의해 통치되기 때문이다. 제 〈VII〉 장은 또한 글라신 작의 제2 센서스의 개정되고 확장된 등장인물들과 그들의 역할들의 인덱스인지라, 부수된 인물들과 역할이 비일비재하다. 여기 이 연구서가 초심자들에게 주는 이득이 있다. 글라신의 제 3센서스는 백과사전적이다. 세세하게 텍스트를 이해하도록 독자들을 돕기에 여기 싣는다. 그녀의 연구서는 조이스의 말들을 쪼개고 뒤섞어 잡탕을 만들어 수천 수만 풍부한 맛과 향을 내는, 세상에서 가장 유쾌한(힘들지라도) 말타주(몽타주)이다.

I부 1장

(3.1 - 29) 〈경야〉 또는 "거인의 집"(Howe): "경야" 모임들에 있어서 전통적이었던 비공식적 유흥들 - 수수께끼, 농담, 노래, 춤, 난폭 놀이, 묘술 또는 기민, 씨름의 커다란 다양성을 제쳐놓고라도 - 130여 개의 특수한 경기들이 수집되어 있다 - 그들 중 약간은 꾀나 복잡한 연극 공연들도 있다 - 몇몇 젊은 사람들이 결혼하는 모의의식模擬儀式 - 방의 한 쪽 구석에 침대를 놓고 - 환상적 의상들 - 외설적 역을 행하는 남녀들 - 이교도 의식의 유물 - 특별화 하기에는 너무나 야비한 상황들. '등불을 잡아요' - 우리들의 주님의 열정의 세속적 졸렬한 모조품 - '진흙에서 배를 끌어내기'에서 사람들 - 스스로 출석한다 - 나신裸身의 상태에서, 한편 또 다른 게임에서 여인 연출자들이 남자의 옷으로 치장하고, 아주 이상스런 태도로 행동했다.

2개의 에피소드로 된 광대의 연극: 싸움과 부활. 방들, 〈중세의 무대〉, I, 213이 등단한다.

피니언의 환環 - 인민에 의한 인민을 위한 창 - 핀 맥쿨은 아일랜드와 스코틀랜드의 게일 어 화자들 사이 번성하다 - 쿠쿠레인 사멸하기도 한다.

〈율리시스〉는 다양한 시대들의 사건들과 혼성하면서, 〈오디세이〉를 재화한다. 그런가 하면, 〈경야〉는 무대 아일랜드인의 민요 〈피네간의 경야〉를 재화하고, 글라신(Glesheen)의 이 〈통계조사〉는 "피네간" 이해에 인용된다. 〈경야〉 제1부 1장후로, 〈피네간의 경야〉는 하나의 서술적 토대가 아니고, 그것에 대한 참고들, 그것의 변형들로, 충만하다, 〈경야〉에서 〈피네간의 경야〉의 사용은 거대하며, 즐거운 것이요, 지금까지 조사가 덜 되어 왔다 - 필자 생각에, 자신의 빠른, 독서의 부분적 일별은 단지 일견일 뿐이다. 용도는 중요한지라, 왜냐하면 역사의 불결정의 원리 때문에, 인기 민요의 부패는 역사의 부패를 위한 모델임을 처음부터 끝까지 〈경야〉 속에 암시하고 있기 때문이다.

(3.1 - 3.14) 〈경야〉의 첫 단락은 더블린 북단에 있는 장소, 두 번째는 시간을 서술한다. 그들은 재차 이야기된 〈경야〉의 부분이 아니다. 그러나 오히려 어떤 인물들, 예를 들면, 트리스탄, 스위프트, 노아는 여기 언급된 역을 연출할 것이다. 이 구절은 또한 〈경야〉의 과거를 주시하며, 끝을 처음에로 접합시킨다. 거듭 말하거니와, 〈경야〉는 한 문장의 중간에서 끝나고, 같은 문장의 중간에서 시작 한다.[〈서간문〉 I, 246 참조].

조이스는 3.1 - 14에 대해 1개의 열쇠 또는 부분을 만들었다. 필자는 열쇠를 조사했다. 〈골격 열쇠〉는 여기 탁월하다. 그러나 3.1 - 14는 피네간에 도달하기를 원하는 독자를 위해 일종의 걸려 넘어지는 블록이다. 시작하는 독자는 장소가 호우드요 주원周圍, 또는 더블린 시 및 그것의 주원임을 오직 알 필요가 있다. 시간은 홍수 전, 추락 전이다.

(3.15 - 7.19) 본 행에서 1001회는 노부老父인 피네간의 추락에 관해 이 야기가 된다. 뇌성雷聲은 그것의 원인이요 또는 그것의 소리 - 효과였던 가?(뇌성은 3, 23, 44, 90, 113, 257, 314, 332, 414, 424) 모두 10번 울린다. 10번 째는 101개의 철자이다. 조이스는 인간의 추락이 문명 속으로 추락하는 뇌성에 대한 생각을 비코에서 얻었다. [전출, 재록]피네간의 머리, 즉, 그것 은 호우드 언덕인지라,(필자는 더블린 만을 바라보며, 호우드 언덕의 옛 돌무 더기 위에 올라섰으나, 답을 알지 못하거나 혹은 그의 발가락을, 그리고 더블린 과 주원周圍의 전장戰場 주위에 흩어져 있는 다른 잃어버린 구성원들을 탐하여 내보냄으로써 답을 피하는 시늉을 했다. 1991년의 일이니까, 지금부터 약 30년 전의 일이다)

한 때 선량하고, 겸손한 남자, 팀은 벽돌 운반 공에서부터 건축 청부 업자로 세상에서 일어나거니와, 그는 리피 강가에 집을 건립하고, 생물 인, 여성 - 위스키(제임슨 위스키 참조)를 맛보고, 술 취한 비전을 갖는다. "whiskey"(북미, 아일랜드 산은 영국, 캐나다 산과는 달리 철자 사이에 e가 박혀 있다) 독자여 〈경야〉 읽기가 힘들거든 그것을 마셔보라. 신화의 피네간 또 는 현대의 HCE처럼. 후자는 자기 자신의 두 쌍둥이가 탄생함을 보고, 그 들을 버킷과 연장으로서, 천국 - 대담한 바벨의 솟는 탑 위의 그의 노동자 들 또는 그리스도 성당의 탑을 오르내리는 하느님의 성자들로서 그들을 본다. 솟는 탑은 자기 자신이다. 핀(Finn) 또는 핀 맥쿨로서, 건축 청부업자 가 서사적 영웅으로 솟을 때, 그는, 유명한 묘굴인墓窟人의 불길한 말로, "벌거숭이 팔과 이름에 대한 최초"인인, 아담처럼 한 신사이다. 그러나 불가항력의 추락은 어떠할고?

신화의 강자로 솟은 채, 피네간은 술 취한 필립으로서 재차 추락한다. 벽이 발기상태에 있자, 그는 사다리에서 추락했나니 - 죽음이라. 〈경야〉에서, 그의 "친구들"(4거인들, 12고객들)(오늘 날의 주막 고객 수도 여전하다)은 비통하고, 찬미하고, 춤추고, 마시고, 그의 추락에 관해 알기를 고집한다.(오늘 날의 주점 명도 여전히 "Bristol"이요, 주점에서 술에 취해 주막을 달려나오는 고객들은 리피 강을 건너 달려오는 기차에 치어 사멸하기 마련이다).[전출] 이 기차는, 필경 〈더블린 사람들〉의 "참혹한 사건"에서 주인공 더피 씨 (Mr. Duffy)가 더블린 시 외곽의 채프리조드에서 출퇴근하는 불편하고 때로는 비극의 교통수단이다. 채프리조드는 물론 〈경야〉의 배경을 이룬다.

다시 본론으로 돌아가, "팀, 왜 그대는 죽었는고?" 관대棺臺의 시체로부터 무답無答이요, 부동이니. 그러나 피네간 부인이 손님들의 소비를 위해, 시체 - 빵 뭉치, 생선, 술을 제공할 때, 피네간은 현장에 없는바. 침묵, 망명, 간계 [〈초상〉에서 데덜러스의 정신적 무기들]에 의하여 그는 한 그리스도교의 희생자가 됨을 피하고, 정의定義와 질문을 회피한다. 거기 많은 도피자들이 있을지니. 그것[피네간의 시체]은 결코 먹혀지지 않음이 필자의 "참혹한 사건"(A Painful Case)이요, 경험이다.

(7.20 - 10.24) 우리들 자신의 시대에서 아마 우리는 더블린의 풍경 속에 묻힌 거인 뇌성 - 물고기(핀, 물고기, 연어 참조)를 보거니와, 그는 리피 강을 따라, 호우드에서 채프리조드까지, 그의 발을 피닉스 공원의 토루土壘에 묻고, 누워있다.(거기, 피네간은 매가진 벽[영국 군대의 수비벽守備壁]을 작업할 때, 술 취한 채, 추락했다.)

토루 속에는 웰링돈 뮤즈룸 밀납蜜臘 세공 전시장(실물대). 장난감 군인들 같은 축소형이 있는지라, 거기에는 워터루의 유물 및 복제물이 대중을 위해 전시되어 있다 - 멋진 식사를 대신하는 곡예술. 재니트릭스는, 전쟁 박물관의 안내원인 캐이트로서, HCE댁의 하녀이기도, 여 백작 캐슬린 니 호리한(Cathleen Ni Houlihan)을 닮은 떠들썩한 청소원이다 - 스티븐은 크리스마스 만찬에서 그리고 〈율리시스〉의 〈키르케〉 장의 거리의 싸움판에서 그녀를 이미 만났다. 엄청나게 무식한 캐이트는 전쟁의 우상들을 설명하는 난동을 피운다. 그녀가 워터루로서 해석하는 것이란, 형식적인 군대의 설계 물들[조이스의 워터루의 스케치인, 〈초고〉 참조]로서, 핵 마찰시의 핵 가족이요, 즉, 보호적인 어머니, 적대 남의 일원들, 유혹하는 부정녀들, 남성 - 국수주의자 부친, 수음, 배뇨, 분변, 노출, 남근 시기, 거세 - 유행에 뒤진 전쟁 그러나 그것으로 족하다.

윌리 늙은 윌링돈(Wiley old Willingdone)은 그의 "큰 백마(big white harse)" 위에 앉아, 그의 두 요정녀들, 그의 말(horse), 코펜하겐(윌리엄 3세 참조), 피닉스 공원의 웰링턴 기념비, 칼, 대포, 마술인의 지팡이, 상처들과 경이의 물건을 염탐하고 있다. 요녀들은 "Nap"(나폴레옹)이라 서명된, 모욕적 편지를 위조한다. 공작은 그들의 사기를 알아차리며, 일종의 "친애하는 제니, 경칠지라"라는 말로 대구한다. 그것은 프렌치 레터(프랑스 편지 또는 콘돔)로서 딸들은 무화과나무의 불모성으로 숙명 지워진다. 두 편지들은 벨기에(Belgium)의 피血로서 쓰인다. 웰링던(?)은 이제 뇌성을 발포發砲하고, 요녀들에게 그리고 그의 아들들, 3군인들 또는 리포레움(?)에게 방취防臭한다. 요녀들은, 전쟁을 야기한 다음, 자리를 떠난다. 리포레움이 일어선다. 어떤 리포레움 - 한 애란 - 힌두 - 코르시카의 반도叛徒 - 가 폭탄을 던질 것을 위협하는지라, 그 이유인즉, 웨링던(?)이 전쟁 오물(아일랜드의 성스러운 토지 또는 어느 고향 땅)로부터 그들의 3잎 클로버 새김 장식의 모자의 절반(그것은 아마도 적의 깃발 또는 클로버 또는 어떤 다른 불합리하고 성스러운 물건일지니)을 집어 올림으로써, 그리고 반모半帽를 그의 등치 큰 백마의 꽁지에다 배달음으로써, 그를 모독하기 때문이다. 공작은, 언제나 장난꾸러기요 신사인지라, 반도에게 폭탄에 불을 붙이도록 제의한다. 폭탄이 던져지자, 코펜하겐의 꽁지 및 리포레움 자신의 모자를 날려버린다. 아마도 이것은 〈피아나 에이렌〉(*Fianna Eireann*)(보이스카우트)가 1916년 매거진 탄약고를 폭발하려다 실패한 사건을 재화再話하리라.

부친은 "노호怒號 뭉치"(제왕)로서, 여전히 전장戰場 위에 매장된 채 누워있다. 과정은 때때로 우리에게 암담하지만, 〈경야〉에서 부속물 또는 육체의 부분들(모자 또는 머리)은 역할의 교환을 의미한다. 위린던(?)과 리포레움(이름들은 수시로 변용에 변용을!)은 반모와 성냥을 교환한다.

(10.25 - 13.3) 뮤즈의 방 바깥에, 평화를 사랑하는 암탉이 전장 전쟁터로부터 오물들(그들은 또한 추락에서 부서진 피네간의 육체의 단편들이기도)을, 그녀가 남편의 비방자들을 혼란되게 한, 그의 남편의 선량한 이름을 밝히기를 절실히 희망하는 한 통의 편지 조작들을 끌어 모은다. 암탉은 성실하고, 신중한지라, 가정에 불을 지피고, 식탁의 계란을 마련한다. 캐이트의 정보에 의하면, 인간은 노예 - 아들들을 반항하도록 사수하는 폭군이다. 암탉의 확실한 지식에 의하면, 인간은 성자다운 희생자이다. 그의 무덤은 피닉스 공원의 매가진 벽에 있는바, 거기에는 아일랜드의 박해자들 - 윌리엄 당의 영국인들, 덴마크인들이 - 그의 뼈들들 위에서 의기양양 그리고 들뜬 채 춤을 춘다. 심술궂은 캐이트와 선량한 암탉의 반대적 의견들은 〈경야〉에서 여인들의 싸움의 등가물이다. 워터루는 경야에서 남자들의 싸움판이다.

(13.4 - 14.27) 4대 노인 역사가들 또한 〈경야〉에 등장했었다. 이제 그들은 더블린을 감독하고, 매거진 탄약고의 건립에 관한 스위프트의 시행詩行들을 인용한다. 4대물들은, 그들이 말하는 지라, 영원하며, 그들은 아일랜드의 연대기들의 항목들로서 그들을 제시 한다(항목의 모델들은 〈톰〉의 인명록에서 발견된다): (1)먹혀지는 큰 물고기로서 부친(HCE) (2)연료를 모으며, 출산하는 모친(ALP) (3)죽은 자들을 애통하는 딸(비디 오브라이엔)이씨 (4)쌍둥이 아들들(셈Shem과 숀Shaun), 프리마스와 캐디(Primas, Caddy), 그들은 칼과 펜의 위험을 대표한다. 프리마스(Primas)는 입대하여, 모든 자를 "훈련시킨다"(연대聯隊와 사격), 캐디는 주막(여인숙, 극장)에 가서, 익살극을 쓴다. 이들 물건들은, 4자들이 말하는 바, 하늘의 별들처럼 불변이요, 연대기의 항목들은 황도대의 기호들: 피스세스, 아리에스, 비고, 리브라이다. 이들은 단지 4기호들이다. 나머지는 잃었다. 놓친 식사를 위한, 놓친 이해를 위한 탐색이 계속한다.

(14.28 - 20.18) 더블린 시市가 건립된다. 전원적 평화가 때때로 평화롭다. 아일랜드의 다양한 침입자들이 정복하고, 아일랜드에 의해 정복 된다. 우리는 이제 극적 형식을 한 뮤트와 쥬트의 대화에 다다르는데, 이는 필자 생각에 케드의 소극笑劇이요, 군인의 워터루에 대한 동료 격이다.(프리마스는 풍자 시인이었다 - 뒤집힌 쌍둥이들의 천성들) 뮤트와 쥬바는 크론타프 전투 다음으로 삭막한 전장에서 만난다. 이야기 줄거리는 비터 비턴(Biter Bitten)이다. 한 나그네가 단순한 마음의, 원초적, 거의 동물인, 원주민을 속일 생각을 한다. 나그네는 목전木錢(우드Wood 참조)을 위해, 사실상, 맨해튼(Manhattan)을 살려고 원한다. 그는 모자들을 교환하기 위해 (교환 역할)보다 작은 혼혈아(마한, 리지보이(LIzzyboy), 용龍)를 얻고, 일연

의 질문들을 행한다. 그리고, 그가 대답을 이해할 수 없자, 그는 헬쿠리스 (Hercules)의 기둥에로 여행을 계속하고, 아메리카와 그런 것 모두를 발견하려고 준비한다. 석기 시대의 유물인 보다 작은 혼혈아는 그가 계속 머물도록 달래고, 참된 중개업자의 열성으로, 자신이 산 섬의 특질들을 그에게 보이고, 악취의 퇴비더미(워터루에 위탁된 하나, 캐이트와 암탉이 발굴한 하나)에 매장된 높은 곳으로부터의 잡동사니의 축적으로 그를 인도한다. 나그네가 물러서지만, 이것은 보물 창고(용龍)의 안내자로서 원주민과 함께), 바이킹 족의 손수레, 거인의 분지, 모든 이가 찾는 조상들이 무덤임이 확신된다. 나그네는 목전으로 그걸 사는데, 벼락을 맞을 것을 인정한다. 비코(Vico)와 〈경야〉에서, 벼락을 맞는다는 것은 무구無垢함을 잃고, 지식을 얻는 것이다. 나그네는 자신이 작은 혼혈아를 망치고 있으며, 그가 에서(Esau)에게 야곱 역을 하고 있다고 생각했다. 그리고 사실상 그는 원주민의 뱀 - 사탄(마왕)에 대해 아담 역을 하고 있었다. 인도제국의 모든 금을 발견하는 것에서 이탈한 채, 그는 지식 그리고, 물론, 아일랜드, 저러한 반反 - 에덴을 샀었다.

비코는 인간이 천둥(우뢰)으로부터 말을 배웠다고 말한다. 조이스는 그 개념 위에 쓰인 언어가 천둥의 퇴비더미 속에 예치되었음을 덧붙인다. 비코는 말하기를, 모든 사람들은 문자야 말로 성스러운 기원을 띠고 있다고 생각한다. 그리고 어떤 카바리스트들(Kabbalists)은 말하기를, 토라 산山 (the Torah)은 비 정렬된 문자들 더미로서, 창조 전에 존재했으며, 그것은 추락 때문에 그들의 현재의 형태를 지녔다는 것이다. 그리하여 토라 산은 하느님과 동일한지라 - 과연 "높은 곳으로부터의 잡동사니" 이다. "제발 멈춰요," 4대가들은 청한다. "제발 멈춰요," 악마가 말한다. 나그네는 토루에 허리를 굽히고, 그 곳에서 문자들을 발견하는지라, 이들은 룬 문자로부터 구텐베르크(독일 활판 인쇄 발명자)에로 진화한 것이었다. 모든 그것의 형태에 있어서, 알파벳은 혼돈스럽게도 추락과 인쇄술을 암시하지만(용龍 인간 참조), 혼란만 더할 뿐이다.

(20.19 - 23.15) 움직일 수 있는 것은 움직이나니, 매장된 부친의 지시에 따라, 한갓 방어를 글 쓴다. 여인이 나를 유혹했도다. 프랜퀸 잘 반 후터는 수동적이요, 입센의 건축청부업자처럼 "죽었다." 프랜퀸이 나타난다, "유혹자요 공격자"인, 그녀는 여인의 선물들인, 불과 물 또는 화수火水(위스키 참조)를 가지고 3번 다가온다. 그녀는 〈경야〉의 비디 오브라이엔처럼 나타나, 그가 답할 수 없고, 이해할 수 없는 질문을 행한다. 그러나 워터루의 요정들처럼, 프랜퀸은 유혹하고, 그 남자를 싸움에 나서도록 소환하고, 전쟁 - 천둥 - 퇴비더미를 만든다. 그녀는 또한 그의 아들들의 천성을 뒤집는다.(이 이야기의 원천은 그레이스 오말리, 더몬트 및 그래니아, 청부업자, 비디 오브라이엔, 트리스토퍼와 힐러리 아래 발견된다). 쌍둥이의 뒤집힘은 II부 2장 중간(287 - 293)에서 반복된다.

(23.16 - 24.15) 행위는 일종의 추락이요, 인간은 그것을 이해하지 못하나니, 뿐만 아니라 그는 여인을 이해하지 못하지만, 우리는 그가 행하지 않았더라면 오늘 여기 있지 않았을 것이다. 왜냐하면 그는 자신의 그리고 우리들의 무덤을 팠기 때문이요, 그러나 그 때 그는 보다 나은 이야기 - 즉, 그가 한 마녀의 유혹에 의하여 죽음으로부터 일어난 이야기를 생각했다. 그는 만일 그녀가 - 은총(그레이스) - 그에게 속삭이면, 만일 불사조가 다시 태어나면, 만일 노인들이 젊은이들에게 그에 관한 진리를 말하면, 다시 깨어나리라 - 갑자기 부친의 목소리가, 성급하게 그리고 의기양양 개입하

며, 신부新婦들과 침구(bedding) 및 사자死者로부터의 깨어남을 이야기 한
다 - 왜냐하면 피네간의 깨어남이 핀 맥쿨의 유실된 결혼식과 엉키기 때문
이다. 그는 한 가닥 고함 소리로 끝나는지라: "생명주!"(*Usqueadbaugham!*)
위스키 혹은 생명주, 생명수가 아담위로 쏟아지고, 아담과 함께 하나의
말(言)이 된다. 말은 〈경야〉의 클라이맥스로서, 피네간이 일어나는 순간
이다. "악마의 영혼이여! 그대는 내가 죽었다고 생각하는고?"(Soul to the
devil! Do you think I'm dead?)

(24.16 - 29.36) 질문은 수사修辭로서 취급되지 않는다. 〈경야〉의 나머
지는 고대의 4역사가들에게 주어지는 바, 그들은 대답한다: 당신은 죽었고
그래야 마땅하도다. 그들 가운데 첫째가, 날카로운 소리로, 피네간을 달
래며, 공허한지라, 세월이 악을 위해 바뀌고, 그대의 기억이 크게 존중받
기 때문이다 - 티모디(Timothy) 참조. 둘째가 피네간에게 그의 아들들은 성
장하고 있고, 지식의 나무를 먹고 있다고 말할 때 그가 여전히 조용히 누
워있기를 만족한다. 그러나 둘째가 딸들 - 하나는 불사조의 불을 다시 댕
기고, 다른 애는 매력 있게 춤을 추고 있다고, 서술할 때 - 그러자 피네간
은 위스키를 위한 듯, 일어나기 시작한다. 그리고 4자들은 주된 힘으로 그
를 끌어 눕힌다. 셋째가 그의 중년의 아내, 그를 여전히 욕망하는 애자愛
子를 서술함으로써, 그를 죽음에로 달랜다. 넷째가 그에게 자신은 한 상속
자요, 일종의 이중자, 노아처럼 바다로 해서 온 외래자라고 말한다. 상속
자는 "에든버러"의 모든 고통에 대하여 궁시적으로(conveniently)(29) 책임
져야 한다. 필자는 이 이중자(double)를 살아있는 매인每人 그리고 관대 위
의 혹은 무덤 속의 그이, 거대 종족의 매인으로 간주한다. 그러나 이는 확
실치 않다. 확실히, 그러나, 후계자는 HCE이요, 다음 부분에서 설명 될 것

이거니와, 그는 아직 이름을 갖지 않는다.

〈경야〉는 머천트 부두 상의, 더블린 사람들이 아담 엔드 이브즈라 부르는 성당에서, 시작하는데, 이는 형기刑期에는 같은 이름의 주막으로 가장假裝된다. 〈경야〉는 "에든버러"에서 끝난다 - 에덴과 버러 부두들은 리피 강의 서로 반대편에 있다. 〈경야〉는 해외로부터 아일랜드에 도착하는 사람들과 더불어 시작하고 끝난다. 29.35 - 36에서 에든버러에서 야기된 "hubhub, 호우드 성과 주원" 이런 종류의 섬세함과 우연 일치는 〈경야〉에서 사방에 있는지라, 필자는 그걸 〈경야〉가 우주적일 때 그것이 혼돈적이란 생각에 대한 일종의 경고로서 서술한다.

〈경야〉 I부 1장에 관계된 사건은 또한 엘먼(Elmann) 전기에서(594 - 596) 발견된다. 같은 사건은 친애하는 위버 양: 하리에드 쇼 위버(1876 - 1961)에서, Lidderdale 및 Nicholson에 의해,(뉴욕, 1970) 한층 충분히 설명된다. 조이스는 위버 양을 암탉으로 묘사하는데, 그녀의 감탄할, 수수께끼 같은 성격은 〈경야〉의 모든 부분에서 중요하다. 필자는, 전적인 금주에 병적으로 이바지하는, 여 후원자를 위한 시인詩人의 강주에 대한 찬사로서, 〈경야〉를 생각할 때 웃음이 넘친다.

I부 2장

(30 - 47) 이 장은 읽기에 어렵지 않다. 〈초고〉는 멋진 스텝이다. 그의 계급투쟁에서 비코는 도움을 준다. 조이스의 비코에 대한 해석은 우리에게 프로이트를 상기하게 할 것이다. 제1부 2장은 구두변전口頭變轉의 광적 어리석은 불확실의 방법에 의한 역사의 놀림으로 시작한다 - 여기 대중 민

요의 작곡에 의해 예증例證 된 채. 우리는 부친(HCE)을 잃었고, 우리는 저녁 식사 없이 지냈다. 그리고 여기 우리는 재삼 있나니, 어떤 것에 대한 불순한 욕망, "피네간의 경야" 같은 민요가 제작되는 방법으로부터 이탈되었다. 결론은 이와 같은지라 - 우리는 저녁식사를 놓쳤나니, 그것을 요리할 주방장의 요리법을 공부할 지라.

험프리 침던 이어위커는, 해외에서부터 온 사나이로, 어떻게 그의 이름과 평판을 얻게 되었는지에 대한 두 가지 설명이 있다. (1)한 영국의 농노, 그가 정복자 윌리엄으로부터 그것을 득했을 때 - 성명은 정복 후까지도 양국에 나타나지 않았다. (2)그는 그것을 아일랜드의 천민으로부터, 또는 그들의 대표자인 호스티로부터 얻었다. 노르만 인인 윌리엄은 그에게 영국 형태의 이름, 이어위커를 부여했다. 호스티는 그것을 프랑스 어의 형태로 불렀으니 - *Perce - oreille*, 즉 집게벌레라, 그것은 퍼시 오레일리로 애란화한다.

(30.1 - 32.2) 추종자 치비(Chevy), 고수머리 윌리엄(윌리엄 1세, 웰링턴 참조)의 전야에, 그의 두 군인들과 함께 여우 사냥을 위해 외출하자, 그는 아담 여숙의 안 마당에서 또는 위리엄의 종자 하롤드의 소작지에서 아담 주酒를 마시기 위해 멈추는데, 이 자는 통행세 징수 문을 지녔다(키프링의 "정의의 나무"(Tree of Justice)를 비교하라 - 노르만의 왕은 죽지 않은 색슨인 하롤드를 해스팅에서 만난다)

증수문徵收門은 단지 구멍으로 되어 있다. 그리하여 하롤드 - 험프리는 배신적으로 긴 막대 - 피네간의 상시 도움 주는 막대 - 위에 흙 항아리를 나른다. 하롤드는 그의 왕, 그의 영주, 하느님의 지상 대표자로부터 흙을 훔쳤다. 왕은 하롤드에게 질문하나니, 그는 가제(붉은 옷)를 낚기 위해 그 짓을 했던고?(IRA는 흑인들과 탄(Tan)족을 막기 위해 웅덩이 도로를 만들었다) 하롤드는 겸허하게 말하는지라, 아니, 그는 집게벌레를 잡고 있었어요. 대답은 종자從者의 충성을 수립하고(어떻게), 고수머리로 하여금 신망의 통행세 징수 자를 가진데 대해 재치 즉답을 할 수 있도록 하나니, 그런데 그자 역시 집게벌레이다.(왕과 농노 간의 이러한 진부한 대화는 전령傳令 슈 소설의 흔한 소재이거니와) 트롤롭(Trollope)의 〈그대는 그녀를 용서했던고?〉(*Can You Forgive Her?*) 속에 그와 거의 유사한 것이 있다. 물과 이름을 서로 교환한 다음, 겸손한 험프리는 그럴 듯하게 그의 한 톨 흙을 가지도록 허락받는지라, 그리하여 이제는 더 이상 겸손하지 않는다.

1부 2장은 고대의 민요들 가운데 가장 유명한 "치비 추적"(Chevy Chase)에 대한 언급으로 시작하는데, 이는 퍼시에 관한 것이요, 그것은 퍼시 오레일리에 관한 현대 아일랜드의 거리 민요로 끝난다.

(32.2 - 34.29) 그 후 내내, 우리의 영웅은 출세하고, 자기 자신을 HCE로 서명하고, 아일랜드의 영국 총독이 되고, 해외에서 온, 모든 애란의 불운에 대해 비난 받는 이방인이다, 감탄자들은 HCE를 차처매인도래此處每人到來로서 읽으며, 비방자들은 그를 선량한 험프리 공작(Good Duke Humphrey)이라 부르는지라, GDH와 함께 식사함은 계속 배고픔을 의미한다. 300,000명이 1847년에만 죽으라, 그렇게 식사했었다. 한편, 그의 겸허한 여인숙은 이제 화려한 극장인지라,(예이츠는 말했다: "민족은 어떤 큰 극장 안의 대중을 닮았다") 그리고 거기 그는 그의 온통 우아함과 화려함 속에 총독 석에 앉아 있으니, 자기 자신의 연극 작품, 윌리의 〈왕실의 이혼〉(*A Royal Divorce*)극을 관람하고 있었는지라, 이는 나폴레옹 또는 헨리 8세에 관한, 이혼과 개혁, 가톨릭 아일랜드를 다룬 연극이다.

비방은 HCE의 두문자 속에 한층 저속한 의미를 발견하는바, 그리하여 그것은 그가 사악한 병에 걸렸음을 의미하고, 총독 관저의 자리인, 피닉스 공원에 3군인들을 괴롭히는 호모섹스이다. 군인들은 그걸 거부하고, HCE 가 피닉스 공원에서 2소녀들에게 몸을 노출했다고 말한다.

(34.30 - 36.34) HCE가 어떻게 자신의 이름을 얻었는지에 관한 두 번째 이야기인 즉, 이러하다: 추정상의 호모섹스의 범죄가 있은 지 오래 뒤에, 게일 어의 부활 동안에, HCE는 피닉스 공원에서, 파이프를 문 한 부랑자를 우연히 만난다. 부랑자는 애란 어로 말하고, 이어 시간을 묻는다. HCE 는 게일 말을 영어의 호모섹스의 제의로 잘못 알고, 자신은 호모섹스가 아님을 호되게 항의한다. 시간에 대해서, 그는 그것의 프리메이슨적 의미의 요구를 받자, 올바른 프리메이슨적 응답을 주는바 - 정오 12시 - 자신은 신교도요, 어느 모로 보나 영국인이라 선언한다.(애란인들은 〈율리시스〉의 블룸(Bloom)이 금배 경마에서 돈을 땄다고 생각할 때, 이방인인 그에 의해 천진하게 품은 적의를 비교하라.)

(36.35 - 42.16) 호모섹스임을 사실로 확인 받고, 부랑자는 HCE의 말들의 불완전한 회상을 언급하는데, 이는 사람의 귀에서 더블린의 귀에 전파되고, 마침내 3비난 받는 젊은 호모섹스가들, 전 - 죄수들, 지상의 - 비열한들 - 코란, 오마리 및 호수티에게 당도한다. 이 최후의 자는 이름뿐인, 거의 불출세의 시인이다. 그들은 술집(캐디에서 주점까지)으로 가고, 거기서 호수티는 토막말로, 칼이 아닌 펜으로, 영국 왕좌로부터 쫓겨 난 영국을 노래할 목적인, 상스러운 "퍼시 오레일리의 민요"를 쓴다. "집게벌레"는 일종의 농담이요, 민요는 농담 잡동사니로서, 거짓말 투성이로, 때맞추어, 그

것은 일종의 욕설로서 거칠게 인쇄 된다. 그러나 사실적 세목의 전적인 망가진 형태일지라도, 호스티의 민요는 - 초超 진실이니 - 아일랜드 "사람들"의 비참한 정신에 관한 및 그에 대한 진실이다. 아일랜드의 시인들은 적을 죽음으로 노래하는 힘을 지녔는지라, 호스티의 민요는 민중을 위해 HCE가 죽어, 매장되고, 부활을 위해 부적함이 선언되었을 때를 말한다. 글라신은 조이스가 애란의 부흥자들의 낭만화化 된 "민중," 킬트 족의 빈곤의 괴인怪人들과 단념 자들에 반항하고 있음을 가정한다.

(42.17 - 47.33) 민요는 윌리엄과 하롤드가 만났던 징수문 근처 및 파넬 기념비의 그림자 속에서, 대표적 더블린 사람들의 군중에게 처음 노래된다. 애란인을 위한 애란의 이 향응은 거친 열성으로 더블린 대중에 의해 감수되는데, 왜냐하면, 비난의 영역과 불협화음이 분명히 하듯, 총독 아닌 속죄양이 축출되고 있기 때문인지라 - 크롬웰의 기념할 구절 속에 - "콘노트 또는 지옥으로"(to Conaught or hell) 굴뚝새, 굴뚝새, 모든 굴뚝새들의 왕 - 이는 애란의 소년들이 막대 위에 죽은 새를 달고 행진하는, 12월 26일에 불리는 돌림노래를 메아리 한다.

굴뚝새, 굴뚝새,
모든 새들의 왕,
성 스티븐의 그의 날,
금작화 속에서 사로잡혔다네.

모든 유럽을 걸쳐, 프레이저(Frazer) 경(영국의 인류학자, 민속학자, 리버풀, 케임브리지 등의 교단에 섰으며, 저서 중에 〈금지편〉(The Golden Bough)

(1890 - 1915)이 가장 유명한데, 미개민족의 종교 연구의 금자탑이다. 20세기 모더니스트들인, 엘리엇의 〈황무지〉 및 조이스에게 큰 영향을 주었다)은 말하거니와, 굴뚝새는 "왕, 작은 왕, 모든 새들의 왕"으로 불리고, 모든 곳에서 그것을 죽이는 것은 불행으로 간주하는바, 그러나 프랑스, 영국, 아일랜드에서 1년에 한번 외출하여, 굴뚝새 사냥 놀이를 하고, 한 마리 굴뚝새를 죽여, 살해된 신처럼 취급하며, 모든 이들이 그것의 덕을 나눌 수 있도록 나르는 것이 통래이다. 특히, 조이스는 〈경야〉에서 식용할 수 있는 신을 취급했다. 이제 HCE - 부父 - 영국의 총독 - 굴뚝새는 더블린의 가톨릭교도들이 그들의 죄를 그 속으로 던지는 가득한 접시에 담을 수 없는 창조물이다. 그리하여, 성 스티븐처럼, 그는 도시에서 추방되고, 속죄양에 대한 거의 보편적 정열 속에, 속인 군중들(상류 사회가 말하는 대로)에 의해 투석된다. 민중의 연출은 상류 사회의 총독의 극장보다 한층 활기차지만, 양 연출들은 음식을 필요로 하는 아일랜드의 몸과 영혼에게 부적합하다.

"퍼시 오레일리의 민요"(*The Ballad of Persse O'Reilly*)는 단조롭고 잔인한 아일랜드 거리 민요들의 좋은 모방이다 - 스위프트의 "야후의 전도," 데이비드 글레슨에 관한 존 머피(John Murphy)의 시, 그리고 "그로스 홀 출신의 용자"를 비교하라. 피네간과 HCE는 헤어날 수 없을 정도로 혼돈스런지라, 매거진 벽과 세 군인들에 의한 웰린턴의 파괴는 한 개인의 탓이다. HCE는 낯선 자로, 이질적 - 호모섹스의 범법자, 예리한 사업 실천가, 애란인들을 개화 하려는 시도에 대해 비난 받는다. 민요는 그를 지옥, 그의 아내, 죽음, 기상起床 금지로 선고한다. 이상의 호스티 작의 민요는 얼마간 외곡된 것이긴 하지만, 두 소녀들에 관한 사건과 세 군인들과의 사고는 분명하다. 운시韻詩는 한 때 존경받던 HCE의 추락을 상세히 설명하기도 한다. 그의 선량한 이름은, 마치 파넬의 그것처럼, 조롱과 비방의 진흙을 통해 오손되고, 그는 천민이요, 〈성서의 가인〉 같은 존재가 된다.

　아래 조이스의 〈경야〉에서 "퍼시 오레일리의 민요"는 프레이저(Frazer) 경의 커다란 영향을 받았다.

　(47) 그는 자신을 위해 얼굴을 붉혀야 마땅하니, 간초두乾草頭의 노 철학자,

　왠고하니 그런 식으로 달려가 그녀를 올라타다니.

　젠장, 그는 목록 중의 우두머리라

　우리들의 홍수기洪水期 전 동물원의

　(코러스) 광고 회사. 귀하.

　노아의 방주, 운작雲雀처럼 착하도다.

　그는 흔들고 있었도다, 웰링턴 기념비 곁에서

　우리들의 광폭한 하마 궁둥이를

　어떤 비역쟁이가 승합 버스의 뒤 발판(바지 혁대)을 내렸을 때

　그리하여 그는 수발총병燧發銃兵에 의해 죽도록 매 맞다니,

　(코러스) 엉덩이가 깨진 채.

　녀석에게 6년을 벌할지라.

　그건 쓰디쓴 연민이나니 무구빈아無垢貧兒들에게는

　그러나 그의 정처正妻를 살필 지라!

　저 부인이 노 이어위커를 붙들었을 때

　녹지 위에는 집게벌레 없을 것인고?

(코러스) 녹지 위에 큰 집게벌레,

여태껏 본 가장 큰.

소포크로스! 쉬익스파우어! 수도단토! 익명모세!

이어 우리는 게일 자유 무역단과 단체 집회를 가지리라,

왠고하니 그 스칸디 무뢰한의 용감한 아들[HCE]을 뗏장 덮기 위해.

그리하여 우리는 그를 우인牛人마을에 매장하리라

(코러스) 귀머거리 그리고 벙어리 덴마크인들

그리고 그들의 모든 유해遺骸와 함께.

그리하여 모든 왕의 백성들도 그의 말(馬)들도,

그의 시체를 부활하게 하지 못하리니

코노트 또는 황천에는 진짜 주문呪文 없기에

(되풀이) 가인(캐인)같은 자를 일으켜 세울 수 있는.

I부 3장

(48 - 74) 앞서 제 2장에서 루머가 이른바(또는 같은)흩어지거나 혹은 다루기 힘든 우주를 통하여 더블린 주위를 퍼져나간다. 이제 3장에서 루머는 시간의 안개 - 농무 짙은 구문을 통하여 굴곡 된 채 움직이는데, 날씨가 몰아치자, 아무것도 신원으로서 그토록 쉽사리 잃지 않는다. 3장은 켈트

의 황혼 자들에 의한 영웅들의 복귀를 동행했던 희미한 생각에 대한 아마도 특별한 언급과 함께, HCE를 복귀시키고 감상에 빠지게 한다. 3장은 2장의 종말에서 분명히 그것의 정반대인, 일종의 기미氣味로서 끝난다 - 우리들의 조상 매인(HCE)은 잠들고, 죽지 않았나니, 하느님의 부름에 답하기 위해 어느 날 일어나리라. 인간의 천성은 죄의 전가轉嫁에 관해 감상에 굴하고, 속죄양을 위한 감상적 관심을 즐길 수 있을 때 스스로를 행운으로 간주된다. 하나의 HCE는 부분적으로 용서받고, 필연적으로 또 다른 속죄양을 발견하리라. 누가 HCE를 추락하게 했던고? 누가 돌을 던졌던고? 선량한 사람의 적은 남성 또는 여성이었던고?

(48.1 - 57.29) 호스티의 민요를 선사한 자들은, 뒤에 "익살극"(Mime)에서 배역하는 연극의 일단이었다. 그들은, HCE의 만남과 세 게으름쟁이 학생들을 위한 부랑자를 재창조하는 한 사람을 제외하고 모두들, 살아지고 나쁜 종말에 달한다. "우리들이 소유하는 비 사실들이 우리의 확실성을 보증하기에 불분명하게 수가 적을지라도," HCE의 역할에 대한 많은 해독解讀이 있는지라, 그리하여 그는 밀랍蜜蠟으로 그리고 "국립 화랑" 속에 전시된다. 대중의 여론이 그를 계속 판단한다.

(57.30 - 69.29) 개인적 판단은 대표적 더블린 사람들로부터 얻어진다.(그들은 책의 I부 2장에서 HCE에게 돌을 던진 자들이다.(62.20 - 25) 그들은 HCE의 아내가 뒤에 복수한 자들이다.(210 - 212) 사건에 대한 그들의 생각들은 비슷하지 않으나, 그들의 일반적 평결은 "인간적, 과오적, 용서할 수 있나니," HCE는 죄를 지었다가 보다는 죄를 짓게 했음을 의미한다. 그러나 모두는 마찬가지 - 죄를 짓고 있다.

최초의 판단은 HCE가 두 소녀들에 의해 흥분되었다고 말하는 세 군인들의 그것이다. 마지막 것은 세 군인들이 그 뒤에 모두 있었다고 말하는 두 소녀들의 그것이다. 남녀의 견해는 이후 돌고 돌아, 드디어 여인이 최후의 말을 갖는다.

남성의 이야기는 HCE가 자기 자신 두 젊은 소녀들에 빠진 한 괴자 영감에 관한 것이다. 그 중 하나는 자살하고, 다른 이는 매음녀로 바뀌, 그를 성적 추락으로 인도했다. 이 이야기는 (64.22 - 65.33) 및 (67.28 - 69.4)에 실려 있다.

여성의 이야기는 어떤 안개 낀 밤, HCE 일지 모를 한 키 큰 사나이가 두 소녀들에 질투하고 있는 마스크 쓴 사내에 의해 권총으로 위협 받았다. HCE는 그에 도전했다. 그리고 누가 - 만일 어떤 이가 - 총을 맞았는지는 분명치 않다. 왜냐하면, 체포되었을 때, 총기 휴대 자 자신은 단지 발치기 하거나 병으로 HCE의 대문에 해머 질을 하고 있었을 뿐이라고 주장했기 때문이다. 그리고 그의 재판에서, 총기 휴대 자는 심지어 이를 거부하고, 순경인 그 자가 "과오에 깊이 빠져있었다고" 말했다. 아니면, 폭로된 바, 동일 신분의 쌍둥이들과 썩혀 있었다. HCE는 또한 문밖에 있지 않았는지라, 왜냐하면 그의 하인들은 그가 외출하여, 사람들에게서 계란으로 뭇매질을 당할 수 없도록 그를 문 안에 가두어 두었기 때문이다. 이 이야기는 (62.26 - 64.21, 67.7) 그리고 (66.19 - 67.6)에도 발견 된다.

(69.30 - 74.19) "아담의 추락"이란 제하題下에, 한 독일 신문 기자가 여성의 견지에서 이야기를 자세히 썼는지라: HCE가 자신의 대문 안쪽에 있었는데, 술 취한 적(사탄, 인간의 비방자)이 열쇠 구멍을 통하여 위협과 나쁜 이름을 고함을 지르고, 문간에서 돌을 던졌다. HCE는 도움을 요청할 수도

있었으나, 그는 너무나 고상한 나머지, 그의 적의 구제와 기독교로의 전환을 희망하여, 나쁜 이름들의 일람표를 편집하는 것 이외 아무것도 하지 않았다. 확실히, 적은 돌멩이를 내려놓고. 여전히 위협을 중얼대면서, 현장을 떠났다. 돌멩이들은 신교도(크롬웰의 군인들=올리버의 양들)이요, 숙명의 날에, 하느님의 또는 핀(Finn's)의 위대한 각적角笛이 아일랜드를 넘어 울리고, 잃어버린 영웅들이 돌아 올 때, 한 떼 모아 지리라. 그 때 하느님은 만인 - 아브라함을 부를 것이요, 그는 뉴캄(Newcome)대령처럼 대답할지니, "더 첨가할 지라," 혹은 아브라함처럼 노령에 비옥하게 되기를 약속하리라. "악마에게 영혼을, 그대는 내가 죽었다고 생각하는고?" 그는 죽지 않았으며, 완전한 건강에, 비속에서 잠자고 있다. 비와 잠이 끝날 때까지 기다릴 지라.(핀의 울리는 각적은 레이디 그레고리의 〈신들과 싸우는 사내들〉(*God and Fighting Men*)에서 인용된다. 이 암시는, 남성들이 항의할지라도, 전설이 여성화 하고 있음을 암시한다.)

I부 4장

(75.1 - 103) "애란인들은 어떤 언제나 고상한 사슴을 끌어내리는 한 무리의 사냥개들을 닮았다."(〈애란 문학의 정책〉[*The Politics of Irish Literature*] (시애틀, 1972)에서 맬코럼 브라운(Malcolm Brown)은 말하기를, 그는 이 자주 인용하는 태그를 처다 보자, 괴테의 마음에, 가톨릭교도들은 개(dog)로, 신교도들은 사슴으로 발견했단다.) 조이스는 자기 자신(그리고 파넬)을 사슴과 동일시했으며, 언제나 개들을 무서워했다. I부 4장은 HCE를 추적해서 잡는 시도에 관한 것이다. 그러나 위인偉人은 율리시스(Ulysses)나 블룸

(Bloom)(조이스는 그를 "기민한 사자"(*le vieux lion*)라 불렀거니와, 〈서간문〉, III, 56)처럼, 위험에서 자기 자신을 구하고, 동시에 출세한다. I부 4장에서, 그는 동물원 속 우리에 갇힌 사자이다. 종국에 그는 바티간의 한 죄수 - 교황 리오들(Pope Leos) 중의 하나 - 감옥의 한층 나은 종류이다. 이러한 휴면休眠 상태 사이에, HCE는 마키아벨리의(Machiavelli's) 사자 그리고 여우의 경기를 행한다. 브루어(Brewer)는 사자가 부활의 상징이라 말한다.

(75.1 - 76.9) 포위된 자(70.10 - 73.22)는 자신을 영락시킨 릴리스를, 밀밭과 그의 딸 이씨를, 모든 죄를 범할 검은 추방된 자들(노아, 햄 참조)의 종족을 낳은 것을 꿈꾼다.(아마도 HCE는 자신이 오합지졸들에 의해 도시에서 돌로 추방당하기를 좋아하지 않으리라.)

(76.10 - 79.12) 대중은 HCE에게 무덤을 선사했지만, 그는 TNT(노벨, 노블 참조)를 재발명하여, 공중의 무덤을 폭발하고, 대중의 공물들, 지구의 부富에 의해 지지받는 스타일로 그가 살 자신의 무덤을 세웠다. 그것은 소옥(dump)으로 "뮤트와 쥬트"의 보물 창고이요, 그리하여 그것은 너무나 값진지라, 남북(청색과 회색)이 미국의 시민전쟁을 전투할 때, 그들은 그의 "아브라함의 높이"(피니언의 캐나다에로의 원정)를 결합하고, 공격한다. 그들은 그 분지를 약탈할지니, 왜냐하면 그들은 해방되지 못하고 굶주렸기 때문이요, 그리하여 요리사인, 케이크는 HCE가 먹는 큰 물고기(연어)라고 말한다. 78.8 - 19에서처럼, HCE는 좀처럼 얼굴을 내밀지 않는다.

(79.14 - 80.36) 캐이트는 한 때 낡은 돗바늘을 지닌 젊은 유혹녀(〈율리시스〉의 밤의 환각 장면에서 노 아일랜드와 그녀의 단도를 비교하라. 예이츠의 〈캐

슬린 니 호리한〉을 비교하라. 〈통계 조사〉(*Census*)에서 보드킨(Bodkin)(조이스의 아내 노라의 처녀 때 골웨이의 애인)을 참조하라)였고, HCE와 결혼했다. 지금은 한 과부요, 그녀는 "오랜 쓰레기 더미" 또는 쓰레기 끄트머리의 숭한 그림을 보여준다. 거기 피닉스 공원에서, 4대가들(묘굴 인들로서)의 도움으로, 그녀는 화해의 편지를 매장하고, HCE의 방어물을 그이 자신의 무덤 속에 매장한다. 여기 더미에서 하느님은 말했나니, 천둥쳤도다 - 캐이트는 저주하기 위해, 작은 소녀들, 이씨들의 무리를 흩어버리기 위해 절교하는데, 후자들은 무덤 문으로부터 돌을 굴러낼 것이다.(이 구절은 〈율리시스〉를 아련히 메아리 한다).

(81.1 - 85.19) 굶주린 자와 살해된 자의 방어가 분지에서 일어나고, 이는 흑인 공격자(애란인들은 흑인을 "청인靑人"(blue men)들이라 부르거니와)와 HCE일 수도 또는 아닐 수도 있는 사람 사이의 전투에로 감소한다.(이것이 또 다른 부자父子의 싸움 또는 우리가 HCE로부터 그의 아이들까지 움직일 때 한층 중요하게 되는 형제 싸움인지를 말하는 것은 쉽지 않다.)

(85.20 - 93.21) 페스티 킹(Festy King)은, 역시 페거 페스티(Pegger Festy)로 불리거니와, 석탄을 훔치고, 공공연히 옷을 벗음으로써, 올드 베일리에서 재판을 받을 때까지 이 마지막 범죄를 해결하는데 별반 진전이 이루어지지 않는다. 아일랜드의 재판의 특성은 희극적, 혼돈된, 유치한 것이다. 로버의 〈롤리 오모어〉(*Rory O' More*), 그리핀의 〈대학생들〉(*The Collegians*), 및 파넬 위원회에 대한 맥도날드의 설명을 비교하라 - 또한 이 〈통계 조사〉(글라신 저)에서 피고트를 참조하라. 나(필자)는 학사(B. A) 히아신스 오돈넬이란 이름의 어떤 이로 바뀌는 히아신스에 관한 증거로도, 또는 문간을 뜯어먹는

돼지 크리오파트릭(Cliopatrick)으로도, 또는 달이 비치지 않는 시장에서 달빛에 의한 싸움으로도, 또는 기호 오그함(ogham)(오그마)으로도, 혹은 드로미오스(Dromios), 등으로서 신분이 동일한 쌍둥이로도, 어떤 유형을 만들지 못한다. 4심판관들은 하나의 평결도 내릴 수 없다. 그러나 29여성 법률가들은 쌍둥이 중의 하나인 우체부 숀을 영웅으로 만들고, 그들은 다른 쌍둥이인, 문사 셈, 페거 페스티 킹을 회피한다.

(93.22 - 96.24) 4대가들은 캐이트를 불러 편지를 제시하게 한다. 그러나 그녀는 아마도 무식한지라, 편지는 알파에서 오메가까지 읽으며, 애란 노래들의 몇몇 단편으로 이루어진 것이라 생각한다. 그녀는 눈이 먼 엘리자베스 조의 곰인, 늙은 헌크스 이외에 아무도 편지를 읽을 수 없다고 생각한다. 고로, 4심판관들은 그들의 심판 실에 앉아, HCE가 한 붉은 머리카락의 소녀에 의해 실각했던 과거에 관해 말다툼한다. 그들 가운데 두 사람은 그녀를 또한 범했음을 요구한다. 다른 이들은 그들을 거짓말쟁이로 부르자, 싸움이 터진다. 랄리가 평화를 중재한다.

(96.25 - 100.36) 4대가들은 확고한 신분을 회피함으로써, 신체장애자 장치 놀이를 함으로써, 우리들의 조상 HCE가 자신을 구했으리라 결론 내린다. 개들이 그를, 여우처럼, 아일랜드 절반을 넘어 추적하고, 그가 아일랜드로부터 몰린 뒤로, 신문, 라디오, 경찰, 대중들이 넓은 세계 위로 그를 추적했고, 그를 1천 형태로 발견했으며, 그가 암살, 자살, 사고(파넬, 피곳 참조)로 죽었음을 확신했다. 그러나 다음날 아침 연기는 그가 자신의 무덤 위로 건립한 탑들 중의 하나로부터 솟았다. 연기는 그이 자신이 - 사자와 그의 작은 아내 - 거기 있음을, 그리하여 이는 하나의 사실이요, 우화나, 수

수께끼가 아님을 보여준다.

(101.1 - 103.12) 작은 숙녀는 누구인가? 그것은 아나 리비아, 집에 있는 가정부, 그의 아이들의 어머니이다. 그녀는 그의 추락 후로 그를 보호하고, 비방자의 머리를 응케고(뱀 참조), 그를 위해 변론하고, 아무도 그 무덤을 약탈하지 못하게 한다. 그는 그녀 곁을 떠났고, 일곱 창녀들과 힘을 소모했고, 그의 슬픔을 야기했건만, 돌아오도다.

Ⅰ부 5장

(104 - 125) Ⅰ부 2, 3, 4장은 부친의 명성의 이동을, 그리고 그의 천성을 알고, 왜 그가 추락했는지를 발견해 내려는 완전히 헛된 시도를 다루는 그룹을 만든다. 이제 그는 힘세지만 수동적이요, 자신의 아내와 아이들이 장면을 훔치는 동안 우리에 갇힌 사자獅子로 머문다. "암탉"은 부드러운 장章이요, 조이스가 주석하다시피, 독자들이 쉽게 읽을 수 있는 장이다.(또는 그렇다고 생각한다) "암탉"은 문사 셈에 의하여 쓰였다(우리는 장말에서 읽게 되거니와). 그것은 편지 또는 그의 단편들을 다루는데, 그것을 암탉은 11페이지에서 모으고, 캐이트가 80페이지에서 매장했다.

(104.1 - 107.7) 아나 리비아, 다정하고 충실한 이어위커 부인은 예술가 아들이 순교자로 생각하는 가정의 성자 같은 류類이다 - 아트미스(Artemis), 암탉 참조. 그녀는 자신의 남편의 이야기를 쓰고, 그의 이름을 맑게 하고, 그의 비방자들을 혼돈하게 하며, 즉, 독사의 머리를 타박 주는데 돕기 위해

자신이 솀과 협동하고 있다고 생각 한다(나는 조이스가 보그에스(Borghese)에서 카라바지오(Caravaggio) 작의 〈독사의 마돈나〉(*Madonna of the Serpent*)를 읽지 않았나 생각하거니와). 그러나 아나 리비아가 작품을 위한 가능한의 제목들을 목록으로 실었을 때, 그녀는 자신의 서류상의 증거들을 솀에게 넘겨준다. 증거는 미국 매사추세츠의 보스턴에서 보낸 편지의 부분이다.(〈보스턴 뉴스레터〉는 신세계에서 최초의 신문이고, 고로 희망과 새 시작, 등을 대표한다)그 무렵, 솀은 자신의 어머니의 지시로 편지를 썼음이 알려지고 있다. 대신에, 그는 자신의 어머니로부터(125.21 - 22), 또는 손으로부터(424.35 - 425.2) 편지를 훔쳤다. 솀 또는 문사 짐은 능란한 표절자인지라, 그가 몸소 보스턴 편지를 쓰지 않았다고 말할 수는 없다. 아무튼, 솀은 자신의 아버지에 대한 방어를 쓰지 않지만, 텍스트의 석의釋義의 매력 있는 익살 문을 성취하고, 새끼 고양이 같은 여성 펌계 자들을 좋은 기질로서 흥미롭게 만든다 - 조이스의 책에서, 여인은 분명히 〈율리시스〉를 쓰지 않았다!

(107.8 - 111.4) 우리들이 인내하면 모든 것이 분명해지리라 주장하면서, 솀은 그것을 쓴 사람이 누군지 아무도 모름을 보여주지만, 그것은 아마도 여성의 소설, 적나라한 사실의 여성적 위장僞裝이리라. 편지는 가족의 퇴비더미에서 파내진 것이거나(이것들은 아일랜드의 소옥 문간에 편재했기에, 영국인들에게 스캔들이 되었다), 혹은 차가운 꼬마 캐빈(손)이 보고 있는 동안, 차가운 작은 암탉 비디 도란에 의하여, 어느 차가운 날에, 할퀴어진 것이다. III부 2장에서 손은, 따뜻한 소녀들에 대한 차가운 정조를 권유하는 일종의 렌턴 설교(Lenten sermon)로서 편지를 공급한다. 편지를 쓰거나 혹은 그걸 배달하면서, 아들들은 희망인, 자신들의 어머니의 의미를 망가뜨린다.[판도라(Pandora) 참조]

(111.5 - 113.22) 편지는 많은 헛소동을 피우지 않는다. 그것은 거의 무학無學의 여성이 여성 친구 또는 친척에게 하는 편지처럼 읽힌다.[샐리, 델리아 배이큰, 벨린다, 나른한 리디아, 챠로트 브루크 참조] 편지는 친애하는 매기에게 일러지는데, 후자는 〈경야〉가 진행되자, 친애하는 각하와 더불어,(조이스와 루시아는 공히 임금님께 편지를 썼거니와) 그리고 매거진 벽과 더불어 그리고 "〈경야〉"의 "차와 캐이크"와 더불어 계속 엉킨다.(프루스트(Proust)의 매드레인(madeleine) 과자 참조) 우리는 단지 편지의 단편들을 갖는 바, 서명은 차(tea)로 지워지고, 이상한 일들이 발송 지하에 일어났었다. 그러나 암탉을 믿을 지니, 그는 귀여운 성격, 귀부인다운 원리들을 띠고 배움에는 가식이 없다. 그녀가 바라는 모든 것이란 그이(HCE)에 대한 진리를 말하는 것이다. 진리는 그이를 해방할 것이요 그를 구할 것이다.(편지[letter]는 때때로 사다리[ladder]와 엉키거니와 - 팀 피네간의 사다리는 야곱의 사다리 마냥 천국까지 뻗을 것인고?)

(113.23 - 125.23) 이제 셈은 편지를 조사한다 - 필체, 종이, 잉크. 그는 그것을 프로이트적 - 융의 - 막쓰적 논평에 맡기고, 사랑과 언어의 상관관계를 토론하는데, 우리는 그것이 정교하고 권위적임을 믿도록 주장한다. 왜냐하면 언젠가 누군가가 편지를 썼고, 그것은 넌센스가 아니기 때문이다. "그것은 단지 경칠 그것처럼 보이나니," 그리고 우리는 과거로부터 여느 문서고 가지다니 행운이다. 그런 다음 셈은 에드워드 살리번(Edward Sullivan)의 〈켈즈의 책〉(Book of Kells)(〈골격 구조〉는 이 구절을 다룬 탁월한 논평이거니와)에 대한 소개의 패러디 속으로 몰입하는지라, 알파벳의 작은, 두문자의 의미를 토론한다. 알파벳의 끝에서, 〈켈즈〉는 〈율리시스〉의 종말이 되나니(다라티에[Darantiere]를 참조하라), 그것은 몰리 블룸(Molly

Bloom)의 세계를 향한 편지이다. 솀은 몰리의 "페넬로페적 인내"와 분에 넘치는 여성적 리비도가 그녀의 창조주인 남성의 손에 의해 엄격히 통제되었음을 만족스럽게 결론 짓는다. 마지막으로, 우리는 원고 위에 야기된 구두점들과 4상처들을 살핀다 - 그것은 남자들이 때린 마스크인가? 경찰은 상처들이 손인 경건하고, 골난 교수教授에 의해 이루어졌다고 말한다 (펜더가스트 타임지[Prendergast Time] 참조). 그러나 손은 성격이 너무나 훌륭한지라, 표적은 퇴비더미 위의 한 마리 천진한 꽃 새에 의하여 우연히 핥긴 것이라 최후로 단정한다. 누가 편지에 구두점을 찍었던 간에, I부 5장의 마지막 문단은 솀이, 만일 그가 더 많은 지식을 가졌더라면, 자신이 편지를 쓸 수 있었으나, 그러지 못했음을 서술한다. 필자는 날뛰는 원숭이가 아니다. 저자는 노아의 아들 문사 솀이다.[참고: 지금까지의 본장本章의 읽기 내용인즉, 다른 장에서 읽은 이야기보다 훨씬 상세하고 재미롭다. 여기를 읽음으로써 독자는 한층 풍요로운 지식을 얻을 수 있는 듯 하다]

I부 6장

(126 - 168) 조이스는 이 장을 "가족 앨범의 화면 역사"라 불렀다. 12개의 화면들이 조사되고, 화면의 주제들이 정직과 정확성의 다양한 도수를 가지고 대답하는 질문들 혹은 수수께끼가 질문된다.(〈서간문〉, III, 239 참조) 에피파니(현현)기법이 12질문들이야 말로 12야夜에서 질문됨을 암시한다.

(126.1 - 139.14)#1. 〈경야〉에 대한 많은 언급들로 끝나는 별명들과 성취물들의 긴 키즈 같은 목록의 방식에 의하여 부친에 대한 화면, 그러나 대

답되는 것이란(효과는 회피적): "피네간 맥쿨"

(139.15 - 139.28)#2. 부친과 모친에 관한 짧은 삽화. HCE와 ALP는 침대에서, 성적으로 흥분된 채 잠들어 있다. 그것은 그들의 아들들의 하나에 의해 운시韻詩로 쓰여 진다. 아나 리비아의 완전 길이의 삽화는 〈경야〉 I부 8장에서 솀에 의해 행해진다.

> 부친과 모친에 관한 짧은 삽화. HCE와 ALP는 침대에서, 성적으로 흥분된 채 잠들어 있다. 그것은 그들의 아들들의 하나에 의해 운시韻詩로 쓰여 진다. 아나 리비아의 완전 길이의 삽화는 〈경야〉 I부 8장에서 솀에 의해 행해진다.

(139.29 - 140.7)#3. HCE의 여관에 관한 삽화, 여관의 이름과 / 또는 모토에 관한 수수께끼 질문. 대답은 더블린 시의 모토(표어) 유희로서 주어진다: 〈시민의 복종의 시의 행복이라〉(*City: Obedientia Civium Urbis Felicitas*)

(140.8 - 141.7)#4. 4대가들에 대한 삽화. 398 - 399에서처럼 이씨를 구애하는 것. 수수께끼에 대한 올바른 대답은 "더블린"이다.(〈서간문〉, III, 239 참조) 그러나 4인들은 주청州廳의 탈형脫型을 가지고 잘못 대답 한다: 벨파스트, 코크, 더블린 조지아,(피터 소요아 참조) 골웨이.

(141.8 - 141.27)#5. 이어위커의 남자 하인에 대한 삽화 - 구인求人, 작은 지급, 긴 시간, 중노동, 성격의 불가능한 완성. 스칸디나비아의 우수자 구함.(광고는 스칸디나비아 어들로 충만하고, 입센으로부터의 인용으로 끝난다. 그

러나 대답에 대한 유일한 감탄할 크리치톤(Crichton)은 "가련한 늙은 조"이다)

(141.28 - 142.7)#6. 케이트 또는 다이나(Dinah)(Kate)에 대한 삽화, 이어 위커의 "전반적" - 청소 여인, 요리사. 캐슬린 백작부인으로서 그녀는 굶주리는 애란인을 먹여야 하지만, 그러나 그녀에게 빵을 요구하자, 그녀는 그대에게 분糞을 준다 - 케이트 스트롱 참조.

(142.8 - 142.29)#7. 더블린의 주원周圍과 사도들로서의 12객들의 삽화 - 도일, 설리반 참조. 그들은, 아일랜드의 가장 공통의 이름인, "모피오스"(Morphios) 또는 머피임(Murphys)이 추측 된다. 머피는 저 흉측한 식물인, 감자가 되리라.

(142.30 - 143.2)#8. 매기에 관한 삽화,

(143.3 - 143.28)#9. 그의 대답이 "충돌만화경"인 7무지개 소녀들의 삽화.

(143.29 - 148.32)#10. 이씨와 그녀의 분산된 거울 자신에 대한 삽화(셀리, 라철 및 리어. 참조), 그녀는 애란의 이솔드 및 백수白手의 이솔드의 역할을 한다. 그녀(그들)는 그의 이중성격으로 트리스탄을 유혹하기에 바쁘다 - 라이오네스의 그이와 아모리카의 그이 - 〈초고〉, 98, 노트 34 참조) 베디어는 이 구절의 주된 전거이다 - 즉, 수수께끼는 애란의 이솔드를 간음 때문에 불태우는 위협에 관해 언급한다. 그리고 어떤 의미에서 이솔드는 그녀의 죄를 옹호하거나 배신한다. 또 다른 주된 전거는 그녀의 타자에 대한 모든 죄를 비난했던 분산된 소녀에 관한 몰턴(Morton) 프린스의 전기이

다. #10에서 이씨는 트리스탄에 말하지도, 그를 유혹하려고 하지 않으나, 자기 자신과 더불어 내적 독백을 수행한다. 아무튼, #10은 트리스탄이 이솔드를 유혹하는 〈경야〉 II부 4장과는 반대이다.

(148.33 - 168.12)#11. 숀의 삽화: "상시 헌신적 친구를 위한 그의 아는 체하는 깊이 인상적인 역할 - 포즈를 취하도록 불청하게도 승낙했는지라"(〈서간문〉, I, 258). 여기 "친구"는 윈덤 루이스(Wyndham Lewis)(엘먼 607, 807. 주 63 참조)이요, 그는 1921년에 조이스의 초상을 그렸으며(친하게), 1927년에 "제임스 조이스의 정신 분석"을 출판했다(친하지 않게), 그것은 뒤에 〈시간과 서부인〉(The Time and Western Man)에 재차 인쇄되었다. 11항은 "분석"에 대한 조이스의 보복이다. 정치적으로, 루이스는 히틀러의 애호가, 반反 - 흑인적, 반 - 유태적, 반 - 여성적, 반 - 아동적이었고, 조이스는 그를 기독교주의로의 소란스런 개종을 위해 나아간다고 생각했다. 따라서 루이스는 #11에서 비非 신자에게 자비를 거부하는 쥐여우(안드리언 IV세)로서 나타나며, I부 7장에서 솀과 햄의 죄의 폭로자로서 나타난다. 개정하면서, "진행 중의 작품"에 첨가함으로써, 조이스는 아주 잘 숀을 윈덤 루이스로 변용시켰고 - 유연한, 광포한, 논쟁적, 권위주의적 마음의 한층 사악한 초상은 거의 있을 수 없었다.

솀의 질문: 만일 한 인간이 - 애란 반도叛徒, 신페인 당원, 호모 섹스의, 굶주리는 - 육체와 영혼을 위한 음식을 구걸하면, 당신은 그걸 줄 것인고?(다이브스 및 라자루스 참조). 천만에, 솀은 대답하고, 죤즈 교수의 가장 속에, 푼돈을 아끼기를 거절하는 것에 대해 그리고 쥐여우로서 그를 절대 무류無謬로 부르지 않는 형제의 영혼을 구하기를 거절한 대해, 끝없이 자신을 정당화 한다. "브루스와 카시어스"의 세 번째 이야기에서, 숀은 만일

그와 그의 형제가 양족 다 국왕 시해자라면, 그는 고상한 시해자요 - 카시어스는 아니다. "쥐여우와 포도사자," "브루스와 카시어스"는 두 종류의 형제 싸움으로, 그들은 재발한다. 첫째는 형제들이 서로 싸움을 사랑하는 엄격하게 남성적 싸움이요, 그리하여 누보레터(Nuvoletta)의 유혹에 냉담한 채, 그들은 오필리아 또는 로레라이처럼 그녀를 익사하도록 야기한다. 둘째는 한 소녀 마가린 클레오파트라를 위한 싸움으로, 후자는 싸움에 염증을 느끼며, 그들을 안토니로서 포기한다. 11번째 질문은 노아의 이야기의 문맥 속에 끝난다. 야벳 - 아리아인족 - 지상주의자는 방주의 피난을 그의 형제 셈에게 거절한다. 셈으로 하여금 문명으로부터 쫓겨 난 햄과 합세하게 한다.

(168.13 - 168.14)#12. "*성 주저 받을 것 인고?*" 또는 "그를 비난 받게 할 것 인고?" 그것은, 로마 법학도들이 동의하다시피, 고대 종교적 비방이요, 무법 또는 다른 방법들에 의한 사형선고이다. 이 저주의 의식儀式은 12동판 법銅版法에서 공동의 테그이다.(코원 씨가 필자에게 이 정보를 제공했는지라).
대답: 우린 동동(세머스 세머스!) #12 질문에 대해 있는 것은 다 있도다.

I부 7장

(169 - 195) 무법자 셈의 과장된 삽화, 그를 내쫓은 손에 의한 묘사. 그를 추방한 손이 묘사한 무법자 셈의 확대화. 마음의 굳음에 대한 사과. 불평의 목록, 주어진 명세, 존즈 교수와 쥐여우의 계속적인 불평. 정당화 위의 정당화 - 말(word), 말, 말, 손이 그의 형제에게 음식과 법의 보호를 무두 거

부하기 때문이라.

"셈"은 불안한 독서를 하는지라, 왜냐하면 그것은 주인공이 없기 때문, 말하나니 특별한 희생자는 매력적인 성격, 무과오의 태도가 아니고, 죄 없는 자. 셈은 자기 자신을 연민하고, 자랑하고, 위험으로부터 도망치고, 푸념하는지라. 셈과 야벳은 그들의 검둥이 형제 햄의 추방을 묵인하는지라. 이제 셈은 망명자요, 그의 아리아족의 형제에 의해 햄(수치)(Shame 또는 가짜 Sham)으로 불리나니과 동일시하는지라, 그의 이름 자체는 유태인을 모욕하는 고기肉의 그것이다. 그러자, 셈은 이산離散의 어느 유태인이요, 제왕들, 교황들, 독일의 전재자들의 희생자이라, 그들의 심문자들에 의해 오욕 되도다. 셈은 또한 클로버(Shamrock)인지라 - 영령英領 밖의 순수 애란인, 반면에, 그는 또한, 자신이 애란 인들의 노예였을 때 패트릭이도다.

셈은 "멍청이," "오랜 숫 검댕이," "돼지 골 견犬시인," "공백불한당空白不汗黨들 사이의 한 깜둥이"이다. 그는 떠버리, 찬탈자, 국제주의자, 저속한, 냄새나는, 병든, 술 취한, 마약의 부패된, 정신 나간, 헤픈, 무감사자로 불린다. 그의 조상, 육체, 음식 습관은 조사 받고 금지 된다. 그의 책들도 그러하다. 부엌의 하녀들을 위한 글쓰기 대신, 그는 그들의 서명을 표절하기를 배우는지라, 즉, 자신이 부엌대기인양 글을 쓴다. 그의 책들은 살펴지고, 불결하여, 불태워진다. 그리고 마침내 그는 〈더블린 사람들〉의 모든 이야기들의 나쁜 영향에서부터 셈을 구하기 위해 애란에서 금발의 순경(KKK단의 가련한 백인)에 의하여 체포된다. 숀 - 정의는 자신을 기소하고, 〈율리시스〉의 초두에서 벅 멀리건(Buck Mulligan)이 스티븐을 미쳤다고 하듯이, 셈을 미쳤다고 알고 있다.(〈초고〉 120 - 122는 셈의 기소가 "특이 적분積分" 또는 유태인들에게 배은 망덕자로 알려진 비난에 근거함을 보여준다)

비평가들은 자주 조이스의 "편집병"에 관해 말하는데 - 이는 조이스가 개인적으로 기소하는 것에 대하여 비난하는 방도이다. 때는 서로 필(역)자로 부르는 서기다 뭐다하여 히틀러와 스탈린과 같은 암살단원과 함께 편을 뽑는 유럽의 신경질적 조성기助成期였으니, 그들은 확실히 그들의 공화국으로부터 스티븐 데덜러스, 블룸 내외, 솀, 조이스를 추방했었다. 조이스는 조롱당했고, 그의 작품들은 급진주의 공상가들에 의하여 조소당했다. 윈덤 루이스는, 조이스가 "시간" 또는 베르그송 - 아인스타인 - 프루스트 - 거트루드 스타인의 "아동 - 숭배"파에 속한다고 이해했거니와, 백인 우위의 중요성에 전적으로 헌신하지 않았나니 - "시간"과 "아동 숭배"는 유태인과 그 밖에 자들(즉 피카소, 세우드 앤더슨(Sherwood Anderson), D. H 로렌스, H. L 멘켄)을 위한 완곡 어구였다. 루이스는 특히 "솀"의 초기 번안을 혹평한다.[주석: "솀"의 이 초고는 헨리 밀러의 〈북 회귀성〉(The Tropic of Cancer)에서 귀속 없이, 거의 1페이지동안 인용 된다) 조이스는 〈경야〉 1부 6장 #11을 가지고, 그 속에 그가 아동 - 염오의 루이스 - 숀을 한 특별하게 불쾌한 아이로 만들고, 또한 그를 지루한 "솀" 장의 화자 - 저자로 삼는 "솀"의 개정된 번안을 가지고, 대답했다.

그러자, 솀은 "미쳤다"고 선포된다. 숀은 그에게 사골死骨을 가리키고, 지옥 또는 판단의 좌로 그를 보낸다. 솀은 자신을 옹호할 수가 없는바, 왜냐하면 그는 사탄, 햄릿, 캘리반(Caliban), 가인(Cain)과 같은 자비롭지 못한 역을 선택했기 때문이다. 스티븐 데덜러스처럼, 그는 자신의 어머니에게 그리고 벅 멀리건에게 무자비했는지라, 그들을 그는 지옥으로 내려 보냈다.(〈율리시스〉 밤의 환각 장면 참조) 용서는 남성 속에 있지 않은지라, 솀이 전적으로 자기 자신을 바람에 맡기려하자, 그의 어머니의 목소리가 그로부터 물러 받아, 루시퍼 같은 상황을 용서하고, 감탄하고 축소하고, 그를 그녀와 합작하는 진짜로 중요한 일로 부르고, 그리고 말에 대해 너무나 귀여운 "작은 경이로운 마미"에 관해 글을 쓴다. 그것은 아마도 무서운 형벌일지니, 스티븐 데덜러스 - 겸 - 밀턴의 사탄을 위해 충분히 적합하리라. 허영이 끌어내려지고, 셈은 생장生杖을 치켜들어, 벙어리로 하여금 말하게 한다. 벙어리는 다음 장의 빨래하는 여인들이요, 그가 그들의 서명을 표절하기를 배운 부엌의 하녀들이다. 그는 자신의 어머니를 비웃고, 그녀를 용서하고, 자신이 패배한 형제의 싸움의 매력에로 방향을 바꾸었다. 그녀는 심연의 가장자리로부터 꼬마 루시퍼를 끌어내어, 그를 용서한다. 〈사탄의 슬픔〉에서처럼, 그는 한 선량한 여인의 사랑으로 구조 된다 - 이러한 지적 심연 아래, 그대는 말하려니, 심연은 없다고. 그러나 그녀는 하나를 발견하고, 부엌의 처녀 이브, 우리의 여주인공, 우리의 가정의 성녀요 순교자에 모든 흥미를 중심에 둠으로써, 〈실낙원〉의 부엌의 처녀, "아나 리비아 플루라벨"을 그로 하여금 쓰도록 하는 참회를 마련한다.

I부 8장

(196 - 216) 그것은 강을 가로질러 두 빨래하는 아낙들에 의한 대화인지라, 그들은 밤이 떨어지자, 한 그루 나무와 한 톨의 돌이 된다. 강은 아나 리피라 불린다. 어떤 말들은 잡종의 덴마크어와 영어이다. 더블린은 바이킹들에 의해 건립된 도시이다. 애란의 이름은 Ballycles, 즉 장애물 항도港都이다, 그녀의 판도라의 상자는 상속자인 나쁜 육肉을 함유한다. 흐름은 아주 갈색이라, 연어로 풍부하고, 아주 꾸불꾸불하고 얕다. 끝을 향한 분지(일곱 개의 댐)는 도시의 건축이다. 이찌는 나중에 이솔드가 되리라.(〈서간문〉 I, 213)

이는 모든 이들이 사랑하는 장으로, 그것의 한 부분으로부터 조이스는 매력 있는 육성 녹음을 행했는데, 이는 〈경야〉의 음에 대한 그리고 시적 전제에 대한 최선의 소개가 된다. 언어는 마치 빠른, 급이 굽은, 좁은 강처럼 달리고, 그것의 표면의 많은 물의 언어들, 수많은 강의 이름들을 지닌다. 아나 리비아는 모든 강의 여신이요, 모든 여인 또는 이브인지라, 그녀는 한 동안 지상의 여인이었다. 어떤 이는 가로대, *Havvah*(헤브라이어의 "이브")는 "생명"을 의미하나니, 조이스는 명제를 가지고 한결같은 언어유희를 행하는데: 아나 리비아=리피 강=생명의 물=이브, 팀 피네간을 추락시켜 다시 일어나게 하는 위스키. 〈율리시스〉에서처럼, 물리적 및 형이상학적 다산(번식)이 서로 교환하고 구원은 존재한다.

(196.1 - 200.32) 그들이 만나는 이른바 불결한 리넨 천을 문질이면서, 빨래하는 아낙들은 더블린의 건축자, HCE가 피닉스 공원으로부터 물을 검게 했던, 리피 강을 따라 잡담하며 흘러내려 간다. 이제 이 "마성의" 공원에서 그의 죄는 무엇이었던고? 그와 아나 리비아는 합법적으로 결혼했던고? 그들의 환경은 영광스런 또는 슬픈 것? 잡담으로부터, 한 가지 이야기가 출현하는지라, 그것은, 내 생각에,(많은 변형과 함께) 중세 아일랜드의 교정본, 앵거스 컬디(Angus the Culdee)에 의한 *Saltair na Rann*의 XI 시(위트리 스토록스(Whitley Stokes) 및 〈백과사전〉 11판, "경외서의 문학(Apocryphal Literature)"를 참조할 것)을 포함하여, 많은 언어들로 말해진, 묵시록적 〈아담과 이브의 생활〉을 재화再話하는지라.

추락한 늙은 험버(Humber)가 무능과 침울 속에 단식한다. 한 때 유혹된 채, 두 번 수줍게, 그는 재 유혹을 거절하며, 음식, 음료, 그의 아내를 거절하고, 자기 자신과 그의 모든 아이들을 위한 오직 심판의 날 만을 요구하며, 그의 자신의 아내에게 말한다: "저리 갈지라." 그녀는 가나니, 그녀의 판도라의 최선의, 최후의 선물인 7무지개 소녀들(젊은 여성 프리메이슨들)의 형태를 한 희망을 뒤에 남기고. 그들을 안전하게 하기 위해 아나 리비아는 프록시마 항성恒星 역을 행했는지라, 길거리에서부터 그들을 안으로 불러 드리고, 그들에게 그녀의 남편을 힘 돋우는 책략들을 가르쳤다. 그들은 과연 그를 힘 돋우나니(〈건축업자〉를 비교하라), 왜냐하면 조이스가 가로대, 그것은 그들과 함께 HCE가 더블린을 건립했기에. 나(필자)는 그것을 다음과 같은 뜻으로 여기나니: 메이슨(Mason)의 기교는 예술가의 다산을 의미하는지라, 그것은 단지 남성에게 타당한, 비상하고도, 정신적 다산이라.

(200.33 - 201.21) 여인에 합당한 다산이란 자연적, 육체적이다. 그녀의 남편이 먹이며, 다산하기를 실패하고, 그녀로 하여금 그로부터 떠나기를 명령하자, 그녀는 성배聖杯 혹은 다산 탐색에 나선다.[위스턴 참조] 그녀는 남편에게 힘을 돋을 수 없자, "리마"(rima)에서 그렇게 말하고, 그녀를 구하도록 영주 또는 기사에게 기도한다. 하느님 또는 성배 기사는 오지 않는다. 고로 그녀는 그녀의 분명한 다산을 찾아 나선다 - 원죄가 행복의 죄가 되도록 아이들을 갖자, 그리스도는 탄생할 것이다. 사탄은 상처를 입고, 그녀 자신 최초의 이브는 마리아와 레다(Leda)처럼 천국의 여왕으로 병용했도다. 그녀는 리피 강의 원류로 되돌아가고, 거기서 그녀는 과거 현대 미래에 젊고 먹히리라.

(201.21 - 204.20) 우리는 아나 리비아의 아기 낳기(발견된 다산의 증거)를 통하여 임신과 아이들의 어버이 됨으로 되돌아간다. 한 세탁부는 그녀

가 킬데어(Kidare)에서 강습強襲 당했음을 추측한다. 다른 이는 최초의 때, "애란의 정원"(garden of Erin)이라 할 위클로우에서, 아나 리비아가 더블린으로 가, 일을 해야 하고, 생활을 위해 노예가 되기 훨씬 전이었다고 확신한다. 기억될 일이거니와, 다양한 아버지들이 첫째 및 둘째 이브들의 아이들을 위하여 암시되었다. *Saltair na Rann*에서 이브는 아담에 의해 티그리스(Tigris)로 파견되자, 악마에 의해 불복종으로 다시 유혹되는데, 후자는 백조와 천사로 가장한 그녀를 방문한다.

러그로우(Luggelaw)의 계곡(위클로우의 로크 태이[Lock Tay in Wicklow])에 한 정절의 신부, 마이클 아크로우(Michael Luggelaw)가 살았다. 러그로우(Luggelaw)는 성 케빈이 캐서린에 의해 유혹 당해, 도망친 곳들 중의 하나이다. 그러나 이 여름 날 마이클은 덥고 목이 마르자, 아나 리비아가 예쁘고, 시원스레 보이면서 다가온다. 그는 참을 수 없다. 그는 자신의 양 손을 그녀의 아름다운 머리카락 속으로 꽂는지라, 그는 그녀의 시원한 물을 마시고, 키스하나니, 그녀에게 그 짓을 하지 말도록 타이른다. 이러한 사귐은 저들 자연 신화들의 하나이라,((의식에서 로맨스에로)(*From Ritual to Romance*) 속에 그와 같은 것이 많이 있나니) 거기에는 땅이 한 소녀가 그녀와 사귀는 특별히 정절의 남자를 유혹할 때까지 메마르다. *Saltair*의 시에서 하느님은 마침내 마이클을 경작의 씨와 지식을 가지고 단식하는 아담에게 보낸다. 〈경야〉 I부, 8장에서, HCE는 농부가 아니라, 도시 건설 자가 되나니, 고로 우리는 마이클의 비옥한 보물이 영원히 아나 리비아에 의해 소유됨을 가정한다.

그녀는 메마름이 치유되고 그녀 자신에게 존중받는다.((〈서간문〉, II,72를 비교하라) 백조 - 악마 - 천사 앞에, 그녀는 마을 소년들과 가벼운 성적 상봉을 가졌다. 그러나 이제, 중요한 사귐 뒤에, 그녀는 전원의 산으로부터 나와 더블린(검은 우물)으로 추락한다.

 (204.21 - 216.5) 더블린 재 탐방. 아담의 추락이 주위에 알려지고, 그의 아이들, 도당들이 그를 조롱한다. 가상컨대 조롱은 또한 악마(인간의 고발자, 인간의 대어시츠[Thersites])이니, 왜냐하면 아나 리비아는 아이들에게 복수하기를 맹세하기 때문이다. 그녀는 제우스를 유혹하는 헤라처럼 성장을 하고, 잠시 동안 외출하기 위해 남편의 허락을 얻는다. 그녀가 판도라(Pandora), 선물을 지닌 한 희랍인이라는 의심을 잠재우기 위해, 그녀는, 흥興의 인물인, 초라한 세탁부로서 성장하고, 선물 꾸러미를 들고 더블린 항구에로 발 거름을 내디디나니, 이들을 그녀의 아이들 - 나쁜 육肉의 상속자에게, 분배한다. 죽음, 질병, 한기, 비참 및 추방 - 사탄의 아이들은 그들의 기만적 어머니로부터 이들 선물과 편지를 받는다. 너무나 늦게, 그들은 "그녀의 독의 염병"(her prison plague)으로부터 도망친다.(선물[gift]은 덴마크 어로 "독"[poison]이요, 독[poison]은 에덴의 강들 중의 하나이다)
 세탁부들, 고통 속에 태어나고, 추위 속에 노동하는데, 이브의 스캔들을 퍼트리는 이이들을 대표한다. 그들은 인생의 새 형태의 약속인, 아일랜드의 첫 기독교의 종소리를 듣는다. 그러나 기독교는 또 다른 사기의 선물로서, 그 이유는 세탁부들은 나무와 돌로 변신하기 때문이다.
 "아나 리비아 플루라벨"은 거대하도록 천박하고 아름답다 - 많은 매력이 침울한 사기詐欺 위에 놓여 있다. 그것은 한 여인이, 그녀의 자유를 크게 즐기면서, 적들에게 의기 양양, 어떻게 죽음을 그녀의 아이들에게 가져오는지에 대한 여성 만족적 설명이다. 여성은 그녀가 범죄적이요, 만족적인 한, 자유로울 수 있는가?

II부 1장

(219 - 259) 작품의 설계는 - 우리들이 통상 부르는 천사와 악마 또는 색깔이란 게임이오. 천사, 소녀들은 천사, 손 뒤에 그룹을 짓고, 악마는 3번 다가와서 색깔을 요구해야 하오. 만일 그가 요구하는 색깔이 어느 소녀에 의해 선택 된다면, 그녀는 도망가야하고 그는 그녀를 붙잡으려고 애를 쓰지요. 내가 작품을 쓰는 한, 그는 두 번 오고 두 번 좌절하지요. 작품은 영어의 노래 게임들(English singing games)에서 따온 음률로 가득하오. 처음 복수적으로 좌절당할 때, 그는 자신의 아버지, 어머니, 등등에 관한 갈취물喝取物을 출판하려고 생각하지요. 두 번째로 그는 실지로 내가 9살 때 썼던 감상적 시 속으로 꾸물거리오. "나의 집 아아 저 그늘진 홈 거기 자주 나는 젊음의 경기를 했다네, 그대의 무성한 푸른 잔디밭 위에서 종일 또는 한 순간 그대의 가슴 그늘 속에 머물었나니 등등" 이것은 나를 섬뜩하게 하는 갑작스런 치통齒痛으로 중단되지요. 그가 두 번째 좌절되자 소녀 천사들이 손 주위에서 자유의 찬가를 부르지요. 동봉한 페이지는 에드가 펭에서 따온 아름다운 문장의 또 다른 번안으로, 나는 "하이버와 헤어리맨 등의 나날이래"로 시작하는 한 부분을 〈트란지숑〉지에 이미 개작했다오. 펭은 말하나니, 카타지(Carthage)의 폐허 위의 야생의 꽃들, 뉴만시아(Numancia)등은 제국의 정치적 흥망 보다 오래 존속하나니. 이 경우에 야생화는 아이들의 노래지오. 특히 이중 무지개의 취급을 주의할지니, 그 속에 홍채염의 색깔은 처음 정상이나 이내 뒤집히지요.[〈서간문〉, I, 295]

현재의 단편을 위해 내가 사용하는 책들은 - 다음을 포함하는지라, 마리 코렐리, 스웨덴보그, 성 토마스, 수단의 전쟁, 인디언 추방인, 영국 법 하의 여인

들, 성 헤레나(St Helena)의 서술, 프라마리온(Flammarion)의 세계의 종말, 독
일, 프랑스, 영국 및 이탈리아로부터 따온 수많은 아이들의 노래 게임들[〈서
간문〉, I, 302]

〈경야〉는 일종의 꿈이지만, 그것은 언제나 꿈속의 밤이 아니다. I부에
서 중요한 사건들은 낮에 일어나고, 밤은 "아나 리비아"의 종말에서 시작
한다. II부는 오후 8시와 12시 사이에서 일어난다. III부의 시작은 한 밤중
이요, III부 4장에서 새벽이 열리고, 시간은 새벽 6시이다. IV부에서 여전
히 새벽이요 태양을 기다린다. 〈경야〉의 모든 부분들은 그들의 시간에 의
해 영향을 받고, 심지어 그에 의해 틀에 짜인다.

"익살극"(The Mime)은 유년의, 그들의 유희적, 사악한 게임인, "천사들
과 악마들"의 황혼의 직물을 짜는바, "선악의 색깔"이라 잘 불릴 수 있다.
비합리적, 그들은 제스처가 잘 보이지 않은 시간에 대부분 제스처에 의해
소통한다. 그들은 색깔과 꽃들을 추정하고 그 때 색깔은 시들고, 꽃들은
시든다. 마침내 귀물인 운명의 날이 다가오고, 게임을 종결시킨다.

악마(검은 글루그 또는 솀)는 마리 코렐리(Marie Corelli)의 슬픈 사탄처럼,
선량한 여인의 사랑을 동경한다. 그는 "heliotrope"(담자색)을 알아맞히려
고 애쓰는데, 이는 꽃, 보석 색깔이요, 그의 자매 이씨는 때때로 그 중 하나
며, 때때로 7분광 또는 무지개 "소녀들"이다. 그러나 이씨의 암시에도 불
구하고, 글루그는 올바르게 마치지 못하고, "과자를 따거나" 그의 매기 또
는 "마데라인"(당과)을 발견하지 못한다. 그는 실패할지니, 왜냐하면, 프로
스트의 "작은 손"처럼, 일곱은 복장전도服裝顚倒에서 집적대는 문제를 제
시하기 때문이다. 그는 실패할지니, 그 이유인즉, 하늘에는 진짜 태양은
없고, 그 역逆, 천사 츄프 또는 손에게 채하는 사람이 있을 뿐이다.

나(필자)는 추측을 이해하지 않으며, 조이스도 광학(optics)에 관여하지 않는다. 그러나 새벽의 이른, 불확실한 빛은(황혼으로부터 뒤집힌 색깔), 셈 - 성 태트릭처럼 - 여인 - 및 - 색깔의 문제에 대해 "실질적 해결"을 발견한다.[(611 - 613) 참조, 〈서간문〉, I, 406]

이씨 - 및 - 일곱은 아마도 루시아(딸) 조이스처럼, 젊은 개성의 분리된 부분들인지라, 그녀의 아버지는 〈경야〉 II부 1장의 두문자를 가지고 많은 색깔의 "문자주의" "레트리즘"(lettrines)를 그녀로 하여금 만들게 한다. 이씨는 또한 레기 위리(Reggy Wylie)에 의해 버림받고, 황혼에 앉아있는 거티 맥다웰 - 나우시카의 재연이다. 〈율리시스〉에서 "가련한 이씨는 황혼 속에 너무나 황홀하게 황울荒鬱히 앉아 있나니"(226.4 - 226.7) 〈율리시스〉에서처럼, 꼬마 쌍둥이들, 게임들, 성년의 남자가 보고 있는 동안 스스로를 노출하는 소녀들. "익살극"은 저 꿈 많은 "나우시카"(Nausicaa)장의 꿈의 재연처럼 보인다.[주석: 〈경야〉에서 〈더블린 사람들〉, 〈예술가의 초상〉, 및 〈율리시스〉의 사용(특히 〈율리시스〉)은 철저히 괴기한지라, 정의定意되기를 필요로 한다]

"익살극"에서 조이스는 〈금지金枝〉(The Golden Bough)와 노만 다그러스의 〈런던 거리의 게임들〉(London Street Games)을 사용했다. (호드가트 씨는 이들을 176 페이지에 보여주었는데, 그들 대부분은 다그러스에서 따온 것이다) 프레이저와 다그러스는 "천사들과 악마들" 같은 게임이 다산의식多産儀式의 유물이라고 주장한다. 이씨(및 일곱)는 섹스를 탐하는지라, 그녀가 할 수 있는 모든 것이란 쌍둥이들을 자극하는 것이다. 그러나 숀은 너무나 순수하다, 셈은, 섹스를 뜻하지만, 할 수가 없다. 소녀들은 숀의 순수성을 칭송하고, 셈의 무능을 조롱한다.

"익살극"은, 그러나, 실패한 다산의 의식이 아닌지라, 왜냐하면 부친이 처음부터 살펴보고 있었기 때문이다. 〈경야〉에 있어서처럼(27), "프랜퀸 에피소드"(21 - 23)에서처럼, 그는 춤추는, 무희의 소녀에 의해 자극된 채, 움직이기 시작한다. 이들은 아나 리비아가 춤추도록 가르쳤고, 그녀의 수동적 남편을 재촉하기 위해 불러드렸던(그녀가 실패할 경우)일곱 소녀들이다. 우리가 "아나 리비아 플루라벨"에서 보았듯이, 이들은 인간의 예술가가 그로부터 창조한 색깔이요 소녀들이다.

브루러스와 카시우스(Burrus and Caseous)는 용사의 재창조보다 전쟁을 더 좋아하는바, 고로 소녀를 아버지한테 잃었다. 아버지의 천둥 같은 노여움의 공포 속에, 아들들은 비코의 평민들처럼 도망치고, 평민들처럼 되돌아오며, 자신들을 비하하고, 그들의 부친의 위대함을 선언하며, 집과 가족 속으로 자비와 허락을 청한다.

게임 - 의식儀式은 또한 일종의 유희이니, "믹 닉 및 매기의 익살극"(The Mime of Mick Nick and Mggies)은 그들의 노령들에 셰익스피어의 〈햄릿〉의 "작은 새끼 매들"처럼 경쟁하는 일단의 아이 배우들(소년 여아들, 여아 소년들)에 의하여 제시된다. 늙은 동업 조합의 유희자들처럼, 군단은 거리에서 거리로 움직이고, 채프리조드의 리피 강상에 있는 부친의 여옥 근처에서 갑자기 멈춘다. 여옥 안쪽에는 한층 많은 연극들이 쓰이고 공연되리라. 과연, II부의 4장들은 연극들의 환으로서, 인간을 익살극의 유년시절(신비 극)의 무능으로부터 "마마루요"(Mamalujo)의 노쇠의 무능(그랜드 오페라)으로 몰고 간다.

"믹, 닉 및 매기의 익살극"은 천국의 들판 위의 수상한 싸움에 관한 연극이다. 닉 - 글루그 - 셈은 섹스 - 창조에 대한 그의 부친의 특권을 포착하도록 가장한 반도叛徒이다. 믹 - 츄프 - 숀은 악마에 반대하는 순수한, 무無섹스의 천사이다. 그러나, 〈실낙원〉(Paradise Lost)에서처럼 충분히 강하지 않는 자라, 부친이 싸움에서 결정적으로 간습 하는 것이 필요하게 한다. 두 아들들은 천둥의 공포 속에 달리지만, 마이클은 그가 천국을 가질 것이요, 그의 형제는 "죄천락罪天落할 것이"(havonfaeled) 확실하다. 하느님 - 또는 - 아담으로서 부친은 자기 자신의 창조인 소녀를 갖거니와, 다음 장은 우리에게, "조자造者는 피조자와 벗하도록" 말한다. 이는 저들 남성적 개념들 중의 하나 인지라, 마치 "*Vergine madre figlia del tuo figlio, lumile ed alta piu che creatura*" 그리하여 그것은 여성의 머리를 돌게 만든다.

II부 2장

(260 - 308) 〈경야〉의 가장 쉬운 부분은 104페이지 및 잇단 페이지요, 가장 어려운 부분은 260페이지 및 잇단 페이지지만, 여기 기법은 쌍둥이에 의한 "가장 자리 주석"으로 충만 된, 학교 소년의(학교 소녀의) 옛 교과서의 재생인 바, 그들은 절반에서 주석의 위치를 바꾸며, 소녀(그녀는 바꾸지 않거니와)에 의한 각주가 있다.[여기 "가장자리 주석"의 구조는 〈한국의 번역본〉에 그 본을 주었음을 밝힌다]

(260.1 - 266.19) 젊음과 무식은 "익살극"에서 아들들을 패배시킨다. "야간 수업"의 시작에서, 아들들은 상실되고, 그들의 부친의 여숙인, "술집의 맥주"를 되찾는 길을 발견하기 위해 더블린의 지도地圖(지리 공부)와 상담한다. 그들의 목적은 자신들이 "익살극"의 종말에서 그랬듯이, 그를 달래고, 이어 그를 전복하는 것이다. 여숙旅宿으로 가는 길은 배움의 환環이요, 그에 의해, 만물의 비코적(Viconian) 특성 속에, 그들은 부父를 전복하

는 시간에 당도한다.(이 시간은 다음 장에서 다가오며, 그 때, 유행을 좇아, 그들은 주점 안으로 대담하게 나아가, 소녀를 얻고, 부친을 사살한다 - 1천 편의 서부 영화 속에 행해지는 한 장면, 젊은 수완가는 늙은 사생아를 격추하나니) 그들이 보는 바, 지식은 힘이다.(우리는 아인스타인의 수학을 공부할 것인가? 삼각함수를 공부할 것인가? 두 번째 계단의 굽이에서 비밀의 관찰자의 이름은 무엇인가?) 그들이 올바른 지식을 얻을 때까지, 소년들은 "자연적, 단순한, 노예적, 효성의" 공포 속에 지낸다. 그러나 그들의 시간은 아직 아니거니와, 그리하여 그들의 아버지가 그들을 자신의 여숙인, 장소에로 불러드릴 때, 그들은 만나기를 피하고, 어머니 리피 강을 따라 서성이며, 이층 스튜디오로 가는바, 거기 그들의 자매가 앉자 뜨개질을 하고 있다.(비코의 설명에 의하여, 시민들은 아들들의 상황을 감수減收하면, 시(city)로 들어가 문명의 생활을 얻는다)

(266.20 - 272.8) 소년들은 과거로 강박되어 있는지라, 왜냐하면 과거는 그들의 아버지와 일곱 색깔의 자매와의 만남을 포함하기 때문이다. 그들의 공포에 질린 시선에, 조자造者는 고대 세계의 일곱 기적과 함께 교우한다. 아인소프(Ainsoph)(또한 아담 캐드만 참조)처럼 그의 방사물들과 함께 교우한다 - 신화적 및 다산의 결합이라. 리피 강을 따라 거류居留함은 그들의 관심을 여성에게 고정하는 것이다. 그리고 그들의 남성적 학문에 정착하기 전에, 그들은 자신들의 어머니가 그들의 자매로 하여금 신을 위해 식사를 마련하도록 부여하는 교육을 생각한다. II부 2장에서 이씨의 주된 역할들은 레다(Leda)와 알리스 리델(Alice Liddell)이라, 고로 나(필자)는 필시 신과 수학자를 위한 음식이라 말해야 하리라. II부 2장을 예이츠(Yeats)의 "레다와 백조"(*Leda and the Swan*) 및 "학교 아동들 사이"(*Among School*

Children)라는 말로 생각하는 것이 유용하다.

(272.9 - 281.29) 어머니는 아들로 하여금 유령의 과거를 빨리 떠나, 워터루에서 처럼 독력으로 싸우는 법, 그의 경야에서 추락한 아버지를 칭찬하는 법을 배우도록 권장한다. 첫째로 그들은 그들의 편지(문자)를 배워야만 한다.

편지는 뮤트와 쥬트가 퇴비 더미에서 빈둥거리며, 알파벳을 발견하고 사용할 때 사악한 것으로 느껴졌었는바 - 이는 지식의 나무를 먹는 것과 등가의 행위이다. 우리들의 "기하 학자"(geomater)인, 대지를 배우는 것, 포타주의 식사를 마련하는 것, 곡물로부터 위스키를 양조하고, 진흙으로 도시를 건립하는 것 - 이들은 질투자인, 골난 아버지와 경쟁하는, 창조의 행위이다. 가인과 아벨, 야곱과 에서의 이야기들은 가르치나니, 올바른 효성의 행위는 인간적, 또는 성스러운, 아버지에게 요리된 음식을 조달하는 것으로 이루어지는 것이니 - 이것이 미덕이요, 이것이 예속이라. 나쁜 효성의 행위, 자유인의 행위는 어머니인 대지를 알고 있기에 - 사냥꾼들은 농업 전문가를 더 좋아하도다. 달리 말하거니와 - 부족部族의 여성들은 부친에 속한다.

셈은 자신의 편지를 알고 있는바, 그가 악마, 또는 악마의 아들, 가인이기 때문이다. 이씨는 그녀의 편지를 알고 있나니, 그녀가 과일을 먹었고, 그녀로 하여금 과오 하도록 가르쳤던 그 교수에 감사하면서, 그녀의 분리된 자신의 부분[셸리(Sally) 참조]이 흐무러진 노트를 글 쓸 때, 그녀의 지식의 나무를 증명한다. 그녀의 개성의 다른 부분은 매사추세츠의 보스턴으로부터 온 편지에 기초한, 모델 편지를 쓴다. 그들의 어머니는 소년들에게 젊은 여성의 마음을 알도록 말해왔다. 이씨의 편지로부터 그들은 그녀의 마음이 보석이요, 꽃이요, 구름[뉴보레타(Nuvoletta) 참조]임을 배울 수 있었다. 그러나 브루터스나 카시어스, 오셀로와 이아고, 가인과 아벨처럼, 소년들은 사랑 아닌, 전쟁을 행하고, 소녀의 마음에 보다, 서로 싸우고, 그들의 아버지와 싸우는 것에 더 관심을 보인다.

(282.1 - 287.17) 이씨 - 이브와 사탄은 편지를 알지만, 숀 - 아담은 그렇지 않다. "익살극"은 숀에게 여성에 의하여 동요되지 않음을 보여준다. (260 - 287)의 오른 쪽 가장 자리 주석들은, 마치 밀턴의 아담이 천사가 그에게 준 연설을 재생하듯, 그를 가르친 공론가의 논평을 단지 재생하고 있음을 보여준다. 눈물로서(사탄을 슬퍼하며) 그러나 기력으로, 셈은 자기 자신의 지식을 숀에게 가르침으로써, 공론가를 전복하는 일을 맡는다. 셈의 가장자리 주석은 그에게 조야하고, 조소적이며, 비교육적 애송이 임을 보여주는데, 그이 - 셈은 자신이 저들 타고난 상실자들인 사탄과 가인의 역을 하고 있기 때문에, 스스로 파괴 될 것 이라는 사실에 무관한 채, 자신의 형제의 파괴 이외 아무것에도 마음을 쓰지 않는다.

숀 - 아담 - 아벨은 자신의 손가락들을 헤아릴 수 있으나, 어떤 문제를 "혼동"으로 줄이면서, 대수와 기사에는 수완이 없다 - 그는 창조자가 아니기에. 그는 자신의 형제로 하여금 자기를 위해 문제를 행하도록 요구한다. "등각의 삼문자를 조작할지라"

셈은 동의하고, 숀에게 어머니 리피로부터 가진 진흙 위에 두 원을 그림으로써 시작할 것을 말한다.(아마도 286.25 - 287.17은 벽돌공인, 공제 조합원의 의식적 지시이리라)

등각等角 삼각형은 기하학의 숫자이다, 희랍 알파벳의 한 문자.(델타 또는 A) 에이펙스 업(上)(apex up), 그것은 삼위일체의 신호이다. 에이펙스 다운(下)(apex down), 그것은 음경의 여성적 대응이다. 그것은 아나 리비아의 기호이요 조이스의 〈경야〉 I장 8장에 대한 비공식적 기호이다. 그리고 그것은 그 장의 시초에, 196페이지에 서 있다. "델타"(delta)는 어머니의 퇴비 - 더미이다. "진흙"(mud)을 가지라, 어머니(mother)를 택하라, 하고 농부 셈은 사냥꾼 - 푸주 - 요리사인 그의 형제에게 말한다. 연방 군주들은 그들의 땅이 농노들에게 빼앗기는 것을 원치 않는다.

(287.18 - 292.35) 학습은 리피 강으로부터의 라틴 메시지에 의해 중단되는지라, 형제와 아버지를 전복하는 예술에서 야곱을 교육했을 때처럼 셈을 교육할 목적이다. 소환이 재차 있는바 - 과거를 떠나, 예감이 좋은 미래 속으로 움직일지니. 그녀는 승려들인, 비코와 브루노를 위안적 효과를 위해 인용하는 도다 - 만사는 강처럼 흐르도다. 무더기 속에 있던 것(즉 편지, 지식, 힘의 도구들)은 강 속에 남으리라. 만사는 그것의 반대자에 의해 뜻대로 인식된다, 모든 강은 강둑에 의해 포용된다. 그것은 가인과 아벨의 상호 파괴적 역할에서 나와, 야곱과 에서의 역할로 움직이는 일종의 부름이다. 그들은 과연 움직인다.

라틴어는 일곱 절들의 긴 문장의 일부요, 바다를 넘어 애란으로 온 사람들을 다루는데 (3.3 - 14처럼), 그들은 트리스탄, 패트릭, 파넬이요, 그리하여 그들의 가르침의 세계 창조 이전의, 모순당착적 특질에 의해 전적으로 원주민들을 좌절시킨다. "성당까지 신을 신을 지라"(Weaar shoes to church) 한 침입자가 말한다. "내게 그대의 여인의 나수裸수로 목욕하게 하라"(Give me a bath with your bare female hands) 또 다른 자가 말한다. 이제 침입자는 구애하고, 이제 냉하고, 이제 기독교를 가르치니, 이제 가톨릭교도를 목 조른다. 하지만 반대자의 가르침은 외관상 꼭 같은 사람에 의해 표현 된다 - 모든 침입자들은 잦은 - 피침입자들에게 닮아 보이는 듯, 상상하거니와. 문장의 단락을 통하여, 비교比較가 피침입국과 반시간도 변함없는 소녀 간에 이루어진다. 그녀는 기꺼이 즐기나니, 그러나 이 과오의 코미디에서 위치를 바꾸는 동등한 쌍둥이에 의하여 좌절 된다. "어머니가 되라!" "창녀가 되라!" "자색 실의 얼레치기가 되라!' 그녀는 - 자신을 캐슬린 니 호리안 또는 *영원의 여성*으로 부르나니 - 여기 전적인 남성의 불친절의 희생자가 아닌지라, 왜냐하면 소년들이 절반 위치를 바꿀 때(II부 2장 절반, 〈경야〉를 통한 절반), 그들은 언제처럼 그녀를 좋아한다. 천만에, 그녀는 단지 당황하고 있나니, 마치 반대의 명령이 그에게 발發해진 미궁의 저 쥐들 마냥. 그녀는 승려들인 브루노와 비코의 역사적 심리적 결정론을 적용함으로써, 자기 자신들을 유지할 수 없는 지위로부터 쫓겨내는 기회주의 사내들보다 더 놀랄 것이 없는 자들에 의해 혹사당한다. 비코의 환들은 교차하고(293의 도표 참조), 쌍둥이들은 역할들을 교환함으로써 그들의 교육을 한층 멀리 추구할 시간이다. 브루노가 말하기를 "모든 자연의 힘은 그 자체를 실현하기 위해 반대자를 도출해야 한다."(〈서간문〉, I, 225) 〈경야〉의 목적을 위해, 287 - 293의 변화는 연구의 변화요,[프리마돈나와 나사로 참조] 그것은 가르침의 장에 올바르게 놓여지니, 왜냐하면, 예이츠가 "이고 도니너스 투스"(Ego Dominus Tuus)에서 말하듯, "독서는, 가장 있음직하지 않는 것," "나의 반反자신이 되는 것"에 비유하건대, 무일뿐이기 때문이다.

(293.1 - 304.4) 기하 수업은, 같은 것이 다르게, (286 - 287)로부터 계속한다. 유클리드를 가르친다는 구실 하에, 셈은 손을 그들의 어머니의 성기적性器的 지리地理의 여행으로 안내한다.[파스칼, 메노(Meno) 참조], 숀은 잘못된 곳으로 손을 탈선시키지만, 그러나 잘못된 곳이 도덕적인지, 수학

적인 것인지, 더블린적인지, 성적인지 혹은 모든 그것들인지, 알 수 없는 노릇이다.(〈율리시스〉는 우리에게 가리켜 줄지니: 분명히 행하거나 혹은 해부적 지역에 관해 말하지 말라) 여행의 지도는, 추측컨대, 293의 도안이다. 그것은 - 기독교적, 비교적, 메이슨적, 플라토닉, 신 플라토닉적, 연금술적, 비코적, 브루노적 예이츠적, 많은 의미를 지닌다.[주석]: 〈조망〉(*A Vision*)으로부터 많은 전문적 술어들이 II, ii에서 사용되는 바, 이씨는 레다(Leda)와 꾸준히 연결된다. 조이스는 예이츠적 선회旋回와 비교적 환들과 혼합하는가? 〈경야〉의 두 절반들이다. 하트(Hart) 교수는, 293에서처럼, 셈은 왼쪽, 숀은 오른 쪽 환임을 보여 준다. 또는 아무튼 환들은 〈경야〉를 통한 한 길들인 지라, 그들은 형제들을 삼각형을 건설하기 위하여 역할을 서로 교환하고 협동하는 곳으로 데리고 간다.(텍스트의 도표에서) 덕망을 상실한 채, 지식을 득한 채, 그들은 자신들의 부친의 경계 받은 장소에로 그들의 길을 발견했고, 여인에게 손을 뻗었다. 그들은 흙으로 집을 짓고, "삼각형"의 건축을 해결했다.

그들은 편지의 표절에 대해 또한 협동하는바, 숀이 "친애하는"을 포함하여, 편지를 만드는 법을 과연 아는 것을 증명함을 뜻했다. 필자는 이러한 묘술의 자초지종에 관해 불명하거니와, 그러나 다음과 같음을 생각하나니, 즉, 숀은 그의 편지를 알지만, 지식을 거절함으로써, 그리고 그의 형제가 알고 있다고 말함으로써, 자신의 위선의 생애를 시작한다. 셈은 편지를 갈기는데, 그것은 악마와의 파우스트적 계약이요, 에서 - 숀(Esau - Shaun)으로부터 포타주 식사를 위해 그의 생득권生得權을 파는 제의를 포함한다. 숀은 편지를 서명하지만, 자신이 형제의 이름을 서명함으로써, 그가 읽을 수 있음을 증명한다. 숀의 편지에 대한 첨가는 자신을 포기하는 잘못된 철자들로 넘친다.(피곳[Pigott] 참조) 셈은 많은 이름들, 모두 잘못 철자된 것들을 씀으로써 빈약한 표절을 조롱한다.

(304.5 - 306.7) 셈은 구타에 반응하지 않는 지라, 그것은 그로 하여금 무지개를 보게 하고, 그녀의 부친을 꿈꾸면서, 싸움을 쳐다보았던 그의 꼬마 무지개 자매를 회상한다. 소년들은 그녀에게 매력과 태도에 관한 충고를 제공한다. 그들은 자신들에게 그의 "노벨상" - 독毒의 당과糖菓 또는 TNT 를 제공할 부친을 스스로 만나야함을 기억하며 공동 전선을 편다. 이러한 위험에 맞서 그들은 "죄를 삼킨다." (singulfied)

(306.8 - 308.30) 아버지가 안으로 들어와 묻나니 - 그들이 무엇을 배우고 있었는지? 자연스레, 단순히, 노예처럼, 효성으로, 거짓으로, 그들은 대답한다: 미술, 문학, 정치, 경제, 화학, 인문학, 이는 그들이 사실상 공부하고 있었던 양친의 두문자의 이합체를 이룬다. 그들의 아버지는 그들에게 작문을 내는데, 이는 의심할 바 없이, 노벨의 이원론의 동적 감각을 표현함을 뜻한다. 그러나 그들은 실례하거니 - 시간은 짧고, 차茶가 기다리고 있다. 차 다음으로, 아이들은 그들 셋에 의해 서명된 "삼각형" 또는 밤 편지를 꾸민다. 그것은 자신들의 양친에게 메리 크리스마스를 원하는 듯하지만, 사실상, 그들에게 죽음을 바란다. 그것은 그들의 부친에게 살인적 욕망을 나르도록 계획된 채, 지옥의 기계 또는 텔레비전 세트의 선물을 동행할 것이다. (햄릿의 "곤자고의 암살"의 사용, 율리시스의 트로이의 목마의 사용을 비교하라) 편지는 또한 셈, 숀 및 꼬마 이씨가 서명되어 있음은 주목할 가치가 또한 있는지라, 이는 JJ 및 S 또는 제임슨 위스키, 팀 피네간을 넘어뜨린 주류酒類를 만든다.

II부, 3장

(309 - 382) 맥캔의 이야기는, 존 조이스에게 이야기된 것이라, 이는 상부 색필 가 34번지의 **J. H 커스(Kerse)**인, 더블린의 양복상으로부터 주문한 등 굽은 노르웨이 선장에 관한 것이다. 완성된 양복이 그에게 맞지 않자, 선장은 재봉이 서툰데 대해 재단사를 나무랬다. 이에 골이 난 재단사는 양복에 맞출 수 없는 몸매 때문으로 그를 탄핵했다.(엘먼, 〈제임스 조이스〉, 22 참조)

버클리와 소련 장군에 관한 그의 아버지의 이야기 - 버클리는 소련 장군을 겨냥했던 크리미아 전쟁에서 아일랜드의 군인이었는데, 그러나 그가 장군의 멋진 견장과 장식을 관찰했을 때, 그는 몸소 총을 쏠 수가 없었다 - 그는 재차 총을 들었으나, 바로 그 때 장군이 배변排便을 위해 바지를 끌어내렸다. 너무나 어쩔 수 없는, 인간적 궁지의 적을 보자 버클리에게는 그 관경이 너무 지나친지라, 재차 총을 내렸다. 그러나 장군이 풀 잔디로 자신의 행동을 마무리했을 때, 버클리는 그에 대한 존경을 모두 잃고, 총을 쏘았다.(엘먼, 〈제임스 조이스〉, 411 참조).

그때 그는 버클리의 이야기를 서술했는바, 그가 한 조각 잔디의 문제에 제정신이 들자, 베켓은 말했나니, "애란에 대한 또 다른 모욕이다"(엘먼, 〈제임스 조이스〉, 411 참조).

HCE의 주막, 여관, 또는 극장은 그가 할 수 있는 만큼의 이름들로 거의 통하지만, 그것은 그의 아들들이 튼튼하고 명석하기까지 피하는, "한 잔의 문지기 장소"(pint of porter place)이다. 주막에서, 여관 주인과 단골손님들은 문 닫기 전 시간을 보내며, 두 가지 놀이(셈의?)와 TV 세트의 음악 프로그램을 살핀다. 이것은 그의 단호한 아이들에 의해 아버지에게 주어진, 아일랜드의 침입자들에 관한, 세트이다. 필자는 TV세트를 일종의 경고, 도전으로 간주하는바, 또한 야곱 같은 술책, 트로이의 목마, 햄릿의 쥐를 같은 것이다.

TV 연극들은 〈노르웨이 선장〉, 〈어떻게 버클리가 소련 장군을 쏘았던가?〉이다. 이들과 음악은 셈, 숀, 이씨에 의해, 각자, 아버지를 전복하는 것에 관한 것이다. 셈은 그의 아버지의 딸을 그로부터 뺏는다. 숀은 그를 쏘아 죽인다. 이씨는 달月의 여승女僧(노마처럼)으로, 그를 거세한다.

그 뒤로 - "진짜"(real)이든 또는 TV 생명이 아니든 - HCE의 아들들은 문을 노크하며, ,"오레일리의 민요"의 또 다른 각본을 노래하며 다가온다. 그의 딸은 다가와 자신은 한 젊은 사내와 떠난다고 말한다. 아들들은 HCE를 붙잡고, 조롱하고, 위협하고, 놀리고, 그를 시도하고, 그의 죄 때문에 때린다 - 폴스탭(Falstaff), 소크라테스(Socrates)를 비교하라.

홀로 주방에서, HCE는 애란의 마지막 원주민 왕인 로더릭 오코노 (Roderick O' Connor)역을 하는지라, 왕은 노르만 침입자들에 의해 전복 당했다. 그는 손님들이 남긴 술 찌꺼기를 모두 마시고, 왕좌에서 죽도록 취한 채 추락한다. 아나 리비아는 그의 추락 후 그를 안정시킨다. 맥주 선船인 〈낸시 한스〉(Nansy Hans)처럼, 그녀는 바다를 넘어 별 빛에 의해 "야토野土"(Nattenlaender)(380.6 - 382.30)를 향해 그를 나른다. 이것은 세트 극인 (a set piece) - 죽음과 노인 - 이요, 그것은 죽음과 노 여인을 균형 잡는다. 노인, 노 여인을 위해 죽음은 바다에로 나아가고, 새벽과 함께 꼭 같은 성당 창문들은 햇빛으로 비친다.

〈노르웨이 선장〉(*The Norwegian*)은 사랑 - 음모의 코미디로, 그 음모의
자초지종을 따를 수는 없으나, 몸에 맞지 않는 양복의 의미를 한층 덜 설
명한다.(의복으로서 양복 - 피터 잭 마틴 참조? 구애로서 양복?) 이야기는 거
친 이교도의 바다 항해자(모두 애란의 바이킹 침범자들)에 관한 것으로, 애
란 여관 주인인, 선부(船夫)(Ship's Husband)의 딸을 그녀의 아버지로부터
그리고 커스 양복상인, 경쟁의 구혼자로부터 훔친다. 어떤 여성 전략에 의
해, 선장은 마지못해 풋내기 뱃사람, 기독교도, 애란 인으로 전환하고, 존
경하올 남편이요 아버지가 된다. 선부는 그이 및 커스와 화해한다. 선장은
곱사등을 하고, 험프리라 불리며, 소녀는 안나(Anna)이다. 그들은, 고로,
HCE와 아나 리비아를 회상시키며, 아버지(TV 연극 속의 여관주인이 아닌,
TV를 바라보는 여관주인)를 경고하나니, 그가 딸을 뺏듯, 고로 그의 딸은 뺏
길 것이다. 선장과 딸의 결혼은 아일랜드를 위한 기쁨, 평화, 다산의 분출
이다.

〈어떻게 버클리가 소련 장군을 쏘았던가?〉(*How Buckley Shot the Russian
General?*)(워터루의 사건의 재 상연)는 "우화시寓話詩"의 느낌을 지니나, 그
것은 또한 총을 쏘는 아들(이를테면, 브루러스 또는 왕자 할(Hal))을 위한, 총
을 맞는 아버지(이를테면, 그는 줄리어스 시저 또는 폴스텝)을 위한 연민과 공
포로 가득하다. 프로이트가 등장하거니와, 왜냐하면 애란의 명예를 위해
죽이는 버클리는, 또한 아버지, 우상인 조상, 신비스런 사슴, 사람들의 꿈
을 왕래하고, 심지어 방아쇠 손가락보다 한층 값진 백경白鯨(흰 고래)을 죽
인다.

〈버클리〉(*Buckley*)가 끝나자, 고객들은 버클리가 총을 쏜 것은 정당하다
고 말하고, 여관주인이 동의한다. 이리하여 스스로 죄지었음을 평결하는

지라 - 그러나 동료 피의자들은 - 그리고 동료 피의자들, 고객들, 아들들이 그를 공격한 다음, 그는 독약을 마시고, 그의 왕좌에서 추락한다. "모든 남자들이여," 아나 리비아는 말하나니, 또 따른 경우에, "뭔가 중대사를 행했도다. 때 맞춰 모두들 늙은 생령生靈의 중요성을 이루었도다."

II부, 4장

(383 - 399) 당신의 편지에 대한 많은 감사 그리고 4인의 에피소드에 대한 친절한 감상. "붉은 바다의 나쁜 게를 먹은" 다음 사자死者를 위한 안락원에 앉아있던 애란 대학의 유약한 역사 교수의 사진을 내가 당신에게 보내다니 이상한 일이오. 〈서간문〉, I, 205

이야기의 - 화자들은 늙었고, 그들의 상상력은 유년 시절의 상상력이 아닌지라 - 그의 마음은 유약하고 졸리도다. 그는 이야기를 시작하고, 그로부터 다른 이야기에로 이동하나니, 이야기들 중 아무것도 어떤 만족스런 총체를 갖지 않는지라,(그리고) 설명하는지라 - 그것의 노쇠의 충만을.[조이스: "아일랜드의 연혼" 레이디 그레고리의 〈시인들과 몽자들〉(*Poets and Dreamers*)에 대한 조이스의 리뷰는 "마마루요"에 대한 중요한 요소이다.]

"마마루요"(Mamalujo)는 짧고, 마태 마가 누가 요한(복음자, 4대가들 참조) 또는 마태 그레고리, 마가 라이온즈, 누가 타피, 조니 맥도갈을 위해 집합적이다. 홍수 전후로부터의 이들 무시무시한 늙은이들은 베켓(Beckett)의 고대인들의 가장 친근한 원인이다. 〈경야〉에서 언제나 그들은 늙고 떠들썩하지만, 기념비적 노쇠함을 지닌, 여기 가장 늙은 자들이다. 자신들의 성마르고, 미친 듯한 기억의 흐름에 의해, 그들은 역사적 훈련을 괴물적이요, 작은, 기어오르는 뭔가의 속으로 움츠리게 한다. 우리는 그들을 판사들, 검열관들, 입법자들로, 아담이 고함치며 일어나려할 때 그를 끌어내리는, 억압으로 보아왔다. 그리고 우리는 억압의 다른 얼굴을 보아왔는지라, 추잡하고, 시기하는 위선자로, 〈수사나〉(Susanna)의 노인들처럼, 베디어의 〈트리스탄과 이솔드〉(Tristan and Isolde)의 4늙은 남작들처럼, 천박한지라. 4노인들은 〈경야〉의 간음자요, 독을 지닌 살상력이다.

"마마루요"에서 그들은 바다의 중얼대는 파도들로서, 그를 가로질러 배는 아일랜드로부터 움직인다. 배 위에는, "그의 남편의 요트 상에는," 콘월의 마크 왕의 견해를 집합적으로 구성하는 무능하고, 해체적인 4인들에 의하여 추파 당하고, 염탐 받는 트리스탄과 이솔드가 있다.

이 청중은 너무나 육감적인, 완전한, 스타일화된, 있을 법하지 않는 성교로 대우받는지라, 인쇄된 페이지로부터 사랑, 죽음, 및 호색을 영원히 추방(우리는 그렇게 생각하려니와)할 정도이다. 그 광경은, 그러나, 노인들을 얼마간 재생시키고, 차례로(아일랜드의 4주를 대표하며) 그들은 이솔드를 세레나데로 노래하나니 - 처음 그녀를 유혹하며 - 이어 노인들처럼 그녀를 이미 범했을 것을 요구한다.

작품의 II부는 유년 시절로 시작하고, 제2의 유년시절로 끝난다.

〈경야〉에서 여기 그리고 그 밖 다른 곳에서 트리스탄과 이솔드의 중요한 전거典據는 바그너(또한 밀디우 리사 참조)가 아니고, 베디에(Bedier)인지라, 그의 신경적, 매너를 띤, 나이브한 이야기를 조이스는 흥미로운 용도로 사용했나니 - 일종의 반反 버그너 용도라고나 할까? "마마루요"의 많은 세목들은 베디에를 읽음으로써 분명해진다.

베디에(Bedier)에 있지 않은 것은 트리스탄의 신분으로, 그는 아일랜드의 공주를, 그리고 아모리 트리스트람(Amory Tristram)을 훔쳐 도망치나니, 후자는 애란을 훔친 침입자들을 의미하거니와, 왜냐하면 애란 자신의 남자들은 4노령들과 마찬가지로 소녀에게 위안을 제공하지 않기 때문이다. 한 때 4노령들은 아일랜드가 낯선 자에 의해 포옹되는 것을 보았듯이, 그들은 그녀로 하여금 자신들에게 오도록 청한다. 그리하여 조이스가 세레나데를 부르는 4노령들을 저들 탁월한 저자들 - 조지 무어, AE, 쇼, 예이츠와 결합시키다니 비참하고 우스꽝스럽다. 예이츠의 모드 곤(M명 Gonne)에 대한 제의와 그녀의 딸, 이술트는 특별히 조롱당한다.

조이스는 정복하는 낯선 자의 성적 성공에 대한 아란 남성의 상처를 언제나 알고 있었다. 〈율리시스〉에서 "키크롭" 장의 한 부분인 로버트 에멧(Robert Emmet)을 참조하라 - 반도叛徒는 아일랜드를 위해 죽고, 그의 소녀는 돈 많은 영국 남자와 결혼한다. 또한 "태양신의 황소들"에서 "아드안 상찬"(Laudabiliter)인, 황소의 이야기 참조.

Ⅲ부, 1장

(403 - 428) 손은 이미 서술된 사건들을 통해 밤에 뒤쪽 방향으로 여행하는 우체부에 대한 서술이다. 그것은 14정거장들의 십자로의 형태로 쓰이지만, 실제로 그것은 리피 강을 굴러 내리는 단지 한 개의 통일뿐이다.(〈서간문〉, I, 214 참조)

이 장은 당나귀와 헤르메스(Hermes), 셈과 손 간의 대화이다. 만일 그것이 뒤쪽으로 여행하는 길로 - 검은 십자로라면, 헤르메스가 그의 형제 태양의 암소들을 훔쳤을 때 그에 의해 뒤쪽으로 여행했던 길이다. 〈율리시스〉의 "태양신의 황소들"에서처럼, 신들에게 도둑맞고, 도살되고, 희생되는 소들은 〈경야〉의 II부, 2장에서 아일랜드의 여성 다산인 젊은 소녀들로서, 그들에게 숀 - 헤르메스는 지상의 정절, 천국의 면허를 설교한다. III부 1장을 통해 그걸 주목할지니, 숀은 모든 맛있는 음식과 음료를 게걸스럽게 먹는지라, 왜냐하면 때가, 고대로 유럽에서 풍부한 음식의 향연인, 사순절 전야의 사육제 시기이기 때문이다. 그러나 특별히 그리고 가장 사악하게, 숀은 자신이 도살했던 빕 - 스테이크 또는 새끼 - 암소들을 먹고 또 먹는다. 셈 - 아폴로(당나귀로 변장한)는 숀으로 하여금 자신의 범죄를 배신하게 하는 목적으로, 마치 형사처럼 질문한다.

호머의 "헤르메스에 대한 찬가"(Hymn to Hermes)는, 아마도 셸리(Shelley)의 번역에서, III부, 2장, 3장의, 아마도 III부 전체의 중요 서술의 원천이다. 헤르메스는 고대로 머큘리(Mercury)[주석: 벅 멀리건은 〈율리시스〉에서 머큘리인지라, 거기 "태양신의 황소들"(395 - 396)에서 그는 아일랜드의 여성들을 훔치거나, 빼앗은 계획을 갖는다. 멀리건의 계획은 황소[로디빌리터Laudibiliter)의 대화를 열심히 따르는바, 그는 또한 아일랜드의 모든 여성들을 빼앗거나, 그들을 볼모로 삼는다, 토드, 헤르메스 트리스메기스터스(Hermes Trimegistus)와 동일시된다] 그리고 성 마이클처럼, 헤르메스는 영혼들의 지도자요, 수사修辭의 신으로서 자신의 힘에 의해 그들을 죽음으로 설득한다.

십자로 상上의(on the via - crucis) 후향後向하는 여행자로서, 숀은 또한 반反그리스도, 그리스도교의 "거짓 메시아" 또는 "그리스도의 원숭이," 마법사(시간은 밤중이다)이요, 그는 모든 그리스도의 기적들을 행사하기를 요구하나, 천국에 들어갈 수 없다. III부 2장의 끝에서, 숀은 천국 또는 아메리카로 가려고 애쓰나, 할 수 없음을 주목하라. 당나귀는, 필자 생각으로, 변장한 그리스도(제리, 제리 고돌핀 참조), 밤의 어두운 구름 아래 숨은, 태양 - 신, 아폴로이다,(단테는 하느님과 아폴로를 동일시 한다. 〈낙원〉 I, 13)

손(Shaun)은, 다음 장에서 존(Jaun)으로, 존 맥콜맥에 모델을 한 육체적 외모(나는 언제나 그를 기도 레니의 성 마이클처럼 통통하고, 무정형의 천사로 보는 바) 그리하여 그는(손과 헤르메스처럼) 아주 빨리 자라고, 자신의 노래로 모든 마음들을 샀다 - 최저주最咀呪의 카리스마. III부 1장에서, 손은 또한 우체부 손, 고가티(Gogarty), 번(Byrne) 및 윈덤 루이스(Wyndham Lewis)에 많이 빚진다.

(409.8 - 419.11) 호머의 "찬가"(경쾌한 시)에서 아폴로는 헤르메스가 "암소 도둑 음모자"임을 시작부터 알고 있지만, 헤르메스로 하여금 육체적 지식을 허락하도록 하기 위해서 아폴로로 하여금 길고, 고된 시간을 요하게 한다. 헤르메스는 회피하고 항의하고, 매력과 아기 말(baby talk)을 소환하고, 엄숙한 맹세를 서약한다. 마침내, 자신이 얼마나 예민한지를 보이면서, 그는, 소도둑의 "절묘한, 사기꾼 아이"로서, 여전히 살아있는 자신의 소들에게 아폴로를 인도한다.

비슷하게, III부 1장에서, 당나귀는 손에게 일련의 날카로운 질문들을 부과하는 지라, 이는 편지의 지식, 성적 여성의 편지 델타의 지식, 손이 "야간 수업"에서 얻고 부정했던, 지식을 손으로 하여금 인정하도록 계획된 것이다. 손은 먹고 성장하며, 우쭐하거나, 세심하게 성장하지만, 그러나 아니, 아니, 아니, 그는 돈과 섹스에 관해 아무것도 모른다 - 아니, 아니, 아니, 그는 그것을 결코 쓰지 않았다! 어느 날 그는 자기 자신에 대한 옹호, 냉담으로 죽이는 여인인, 스위프트의 스텔라에게 헌납된 "저금통장"(saving book)을 쓰리라. "여우와 포도"(디브스와 나자로를 또한 참조하라)의 자매편인, "개미와 베짱이"에서, 손은 자신이 천국에서 미인을 가질 수 있도록 이세계에서 소녀들을 보류하는 신중한 개미이다.

(419.12 - 424.22) 당나귀는 손이 그가 다산의 편지를 나르고, 그가 그것이 의미하는 바를 알고 있음을 인정하도록 계속 압박한다. 손은 편지를 설명할 것인가? 아니다, 그것은 손에게 온통 희랍적(델타)이지만, 그는 편지가 오물이요, 그의 어머니와 형에 의해 쓰인 쓰레기임을 알고 있다.(여기편지는 〈율리시스〉의 금지판禁止版처럼 들리기 시작한다) - "한 더블린이 - 한권을 텅빈 기네스 맥주 통에 에워싸여 - 유람선을 타고 애란 바다를 가로질러 그리고 리피 강을 거슬러 운반했다."(고만(Gorman), 304). 손은 편지가 HCE에게, 그러나 주소는 언제나 잘못이요, 혹은 집으로부터 HCE에게 쓰였다고 말한다. 그러나, 손, 그대는 유명한 형처럼 나쁜 말을 쓸 수 있었던가? 셈은 오히려 편지 쓰는데 어머니를 내세우거나, 편지가 부분적으로 손의 작업이라고 말하는 악명으로 유명하다. 어떻게 그럴 수가? 글쎄, 그것은 부분적으로, 나의 작품이라, 손은 말하기를, 손은 셈을 파문선고破門宣告하리라. 왜? 그의 뇌우雷雨의 "뿌리 언어"(root language)(조잡하고 예수십자의 처超언어, 부당한 언어, 성스러운 언어) 때문에.

(424.23 - 426.4) 손은 단지 편지의 선善만을 알기를 주장해 왔다. 이제그는 잠시 쉬었다가, 뿌리의 - 조잡한 - 십자가 언어의 뇌우를 모방한다. 그대는 마찬가지로 거의 할 수 있는가, 손? 손은 이제 편지의(왜냐하면 II부 2장에서 역할의 변화 이래 손은 편지를 발명한 토드 신의 역할을 취해 왔기에) 편지의 유일한 저자임을 대담하게 요구한다.[주석: 스태니슬로스 조이스 및

윈드함 루이스는 조이스가 허가 없이 그들의 문학적 발명을 사용한 것을 비난했다. 루이스는 말하기를, 그의 "별들의 적"(Enemy of the Stars)이 〈율리시스〉의 "키르케" 장의 어떤 극적 기법들을 공급했다고 했다.] 숀, 그대는 너무나 머리가 좋은지라, 그대는 형보다 나쁜 편지를 쓸 수 있는가? 나는 한층 나쁘게 쓸 수 있으리라, 나는 그걸 할 수 있을지니, 그러나 그건 지나친 수고요, 그리하여 나는 불 위에 어머니를 올려놓으려고 애쓰는 누구에게든 불로 보낼지라.(성적으로 호색적 책에 의한 불 위에?).

(426.5 - 428.27) 숀은 자신의 범죄 지식을 인정해 왔다. 이제 그는 자신이 세발 의자 위에 서있을 때 자신의 친애하는 노모를 위해 우나니, 그것은, 그로스의 말대로, 교수대에 대한 빈말이라. 올가미가 숀의 목둘레에 처 있고, 그의 팔목은 묵혀있지만, 그러나 그는 도망치나니("머컬리를 위한 찬가" 참조), 왜냐하면 그의 통의 무개 자체가 그를 전도하고, 그리하여 그는 아메리카의 송금인으로서 생에를 위해, 뒤를 향해 리피 강을, 굴러내려가기 때문이다 - 숀은 우리들의 애자였다.(숀은 기네스 수출용 맥주, 아르콜 음료의 통桶인지라, 아르콜 음료가 금지된 "메마른" 땅을 향해 나아간다. 그리고 숀은 한 개의 통인지라, 금지된 〈율리시스〉를 함유한다. 소도둑은 밀조제화자密造製靴者가 되고, 밀조제책자密造製冊者가 된다, 내 생각에)

III부, 2장

(429 - 473) 숀, 자신의 자매, 이씨에게 길고도 불합리한 그리고 오히려 친족상간적 사순절의 편지를 쓴 다음, 그녀를 떠나가는지라 "자신의

평행 눈썹의 보풀 아래로부터 애란의 경쾌함의 반 시선을 주나니." 이들은 독자가 볼 말들이나 그가 들을 것들은 아닌지라. 그는 또한 셈을 나의 "soamheis" 형제로서 암시하는 바, 그는 샴인人을 의미하도다.[〈서간문〉, I, 216]

"두 번째 망보기"는 대부분 십자가의 8번째 정거장이다. 예수는 예루살렘의 딸들에게 말한다. 그것은 또한 자신의 형제 태양이 잠자는 동안 아폴로의 소들을 훔치고 도살하는 헤르메스이다(위의 III부, 2장 참조). 그것은 또한 〈돈 지오바니〉(Don Giovanni)와 저 비흐워드의 〈성 존의 정렬〉(St John Passion)의 혼성을 노래하면서, 오페라 무대에로의 존 맥콜맥의 작별이다.

숀 - 이제 쫀으로 불리거니와 - 는 수사修辭(조지아스 참조)의 뜨거운 김을 내뿜는 한 개의 통桶이요, 그의 난센스는 디오니서스(Dionysus)의 알약처럼 젊은 여인들에 영향을 끼친다. 쥬앙은 돈 주앙, 헨리 8세, 스위프트, 오셀로, 멋쟁이 잭 - "친절로서 모두 죽이는 여인 살자殺者" - 의 혼합이다. 그는 자신을 양보하지 않고, 한 자매에게 정절을 설교하기 때문에, 성 베네딕, 케빈, 패트릭 [주석: 괴상하고 불결한 책인, 〈3부 인생〉(Tripartite Life)에서, 패트릭은, 아일랜드의 한 노예인지라, 그의 주인에 의해 미지의 한 소녀와 강제로 결혼하도록 강요되었다. 그의 결혼야結婚夜에, 그는 정절을 기도했는지라, 아침에 그의 신부新婦가 자신의 노친 자매 주피터였음을 발견했다. 또 다른 이야기에서, 그는 한 노예를 만나자 그녀가 임신했음을 보고, 그녀가 죽을 때까지 그녀 위로 꽃마차를 몰았다. 패트릭의 정절의 결혼야結婚夜는 〈백수白手〉(White Hands)의 트리스탄과 이솔드의 결혼야에 묶였다.] 파스칼, 에얼터즈, 등이다. 그는 신紳, 어둠, 겨울, 불모, 사순절의 마귀요, 카니발적 인물이다. 그리고 그는 여전히 우체부 숀, 존 맥콜맥, 반 그리스도, 영혼을 죽음으로, 온통 친절에 의해, 인도하는 헤르메스이다. 아름답고, 정절의, 암소 - 소녀들 간의 크리시나처럼 뭔가 중요한, 바람둥이 여자로서, 그는 금발의 순경에 몸을 기대는 동안 설교하는지라, 순경은 죽도록 술 취하고, 흙 속에 곧추 매장되고 있나니 - 통나무, 십자가, 흉상, 남근적 상징?

때는 사순절(Lent)이다.(453.36) 존의 청중은 29신경질적 소녀들, 망령든 매나드, 암탉, 암소들, 2월(성 브리지드 소녀들 참조)로 구성되고 있다. 혹은, 정확히, 그들은 춥고, 불모의 2월의 28딸들이요, 정절의 달月의 28국면들이다. 29번째 소녀는 존의 자매인, 이씨이요, 그녀에게 그는 자기 혼자만을 위해 예약된 정절과 정신적 사랑을 위해 탄원을 연설한다. 이씨는, 그러나, 윤여閏女이요, 독력으로 선택한다.

(431.21 - 457.24) 존의 설교 또는 연설 또는 "저금통장"은 스위프트의 죽은, 차가운 스텔라에게 헌납한지라, 그가 자기 자신의 형보다 더 사악한 편지를 쓸 수 있고, 쓰리라는 자신의 자만을 정당화한다. 그것은, 존이 말하나니, 마이클 신부의 충고에 기초하는지라, "안돼, 안돼, 절대로," 그것은 마이클 신부가 여성의 유혹에 꺾이는 순간에 언급된다. 그리고 그것의 말들은, 존이 가로대, 셈으로부터" 의기양양 취해진다. 모든 것은 파생적이요, 모든 것은 미니교도적이라 통상 불리는 사상의 양상, 즉 그것이 정절 및 / 혹은 열매를 맺고 증식하는 것을 멈춤으로써, 종말에 달하는 것을 보는 육체적 세계와 결정의 혐오에 도달한다.(엘리엇의 〈황무지〉와, 조이스의 〈율리시스〉 및 〈경야〉처럼), 고대의 진술이 기록되어 있나니, 즉 육체적 비옥과 정신적 비옥은 문학적 게임에서 상교할 수 있는 만남이다. 이러한 만남의 인구 성장에 맡겨 세계의 시민들로부터 심미적 반응을 가져올 수

있는가? 조이스가 과잉 인구가 무엇인지 알지 못했음을 말할 수 없다. 애란인들은 서부 유럽의 나머지 이전에 그것을 알았다.[주석: 1845년에 인구는 8,295,061로 부풀었는바, 그것의 보다 큰 부분은 감저甘藷(potato)에 달렸다] 이것은 헤르메스 트리스메기터스(Hermes Trismegistus)의 주된 주제로서, 그의 말들은 - 내가 읽은 것들 - 지력의 결핍 때문에 두드러지다.

존은 델타, 또는 여성의 성적 특질을 알고 있음이 수립되었다. 그의 젊은 소녀 청중에게 그는 지식을 전시하고 부패시키나니, 이등변 삼각형, 십자가, 그리고 "태양신의 황소들"에서 니코라스 신부의 황소 의해(여우와 돌 파구 참조)처럼, 다산적이 아닌, 황폐한 애란을 만들기 위해서다.

비苗 다산은 악마의 바람이라고, 〈경야〉와 〈실낙원〉(X.979 - 1046)의 저자들은 말한다. 개인적 탐닉과 편애로부터 벗어나, 존은 아일랜드의 여성들에 대한 정절을 권고한다. 그리고 무한히 한층 무모한 것, 그는 신중한 신뢰의 문제로서 그것을 권고한다. 이 세상에서 소년들을 포기하고, 이후, 모든 영혼의 상장賞狀인, ME를 즐길지라.

(457.25 - 461.32) 존이 이야기를 멈출 때, 이씨는 그가 말한 모든 말에 동의한다. 베로니카(십자가의 6번 째 정거장)로서, 그녀는 손수건을 충실의 사랑의 증표인양 준다. 그것은 셈에게, 손이 없는 동안 그에게 요구하는 편지로 들어난다. "뒹구는 법을 내게 코치하라, 지미여 - 여기 그리고 이후의 사랑은 이씨를 위해 아주 잘 행사하리라."

(461.33 - 468.22) 존은 그가 자신의 뒤에, 위안자로서, 성령 또는 셈(여기 또한 존 조나단에 대한 키릴로스의 사이먼 및 데이비드로 행사하는지라)을 언제나 두는 것을 의도하는 척 함으로써, 배신을 최대한으로 이용한다. 존은

그러나 뚜쟁이 혹은 결혼 중개인 역을 행하는데, 가장 야비한 야유로서, 셈과 이씨가 서로의 팔에 안길 것을 권고하며, 자신은 그들의 결혼의 침상 곁에, 언제나 지키고 있을 것을 약속한다. 죤은 생명의 소녀 속의 섹스를 타도하는데 실패했었다. 그러나 남자들은 신경초神經草들이라, 수치스럽 게도, 아일랜드의 "민족의 비개화非開花"는 셈으로부터 "송장처럼 인사 하며" 다가온다. 이씨와의 그의 융합은 일어나지 않는다. 생각건대, 그와 죤은 재차 하나가 된다.(조이스는 데이비드와 조나단의 함께 - 짠 영혼을 성자 로부터 성령의 불완전한 소유에 대한 유추로서 사용하고 있다는 생각이 든다.)

(468.23 - 473.25) 만일 죤이 셈의 성적 가려움을 해친다면, 셈은 그가, 천국으로 그리스도처럼 날라 감을 암시함으로써, 죤의 신두神頭에 대한 허세를 해친다. 두 번, 죤은 날려다 추락한다. 소녀들은 죽어가는 오시리 스로서 그를 울며, 칭찬하지만,(조이스의 이 페이지에 대한 설명 참조, 〈서간 문〉, I, 263 - 264) 작일昨日인, 자者를 밀폐하기 원한다. 세 번째로 죤이 천 국에 도전하려 할 때, 그리고 분명히 강 속으로 굴러 떨어지려 할 때, 이 씨는 그에게 노란 레테르 또는 스탬프(잎의 티켓? 패스포트? 수출 허가장?) 를 준다. 고로 그는 아메리카로 갈 수 있다. 그는 그것을 그녀의 자신에 대 한 믿음의 증표로 간주하고, 그것을 그의 이마에 부친다. 다시 그는 작별 의 손을 흔든다. 소녀들은 29개 언어로 평화에 답한다. 이번에 그는, 천국 으로가 아닐지라도, 날라 오르는 바, 이어 별들로, 그러나 그들은 유해하고 골난 별들이다.(스텔라 또한 참조)죤은 혜성 머큘리(Mercury)이거나, 그가 우편 배달부인양 넘어져, 발로 걸어 떠난다. 소녀들은 그를 칭찬하고, 어 느 날 그에게 돌아오도록 기도한다.

III부, 3장

(474 - 554) 숀 - 죤은 - III부, 3장에서 욘으로 불리는데, 성장하여 마침내 공간을 채운다. 아일랜드를 온통 덮을 정도로 크게 성장한지라, 거기서 그는 양귀비 들판에서 잠든 채, 거대하고, 천사의 아이로, 달갑게 애통하며 누워있다. 이는 "인민의 아편제"로, 한 종교의 정연한 번안처럼 느껴지는 지라, 그리하여 서술은 호머의 "찬가"의 잠자는 아이 헤르메스에 크게 빚지고 있다. 유아네크(Uisnech)의 언덕(전통적으로, 아일랜드의 중심으로, 거기서 4주들이 만난다)로, 4대가들은 그들의 당나귀와 함께 욘의 구유로 온다. 당나귀는 미드(Meath)요, 이는 잃어버린 5번째 주州이다. 그리고 그는, 욘 - 죤 - 숀의 생활의 보다 나중의 무대에서 그를 질문하는데 어떤 성공을 갖는 다.(III부 1장) 그러나 그는 III부, 3장에서 몇몇 질문들만을 일러 받는바, 한편 4대가들은 심문, 부분 심리審理, 부분 회의를 지닌다. 여기 조이스는 예이츠의 이야기. "매기의 숭배"(The Adoration of the Magi)를 따르는바, 여기서 매기는 구유로 온다. 한 매기는 중용이요 그를 통한다. 헤르메스 트리스메기스터스(Trismegistus)는 이따금 개(dog)의 형태로 말한다. 더블린의 신비주의자들을 훈련시키는 한층 더한 지식이 III부, 3장에서 빛을 던진다.

4대가들은 늙었고, 어리석으며, 싸우기 좋아하지만, 아무것도 II부, 4장에서처럼 그토록 노쇠하지는 않다. 각자는 좋아하는 말들을 가지며, 각자는 아일랜드 특수 지역의 말투로서 말한다. 당나귀는 이따금 그들 사이에서 통역하는바, 왜냐하면 그는 안내원이기 때문이다. III부 3장에서 잠자는 거인 아이 욘은 심령술사의 중재자이라, 그의 말의 장비로(헤르메스는 달변의 신이었다) 많은 목소리들은 그것을 전화 교환이나 혹은 라디오 방송국처럼 사용하면서 말한다.

이것은 검시관의 심문인바, 그것은 아담과 팀 피네간의 죽음과 같은 과격하고, 비설명적 범죄에 대해서 뿐만 아니라, 해안이나 씻긴 해변 근처에서 잡히는 보물 - 수집품 및 왕어汪魚에 대해서 그대로 재판권을 행사했다. 그들은 복음자들이기 때문에, 4대가들은 물고기를 잡는데 관여하지만, 검시관의 의무(477.18 - 30, 524 - 525 참조)는 이러한 관여를 보강한다. 보물 - 수집품으로서는, 4대가들은 전적으로 하나로서 친밀 해진다(477.35 - 501.5) 그 다음으로 젊은 두뇌 고문단에 의해 환치換置될 때까지(529.5), 그들은 HCE의 죽음의 상황을 심문한다.

보물 수집품은 물론 손수레, 분지, 또는 퇴비더미의 내용물인바, 거기는, 뮤트가 쥬트에게 말한 대로, 무수한 "생화生話들," "고지로부터의 들것들," 그리고 아나 리비아와 HCE, 모든 보석 탐색의 대상물이 매장되어 있다. 검시관의 최초의 염려는 이것이 과연 편지 - 축적, 이 잠자는 우체부임을 수립하는데 있다. 그들은 자신들이, 그녀의 남편을 전시하거나, 옹호하면서, 아나 리비아에게 관심을 나타낼 때까지 편지들과 생화生話들에 관해 질문한다. 이어 그들은 토루 속에, HCE가 그의 경야에서 피네간인양 누워있는 자신에 관심을 보인다(497 - 499).

(477.31 - 486.34) 양친에게로 나아가는 길이 아이들에 관한 암울하고 무질서한 경로들을 통해 놓여있다. 첫 편지 혹은 목소리는 〈3부의 생활〉의 패트릭보다 아주 딴판의 보다 나은 사람인, 〈참회〉의 성 패트릭으로서 말하는 셈의 목소리이다. 관자놀이 위의 탄트리스 T, 입술들, 가슴은 패트릭으로 하여금 3비전을 갖게 하는데 - 트리스탄, 스위프트, 그리고 내가 알아마칠 수 없는 제3자이다.

(487.7 - 491.36) 우체부 - 로서 - 숀이 다음 말한다. 앞서 페이지에서, 그는 패트릭의 유다 그리고 가짜 케빈으로 나타났었다.(또한 빅토 참조). 이제 숀은 셈과 언쟁하고 그를 짓밟는다. 이어, 필자가 알지 못한 구절에서, 그는 자기 자신과 그의 형을 브라운과 노란으로 말한다.

(492.1 - 501.5) 우리는 HCE에 대한 아나 리비아의 증언 대신, 경야의 피네간으로 되돌아오거니와(497 - 499), 여기 모든 이가 목적하는 현현(에피파니)이 있다. 그는 움직인다 - 그대는 내가 죽었다고 생각하는고? - 그러자 4대가들, 언제나처럼, 그를 말하게 하지 않으리라. 그들은 말을 중단시키고, 자력적磁力的 폭풍우 속에서처럼 잼 라디오 보도, "그이 위에 소리의 소리"인양 우쭐대고, 전쟁을 예언하거나, 그것을 재연하는 조상의 회오리 바람 같은 목소리들 - 크롬웰, 패트릭, 스위프트, 파넬 - 을 풀어놓는다. 그리고 그 뒤로 라디오의 침묵이 있다.

(501.9 - 528.26) 막이 내리고, 보물 - 수집품에 대한 심문은 성공 직전에 좌절 된 채, 끝난다. 심령술의 라디오가 이제 HCE의 추락으로 조율된다. 우리는 I부, 2 - 4장의 인물들과 사건들의 복귀를 통해서 되돌아가나니 - 의심할 바 없이 꼭 같으나 다르도다. 4대가들에 의해 질문된 최후의 증인인, 이씨로서, (143 - 148)에서처럼 아주 많이 "그녀 내부의 스스로와의 독백"을 부여할지라도, 한층 점잔빼는, 호색적, 그리고 자기도취적이라.

4대가들은 점진적으로 어리석고, 싸움을 좋아하여, "신품 두뇌 고문단의 명석한 젊은 녀석들"(bright young chaps of the brandnew braintrust)에 의해 대치되는데, 후자들은 우리들이 보다시피, 생선으로서 - 부친을 잡으려고 진짜 노력한다. 그들은 "모친의 재가裁可"에 부속돼 있으니, 왜냐하면 추문醜聞 폭로자 또는 백새녀白洗女로서 아나 리비아는 그녀의 남편이 알려지기를, 먹힌다고 말해지지 않기를 바란다.

(528.26 - 532.5) 불만스러운 가족 하인들(남자 하인은 방주를 폭발하고 싶은이)로부터 소식을 들은 다음에, 젊은 두뇌 고문단은 이전의 프로그램을 끄고, "일어나, 유령 나라"(Arise, sir ghostus)라고 말하며, 그들의 부친의 목소리를 불러낸다. 아들들은 4대가들이 하지 않을 것을 행한다. 그들은 가장 중요한 증인을 스탠드로 호출한다. 그러나, II부, 3장에서처럼, 아이들은 TV 세트를 주점 안으로 들어 보내고, 그들이 사적으로 들어가는 대신, 고로 이제 단지 그들의 아버지, 라디오 유령. 한 목소리를 겨우 되 불어 올 뿐이다. 그것은 단지 부분적 에피파니이다.

(532.6 - 534.2) 암스테르담 또는 신교도로서, HCE는 로마에게 말을 걸며(헨리 8세 인양), 경솔하고 설득력 없는 방법으로, 자신은 한 충실한 남편에 불과하다고 항의한다. 그는 소녀들을 추적하지 않았다.(우리는 무덤으로부터 그를 불러 이를 우리에게 말하도록 했던가?)

(534.7 - 535.21) 이제 그는 대정大靜으로서 계속하고, 더 많은 공격을 부정하며, 푸른 앵무새의 저 범인, 목 조르는 자(샴페인 병따개), 캐드를 비난한다, 소녀들로 말하면, 그들은 창녀들이었다.

(535.26 - 539.16) 노老 백구白丘(화이트호우드) 또는 세바스티안 또는 오스카 와일드로서(화이드헤드, 트라버스 참조), 그는 자신의 작품 〈심연에서〉(De Profundis)의 슬픈 푸념을 띠고(확실히 이때껏 쓰인 가장 당혹스런 책) 자신의 죄

를 인정하며, 벌 받아 마땅하다. 그러나 감옥 임기는 모든 사람들이 죄를 지었기에 가벼워야 한다. 그는 "모든 관행들을 전적으로 중지" 하리라. 그에 대한 모든 공격은 사실이 아도다. 그리고 그는 후회한다.

(539.16 - 554.10) "후회"(repent)라는 말은 그를 좀처럼 피하지 않았다, 그리고 그 때 덕망의 나약한 댐이 터졌다. 그는 고매한 정신적 소년다운 자만, 건축청부업자 다이더러스의 자만 속으로 진수한다. 〈내가 작업한 것〉(WHAT I HAVE WROUGHT)의 휘트만다운 카타로그(Whitmanesque catalogue)에서, 그는 1906년의 파르테논 신전과 뉴욕의 빈민굴을 허풍떨며(론트리 참조), 지상의 한 가지 저주사咀呪事를 위해 결코 사과하려 하지 않는다. 더블린은, 물론, 가장 허풍떨었던 도시이다. 왜냐하면(헨리 제임스가 발자크에 관해 쓴 것을 적용하면) 자신의 활동적 의도에서 H. C 이어위커는 그가 할 수 있는 한 열심히 그리고 크게 더블린 시市 속으로 우주를 읽으려고 애쓰기 때문이다.

자만의 첫 부분(546.24까지)은 남성적이다 - 이브의 탄생 전 하느님 또는 아담(아담 카드몬 참조)그 후로, HCE는 아나 리비아 관에, 대해, 위해 창조하며, 그녀가 의지하든 안하든, 자연적 세계를 개혁한다. "나는 그녀와 단호했도다"(I was firm with her)

나는 HCE가 결코 후회하지 않을 것이요, 저주받을 것을 확실히 느낀다. 그것은 그가 죄책감이 없거나, 사회적 의식이 없어서 그렇기 때문이 아니요, 자연을 강탈했기 때문이 아니다. 그는 자신이 우리들의 남성적 문화 - 벽, 가족, 도시, 특히 도시의 건축청부업자이기 때문에 저주받는다. 그리고 그 자체로, 그는 하느님의 창조의 특권과 다툰다. HCE는 건축하고, 그런고로 추락한다. "우리는 이들 굶주리는 도시들과 건립자들을 존중하도다 / 그의 존중은 우리들의 슬픔의 이미지이다."

III부, 4장

(555.13 - 558.31) 그림 앨범의 또 다른 진행은 우리를 III부의 처음에서, 침실의 아버지와 어머니에게로 인도한다. 때는 한 밤중이요, 그들은 오베론(Oberon)이요 타이타니아(Titania)이다. 이제 시간은 거의 아침 6시요 그들은 요정 같은 쌍이 아니라, 단지 일버트와 빅토리아 일뿐 - 리피 부두들이요, 두드러지게 세속적 왕족의 내외이다.

(558.35 - 560.21) 이 장은 만인 건축자의 자랑의 감정적 정상으로부터 내리 인도하여, 우리에게 HCE 역시 인류의 단일 멤버임을 상기시킨다. 이런 목적을 위해, 조이스는 블룸의 것처럼 검소한, 채프리조드의 검소한 여관, 침실을 보여준다. 이 소박하고 아름답지 못한 가정은 진짜임을 틀림없다고 생각하거나, 이곳으로부터 덩치 큰 여관주인과 그의 작은 아내가 이장에서 그토록 풍성한 왕과 여왕의 역을 위해 일어서는 것을 상상 하는 것은 당연하다. 그러나 주목할지니, 소박한 인생은 무대 위의 한 장면처럼 특별히 보여 진다. 우리는 이어위커 가족이(여기 포터 가족으로 불리거니와) 왕의 위엄을 행사하거나 또는 왕의 위엄이 삼두정치에서 마리 안토네트(Marie Antoinette)처럼 저속한 생활을 행사하는지는 확신할 수 없다.
　침대의 모퉁이에, 4대가들은 서 있는지라, 각자 차례로 그의 특별히 유리한 점으로부터 염탐의 행동을 서술한다.(영향을?). 상상컨대, 네 번째 망보기는 4막들, 각 막을 위해 다른 비평가와 함께, 일종의 결혼 놀이인 듯

하다. 마테는 559.22, 마가는 564.2, 누가는 582. 요한은 590.23에서 시작
한다.

(558.32 - 563.36) 양친은 꼬마 셈 - 젤리로부터의 한 가닥 부르짖음에 의
해서 잠에서 깨어난다.(그것은 "세 번째 망보기"의 종말에서 당나귀의 부르짖
음이기도 하다) 어머니가 새벽처럼 그녀의 침대에서 일어나, 등불을 들고,
이층으로 돌진하고, 그녀 뒤를 남편이(새벽처럼, 아나 리비아는 샛노란 도복
을 입고, 차가운 침대에서 빛과 함께 일어나, 젊은 사내를 뒤따른다) 그들은 아
기 이씨가 귀여운 잠 속에 누워있는 첫째 방으로 들어간다. 그녀의 아버지
는 경이와 욕망으로 그녀를 쳐다보자, 구절은 잠자는 이모겐(Imogen)에 대
한 언급들로 충만하다. 이어 그들은 쌍둥이의 방으로 간다. 아버지는 왼쪽
에 천사 같은 케빈을, 오른 쪽에 악마 같은 젤리를 본다. 그들을, 악에서 선
으로, 분리해서 말하기는 쉽지 않은지라, 양자 뭔가 값진 것으로 보인다 -
고로 HCE는 그들 사이에 자신의 축복을 남기나니, "케리제빈"(kerryjevin).
이것이 I막의 끝이다.

(564.1 - 565.32) HCE의 축복은 그의 운이요, 남자의 재산이다. 그것은
저 재산의 꿈의 비전 - 아버지의 둔부처럼 보이는 피닉스 공원 - 첫 번째
장소의 저 놀란 젤리 - 셈(that frightened Jerry - Shem)이다. 이제 그의 형제
는 고함에 합세하고, 그들의 아버지가 자신이 그들의 친구임을 확신할 수
없자, 그는 그들에게, 수치 - 닥쳐! 외치며, 자신의 저주를 그들 사이에 나
눈다. 어머니가 셈을 위안하나니 - 그건 모두 꿈이야, "마족磨族 같으니
(magic nation)," 표범은 없는지라, 방에는 나쁜 아비들은 없고, 내일이면 부
친은 사업상 더블린으로 가리니 - 나쁜 부친을 타打할지라.

(565.33 - 570.25) 어머니가 무릎을 꿇고, 소년을 위안하는 동안, 이층의 진짜 높은 생(life)이 부친의 "마족"(magic nation)속에 시작한다. 그의 가정은 왕실의 만족스런 장면을 형성하는데, 거기 아들들은 탑의 왕자들이요 (암살 될), 어머니는 수동적으로 무릎을 꿇고, 딸은 그의 뺀 칼에 머리를 굽힌다. 군주의 진행이 뒤따르는지라, 평화, 축하, 화창한 날씨의 시간. 이제 시장市長이 된, HCE는 왕을 배알하고, 작위를 받고, 연설을 한다. 종의 울림, 음식, 음악, 놀이들, 귀부인들이 마련된다. 그래요, 포운터페미리아스 경(Lord Pournterfaniilies)은 두 아들과 한 딸을 가진 착한 기혼남이라.

(570.26 - 572.17) 딸에 대한 생각이 성적으로 아버지를 발기시키나니, 그는 스스로, 이솔드를 알아차린 채, 스스로를 트리스탄으로 상상한다. 그의 아내의 목소리가 그를 방해하는지라(미티 부인처럼)(like Mrs Mitty's), 셈을 말하면서 - 이제는 한층 조용하다. 원망스럽게, 아버지는 자신이 아내에게 합법적으로 권리가 주워졌고, 야수野獸(표범)가 아님을 생각한다. 그들이 소녀들의 방을 떠날 때, 어찌 곧 보다 젊은 세대가 문을 노크하며 다가올 것인가. 그는 자신의 딸의 문을 열고, 재차 그녀를 바라본다.

(572.18 - 576.9) HCE의 가정은 또 다른 궁전으로 변모하는데 - 가정의 관계. 그는 궁전의 만족할 지배 속에, 특히 남성의 지배 속에 있었으나니, 이제 그의 아내는 그에게 무실無實의 부담을 가져온다. 호노프리우스(Honuphrius)와 아니타(Anita)(아나 리비아)의 상황이 가톨릭 성당으로 해결되는 마토란 신부(Father Matharan's)의 결혼 문제집 위에 노령을 이룬다. 필자는 잇따르는 문제 혹은 재판을 이해할 수 없기에, 거기 문제는 의류 체크의 형식으로 논의 될 것이요, 하원下院 앞에 제출지라.

(576.17 - 582.27) 양친은 아래층 침대로 그들의 진행을 계속하는 바, 한 편 조이스는 그들을 우리들의 조상들, 모든 남자와 모든 여자를 이루는 타이틀과 성취물로 목록 한다. 한 때 충계 아래 그들은 재차 작은 사람들이 되는 지라, 그들의 후손들은 사양과 무성의로 그들을 받아드린다. 이는 II막을 끝낸다.

(582.28 - 590.22) 재차 침대에서, 양친의 교접이 크리켓 - 시합처럼 이야기되고, 그에 대한 뉴스가 전 세계 및 혜성 위로 뻗적인다. 그것은 수탉의 새벽을 위한 울음으로 끝난다. 애초에 공공연하게 알려지지 않는 것은 HCE가 탄생 방지물(콘돔)을 사용해 왔다는 것이다. 그의 교접 후의 슬픔 속에, 그는 이 실패를 3군인들과 2소녀들에 대한 저 스캔들이 알려지고 모든 그것으로 합류함을 낳는 것이라 생각한다. 어떠한 황폐도, 어떠한 무권위無權威도 그를 구하지 못할지니 - 모두들 그를 무대 위에 올려놓을 것이요, 그의 아이들은 야유할 것이다. 그는 법원에서 재판을 받을 것이요, 그의 딸은 그를 떠날 것이며, 그는 선거에 질 것이요, 그는 재차 여인, 등등과 성공하지 못할 것이다

IV부

(593 - 628) IV부는 사실상 3부작이다 - 비록 복판 창문은 거의 비치지지 않을지라도 환언하건대, 마을의 가상된 창문들이 점차로 새벽에 의해 비치는지라, 즉, 이는 한쪽에 성 패트릭(일본의) 및 (중국의) 대 드루이드 버클리의 만남을, 그리고 성 케빈의 점진적 고독의 전설을 대표하나니, 셋째는

노르망디의 이유에 매장된, 더블린의 수호 성자, 성 로렌스 오툴이다,

조이스가 프랭크 버전에게(구술된 바): IV부의 성인전의 3부작(the hagiographyic triptych)(성 L. 오툴이 단지 개관되고 있거니와), 한층 많은 것이 대 드루이드와 그의 상업영어 및 패트릭(?) 및 일본 영어 사이의 대담 속에 의도 되고 있다. 그것은 또한 작품 자체의 변호이요, 고발로서, B의 색깔론과 패트 릭의 문제에 대한 실질적 해결이다. 따라서 이전의 뮤트와 제프의 바투어語 (아프리카 흑인어)구절: "Dies is Dorminus master."(때가 낮일 때, 낮은 잠을 넘 어 주님이라)(〈서간문〉 I. 406 참조)

조이스의 지적처럼, IV부는 3부작처럼 형성되고 있거니와 그의 부분들 인 즉:

(600 - 606.12)#1 "성 케빈의 고립," 이는 "아나 리비아"의 저 부분(202.35 - 204.20)을 재화하거니와, 거기 강 - 소녀는 위클로우 군, 러그로우의 정절 의 승려를 자신에게 수태하도록 성공적으로 유혹한다 - 그녀를 위한 아이 들, 그이를 위한 죽음을, IV부에서 성 케빈은 글렌다로우로 이사하고, 완 전한 정절의 고립에 집착하여, 컵의 술을 마시지 않는다. 대신 그는 욕조 를 발명하고, 이 성배 속에 정제된, 성수를 붓고, 그 속으로 들어간다. 이러 한 은퇴 속에, 암살되고, 영원한 정절로 선고받는 것은 여성이다. 남성은 그녀를 자기 자신을 깨끗하게 하고, 그의 정신성을 도모하고, 마리아의 처 녀 자궁에도 돌아가게 하는 탁월하게 실질적 목적을 위해 사용한다. 조이 스는 아일랜드의 성자는 그들 자신의 영혼을 새척하고, 카슬린 니 호리한 의 육체적 및 정신적 필요로부터 그들 자신을 고립하는 것을 말하는 듯하 다. 조지 무어(George Moor)의 소설, 〈호수〉(The Lake)는 이 구절의 원초적

전거이다〈서간문〉, II, 154 참조.

  (609.24 - 613.14)#2 리어리 왕 앞의 성 패트릭과 대 드루이드 버클리간의 대화는 뭔가 중요하지만, 필자는 알지 못한다 - 아무튼 〈초고〉를 참조할지니, 거기 구절은 가장 분명한 형태로 부여된 바, 그 곳에 색깔은 그것이 일어나는 빛의 특질에 의해 결정됨을 말하는 듯 하다. 해거름의 불확실한 빛 속에, 셈은 "익살극"에서 이씨의 색깔인, 연보라를 맞추는데 실패한다. 새벽의 불확실한 빛 속에서(그것의 색깔은 일몰의 반대인지라) 셈 - 패트릭은, 올바르게 추측하거나 혹은 아무튼, "실질적인 해결"을 성취한다. 낯선 자, 패트릭은 상賞을 타는데, 그것은 아일랜드임에 틀림없다. 성 케빈과 패트릭이 물 - 로서의 - 여인 그리고 일곱 - 색깔로서의 - 여인에 대한 실질적 해결을 발견함을 주목하라. 또한 주목할지니, 양 전설들은 이전에는 반대로서 이야기 되었다. 이제 그들은 받아진 것으로 이야기 된다.(그들의 대낮 양식으로?) 성 케빈은 여인의 유혹에 굴하지 않았다. 성 패트릭은 대 드루이드를 극복했다. 다음이 가능한지라(나는 알 수 없다), 즉, 리어리 왕(King Leary)은 성 로렌스(라리) 오툴과 결합하는지라, 그 이유는 그들 양자는 낯선 자들 - 즉 패트릭, 앵글로 - 노르만인들을 아일랜드로 들여보냈기 때문이다.

  (613.15 - 628.16)#3 3부작의 한 가운데 창문에는 아마도 성 로렌스 오툴, 아마도 그의 죽음, 아마도 프랑스에서 그의 무덤이 그려져 있을 것이다. 필자는 그가 더블린을 앵글로 노르만인들에게 항복하도록 권유한 것 말고는, 더블린의 수호 성자에 관해 아는 바가 없다. 아마도 거의 설명되지 않은 채, 윤곽이 흐린 S. L 오툴은 배경에 놓여있는 반면, 전면은 더블

린의 보다 늙은 수호 성자들인 HCE와 아나 리비아 - 언덕과 강이 놓여있다. 필자는 다음과 같이 상상하는데 어려움이 없거니와, 즉 조이가 자기 자신을 더블린의 수호성자로서, 더블린에서 희미하게, 대륙에 매장된, 이 국땅의 망명자로서 생각했을 것이다.

성 케빈은 위클로우 군에서 유혹을 격퇴했다. 성 패트릭은 슬래인 (Slane)에서 유월절의 불을 지폈고, 타라(Tara)에서 대 드루이드와 논쟁했는지라 - 양자 미드 군에서. 성 로렌스. HCE, 아나 리비아는 더블린 군에 속한다. 잘은 모르지만, "성인의 3부작"은 호우드, 채프리조드 또는 이유 (Eu)의 마을 성당의 "진짜" 불결한 유리 창문이다. 위클로우, 더블린, 미드 군들이 인접해 있어서, 그들의 윤곽이 아주 아름다운 3부작인지는 모를 일이다. 고로 3부작은 성당의 부분(의심할 바 없이 건축설계업자인 피네간에 의해 세워진) 그리고 풍경의 부분인바, 즉, 새벽에 차차로 비치는, 애란 공화국의 3극동의(easternmost)주들이다.

새벽이 소환되고, 애란에 당도한다. 그러자 더블린 시와 애란의 모든 주들이 태양이 다가옴을 또한 기도한다 - 잠자는 자여 깨어나라! 태양은 오지 않는지라, 시민이 서서 기다리는 한, 또는 갑작스런 공황 속에 숲 속에 숨기 위해 도망치는 한, 말이다.

"이 세상의 전질 2절판을 쓴 극작가 - 그걸 서툴게 썼나니, 처음에 우리에게 빛을 그리고 이틀 후에 태양을 주었다" - IV부에서 극작가는 아나 리비아에게 빛 혹은 새벽을 있게 한다. 이제 그것은 그녀인지라, 그 밖에 아무것도 작동하지 않을 때, 그녀는 태양 또는 남편에게 그의 침대에서 일어나도록 그리고 그녀와 함께 호우드 꼭대기로 돌아서 가도록, 그리고 이어 그녀와 함께 리피 골짜기 속으로 내려오도록, 감동적이요 아름다운 호소를 한다. 그녀는 죽어가는 여인, 바다로 나아가는 강이다. 그녀의 궁지 속에 그녀는 부른다. 그는 예스(예)혹은 노(아니)를 대답하지 않는다.

아나 리비아의 백조의 노래는 끝나는바, 추측건대, 죽음의 바다 속으로 "비치는 흐름의 긴 마지막 도착을" 위해 나아가는 시인의 영혼이다. "죽은 사람들"과 〈율리시스〉의 모습을 닮아, 〈경야〉의 종말은 우아하게 모양내는 바, 고로 그것은 수많은 방도로 읽힐 수 있다. 필자가 제일 좋아하는 종말은 문 - 밖이요, 일종의 동화를 닮았다. 그것은 언덕을 오르는, 강을 따라 걷는, 바다 속에 빠지는 한 여인에 의하여 말해지는, 일종의 극적 독백이요, 그 동안 내내 그녀는 그녀 곁에 묵묵히, 걷는 거대한 남성 인물에게 말한다.

또는 그 밖에 그녀는 홀로, 내적 독백으로, 밖을 걷는다. 혹은 그녀는 침대 속에 있는지라 - 깨어나며, 꿈꾸며, 죽으며, 극적 또는 내심적 독백, 한편 그녀의 남편은 그녀 곁에 누워있거나 - 혹은 아니다.

"일어날 지라, 가구家丘의 남자여, 당신은 아주 오래도록 잠잤도다!" 생각하기에 아주 진저리나게, 그는 아무것도 말하지 않는다. 생각하기에 견딜 수 없도록, 그는 그녀의 멋진 수사修辭가 강도强度와 번민 속에 증가할 때 그것에 전혀 답하지 않으리라. 그러나 우리는 오래 전에 보아왔나니, 〈경야〉의 첫 장에서, 팀 피네간은 늙은 아내를 위해 일어나지 않았다. 모든 독자는 그 질문에 독력으로 답해야 하리라. 수사修辭는 부활의 개임에 적절한고?

〈율리시스〉의 종말에서, 몰리 블룸은 "그래요"(yes)를 말할 수 있고, 〈경야〉에서 아나 리비아는 "핀, 다시! 가질 지라"(Finn, again! Take)를. 그러나 태양 - 그는 솟을 것인고? 〈율리시스〉처럼, IV부는 독자를 정적 (static), 마비된 채, 단단히 고착되어, 남성 의지의 신비의 수령에 빠진 채, 남긴다 - 그것의 욕망과 결의의 이중의 의미 속의 "의지를!"

〈경야〉의 첫 째 페이지에서, 분명한 것이란 - 비코의 환이야 말로 자상하게도 순환했음이. 우리는 그것이 그럴 거라 생각했나니. 첫 페이지에서 피네간은 추락하도다. 그리하여 뒤따를지니, 마치 낮 밤처럼, IV부의 종말 에서 피네간이 침대 밖으로 일어나지 않거나, 혹은 〈경야〉 끝 페이지 628에 인쇄된 문자들과 〈경야〉 3에 인쇄된 문자들 사이에 존재할 어떤 간격 속에 그가 일어나지 않는 한, 그가 추락할 수 없음이. 그런고로, 만일 IV부가 1부 의(또는 I부, 1장의) 첫 절반의 환環이라면, 피네간은 과연 일어나고, 그리하 여 우리는 조이스의 언명을 사실로서 받아드릴 수 있도다: "사자死者의 책 은 또한 낮의 다가오는 4번째의 장들이라."(이상 글라신 저의 〈경야〉: 세 번째 통계조사(Third Census of *Finnegans Wake* (xxiii - lxxi) 참조)

[VI] 〈경야〉:
피수자彼鬚者의 갈등
(Shikespower's Discord)

- 그대는〈셰익스피어(Scheekspair)의 생애의 웃음을 위해 그대는 그런 별명으로 나의 것을 꼭 도와주려는고?) 삼 셈족(반 삼족森族)의 우연 발견능자發見能者, 그대(감사, 난 이걸로 그대를 묘사할거라 생각하나니) 구주아세화歐洲亞世化의 아포리가인阿葡利假人!(191.05)

아래 글은 예일 대학의 저명한 문학 비평가요 교수인, 하로드 블룸(Harold Bloom) 교수의 글을 개작한 것이다. 그는 〈서구정전西歐正典〉(*the Western Canon*)의 중심적 작가들의 작품들에 집중함으로써 우리들의 문학 전통을 개척한다. 그는 문학적 비평에 있어서 관념론에 항거한다. 그는 지적이요 심미적 표준의 상실을 개탄한다. 그는 다문화주의, 마르크스주의, 여성론, 신보수주의, 신역사주의를 개탄한다.

블룸 교수는, 그 대신 심미론의 자율을 조장하면서, 셰익스피어를 서구 정전의 중심에 둔다. 셰익스피어는, 극작가든, 시인이든, 소설가든, 그의 전후에 등장한 모든 작가들의 시금석이 되었다. 등장인물들의 창조에 있어서, 블룸은, 셰익스피어야 말로 참된 선구자로 그의 뒤로 비접족한 채 아무도 남기지 않는다고, 주장한다. 밀턴, 사무엘 존슨, 괴테, 입센, 조이스, 그리고 베케트는 모두 그에게 빚졌다. 톨스토이와 프로이트는 그에게 반항했다. 그리고 단테, 워즈워스, 오스틴, 디킨스, 위트먼, 딕킨슨, 프루스트 등은 어떻게 하여 正典의 작품이 전통과 혼성된 독창성을 탄생시키는지의 정교한 예증들이다.

블룸 교수는 본질적 작가들과 책들의 완전한 이정표 - 정전의 비전을 가진 이 도전적, 통렬한 작업을 결론 낸다. 이 책과 이에 담긴 논문들은 정보적이며, 몰입적沒入的이요 - 걸작들 간의 영혼의 모험이다.[블룸, "서구 정전의 갈등" (413 - 432) 참조]

필자에게 셰익스피어야 말로, 〈율리시스〉에서 못지않게 〈경야〉에서 문학의 모체(matrix)구실을 한다. 모체야 말로 어떤 것이 생성되는 자궁子宮이요 배역이다. 모체야 말로 바위 덩어리요, 그 속에 금속, 화석, 보석이 뭉쳐 있다. 〈경야〉에서 셰익스피어야 말로 원형으로 뿐만 아이라 여러 가지 경야어로 파형破型되어 있다. 그의 모든 작품들(37편)로부터의 인용들이 〈경야〉의 다양한 부분들에 텍스트로서 엉켜있다. 대부분의 연극들의 이름들이 〈경야〉에 언급된다. 거의 모든 중요한 연극들의 그의 인물들이 들먹여진다. 연극들의 대부분의 이름들이 이어위커 가족의 다양한 구성원들을 위해 마련된다. 예를 들면, 셰익스피어에 대한 언급들이, 〈경야〉의 첫 페이지의 'all' s fair in vanessy'(3.11)의 구절로 시작 한다,

> 3.04 violer d' amores: 이는 〈12야〉(Twelfth Night)의 Viola에 대한 그리고, "rory end"(몇 줄 뒤[3.13 - 14])는 〈뜻대로〉(As You Like)의 Rosalind에 대한, "성적 도착 의상衣裳의" 일부요, 이 구절의 "소년여성"(boywoman)으로서의 언급이다.
> 3.11 - 22 all s fair in vanessy, were sosie sesthers wroth: 이 구절은 맥베스의 성 Inverness이요, 그를 탈정奪情한 "세 수상한 자매들"(weird sisters)이며, 그

들의 "fair is foul and foul is fair" 연설을 메아리 한다.

이제 논문의 본론으로 들어가거니와, 조이스는 보기 드물게 대담성을 결핍하지 않을지라도, 자기 자신에게 단테(Dante)처럼 셰익스피어를 버질(Virgil)로 생각했다. 조이스에게 버질이야 말로 단테 스스로였으니, 이러한 야심은 조이스에게 너무나 크기 때문에 심지어 그도 그것을 수행할 수 없었다. 조이스는 자기 자신을 셰익스피어의 라이벌로 보았는지라, 아마도 그의 최고의 라이벌로 보았다. 비평가 아서턴(James S. Atherton)이 그의 유명한 비평서 〈경야〉의 책(*the Books of the Wake*)에서 "(그가)경쟁에 있어서 그의 부족은 자신의 작품을 감상할 대중을 발견할 무능을 느꼈다,"고 적고 있다. "*대지大地와 구름에 맹세코 하지만 나는 깔깔 새 강둑을 몹시 원하나니, 정말 나는 그런지라, 게다가 한 층 포동포동한 놈을!*"(201. 5) 〈경야〉의 이 구절에서 조이스가 말하고 있는 것이란, 그는 거기 문학이 셰익스피어의 런던 템스 강가에서 감상되었던 것처럼, 더블린의 리피 강이 남쪽 둑을 갖기를 원한다는 것이다.

20세기 모더니즘 문학의 양대 우상적 작품들이라 할, 조이스의 〈율리시스〉와 〈경야〉야 말로, 일반이 승낙하다시피, 우리들의 기나긴 사조思潮 동안 단지 프루스트(Proust)만이 그의 〈잃어버린 시간을 찾아서〉의 경쟁자(라이벌)로서 역役했으니 - 만일 비코(Vico)나 조이스가 옳다면 - 새로운 '신권시대'(Theocratic Age)의 가장자리로 우리를 나르리라. 아마도 조이스나 프루스트 역시 양자 모두 단테의 〈신곡〉(*Divine Comedy*)에서 시인의 성취를 경쟁하기에 가까웠다 해도, 심지어 카프카(Kafka)까지도 접근하지 못했을 것이다. 조이스에게 셰익스피어는 이 시대의 단테처럼 가일층 느끼듯 했다. 그러나 셰익스피어를 깊이 읽었거나, 그를 적당히 감독한 채 그리고 알맞게 배역한 자는, 과연 아무도 셰익스피어를 조이스의 선구자로 생각하지 못할 것이다. 조이스는 이를 알았고, 〈율리시스〉와 〈경야〉를 보다 초기의 사옹沙翁에 대한 그의 강박 관념적 언급에 있어서 어떤 우려가 충분히 있었듯 했다. 선배가 없었던들, 조이스와 프루스트는 아마도 그야 말로 그들 양자에게 소원疎遠한 듯 응시의 번뇌를 느꼈을 것이다.

조이스는 이러한 영향에 대하여 한층 온유했으며, 비록 〈경야〉에서 그는 베이컨적(Baconian)이론을 장난칠지라도, 루니의 가설(Looney hypothesis)에 결코 합세하지 않았을 것이다. 애초에, 조이스는 〈율리시스〉의 도서관 장면에서 스티븐 데덜러스에 의하여 출발한 가설을 우리에게 부여하거니와, 이 이론의 온정주의溫情主義를 부성父性 자체로서 그다지 크지 않게 공격했으나, 셰익스피어를 자신 있게 공격한다. 만일 그대가 단지 한 권만의 책을, 사막의 섬으로, 품고 갈 것인지 진부한 질문에 답하여, 조이스는 파리의 친우 프랭크 버전(Frank Budgen)에게 말하기를. "나는 단테와 셰익스피어 사이에 틀림없이 주저하지만, 오랜 동안은 아니다. 영국인은 한층 부유하고 나의 투표를 얻을 것이다." "한층 부유하다니", 이 말은 그것으로 멋진 말이거니와, 홀로 사막의 섬에서 우리는 더 많은 사람들을 바랄 것이요, 셰익스피어는 그의 가장 가까운 경쟁자들인, 단테나 히브리 〈성서(구약)〉보다 성격에 있어서 한층 부유할 것이다.

예를 들면, 〈경야〉의 주인공 이어위커의 쌍둥이 양자들 중 큰 아들 셈처럼, 조이스는 "그윽(실례!), 어떤 다른 다모자多毛者도, 다른 피수자彼鬚者(셰익스피어)도 그윽(실례!) 의식하지 않았는지라,"(177.31) 그러나 셰익스피어에 대한 조이스의 숭배에 관해 의문의 여지도 없을 뿐만 아니라, 그의 갈등의 여지 또한 의심의 여지가 없었다. 고로 그(조이스)가 의미하는 것이란 자기 자신을 이 시대에 있어서 셰익스피어의 최고 경쟁자일 것이라는 것이다.

조이스는 그의 〈율리시스〉에서 작은 등장인물들의 딕켄스적(Dickens')
활력에도 불구하고, 스티븐에게서 단지 오히려 부적합한 햄릿, 그리고 아
내 부름의 몰리(Molly)에서 '목욕하는 아내'(the Wife of Bath)에 대한 경쟁
자를 갖는다. 폴디(Poldy)(아내 몰리가 남편 블룸에게 부친 별명)는 셰익스피
어에 도전할 수 있거나, 혹은 시도하며, 행위는 모든 문학적 갈등에서 보
다 큰 실체 때문에 수행하기 불가능하고, 보다 작은 것을 삼켜버렸을지라.
스티븐이 셰익스피어와 햄릿에 관한 자기 자신의 이론을 믿지 않는다고
말하는 동안, 조이스의 유명한 전기가인, 리차드 엘먼(Ellmann)은 우리에
게 말하거니와, 친구들에 따라, 조이스는 그것을 대단히 심각하게 택하며,
그것을 결코 철회하지 않았다. 그것은, 〈율리시스〉와 〈경야〉에서, 조이스
의 셰익스피어와의 규범적 갈등(canonical agon)을 생각하기 위한 필요한
출발점이다. 그런데도,(정말 그런데도 이지만), 셰익스피어를 조이스는 한
때 다음처럼 농간 부렸다.

- "위대한 셰이프스피어"(모형면模型面)(Great Shapesphere)가 재담한대로. 사
  실상, 나는 재잡언再雜言하거니와, 지나간 수년부터, 으르렁 나[돌프]의 마
  음의 사랑하는 경모鏡母,[ALP] 그녀는 과연 늘 그랬나니. 그녀가 내게 산
  타클로스 옷을 줄 때 그녀는 투탕카멘 왕王을 위하여 선물을 매달았고 슬
  리퍼 도깨비의 옛 놀이에서 촛불의 유령을 끄도다. 유령의 날(저령일諸靈
  日)이라.(295.10)

조이스의 힘과 용기는 호메로스의 〈오디세이〉(Odyssey)와 셰익스피어
의 〈햄릿〉 또는 작품의 이름인, 햄넷(Hamnet)위에다 〈율리시스〉를 함께
수립하는데 현저하거니와, 앞서 조이스의 전기가 엘먼이 재차 주석하다

시피, 〈오디세이〉/〈율리시스〉의 두 범례와 덴마크의 왕자는 사실상 공동점을 갖지 않으리라. 조이스의 디자인에 대한 한 가지 단서는 햄릿 [그리고 "폴스탭"(Falstaff)] 후의 문학적 성격일지 모르지만, 한층 지적인 것처럼 보이는 자는 조이스가 심적 원천源泉을 위해서 보다 오히려 완전을 위해 그를 칭찬하기 때문이다. 그러나 첫 번째의 율리시스(Ulysses)(오디세우스)(Odysseus)는 트로이 전쟁에서 귀가하기를 원하는지라, 그 동안 햄릿은 집에 부재하고 엘시노(Elsinore) 혹은 그 밖에 다른 곳에 있었다. 조이스는 단지 이중으로 율리시스를 햄릿과 합치시키나니, 즉, 둘은 율리시스요 부왕 햄릿의 유령인데 반해, 스티븐은 테레마커스(Telemachus)요 젊은 햄릿이며, 폴디(Poldy)(블룸)와 스티븐은 함께 셰익스피어와 조이스를 형성한다. 이는 얼마간 당황스럽지만, 그런데도 그것은 조이스의 목적을 정당화시키거니와, 그것은 셰익스피어를 자기 자신 있는 곳으로 흡입시킴을 의미한다. 조이스처럼, 셰익스피어는 세속적으로 〈성서〉를 공동의 인간성의 책과 대치시키며, 조이스는 햄릿과 오이디푸스(Oedipus)간의 신분을 정당하게 거절함으로써 프로이트에 대항하여 셰익스피어를 옹호한다. 프로이트 및 〈햄릿〉보다 나은 비평가는, 조이스가 왕비인, 거트루드(Gertrude)에 대한 색욕의 흔적이나 혹은 햄릿 왕을 향한 살인 성을 그들의 아들 속에 발견하지 않았다는 점이다. 〈경야〉에서 햄릿이나 그이 부왕이 그들을 전혀 간섭하지 안했으니, 스티븐과 블룸(즉, 폴디)은 역시 오이디푸스적 상극에 자유스러운 듯하고, 만일 조이스가 셰익스피어에 관해 그것을 숨긴다면 (그는, 과거에, 그랬거니와), 그는 공개적으로 〈율리시스〉에서 그것을 노출하지 않도록 작업할 것이다.

조이스의 〈햄릿〉 이론은 〈율리시스〉의 국립 도서관 장면에서 스티븐에 의해 그의 몇몇 동지에 의해 진작 설명된다. 그 중의 발랄한 이론들을 하나 예를 들면.

- 남자고 하물며 여자고 그를 기쁘게 하지 못하지요, 스티븐이 말했다. 그는 부재不在의 생활 뒤 그가 탄생했던 곳, 그가 어른이나 소년으로, 언제나 침묵의 목격자로서 지냈던 지상의 그곳으로 되돌아와, 거기, 인생의 여정을 마치고, 뽕나무를 땅에 심는 거요. 그리고 죽는 거요. 동작은 끝난 거요. 묘굴인墓堀人들이 '뻬르(부친)' 햄릿과 '피스(자식)' 햄릿을 매장하오. 왕과 왕자가, 부수적인 음악이 연주되는 가운데, 마침내 죽음에서 한 몸이 되지요. 그리고, 비록 암살을 당하고 배신을 당했을지언정, 모든 연약하고 부드러운 마음들에 의해 애도되지요, 그 이유인즉, 덴마크 인이든 더블린 인이든, 사자死者에 대한 슬픔은 유일한 남편으로, 그로부터 그들은 떨어지기를 거절하기 때문이요. 만일 여러분들이 극의 종곡(에필로그)을 좋아한다면 한참 동안 그것을 잘 읽어 보오. 번창하는 프로스페로스는, 보상받는 착한 사람으로, 리치, 조부의 사랑의 귀염둥이, 그리고 숙부 리치란 말이요, 나쁜 흑인들이 가는 곳으로 권선징악(勸善懲惡)에 의하여 추방된 악인이지요.(U 175)

조이스의 절친한 친구 프랭크 버전(Frank Budgen)의 〈제임스 조이스와 '율리시스' 만들기〉(*James Joyce and the Making of Ulysses*)(1938)는, 여전히 조이스의 원전原典(〈율리시스〉)에 대한 최고의 안내서이거니와, 그 책속에 개인적 조이스를 너무나 많이 간직하기 때문이라, 우리들에게 말하기를, "인간 셰익스피어는, 언어의 왕이요, 연극들의 제작자인 셰익스피어보다 한층 조이스를 함유한다." 그것은 분명히 스티븐의 셰익스피어요, 또한 후자는 햄릿의 부왕의 유령 역할로서 글로브 극장(the Globe Theatre)의 무대에 등장함으로써 잘 입증된 전통을 〈율리시스〉의 도서관 장면에서 다음과 같이 따른다.

- 극이 시작하오. 한 사람의 배우가 그림자 아래로 나타나지요, 궁내宮內 도화사道化師의 낡은 갑옷으로 분장하고, 바스 음音의 목소리를 가진 균형 잡힌 사나이. 그것이 유령이오, 왕이오, 왕이면서 왕이 아니오, 그리고 그 배우가 한 평생의 세월을 계속해서 〈햄릿〉을 연구해 온 셰익스피어란 말이오, 그리고 그 세월은 유령의 역할을 행하기 위하여 허송한 것이 아니었소. 그는 구름 같은 납포蠟布 너머로 그이 앞에 서 있는 젊은 배우, 버비지에게 말을 겁니다. 그의 이름을 부르면서.(U 170)

- "햄릿, 나는 너의 아비의 유령이다."(U 9. 170)

- 그를 잘 듣도록 청하면서, 자식에게 그는 말하지요, 그의 영혼의 자식, 왕자, 젊은 햄릿 그리고 그의 육체의 자식에게, 그의 이름만은 영원히 살아 있을 스트랫포드 - 온 - 애이본(Stratford - on Avon)(주: 셰익스피어 출생지. 매장지)에서 이미 죽은, 햄넷(Hamnet)셰익스피어(그의 아들)에게.(U 9. 173)

- 저 배우인 셰익스피어, 부재에 의한 한 유령, 그리고 매장된 덴마크 왕의 도복道服을 입고, 죽음에 의한 한 유령이 자신의 자식의 이름에게 그 자신의 말을 건네고 있다는 것이 가능할 가요,(만일 햄넷(Hamnet) 셰익스피어가 살았더라면 그는 왕자 햄릿의 쌍둥이였을 거요) 나는 알고 싶소, 또는 그가 그러한 전제前提의 논리적 결론을 끌어내지 못했다거나 혹은 예견하지 못했다는 것이 가능할 수 있을 까, 나는 알고 싶소, 혹은 가능할 법한 일일까요. 즉, 너는 박탈당한 자식이다.(416) 나는 살해된 아버지다. 너의 어머니는 죄 많은 여왕, 타고난 해서웨이(Hathaway), 즉 앤 셰익스피어이다, 라고?(U 9. 155)

세익스피어의 아내는 거트루드(Gertrude)로서, 사망한 육체의 자식(consubstantial son) 햄넷(Hamnet)을 햄릿(Hamlet)으로서, 셰익스피어 유령으로서, 두 형제의 복합적 크로디우스(Claudius)로서 - 영원히 다투다니, 양자는 충분히 용기만발勇氣滿發이라, 그리고 그것은 셰익스피어 학자요 조이스의 도제徒弟인, 영국의 조이스 학자요 소설가인, 안소니 버저스(Anthony Burgess)의 최고의 소설, 〈태양 같은 것은 없다〉(*Nothing like the Sun*)(1964)로서, 셰익스피어에 관해 여태 유일하게 쓰이고 성공을 거둔 작품이다. 저자는 이 책에 대해 다음과 같이 서술하거니와,

- 나의 책은 학구성을 자랑하지 않는다. 단지 조이스의 작품을 읽기를 원하는 일반 독자를 돕기를 바랄 따름으로 교수들에 의하여 상처를 남긴 자들이다. 어려움의 출현은 조이스의 커다란 농담의 부분일 뿐이다. 심오성은 멋진 원만한 더블린 말로 어제나 표현된다. 조이스의 영웅들은 겸손한 사람들이다. 만일 대중을 위해 작가가 있다면, 조이스는 바로 그 작가이다. 페이퍼 대중을 위해 가능한 〈율리시스〉와 〈경야〉를 위해 다가오고 있는지라, 그것은 이미 보다 일찍, 보다 정통적인 소설이다. 이들 대중들은 일종의 이야기 줄거리 개요가 필요하거니와, 그것은 나의 책이 행하려고 하는 것이다.(버저스, p.6.)

버저스는 조이스의 사랑하는 후배로서, 조이스 같은 스티븐의 확장 이론을 마련하거니와, 이는 이 글의 필자가 오래전 문학 장면과 필자의 마음속에 되 범벅을 만들었으니, 그가 발견하기를 스스로 잘못 기대하는 것이요, 조이스를 재차 읽으면서, 그가 잘못을 많이 발견하지 않도록 함으로써, 그것은 버저스 속에 화려하게 잠재해 있는 것이다. 그것은 부분적으로 조이스의 스티븐이 아주 정교하게 암시했기 때문으로, 그들의 내적 친근과 황홀 속으로 셰익스피어의 생활과 작업을 총체적 비전(vision)(환상幻想)으로 응축하는 것이다. 보다 앞서, 〈율리시스〉의 말라카이(벽 멀리건)는, 그이 속에 조이스가 시인 - 의사요 전반적 미숙련 노동자인, 올리버 성

존 고가티(Gogarty)를 희화화繪畫化하여, 이론을 설명했다. "그건 아주 간단해. 그는 햄릿의 손자가 셰익스피어의 조부祖父요 자기 자신은 자기 부친의 유령임을 대수代數로써 증명한다네." 이것은 예리한 패러디요, 또한 명백한 힌트인지라, 스티븐의 목적이 부성父性 자체의 권위를 용해한 것이다. 〈율리시스〉의 도서관 장면에서 스티븐은 다음처럼 유려하게 장광설을 터트린다,

- 부성은, 의식적意識的인 출산이란 의미에서 보면, 인간에게 미지(부재)의 것이요. 그것은 유일의 생부生父로부터 유일의 생자生子에게로 전해지는, 신비적인 자산資産이며, 사도적使徒的인 상속 물이오. 교회가 건립되고, 확고부동하게 건립된 것은 저 신비성 위에서이지 그 교활한 이탈리아의 지성이 유럽 대중에게 내던진 마돈나 상像 위에서는 아니었소, 왜냐하면 그것은, 대소우주인, 세계와 마찬가지로, 공허空虛 위에, 건립되었기 때문이오. 불확실한 것 위에, 무망無望한 것 위에 말이오. 주격 및 목적격 속격인, '아모르 마뜨리스(모성애)'는 아마 인생에 있어서 유일한 진리인지 모르오. 부권父權이란 한 가지 법률상의 허구인지도 모르오. 어느 자식이 부친을 사랑한다거나 아니면 부친이 어느 자식을 사랑해야 하다니 어느 자식의 부친은 누구겠소?(U 170)

스티븐은 이 견해를 급히 조롱하지만 그것은 쉽사리 조롱되지 않고, 쉽사리 이해되지 않는지라, 왜냐하면 그것의 연루連累는 끝이 없기 때문이다. 교회와 모든 기독성基督性은 만일 그것이 믿어지면 녹아버리고, 조이스는 그 점을 철회하지도 다투지도 않았다. 윌리엄 엠슨(Sir William Empson) 교수는 그가 매력적으로 휴 케너(Hugh Kenner) 교수를 유약柔弱(Kenner smear)이라 이름 지은 것을 항의하는 바, 비록 그가 그것을 엘리엇 유약(Eliot smear)이라 부를지언정, T. S. 엘리엇(Eliot)이 휴 케너를 선행시켜, 조이스의 상상을 "탁월한 정교正敎"(eminent orthodox)로서 세례 시켰기 때문이다. 엠슨 교수는, 물론, 옳다. 즉, 기독화基督化하는 조이스(Christinazing Joyce)는 애처롭게도 비평적 과정이기 때문이다. 만일 〈율리시스〉에 성배聖杯가 있다면 그것은 셰익스피어이요, 만일 어느 부성父性(consubstantiality)이 있다면, 그것은 당당한 이야기이며, 그러자 조이스는 자기 자신을 셰익스피어의 아들로서 보고 싶은 것이다. 그러나 〈율리시스〉에서 조이스는 어디 있는가? 확실히 그는 책(작품)에서 대표되지만, 이상하게도 스티븐(정신적 자식)과 폴디(Poldy)(육체적 부친)간에 분할 된 채, 젊은 예술가로서 조이스와 인도적, 호기적好奇的 인간으로서 조이스는 폭력과 중오를 거절했다. 분할의 이상성(strangeness)은 비평적 해결을 반대한다. 영어의 개성으로, 마지막 소설적 상항에서, 권유적 등장인물들이 〈경야〉의 신화 그리고 사무엘 베케트(Beckett)의 부정父情속으로 용해하기 전에, 우리는 부성父性(paternity)이, 심미적 개념이지만, 단지 불확실한 것이라는, 전적으로 다정한 과시가 부여될 뿐이다.

독자는 소설 〈율리시스〉가 〈오디세이〉와 더불어 보다 〈햄릿〉와 더불어 한층 관계한다고 정확하게 감지하지만, 셰익스피어, 조이스, 데덜러스 그리고 블룸의 4자간의 관계는 무엇인가? 〈율리시스〉는 소설 군단群團을 장식할 충분한 말의 광휘(verbal splendor)를 지니지만, 우리는 '규범'(canon)에서 책의 중심적 위치는 조이스의 문체들을, 그들 중 모든 것을 통달할지라도, 초월함을 우리는 감각한다. 프루스트의 심미적 신비주의(aesthetic mysticism)는 조이스의 방식이 아니요, 베케트는, 조이스와 프루스트 양자로부터 상속받는 바, 프루스트의 승리의 수도사적修道士的 거절(ascetic's refusal)같은 중요한 실체를 보여준다. 조이스는 수수께끼로 남으며, 그와의 종사는 필자에게 그가 수수께끼 속으로 여는 몇몇 방법들 중의 하나인 듯 보인다.

- 스티븐은 역설과 교회 신학(Church theology)간의 교전 속으로의 셰익스피어적 산보를 확장한다. 들판의 모든 짐승들 가운데서 가장 교활한 이교도의 시조인, 아프리카인人, 사벨리우스(Sabellius)는 성부聖父는 자기 자신이 자기 자신의 성자聖子라 주장했소. 그와는 한 마디의 타협도 불가능한, 불도그 같은 아퀸이 그를 논박하오. 글쎄. 만일 자식이 없는 부친은 부친이 될 수 없다면 부친이 없는 자식은 자식이 될 수 있을까요?(U 170)

다음 문구가 뒤따르나니, 스티븐이 덧붙었는지라, 〈햄릿〉을 쓴 시인은 "그가 자신이 모든 그의 혈통의 부친, 자신의 조부의 부친, 그의 태어나지 않은 손자의 부친이었거나 혹은 스스로 느꼈던 거요, 그리하여 그의 손자는, 그 꼭 같은 증거로, 결코 태어나지 않았다."(171) 이로부터 하느님 - 같은 셰익스피어는 출현하고, 그러나 그는 아마도 오직 스티븐의 예술가의 초상이라. 그리고 스티븐, 그는 셰익스피어 - 강박관념적強迫觀念的(Shakespeare - obsessed)일지라도, 그의 자신의 것이 아니라 폴디의(Poldy's) 책 속에 있다.

만일 〈율리시스〉 속에 일종의 신비가 있다면 그것은 리오폴드 블룸 속에 거주하거니와, 그리하여 그는, 저 사멸의 신, 셰익스피어에 대한 그의 자신의 수수께끼 같은 관계를 갖는다. 스티븐의 셰익스피어는 폴디의 한갓 예언이다. "셰익스피어는 자기 자신이 그의 자신의 아버지인 아버지이다." 그는 선구자도 없으며, 상속자도 없는 바, 그것은 분명히 저자로서 조이스 자신의 비전이다. 폴디의 아버지인, 그의 선조의 유대인 측은 스스로 살해되었고, 폴디는 어떤 이가 아무튼 정신의 아들로서 스티븐을 구성하지 않는 한, 살아 있는 아들을 갖지 않는다. 〈율리시스〉에서 유일한 정신은 셰익스피어, 유령의 아버지 그리고 유령의 아들이요, 그리하여 우리는 그의 정신이 다소 단테 식의 스티븐이 아니고, 조이스 - 같은 블룸 위에 정착하고, 셰익스피어에서 그의 좋아하는 장면은 햄릿과 셰익스피어 극(〈햄릿〉극)의 제 5막의 묘굴인墓堀人들 간의 대화이다.

우리는 셰익스피어류類인 폴디 속에 무엇을 발견할 수 있는가? 필자는 의심하거니와, 대답은 조이스의 개성적 완전한 대표와 관계하는 중요한 뭔가를 가져야만 하고, 그리하여 그것은 셰익스피어의 마지막 입장, 혹은 영문학에서 셰익스피어류類의 모사模寫(mimesis)의 긴 역사에서 최후의 에피소드로서 간주될 수 있을 것이다. "셰익스피어가 거울을 자연을 향해 비친다"(Shakespeare held a mirror up to nature)고 그대가 믿든 않든, 그대는 조이스가 폴디 속에 구축하는 자연 인의 한층 충만된 초상을 발견하는 어려움을 가질 것이다. 그것은 조이스 편으로 괴변적怪變的 판단으로 생각될지 모르나, 조이스류의 셰익스피어는 확실하리라.

조이스의 셰익스피어는 연극인이 아니었다. 조이스는 불가사이하게도 노르웨이의 수도 오스로(Oslo) 정청 광장에 그의 동상이 사자처럼, 민족의 영웅인양 좌장坐贓한 영웅 작가 입센(Ibsen)의 연극 〈우리들 사자死者가 깨어날 때〉(When We Dead Awaken)를 자신의 〈오셀로〉(Othello)보다 한층 극적으로 판단했다. 조이스의 드라마의 개념은 이해하기에 쉽지 않으며, 그의 셰익스피어는 분명히 행동의 시인詩人이 아니요, 남과 여의 창조자이다. 만일 우리가 폴디의 셰익스피어주의主義(Shakespeareanism)를 밝힌다면, 우리는 드라마를 발산하고, 변화의 묘사에 집중하리라. 필자가 〈율리시스〉에 관해 생각할 때, 당사자는 첫째로 폴디를 생각하지만, 드물게 교환의 인물로서 혹은 한 상관관계로서 생각한다. 블룸 씨에 관한 계산이란, 그의 이해성(comprehensiveness) 때문에, 그의 연민(pathos)이나 혹은 개성이 그러하듯 그의 풍조(ethos)만큼 많으며, 심지어 그의 로고스(logos)나 혹은 사상은, 그러한 만큼 당연히 성스럽게도 보편적이다. 폴디에 관해 보편적이 아님은 그의 의식의 부富이요, 그의 감정感情과 감성感性을 이미지들로 변용하는 그의 능력이다. 그리고 거기, 필자의 생각에, 근본원리가 있으니, 즉, 폴디는 일종의 셰익스피어적 내성耐性을 가지며, 내적 생명보다 한층 심오하게 들어나는 것이란, 스티븐, 혹은 몰리의 작품에서 그 밖에 타자 속에 있다. 영국 소설가들인, 제인 오스틴(Jane Austin), 조지 엘리엇(George Eliot), 그리고 헨리 제임스(Henry James)의 여주인공들은 폴디보다 한층 세련된 사회적 감수성들이나, 심지어 그들은 그의 내적 전환과 비교될 수 없다. 심지어 그가 지각하는 것에 대한 그의 반작용이 단조로울 수 있을지라도, 그에게 아무것도 효과가 없지 않는 지라. 조이스는 그가 자신의 작업에서 그 밖에 아무도 호의를 베풀 수 없는 바, 이는 재차 전기가인, 리처드 엘먼이 그의 강조에서 개척했던 점이다.

조이스는 플로베르(Flaubert)를 감탄했으나, 폴디의 의식은 에머 보바리(Emma Bovary)의 것을 닮지 않았다. 그것은 이상하게도 간신히 중세적中歲的 나이 남자의 고대적 심리(psyche)이요, 그리하여 작품의 그 밖에 매인每人은 블룸 씨보다 한층 젊어 보인다. 아마도 그것은 그의 유태성猶太性의 수수께끼와 관계가 있는 무엇을 지닌다. 유태의 전망에서 폴디는 유태인이 아니요 그런데도 유태인이다. 그의 어머니와 그녀의 어머니는 아이리시 기독교도이다. 그의 아버지 비라그(Virag)는 유태인으로, 그는 신교도주의로 개종했다. 폴디 자신은 기독교도요 가톨릭교도이지만, 그는 사망한 부친과 동일시하며, 분명히 자신을 유태적이라 간주하고, 그의 아내와 딸은 그렇지 않은데도, 불안하게 유태인으로 생각한다. 더블린은 그를 불안하게 유태인이 됨을 생각하지만 그의 고립은 자기 부과賦課처럼(self - imposed)보인다. 그는 많은 지인들을 가지며, 분명히 매인을 알고 있다. 하지만 우리는 그의 친구들이 누군지 물으면 놀랄 것이니, 왜냐하면 그는 영구히 자기 내부에 있으며, 놀라울 정도로 한 사람의 다정한 남자로서 그렇다.

필자는, 〈밤거리의 율리시스〉(*Ulysses in Nighttown*)에서 지로 모스텔(Zero Mostel)이 아주 강한 오도誤導된 역할을 통해서 민활하게 절반 춤추는 것을 살핌으로써 한때 매력적으로 보였지만, 작품을 재독再讀했을 때 모스텔(Mostel)의 이미지를 반항해야만 한다. 조이스는 멜 브룩스(Mel Brooks)가 아니지만, 때때로 그는 폴디를 유태의 유머 감각처럼 보이는 것으로 투자했다. 모스텔은 매력적이요, 폴디는 그렇지 않다. 그러나 폴디는 조이스를 감동시키고 우리를 감동시킨다. 왜냐하면 아주 많은 아일랜드인들 사이에서, 단지 그는 조이스의 선배 시인인, 예이츠(Yeats)가 부르는 "광적 심장"(fanatic heart)을 발휘하지 않는다. 휴 케너(Hugh Kenner)는 조이스에 관한 그의 최초의 책에서 폴디를 일종의 '엘리오틱 유태인'(Eliotic Jew)(반半 세미틱 엘리엇(anti - Semitic T. S Eliot)이요, '인정의 조지 엘리엇'(humane George Eliot)이 아닌)으로, 20년의 더 많은 연구 뒤에, 블룸 씨를 현대의 탈자脫者의 본보기로서, 능변으로 한층 조이스적 판단을 했거니와, 그것은 조이스의 주인공이 "악의 없이, 폭력 없이, 증오 없이 아일랜드에 살기 적합했기 때문이다." 우리들 가운데 얼마나 많은 자들이 이제, 아일랜드에 혹은 합중국(the United States)에, 증오 없이, 폭력 없이, 증오 없이 살기 적합한가?(fit to live in Ireland without malice, without violence, without hate?) 우리들 가운데 누가 폴디에게 겸손하도록 유혹될 것인가, 비록 우리에게 철저하게 인자한 인간의 대표로서 그토록 권유적일지라도, 만일 그들이 그 밖에 다른 곳에 유용하다면, 누가 우리에게 그토록 홍미롭게 남을 것인가?

기벽嗜僻스럽게도, 충분히 원기 있게, 자기 - 소유적 그리고 무한히 친절하게, 심지어 그의 호기심에서 피학대중적(masochistic) 폴디(Polgy)는 조이스의 본색처럼 보이거니와, 어느 셰익스피어적 성격이 아니고, 유령의 셰익스피어 그이 자신의, 한 때 매인每人이요 무인無人이라 - 약간 아마도 보르헤스적(Borgesian) 셰익스피어이라. 이것은, 물론, 시인 셰익스피어가 아니라, 시민 셰익스피어로서, 폴디가 더블린을 배회하듯 런던을 배회한다. 스티븐은, 그의 도서관 논쟁에서 특별히 무분별한 순간에, 비록 스티븐이 신비스런 탈수성脫水性(prolepsis)으로 이외에는 그것을 알 수 없을지언정, 아마도 폴디의 모델로, 한 유태인이었음을 암시하기 위한 점까지 나아간다. 스티븐의 이론의 클라이맥스는 우주적 완성으로서 셰익스피어의 생활의 가장 비범하고 당혹스런 소명召命에 도착한다,

- 남자고 하물며 여자고 그를 기쁘게 하지 못하지요, 스티븐이 말했다. "그는 부재不在의 생활 뒤 그가 탄생했던 곳, 그가 어른이나 소년으로, 언제나 침묵의 목격자로서 지냈던 지상의 그곳으로 되돌아, 거기, 인생의 여정을 마치고, 뽕나무를 땅에 심는 거요. 그리고 죽는 거요. 동작은 끝난 거요. 묘굴인墓堀人들이 '뻬르(부친)' 햄릿과 '피스(자식)' 햄릿을 매장하오. 왕과 왕자가, 부수적인 음악이 연주되는 가운데, 마침내 죽음에서 한 몸이 되지요. 그리고, 비록 암살을 당하고 배신을 당했을지언정, 모든 연약하고 부드러운 마음들에 의해 애도되지요, 그 이유인즉, 덴마크 인이든 더블린 인이든, 사자死者에 대한 슬픔은 유일한 남편으로, 그로부터 그들은 떨어지기를 거절하기 때문이요. 만일 여러분들이 극의 종곡(에필로그)을 좋아한다면 한참 동

안 그것을 잘 읽어 보오. 번창하는 프로스페로스는, 보상받는 착한 사람으로, 리찌, 조부의 사랑의 귀염둥이, 그리고 숙부 리치란 말이요, 나쁜 흑인들이 가는 곳으로 권선징악勸善懲惡에 의하여 추방된 악인이지요. 감동적 막幕(종말)이 내립니다. 그는 자신의 내면세계에 존재했던 것을 외면 세계에서 가능한 실질적으로 발견했소. 메테를링크는 말하기를, *만일 오늘 소크라테스가 자신의 집을 떠난다면 그는 자기 집 문간에 현자가 앉아 있는 것을 발견하리라. 만일 유다가 오늘 밤 외출한다면 그의 발걸음은 유다 자신에게로 향하리라.* 모든 인생이란 나날이 거듭되는, 수많은 날의 연속이오. 우리가 우리들 자신을 통하여 걸어 갈 때, 강도, 유령, 거인, 늙은이, 젊은이, 아내, 과부, 애愛형제들과 만나지만, 그러나 언제든지 결국에 만나는 것은 우리들 자신이오. 이 세상에 관해 전지全紙 2절판의 책을 쓰고 그것도 서툴게 쓴 극작가(하느님은 우리들에게 먼저 빛을 주었고 이틀 후에 태양을 주었소), 가톨릭교의 최고의 로마인이, '디오 보이아,' 교수자絞首者 신神,이라 부르는 존재하는 만물의 주主는, 의심할 바 없는 우리들 모두의 통들은 모두로서, 마부馬夫요 백정白丁이요, 그리고 또한 창부 및 오쟁이진 자이지만, 햄릿에 의해 예언 된, 천국의 섭리攝理에는, 이제 더 이상 결혼도,(U 175)

스티븐은 그의 우화寓話의 완성을 암시할 정도로 이런 식으로 셰익스피어의 최후의 날들의 이야기를 종합한다. 셰익스피어는 귀가하고 사망한다.

스티븐의 강조는, 여기 확실히 조이스의 대변자로서, 그것은 〈햄릿〉의 시인에 대한 최후의 칭찬인지라, 기독성基督性의 신紳에 대항하는 만큼 하다. 두 개의 연극들이 있으니, '가톨릭 신'과 셰익스피어도, 그들 양자는 신들이다. 그러나 셰익스피어의 예언자, 햄릿은 "영광을 받은 인간도, 아내가 자기 자신이 되는, 양성兩性의 천사도 존재하지 않아요." 이 세계와 셰익스피어의 것, 전질 2절판(folio) 가운데, 조이스가 애호愛好는 그의 유령의 아버지를 위한 것이요, 그는 부재의 생활 뒤에 돌아오나니, 조이스는 그렇게 하기 위해 살지 않았지요. 나머지는 침묵이요 종말에서 추방은 끝나고, 모든 부정不正 또한 그랬다오. 몇몇 문장들은, 심지어 〈율리시스〉에서 "우리가 우리들 자신을 통하여 걸어 갈 때, 강도, 유령, 거인, 늙은이, 젊은이, 아내, 과부, 애愛형제들과 만나지만, 그러나 언제든지 결국에 만나는 것은 우리들 자신이오. 이 세상에 관해 전지全紙 2절판의 책을 쓰고 그것도 서툴게 쓴 극작가(하느님은 우리들에게 먼저 빛을 주었고 이틀 후에 태양을 주었소)"(175)처럼 불가능하지 않다. 그것은 조이스가 창가唱歌하듯이 (어떤 상실과 더불어) 압축 될 수 있는지라, "나는 나 자신을 언제나 만나면서, 셰익스피어의 유령을 만나면서, 그러나 언제나 나 자신을 만나면서." 이러한 영향을, 그리고 셰익스피어를 내면화하기 위한 힘을 가짐에 있어서 자기 - 자신의 고백은 그것 자체의 규범적(canoical) 광휘에 대한 〈율리시스〉의 최선의 인사라 불릴 수 있으리라.

비코의 환環들에 의해 그것 자체를 조직화하는 여기 필자의 "서부의 규범"(the Western Canon)에 대한 연구는 〈경야〉를 거의 무시할 수 없거니와, 그것은 스스로의 어떤 원칙들을 위해 비코에 의존한다. 〈경야〉가 〈율리시스〉 보다 한 층, 우리들 세대야 말로 프루스트의 〈잃어버린 시간을 찾아서〉를 위해 생산한 유일한 신뢰적 라이벌인 이래, 그것은 마찬가지로 여기 입장을 개최한다. 이것이 바로 노먼 오 브라운(Norman O. Brawn)의 "다기적多岐的 도착성倒着性"(multifarious perversity) 또는 "다문화주의"(multiculturalism)이라 잘못 부른 운동으로 전적으로 반反 - 지적 및 반 - 문학적 운동은 대부분의 정전적서적正典的書籍을 의미하는 상상적 및 지각적 어려움을 제시하는 대부분의 책들인, 커리큘럼으로부터 이동하고 있다. 조이스의 걸작인, 〈경야〉는 너무나 많은 기초적 난해성들을 제시하는 바, 우리는 그것의 존속에 관하여 걱정해야만 한다. 필자는 그것이 스펜서

(Spencer)의 위대한 시적 낭만인, 그의 대작 장편 우의시愚意詩 〈신선여왕神仙女王〉(*The Faerie Queene*)에서 동반同伴을 발견하지 않을까 생각하거니와, 이 두 책들은, 단지 열성적 전문가들의 작은 무리에 의하여, 여생동안, 읽혀지리라 생각한다. 이것은 일종의 비극이요, 그러나 우리는 20세기 소설가들인, 미국의 모더니스트요, 〈소리와 분노〉(*Sound and Fury*)의 소설가 포크너(Faulkner)나, 영국의 모더니스트 소설가인, 〈로드 짐〉(*Lord Jim*)의 작가 콘라드(Conrad)등이, 같은 운명을 견지할 때의 시간을 향해 움직이고 있다. 필자의 가장 절친한 친구들 중의 하나요, 아도르노(Adorno)와 그의 프랜크루트 파(Frankurt School)의 하나는 헤밍웨이(Hemingway)를 오히려 부적한 '치카노'(Chicano)(멕시코 계의 미국인 노동자들)의 단편 소설 작가를 편들어 필수과목으로부터 떨어뜨려야 하는 그의 대학의 결정을, 그의 학생들이 이리하여 미합중국에 살기를 준비하는 것이 보다 낳을 것이라 필자에게 말함으로써, 옹호했다. 심미적 수준들은, 그가 함축했거니와, 우리들의 사적 독서의 흥미를 위해 있으나, 대중의 면에서 당장은 사악했다. 헤밍웨이의 중편 소설 중에는 단연코 〈노인과 바다〉(*The Old Man and the Sea*)가 일품으로, 그것의 모더니즘적 문체는 독자의 혼을 울린다. 그 중에서도 이는 장편이 아니고 중편이라 결코 지루하지 않고, 필자 대학 제임 시에 수넝동안 학생들의 교제로 읽었다. 특히, 이 작품은 독자에게 어떤 유혹을 제공하는 바, 하나는 그 곳으로 너무 많이 읽도록 하는 요혹이 그 자체이다. 비평가는 연달아 이 짧은 작품이 마치 호머의 〈일리어드〉(*Illiad*)나 셰익스피어의 〈리어 왕〉(*King Lear*)인양, 그 속에 상세한 기독교적 알레고리들, 악과 고통의 문제의 심오한 탐사, 실존주의, 성배聖杯의 탐색, 등등이다.

여기 헤밍웨이의 〈노인과 바다〉를 들어, 필자가 첨가 하고 져 하는 것은, 이 책이 독자에게 어떤 유혹을 제공하는 것으로, 그 주된 것이란 작품 속으로 너무 많이 뚫고 들어가 읽는 유혹을 야기한다는 것이다. 비평가들은 연달아 이 짧은 이야기가 마치 호머의 〈일리아드〉나 혹은 셰익스피어의 〈리어 왕〉인양 여긴다는 피치 못할 점이다. 그것은 작품 속에 상세한 기독교의 알레고리, 악과 고통의 문제들의 세심한 조사요, 실존주의, 성배聖杯(the Holy Grail) 탐색, 예술가의 영웅적 진력盡力의 우화의 탐색, 등등이다.

문학 작품으로부터 "주제들"을 끌어내거나 혹은 열병하기란 너무나 쉬운 일이다. 학생들은 인간의 성격이나 인간의 행동의 모방보다 차라리 철학의 에세이처럼 이야기를 소리로 만드는 것이 인상적으로 쉽고 유혹적이다. 여기 우리가 가진 것이란 결코 사소한 이여기가 아니요, 그러나 엄숙한 의미로 그것을 과중하다니 나쁘다는 것이다. 헤밍웨이는(〈오후의 죽음〉의 16장에서) 다음을 썼다.

> - 심각한 작가는 엄숙한 작가로 혼돈되지 않는다. 심각한 작가는 매나 혹은 말똥가리 혹은 심지어 맵시 꾼이 될지 모르나, 엄숙한 작가는 언제나 경칠 부엉이이다.(Chap. 16)

헤밍웨이의 비평가들이나 해설가들 사이에는 너무나 부엉이들이 많았다. 그리하여 너무 많은 추상적, 도덕적 및 철학적인 것이 본질적으로 탁월하게 단순하고 분명한 소설인 것에 쌓여 왔다. 우리는 가장 심각한 것을 쳐다보기 시작할지니, 〈바다와 노인〉에서 단지 엄숙한 것에 대해 반대되는 것으로, 그것은 그것에 사실주의나 서술로서 활력을 주는 것이다.

그 밖에도 헤밍웨이 중편으로, 〈킬리만자로의 눈〉(*The Snows of Kilimanjaro*)이 있거니와 현실과 환상(꿈)의 교차병열交叉竝列은 다분히 모더니즘적 요소이다. 그것은, 그들 중의 최고로서 최상의 헤밍웨이 단편소설로부터, 〈경야〉의 사료 깊은 도약이요, 우리의 신新 반反엘리트 (antielitist) 도덕성은 점점 적은 숫자의 독자들에게 그 책을 인도하리라. 여기, 몇 페이지로서 필자는, 만일 심미적 장점이 재차 정전正典(canon)을 중앙에 둔다면, 관찰하는 이상으로, 〈경야〉를 거의 올바르게 나타낼 수는 없으리라. 이 〈경야〉는 프루스트의 〈잃어버린 시간을 찾아서〉처럼, 우리들의 혼돈(카오스)이 셰익스피어나 단테의 높이에 도달할 수 있을 만큼 접근하리라. 뒤따른 필자의 관심인 즉, 조이스의 번뇌(agon)의 이야기를 셰익스피어와 더불어 단지 계속할 따름이니, 그를 그(조이스)는 아무튼 최고의 작가들로서(최소한 조이스 이전에) 발견했을지라도, 극적으로 입센보다 열악한지라(이는 그가 결코 흔들리지 않는 과격한 판단이요) 그러나 우리는 그를 자신의 위대한 언급에 대한 감사에서 그를 용서하리니, 어떤 사람들은 입센이 〈헤다 가블러〉(*Hedda Gabler*)에서 여성주의자였음을 생각하지만, 그가 여성주의자가 아님은 누구나가 대주교가 아님과 같다.

〈경야〉는, 모든 비평가들이 동의하거니와, 〈율리시스〉가 끝나는 곳에서 시작한다. 즉, 폴디는 잠 자로 가고, 몰리는 멋지게 명상하고, 이어 〈경야〉에서 보다 큰 매인(HCE)은 밤의 책을 꿈꾼다. 이 새로운 매인每人(Everybody)은, 험프리 침던 이어위커로서, 개성을 지니기에는 너무나 큰지라, 블레이크(W. Blake)의 서정시의 원초적 인간인 앨비언(Albion)이 인간의 개성을 지니지 않음과 같다. 그것은 항상 〈율리시스〉로부터 〈경야〉로 돌림에 있어서 필자의 슬픔이다. 〈경야〉는 한층 더 풍요로우나, 조이스가 "세계의 역사"라 부르는 것을 얻을지라도 폴디를 잃는다. 그것은 대단히 별나고 강력한 역사로서, 문학사를 포함하고, 〈율리시스〉와는 달리, 그것의 모델로서 모든 문학을 택하는지라, 그것은 〈햄릿〉이 〈오디세이〉의 신기한 혼합물에 스스로 건립되었다. 셰익스피어와 '서부의 정전正典'(Western canon)은 하나이기 때문에, 그것은 필연적으로 조이스를, 주된 원천인(〈성경〉(Bible)과 같이), 책의 페이지들을 홍수지운, 감추어진 인유들과 인용들인, 셰익스피어로 돌려놓는다. 이를 위해, 필자는 재차 제임스 S. 아서턴(Atherton)의 〈경야의 책들〉(*the Books at the Wake*)(1960)에 의존하는데, 〈경야〉가 소환하는 몇몇 멋진 연구들과, 〈케임브리지 저널〉지(*Cambridge Journal*)에 실린, 매슈 호드가트(Matthew Hodgart)의 개척자적 수필 "셰익스피어와 〈경야〉"(*Shakespeare and 'Finnegans Wake'*)에 빚진다.

아드라인 글라신(Adline Glasheen) 교수는 그녀의 〈경야〉의 "세 번째 연구 조사"(*Third Census of Finnegans Wake*)(1977)에서, 언급하기를,(앞서 장 참조) 셰익스피어 및 인간과 그의 작품들은 〈경야〉의 모체, 즉, "금속, 화석, 보석이 감싸이고, 묻힌 바위 덩어리"(전출)라 했다. 그것은, 물론, 독자들이 얻을 수 있는, 절대적으로 모든 전망을 필요로 하는 책의 단지 한 전망이다. 〈율리시스〉의 셰익스피어와, 필자가 그러리라 발견한 성령聖靈 및 〈경야〉의 셰익스피어 간의 가장 큰 차이는, 조이스야말로 처음으로 그의 선구자요 경쟁자의 시기猜忌를 기꺼이 표현하는 것이다. 그는 셰익스피어의 선물과 그의 영역領域을 그토록 많이 욕망하지 않는다 - 조이스는 자신이 그들에서 셰익스피어와 동등했음을 믿었지만 - 셰익스피어의 청중을 정당하게 질시한다. 질투는 조이스가 의도했던 것보다 오히려 〈경야〉를 아일랜드 문학의 특성인, 희비극주의(tragisomicism)로 만든다. 작품의 감수는 죽어가는 조이스를 탈려脫慮했으나, 그런대도, 그것은 달리 어떻게 될 수 있었던가? 블래이크(W. Blake)의 '예언'이 언어에 있어서 어떤 문학적 작품도 심지어 열성적, 관대한, 그리고 지적 독자에게 그토록 많은 초기의 장애들을 제시하지 않는다. 〈경야〉의 위대한 "아나 리비아 플루라벨" 부분의 몇 페이지 만에서, 조이스는 다음처럼 울부짖는다.

- 대지大地와 구름에 맹세코 하지만 나는 깔깔 새 강둑을 몹시 원하나니, 정
말 나는 그런지라, 게다가 한 층 포동포동한 놈을!(201)

"등측登測"(backside)에 관한 변측江測(Bankside)의 말장난, "저
주"(bedammed)에 관한 "습측濕測"(bedamp)의 말장난, 그리고 이는 이어위
커의 부인으로서 말을 잘 하는 이래, 앞서 비평가 아서턴(Atherton)의 논평
은 쉬우나니. "조이스가 말하고 있는 것이란 그가 문학이 리피 강을 셰익
스피어의 템스 강에 의해 감상되었던 남안南岸을 갖기를 바라게 한다,"고
(424) 셰익스피어는 글로브 극장(the Globe theatre)과 그의 청중을 가졌고,
조이스는 단지 동아리를 가졌다. 그의 유일한 희곡인, 〈망명자들〉(Exiles)
에게는 더블린의 애비 극장(Abbey Theatre)이 너무 협소하다. 베케트에게
그의 〈고도를 기다리며〉(Waiting for Godot)는 더더욱 그렀다. 과연 실존주
의 관객에게 적함물適合物일 것이다.
〈경야〉의 페이지들을 주시하면서, 심지어 관대한 독자라도, 만일 우리
가 자신의 최고의 작품 속으로 도약한다면, 그가 프로이트의 "격려 사례
금"(incitement premium)을 얼마나 올렸던 가에 대하여 조이스가 민감했는
지를 여하히 궁금했는지 의아해하지 않으면 안 된다. 시험적으로, 그러나,
그 사건을 몇 년 동안 곰곰이 생각한 뒤에, 필자(저자)는 조이스에 대한 셰
익스피어의 도전이 〈경야〉의 절대적 대담성을 위한 자극의 부분이었음을
생각한다. 〈율리시스〉는 자기 자신의 그라운드에 셰익스피어를 흡수하도
록 노력한다. 즉, 〈햄릿〉을 말이다. 더블린은 커다란 문맥이지만 셰익스피
어를 흡입하기에 충분히 크지 않다. 그것은 〈율리시스〉의 "써시"(키르케)

(Circe)장의 클라이맥스의 순간으로서, '밤의 도시'의 지옥에 정착한 채, 오히려 분명히 지시한다. 가련한 폴디가 열쇠 구멍을 '엿보는 톰'(a Peeping Tom)이 되는 불결함을 고통한 뒤에, 몰리를 경작耕作하도록 청탁하는 브레이즈 보일란(Blazes Boylan)을 살피면서, 스티븐의 짝패인, 술 취한 린치(Lynch)가, 거울을 가리키며 부르짖는다, "자연을 비치는 거울이야" 하고. 우리는 그러자 셰익스피어와 조이스의 두 구성원들인, 스티븐과 블룸 간의 대결을 부여 받는다.

린 치

(손가락질한다) 자연을 거울에 비추는 거다. (그는 크게 웃는다) 후 후 후 후 후! (스티븐과 블룸이 거울 속을 빤히 들여다본다. 턱수염 없는, 윌리엄 셰익스피어의 얼굴이, 거기 안면 마비로 굳어진 채, 나타난다. 그것은 현관에 수사슴 뿔의 모자걸이의 비친 그림자에 의해 왕관처럼 씌워진 채)(U 463)

셰익스피어

(위엄 있는 복화술로) 커다랗게 웃는 것은 텅 빈 마음을 말해 주는 것이니라. (블룸에게) 그대는 마치 그대의 모습이 타인의 눈에 띄지 않는 것처럼 생각했도다. 자세히 보라. (그는 불간 검은 수탉의 웃음소리로 끼룩 끼룩 웃는다) 이아고고! 나의 늙은 친구가 어떻게 하여 테스데모난 (목요일조여가장[木曜日朝女家長])을 목조라 죽였던고. 이아고고고!(U 463)

블 룸

(세 매춘부들에게 음울하게 미소한다) 나는 저 농담을 언제 듣게 될까?(U 463)

오쟁이 진 셰익스피어가(스티븐의 이론상으로) 오쟁이 진 폴디와 술 취한 스티븐을 노려보나니, 린치가 유희자들(배우들)에게 햄릿의 훈계를 인용하고, 그들의 목적이 "사실상 자연에 거울을 비쳤거나 또는 비칠 것임을 상기시킨다." 턱 수염 없이, 그리고 얼굴의 마비로 굳은 채, 셰익스피어는 그의 오쟁이의 뿔로 왕관 쓰이지만, 그가 올리버 골드스미스(Oliver Goldsmith)의 시, 〈사막의 마을〉(*The Deserted Village*)(1770)로부터 잘못 인용될 때도 여전히 권위가 있다, "큰 소리의 웃음은 텅 빈 마음을 말했는지라," 거기 "텅 빈 마음"은 "한가롭게" 혹은 "휴식의" 적극적 의미를 갖는다. 여기 셰익스피어는 린치의 텅 빈 마음뿐만 아니라, 그들이 불쌍한 폴디를 조롱할 때 보일런의 그리고 창녀들의 공허함을 비난한다. 그러나 폴디에게, 셰익스피어는 나의 "노령" 혹은 나의 "목요일의 여가장"(Thursday mother)을 암살한 "아버지"로서 몰리를 암살하는 이아고 - 보일런에 의해 걸어 채인 채, 제2의 오셀로(Othello)가 되지 말도록 경고 지시한다.

스티븐이 목요일에 태어났기 때문에, 우리는 두 연합(amalgamation)을 가진(적어도), 스티븐과 블룸의 혼용이라, 한편 셰익스피어는 재차 햄릿의 부친의 노령은 햄릿과 오셀로의 더 짙은 혼용을 첨가하지 말도록 조이스적 혼용을 경고하는 바, 이리하여 몰리 블룸을 스티븐의 죽은 오셀로, 거트루드와 데스티모나의 합동으로 만든다. 그것은 비참한 폴디에 대한 아주 농담이요, 그러나 여전히 중요한 요점을 해명하지 않는다, 즉, 왜 셰익스피어가 변용하여 고로 그는 겁쟁이가 아니나, 턱 수염 없고 얼어붙은 얼굴을? 엘먼은 언급하는 바, 즉, "조이스는 우리에게 그가 가까운 본체로서, 완전한 자들이 아닌 채 작업하나니, 그러나 나는 나의 보다 초기의 판단에 견지하나니," 조이스는 마침내 "근심의 영향"(influence anxiety)의 경우를 인정하도다. 선구자 셰익스피어는 그의 추종자, 스티븐 - 블룸 - 조이스를 효과적 말로 조롱하는 바, 즉 "그대는 거울 속을 노려보는 고, 그대 자신을 나로서 보도록 애쓰면서, 그러나 그대는 그대의 실체를 보나니, 단지 턱 수염 없는 본색이요 나의 한 때의 잠재력이여, 그리고 얼굴의 마비로 굳은 채, 나의 용모의 안락을 결하도다." 〈경야〉에서, 조이스는 이를 〈율리시스〉에서 그에게 셰익스피어의 작별로서 회상하면서, 최후 라운드에서 셰익스피어와 더불어 투쟁 속에 보다 잘 할 것을 결심한다.

〈경야〉의 종말, 죽어가는 아나 리비아의 독백 - 어머니, 아내, 그리고 강으로서 - 그녀는 비평가들에 의해 모든 조이스의 글들 가운데서 가장 아름다운 구절로서 빈번히 그리고 정당하게 평가된다. 58살로 나아가면서, 조이스는 1938년 11월에 분명히, 그의 최후의 픽션을 쓴지 2년 조금 뒤에 그는 사망했다. 그가 60살에 죽기 바로 직전이었다. 패트릭 파린더(Patrick Parrinder) 교수는 민감하게 언급하기를, "죽음이, 호기심, 번뇌, 조롱 및 익살로서 조이스의 보다 초기 작품 속에 담겨 있었는지라, 그것은 여기 고통스런 흥분이요, 공포의 환락이라." 만일 셰익스피어를 저 능란한 문장 속에 "조이스"로서 대신 한다면, "여기"는 〈리어 왕〉에서 바로 종말로 왕의 죽음이 될 것이다. 조이스의 종말에서 바다로 나아가는 강은 그녀의 미친 아버지의 양팔에서 죽은 코델리아의 대본臺本이 될지니, 정말 곧 스스로 죽을지라. 우리는 밤의 잠에서 문학사文學史의 전체를 살 수 있는가? 〈경야〉는 그렇다고 말하며 단언할지니, 역사가 겪은 길고도, 불연속의 모든 꿈속에 하나를 통과할 수 있는가? 재차 조이스의 헌신적 도제徒弟인, 안소니 버저스(Anthony Burgess)는 - 탈출한, 새뮤얼 베케트와 대조로서 - 말하기를, "세상에서 존슨 박사(Dr. Johnson)와 폴스텝(Falstaff)을 보는 것은 가장 자연스런 일이라, "차링 크로스"(Charing Cross) 기차 정거장에서 기다리는 이웃 집 문의 여인과 마찬가지로." 나는 나 자신의 블룸 식 꿈을 회상하거니와, 거기서 나는 나의 대인代人이라 할, 지로 모스텔 씨(Mr. Zero Mostel)와 더불어 랑데부를 지키기 위해, 그리고 〈율리시스〉 급級까지 정시에 도착하지 못하는, 그것이 나의 통상적 "근심의 꿈"(anxiety dream)임을 결정하기 위해 깨어 있었다. 정거장에 기다리는 것은 인생과 문학으로부터 다 같이, 내가 다시는 결코 만나기를 원치 않는 매인이었다.

저 꿈은 흥미가 아니었다. 〈경야〉는 그랬다. 그리고 때때로 우스운 일이다, 마치 프랑스의 풍자 작가 레버레이(Rabelais)나 혹은 블레이크(Blake)가 그의 '노트 북'(Notebook)에서처럼. 그것은 셰익스피어로 바뀐다, 그러나, 대부분 코믹 드라마 작가가 아니고, 〈맥베스〉, 〈햄릿〉, 〈줄리어스 시저〉, 〈리어 왕〉, 〈오셀로〉의 비극, 혹은 후기의 낭만 연극처럼, 예외는 코믹 창조들 중의 가장 위대한 써 존 폴스타프(Sir John Falstaff)처럼. 조이스가 셰익스피어와 역사를 혼성하다니 총체적으로 자연스러우나, 〈경야〉가 의도했던 것보다 한층 어두운 책이라든가, 혹은 그 밖에 셰익스피어 그가 있을 곳 자기 자신의 환심을 사다니. 이어위커 혹은 '매인' 이 또한, 하느님, 셰익스피어, 리오폴드 블룸, 성숙한 제임스 조이스, 리어 왕(또한 리어리[Leary] 왕), 뿐만 아니라, 많은 타자들 사이의 율리시스를 비롯하여, 시저, 루이스 캐럴, 햄릿 부왕의 유령, 폴스타프, 태양, 바다, 그리고 산이 있다.

글라신(Glasheen) 교수의 장대한 조이스의 타이틀인, "누구는 누구 매인이 그 밖에 언제"(Who is Who When Everybody Else) 아래 그의 〈셋째 조사〉(*Third Census*)가 있다.(앞서 장에서 그녀의 해석을 진작 읽었거니와) 조이스는 회화와 함유를 의도했거니와, 우리들 세기의 다른 작가들 가운데 단지 프루스트가 그것을 의도했듯이, 비록 그토록 큰 규모의 우주론적이 아닐지라도. 그러나 비극적 셰익스피어는 화해 자가 아니요, 그리고 특히 〈맥베스〉는 〈경야〉속으로 그의 길을 차단하는 어두운 작업이다. 만일 조이스가 켈트의 형태에서 리어라면, 바다의 노인처럼, 그럼 그의 코델리아(Cordelia)는 그의 비극적으로 미친 딸 루시아요, 의심할 바 없이 희극에 대한 유서遺書는 때때로 그이 속에 있다. 그이는 자기 자신을 젊은 예술가로서 기억하는지라, 필남筆男(Penman)셈은, 이내 햄릿 및 스티븐 데덜러스(맥베스 역시 그이 속에서 주춤하나니), 그리고 하리 레빈(Harry Levin) 교수가 현명하게 부른 데로, "너무 늦게온 위대한 작가의 고함"(the outcry of the great writer who has come too late)이 다음처럼 들리도다.

> - 그대는, 화사한 천국의 설교에 토대를 둔 이 두 부활절도 속에 성스러운 유년 시절부터 양육되고, 양식養殖되고, 양성養成 되고 양비養肥되었나니 그리고 다른 곳을 포효하면서(그대는 자신의 우야右夜를 약탈하거나, 자신의 좌잔左殘을 누설하며, 번득일 대로 번득이나니!) 그리고 이제, 정말이지, 이 비겁세기卑怯世紀의 공백불한당空白不汗黨들 사이의 한 깜둥이로서, 그대는, 숨겨졌거나 발견된, 신들과의 피안에서 한 쌍의 이배심二倍心이 되고 말았는지라, 아니, 저주받는 바보, 무정부주의, 유아주위, 이단주의자, 그대는 그대 자신의 가장 강도强度롭게도 의심스러운 영혼의 진공 위에 그대의 분열된 왕국을 수립했도다. 그러면 그대는 구유 속의 어떤 신을 위하여 그대 자신 신봉하는 고, 여女셈(Shehohem), 그대가 섬기지도 섬기게 하지도, 기도하지도 기도하게 하지도 않을, 아하 맙소사? 그리고 여기, 신심을 청산할 지라, 나도 역시 자존의 상실을 위해 기도하고 우리들 모두 소돔의 웅덩이 속에 다 함께 수회水廻하는 동안 나의 희망과 전율에서 탈피함으로써(나의 친애하는 자매들이여, 그대들은 준비되었는고?) 추문가의 무서운 필요성을 위하여 준비를 갖추도록 분발해야만 하는고?(U 188.18)

사육死肉의 코 방귀뀌는 자, 조숙한 모굴인, 선어善語의 가슴 속 악의 보금자리를 탐색하는 자, 그대, 그리고 우리들의 철야 제에 잠자고 우리들의 축제를 위해 단식하는 자, 그대의 전도된 이성을 지닌 그대는 태깔스럽게 예언해 왔나니, 그대 자신의 부재에 있어서 한 예언 야벳이여, 그대의 많은 화상과 일소日燒와 물집, 농가진의 쓰림과 농포膿疱에 대한 맹목적 숙고에 의하여, 저 까마귀 먹구름, 그대 음영의 후원에 의하여, 그리고 의회 띠 까마귀의 복점에 의하여, 온갖 참화를 함께 하는 죽음, 동료들의 급진폭사화急進暴死化, 기록의 회축화灰縮化, 화염에 의한 모든 관습의 평준화, 다량의 감질甘質 화약에 의한 포화회砲火灰로의 귀환을 그러나 그것은 그대의 이두泥頭의 둔감에 결코 자극을 주지는 못할 터인즉 (오! 지옥이여, 여기 우리의 장례葬禮가 닥칠지라! 오 염병이여, 이러다가 나는 푯말을 빗맞겠나니!) 그대가 당근을 더 많이 썰면 썰수록, 그대는 무를 더 베개하고, 그대가 감자 껍질을 더 많이 벗기면 벗길수록, 그대는 양파 때문에 더 많은 눈물을 흘리고, 그대가 소고기를 더 많이 저미면 저밀수록, 그대는 더 많은 양고기를 쪼이고, 그대가 시금치를 더 많이 다듬으면 다듬을수록, 불은 한층 사납게 타고 그대의 숟가락은 한층 길어지고 죽은 한층 딱딱해지나니 그대의 팔꿈치에 더 많은 기름기가 끼고 그대의 아일랜드의 새로운 스튜가 더 근사한 냄새를 풍기도다. (U 189 - 190)

여기 조이스의 젊음의 상황에 관한 유머가 있으나, 그것은 좀처럼 원초적 효과를 띠는 듯하지 않다. 아일랜드, 교회, 조이스의 전체 문맥, 그리고 작가로서 그의 자신의 자율에서 사나운 투자를 향한 깊은 심산心酸이 있다. 나는 의심하거니와, 마치 베케트가 조이스의 영향을 그의 초기 작품에 소환하기 위해 프랑스어로 글을 쓰도록 방향을 바꾸려고 했듯이, 고로 조이스는 〈경야〉에서 셰익스피어의 영어를 절교하지 않았는고. 절교는 셰익스피어적 언어유희와 말장난에 의해 부분적으로 감명 받은 채, 변증적辨證的이다. 〈사랑의 헛수고〉(Love's Labour's Lost)는 이미 조이스적이다. 위의 구절에서, 교회를 반대하는 이끌린 테니슨(Tennyson)의 "경기병대"(Light Brigade)의 패러디와 〈초상〉에서 "나는 섬기지 않겠다"(I will not serve)고 대답하는 스티븐의 메아리를 넘어, '코린트인들에서 성 파울'(Saint Paul in Corinthians)의 패러디의 최고 사나움이 있나니, ("오 죽음이여, 그대의 쓰심은 어디인고? 오 무덤이여, 그대의 승리는 어디 있는고") 하버드 대학의 조이스 학자 레빈(Levin) 교수가 지적한 만연蔓延의 괄호 속에, ("오, 지옥이여, 여기 우리의 장례가 닥칠 지라! 오, 염병이여, 이러다가 나는 풋말을 빗맞겠나니!")(O hell, here comes our funeral! O pest, I'll miss the post!)(190.3 - 9) 〈경야〉가 염병을 놓쳤는지 아닌지의 여하는 분명치 않지만, "문학"(*literature*)으로서 문학의 심각한 연구의 죽음은 필경 조이스의 최고로 위대한 성취를 운명 지운다. 셰익스피어는 〈경야〉의 작가의 주된 예例이거니와, 그이는 과연 풋말의 봉사 그것 자체가 되었다. 셈은, 우리가 듣기로, 아래 같다는 거다.

- 어떤 다른 다모자多毛者도, 다른 피수자彼鬚者(셰익스피어)도 으윽(실례!) 의식하지 않았는지라, 게다가, 위대한 도망자(스콧), 속임자(디켄스)그리고 암살자(테커리)라 할지라도, 비록 자신이 마치 토끼 난동소년亂童少年처럼 럼드람의 모든 다방의 사자들과 더불어 자신에 반시反視하여 아이반호亞李反呼 되고,[169.11 - 180] 테너 가수로서 셈, 그의 외모 - 우주에 대한 최초의 수수께끼. 호면狐面 대 호면 호사狐詐 당했다 하더라도, 그는 악惡한 비루한 패敗한 애흝한 광狂한 바보의 허영의 (곰) 시장의, 루비듐 색의 성 마른 기질을 가진 정신착란증 환자인지라, 인과의 의과意果를, 십자 말 풀이 후치사後置詞로, 모든 그 따위 종류의 것들을 스크럼, 보다 크게 스크럼, 최고로 스크럼을 짜 맞추어 선통先痛하게하고, 만일 압운이 이치에 맞아 그의 생명사선生命絲線이 견딘다면, 그는 비유적다음성적比喩的多音聲的으로 감언敢言하거니와, 모든 (샛길) 영어 유화자幽話者를 둔지구臀地球(어스 말) 표면 밖으로,

싹 쓸어 없애 버리려고 했도다.[178.8 - 179.8] 침입자의 권총 화약통을 보기 위해, 그는 열쇠구멍을 통해 내다보다.(U 177 - 78)

셰익스피어를 향한 통제統制된 침략성과 영어를 〈경야〉의 방언으로 대체代替하는 유희의 심오한 욕망, 무법의 언어, 조이스가 그것을 부른 대로, 그는 19세기 영국 소설가들 도망자 스콧(Scott), 속임자 디켄스(Dickens) 그리고 암살자, 테커리(Thackery)그리고 즉시 셰익스피어의 대조(antithesis)와 비코적 상환償還에서 셰익스피어 말이다. 빌론(Villon)에 대한 스윈번(Swinburne)의 메아리는 조이스의 마음의 오히려 비非 권유적 제시提示에 대해 타당하거니와, 문학적 무법자(outlaw)로서 폴디언(Poldian) 자신, 림보우(Rimboud) 혹은 빌론, 혀의 조각들은 여기 고조되는 바, 그리하여 〈경야〉를 통하여, 셰익스피어적 강박관념에 대해, 마치 〈경야〉의 그토록 많은 것과 더불어, 암영暗影에 대한 보상보다 한층 많은 효과의 신선이, 비록 조이스가 경이의 층계에 의하여 낙원에 언제나 오르지 못할망정, 그가 《사랑의 헛소동》의 언어에 미친 셰익스피어로 당황할 수 있는 양 하다.

만일 그대가 셰익스피어의 악마를 몰아낼 수 없거나, 그를 흡입할 수 없다면(밤의 도시에서 그의 거울 에피파니의 과제), 그대는 그를 그대 자신으로 변형하거나, 혹은 그대 자신을 그이로 변질하는 파괴된 탐색에 직면한다면, 호드가드(Hodgart), 글라신(Glasheen), 그리고 아서턴(Atherton)등 교수 - 조이스 - 비평가들이 보여주었던 것이란, 셰익스피어를 〈경야〉의 창조에로 돌리는 즐겁게도 강력한 조이스적 노력이다. 문학적 영향의 강박적 학생으로서, 나(필자, 블룸)는 문학사에서 셰익스피어의 가장 성공적 윤회輪廻로서 이러한 노력을 축하 한다. 유일한, 가능한 라이벌은 베케트인지라, 그는 〈엔드게임〉(Endgame)에서 대담과 숙련을 가지고 〈햄릿〉을 충당한다. 그러나 베케트는 〈경야〉의 초창기의 밀접한 학생으로서, 적어도 예를 들면, 그의 이전의 친구나 주인에 신중하게 빚을 졌다.

여전히 일종의 다정한 자포자기가 커다란 스케일에 의하여 증명된 채 존속하거니와, 그것으로 "위대한 셰익스피어 형면型面"(Great Shapesphere) (295.04)가 〈경야〉 속에 고용되어 있으니, 그리하여 만일 "셰익스피어의 모든 것이 그로부터 철수된 다면 책에 일어날 것이 불확실 할지라." 호드 가트(M. Hodgart)(〈제임스 조이스: 학생의 안내〉의 저자)는 거의 모든 다른 의미 심중한 인유를 동일시한다. 총체적으로 거기에는 300개의 인유가 있는 바, 우리가 보통 "인유들"이라 부르는 것을 변용할 정도로 너무나 의미심장하다. 이어위커 - 하느님, 아버지, 그리고 죄인 - 은 〈햄릿〉의 유형이라, 그러나 또한 사악한 크로디어스(Claudius)요 포로니어스(Polonius)이다. 첨가하여, 이어위커는 〈맥베스〉에서 순교된 던컨 왕, 줄리어스 시저, 리어, 사악한 리처드 3세와 두 숭고자들인, 보텀(Bottom)과 폴스탭(Falstaff)이 있다. 셈 또는 스티븐 데덜러스는 어느 때보다 한층 왕자 햄릿이지만, 또한 맥베스, 카시어스, 그리고 에드먼드요, 그런고로 조이스는 해석적 간계奸計를 가지고, 햄릿을 또 다른 실용주의적으로 암살적 영웅 - 사악한 자로 만든다. 셰익스피어의 아우는 즉시 조이스 자신의 아우이요, 오래 고통 하는 그리고 합법적으로 지지적인, 아우 스태니슬로스(Stanislous)로서, 반항적 및 셰익스피어적인 4인의 레얼트스(Laertes), 맥다프(Macduff), 브르터스(Brutus) 및 에드가(Edgar)이다.

이러한 셰익스피어적 신분들은 조이스의 음모를(만일 그것을 그렇게 부른다면) 굳히다니 그 보다 더하다. 그들은 이어위커와 그의 가족을 위한 역할을 마련한 바, 아나 리바아를 거투르트로서, 그리고 이사벨(이어위커가

친족상간적 및 범죄의 욕망을 포함하거니와)을 오피리아로서 포함한다. 호드
가트 교수는 이 역할의 행실을 다음과 같이 유용하게 서술한다.

- 한 인물이 특수한 양상으로, "형식들"의 하나로 화신화化身化 됨으로써, "통
제"(control)인양 그의 목소리로 말하면서, 강령회降靈會 동안 중용의 소유를
취하면서 - 하나의 "형태"(types)가 서술의 주된 채널이 될 때, 그에 대한 인
유는 두툼해 지고 - 여기서, 셰익스피어적 인용들은 단일 탐정들 속에 나타
나지 않고, 수백만으로, 다양한 길이의 단락 위로 퍼져나가며, 그리고 각각
의 구룹은 연극으로부터 부수적 인물의 존재를 선포한다.

최대의 대대적 대대大隊들이 〈햄릿〉, 〈맥베스〉, 그리고 〈줄리어스 시
저〉로부터, 하강의 질서 속에 행진한다. 지금 쯤 〈햄릿〉은 〈줄리어스 시
저〉홀로만 남는다. 이들은 왕을 살해하는 모든 연극들이요, 반면에 리어
(Lear)가 단지 고뇌의 정도로, 5개의 증가적增加的으로 경외적敬畏的 막
幕들 위의 선반에 뻗은 채, 단지 고뇌의 정도에 의해 죽는 바, 그것은 왜 조
이스가 그를 마지막으로, 〈경야〉를 폐막하도록, 그를 돕는 이유이리라. 죽
음을 당하는 왕은, 물론, 이어위커요, 말하자면, 조이스 / 셰익스피어, 그리
고 셈의 햄릿 콤플렉스에도 불구하고, 누가 살해를 행사하는지는 결코 분
명하지 않다.

필자(저자)가 암시하거니와, 이것이 〈맥베스〉가 그토록 〈경야〉에 중요한
이유이다. 조이스는 셰익스피어의 지상의 독자이요, 마찬가지로 강력한 오
독자誤讀者로서, 조이스적, 셰익스피어적, 이어위커적인 상상이 마치 맥베
스의 비상하고, 상상의 여기적豫期的 힘이 모두 그것 자신의 살인성殺人性
을 가지는 바, 그것은 연극의 나머지 위에 그것을 부과한다. 〈경야〉에서 최

초창기의 셰익스피어적 인유는, 마치 최후의 것이 〈리어 왕〉에게처럼, 〈맥베스〉에 대한 것과 같다. 호드가트 교수는 관찰하거니와, 〈맥베스〉로부터의 인용은 이어위커가 〈경야〉에서 거대한 정서적 스트레스를 인내할 때마다 나타나고, 그의 자기 파괴적 동력이 연극의 제1권의 종말에서 주인공의 고민에서처럼, 가장 가시적으로 출현한다.

- 등 혹은 잠자고 있나니. 라스판햄의 빗방울 못지않게, 말들은 그에게 더 이상 무게가 없도다. 그걸 우리 모두 닮았나니. 비雨. 우리가 잠잘 때. (비)방울. 그러나 우리가 잠잘 때까지 기다릴지라. 방수防水. 정적停滴[방울](U 74)

"던컨은 그의 무덤 속에 있다. / 인생의 발작적인 열 뒤에 그는 잘 자는도다." 라스판햄(Rathfernham)은 더블린의 한 지역이요, "doge"는 "doze"의 말장난, 이탈리아어의 "sdoppfare"는 "비연결"(disconnect)과 같은 어떤 것 또는 "열린 외향外向"(openn outward). 복수자 맥다프와 암살자는 둔탁하게 25페이지 뒤에 발생하고, 밴코(Banquo)의 세 살인자들뿐만 아니라 마녀 자매들은 각자 몇몇 다른 외모를 띤다. 호드가트 교수는 재차 증명하나니, 연극의 5막, 5장에서 맥베스의 독백, 유명한 "내일 그리고 내일 그리고 내일"은 햄릿의 "사느냐 혹은 죽느냐"의 독백, 그러나 조이스의 목적에 유용하고, 셰익스피어의 유행의 복수의 중대사! 그러니 셰익스피어의 복수復讐는 조이스에 움찔하는 지라,

- 하지만 지금은 지금을 위한 시간, 자, 이제. 왠고하니 버남 불타는 숲[추프]이 무미無味하게 춤추며 다가오도다. 그라미스(황홀恍惚)는 애면愛眠을 혹 살혹殺했는지라 그리하여 이 때문에 코도우 냉과인冷寡人[글루그]은 틀림없이 더 이상 도면跳眠하지 못하도다. 결식缺息은 더 이상 도면하지 못할 것임

에 틀림없도다.(〈맥베스〉 II, 2, 44 - 5)

 루이스 캐럴, 조나단 스위프트, 그리고 리처드 바그너(Richard Wagner)
는 〈경야〉를 통해 그어졌는지라(비록 셰익스피어처럼 광범위하지는 않을지
라도), 그러나 그들은 셰익스피어가 그러하듯 조이스로부터 결코 되받아
치지거나 혹은 멀리 떨어지지 않는다. 우리는 〈경야〉의 셰익스피어가 햄
릿, 이아고, 그리고 폴스탭이 셰익스피어에 대해처럼 조이스에게 같은 관
계를 갖는다고 말할 수 있었다. 즉, 창조는 창조주로부터 자유로이 떨어진
다. 셰익스피어는 누구의 창조도 아니요, 혹은 그는 매인의 것이니, 그리
하여 조이스는, 비록 그가 멋지게 싸우고, 나(필자)의 판단으로, 시합에서
잃는다. 그러나 비록 그가 잃을지라도, 그가 〈경야〉가 끝날 때 아나 리비
아의 유년기로 죽어가는 귀환에서 "숭고함"(the Sublime)을 성취한다.

 그러나 나는 여기 있는 모든 것을 염실厭失하고 있나니 그리고 모든 걸
나는 혐오 하는 도다. 나의 고독 속에 고실孤失하게. 그들의 잘못에도 불
구하고. 나는 떠나고 있도다.(432) 오! 쓰디 쓴 종말이여! 나는 모두들 일
어나기 전에 살며시 사라질지라. 그들은 결코 보지 못할지니. 알지도 못
하고. 뿐만 아니라 나를 아쉬워하지도 않고.(628) 조이스 왈 "이 "말"(the)
의 무세無勢의 미약성은 〈율리시스〉, 〈나우시카〉 장의 문제", 즉 "감상적
인, 잼 같은 마말레이드의 유연한"(namby - pamby jamby marmaldy draversy
style)을 상기시키거니와, 이는 바로 낮의 세계와 그것의 의식적 직관의 귀
환을 나타내는 정관사성定冠詞性(한정성)(definiteness) 바로 그것이다. 그
리하여 세월은 오래고 오랜 슬프고 오래고 슬프고 지쳐 나는 그대에게 되
돌아가나니, 나의 냉부冷父, 나의 냉광부冷狂父, 나의 차갑고 미친 공화

恐火의 아비에게로, 마침내 그의 단척안單尺眼의 근시가, 그것의 수數마일 및 기幾마일(the moyles and moyles), 단조신음하면서, 나로 하여금 해침니(seasilt) 염鹽멀미나게(saltsick)하는지라 그리하여 나는 돌진하나니, 나의 유일한, 당신의 양팔 속으로, 나는 그들이 솟는 것을 보는 도다! 저들 삼중 공의 갈퀴 창으로부터 나를 구할 지라! 둘 더하기, 하나 둘 더 순간 더하기. 고로. 안녕 이브리비아. 나의 잎들이 나로부터 부이浮離했나니. 모두. 그러나 한 잎이 아직 매달려 있도다. 나는 그걸 몸에 지닐지라. 내게 상기시키기 위해. 리(피)! 너무나 부드러운 이 아침, 우리들의 것. 그래요. 나를 실어 나를 지라, 아빠여, 당신이 소꿉질을 통해 했던 것처럼! 만일 내가 방금 그가 나를 아래로 나르는 것을 본다면 하얗게 편 날개 아래로 그가 방주천사方舟天使 출신이 듯이. 나는 사침思沈하나니 나는 그의 발 위에 넘어져 죽으리라. 겸허하여 벙어리 되게, 단지 각세覺洗하기 위해, 그래요, 조시潮時. 저기 있는지라. 첫째. 우리는 풀草을 통과하고 조용히 수풀로. 쉬! 한 마리 갈매기. 갈매기들. 먼 부르짖음, 다가오면서, 멀리! 여기 끝일지라. 우리를 이어, 핀, 다시(again)! 가질지라. 그러나 그대 부드럽게, 기억수(水)할지라(mememormee)! 수천송년數千送年까지. 들을지니. 열쇠. 주어버린 채! 한 길 한 외로운 한 마지막 한 사랑 받는 한 기다란 그(627 - 68)

조이스는 셰익스피어 자기 자신을 창조주로서 예술가의 완전한 예가 됨을 취급했다. 〈율리시스〉에는 셰익스피어의 인용이 밤하늘의 별들처럼 흩뿌려져 있다. 또는 음식물 위의 후추처럼.

켈트의 해신 마나나안 맥 리어(Manannan Mac Lir), 그는 〈율리시스〉의 밤의 도시의 환영(phantasmagoria)에서 단수의 출현을 이루는지라, 그는 또한 〈리어 왕〉(King Lir) 또는 '리어'(Lear)요, "나의 냉부, 나의 냉광부, 나의 냉공화冷恐火의 부父이니", 그에게 아나 리비아 - 코델리아는 죽음으로 돌아온다, 마치 리피 강이 바다에로 떠나오듯. 〈경야〉에서, 리어는 세 다른 아버지들 - 이어위커, 조이스, 셰익스피어 - 를 위해 나타나는지라, 이 아름다운 죽음의 구절은 조이스의 궁극적 암시일 수 있었으리요, 또 다른 위대한 작업이 그의 전두前頭에 놓였고, 그가 바다에 투사한 일종의 서사徐事이다.

필자는 아래 키츠(Keats)의 멋진 14행 시(소네트)인, "바다 위에"(*On the Sea*)를 인용하거니와, 시인의 부절不絕 없는 전재를 셰익스피어에 대한 조이스의 그것과 함께 한다.

바다 위에

그것은 사방에 영원한 속삭임을 지니나니
황막한 해안, 그리고
그것의 강력한 파도와 더불어
100개의 동굴을 채우니, 재물의 마력
그들의 늙은 기질 발견된 채

아주 작은 조개는 거의 없도다.
그 곳에 언젠가 낙하했으니,
천국의 마지막 바람이 불었는지라,
괴롭고 피곤한 그대의 눈망울을
황막한 바다위에 그들을 축하하며,
오 그대의 귀는 거친 노도怒濤로 고함치니
혹은 넌더리나는 멜로디로 너무나 지친 채 −

어떤 낡은 동굴의 입구 가까이 앉아 명상 하나니

그대가 출발할 때까지, 마치 바다의 요정이 달래 듯.

그 때 그는 〈리어 왕〉을 재독하고 "들어라! 그대는 바다를 듣는고"에 당
도했도다. 우리는 조이스가 〈바다 위에〉(On the Sea)를 글쓰기 위해 그의
나이 60세까지 계속 살지 못함을 유감일 수 있으니, 거기 셰익스피어와의
끝없는 갈등을 의심 없이, 전에 왔던 그것들처럼 여전히 또 다른 전환을
교대했으리라. 호드가트(M. J Hodgart)가 평하듯, 조이스는 문학적 방법을
위한 셰익스피어적 권위를 시인의 천재로서 차용하는 듯하다.

[VII] 〈피네간의 경야〉:
꿈의 서술態
(*Finnegans Wake:* its Dreamnarratology)

조이스 작 〈경야〉는 꿈의 서사敍事(Dreamnarratology)로서 1938년 3월 21일 밤 주인공 팀 피네간(Tim Finnegan)이 꾸는 천태만상의 몽상담夢想談이다. 일찍이 셰익스피어는 그의 연극에서 꿈의 허망함을 노래하기를,

> 꿈은 부질없는 두뇌의 아이들이 여라,
> 헛된 공상만을 태어나게 하다니,
> 그것은 공기처럼 희박한 물질이 여라,
> 바람보다 희박하도다.
>
> 　　　　　〈로미오 줄리엣〉

　　〈경야〉의 확정된 개요(synopsis)나 혹은 이야기 줄거리(plot)는 사실상 부질없는 바람의 불가능성이다. 〈경야〉의 언어적 복잡성과 다차원적 서사의 전략은 너무나 많은 수준에서 풍요한 의미들을 생산하기에, 한 가지 단순한 이야기 줄거리를 유효적절하게 표현할 수 없다. 어느 작품의 개요든 필연적으로 선발적이요, 감소적인지라, 〈경야〉의 개요는 그것의 다층적 복잡성 때문에 심지어 더 한층 그럴 수밖에 없다. 누에고치의 얽히고

설킨 견사絹絲를 닮았다. 그런데도 주맥主脈은 리피 강처럼 흐르기 마련이다.

작품이 생성한 이래 지난 80여 년 동안 수많은 학자들은 이들 수맥水脈들을 찾아 분주했는지라, 이 장의 아래 글은 그들 흐름 중 하나이다.

산문 소설에서 시도된 실험적 작품들의 하나로서, 〈경야〉는 그간 쉽사리 답사에 항복하지 않았지만, 그것은 완전한 수수께끼로 남아있을 필요가 없었다. 여기 수록收錄된 글인, "피네간의 경야"의 꿈의 서술은, 필자가 강조하다시피, 조이스의 〈경야〉야 말로 여전히 하나의 소설이요, 이렇듯 읽혀질 수 있을 것이다.

제임스 조이스는 〈경야〉가 무엇에 관한 것인지의 이야기의 서술을 제공할 때 결코 당황하지 않았다 - 유일한 문제는 견해를 판독하고 있다는 사실이다. 한 순간, 그는, "당신은 생쥐나 포도에 관한 어리석은 이야기를 생각하지 말아달라는 것이오." 하고 경고 했다. "천만에, 그건 한 개의 바퀴라고, 나는 세계에 말하지요. 그리고 그것은 온통 사각형 입니다." 그는 한때 소설을 쓰는 것은 일시에 양측으로부터 산을 통해 굴을 파는 것을 닮았다고 말했다. 그리고 또 다른 때에 그는 창조의 꿈을 회상했거니와, "나는 바자(bazaar)에 앉아 있는 한 터키인을 보고 있었소. 그는 자기의 무릎에 한 개의 틀 세공품을, 그리고 다른 쪽에 붉고 노란 타래의 차양 뭉치를 가졌었소. 그는 오른 쪽으로부터 말을 줍거나 왼쪽으로부터 아주 조용히 떠나서 말을 짜고 있었소. 그것은 분명히 한 개의 쪼개진 무지개요, 또한 그것은 〈경야〉의 제I부 및 제III부라오." 아무리 우리가 이러한 조이스적으로 집요하게 평가할지라도, 그리고 그들이 독자에게 어떤 안도安堵를 평가할지라도, 그리고 그들이 독자에게 어느 안도를 마련하든 않든, 조이스는 수수께끼가 반대자들의 해결을 통해, 곁 보기에 본질적으로 다른 요소들을 통해, 해결될 수 있으리라 느꼈음이 분명한 듯하다. "나는 어떻게 그리고 어떻게 내가 그리고 그것을 생각하고 또 생각해 왔음이 사실이다 - 책의 두 부분의 혼성에 관해 온통 - 한편 나의 한쪽 현란한 눈이 뷰롱(Pulogne)의 등대로부터 가안 - 솀 - 트리스탄 - 패트릭처럼 바다를 탐색하는 등 그를 위한 그리고 우리를 위한 문제는 만사를 조립하는데 있소."

역설적 방법으로, 마치 조이스가 그의 비밀을 보호한 수수께끼를 가장했거나, 한 편으로, 학자들은 지난 80여 년 동안, 그들 역시 독자를 장면들 뒤에서 격려하기 위해 그리고 탐색의 진행을 계속하기 위해 길을 탐색해 왔었다. 그는 〈율리시스〉를 위한 계획을 흘렸으며, 그것이 우연한 사건인 척 했고, 그는 그의 친구들이 마침내 그것을 추측하기까지 〈경야〉의 타이틀에 관한 암시를 찾았다. 위버(Harriet Shaw Weaver) 여사에게 행한 논평에서, 조이스는 털어 놓았거니와, "책은 정말로 시작이나 혹은 끝이 없소." 아나 리비아처럼, 그는 이해되기를 언제나 원해 왔다. 〈경야〉의 출판 이래 수년이 지나면서, 많은 삽질이 책의 기본적 형태와 그것의 주제들을 개척하기 위해 행해졌는지라, 비록 최근에, 불행하게도, 구조주의, 포스트 - 구조주의, 및 탈구조주의와 같은 몇몇 당대의 비평적 전망들이 텍스트 그것 자체로부터 우리를 한층 멀리 이탈 시키는 듯하지만. 우리는 작가가 실지로 쓴 것에 되돌아 갈 필요가 있었다. 만일 우리가 위에서 언급된 조이스식의 선언들의 비평적 의미들이 비 회피적일지라도 아무것도 안임을 동의한다면, 우리는 자크 데리다와 같은 프랑스의 평론가들의 약간으로부터 약간의 최근의 추단들에 의해 한층 더 당혹할지 모른다.

논쟁의 여지가 있긴 하나, 〈경야〉는 산문의 픽션에서 시도되는 가장 실험적 작품이요, 그것은 쉽사리 시험에 굴하지 않을 지니, 그러나 그런데도 그것은 완전한 수수께끼로 남을 필요가 없다. 비록 이 작품은 인습적 서술을 제공하지 않을 지라도, 이야기 줄거리의 요소들은 표면으로 표류를 계속한다. 비록 그렇다 하더라도, 외형적 성질의 아주 많은 것들은 발생하지 않을 것이나, 아이비 콤톤 보넷(Ivy Compton Burnett)이 평했듯이, "실지 생활에서 이야기 줄거리가 없는 듯 하다." 〈경야〉의 서술은 오히려 수평적으로 보다, 수직적으로 진행하는지라, 마치 하나의 분리된 사건이 차례로 이전에 행해졌던 것 위에 쌓이기 마련이다. 독자는 뒤쪽으로 그리고 앞쪽으로 그리고 주위로 마치 조이스적 등대처럼 회전해야만 한다. 이러한 개인적 사건들에 집중함으로써, 조심스럽게 그들을 위치하거나, 분할함으로써, 우리는 조이스가 이야기 줄거리와 서술을 다루고 있는 바를 이해하기 시작할 수 있다. 특별한 상항 속에 함몰된 서술적 등장인물들이 있는지라, 그들은 셈과 숀, 묵스(생쥐)와 포도, 또는 버러스(Burrus)와 카시오스(Caaeous)등에 의해, 언어는, 조이스의 수중에서 전혀 제스처가 아니기에, 그들을 동체시同體視하도록 우리를 도울 수 있다. 그러자 비평적 필요는, 독자가 텍스트 속으로 몰입하거나 밤의 언어의 다양한 방언들에 습관화될 수 있거니와, 한편으로 이것이 아마도 재미있는 것임을 기억한다. 미국의 19세기 낭만 시인 월트 휘트먼(Walt Whitman)은 "잠자는 자들(Sleepers)"이라는 시에서 독자를 위해 말하거니와,

> 나는 다른 잠자는 자들과 밀접하게, 각자 순서대로 잠잔다.
> 나는 나의 꿈속에서 다른 꿈꾸는 자들의 모든 꿈들을 꿈꾼다,
> 그리고 나는 다른 꿈꾸는 자가 된다.

〈경야〉 속에 단 한 사람의 꿈꾸는 자가 있든 없든 간에, 나는 경야의 밤에는 풍부한 목소리들이 들림을 꾀 확신한다. 그들의 음운音韻과 그들의

주제적 관심이, 만일 독자가 면밀히 보거나 들으면, 조만간 사라지리라. 비록 개인적 장면들과 상황들은 무명의 서술적 목소리에 의해 자주 수립되고 구조될지라도, 이러한 문체적 본체는 한때 운동으로 수립된 것에 대한 전체적 권위를 행사하기 마련이다. 어느 등장인물의 목소리들이 종속될 수 있는 의식은 통제될 수 없기에, 고로 이따금 그들은 자신들이 원하는 것은 무엇이든지 그들 자신이 토론하기를 벗어날 수 있다. 이들 주인공인, 이어위커(Earwicker)의 화자들의 한 가지 특수한 특징은 그들의 동료들로부터 그리고 독자로부터 그들의 각각의 심리적 중심을 감추려는 그들의 강박관념적 욕망이 자주 기록되어 왔지만, 대신에 그것은 보여 지기를, 그들의 길고도 사행적蛇行的 독백에서, 그들의 스타카토적 문답의 회기回期에서, 그들은 우리가 필요하거나 혹은 알기를 원하기보다 거의 한층 더 많이 말한다. 그리고 그들은 스스로의 서술 뒤를 발견하는 것이 어렵지 않거니와, 왜냐하면 그들은 언제나 셈과 숀이 무대 위에 있을 때 형제에게 대항해서 싸우는 형제, 그리고 아내를 찾는 차례가 아나 리비아와 험프리 침던 이어위커를 위해 다가 올 때, 아내를 찾는 구혼자로서 - 그들이 사실상 꼭 같은 연결에서 언제나 그들의 용모를 나타내기 때문이다. 불패不敗하게도, 누이동생 이씨(Issy)가 전적으로 다가 올 때, 그녀는 지지하는 여배우의 역할을 자신이 취할 것이다.

〈경야〉의 서술적 기법의 개발에서의 주된 공헌들의 하나는 조이스의 이야기 줄거리 그것 자체의 바로 관념과의 실험이다. 동시에, 그러나, 그가 이야기 줄거리와 등장인물을 잘 다룰 방법에 도달할 때, 아주 전통주의자傳統主義者임이 들어날 것이다. 확실히, 그가 행하는 것은 새롭지만, 그것은 과거에 쓰여 졌던 것 위에 그리고 그가 이미 자신의 이전의 소설 작품들에서 이미 수립했던 것 위에 수립된다. 어떤 방법들에서 〈경야〉의 중복된 우화들은 〈더블린 사람들〉에서 제공된 마비의 다양한 견해의 한층 복잡한 반영이요, 한편 물리적 행동보다 오히려 정신분석적 개념에 근거한 서술적 개념은 〈젊은 예술가의 초상〉에서 스티븐의 의식의 성장으로부터 한층 찬미하리라. 〈경야〉에서 앞뒤로 변전하는 복수적 목소리들은 〈율리시스〉의 많은 소리들을 회상하는 바, 각각의 새로운 장과 함께 많은 또 다른 새로운 견해가 아직 나타난다. 한편 시간과 공간은 어느 인습적 변경으로부터 마구 파괴된다. 모든 이러한 가능성들은 여기 총체적으로 함께 나타난다. 〈경야〉의 방법은 무작위가 아니요, 소설의 구조와 언어에 밀접하게 중심을 둠으로써 독자는 조이스의 큰 디자인으로 인도하는 신호주信號柱(sighnpost)를 따를 수 있는 바, 이들 신호주들은 조이스의 그랜드 디자인에로 인도한다. 조이스는 이것이 쉬울 것임을 결코 약속하지 않았으나, 통찰력, 웃음, 그리고 보수報酬는 한층 더 밤중의 오일(등유燈油)을 아끼고 저장하리라.

조이스 학자들이나 다른 열성가들 - 학생들과 교수들을 포함하여 - 이 글을 읽기를 환영할지니, 〈경야〉의 예리한 초점적 그리고 명쾌한 분석으로서 이에 열성하리라. 글들의 내용인즉, 소설 작품의 해부를 위한 비평이론을 바탕으로, 〈경야〉의 내용을 소재로 하여 글의 내용을 전개해 나갈 것이다. 인용되는 작품의 〈경야적〉 내용을 독자가 지닌 이해의 가능을 본질적 근본(essentiality)으로, 글의 기본 맥으로 삼는다. 따라서 이야기의 어려움과 비평 이론이 혼맥混脈된 채 이해를 어렵게 만들고 있음은 독자는 이해하기 바란다.

(1)

〈경야〉의 부분들이 본래 〈진행 중의 작품〉이란 타이틀이 붙은 채, 〈트 랑지숑〉지에 나타나기 시작했다. 그것은 압도적인 문제가 되었으니, 도대 체 무엇에 관한 것인가? 초기에 해설자들은 작품에 대한 어떤 의미를 달기 가 어려운 것이 사실이요, 그것은 분노, 좌절, 그리고 좌절로서, 조이스의 소설이 보편적 불이해로 맞이하다니 전혀 사실이 아니다. 시작부터, 많은 수의 비평가들은 표면의 있을 법한 카오스 밑에 한 가지 형태를 발견하는 것이 관련이었다. 1931년에 〈실험〉(*Experiment*)지에 쓰기를, 조이스의 친 구요, 그의 유명한 연구서인, 〈율리시스〉의 초기 비평가 스트어트 길버트 (Stuart Gilbert)는 주석을 달았거니와, "형식은 - 한 가지 조심스럽게 계획된 그리고 정확히 질서화 된 판타지아로 유사하리라 - 왜냐하면 그것은 한 때 판타스틱하거나, 지극히 균형적이 되다니 패러독스적 작품이기 때문이다. 초楚사실주의자로부터 아무것도 자유 필법(free writing)이 더 이상 될 수 없는지라, 하지만 독자의 최초 인상은 혼돈의 인상이요, 관념들과 자유 연 상의 생생한 잡탕이다. 바로크(baroque)의 초구조주의는 그 아래 강철 테 두리를 감춘다." 우리는 길버트가 자주 조이스에게 〈율리시스〉와 〈경야〉 에 관해 말했음을 알고 있거니와, 그리하여 구조와 통제에 관한 한 강조는 조이스의 친구들의 또 하나인, 프랭크 버전(Frank Budgen)의 논평에 의해 다음을 지지 받는다.

- 조이스에 관해 자주 말했거니와, 그는 〈율리시스〉와 〈경야〉의 작문에서 정신분석에 의해 크게 영향을 받았음을 - 그러나 그가 자신의 작품에서 다 다이스트들이나 초현실주의자들처럼 그의 작품에 정신분석의 실현을 따랐 음을 의미한다면, 아무것도 사실로부터 더 이상 멀리 있을 수 없다. 조이스

식의 작법이나 소극적으로 자동적 방법은 두 가지 반대들이요, 반대적 장대들이다 - 조이스는 언제나 초조했거나 혹은 경멸적으로 침묵했으니, 당시 그것은 양자 충분한 "세계의 발생"(*Weltanschaung*)과 예술적 생산의 원천의 법칙으로서 이다. "의식의 신비에 무엇을? 무엇을 그들은 그것에 관해 아는가?" 우리는 말할 수 있는 바, 인간과 예술가로서 조이스는 극히 의식적이었다. 위대한 숙련공임에 틀림없었다.(〈제임스 조이스의 더 한층 회상〉, p.8.)

아마도, 그것은 역설적으로, 〈경야〉의 꿈의 풍경에 접근하거나, 조이스 식의 소설의 신기함을 다루는 것은 활동적이요 크게 잠깨어 있음에 틀림없다. 오히려 우리가 시작으로 보다 끝으로 시작하는 것을 이제 묻는 한 가지 기초적 질문은 소설의 결론이 있는지 없는지 이다. 독자는 작품의 구조상으로 처음과 책의 끝줄이 연결되어 환環을 형성하고 있기 때문이다. 많은 것이 〈경야〉의 환적環的 구조를, 처음으로 되돌아가는 그것의 최후의 매달린 문장의 끝까지, 그것의 있을 법하게 의도적 무능을 만들어 왔다. 조이스는 루이스 질레(Louis Gillet)에게 말하기를, 그는 이런 식으로 최후의 말을 선택했다고. "이번에, 나는 가장 미끄러운 말을, 가장 말투가 없는 말을, 영어의 가장 미약한 말을, 심지어 말이라고 할 수 없는 말을, 이빨, 숨결 사이의 거의 소리 나지 않는 말을, 말이라고도 할 수 없는 말을, 무無를, 전관사인 그(the)를 발견했다. 하지만, 동시에, 소설은 정지하려 애쓰지 않는 듯하다. 최후의 말은 과연 비非 위임적委任的 "the"(628.16)이요, 아나 리비아의 목소리는 바로 인정되었나니, 나는 그것을 '연속적'(tobecontinued) 이야기로 읽는다."(626.18) 그녀는 여전히 끝나기를 시도한다. "오 쓰디 쓴 종말이여!"(O bitter ending!)(627.35), 그리고 그녀는 말들, 즉 "End here"(628.13)의 설치는 질풍에서 자유롭기를 바라지만, 언어는 그것이 그녀를 노치기 전에 세 가지 더 많은 글줄을 위해 그녀를 날라버린다. 그것은 마치 거의 아나 리비아가 마감의 필요와 너무 늦기 전에 될 수 있는 한 많이 스피치 속으로 들어가는 필요, 〈율리시스〉의 "페넬로페 에 피소드"에서 몰리 블룸(Molly Bloom)의 승리의 비전의 단어인, "yes" 전에, 상세 대 상세, 연관 대 연관으로 밀어 넣는 듯 하다.

> - 바다 때때로 불같은 심홍색 바다와 저 찬란한 황혼 그리고 알라마다 식물 원의 무화과나무 그렇지 그리고 온갖 괴상한 작은 거리들과 핑크색 푸른색 및 노란색의 집들과 장미원과 자스민과 제라늄과 선인장들과 내가 소녀로 서 야산의 꽃이었던 지브롤터 그렇지 내가 저 안달루시아 소녀들이 항상 그 러하듯 머리에다 장미를 꽂았을 때(U 643).

그러나 물론 조이스는 그의 이전에 여러 번 종말을 복잡화하거나 회피 했었다. 〈더블린 사람들〉의 첫 줄(행)인, "이번에는 그분에게 희망이 없었 다"라는 구절은 그것이 합당하게도 마지막으로 들리는 바, 가브리얼 콘로 이가 지닌 우리들의 결론적 견해는 그가 누구인지 혹은 그가 다음에 무엇 을 할 것인지의 아무런 생각 없이, 호텔 창밖으로 내다보면서 그를 떠난 다. 〈젊은 예술가의 초상〉의 결론은 실제로 또 다른 시작인지라, 왜냐하면 스티븐 데덜러스는 파리와 새 생활을 향해 떠나는데, 이러한 열린 종말은 침대에서 그의 빈번한 토론의 조반을 정절의 혹은 놀란 몰리 블룸(Molly Bloom)으로부터 받을 것인지의 여하에 대한 나중의 명상을 속으로 반성 한다. 〈율리시스〉의 보다 초기에, 조이스는 '사이렌' 장에서 시작과 종말 의 개념을 장난질 했었다. 〈율리시스〉에서 소개의 한 페이지와 음악적 서 곡 절반 뒤에, 우리는 종말(ending)("Done")이란 낱말을 가지며, 새로운 "시 작!"(Begin!)(211.63)이란 말을 갖는다. 이것은 장의 마지막 페이지에서 획 득하는지라, 거기서 교수대에 대한 로버트 에메트(Robert Emmet)의 연설은 개봉을 위해 긴장하지만, 블룸의 가스(방귀)의 공격에 의해 주춤대고 부유한다. "크란들크란크란. 확실히 버건디 때문이야. 그래. 하나, 둘, 나의 비명(碑名)을. 카라아아아아아. 쓰이게 하라." 나는 "프르프흐르프흐흐. 끝났도다."(239) 17세기 형이상학 시인인, 존 단(John Donne)이 하느님과 자기 자신과의 관계에 관해 말한 것을 메아리하기 위해, 그것은 조이스가 "행했을"(done)때, 그가 행하지 않은 것(not done)인양하다.

서술적 소설의 인습을 살피면서, 프랭크 커모드(Frank Kermode)는 관찰하기를, "국부적 및 지방적 한정의 가장 강력한 하나는 소설은 끝나거나 혹은 끝나게 하는 척 해야 하고, 또는 그것이 그러리라는 기대를 실망시킴으로써, 그 밖에 점수를 따야한다. 금제신성禁制神聖의 폐쇄(종말)로서, 그것은 종말에서 오는 해결을 포기하는 것이야 말로 모든 것을 포기하는 것을 암시한다. 고로 해석적 특수화는 너무나 강력하다." 〈경야〉에서 프랜퀸, 혹은 버컬리 및 러시아 장군, 또는 개미와 귀뚜라미와 같은 특수한 사건들, 혹은 에피소드들에 대한 많고 분명한, 즉각적 종말들이 있다. 이 작품의 제I부 6장은 일련의 12질문들과 12분명하게 정연한 대답들로 성립되지만, 문제는 대답들이 정말로 질문들에 적합하지 않는지라, 고로 형식에 있어서 우리는 종말(끝)을 갖지만, 본질에 있어서 그렇지 않다. 같은 장들의 몇몇은 보다 깊은 잠 속으로의 운동으로 끝난다. 즉,

제I부 3장에서,
비雨. 우리가 잠잘 때. (비)방울. 그러나 우리가 잠잘 때까지 기다릴지라. 방수防水. 정적停滴[방울](74.18)

제I부 8장에서,
천류川流하는 물결 곁에. 여기저기 찰랑대는 물소리의. 야夜 안녕히(216.04)

제II부 1장에서,

"하 혜 히 호 후 만사묵묵萬事黙黙."(259.09)

제II부 3장에서,

"용감한 족통 혼이여! 그대의 진행進行을 작업할 지라! 붙들지니! 지금 당장! 승달勝達 할지라, 그대 마魔여! 침묵의 수탉이 마침내 울지로다. 서西가 동東을 흔들어 깨울지니. 그대가 밤이 아침을 기다리는 동안 걸을 지라, 광급조식운반자光急朝食運搬者여, 명조가 오면 그 위에 모든 과거는 충분낙면充分落眠할지니. 아면我眠(Amain)."(473.24)

그러나 화자는 언제나 편지의 종말처럼 끝(종)나는 듯 하다. 제I부 5장처럼, "방문객들에게 퀴즈를 위한 사소한 필요 섯 소리 속의 총 발사, 뒤죽박죽 속의 지리멸렬 및 망토 벗은 오취자午醉者의 아들 놈 전하全何의 문제를 가지고. 그러나 어찌 우리는 아들들 중의 아들이 자신의 무지 속에 한 가지(일) 없이 그의 노령으로 스스로 대양사회大洋社會를 떠났다는 이야기를 듣지 못했도다. 털코 맥후리 형제여. 그리하여 그는 매번 그랬나니, 저 아들 놈, 그리고 다른 때, 그 날에도 그리고 내일도 비참기분자悲慘氣分者(디어매이드)가 그 이름이니, 시편서집詩篇書集의 필자요, 친우의 마구착자馬具着者 그리고 그는 한 가지 욕구 때문에 동료로 변신하나니. 딸들은 뒤따라가며 그 편지를 쓴 필경사筆(셈)를 찾고 있는지라, 아름다운 목을 한 톨바의 호남자들이 토티 아스킨즈의 한 노령자를 위한 군무병軍務兵 모집이라. 형식상으로 타모자他母者와 혼동된 채. 아마 콧수염을 기르고 있을지도. 그대 글쎄, 경락輕樂의 존경스러운 얼굴을 하고? 그리고 오르락내리락 사다리를 가지고 무급 당구장을 사용하다니? 비록 집배원 한스는 아닐지라도 그[HCE]가 가졌다면 단지 얼마간의 작은 라틴 웃음일 뿐 그리고 별반 그리스 오만 없이 그리고 만일 그가 자신의 부싯돌 같은 충돌 구근에 의해 번민하지 않는다면, 그가 유머를 가질 수 있는 한, 정말이지, 그리고 이섹스 교橋처럼 정말로 갖게 되리라. 그리하여 맹세코 떠버리 험담이 아니나니, 나는 선언하거니와, 정말이지! 천만에! 모두들 아주 안도하게도, 비상처대학鼻傷處大學의 소나기 화花의 농율목弄栗木 사이의 저 캑캑 턱을 한 원숭이의 자아 반가설半假說은 호되게 추락되고 말았는지라, 저 밉살스러운 그리고 여전히 오늘도 불충분하게 오평誤評 받은 노트 날치기(분糞, 채, 수치, 안녕하세요, 나의 음울한 양말? 또 봐요!)문사 셈에 의해 그의 방이 점령당했도다."(125.23)

제I부 2장에서, "예藝재크(jake), 상商재크(jack) 및 꼬마 내숭녀女(sousoucie) (또한 아이들이란 뜻) 상서." 〈경야〉의 제I부 3장의 종말은 "마태태하! 마가가하! 누가가하! 요한한한하!"(554.10)이다.

그러나 이 편지의 어떠한 정해진 텍스트도 여태 수립되지 않았고, 소설에서 설명은 퇴비더미로부터 계속 튀어나오지 않는다. 결정적 결론은 결코 성취될 수 없으며, 아마도 그 이유인 즉, 이는 현실의 심리적 성질이기 때문이리라.

계속적으로, 커모드는 당대의 비평에 눈을 부치는지라, "나는 몇 년 전, 바드(Barthes)가 그의 분석의 나중 방법을 개발하기 전에 그에 의해 이루어진 명쾌한 관찰을 상기한다. 이어 그는 말하기를, "문학 작품은, 또는 그런 종류는 보통으로 비평가들에 의하여 사료되는 것으로(그리고 이것 자체는 "좋은" 문학의 가능한 것 일수 있거니와) 언제나 아주 무의미한(신비적 혹은 "영감적") 것도 아니요, 언제나 아주 분명하지도 않다. 그것은, 말하자면, 부유浮游한(띠우는) 의미도 아니다. 게다가 그것은 독자에게 제도의 방도로서 독자에게 스스로 제공하지만, 그러나 기호적 사물로서 그의 포착을 피하기 마련이다." 어떤 방도에서, 이러한 선언은 조이스의 소설에 적용될 수 있지만, 일종의 뒤틀림을 가진다. 〈경야〉는 그것의 표면적 외형 위에 부유한 종말을 가지지만, 그것은 부유한 의미를 가지지 않는다. 사실상, 물론, 책은 그것의 마지막 페이지에서 끝나지 않는다. 왜냐하면 독자는 직시直視로 첫 페이지에로 등을 돌리지 않고, 재차 모두 온통 시작한다.

〈경야〉의 "의미의 선언된 제도"의 한 가지 양상은 그것의 종말의 무능이 의식과 원형적 의미에서 끝맺는 존재의 무능을 반사한다. 〈율리시스〉에 대한 휴 케너(Hugh Kenner)의 서술이 여기 마찬가지로 태도를 가지거니와, 즉 "조이스의 연장의 심미론은 시차(parallax)에 의한 가장 단순한 사실들을 생상하며, 이제 한 가지 요소, 한 가지 나중에, 그리고 뒤에 혹은 또 다른 때를 집합하는 사실의 커다란 질서들을 남기거나" 혹은 "어떻게 그것이 나오는지"를 우리가 안 뒤에 실패하는 소설들의 문제를 해결함으로 결코 또한 소설이 이전에 과연 마련했거니와, 뜻대로 생의 분명한 질을 겸허한 것과 비교라는 경험이요, 그리고, 더욱이, 무슨 예술이 인생이 할 수 없는 것을 상상컨대 제공하는지, 영원이 뜻대로 재 탐방探訪 되지만 그러나 소진消盡되지는 않는다."(이러한 지대한 문장의 구조는 그의 요점을 논증한다.)

독자가 소설과 더불어 끝마칠 때, 남녀는 거대한 양의 소재를, "비실"(非實)(unfacts)의 거의 끝없는 흐름인 거대한 분량의 물질을 흡수하지만, 분명히 여기 독자는 더 이상 많이 알 필요가 없다. 남녀노소의 본질적 질량이 우리들 앞에서 철저하게 떠나가고, 이리하여 텍스트는 흐름을 덮쳐들거나 혹은 우리들 앞에 나타나는 것으로, 마치 한층 자세히 보다 뒤에 살피게 될 듯, 후퇴 한다. 분명히 무작위의 세목의 표면 뒤에 놓인 것은 우리를 궁극적으로 어떤 밑에 놓인 확실성을 향해 인도한다.

하지만, 이 "확실성"(certainty)은 약간 자격이 있음에 틀림없다. 바드(Barthes)의 이분법(dichotomy)을 따르면서, 우리는 〈경야〉가 그의 의미로

(비록, 또 다른 뜻일지라도) "신비스럽지도" "영감적靈鑑的 이지도" 않다. 그리고 윌리엄 T. 눈(William T. Noon)은 발견하거니와, "예리한 독자는 곧 조이스가 창조하려고 노력하는 환영이 비논리적 꿈꾸기의 문제가 아니요, 가장 의식적意識的으로 통제되고, 유형적 코믹 예술임을 식별함"을 발견한다. 과연, 동시에, 작품은 주제적으로 구르지 않고 죽은 채한다. 그것은 결코 완전히 분명하지 않을지니, 어떤 예술 작품도 아니요, 비평적 문제가 둘러싼 패턴의 발견으로 남는다. 반대의 장으로 전향하지 않을 것이요, 텍스트를 마치 그것이 크로스워드(crossword) 퍼즐인양 텍스트를 취급한다. 만일 소설이 어느 확실성을 노정한다면, 그것은 존재가 - 역사처럼, 스티븐 데덜러스가 베웠듯 - 그것의 비밀을 특별한, 논리적 질문에로 양해하지 않으리라. 독자가 질문 받은 첫 문제는 "그러나 과거에도 있었고 현재도 있는지라."(4.14)이요, 최후의 문제는 두개의 것들 사이에 〈경야〉의 몸체는 놓여 있거나, 그것의 총체는 "was"와 "is"의 혼용을 합체하는, 그리고 주저하는 "yes"를, 아나 리비아의 질의에 마련한다. 소설은 탐정소설이 아닌지라, 그러나 독자는 즉각적 세목이나 유형적 함몰 간의 합리적 코스를 노櫓지어야 한다. 프랭크 버전은 회상하기를, "오고스트 수터(August Suter)는 내게 말했는바, 토히(Tuohy)가 조이스의 초상을 기리고 있었을 때 그는 예술가의 영혼에 관한 중요한 것을 말했다." 조이스가 말하기를, "당신의 마음으로부터 예술가의 영혼을 몰아내라, 그리고 당신은 나의 타이(tie)를 페인트 하는 것을 보라."

　문제들에 관해 명상함은 또한, 암시에 의하여, 그들을 질문하는 것에 관해 문의하는 것이다. 바로 서술의 기초적 원칙은 무엇인가? 조이스 그이 자신으로부터 설명적 편지들에 의하여 수년 동안 공격받은 채, 하리에트 쇼 위버(Harriet Shaw Weaver)는 이것을 다음처럼 말했다, HCE의 꿈에 대한 전체적 것의 서술은 내게 무의미한 듯 하다. 나의 견해는 조이스 씨가 그 꿈을 어느 한 인물의 꿈으로 보려고 책을 의도하지 않았던 것이지만, 그러나 그는 편리한 방편으로서 그것의 변전과 변화를 가지고 꿈의 형태를 간주하여, 그가 보았던 어느 자료를 소개하고 - 밤의 편린에 알맞게 소개하기 위해 가장 자유로운 영력으로 허락한 것이다. 〈경야〉를 말하기 위해 아무도 만족할 원칙을 가지고 여태 다가오지 않았지만, 〈율리시스〉에 관한 몇몇 통찰력 있는 논평들이 있었다. 휴 케너(Hugh Kenner)는 서술적 전망의 다양성 뒤에 서있는 자를 배역자背逆者(Arranger)로 부르는 존재를 동일시했거니와 그리고 보다 초기에서 서술자와 서술된 자 간의 상호 유희를 설명하기 위해 "찰스 숙부 원칙"(the Uncle Charles Principle)을 제공했다.(그것은 이 연구에서 뒤에 토론되겠지만). 선두를 치며, 세리 벤스톡(Sari Benstock)과 버나드 벤스톡은, 어떤 어려움들을 케너의 위치를 가지고 노트하며, 벤스톡 원칙(the Benstock Principle)을 다음처럼 공식화했다, 자유간접 스피치를 탐색하는 소설적 텍스트는[〈율리시스〉에 가장 공통의 서술적 양상] 주체사主體事의 문맥에서 지상至上을 수립하는 바, 그것은 방향, 시간, 보조, 견해 점, 그리고 서술 방도에 영향을 준다.

이것은 아주 유용한 관찰인지라, 왜냐하면 시간의 절반, 비록 재차, 아마도 시간의 절반은 못될지라도, 〈경야〉를 위해 마찬가지로 사실이다. 이러한 상항처럼 작품의 제I부 2장에서, 그런데 거기에서, 분명하게도 비개성적 서술자는. 이름을 결정적으로 댈 수는 없지만, 험프리 침던 이어위커의 계보를 토론하고 있거니와, 태態(목소리)의 음률과 문체는 거의 즐겁고, 지적知的인, 약간 지루한 탐색자의 그것들이 된다. 할로드 혹은 험프리 침던 이어위커의 직업적 명칭(agnomen)의 기원(genesis)에 관하여 - "[30.01

- 033.13](이어위커의 이름의 기원, 그와의 만남의 결과 - HCE, 그의 당당한 모습)" 이제(목여우木女優 아이리스와 오렌지 릴리의 사소한 이야기는 영원히 말끔히 미루어 놓고라도), 하롤드 또는 험프리 침던의 직업적 별명에 대한 창세기에 관하여 언급한다면(우리는, 물론 이노스 마법사가 현관 발판에다 분필로 낙서했던 당시, 성명이전姓名以前 선구기先驅期에로 되돌아가거니와) 그리고 아교족阿膠族, 육즙족肉汁族, 북동족北東族, 주류족酒類族 및 백년남군촌百年男郡村의 시들레스햄의 이어위커 가문家門과 같은 핵심 조상에 그를 거슬러 연결하거나 또는 무력촌武力村을 설립하고 그들을 헤릭 또는 에릭에 안착安着하게했던 바이킹족의 후예로, 그를 선언하는 옛 원천자료源泉資料에 의한 그따위 이론들을 단연코 방기放棄한다면, 최고의 인증認證 받은 판판版, 드무탈 전설집은, 두정상頭頂上 - 에다의 해독解讀을 읽나니, 그것은 다음과 같았다는 사실이 기록되어 있도다(30.02) "명칭"과 "자손"(offsprout)은 이러한 종류의 학자가 필경 사용하는 용어들이요, 주제는 그것을 서술 될 방법상으로 집필한다. 고로 역시, 아름다운 이솔드(Isolde)가 〈경야〉의 제I부 4장에서 서술자에 의해 서술할 때인지라, 그녀는 〈율리시스〉의 키클롭스(Cyclops)장에서 화자의 첫 사촌으로, 당대의 속어와 조잡함을 얻는다.[4대가들의 이씨에 대한 성적 옹호] 그리하여 이제, 똑 바로 서요 그리고 그들에 가세加勢할 지라! 그리고 제발 정직희正直戲할지라! 그리고 그걸 그대 자신 속으로 끌어들어요, 남녀男女가 상오 그러하듯! 정직후보적正直候補的으로, 하인何人이든! 말(言)에는 말로. 자아, 무엇, 그리고 단연! 거기 이러한, 소위녀所謂女가 있었나니, 한 사람의 우라질 고현대古現代의 아일랜드황녀愛蘭皇女, 여차여차如此如此의 마수고馬手高에, 이러이러한 두꺼비 체중에, 그녀의 목면木棉의 겉옷을 입고, 그녀의 모자 밑에는 붉은 머리칼과 단단한 상아두개골象牙頭蓋骨만

이 있을 뿐 아무 것도(이제 그대는 알리니 그대의 궁심窮心 속에 그게 사실임을!)(396.06) 주제는 이른바 공손의 사랑의 관념으로 불릴 존재로서 타락(debasement)이다.

〈경야〉의 서술의 아주 많은 부분은, 그러나, 우리들에게 견해의 요점으로부터 그리고 특수한, 혹은 최소한 인식될 수 있는 성격의 부분으로부터 제시된다. 이야기의 이러한 부분들이나 혹은 분량에 있어서, 그것은 거의 언제나 사실을 지닐지니, 한 때 우리가 목소리(태) 및 문체, 특수한 스피치의 원천을 동일시 할 수 있는지라, 우리는 주제의 문제가 무엇이 될지를 예상할 수 있다. 왜냐하면 만일, 우리가 볼지니, 주된 목소리들(태들)을 그들이 강제로 말할 수 있듯, 다음을 진술하는 것이 언제나 아주 올바르지는 않을지니, "서술되는 주제(주어)와 그것이 그에 의해 서술되는 과정 사이에 존재하는 상관관계를 그이 독력으로 예치豫置해야만 하도다." 한 때 우리는 알기로, 숀(Shaun)(혹은 뒤에 욘(Jaun)은 한결같이 음식, 종교, 그리고 성(섹스)을 혼용하거니와, 언제나 독제적 음률을 가장하거나, 〈경야〉의 제I부 2장에서 그가 그러하듯, 화자로서 발견될 수 있기에, 우리는 사실상 그가 다음과 같이 말하기를 기대한다, 즉 "숀의 율법 목록 - 숀은 소녀들에게 설교하고 - 마이크(Mike) 신부로부터 득한 충고를 받는다. 결코 그대는 신랑찬미新郎讚美에 장미소동薔薇騷動하는 마이레스 부처를 위하여 그대의 혹상소或喪所의 미사를 놓치지 말지라. 그대의 성 금요일의 나이프로 해로운 순돈육純豚肉을 결코 염식厭食하지 말지라. 호우드 언덕의 돼지로 하여금 킬리니의 그대 백합아마사百合亞麻絲를 발밑에 결코 짓밟게 하지 말지라."[432.04 - 433.09] 숀의 율법 목록 - 숀은 소녀들에게 성교하고 - 마이크(Mike) 신부로부터 충고를 주고받거니와. 여기 지령(commendment)은 대부분 숀 혹은 욘(Jaun)의 섹스에 관여한다. 숀은 셈인 동시에, 조이스에게 "예술을 위한 예술"의 주창자인, 심미주의 작가 스윈번(Swinburne)을 암시한다.[〈율리시스〉에서 조이스의 그에 대한 영향은 괄목할 만하다. "바다! 바다! - 우리들의 위대하고 감미로운 어머니"(Thalatta! Thalatta! - our great sweet mother)] 손은, 앞서 그가 그러하듯[434.08 - 434.10], 드라마와 문학의 부패한 영향에 관해 이씨에게 경고하고 있는 듯 보인다. 딜레탕티즘(dilettantism)(아마추어 예술) 문학의 애호가인 앨지(Algy)(스윈번)는 그대로 하여금 극장으로 데리고 가, 간통이나 셰익스피어의 〈베니스의 상인〉을 보게끔 하리라. 우리는 이씨의 낭만적 어리석은 생각으로 나를, 그녀의 성 희롱과 애기 담談을 가진 그녀를 기대할 수 있다. "그대는 결코 모든 우리들의 장비長悲의 생활에서 한 소녀에게 의접衣接해 말하지 않았던고? 천만에! 심지어 매시녀魅侍女에게도?"(148.22). 벤스톡 교수 부부는 서술적 목소리에 대해 혹은 화자에 대해 의도와 인간적 특성을 올바르게 서술하는 주의를 지니지만, 그러나 빈번히 〈경야〉 인물들은 독자를 직접적으로 대면하고, 그들이 알기로 읽고 귀담아 듣는 독자에게 아는 채 말한다.

〈경야〉 이야기(서술)의 가장 문제적 양상들 중의 하나는 분명하게 동일시 될 수 없는 서술적 목소리들이요, 즉각적으로 위치할 수 없는 악센트로 장소를 두거나 이야기를 말하는 목소리들이다. 서술적 문체들의 현상은, 특히 〈율리시스〉의 두 번째 절반에서, 도약과 범위에서 증식하는 것으로 〈경야〉의 전체를 통해서 다른 방도로 작용한다는 것이다. 하리에트 쇼 위버가 "이동과 변화 및 찬스"(shiftins and changes and chances)라 불렀던 것은, 비록 그들이 공동의 특수성을 가진 것처럼 보일지라도, 특히 이러한 태(목소리)에 적용한다는 사실이다. 이어위커 가족의 목소리처럼, 그들은, 독자에게 언술함으로써, 무엇이든 능한 것의 행동으로 남여를 끌어들임으로써, 그들은 청중을 언제나 사로잡는다. 우리들의 호송은 뮤즈의 방을 통해서 다음과 같이 말하는 바, 즉 "피우!(Phew!)[덥도다! 박물관 안은] 그 곳 안에서 우리는 얼마나 더운 시간을 보냈던고 그러나 여기 이 근처는 얼마나 살한殺寒한고"(10.24) 혹은 페스티 킹(Festy King)의 시련에서 평론 자는, "그리하여 그것[재판]은 모두 그렇게 끝났도다. 아다 칼마 달마 막사 열쇠를 시성詩聖에게 요구할지라(Artha kama dharma moka)"(93.22) 때때로 이러한 화자들은 주목할 악센트를 가지거나, 때때로 그들은 그렇지 않지만, 〈경야〉에서 목소리의 복수성複數性을 위한 조이스의 복수성은 그가 〈율리시스〉에서 고용하는 문체의 대용품이다. 이러한 목소리들의 각각은 일종의 변형이요 혹은 이어위커의 코러스의 많은 가려진 번안飜案일지라도, 이것은 언제나 중명하기가 쉽지 않다. 그것은 아마도 훌륭한 추측일 지라, 즉 버러러스(Burrus)와 카시어스(Caseous)의 이야기는 숀(Shaun)으로, 그의 이미 주어진 편애가 주어지기 마련이다. 〈실내악〉(*Chamber Music*)에서 죄, 음식, 그리고 강타어强打語와 더불어[교수의 갑작스런 탈선] 우리는 이제 치생내약恥生內藥(또는 실내의) 순수한 서정주의抒情主義 기간을 거뜬히 통과했거니와 - 통통하게 살진 푸딩같이 말랑말랑한 잉어인지라(164.15) *그가 여행하자 시간은 경과 한다 - 음주는 주막에서 계속된다. 일휴지 - 休止.* 지옥 시한 폭탄이(일런 번호 우장지牛葬地, 굴掘 채굴採掘 주의) 이리하여 맥주잔으로부터 주전자까지 책임을 돌려씌운 다음에(발견자 주인) 까닭 모를 이야기 타래가 회항徊航하는 동안 남은 하찮은 쌍双놈들이 때는 지금 시의적절 벌주罰酒 받을 고조시高潮時이었는지라.(320.33) 바로 이야기들 속의 이야기가 있듯이, 목소리들 속에 목소리가 있듯이, 그리고 그들은 전혀 꼭 같은 방법으로 접근되지 않는다. 고로 〈경야〉의 많은 것은 앞뒤로 대화가 되며, 각각의 새로운 화자를 묘사하기 위해 최선을 다해야만 한다.(320.32 - 321.33)

〈경야〉의 압도적 핵심(crux)은 비부정적非否定的인 해석이다. 거기 이야기 줄거리가 있으며, 거기 우리는 진행되고 있는 것의 타당한 관념을 가지는 것을, 만일 언어가 너무나 진하고, 비삽입적非挿入的 인지를 어떤 두 사람들이 여태 모의 할 수 있을 것 인가를 우리는 어떻게 말할 수 있는가? 인정認定할지니, 이러한 종류의 책에서 어떠한 "올바른(right)" 해석이 있을 수 있으나, 우리는 스스로 가능하게 될 수 있도록 실질적인 텍스트처럼 밀접하게 접착함으로써 관용되거나 혹은 허락 될 수 있는 견해의 토대에 도달 할 수 있을 것이다. 커모드(Kermode)가 합리적으로 서술하기를, "말하는 동물에 유용한 의미의 복수성들은 비非결정적처럼 보이지만, 그럼에도 불구하고 균형적으로 한정된다. 그것은 암시하는 바, 우리는 교감적 해석의 무든 개념들을 포기하지 않고 인간적으로 적당한 조치를 취할 수 있다." 전에 제자들은 낮의 빛을 만날 때 바로 일어나는 것을 보기 위해 서로에 대하여 특별한 구절의 4명의 다른 비평적 번안들을 두도록 도움이 될 수 있으리라. 하나를 또 다른 것 위에 올려놓기를 시도함이 없이, 하나는 또 다른 것보다 우월함으로 보기 위해, 여기 어떻게 이어위커가 그의 이름을 얻는지의 몇몇 번안들 가운데 4사람들이 있는지라, 이들은 1044년의 조셉 캠벨(Joseph Campbell)과 헨리 몰턴 로빈선(Henry Morton Robinson), 1969년의 윌리엄 요크 틴달(William York Tindall), 1977년의 마드라닌 글라신(Adaline Glasheen), 그리고 1982년의 대니스 로즈(Danis Rose)와 존 오한런(John O' Hanlon)이 있다.

- 어떤 찌든 안식일 오후, 전추前秋의 파라다이스 평화에서, 위대한 노老 정원사가 그의 집의 뒤뜰에서 쟁기질을 하는 동안, 왕실은 공도에서 여우사냥의 도중에서 멈추도록 선언되었다. 그의 신복의 평탄한 충성이의 만사를 잊은 채, 험프리 혹은 하롤드는 그의 통행 세 징수 문 열쇠를 징글 거리며 - 열안熱顏 그대로 비트거리며 밖으로 나왔는지라, 꽃 단지를 조심스럽

게 매단 높은 장대를 치고 있었다. 임금님 각하는, 왜 저기 공도가 이토록 단지구멍 투성이 인고를 직접적으로 묻는지라, 무슨 파리들이 요사이 새우 잡이를 며칠 동안 즐기는지 알고자 했으니 - 우리의 수부 왕은 바다코끼리의 콧수염 아래 미소를 지었는지라, 그의 두 귀족 수행원을 향해 몸을 돌렸도다 - 그리하여 가로대, 성 후버트의 성스러운 뼈들이여 어찌 우리의 "퍼붓는 비"(Pouring raina)의 붉은 형제가 청각적으로 증기를 내뿜으며 그가 알기로, 우리는 - 집게벌레 라네![대니스 로스 및 존 오한런 〈피네간의 경야〉 이해, p. xxx]

- (이어위커의 이름의 기원, 그와의 만남의 결과 - HCE, 그의 당당한 모습) 이제(목여우木女優 아이리스와 오렌지 릴리의 사소한 이야기는 영원히 말끔히 미루어놓고라도), 하롤드 또는 험프리 침던의 직업적 별명에 대한 창세기에 관하여 언급한다면(우리는, 물론 이노스 마법사가 현관 발판에다 분필로 낙서했던 당시, 성명이전姓名以前 선구기先驅期에로 되돌아가거니와) 그리고 아교족阿膠族, 육즙족肉汁族, 북동족北東族, 주류족酒類族 및 백년남군촌百年男郡村의 시들 레스햄의 이어위커 가문家門과 같은 핵심 조상에 그를 거슬러 연결하거나 또는 무력촌武力村을 설립하고 그들을 헤릭 또는 에릭에 안착安着하게했던 바이킹족의 후예로, 그를 선언하는 옛 원천자료源泉資料에 의한 그따위 이론들을 단연코 방기放棄한다면, 최고의 인증認證 받은 판版, 드무탈 전설집은, 두정상頭頂上 - 에다의 해독解讀을 읽나니,(30.12)

취비 채이스(Chevy Chase)(51.03)의 저녁에, 고수머리(Conk) (윌리엄 1세, 웰링톤 참조), 그의 두 군인들과 여우 사냥을 나서자, 아담즈 여관마당(하롤드, Harold의 토지소유) 혹은 가신家臣 윌리엄의 아담 주酒를 마시기 위해 머문다. 그리하여 그는 또한 통행료징수소 턴파이크(turnpike)를 운영한다 - 놀만의 왕은 섹슨의 하롤드를 만나는데, 후자는 해스팅(Hasting)에서 굶어 죽지 않았다. 턴파이크는 단지 구멍 화化되고(potholed), 하롤드 - 험프리(Harold - Humphrey)는 배신적으로 긴 장대 위에 흙 단지를 매달았는지라 - 그것은 피네간을 언제나 돕는 장대가 된다. 하롤드는 그의 연방 군주이요, 신의 지상의 대표인, 임금으로부터 흙 단지를 훔쳤다. 임금은 하롤드에게 그가 새우(lobsters) 붉은 코트(the Redcoats)를 잡기위한 수법인지 묻는다. IRA는 민중 반란(Black and Tan)에 항거하여 단지 구멍을 파는지라 하롤드는 미덕으로, "이니옵니다," 자신은 그것으로 집게벌레를 잡고 있었다고 말한다. 대답은 봉신封臣의 충성을 수립하고 있다. 고수머리(Conk)로 하여금, 그 또한 집게벌레인 신빙성 있는 통행료 증수원을 가진대 대한 조롱을 하도록 돕는다.(이러한 왕과 농노 사이의 얼빠진 대화는 문장관紋章官의 소설의 흔한 소재이다) - 물(술)과 이름을 상호 교환한 뒤에, 겸허한 험프리는 아마도 그의 한 조각 흙을 가지기를 허락되었을 것이고, 더 이상 겸손하지 않았을 것이다.

그의 통행문 열쇠를 징글징글 울리며 그리고 사냥 무리의 고정된 총검銃劍들 사이, 꼭대기에 화분이 조심스럽게 땅을 향하여 높이 고정된 높은 횃대를 치세우고 말이도다. 폐하로 말하면, 그는 푸른 청년 시절부터 눈에 띄게 원시遠視였거나 아니면 자주 그런 척 했거니와, 사실상, 저기 방축길이 이토록 구혈甌穴 투성이라, 그 인과관계가 무엇이었는지 질문할 생각이었나니, 그 대체代替로서 낚시 바늘과 추錘가 달린 낚시 줄이나 인공 비어飛魚가 새우 낚시 조구釣鉤로서 이제 한층 값진 미끼가 아닌가에 관하여 일러 받도록 요구했는지라, 그러자 정직하고 무뚝뚝한 하롬프릴드가 아주 유사하게도 불확실하지 않은 어조로 겁 없는 이마를 하고 대답했도다. 아니올시다. 박폐하博陛下, 저희는 단지 저 뭉툭한 집게벌레를 잡고 있을 따름이외다. 우리들의 수부왕水夫王, 선물이요 공물供物인, 분명한 아담 주酒의 질그릇 병을 따르고 있던 그는, 마시기를 멈추고, 해마海馬 콧수염 아래로 가장 진심의 미소를 지으며 모계母系의 윌리엄 코주부 왕이 선조의 세습적 흰 고수머리를 상속받은 더 없는 온유한 유머와 그의 대백모大伯母 소피아로부터 이어 받은 약간의 단지성短指性 기질에 몰입하며, 교수대絞首臺 중장비를 갖춘 두 수행원, 레이쓰 농장과 오팔리 농장의 귀족 향사鄕士 아이큭과 드로히다 지방의 축제 시장市長 엘코크에게 몸을 돌렸느니라.

이상의 이러한 4개의 판본들의 가시적 차이를 해독하거니와, 한편으로, 강조의 영역에 이바지 할 수 있고, 다른 한 편으로, 실질적 텍스트 그것 자체의 독서 또는 비非독서로서 로다. 최초의 것은 텍스트, 인용 및 석의釋義에 밀접하여 머문다. 둘째의 것은 분명이 하려고 노력하며, 서술을 짧은 이야기로 감축한다. 셋째 인의 것은 그것이 진행함에 따라 그것 자체를 질문하며, 연합에 의하여 주로 작용하는 듯하다. 넷째 인의 것은, 첫째의 것처럼, 문학적 서술로서 어떤 것을 시도한다. 그들은 모두 여우 사냥이 행동의 기원으로 동의할 지라도, 두 번째 인은 사건이 밤에 발생함을 서술하는 바, 그것은 분명히 조이스의 작품들에 의해 모순적임을 서술한다. 하롤드와 험프리는 무엇을 하고 있었던고? 한 사람은 그가 정원에서 쟁기질을 하고 있었다고 말하는 반면, 둘째 혹은 셋째 사람은 그가 집게벌레를 잡고 있었다고 동의한다. 네 사람들은 한 사람과 동행하지만, 오히려 주막보다는 경내의 광가狂家를 눈치 챈다. 아무도 그가 이러한 일을 하리라 의심하지 않는다. 하나, 셋, 넷째는 왕이 도로의 단지구멍에 관해 염려함을 동의하고, 한 사람은 왕세우 잡이의 가능성을 불러드리지만, 셋째는 그것이 붉은 코트 혹은 영국의 진압 병의 함축된 존재의 포함을 확장하는바, 험프리가 어떤 설명되지 않는 이유로서 한층 오물의 단지를 숨기고 있다고 단언한다. 넷째는 왕이 고기잡이에 오직 흥미를 느끼고 있음을 발견한다. 하나와 셋째는 험프리가 긴 장대에 꽃 항아리를 나르고 있음을 눈치 채지만, 아무도 이 이국풍異國風의 행위에 논평하지 않는 지라, 비록 셋째는 긴 장대를 "배신적으로" 휘두르고 있음을 논평할지라도. 넷째는, 각주에서, 이것은 집게벌레를 잡기 위한 보통의 방책이라, 말하자, 왕은 그것을 고기잡이 장대로서 잘못 말한다.

이러한 논증된 모순에도 불구하고, 모든 4개의 비평들은 동의하게 되는지라, 이어위커 가족은 그의 조상이 곤충, 즉 집게벌레와 연관되기 때문에 그의 이름을 가졌다. 문제는 의미의 핵심에 놓이지 않고, 오히려 텍스트 그것 자체의 상하에 존재하는 연관의 수준에 놓여 있다. 이야기의 어떤 상세 혹은 양상은 무시되는지라, 그들이 아주 중요하게 생각하지 않기 때문이거나 혹은 아마도 논평자가 진실로 있을 법한 설명이 없기 때문이다. 프리츠 센(Fritz Seen)과 크라이브 하트(Clive Hart)는 주어진 〈경야〉의 구절의 타당한 해석이 무엇이며, 〈경야 뉴스리터〉(*Wake Neslitter*)의 페이지를 통해서가 아닌 것의 문제를 논한다. 그러나 여기 필자(저자)는 주장하고자 하는바, 즉 〈경야〉가 무엇에 관한 것이든, 그것은 독자에게 많은 다른 견해 점으로부터 이야기되는 이야기, 낱말로 구성되는 이야기들과 관계한다는 것이다 - 낱말들은 그들의 많은 것이 이상할지라도, 그들은 단지 너무나 많은 가능한 의미들을 가질 수 있다. 이리하여, 이어위커가 자신의 이름을 어떻게 얻었는가의 이 이야기에서, 우리는 집게벌레를 무시할 수 없으나, IRA와 Black and Tans는 아마도 경계 밖에서 지배될 수 있다. 이러한 종류의 암시(allusion)는, 그것이 흥미로울지라도, 텍스트의 중심에서 직접적으

로 지시하기보다 오히려, 우리를 의미로부터 한층 더 들 밖으로 몰아내게
한다. 이러한 연구 점은 해석의 어떤 가로街路를 허락하지 않는지라, 비
평은 비평적 타자구打者具를 가지고 타작하지만, 그러나 서술 그것 자체
의 서술적 기법이나 실타래를 감거나 서술하는 대신에, 우리는 그들의 생
애를 집게벌레로서 시작했던 깨끗한 생의 거인과 그의 연관자들의 교감과
산정算定에 도달할 수 있으리라.

그렇게 하기 위해, 우리는 특수한 구절을 자세히 조사함으로써 어떤 종
류의 이야기 줄거리를 찾아야만 한다. 존 필 비숍(John Peale Bishop)이 단
지 소설의 출판 1년 뒤에 결론 짓기를, HCE는 책의 모든 다른 사람이 할
수 있듯, 실질적 수준에서 찾을 수 있다. 만일 그가 발견되지 못하면, 공통
의 사람은 모든 역사를 포함한다. 그는 이른바 모든 영웅들과 성인들이기
때문이다. "과거는 무엇이고, 현재는. 무엇 인고," 진실로, 만사는 모두 그
렇게 이처럼 쉽지 않으나, 조이스의 독자는 황야를 통하여 샛길을 발견하
기 위해 면밀히 살펴야만 한다. 스티븐 데덜러스와 리오폴드 블룸은 〈경
야〉를 읽을 것을 생각할 것인가?(몰리는 아주 교활한지라, 이 속에 불결한 뭔
가가 있음을 눈치 채나니, 비록, 오 젠장(O Rock),이라 쉬운 말로 말하지 않거니
와) 스티븐은 스스로 많은 시간을 책을 읽는데 아마도 아주 많이 흥미를 느
끼지 않거니와, 왜냐하면 그는 당대의 출판 장면에 관한 관심이 거의 없었
다. 그러나 블룸은 이야기를 탐색할지니, 왜냐하면 그는 모든 소설들은 하
나를 가져야함을 아나니, 그리하여 그의 책 선반에 호지얼(Hozier'ds)저의
〈러시아 - 터키 역사〉(History of the Russo - Turkish War)와 아링함(Allingham)
저의 〈아일랜드의 로렌스 블룸필드〈(Laurence Bloomfield in Ireland)의 책의
한 자리를 발견하리라. 그들은, 훌륭한 참고들. 아마도, 〈경야〉 속으로 들
러다 본 다음, 그는 책들이 그가 자신의 거실의 백로 대 위에 금박 테두리

의 거울 속에 반사 된 것을 거기 볼 것이다. 즉, "그때 거울 속에서 어떠한 복합적인 불균형한 형상이 그의 주의를 끌었는가? / (자기 자신에게는)한 사람의 고독한 (다른 사람에게는)변하기 쉬운 인간상이"(U, 581.1348). 고독한, 자제적自制的, 가변적, 외부적으로 적용하는, 이들은 모든 것이 형용사들로, 동등한 조처로서, 험프리 침던 이어위커와 그의 가정의 구성원들에게 적응 될 수 있으리라.

(2)

하리트 쇼 위버에게 보낸 편지로부터의 자주 인용된 논평에서, 제임스 조이스는 말하기를, "모든 인간 존재의 한 위대한 점은 환히 잠깬 상태의 언어, 무미건조의 문법과 진취적인 이야기 줄거리의 사용에 의해 민감하게 될 수 없는 상태에서 통과한다는 점이다." 인습적 서양의 소설에서 이야기 줄거리나 화법은 거의 언제나 "진취적"이었고, 시작, 중간 및 끝 주이로 거의 어제나 구성해 왔다. 서문의 표어인, "옛날 옛적," 그리고 모두들 언제나 그 후 행복하게(혹은 불행하게) 살았던 만족스런 종말을 독자로 하여금 민감하게 기대해 왔다. 분명히, 그러나, 의식과 무의식 상의, 모더니스트의 고착과 함께, 논리보다 오히려 연합 상에서 경험의 이러한 민첩한 꾸림은 이제 더 이상 존재하지 않을 것이다. 여태 시도된 아마도 가장 실험적 소설인, 〈경야〉에서, 조이스는 이야기 줄거리의 형식적 기대를 깎아 내리고, 화법이 대표하는 것을 시도하는 정신적 과정을 적용해야만 하는 것을 들어내는 것에 커다란 수고를 행한다.

〈**경야**〉 서술의 한 가지 중심적 특징은 그것에 대하여 한결같이 긴장하고, 전면의 충격에 반항하고, 이전에 갔던 것에 되돌아가는 것이다. 작품의 바로 첫 문장은 리피 강을 노정하는 바, 그것의 흐름은 반대의 방향을 취하고, 공간과 시간의 원천으로 되돌아간다. 즉 "강은 달리나니, 이브와 아담 성당을 지나 해안의 변방으로부터 만灣의 굴곡까지, 우리를 회환回還의 넓은 비코 촌도村道로 하여 호우드(H) 성(C)과 주원周圓(E)까지 귀환하게 하도다." 아나 리비아의 독백의 최후의 문장을 완성하기 위하여, "한 길 한 외로운 한 마지막 한 사랑 받는 한 기다란 그"(628.15), 독자는 텍스트의 최초의 문장으로 되돌아가야 한다. 아담과 이브의 성당은 이브와 아담이 되고, 서술은 스스로를 뒤에서 보기 위해 잠간 머문다. 이리하여 독자는 남녀의 비평적 조망을 재조정하고, 거의 오른 쪽에서 왼쪽으로 읽을 준비를 한다. 의미와 이해성을 위한 다음 단어로 혹은 다음 문장에로 기대하기 위한 조건적 충격은 한결같이 좌절된다. 어떤 문학적 교통순경처럼, 우리는 브레이크를 거의 모든 회전에 적용한다고, 조이스는 주장한다. "(구부려요)만일 그대가 초심初心이라면(abc),"(18.17), "여기(제발, 구부려요)"(19.02), 경고는 결코 끝나지 않는다. "제발 구부려요 제발. 정지. 뭘 말하고 있는고"(232.18) 종종, 〈경야〉 문장 그것 자체는 주기적인지라, 구들, 절들, 그리고 괄호의 미로적 집합으로 그들은 마치 바로 약간 더한 정보가 좌절되고 이미 술 취한 독자를 위해 만사 올바르게 될 듯 완성에 대항하여 싸우는 것처럼 보인다.

우리는 발생의 과정을 통하여 〈경야〉에 도착하는 지라, 고로 각 새로운 요소나 혹은 이야기 줄거리 조각은 그것이 우리에게 앞서 간 것을 우리에게 상기시킬 때 그리고 그것이 기본적 중심사상이나 상항을 재술再述할 때 의미를 만든다. 주제 혹은 사건의 반복은 통지의 수직적 탑의 건립을 필요로 하거니와, 그것은 그들의 유추를 뒤로 수직적인 언급을 요구한다. 서술의 존재를 이해하기 위해, 우리는 저 "과거의 어떤 특별한 통점痛點으로의 전적으로 비기대적非期待的으로 좌左전향적 귀환"(120.27)을 "왼쪽 손잡이의" 열쇠를 가지고 만들어야 한다. 텍스트에서 남녀의 자리에서 만족적으로 물레질하는 동안, 독자는 외쪽으로 회전하도록, 이미 보여 준 그림들을 재고하도록, 교시 받는다. 재차, "찌링찌링, 찌링찌링. 모두해서 그들의 무기고마벽武器庫魔壁 될지라. 얼간이여, 그대는 독노력督努力할지라. 지점止店! 제발 지점止店할지라! 소요지점騷擾止店할지라 제발! 오소요 제발 지점! 그[HCE]의 집은 얼마나 불길가不吉家, 유몰幽沒한고? 궁궁肯肯 과연사중果然死中인지라!'(560.16). 비록 무슨 질서로 우리가 읽는다 할지라도, 단어들은 바로 꼭 같은 점을 주장한다.

조이스가 진취적인 이야기 줄거리의 진행을 스파이크로 박기 위해 사용하는 방책들은 많은지라, 그리하여 그들은 특수한 방해들로부터 전체 장章들의 구조 및 〈경야〉의 부부들까지 배치한다. 숀이 제I부 7장에서 그의 형 솀을 탈피脫皮시킬 때, 그는 푸줏간을 위한 어구를 개변改變한 광고에 의해 정지되는 지라.

"[죤즈는 색 다른 고깃간입니다. 다음 시소時所에 당신 마을에 오시면 꼭 한번 들려주십시오. 아니면 좋으신 대로, 금일 매매하려 오십시오. 당신은 목축업자의 춘육春肉을 즐기실 겁니다. 죤즈는 이제 빵 구이와는 완전히 결별했습니다. 다지기, 죽이기, 벗기기, 매달기, 빼기, 사지 자르기 및 조각내기. 그의 양육羊肉을 만져 보세요! 최고! 염양廉羊이 어떤지 만져 보세요! 최최고! 그의 간 또한 고가요, 공전의 특수품! 최최최고! 이상 홍보 함]"(172.05)

몇 페이지 뒤에, 숀의 열변은 멈추는지라, 유산이란 레테르가 붙은 귀부인들의 하의의 감식가로부터 일간 신문의 개인 란의 광고처럼 보이는 것을 위해서이다.

"[본本 제임스는 폐기된 여성 의상, 감사히 수취한 채, 모피류 잠바, 오히려 킬로트 제의 완전 1착 및 그 밖의 여성 하의 유類 착의 자들로부터 소식을 듣고, 도시 생활을 함께 시발하고 자 원함]"

"[본 제임즈는 현재 실직 상태로, 연좌하여 글을 쓰려 함. 본인은 최근에 십시계명十時誡命의 하나를 범했는지라 그러나 여인이 곧 원조하려함. 체격 극상, 가정적이요, 규칙적 수면. 또한 해고도 감당함. 여불비례. 서류 재중. 유광계약]"(181.30).

무명의 서술자로서, 그가 원할 때 언제나 텍스트의 흐름이 들어가고 조정하기 위하여 그의 사설적社說的 진행을 행사하고, 그는 손의 혹평의 돌진에 의해 우리로 하여금 운반되도록 하는 것을 허락하기를 거절한다.

- 첫째로 이 예술가, 탁월한 작가는, 어떤 수치나 사과도 없이, 생여生與와 만능의 대지에 접근하여 그의 비옷을 걷어 올리고, 바지를 끌어내린 다음, 그 곳으로 나아가, 생래生來의 맨 궁둥이 그대로 옷을 벗었도다. 눈물을 짜거나 끙끙거리며 그는 자신의 양손에다 배설했나니.(지극히 산문적散文的으로 표현하면, 그의 한 쪽 손에다 분을, 실례!) 그런 다음 검은 짐승 같은 짐을 풀어내고, 나팔을 불면서, 그는 자신이 후련함이라 부르는 배설물을, 한 때 비애의 명예로운 증표로 사용했던 항아리 속에 넣었도다. 쌍둥이 형제 메다드와 고다드에게 호소함과 아울러, 그는 그때 행복하게 그리고 감요甘饒롭게 그 속에다 배뇨했나니, 한편 그는 나의 혀는 재빨리 갈겨쓰는 율법사의 펜으로 시작되는 성시聖詩를 큰 소리로 암송하고 있었나니라.(소변을 보았나니, 그는 가로대 후련하도다. 면책되기를 청하나니), 마침내, 혼성된 그 불결한 분糞을 가지고, 내가 이미 말한 대로, 오리온의 방향과 함께, 굽고 그런 다음 냉기에 노출시켜, 그는 몸소 지워지지 않는 잉크를 제조했도다.(날조된 오라이언의 지워지지 않는 잉크를)(185)

위의 틴틴어의 한 구절(185)은 곧 뒤에 사라지고의 음식이요, 분명히 손이 후보로 오르지 못하는 박식한 제공의 종류가 된다.(이 누구도 조이스의

독자가 아니다)

장의 끝에서 서술은 손의 손에서 전적으로 빠져 나가고, 우리는 대응 자들인 〈정의〉와 〈자비〉의 반대진술로서 남는다. 다음으로 우리는 주의할 것이거니와, "이 콘크리트 위에서 악취충惡臭充의 종언終焉이 우리들을 추월하기 전에 시대의 배수구 아래로 우리가 회귀결조回歸結潮의 저 다중경多重鏡 메가론(침실)의 발면내拔面內에서 그대 깡패들을 무시無時로 노려보고 있을 것을, 종대종終對終 없이 휘감긴 채, 우리들 자신이 기대 중지할지도 모름을 주의해야 하도다. 이 콘크리트 위에서 악취충惡臭充의 종언終焉이 우리들을 추월하기 전에 시대의 배수구 아래로 우리가 회귀결조回歸結潮의 저 다중경多重鏡 메가론(침실)의 발면내拔面內에서 그대 깡패들을 무시無時로 노려보고 있을 것을, 종대종終對終 없이 휘감긴 채, 우리들 자신이 기대 중지할지도 모름을 주의해야 하도다."(582.18)

조이스는 이 화자 병치의 기법을 제차 거듭한다. 제I부 3장의 노르웨이 선장 에피소드에서, 선장과 양복상 커스의 갈등은 HCE의 주점에서 텔레비전의 일기 보고에 의하여 정지된다. "구북歐로부터 방풍方風. 머핀 빵 매시경賣時頃에는 한층 따뜻함, 진정(바람)."(324.25) 이것은 순간적으로 액션을 재차 정지시키는 뉴스 프레시에 의하여 되 따른다. "금일인今日人에게 무슨 흉조凶兆 생生인고?' 아던의 거충돌巨衝突. 조비鳥飛가 파혼접근破婚接近의 혼례를 다짐하도다.(325) "생生총독 - 대리 전부戰斧의 매장, 영면永眠. 신의 총총 선견先見. 감사. 감사. 앙천仰天."(324.36) 갈등의 드라마적 잠재는 한결같이 국민의 코멘트, 방백傍白, 주의, 그리고 심지어 "존 필"(John Peel)의 노래하는 그룹의 패러디 판판에 의한 우화를 통하여 한결같이 들어 내진다. "코러스. 합창. 그의 상의를 그처럼 회중색灰重色으로. 그리고 자신의 파운드 화貨를 불타는 것으로부터 목숨 걸고 보증하

다니."(322.14)

같은 장에서, 바트와 타프는 소련 장군의 사살을 성취하기 외해 그들의 힘을 결합하기를 희망하지만, 그들은 진행 중의 장애물 경마의 장면 서술 중간에 멈추어야만 한다. "크리미아의 사냥꾼인, 해방자(강자 H. 허민 C. E 엔트위슬), 극적 효과를 가지고 이전마以前馬의 승리의 장면에 유명한 종마의 형태를 재현하면서, 백백모白白帽 씨氏의 세 적갈색 거세마들인, 가제家製 잉크 배일리 횃불 등대 및 잡탕 스튜 요리에 독수리의 길을 제시하고 있는지라"(342.19) 곧 뒤에, 쌍둥이들은 원자 분할에 관한 또 다른 뉴스 간판.(벌틴)

- [루터장애물항의 최초의 주경主卿의 토대마자土臺磨者의 우뢰폭풍에 의한 원원자源原子의 무화멸망無化滅亡은 비상공포쾌걸非常恐怖快傑이반적的인 고격노성高激怒聲과 함께 퍼시오렐리를 통하여 폭작렬爆炸裂하나니, 그리하여 전반적 극최상極最上의 고백혼잡告白混雜에 에워싸여 남성원자가 여성분자와 도망치는 것이 감지될 수 있는지라 한편 살찐 코번트리 시골 호박들이야행자夜行者피카딜리의 런던우아기품優雅氣稟 속에 적절자신대모適切自身代母되도다. 유사한 장면들이 홀울루루炊爛樓樓), 사발와요沙鉢瓦窯, 최고천제最高天帝의 공라마空羅麻 및 현대의 아태수亞太守로부터 투사화投射化되는지라. 그들은 정확히 12시, 영분零分, 무초無秒로다 올대이롱(종일)의 전戰왕국의 혹좌일몰或座日沒에, 공란空蘭의 여명에](353.22)

이러한 예들의 각자, 그리고 각각의 에피소드에서 더 많은 것이 있나니, 그것은 텍스트를 그것 자체에 뒤 던지도록 봉사한다. 그들은 서술적 계속, 그리고 그들은 독자를 하여금 장소에서 터벅터벅 걷도록, 한 조각의 시작에 뒤 점프하고, 다시 한한번 움직이기 전에 재평가하도록 야기한다.

개인적 장들의 형태는 바로 진취적 이야기 줄거리에 대해 반항을 과시한다. 제I부 2장인 수업 장은 텍스트를 두 쌍둥이들, 그런데 그들은 절반에서 변주邊註를 변경하고, 소녀에 의하여 각주(그렇지 않을 수도)를 포함함으로써, 텍스트를 읽는 문제를 복잡하게 한다. 페이지 아래로 눈을 움직이는 육체적 행위는 구조에 의하여 방해되는바, 그것은 우리의 시선을 왼쪽으로, 오른 쪽으로, 그리고 페이지의 각주로 중심적 서술을 돌리게 한다. 각 구절(패라그라프)에서 솟아나온 문제들은 분명히 이내 대답되지 않는지라, 왜냐하면 독자는 텍스트의 한 부분에서 다른 곳으로 너무나 바삐 돌리기 때문이다. 손의 변주는 이 부분을 "구성적構成的인 것으로 구성 가능한 것의 구성."(261.28)으로서 서술한다.(많은 도움이 되지 않지만). 한편 이씨의 각주는 다음을 제공한다. "빙, 하고 그녀의 도인두盜人頭가 흉성胸聲으로 말했도다." 셈은 논평하기 위해 전혀 신경 쓰지 않는다. 만일 우리가 셈의 "안단테(느린 악장) 애愛모로스메트로놈拍節器 50 - 50(269.L), 우리는 이씨의 c. 수手카칩, 반半 페니. d. 물(水)파도세波濤洗. e. 톰리. 성장남成長男. 어떤 푸주간이 그에게 블라우스와 바지를 제화製靴했도다. 보기 역겨운 P. 안폐자眼閉者"(265.fn). 이들은 예들로서, 거기 조이스는 잘못된 음악적 용어들과 아마도 "절반 페니 손수건"을 가지고, 우리를 뒤돌리고, 우리의 독서를 그 밖에 그것을 다른 곳으로 우리의 독서를 재방향하기 위하여 아마도 "반 페니 손수건"으로 불합리(non sequitur)를 의식적으로 고용한다. 널리 잠깬 언어는, 평범한 문법으로 잠에 떨어지고, 우리는 보다 견고한 땅으로 돌아간다.

사리 벤스톡(Shari Benstock)은 텍스트가 케브와 돌프 포터에 의하여 공급되고, 변주가 셈과 손에 의하여 한층 조숙한 전망에 의하여, 그리고 전진하는 행동과 함께 동시적 이씨에 의한 각주로 공급된 위치에 의하여 지적합으로써 지극히 흥미로운 분석을 제공한다. 포터가 단순히 이어위커의 또 다른 번안이요, 케빈과 돌프가 숀과 셈의 분신처럼 내게 보일지라도, 벤스톡은 주장하거니와, "노트들은 음률이 다양하고," 기초적 서술 4인으로의 평행과 카운터가 달리는 새로운 서술을 수립한다. 그녀는 느끼거니와, 아나 리비아 장에서 빨래하는 아낙들의 그것처럼 대화를 형성하기 위해 두 개로 쪼개진 노트들은 모두 동시에 행해지는 서술 상 몇 개의 수평들을 수립한다. 이리하여, "이러한 노트들은 학자적인 장치에 의하여 마련된 권위의 확장을 계속 유희 한다 - 그리하여 이전의 그리고 복수적 언급들을 하락하는 연쇄連鎖의 환상을 재공 하는 반면, 텍스트를 그것자체에 대항하여 분할하는 대화를 그로부터 야기하는 기호법적 성직계급을 또한 수립한다."

다시 한번, 서술을 그것 자체로되 꼬일 것이고 직선적 그리고 좁은 것에 첨부하지 않으리라.

이 장의 당황하는 구조와 함께, 목소리의 분열로 불릴 것은 뒤에 보다 큰 상세히 토론 될지라. 그러나 여기 4인의 화자들은 우리의 주의를 끌기를 다투고, 그들은 급진적으로 다른 방법들로 그렇게 행한다. 셈은, 처음에 왼쪽으로, 자주 사납고 민활할 지라 - "그대 나의 깡통을 가지고 요정과 싸울 텐고?"(268.L) 그리고 그의 음률은, 그가 오른 쪽으로 움직일 때 변하지 않는다, "우리들의 감치는 아내들을 위하여 앙금이 들어 있는 양말을 우리에게 노래하다."(300.R) 숀은, 우리가 기대하든, 그가 나타날 때만다 현학적衒學的으로 교수로 남는다. 이씨는 농담을 일삼는지라, "그대가 알고 있는 것을 가지고 광안경어휘光眼鏡語彙를 훔칠지라."(304.fn). 그리고 그녀는 심지어 흥미를 전적으로 잃을 수 있다, 즉 "나는 장소를 잃었나니, 내가 어디에 있었던고?"(307.fn). 그 동안, 중심적 화법은 그들의 가정

숙제에 대해 아이들의 설명이 되는 듯 그것을 따라 즐겁게 계속한다. 프레드릭 니체 작의 〈즐거운 지혜〉(*The Joyful Wisdom*)는 조이스의 개인적 트리에스트 장서이거니와. "*Historia abscondita*에서 - 모든 위대한 사람은 뒤쪽으로 활동하는 힘을 가졌거니와, 모든 역사는 그의 계산을 위해 재차 저울에 놓이나니, 그리하여 과거의 1,000가지 비밀들이 그들의 숨은 곳에서 - 그의 햇빛 속으로 기어들도다." 이 "경야"의 밤에서 얼마나 많은 햇빛이 나타나는지, 그러나 수직성과 뒤돌아보는 강조는 소설에서 이해하는 이야기 줄거리와 주제에 대한 열쇠로서 재발하는 대주제(leitmotiv)를 밑줄 긋는다.(강조한다)

〈경야〉가 인습적 공간과 시간을 변용한다고 말하는 것은 번사凡事이지만, 그러나 조이스는 텍스트와 마찬가지로 역사를 읽는 새 방법을 재공하는 지라. "역사는 피녀彼女처럼 하프 진주進奏되도다."(486.06), "처감응초處感應草 최다의태녀最多擬態女여"(267.7) 이는 조이스의 경해에서 우리를 탈선시킨다. 역사를 관망하는 감수적感受的 혹은 기독교적 방법은 선적線的이요 논리적이며, 궁극적으로 그것은 비극적이다. 우리가 에덴동산으로부터 이든 혹은 "대 폭발"(big bang)로부터든 우리의 계산을 시작하거니와, 시간과 역사는 최후의 심판이나 혹은 태양의 죽음은 불가피를 향해 선적으로 점점이 움직인다. 시간의 각 사건은 이전에 지나간 것으로부터 진행하고, 각 사건은 다음의 것으로 앞을 향해 바라 본다, 무성無性에서 부터, 우리는 무성을 따라 움직이고 있다.

형식에 있어서, 〈경야〉는 하나의 원이 됨으로써 이러한 부정성을 거절하는지라, 그것의 이야기 줄거리나 등장인물이 결코 끝나지 않거니와(독자가 좌절 속에 책을 아래로 내팽개치지 않는 한), 한 사건은 아무리 시간과 공간에 의해 널리 분리할지라도, 오히려 본질적 유사 속에 위치한다. 이리하여, 우리는 노르웨이 선장의 이야기를 한 번 또는 같은 시간에, 뮤즈의 방으로 그리고 "개미와 배짱이"에로 돌림으로써 그것의 의미와 더불어 씨름한다. 실지로, 처음으로 소설의 서술적 환을 완료한 다음에, 앞으로의 그리고 뒤로의 구분이 더 이상 존재하지 않으며, 독자가, 두 번째 독서를 시작할 때 유형 위에 유형, 유사성 위에 유사성을 자유로이 쌓는다.

진취적인 이야기 줄거리에 대한 한결같은 방해를 지속적인 상기물인지라, 그것은, 마셀 브라이온(Marcel Brion)이 언급하듯 조이스는 "그가 어휘와 그의 등장인물들을 창조할 때, 그이 자신의 시간을 창조한다. 그는 곳 자신이 이러한 개성의 증표를 지닌 새로운 요소들 속으로 신비스런 화학에 의하여 현실로부터 그가 받는 것을 곧 퇴고推敲한다." 〈경야〉의 이야기 줄거리의 개념에 중심을 둔 동질 조각(piece)에서 엘리엇 폴(Elliot Paul)은 기록하기를, "만일 우리가 모든 사건들을 날 자에 무관한 채 입장을 취할 때, 모든 해들(세월)의 발생사는 선반 위의 그들의 자리로부터 취하는지라, 숫자의 질서에서가 아닌 채 정열 되거니와, 그러나 조이스의 마음에 의하여 기록되는 디자인에 따라, 그러자 텍스트는 거의 그렇게 의심스럽지 않다."

무의미 혹은 무감각의 전술한 사용은 역설적으로 고용되거니와 제I부 2장의 최후의 페이지에서 우리에게 도약한다. 티타임을 위한 서술된 준비는 예상적 카운트 타운에 의해 뒤따르기 마련이다. "일壹초秒(Aun) / 이貳두(Do) / 삼參투리(Tri) / 사四차車(Car)"(308.05), 그리고 "예藝 재크(jake), 상商 재크(jack) 및 꼬마 내숭녀女(sousoucie)" 그리고 양친에게 크리스마스 계절(Yuletide)인사를 포함하는 "밤 편지(NIGHT - LETTER)에 의하여 결론된다."(308.23). 그러나 편지 통신의 알랄 거리는 성질은 페이지의 밑바닥에서 두 결론은 그림들에 의하여 분산된다. 첫째 그림은 코에 엄지손가락을 댄

것으로, 야비한 "나의 황문에 키스"요, 둘째 것은 십자의 뼈(골)를 대표하거니와, 그들은 죽음의 도래를 예시하는 듯하다. 그림(숫자)들은 분명히 아이들에 의한 합동으로 그린 것이니, 왜냐하면 이씨는 "그리고 두개골과 교차대퇴골交叉大腿骨로 속이 메슥거리나니 그가 우리들의 그림을 남김없이 진심으로 즐기기를 유희唯希하노라!"(308.fn). 독자에게 이것의 효과는 대리석 무늬의 페이지이거나아 혹은 줄거리 대사臺詞의 그림과 아주 같은 지라, 그것을 로렌스 스턴(Laurence Sterne)은 그의 〈트리스트람 샌디〉(*Tristram Shandy*)에서 제공한다. 〈경야〉의 그림들은 한 두 인물들뿐만 아니라 독자를 모독하기 위해 도약하거니와, 우리는 갑자기 텍스트의 상관관계 재정의해야만 한다. 장난은 우리가 그 페이지를 우리의 존재를 인정하고, 우리를 진행의 한 부분으로 삼기위한 사실의 인식에서 멈출 할 때이다. 장이 전적으로 기대하지 않았던 방법으로 끝나기 때문에, 우리는 멈추고 계속 움직이기 전에 개작해야만 한다.

경야적 서술의 흐름에서 역逆을 이해하기 위해 필요한 뒤로의 스텝은 엘리어트에 의해 이룬 또 다른 논평에 의해 용이하게 되리라. "만일 노아, 그래드스턴 수상(Premier Gladstone)과 브라우닝 "파파"(Papa)가, 공동의 성격 때문에 하나로 단축 된다면, 어떠한 폭력도 논리적이 되지 못하리." 〈경야〉는, 편지, 수수께끼, 죄, 그리고 추락과 같은 은유의 몇몇 과도한 구조적 상징들 혹은 은유들을 포함한다면, 또 다른 가장 중요한 하나는 단축되리라. 확실히 현미경화의 근원적 및 원초적 작용은 멀리 한층 분명히 있는 중요한 어떤 것을 보는 것이다. 윌링던은 "여기 그토록 스스로 깔깔대는 모습을 드러내는 두 과백過白의 촌녀들, 미녀들!두 처녀들] 관찰재독자 - 길손은 쥐 제방 속으로 무료 허장許場 받는 도다. 웨일즈인人 및 아일랜드 병사, 단지 1실링![입장료] 근위대의 회춘환자 노병은 그들의 궁둥이 종種을 아장아장

아장장 붙일 자리[병약자 용 좌석]를 발견하는지라. 그녀의 통과 열쇠 공급을 위하여, 관리여管理女, 케이트 여사에게 공급되다. 짤깍!"(8.36)을 만원경화로 유혹녀 지니(Jinnies)를 염탐한다. 그리고 숀은 셈을 꼭 같은 종류의 간음 증을 비난한다. "그는 단지 나소가街의 가로등들을 닮아 좌현으로 빛을 발한 채, 그의 최서측最西側의 열쇠구멍으로부터 3단 속사 18구경 마력 망원경화를 통해, 불가해한 날씨에 침을"(178.26) 버클리는 소련 장군을 포착하기 위해 도구(만원경화)를 사용하고, 우리가 암탉이 발견한 '편지'를 어떻게 읽을 것인가에 대해 화자의 줄거리 이야기의 총체에 대하여 마찬가지로 쉽게 적용할 수 있으리라. "한편 우리는 암탉이 보았던 만큼 많이 보기 위해 훨씬 뒤로 물러서면 설수록 렌즈의 차용을 필요로 하느니라. 찰깍"(112.01) 〈경야〉의 행동은, 사실상, 뒤집히고, 멀어졌으며, 혹은 최소한 서술 테크닉의 변전 방도들에 의하여 우리로부터 분리되었는지라, 그런 고로 우리는 아마도 II부의 "Lesson(과목)" 장에서 셈의 논평에 동의하리라. "내가 그처럼 되레 꿈꿀 때, 우리들은 단지 모두 망원경화임을 보기 시작하도다."(295.10)

만사는, 그들이 꼭 같이 남을 때만큼, 변형하원초적 강조는, 그러자, 초점에는 만히이 인지라, 그리고 같은 장에서 쌍둥이들은, 그들의 지리 가정 숙제뿐만 아니라, 그들의 어머니의 음부의 신비를 해결하기 시도는 다음처럼 서술된다, "지시地視 거시경巨視鏡에는 두 개의 날개가 하나가 되다."(275.L) 여기에 망원경은 현미경이 되는데, 왜냐하면 지각의 두 작용은 하나로 혼합되기에 - 쌍둥이들은 가까이로부터 그리고 멀리로부터, 동시에, 보기를 애쓰고 있기 때문이다. 본질적 서술은 다음과 같은바, 만일 우리 혹은 그들이 단지 새 방법으로 본다면, "핍(peep)", 중요한 것은 들어날 것이요, 어떤 것은 우리가 알기 원하는 것을 "텔러스(tellus)" 하기 때문이다. 원초적 강조는, 그럼, 초점을 맞추고, 방향을 반대하고, 확장 상에, 때때로 과학자의 이익을 위해 그리고 때때로 핍핑 톰(Peeping Tom)(호색가)의 이익을 이해서이다.

또 다른 각도로부터 망원경을 살피면서, 하나의 동사로서 그것의 의미를 어떻게 그리고 왜 조이스가 서술의 약간 현실적 부분 이내에서 시간과 공간의 변용을 조종하고 있는가. 어떤 것을 만원경으로 살피는 것은 그것을 연장하거나 혹은 그것을 단축하는 것으로, 마치 도구가 확장되거나 혹은 수축되는 것과 같다.(이 문맥에서 성적 가능성들은 분명하다.) 만일 주된 것이 그거의 총체로서 어떤 것을 본다면, 그것의 전진적 이야기 줄거리는 분명히 허락 하지 않을 것이요, 어는 사건이든, 그럼. 가까이로부터 그리고 멀리서부터 보여 지지 않으면 안 된다. 쌍둥이들은, 예를 들면, 나이가 약 15살의 소년들로서만 보일 수밖에 없다. 그들을 존재의 하나로서 망원경화 하기 위해, 그들은 또한 제I부 4장에서처럼 아주 젊은 아이들로서, 제I부 1장에서처럼 성숙한 어른으로서 작용해야만 한다. 심지어 한층 더 이해하게도, 그들은, 자신들이, 제II 1장에서 "믹, 닉, 및 매기의 이야기"처럼, 단일 에피소드에서 나이의 다양한 국면에서 보여 져야만 한다. 조이스는 위리가 망원경화 하듯 그들의 나이들의 단편들을 집중하거나 혹은 연장함으로써, 이것을 성취한다. 〈경야〉에서, 나이는, 시간처럼 유동적이요, 만경 화될 수 있거나, 등장인물들은 우리에게 많은 견해 점들로부터, 어느 주어진 순간에 그들 자신 노정된다.

하리트 쇼 위버에게 보낸 또 다른 편지에서, 폴 리옹은 두려워했거니와, 많은 이들의 의견에서 [진행 중의 작품]의 출판은 - 좌익 및 공산주의자와의 연관의 보다 젊은 세대의 부분에서 전반적 및 아주 강한 맹습猛襲으로 인도할 것인 지라, 그것은 조이스가 단지 게으른 소수와 부유한 자에게

만 근접할 수 있는 자본주의자 예술의 봉사에 있을 사나운 비난으로 진군하는 기회를 사로잡으리라. 보다 젊은 세대는 이러한 문학적 문제 속에 충분히 함몰하도록 움직이었던 것 같이 보이지 않으나, 접근성의 문제는 〈경야〉로부터 결코 분리 될 수 없다. 이야기 줄거리의 복잡성에 돌아가면서, 우리는 재차 인정해야만 하는 바, 즉 서술은 모든 전환에서 좌절한다. 제I부의 전체는 초보적 예인데, 왜냐하면 소설이 바로 상상되는 것을 독자에게 알리는 것에 관해 그것 자체의 훌륭한 시간을 취하기 때문이다. 이 부部는 각다귀의 형태를 닮았거나, 혹은 다이더러스적 술통(tundish)은, 우리가 원사시대 原史時代(protohistory)의 안개 속에 시작하고, 공허한 계보학을 통해 심지어 인물들의 캐스트 아지랑이의 그림처럼 만사 앞에 6, 7, 및 8장을 기다려야만 한다.

최초의 몇 장들은 경야적 기법의 일종의 쇼크(박수)처럼 봉사하는바, 그들은 다가올 심지어 한층 만곡彎曲이나 조정調整을 준비함을 의미한다. 나의 인생의 시작과 더불어 나의 인생을 시작하기 위해, 나는 내가 태어난 것을 기록하나니(내가 알려져, 믿는바) 금요일에, 밤 12시에, "데이비드 코퍼필드(David Copperfield)"는 이야기를 서술하기 시작한다. 〈위대한 유산〉(Great Expectation)의 주인공은 바로 특별하기 되려고 애쓴다. "나의 아버지의 가족 이름은 피립(Pirrip)이요, 나의 크리스천 이름(세례명)은 필립(Philip), 나의 유아의 혀는 이름을 만드나니, 립(Rip)보다 더 이상 길거나 혹은 더 분명하지 않다. 고로, 나는 핍(Pip)이라 불렀고 핍이라 불리게 되었다." 〈경야〉의 첫 페이지는 한 인물, 트리스트람 경을 제공하는지라, 그는 한 구절 뒤에 사라지니, 이러한 변장으로 다시는 결코 보이지 않고, "소小 유럽의 험준한 수곡首谷 안쪽 해안의 북 아모리카에서 아직 도착하지 않았나니."(3.05), 시간과 결합한다, "비록 베네사 사랑의 유희에 있어서 모두 공평하였으나, 이들 쌍둥이 에스터 자매가 격하게 노정怒情하지 않았나니라."(3.10) 심지어 무카우(moocow)의 전위轉位도 여기 환영 되리라.

첫 장의 서술은 한 위치에서 또 다른 위치에로 논리적으로 움직이지 않는다. 그러나 그 대신 그것은 에피소드적이요, 마구잡이의 조각들이나 편린들이 되는 듯한 것들의 집합한다. 트리스트람 경의 소개는 추락의 서술에 의하여, 팀 피네간의 장의葬儀에 의하여, 윌링던 뮤즈룸의 여로에 의하여, 에덴적 중간참(interlude)에 의하여, 선사先史에 의하여, 그리고 '신에 합당한(Godotian)' 뮤트와 쥬트의 대결에 의하여 뒤따른다. 화자는 우리들의 인내와 주의를 탄원하기 위해 멈춘다 - "경청! 첨청捷聽! 나는 그걸 하고 있어요. 들을지라(H), 사방 모퉁이의(c) 탄원을(e)! 그리고(A) 기러기 거문고 곡(l)을 영창류吟唱流할지라(p)."(21.02) - 그러나 즉각적으로 우리는 프랜퀸의 우화 속으로 잠입되는가 하면, 바로 재빨리 유사 - 봉기적蜂起的 피네간적 존재로 한 초상인初喪人에 의하여 자기 자신의 경야에서 정화淨化된다. "자 이제 공안空安하라, 선량한 핀 애도哀悼 씨氏, 나리. 그리고 연금年金 받는 신紳처럼 연금 받는 신神처럼(like a god on pension)Herold. La vie de Bouddha에서 그는 불타佛陀의 말(馬)을 신처럼 서술한다. 그대의 휴한休閑을 취하구려. 그리고 해외로 나돌아 다니지 말지라".(24.16) "이제 안락할 지라, 그대 점잖은 사나이[피네간]여, 그대의 무릎과 함께 그리고 조용히 누워 그대의 명예의 주권主權을 휴식하게 할지라!"(27.31)처럼 도깨비처럼 "대체점자代替占者 훔[HCE] 귀하"(29.18) 그리고 "피네간은 사랑스런 애처 애니녀女와 함께 살며 이 작은 피조물을 사랑했는지라."(4.28) 그들의 이름들의 이합채적 함축의含蓄義는 분명히 HCE와 ALP를 암시하지만, 우리는 험프리 침던 둘레 두 번째 이야기의 이러한 마면磨面을 단지 발견할 수 있는지라, 특히 그는 제I부 2장까지 특별히 무명으로 그리고 무無언급으로 남아있으니, 우리는 서 있을 작고 단단한 그라운드를 갖는 도다. 위리는 아직 그것을 알 수 없지만, ALP 같은 여인의 장의 최후의 비네트(장식 무늬)에서 "그녀는 자신이 땅위에 있는지 또는 바다 위에 있는지 또는 공익空翼 집게벌레[HCE]의 신부新婦 마냥 청공을 통해 날고 있는지 결코 알지 못했도다. 그녀는 당시 몹시 새롱거리거나 하지만 날개를 치듯 퍼덕거렸는지라."(28.15) 그것은 책(작품)의 사건들의 전체 연대기의 캡슐화化이다. 신문은 "뉴스, 뉴스, 모든 것의 뉴스"(28.21)를 포함하거니와, HCE에 관한 루머, 그리고 셈, 숀, 그리고 이씨의 생활과 사랑 생활들에 관한 간질이는 연속물(신문, 잡지의 연속을 따위), 그리고 강의 요정처럼 아나 리비아의 최후의 연설의 미니 - 판版을 닫는다. "그녀의 최후의 눈물로 한숨 짖는 밤, 염열鹽熱의 분묘墳墓에 초롱꽃이 불고 있으리라. 이제 끝. 그러나 그것이 흘러가는 세상사."(28.27) 혼성된 이야기 줄거리와 인물은 우리가 기대에로 인도 된 방법에서 비평적 눈에 응답하지 않으리라.

장소들의 약간을 기록함은 또한 흥미 있는지라, 거기에 서술의 방향은 한결같이 현안의 상상적 주제로부터 피해진다. 제I부 2장은 사건들의 석의釋義로서 시작하는 바, 그들은, 역사의 먼 뒤로, 험프리 침던 이어위커의 이름으로 인도되고, 부분은 "크고 깨끗한 마음의 험프리 침던 이어위커"(33.29)의 지지에서 짧게 목적된다. 장의 초석은 피닉스 파크에서 HCE의 부랑아와의 만남으로, 통상적 천진한 - 죄의 말로서 기술된다. 그러나, 오히려 양자 간의 대결에 집중하기 보다는 서술적 초점은 대 주인공으로부터 사건에 관해 더블린 주이를 감도는 소문이 야생의 거위 속으로 유인된다는 사실이다. HCE와 그의 죄 혹은 그것의 결핍은 캐드의 아내 릴리 킨셀라(Lily Kinsella)로부터 브라우닝 노란(Browning Nolan) 신부에게 필리 터스턴(Philly Thuston)에게 트리클 톰(Treacle Tom)그리고 프리스키 쇼티

(Frisky Shorty)에게 감도는 험담의 혼잡에서 상실된다. 이야기는 피터 크로 란(Peter Cloran)과 오마라(O' Mara)에게 확장되고, 또한 밀듀 리사(Mildew Lisa)로서 알려지자, 마침내 수치스런 호스티(Hosty)가 민요를 작곡하는 데, 그것은, 프랑스 어의 번역을 통해, 이어위커의 이름이 퍼시 오레일리 (Persse O' Reilly)로 변형된다. 공원의 문제는 이제 "그는, 사실상, 공동의 하 숙집에 자주 드나드는 것을 상습으로 삼았는지라, 그 곳에서 그는 취중에 어이 잘 만났다하는 자로, 낯선 타인의 침대 속에서 빨간 벗은 상태로 잠 을 잤던 것이니."(39.30) 초기의 조사(그의 이름은 무엇인고 그리고 고원에서 일어난 것은?) 손가락들을 통해서 흘러나갔으며, 서술은 앞뒤가 뒤 밖인 대 답들을 제공한다. 서술 그것자체가 제의한 어려움에 오랫동안 집중하는 이러한 거절과 무능력은 〈경야〉 말하기의 부픈 과정에 작용한다.

제I부 3장에서 HCE에 관한 루머들은 엉뚱한 것으로 나타나거니와, 한 편으로 형식상의 가설을 가진 수중手中의 텍스트를 지닌 호기심 많은 서 술적 시도인 즉, "그러나 계속되는 문의들."(66.10) "[이야기]는 이하 속행 이라."(67.07) "이제(문제의) 이면에로. [두 매음녀들에 대한 여담]."(67.28) "[HC드의 주막 & 잠긴 문] 이제 고무鼓舞된 기억에 의하여,"(69.05) 모독 적 명칭들의 긴 이름 표票로 그는 다양한 시간들에서 불려졌거니와, 탐색 을 좁히듯 한지라, 그러나, 그 대신, 우리는 결론에 인도하거니와, 이 단계 에서 심지어 언어마저도 재 구실을 못할 것이다, "라스판햄의 빗방울 못 지않게, 말(言)은 그에게 더 이상 무게가 없도다. 그걸 우리 모두 닮았나 니. 비(雨). 우리가 잠잘 때. (비)방울. 그러나 우리가 잠잘 때까지 기다릴 지라. 방수防水. 정적停滴[방울]."(74.18) 라는 과민성을 책의 첫 절반을 통해 설명의 인습적 비평적 도구로서 느끼게 되리라. 서술은 우리를 자세 하게 단순히 익사할 것이요, 표면적으로 또는 중심으로 어느 종류의 결심을 찾아 부르짖을 진실한 홍수의 정보를 우리는 확신할 수 없을지라, "이 제 만사 완료. 이론理論은 거기 두고 여기 것은 여기에 되돌리도록 할지 라."(76.10) 소설의 최초의 4장들은 아리스토텔레스의 삼단논법에 의해 예증 되는 조사의 생존능력 방법, 그리고 스타기라(Stagirite)(아리스토테라스의 출생지)는 어긋나게 된다. 진취적 이야기 줄거리는 도망하는 와선渦旋 속 으로 분쇄되었는바, 이는 우리의 마음이 부과하려고 노력하는 조직적 원 리에 도전한다.

제I부는, 그러자, 두 섹션으로 분할되나니, 첫 4장들은 가상적으로 사실 적 단편들의 산개散開이요, 그것들을 최후의 4장은 다른 레벨에서 재 집 합하려고 한다. 최후의 가오스적 유례는 제I부 4장으로 공원의 대결과 더 불어 제I부 2장에서 커버하는 그라운드 위를 다시 한번 덥힌다. 이제 행동 은 강도剛度가 높아지고, 그 때 HCE의 몸체는 아이리시 위스키를 사기 위 해 돈을 마련하려는, 총을 지닌 강도이다. 시간의 언급이나 혹은 어떤 종 류의 성적 탈선도 없으며, 희생자가 무일푼으로 나타날 때, 두 부분은 피 로 무참하지만 생기生氣가 넘친다. "그는 이쑤시개를 쑤셨도다(기분이 최 고). 그리하여 그는 우별友別했나니라. 그리고, 프랑스 암탉 또는 조급躁 急과 여가의 가금家禽 손가방을 들고, 그것을 계속할 듯, 그 기이한 혼자 混者는 꼭 같은 가슴의 형제 사이에 행사되는 포옹의 친구례親口禮 혹 은 발진發疹의 입맞춤을 교환했나니, 구丘레루야, 살殺레루야, 홀惚레루 야."(83.32). 두 번째 생각으로, 그러나, 희생자는 경찰에게 불평하고, 페스 티 킹(Festy King)은 사건을 가려내기 위해 약속하는 재판을 진행한다.

독자가 너무 빨리 주두走頭하지 않도록 주의 될지언정, 주의의 방향은 앞으로 진행되지 않아야 하나니, 그러나, 희망인즉, 문제는 해결되리라 남 는다. 그러나 이야기 줄거리는 단계를 흘리는데, 이제 부친 대신에 형제들에 중심을 맞추는 듯, 그리고 인물들 자신들은 신분을 재빨리 변형한다. 임금은 몇몇 별명 하에 움직이나니(크라우바, 멜레키, 타이킹페스트, 그리고 레보우) 그리고 만사를 부정한다. 경이驚異 목격자는 그리하여 웨트 핀터(Wet Pinter)로 불리는 혹자로서 동일 신분화하고, 한 사람 대신에 오히려 3 침입자들이 있음을 말한다. "저 3자들[숲 속의 3군인들]간의 매벅."(87.35). 날씨를 보기에는 너무나 어두운지라, 그러나 그는 상처 입은 파티를 〈차처 매인도래〉(HERE COMES EVERYBODY)로서 동일시한다.(88.21)

재차 조이스는 그것의 원천을 결코 노정하지 않는 환상으로 희롱하는 바, 그리하여 웨트 핀터(Wet Pinter)의 반대신문反對訊問은 무소無所와 매 소每所로 인도한다. "그것과 다른 것에 관하여. 만일 그자[HCE]가 벽의 전 혈全穴에 관하여 암시하고 있지 않았다면? 그건 그가 여인의 전체에서 회 피하고 있었을 때 그가 그랬던 것이라. 요약컨대, 어떻게 하여 이러한 만 사 시작이 마침내 그에게 당장 타격을 주었던고? 다종파多種破의 은행을 파괴한 날카로운 크랙 소리처럼 그는 모두가 의미하는 바를 동의했는지 안 했는지?"(90.20) 증명은 전형적 천둥 조리와 더불어 끝까지 달리고, 비 결론적으로 결론적이거니와, "그대는 온당하도다."(90.33) "그가 그들에게 우편 집배인[숀의 암시]으로 보일지라."(92.13) "그리고 건전하게 저 처녀 적의 파리 교구민 새침데기를"(93.13)

"그건 무엇이었던고? 알(파) - !? - 오(메가)!"(94.20)

분명히, 나(필자)는 이 이야기를 문학적 수준에서 이해하지 못하는지라, 우리가 그러도록 기대되기를 믿지도 않는다. 그것은 알파요 오메가, 시작 과 끝, 매사每事요 무사無事이다. 한 여성 인물이 위안의 가장의假裝衣를 입고 나타나는지라, 그러나 서사는 멈추게 되고, 깜깜한 뒷골목, 그리고 그 것은 사실상 사실을 허락한다. 이 점에서, 인습적 서사는 그것의 한계와 스냅에로 지금까지 뻗어왔다. 〈경야〉 제I부를 통하여 다른 레벨에서 남은 장들을 통하여 재차 시작할 것이요, 조이스는 그가 미스 위버에게 한 편지에서 부른 것에서부터 작업에로 방향을 돌리는지라, 가족 앨범으로부터 그림 - 역사 - 그리고 기타 세대 등등.

만일 이러한 결론적 4장들이 서술적 하나의 단위나 구획으로 보여 질 수 있다면, 그런데 그것은 이어위커 가족으로 통과하는 한층 실증적 방도를 발견하기를 찾을 것이요, 서술자가 아나 리비아를 형태적 방책으로서 고용하는 것은 의미심장하다. 그녀의 편지는 제I부 5장에서, 그녀의 역사는 제I부 8장에서 토론될 것이다. 그것은 마치 서술의 목소리가 만사를 뭉개고 여성 원칙의 기초적 영향의 조사와 더불어 반영하는 것 인양 하다. 서술적 음률은 독자에게 한층 더 많이 회유적懷柔的이요, 현재顯在가 수령하는 많은 타이틀의 범주는 논제에 의하여 뒤따른다. "이제, 인내. 그리하여 인내야말로 위대한 것임을 기억할 지라, 그리하여 그 밖에 만사를 초월하여 우리는 인내 밖의 것이나 또는 외에서 이루어지는 것은 무엇이든 피해야 하도다."(108.08). 이것은 제I부 5장 전에 행해진 것보다 한층 삼투하는 것이 아무튼 한층 쉽다는 것을 말하는 것은 아니나, 적어도 서술적 초점이 장章의 덩치를 위해 "편지"에 아주 많이 중심으로 남아 있다. 편지는 가족 속으로 출입을 마련할 수 있고, 판독할 수 있다. 한 사이비 - 텍스트의 사이비 - 시험은 아무튼 재 확신적으로 친근하다.

〈경야〉의 한 가지 특수한 양상은 보통으로 일련의 사건들 혹은 한 때 혹은 미니 - 프로트(mini - plot)들 그리고 이어위커의 생활의 순간들이 연관되어, 마치 〈율리시스〉의 '키르케' 장의 구조를 크게 닮았다. 결론적으로, 독자의 주의는 한결같이 흩어져 있는지라, 한 작은 이야기 그리고 등장인물들의 캐스트로부터 또 다른 것에로 점프를 위해 안성맞춤이다. 여기 제

I부 5장에서, 적어도, 확장된 담화는 비평적 탐구를 위한 한결같은 길 다란 그라운드를 마련하고, 그것은 심지어 원초적 인물들에 가까이 접근하기 시작한다. 화자는 우리에게 이어위커 가족과 그들의 개인적 상징들에 대한 소개를 마련하고, "이어위커의 대문자체 두 문자를 온통 티베리우스 적으로 양측 장식하고 있나니 즉 좌절의 성유 삼석탑三石塔 기호(dhristsmon trilithon) E가 되도록 하는 중명사中名辭는, 그의 약간의 주저(hecitence)뒤에 헥(Hec)으로서 최종적으로 불렸나니, 그것은, 시계의 반대 방향으로 움직여, 약자로 된 그의 칭호를 대변하는지라, 마찬가지로 보다 작은 △는, 자연의 은총의 상태의 어떤 변화에 부응하여 알파 또는 델타로 다정하게 불리나니,(119.16)로 시작하며, 가족의 나머지의 표식을 동일시한다.(이것들은, 물론, 조이스 자신이 그의 노트북과 통신에서 사용했던 상징들이라). 독자는 동정으로 취급되는지라, [이하 편지의 상태] 그대는 마치 자신이 숲 속에서 길을 잃은 듯이 느끼고 있나니, 자네? 그대는 말하도다. 그것은 어림 語林의 단순한 정글이라고. 그대는 극히 큰 소리로 외치도다. 나를 너도밤나무의 그루터기로 수풀지게 할지라."(112.03) 우리는 희 마을 포기하지 않도록 격려 된다. 즉, "아니, 페토여 저를 불쌍히 여기소서, 그것은 얼룩과 오점과 막대와 공과 굴렁쇠와 꿈틀거림과 병치된 메모(약기)가 속도의 박차에 의하여 연결된 무 효력의 히아신스 류類의 소란은 아닌지라 말하자면 매우도 그처럼 그렇게 보일 뿐이외다."(118.28).

많은 길들에서, 제I부 5장은 독서의 과목으로, 그것은 소설의 나머지를 위해 우리를 세움을 의미한다. "한층 깊이 생각하는 자는 이것이야말로 솔직히 그대가 있고, 그곳에 있는 것은 단지 모두 주목받고 있음을 그의 성주병聖酒瓶 이를 위해 필요한 것은" 이상적 불면증으로 고통 받는 이러한 "이상적 독자"(129.13)요, 이는 능력이다. "여기 재통再痛하며 음의音義와

의음義音을 다시 통족痛族하게 하도록 재시再始할지라)."(121.14) 마음속에 이와 같은 주의를 가지고, 우리는 제I부 6장의 수수께끼에 직접으로 나아가도록 준비하도록 상상된다.

이른바 〈질문〉의 장은, 크라이브 하트(Clive Hart) 교수 가로대, "그의 현재의 꿈꾸는 상태의몽자夢者의 가장 정직하고 직접으로 내성적 사고이요, 서술의 방법과 방향에서 중요한 변화를 들어낸다." 최후로 우리는 인물들의 서술이 주어지는 바, 이는 몇몇 지지하는 유희자遊戱者들의 견해를 포함하는데, 그리하여 우리는, 만일 실지 사건의 필사가 필사적으로 아닌 한, 그들의 개인적 목소리들의 메아리를 들을 수 있다. 화자는 무대 커튼 뒤로 숨는지라, 그리하여 셈으로 하여금 12질문들을 주장하게 하는바, 그들 중 8개는 숀에 의해 대답되고, 각 자 마마루요(Mamalujo)에 의하여, 진창 자 캐이트, 이씨, 그리고 셈 그이 자신에 의하여 대답된다. 부部의 가장 긴 부분은 아이들의 장으로, 그것은 양친들을 몰래 엿 살피거나, 가정을 소개하고, 형제 경쟁 상대를 견고히 한다. 가족 앨범으로부터 이러한 그림들(사진들)의 서술을 이전의 장들만큼 도전하지만, 그러나 그들은 독자가 〈경야〉의 첫 페이지 이래 상황들을 그리고 전형적 인유들의 실타래를 걸 수 있다.

숀이 쥐여우와 포도사자 그리고 버러스와 카시어스에 관해 말하는 두 개의 우화들은 이제 아마도 뮤트와 쥬트가 애초에 그렇지 않듯, 이어위커 쌍둥이 관한 그들의 관계에서 이제 위치에 있다. 스리고 뉴보레타와 마가레나는 이씨처럼 동일할 수 있다. 9번 째 질문은, 테스트를 온통 개봉하는 것을 계속 묻는지라 - "무슨 산자酸者의 연애결혼이 있을 것인 고, 유혹하는 광녀狂女가 연취煙臭를 되돌릴 때까지?"(143.26) - 이는 "충돌만화경!"에 의하여 대답된다. "seem"에 대한 강조는 시험적이지만, 만원경의 그리고 변화하는 유형과 충돌하는 유성遊星의 한층 먼 의미와 함께, 총돌만화경의 이미지는, 구조와 서술의 구성에 대한 단단한 힌트이다. 서술적 각다귀의 전망은 마침내 가족에로 떨어지고, 우리는 조사하기 위해 다가오나니 7과 8장은 한층 작은 배경으로 약간 충만 한다.

온통 자신의 사마귀를 가진 셈의 만화 - 그리고 손에 의해 묘사된 채 - 손의 특정한 비난의 황산염 때문에 뿐만 아니라, 또한 우리가 기대하기를 인도했던 소년보다 오히려 충분히 성장한 성인에 의해 우리가 직면했기 때문이다. 조이스는 다시 한번 나이의 미끄러지는 스케일을 놀이 속으로 집어넣는다. 〈경야〉는 이러한 정신적 및 도덕적 불안전한 것의 차원, 또 다른 차원의 의미를 게방한다. 셈은 그이 자신의 〈율리시스〉를 읽기 좋아하고, "자신이 실수한 고급 피지 위의 모든 대大기염이야 말로 이전의 것보다 더 화사한 영상이었다고, 거울을 들여다보며 크게 기뻐하며, 즐거이 혼자 떠들고 있었나니,"(179.29) 심지어 로렌스 스턴(laurence Sterne)도 이와 같은 뭔가의 능력이 아주 없었다.

셈 뒤에 손이 서 있고, 그이 뒤에 무명의 화자, 그리고 그들 모두 뒤에 자기 조롱의 제임스 조이스가 밖으로 엿본다. 인격화는 너무나 유동적이 되었는지라, 그것의 응용은 이제 거의 우주적이 될 수 있다.(또 다른 경기를 독자는 놀 수 있기 때문에 텍스트에서 남녀 자신의 이름을 탐색하고, 거의 언제나 그것의 어떤 형태가 거기 있으리라.)

장의 종말에 〈정의〉-〈자비〉(JUSTIUS - MERCIUS)가 쌍둥이의 도덕적 지위를 수립하기 단단히 찾으니, 만일 그 밖에 아무것도, 그러나 심지어 여기에 아무것도 인습적으로 건전하지 않다. 손은 손으로 남는다 - "쉬! 셈, 넌 미쳤어, 쉬! 넌 미쳤어!"(193.27) - 그러나 〈자비〉로서 셈은 그의 어머니 속으로 혼용하기 시작한다, "왜냐하면 너는 내게서 떠나 버렸

기에, 왜냐하면 너는 나를 비웃었기에, 왜냐하면, 오 나의 외로운 유독자
여, 너는 나를 잊고 있기에!, 우리들의 이갈색모泥褐色母가 다가오고 있나
니,"(194.20) "여기 나 있는지라. 마를 볼 지라," 인물과 저자를 구성하는 코
러스를 노래한다.

다시 한번 아나 리비아 장에는 아무도 없을 것이기에, 그것으로 정밀
은 없다. 이야기들이 있지만, 어떠한 역사고 혹은 전기도 사실적 - 소설적
인 근저根底는 없다. 소년들이 놀기를 좋아하는 경기의 이름들의 카타로
는 ALP의 선물들과 그들의 수치인들의 일람표는 경합된다.(210 - 211) 아
나 리비아에 관한 모든 것을 말하는 그녀의 파트너에 대한 세탁부의 부름
은 처음에 남편의 이야기에 결과한다. 더 많은 이야기 줄거리 망하기에 대
한 요구인 즉, "당신 아직 그 이야기는 끝나지 않았어. 나는 계속 기다리고
있어. 자 계속해 봐요, 계계속할지라!이야기의 연속은 때때로 "말해 봐요"
라는 후렴으로 재삼 중단된다"(205.13) 이러한 두 장들의 문체는 수다스럽
고, 거의 추가적이나, 서사적 혹평은 실지로 재삼 후향적後向的이다. 축구
경기 뒤에 노래된 노래는, 그것 동안 솀이 상상적으로 지쳐 빠졌는지라,
조집 캠벨(Joseph Campbell)과 헨리 몰턴 로빈선(Henry Morton Robinson)에
의해 3페이지의 리콜소(recorso)패러그라프와 '퍼시 오레일리'의 민요의
결합 및 수식으로 서술 된다. 이것은 의심할 바 없이 진실하지만 시나 노
래의 중심은 역시 전체 첫 장의 대부분의 사건들을 개괄概括하는 행들을
포함한다.

코카시아 출신의 제왕이 지금까지 천사天使영국에서 아더 곰5)을 강제 추방
한 적은 없었도다.
색슨족과 유태 족이 지금까지 언어의 흙무덤 위에서 전쟁을 한 적은 없었도다.

요부의 요술요술妖術妖術이 지금까지 고高 호우드 언덕의 히스 숲에 불을 지른 적이 없었도다.

그의 무지개가 지금까지 평화 평화를 지상에 선언한 적은 없었도다.(175.11)

첫 인용된 행은 뮤즈룸, 둘째는 뮤트와 쥬트의 대화, 셋째와 넷째는 프랜퀸과 잘 반 후터, 그리고 노래의 나머지는 경야 축재의 재술再述이다. 우리 되돌아가자, 다시 한번.

꼭 같은 양상으로 아나 리비아의 첫 애인의 빨래하는 아낙들의 토론은 "라인스터의 제왕, 바다의 늑대"(202.24)로부터 "그녀는 당시에 젊고 날씬하고 창백하고 부드럽고 수줍고 가냘픈 꺽다리 계집애인 데다가, 은월광호銀月光湖 곁에 산책하면서, 그리고 사나이는 어떤 쿠라남의 무겁게 뚜벅뚜벅 비틀거리는 외도침남外道寢男인지라, 태양이 비치면 자신의 건초를 말리면서, 살해하는 킬데어의 강둑 곁에 그 당시 속삭이곤 하던 참나무들처럼 단단했지(평토탄平土炭이여 그들과 함께 하소서!), 삼폭수森瀑水로 그녀를 가로질러 철썩하고. 그가 호안虎眼을 그녀에게 주었을 때 그녀는 해요정海妖精의 수치로 자신이 땅 아래로 꺼지는 줄만 생각했지! 오 행복한 과오여![다시 상대 세탁녀女]나의 욕망이나니 그게 그이였으면! 당신은 거기 잘못이야, 경부驚腐하게도 잘못을! 당신이 시대착오적인 것은 단지 오늘밤만이 아니야! 그것은 그보다 훨씬 뒤의 일이었어,"(202.29) 우리는 몇몇 더 많은 가능성들을 통하여 은둔자 승려 마이클 마크로우 까지, 이름이 베어푸트 번 및 윌럼 웨이드의 두 소년들 까지, 시간에 맞추어 뒤로 계속한다. 그것에 앞서, "그녀는 치리파 - 치러타, 사냥개에 의하여 핥아 받았는지라, 조가鳥歌와 양털 깎는 시절에, 정든 킵퓨어 산山 언덕의 중턱에서 말이야"(204.11) 비록 최후로 그녀는 어떤 종류의 제우스 같은 윤회로

리피 강 자체에 의하여 유혹되는 듯 보인다. "모든 과거 선조들과 연결하는 노끈이요, 모든 육체를 실 감는 밧줄인 거다."(《율리시스》(32, 37)와 스티븐 데덜러스는 생각했다.)

아주 거울이 한 이미지를 뒤로 던지듯, 그것은 반사된 모습이 움직이듯 하는지라, 이러한 가족사진들(그림들)은 정적靜的으로 남지 않을지나, 거의 마치 각자가 앨범 페이지를 그 뒤의 또 다른 것을 노정露呈하기 위해 껍질을 벗기듯 하다. 책의 제I부는 그 뒤의 이야기 줄거리의 초점에서 일반화로부터 특수성으로 움직이지만, 이것은 독자의 마음속에 한결같은 재조직을 요구하는 특수성이다. 그것은 조이스가 독서의 기법의 한 새로운 종류를 생산하기 위해 조종하려는 이야기 줄거리 방책들의 많은 것에 대한 일종의 소개이지만, 그러나 그것은 역시 저자의 서술적 놀라움들의 오직 몇몇이기 때문에 일종의 괴로움의 중요한 것이다. 우리는 이제 등장인물들의 캐스트를 가지는 듯하지만, 우리가 진실로 보는 모든 것이란 색채의 형태요, 그것은 중심인물로 유합癒合하지 않으리라. 견해 점은 고정되어 남아있지 않을 것이요, 이야기 줄거리는 펼쳐지지 않을 것이며, 화자들은 불신되리라. 필자나 독자는 - "어떤 통상적 종류의 비열한 사내가, 40둘레의 편평한 앞가슴을 하고, 약간 비복肥腹의 그리고 분규를 해명함에 있어서 중략법의 추리가 부여된 채, 자신의 가장 위대한 봉천명왕조奉天明王朝의 후예 가운데서, 단지 타자의 자식으로, 사실상, 아주 매일시每日視하는 스탬프 찍힌 주소의 봉투를 충분히 긴 동경의 눈으로 여태껏 쳐다보았단 말인고?"(109.03) 이의 표현으로서 쉽사리 서술 될 것이다. 진취적 이야기 줄거리는 오랜 전에 팽개쳐 졌고 잊혀졌는지라, 그리하여 독자는 전진하기 위하여 가족 앨범으로 역전逆轉해야만 한다.

(3)

제II부의 열림과 더불어, 이야기 줄거리는 보다 빠른 비율로 진취적이기 시작하지만, 조이스는 몇 가지 구조적 방책들을 지니려 할 것인바, 그것을 우리는 만사를 단단히 함께 지니기를 이전에 보지 못했다. 이어위커 가족의 구성원들과, 특히 아이들은 앞마당으로 달려 나올 것이고, 화자는 서술적 물질의 모양을 완전히 통제하기 위해 시도하는 힘으로서 출현한다. 그것은 거의 마치 인물들이 자신들의 의지를 개발하기 시작한 듯한 것인양, 고로 화자는 그들을 억제하기를, 그들의 외형과 출구를 지시하도록, 그리고 그들을 타당한 결론을 향해 견고히 움직이도록 한결같이 노력하지 않으면 안 된다. 결론적으로 〈경야〉의 나머지는 서술적 형태의 풍요한 뿔(cornucopia)을, 사실상 각 계속적 장에서 다른 접촉을. 리피 강이 궁극적으로 바다와 만날 때 리피 강을 재차 들어낼 것이다.

손과 빨래하는 아낙들은 제I부에서 꽤 자유로이 말하도록 허락될 것이니, 그런고로 그들은 그들이 원했던 어느 방향인 듯, 따라서 이야기 줄거리를 움직였다. 이것은 더 이상 격格이 되지 않을 것이다. 서술자는 형식적 감독(taskmaster)으로서, 새로운 역할로서 그의 최선을 다한다. 문체와 전략의 복수성에서, 〈경야〉는 〈율리시스〉를 그것 자신의 높은 예술의 가공을 주장함으로써 반영反影한다.

이제 얼마간 그것은 일반적으로 감수되거니와, 즉 우리는, 모든 예술은 게다가 〈젊은 예술가의 초상〉에서 스티븐 데덜러스의 서정적, 서사적 및 극적인 단언에 그의 작은 주의를 기울지라. 이러한 표본(패러다임)을 가지고, 조이스의 작품들은 이의 유형을 적합하고, 이리하여 〈경야〉를 극적으로 만든다. 전체의 관념이 너무나 산듯할지라도, 조이스는 그의 서술적 물질을 조직화함에 있어서 아주 빈번히 극적 형태를 이용하리라는 것이 사실이다. 프랭킨 우화가, 이를테면, 재고의 입지적 딱지(tag)를 가지고 소개되었다 - "그것은 밤에 관한 이야기, 늦은, 그 옛날 장시長時에, 고古석기 시대에, 당시 아담은 토굴거土掘居하고 그의 이브 아낙 마담은 물 젖은 침니沈泥 비단을 짜고 있었나니"(21.05) - 믹, 닉, 그리고 매기의 이야기 (II부 2장)는 충분히 극적 왕권의 표상(regalia)으로서 생산된다. 다시 한번, 우리는 시간과 공간의 세팅으로 시작하거니와, "매일 초저녁 점등시點燈時 정각 및 차후고시此後告示까지 피닉스 유료야유장有料夜遊場에서 이다."(219.01) 그러나 우리들의 서술자는 무대 지시의 완전한 세트와 드라마의 인물(dramattis personae)의 확장된 설명과 더불어 계속한다. 호기심적 방도의 중요한 곳에서, 인물들의 캐스트는 수행할 자들의 모든 것을 포함하리라(숀은 그루그이요, 숀은 추프, 그리고 이씨는 이조드(Izod)혹은 미스 바쯔
(Miss Butys Pott). 그러나 그것은 또한 캐이트, '모든 작업의 인간', 그리고 HCE의 주막의 단골손님들을 서술하는데, 그들 가운데 아무도 참여하지 않으리라.

거기 이어워커 가족과 소설의 현실 사이에 스크린이 아직 남아있다. 아마도 서술자는 적어도 그가 관련된 모든 이의 행방을 알기를 확신하기를 원하리라. 조이스는 하리엣 쇼 위버에게 이 장은 놀고 있는 아이들의 설명임을 통지했거니와, 작품의 제I부의 전체를 구성하는 4장들의 각각의 개요를 마련했다. 여기 이야기 줄거리가 풀릴 것이요, 혹은 적어도 일련의 사건들이 개관되리라. 그러나 만사는 청중의 몇 개의 층들이 극장 관람자들과 연극 사이에 서 있다는 인식에 의하여 복잡화 되리라.

나탐 할퍼(Nathan Halper)는 이것을 다음과 같이 말하는지라, "작품을 이해하기 위하여, 아무리 불완전할지라도, 우리는 그것을 전체로서 보아야

한다. 그것을 전체로서 보기 위해 - 아무리 불완전 할지라도 - 우리는 이어 위커의 작은 세계의 센스를 획득해야 한다. 작품에서 여기 저기, 조이스는 물질(소재)을 감추고 있거니와, 그것으로 우리는 그것을 설립할 수 있다." 행동으로부터 독자는 멀리하기 위해, 조이스는 〈율리시스〉에서 문체의 복잡성을 채용했으며, 그리고 〈경야〉에서 우리는 몇몇 인물들의 어깨 너머로 보아야만 하거니와, 그들은 우리들의 정면에 앉아있고, 그리고 장면을 눈에 띠게 조종하는 화자를 보야 야만 한다. 이리하여 조이스의 안내자는 우리에게 그의 무대 기술을 모든 방도의 스텝으로 인지하게 한다. 우리는 영화와 카메라가 무대장치에 영향을 가짐을 알고 있다, "원경촬영遠景撮影, 근접촬영, 무대 암전暗轉 그리고 마사魔射, 마몽魔夢, 대몽마大夢魔 및 신명神命에 의한 대여 무대 화장. 마담 버사 델라모드에 의하여 묘미하게 기획된 무대 창안. 할리퀸과 냉각冷脚 쿨림베이나에 의하여 정렬된 무도. 익살, 익담, 지그 무도곡 및 아일랜드 왕립 경찰청의 고故애합哀合 T. M 피네간 안은거사安隱居士(R. I. C.) 씨氏의 재물로부터 임차된 경야를 위한 대음배大飮杯. 퀴다 누이키에 의한 입술 화장 및 가발."(221.21) 우리는 서술에 대해 조심스럽게 소개되어야하니, "하나의 논설이 뒤 따른다."(222.21) "거기엔 우리의 판화判話가(까닭이)있느니라."(224.08) "휴지."(235.06) 소곤소곤 말들은 독자를 위해 자주 큐(cue)로서 작용한다. "거기 그녀의 말(言)이 놓여 있나니, 그대 독석자讀釋者여![그대 독자여!]"(249.13) 그 이유인 즉, 어스 말[고대 켈트 어]의 최초선最初善의 관용어로 내가 그걸 했도다가 나는 그렇게 하리라와 대등하기 때문이도다. 그[글루그]는 왜 자신의 조모祖母의 조모가 사창녀斯娼女의 허스키 말투로로서아어語를 해토咳吐 했는지를 감히 생각하지 않나니, 왠고하면 슬라브어의 구술口術로 지금 나를 쳐다 봐요는 나는 한 때 딴 것이었도다를 의미하기 때문인지라.

불신의 부유浮游를 향한 인습적 운동은 어찌하여 지주支柱들 혹은 인물들(인격들)이 한 곳에서 다른 곳으로 이익을 얻는지를 서술함에 있어서 의도적 꼴사나움 혹은 아마도 성실성에 의하여 뒤엎인다, "생산자(요한 세례자 비커 씨)는 태만 자들의 조부祖父 위에 깊은 무위면無爲眠을 내리도록 원인 되게 했는바 그리하여, 측산물側産物로서, 과거신속過去迅速히 현장에 키틀릭(육편肉片)사이즈의 배우자를 등장시켰는지라,"(255.27) 사실상, 물론, 이것은 분명히 드라마이거나 혹은 전혀 극적이 아니지만, 대신, 그것을 숨기는 극장적劇場的 장식의 집합을 가지는 산문 서사이다. 아이들의 익살과 솀과 숀의 경쟁자의 제시는 수수께끼 경기의 외관두外觀頭에서 수행된다. 코의 결정적 엄지손가락 질과 더불어, 이번은 '애이본의 시인'에 지시되거니와 - "생산자(요한 세례자 비커 씨)는 태만 자들의 조부祖父 위에 깊은 무위면無爲眠을 내리도록 원인 되게 했고, 그리하여, 측산물側産物로서, 과거신속過去迅速히 현장에 키틀릭(육편肉片)사이즈의 배우자를 등장시켰는지라,"(257.20) - 연극(놀이)은 또 다른 천둥번개로 분개된다. 서술자가 행하도록 그러나 빛으로 변하도록 남지 않는지라,

"대성갈채大聲喝采! 그대가 관극觀劇한 연극, 게임이, 여기서 끝나도다. 커튼은 심深한 요구에 의해 내리나니."(257.30)

마찬가지로 주석註釋되어야 할 것은, 그러나, 〈경야〉의 드라마가 단순하지 않거나 혹은 단지 바르스(광대극)가 아니라는 것이다. 〈마임〉에서 솀과 숀의 다툼은 조이스에 의해 이렇게 지나갔다, "내가 당신에게 보내는 이 연극의 계획은 우리가 통상 부르는 천사들과 악마 또는 색채"라는 거요, 그러나 이 부분은 서술의 중요한 양상을 다루는바 - 여인의 애정을 득하기 위한 형제의 다툼이오. 자매의 대결적 평행의 예들은, 양복상 커스,

그리고 〈노르웨이 선장〉, 그리고 〈개미와 배짱이〉처럼, 조이스는 아마도 그의 주제의 심각성에 줄을 치는 극적 구조를 조작할 것이다. 〈연극과 인생〉과 같은 초기의 수필에서, 그는 말했거니와, "연극은, 모든 그들의 적나라함과 신성한 가혹함에서, 첫째로, 근원적인 법과, 단지 두 번째로 그들을 지지하는 혼성의 대리자들과 관계해야 한다." 그는 계속 단언하기를, "여기 예술가는 그의 바로 자신과 버리며, 하느님의 베일을 가린 얼굴 앞에 조정자로서 서 있다."

우리는 조이스가 드라마의 5차원적 의식적儀式的이요, 신화적 성질에 표현된 철학에 동의하며, 그리고 아마도 이 스며 든 양상의 중요한 것이 〈경야〉의 연극 편들의 사실상 하나에 남아있음을 알고 있다. "motley agents"의 기마대의 코믹 무장을 마음속에 지니고 있는 동안, 우리는 그들을 각 드라마의 약간 심각한 코다(종결부)와 더불어 인지해야만 한다. 빈센트 첸(Vincent Chen) 교수는 서술하기를, "역사의 년대기 속에, 인생의 모든 행동들은 조만간 드라마적 말들로 묘사되고," 아마도 조이스의 종말들이 이러한 개념을 구체화함을 말한다고 해서 지나치지 않다.

〈마임〉극은 기도문의 기도로 결론 나고, 성경적 음률과 충만 되어, 이전에 나타난 사건들을 서술한 조롱의 목소리에 날카로운 대조를 이룬다. 주님(Lord)은 "크게(Loud)" 될지언정, 우리는 식별하거니와, 마감은 동정으로 취급됨을 의미된다는 것이다, "당신은 당신의 아이들의 거소의 정문을 닫았는지라 그리하여 당신은 거기 근처에 경계자들, 심지어 가다(경비) 디디머스Gada Didymus)와 가다(경비) 도마스(Garda Domas)를 배치 했나니라, 당신의 아이들이 빛을 향한 개심의 책을 읽을 수 있도록 그리하여 당신의 사자인 저들 경계자들인, 그들 돈족豚足의 케리 산産 젖소들, 당신의 - 기도를 - 기도해요의 티모시와 잠자리 - 로 - 돌아와요의 톰의 경안내

警案內에 의해, 당신의 무관사無關事의 후사상後思想(反省)인 어둠 속에서 과오하지 않도록."(258.28).

가상컨대, 이야기 줄거리의 인습적 요소들, 이어위커의 실질적 행동들, 웨이크의 밤의 표면상의 그들의 머리를 찌르도록 거의 조정할 때마다, 서술자는 그들을 그렇게 경박하게 혹은 쉽게 해고하지 않을 것이다. 이것은 확실히 조이스의 준엄한 신념 혹은 보다 높은 존재의 그의 신념으로서 의도 되지 않거니와(사상을 멸하라), 그러나 그는 그의 인물들을 냉소적 웃음을 가지고 언제나 쳐다보지 않는다. 〈마임〉 극의 무대의 인위성은 단지 한두 스텝 감상성을 떠나 축복에 의해 균형을 맞추거니와, "오 대성주大聲主여, 청원하옵건대 이들 당신의 무광無光의 자들의 각자의 기도를 들어주옵소서! 오시각悟時刻에 잠을 하 사하옵소서, 오 대성주여!"(259.03). 조이스는 여기 "크게"를 적은 것들 사이를 명상하거니와, 드라마는 그들의 본질적 비非 분리성을 서술한다. 우리는 약간 유희적遊戲的 종교성의 꼭 같은 역설적 음조가 "개미와 메뚜기"의 극적 우화를 결론 짓는다, "전자의 그리고 후자의 그리고 그들 양자의 전번제全燔祭의 이름으로. 전인全人 아멘(Allmen)."(419.09)

극적 형태는 제I부 4장에서 심지어 한층 복잡해지거니와, 거기서 HCE와 아나 리비아는 셈의 몽마夢魔에 의해 그들의 잠으로부터 깨어나고, 그들은 침대로 돌아와 이른바 아래 부르는 바에서 사랑을 행한다, "지금까지 반半꿈이었던 가장 이상한 꿈을 말이다."(307.11) 다음에, 기다란 여는 문장(555 - 558), 저저것은(thaas) 무엇이었던고? 안개는 무무엇이었던고(whaas)? 너무 격면激眠스러운. 잠잘지라. 그러나 정말로 지금은 하시경? 그럼 얼마나 많은 시간을 우리가 공간 속에 살고 있는지를 부연할지라. 그래? 고로, 매야每夜에 영야零夜에 나야裸夜에, 흘러간 저들 그립고 지겨운 옛날, 옛날에, 우리는 말할 터인고? 하자에 관해 우리는 말할 터인고? 유치아幼稚兒 보호자들[HCE와 ALP]이 그들의 쌍자침대双子寢臺[솀과 숀]를 유념하는 동안, 거기 지금 그들[4복음자들]은 서있었나니, 단풍목丹楓木들, 그들의 모두 4인四人, 그들의 4일열四日熱의 학질 속에, 주主, 머졸커, 소少마놀카, 상常이비자 및 발효 포멘테리아가 그들의 대소동의 취수확인吹收穫人과 더불어, 4야四夜에 의한 4무야四無夜, 그들의 4묘우四猫隅에, 그리고 저 나이 많은 고유물 연구가들[4복음자들], 4공포四恐怖스러운 마팜매자馬販賣者 역을 하면서, 당나귀, 가스 워커[솀]와 함께, 그리고 그의 가련하고 늙은 죽어 가는 콜록콜록 기침 소리, 에스커, 신성新城, 토갑土匣, 비토肥土,[4복음자들] 내게 협곡화峽谷話할지라, 나귀여, 움블린으로 가는 길. 나를 봉선蜂線(直道)따를 지라 그리하여 그대는 둔臀블린이나니, 에스커, 신성, 토갑, 비토肥土. 그리하여 귀담아 들을지라. 너무나 기꺼워했나니, 양아良兒 케빈 매리[이씨]가(그녀는 모든 길조후원吉兆後援 아래 그가 성장하는 순간 소년성가대의 지휘관이 되려하고 있었나니) 똑똑 떨어지는 크림과 오렌지 커스터드와 디저트 캐비지의 자신의 은하유로銀河乳路에서 아일랜드소리愛蘭笑哩된 채, 깜짝 놀랐는지라, 그때 악동 젤리 고돌핑[솀]은(그리하여 그는 불오不誤 모든 병원에서 자신이 치료받는 단즉시單卽時 야료원夜療院의 추기경 하복下僕이 되려고 급급하고 있었나니) 메틸알콜화化의 강주, 꿀꺽, 그리고 레몬 우울풍향憂鬱風向, 꿀꺽, 그리고 미분대황근초微粉大黃根草의 자신의 주름살진 황지를 백태안白苔顏 찌푸렸도다. 꿀꺽(icky).

[555.01 - 555.24] 밤마다 - 4노인들이 그들의 모퉁이에서, 잠자는 쌍둥이인, 케빈과 제리를 살피다. 포터 댁의 밤 - 그의 잠 속에서 젤리의 부르짖음

에 의해 놀란 양친들.

묵범주黙帆走의 밤에 밤마다 그 동안 천진스러운 이소벨 그리하여 그녀는 하루 종일 얼굴을 붉힐지니, 그때 그녀는 어느 일요일, 성聖성일 및 성聖담쟁이 상아 일에 성장했는지라, 그녀가 수녀가 되었을 때, 그 아름다운 봉헌수녀, 그토록 가까스로 스물, 그녀의 순결한 두건을 쓰고, 자매 수녀 이소벨, 그리하여 다음 일요일, 미가엘 축일의 겨우살이(植)마냥, 그때 그녀는 한 알 복숭아처럼 보였나니, 그 아름다운 사마리아녀女, 여전히 아름답고 여전히 그녀의 10대인지라, 유모성녀 이사벨, 빳빳하게 풀 먹인 소맷동을 하고 그러나 성휴일聖休日(H)에, 크리스마스(C), 부활절(E) 아침 그때 그녀는 화관을 쓰고, 그 18청춘의 경이로운 외톨녀女, 마담 이사 부부 라벨, 오렌지 꽃피는 비탄자의 베일과 함께 그녀의 보이블루의 긴 흑의를 입고 너무나 슬프게 그러나 행연幸然하게, 왜냐하면 그녀는 그들이 사랑했던 단 하나의 소녀였기에, 그녀는 그대가 상찬하는 여왕다운 진주인지라, 처음 우리들이 만났던 그날 밤 그녀가 그러하지 않을 수 없는 모습 때문에, 나 생각건대, 그리하여 헛되지 않게, 나의 마음의 애인, 살구(果)4월모옥四月茅屋 속에 잠자면서, 그녀의 가옥침대歌屋寢臺 속에, 그녀의 양자두(果)향의 캔디 휘파람과 함께 조각 보세공이불에 연주된 채, 이소벨, 그녀는 너무나 예쁘나니, 진실을 말하거니와, 야생림의 눈(眼)그리고 장장미壯薔薇의 머리칼, 조용하게, 모든 삼림의 그토록 야생 그대로, 이끼와 다프네 요정이슬의 담자색 속에, 얼마나 온통 그토록 조용히 그녀는 누어있었던고, 백白자두나무 아래, 나무의 아이, 어떤 실행失幸의 잎사귀처럼, 피어나는 꽃이 멈추듯, 기꺼이 그녀는 곧 그러하리라, 왜냐하면 이내 다시 그러할 것이기에, 나를 득得할지라, 나를 애愛할지라, 나를 혼婚할지라, 아아 나를 피疲할지라! 깊도록, 방금 평平하게 잠자며 누워있었도다.

[556.01 - 556.22] 밤마다 - 이소벨(이소벨)은 조용히 그녀의 집(침대)(cot)에서 잠잔다 - HCE로 갑작스러운 변전.

밤의 금구今丘, 한편 그의 짐수레를 타고 관괴장면중재자觀怪場面仲裁者, 야경남 해브룩이,[남자 하인 - 시가손] 파입강波入江의 피안 측에서부터, 저주열차발착표소咀呪列車發着表에 의한 정시점定時点, 오합지졸의 통과를 방해하는 대大목초지의 추돌 가를 장행長行했는지라, 사기를 남용하기 위해 자신의 목을 축이기 위한 주병을 구멍 속에 집어넣으면서, 애인의 유실물취급소를 위한 발푸르기스 악몽전정죄야惡夢全淨罪夜로부터의 잔류물들인, 불결변성암不潔變成巖, 쌍안망원경, 안경, 단추(파쇄망치) 및 밴드 리본, 손 숟갈 및 긴 양말, 연지 화장품들을 일시압류하다니.

[556.23 - 556.30] 밤마다 - 순경이 잃은 품목들을 모으면서, 그 동안 스케줄의 순찰을 행한다.

만청청야萬晴晴夜 및 다음 청야 및 최후의 청야 그 동안 불不 칠칠치녀女 코써린[캐이트]은 그녀의 출생침대 속에, 나의 천애보千愛寶를 지글지글 끓이는 꿈과 더불어, 저 하시에 하층 계단 문에 대기對氣를 꿰뚫는 노크 소리가 들려옴을 하려 자신의 환침丸寢 베갯잇에 바스크 언욕言浴하고 있었는지라 그리하여 피녀 하행하여 살피나니, 걸음걸이는 꼬마도깨비일지라, 그것이 청소부의 광수매상鑛水賣商인가[시거손] 혹은 햄 자신(H)과 바스크 회사일동의 여분전보餘分電報(CE)를 지닌 화각靴角(구둣주걱)

우인郵人,[손]

혹은 그들의 묵시黙示폴카무舞테의 그들 넷 목쉰 승마 자들, 북구 인, 남진실자南眞實者, 동東유칼리 목한木漢 및 서창공남西蒼空男인가,[4복음자들] 그리하여, 무허공無虛空의 성온건자聖穩健者들에게 다영多榮 있을지니, 키스 요계단搖階段 위쪽에 한 가닥 경련성痙攣聲이 들리는지라 그리하여 그녀[캐이트]가 옹촉癰燭을 처 들고 보았을 때, 영주榮呪여, 그녀가 무릎을 꿇고 신의 축복을 기원하사 아래로 내려갔나니 거기 밀크 조끼인양 함께 노크 소리 들렸는지라, 마치 그것이 태백성太白星의 난파 또는 거산의 노압왕老鴨王 오툴 또는 그녀가 본 그의 찐득찐득 압유령押幽靈인양, 이방裏房에서 나와 톱밥 현관 사이를 활도滑渡하자, 경방驚放, 그건 차례차례 변매인變每人이었나니, 자신의 허니문 세장복洗裝服 차림에, 자신의 지수指首를 쳐들면서, 자신의 권구拳球에 사실열쇠를 쥐고, 딸의 대이비 박애상아탑의 신부지참금이라, 그녀에게 침묵을, 그대 암퇘지 배(腹)여, 그리하여 그의 경건한 백안구白眼球가 그녀에게 궁내정숙宮內靜肅을 쿠쿠 구성鳩聲으로 서언했도다.[HCE는 캐이트에게 침묵을 구하다]

[556.31 - 557.12] 밤마다 - 코사린(Kothereen)이 어떻게 주막 주가 아래층에서 나체로 4발로 기어 다니는 것을 발견했는지 그녀의 베게에다 대고 암송하는가?

각各 및 매每 재판개정기야裁判開廷期夜, 12선인들[주점의 고객들 HCE 죄를 알다] 그리고 그들의 번지 붙은 거주지에서 여우와 거위에 진실되게 자신들의 배심원 추억의 선외고무선船外古無線을 시험하고 있는 동안, 주민 청훈서請訓書에 의하여 그들은 그[HCE]가 그들의 그리고 저들의

간음색 성교의 전가오명轉嫁汚名으로 유죄임을 발견했는지라, 그의 백하
퇴白下腿의 상관관계의 양자와 함께, 그들에 관하여 그가, 풀(草)사이, 정
사에 있어서 그들을 수업하고 있었을 때, 미리 향락했던 것으로 전해져 있
나니, 그녀[캐이트]가 앉자, 그때 남자[HCE]는, 놀라울 정도로 솔직하게,
그들의 최초 세포 잡힘을 위하여, 그것의 위에서부터 오래가는 색채는 예
쁜 카네이션에 속하는 것이었는지라 그러나, 만일 진실로 그것이 그렇지
않다 하더라도, 흥분된 의도를 가지고 어떤 후둔부의 나출에 속하는 것으
로, 자신의 퇴보에 의하여 야기된 채, 본민고유本民固有의 소화기대小火
器隊 사이에서 그러나 그가 말하듯, 열압熱壓 아래에 있는 모든 감흥을 별
도로 하고라도, 충분한 완화, 그것 없이 아무튼 그는 연속자양連續滋養의
가치가 있음을 주장하는지라, 자신을 위하여 이러한 장대한 관용을 발휘
했나니, 그가 말하는지라, 사실상 그가 그러하듯, 너무나 유명한 그리고 등
등의 무뢰한이니, 자신의 세피洗皮의 투위드 나사복과 자신의 담배꽁초와
함께, 그럼에도 자신의 고성능의 고정 장치에 관해서는 성변화를 거부함
으로써, 그와 함께 한층 특별하게 필시必是인양 그는 그 동안 최선의 의학
적 인증으로 고품高品의 고문을 고통 받고 있나니, 자신이 종종 그러했듯
이, 성급함에 의하여, 오직 애원할 충분한 힘을 가지면서(혹은 그대가 한층
좋게 이야기할 수도 있었으리라 나는 믿지만) 비원할, 완전한 열탄원熱歎願
을 가지고, 그와 연관된 모든 자들에게 응고저주를, 왠고하니 그는 킹 가
의 새면상商 밖에서 내게 말하는 바, 둘 혹은 세 시간의 은밀한 담소 뒤에,
자신의 지고위안인 길비의 산양유장주山羊乳漿酒의 이러한 백랍주잔白
蠟酒盞에 의하여, 비록 꼭 같은 불확실하지 않는 양量의 식도의 재역류再
逆流를 포함하고 있을지라도, 그리하여 그[HCE]는 트림 분출에 관하여 한
마리 벼룩의 사양沙襄 정도까지는 개인적으로 여념하지 않는지라, 만일

그가 20 및 4의 비공의 확장에 대하여 아직도 지극히 불쾌할지라도, 여전히 그는 마찬가지 나니, 자신의 다른 측면에서, 약간의 영면하는 눈(眼)의 육쾌락肉快樂을 위하여, 그가 최소한의 정신착란 없이 단언하듯, 그런고로 그대는 주막 뒤의 우리들의 친구가 없었던들 그의 과오를 간원 하건대 망각할지니, 비록 한 평가남인, 아담 핀드래이터처럼, 그의 광희가 약간 과하다 할지라도, 그를 이제 끝장이라 속단하는지라, 그런데도 우리는 썰리와 함께 관습 및 성문법의 위반을 위한 타당한 권리소멸은 있을 수 없음을 생각하나니, 그 때문에 그 합당한 처방이, 썰리 씨를 위하여, 동체절단으로 환원하는지라 고로 공원의 거품구레나룻 악역 병자, 가브즈 여로 보암[여기 HCE]에게 3개월, 자크 왕 흠정소송법欽廷소송법 제5의 4조, 3절, 2항, 1단에 의거, 이 형刑의 선고는 명조明朝, 하의불의何意不意 노란 보란즈에 의하여 6시 교각鮫刻에 행해질지니, 그리하여 효모동풍酵母東風과 도우 박도跳雨雹 맥아주여 그의 일곱 봉밀야주野酒와 그의 대소동생맥주生 위에 자비를 베푸소서, 아멘, 서사 클라크가 말하도다.

[557.13 - 558.20] 밤마다 - 그 동안 12명 순경이 HCE가 죄짓는지 염탐하면서 선술집 주인을 시험한다. 양良 곁의 아雅 곁의 결潔 곁의 질녀, 한편 명상의 행복원 가운데 9와 20의 레익쓰립 윤년애녀閏年愛女들, 모두 창사낭槍射娘들이, 굉장히 즐거운 시간을 가졌나니, 하위특제何爲特製의 최고 미남 손의 즐거운 외침과 함께, 왜냐하면 그들은 결코 더 행복하지 않았나니, 후후, 그들이 비참했을 때 보다. 하하.

[558.21 - 558.25] 밤마다 - 그 동안 29명이 행복하거나 잔인하다.

그들의 심판의 침대 속에, 고난의 베개 위에, 기억의 광채 곁에, 비겁의 이불 아래, 알 바트루스(신천옹信天翁)(鳥) 니안 자가 빈타 니안 자와 함께, 그의 권력장權力杖(男根)을 억제하고, 그녀의 생피미의生皮美衣(가운)가 못에 매달린 채, 피남彼男, 우리들의 아빠들의 씨氏, 피녀, 우리들의 붉은 강아지 갱 갱 갱, 그들, 그래요, 권표와 도표에 맹세코, 그들은, 도랑 속에 떨어진 작은 물방울처럼 확실한 -

[558.26 - 558.31] 양친들이 그들의 침대 속에 누워있다.

한 가닥 막후일성.

우리는 도대체 어디에 있는고? 그리하여 공간의 이름으로 하시에?

나는 이해할 수 없도다. 나는 견언見言하는 것을 실패하는지라. 나는 감견언敢見言 그대 역시.

봉밀주의 삼목향의 집 피던의 포도원 장면과 각본개요. 무대감독의 막후대사역(프롬프트). 시 교외상郊外上의 주거 내부. 그것은, 재차 드라마의 인물로서 소개하는 바, 이는 혼돈 속에 끝난다, "우리는 도대체 어디에 있는고? 그리하여 공간의 이름으로 하시에?"(558.33) 시공간의 서술의 인습적 위치는 성공하지 못했는지라, 해설자(내레이터)는 질서를 가져오기 위해 그리고 독자를 재 확신시키기 위해 극적 구조를 부과한다. 그러나, 형식적 무대 지시와 더불어 - "봉밀주의 삼목향의 집 피던의 포도원 장면과 각본개요. 무대감독의 막후 대사역(프롬프트). 시 교외상郊外上의 주거 내부."(558.35) - 서술자는 연극 속에, 통상적으로 4침대기둥들로서 문맥 속에 기록되는, 4자들, 마마루요의 전망과 논평을 심지어 더 한층 실험한다.

결과는 서술자의 지시적 음률과 지절대는 나이 많은 대중의 역사가

들의 이정비정이다. 이리하여, "나이트캡을 쓴 남자, 침대 속에, 앞에. 여
자, 컬 핀을 꽂고, 뒤에. 발견된 채. 측점화상側点畵像. 조화의 제일 자
세"(559.20)는 이처럼 아나 리비아가 솀의 방으로 급히 달려가는 것처럼,
서술에 의한 병치竝置이다. "암말(포카혼타스)의 강근골強筋骨의 전사반
부전四半部에 의하여 그리고 핀누아라의 백견白肩에 의하여 어찌 저 민
활한 청황색녀靑黃色女가 마치 메소포토맥 노모처럼 침상에서부터 암
염소의 개전改悛을 위해 방금 깡충깡충 뛰어 나왔는지를 그대는 틀림없
이 보았으려니와 그리하여 8곱하기 8의 64스퀘어에서 그녀는 출발했는지
라,"(559.32). 서술자가 아무리 음조와 함께 사물들을 급주急走하기를 시도
할지라도, 수다스러운 노인은 꽃 냄새를 맡기 위해 정지할 것이요, 부주의
하게도 좌절하거나 혹은 진취적 이야기 줄거리를 연장하리라.

다시 서술자는 진행을 위해 만사에 순풍을 타는지라. "[4자들이 본 주
거의 묘사] 무슨 무대 예술가! 그건 진성재단眞星祭壇을 위한 이상적인 주
거로다. 피가입구彼家入口에 편향偏向 따르릉 곡종曲鐘 저 식역識閾 씨
氏, 저 소택지신沼澤地神, 공각空覺(이어위커) 할지라. 찌링찌링, 찌링찌
링. 모두해서 그들의 무기고마벽武器庫魔壁 될지라. 얼간이여, 그대는 독
노력督努力 할지라."(560.04) - 그리고 재차 서술적 여행자인, 매트(Matt)
는 그가 자신의 주위에서 보는 것에 의해 마료 된 채, 실지 재산을 위한 광
고에 접근할 것을 마련한다, "[4자들이 본 주거의 묘사] 무슨 무대 예술가!
그건 진성재단眞星祭壇을 위한 이상적인 주거로다."(560.13) 우리들의 면
전의 자리에 있는 성마른 극장행자劇場行者처럼, 그는 연극을 보는 것보
다 그의 이웃과 더불어 오히려 이야기할지니, 매트는 우정의 대화를 시작
하는지라, 즉 "[멋진 포터 - HCE 가문] 내게 뭔가를 말할지라. 포터(잡부)가
문은, 말하자면, 신문부대의 도영盜影에 따르면, 아주 훌륭한 사람들이라,

그렇지 않은고?"(560.22) 아주 이상한 방식으로, 그가 갑자기 자신의 주의를 서술자에게 돌리자, 마크(Mark)는 우리들 안내자를 현안 문제로부터 트나니, 그리하여 그를 드라마의 행동의 중심을 대화 속으로 인도한다.

이어위커가 그의 사업으로 돌아다닐 때, 그들은 둘의 우리들의 청중에 의하여 주석이 다려지는지라, 한편으로 독자는 도청하고 무심코 듣는 잠자는 아이들의 장면이 너무나 화자를 스릴 있게 하는지라, 그는 그에게 너무 가까이 가지 말도록 경계되어야 한다 - "귀신 제발 접근하지 말지니! 그건 낙수면落睡眠이로다!"(561.27) - 그리고 손 정면에서 어느 갑작스런 소음을 내지 않도록 해야 한다, "그대 그를 깨우지 말 지라! 우리들의 원문遠聞의 금발우총남金髮郵寵男. 그는 행복하게 잠자고 있는지라, 주님의 양지羊肢, 지복 속에 좌양左揚된 채."(562. 23)

지도자(유도자)로서 시작하면서, 화자는 재빨리 수동적 방관자의 역할을 가장한다. 매트의 떠나는 축복인 즉, "아듀, 조용한 작별, 이 멋진 현선물現膳物을 위하여, 케리 제빈이여. 정비명일靜悲明日까지!"(263.35) 더 많은 정보를 위해 제2의 노인에게 날쎄게 움직이는 서술자를 보낸다. "저 미니(쌍자궁), 방금 불협화의 제2자세를 점령하고 있는 견해는 무엇 인고, 그걸 제발 이야기 할지라? 마가(복음자)여! 그대가 저 후후방後後方에 그걸 목격함은 남성 부동산 권리가 보호여성을 부분적으로 가리고 있기 때문이도다."(564.01)

마크여, 화자의 질문들을 더 이상 만족하게 한 뒤에, 그리고 심지어 그의 신경을 위하여 그에게 기네스 주를 제공한 뒤에, 드라마 속에 주된 순간을 바라보나니, 셈에 대한 아나 리비아의 위안이라. 우리는, 청중이 두 번 이사했을 때, 그녀가 아이를 달랠 때, 어머니의 언설이 두 가지가 제공되지만, 그러나 이들은 모든 근심이 무엇에 관한 것인지 에스파란도의 말로 마마루요가 각자에게 물음으로써 "[마린가 여인숙에 대한 광고] 그대가 루카리조드 지방을 지나, 유황광천硫黃鑛泉을 방문하기 위해 마차 여행할 때, 그걸 놓치기보다 맞히는 것이 한층 안전한지라. 그의 여숙에 머물지라!"(565.33)

고로 독자는 두 동시적 일연의 사건들 혹은 대화들에 집중해야 하는지라, 한편 우리가 그토록 절망적으로 개관하기를 원하는 사건의 원초적 수준 - 이어워커 가족들과 더불어 계속되는 바 - 우리들의 욕망을 알기에 좌절하는 제2의 인물들의 계변에 의해 어두워지고 망가지는 것이다.

한 가지 부수적인 문제는 마크가, 깐깐한 마마루요(Mamalujo)스타일로, 어느 호색적 발생사를, 그가 동시에 그것을 엿 보는 동안, 삭제하기를 시도하는지라. 이어워커가 부주의하게도 자신의 발기를 노출할 때, 화자는 이러한 생동감 있는 전시에 대해 반대한다, "도대체 어떻게 된 타종打終인고! 얼마나 온통 조모粗毛스러운 짐승 같은 고! 그대 무엇을 보는고? 나는 보이나니, 왜냐하면 나의 불운 앞에 그토록 빳빳한 지시봉을 봐야 하기 때문에. 사다리 주에 맹세코, 어째서 폐경도肺經度『여기 화자는 주점 밖의 거리 표시판을 읽는 듯하다』 그대는 그러면 원초전설遠初傳說(지도 표식)을 읽을 수 있는고? 나는 실무失霧의 증부僧父로다. 동의同意갈대(草)여! 단 리어리의 오벨리스크(방첨탑)까지 "무기(wappon)"는 간판 기둥(sighnpost)으로 변용한다. 모두들은 그 쪽 방향을 보면서, 그것을 열렬히 쳐다본다. 방향들이 기둥에 적혀있다." 단 리어리의 오벨리스크(방첨탑) - 중앙우체국 수천의 인내보忍耐報 - 웰링턴 기념비 - "사라고 곶(point)까지 - 그들은 곶(岬)에 있다."(566.33) 마크는 사과조로 대답하는지라, 그는 자신이 보는 것을 다시 세야만 한다. 약간 흥분한 채, 마크는 사이즈와 길이에 대해 한층 멀리 논평하나니, 마침내 화자는 한 번 더 불평한다. 이 점에서, 마크는 그의 부끄러워하지 않는 흥미를 단지 고백할 수 있다,(567.06) 화자가 이 가정적 드라마의 시작에서 소유했을 화술의 어떤 종류의 통재는 오래 전에 살아졌다.

자기 자신을 회복하면서, 마크는 HCE와 ALP에게 기쁨의 노래(찬가, paeans)로서 개속하거니와 그것은 15더블린 교회들에서 종이 울리는 축가에서 극치를 이룬다. 그리하여 그는 행복한 내외를 축하하는 여전히 또 다른 놀이를 건설할 것을 명상한다. "마마 내게 더 많은 샴페인을! 무엇이라, 이태伊太뮤즈 희극여신戱劇女神이 무無? 어찌하여, 한 사람의 비극주 신비주신神秘主神도 무無인고? 따라서! 우리들의 배우연俳優演으로 자신들의 극장 문까지 음향금전효과장치音響金錢效果裝置를 여태껏 가지다니. 메쏘프 씨와 볼리 씨가 솔선 연출할지니, 그들은 베루노의 두 남근신사男根紳士인지라, 상급 나우노와 상급 브로라노(대미大尾! 피날레!), 아름다운 참회자의 지상의 사랑을 위해, 그녀는 초연招演되다니, 로다의 장미 녀. 그들 두 대피한大皮漢들! 얼마나 그들은 그녀를 득하기 위해 경투競鬪했던고! 이토록 소년 한량극少年 閑良劇을! 그들의 부세(料)묘술妙術! 무슨 타이론의 힘인고! 무대요정에 맹세코! 나의 이름은(신기한)노벨이요 언덕의 그란비 위에 있도다. 브라보! 그대 배반자 노예여!"

왕의 배알, 영광의 축제] 나의 이름은 아프노발이요 대월산맥大越山脈 너머에 있도다. 최고브라보(Bravossimost)! 로열 뮤직(음악)을 그들의 쇼가 노래 사태沙汰를 가지고 자연의 엄숙한 침묵으로 닫힐지라. 다심多深한 다울多鬱의 도란도! 멋진 하프가 만가작별輓歌作別하리라! 전유장戰遊場에는 투창녀投槍女들 및 낭우浪雨 댄스 및 장애물항 도경주渡競走 및 인형작전 및 베스비오산山의 설형발광탄楔形發光彈이 등단할지니, 눈(雪) 같은 여명박편黎明薄片, 인자군주폐하仁慈君主陛下와 우리들의 정부情

婦들을 위하여 암락시각闇落時刻에, 모두 연집결련集結된 채. 열도熱都 금야의 어떤 전시간全時間! 그대 듣지 않았던고? 그건 존재의 책 속에 머무는지라. 나는 누군가가 어릿광대 작일 그걸 말하는 것을 들었나니(완장腕章을 두른 급사장이 아니었던고) 어찌 우리가 내일을 여기에 맞이할지라도 그건 결코 여기 금일이 아님을. 글쎄 단지 생각하는 걸 상기할지니, 그대 거기 작금일昨今日은 모건이 있었던 곳인지라 그리하여 그건 언제나 음문타처陰門他處의 내일이도다. 아멘.

[566.26 - 570.13] 4노인들은 공원에서 상실된다 - 임금의 이윽고 나타날 사냥 방문과 시장市長과 함께 그의 만남에 관해 재잘거린다 - 4대가의 귀환 다시 HCE의 주제.

진실로! 진실로! 내게 더 많은 녹음화錄音畵를 하사下賜할지라! 그건 격렬하게 생각하게 하도다. 향사鄕士, 풍요한 포터 씨[HCE]는 언제나 이토록 건장하지 않은고? 나는 호의에 대하여 그대에게 감사하는지라, 그는 수취다량收取多量 과도하게 헤르클레스 괴력적怪力的이도다. 우리는 그가 이전보다 훨씬 더 건비健肥함을 보는지라. 우리는 그가 자신의 에이프런 아래 아동물학兒童物學을 전지全持하고 있음을 말할지라. 잘 생긴 포운터경卿은 언제나 그토록 오랫동안 결혼하고 있었던고? 오 그래요, 포운터 친가주親家主는 아주 오랜 기간 이후 돌진물항突進物港에서 결혼낙남結婚樂男이었나니, 거기 그는 활동가인 우리들의 유남油男처럼 견시見視한지라, 그리하여, 그래요 과연, 그는 자신의 대자식大子息, 자신의 두 멋진 진자식眞子息들[손과 솀] 그리고 그들 부부 사이에 자신들이 낳은 초超 멋진 맥 아들을 지녔도다. 시녀視女[이씨], 시녀, 시녀! 그러나 무엇에 그대는 다시 곁눈질하는고? 나는 곁눈질하고 있지 않나니, 통실례通失禮하지만. 나는 아주 시녀視女 시녀 시녀 심각視女深刻하도다.

[570.14 - 570.25] 4노인들이 토론하는 포터 씨에게 되돌라 오다 - 그의 건강과 몸매, 그의 결혼과 가족. [4노인들의 산보] 그대는 당장에 어딘가 가고 싶어서는 안 되는고? 그래요, 오 애석한 일! 가장 이른 순간에! 저 욱신욱신 쑤시는 열감熱感! 제발 내게 장황하게 이야기하지 않도록 할 지라, 그건 언제나 너무 끈적끈적하기에. 여기 우리는 원족할지니(오 애석) 하행何行 관습적으로 사라 숙모 댁소宅所의 1번지까지. 이씨, 있나니. 나는 그대로 하여금 우리의 국립제일로國立第一路 1001(one ought ought one)을 예증하는 그녀의 경치를 감탄하기를 바라는지라. 우리는 또한 실 바누스 샌크투스가 그의 도유塗油의 저들 손가락 끝을 간신히 씻은 저 장애물항을 견하見下할지로다. 곡악어안曲鰐魚眼한 채, 언제나 배후를 보이지 말지니, 그대가 아주 얼굴이 심홍유황색이 될 때까지! 주의! 경목警目! 그건 심장의 도적이나니! 나는 그대가 염하실鹽下室로 상도常倒하지 않을까 염려하는 도다. 나는 상응추종相應追從하리라,

쌍둥이들이 방에 되돌아오나니 - 울부짖는 아이는 이제 한층 조용하다 - 그(젤리)는 이제 한층 조용해졌도다.(He is quieter now) - 풍요개조지색등豊饒開朝之色燈(Huesofrichunfoldingmorn)기상급증覺起床及證(Wakenupriseandprove)희생대비犧牲對備(Provideforsacrfice) - 대待! 사史! 이청하세!(Wait! Hist! Let us list!)그들은 젤리가 이제 한층 조용하고, 램프가 접근한다고 말한다. 여기 혼합어들은 John Keble(영국의 목사 - 시인)(1792 - 1866) 작의 시 〈그리스도교의 해〉(The Christian Year)(1827)로부터의 융축어이다. "풍요로이 펼치는 아침의 색체들 - 우리들의 깨어남 & 기

상起床은 입증하나니, 그리고 하느님은 재물을 마련하도다."(Hues of the rich unfolding morn - Our wakening & uprising prove, and God will provide for sacrifice.) 그들은 ALP의 파트너로서 HCE의 합법적 부부 접근의 권리에 대하여 토론 한다. "갖고 지닐지라." - 마지막 구절은 꾀 모호하다. 그 암시적 내용인즉, 젊음과 노령의 불가피한 연속. 지하의 정령들, "하계의 회신 저들"은 지하 굴, 죽음의 광산, 소금 지하실에서 이빨과 손톱을 놀리고 있다. 이들은 쌍둥이들로, "영양부족된 채. 양심가책良心呵責하는 불(火)트 집 잡는 자들," 젊은이들은 늙은이들을·위해 무덤을 파고 있나니. 아들은 양친의 무덤을 팔지 모르며, 딸은 느릅나무와 돌로 세탁부들을 대신할 것이다.[571.27 - 571.34]

우리들의 두 안내자들과 그들의 순례는 이어위커를 주의의 중심으로서 대치했다. 그가 자기 자신을 통제하려고 노력하며, 마크는 나신裸身의 부모의 광경에 한층 더 큰 웃음 속으로 파락擺落하지 않으면 안 된다. "시녀視女[이씨], 시녀, 시녀! 그러나 무엇에 그대는 다시 곁눈질하는고? 나는 곁눈질하고 있지 않나니, 통실례通失禮하지만. 나는 아주 시녀視女 시녀 시녀 심각視女深刻하도다."(570.24) 화자는 마크가 자신이 팬츠를 적시기 전에 목욕탕이 필요한지 어떤지를 묻는다. 그러자 후자는 이것이 가능성임을 동의하지만, 훗날의 복음 자는 자기 자신을 파악하려고 노력 한다. 서술의 진행은 서술 그들 자체의 개인적 행위의 상석을 차지하려 한다. 그리고 극적 형태는 본질적으로 인습적이 된다. 어느 하나의 존재도 통제되지 않고, 양친 사이의 중얼 되는 대화의 두 날치기 뒤에 혼돈이 지배한다.

서술적 수준은 제I주 8장인, 아나 리비아 부분으로, 잠시 되돌아가는바, 그리하여 카오스는 완료된다, "들을 수 없도다! 그녀의 갑충甲蟲 딸? 하수

희何誰希? 그녀의 신중한 딸들의 희망? 하수 망? 네게 말할 지라, 느릅나무, 애석 내게 말할 지라! 곧!'(572.16) 우리가 전에 보와 왔듯 그리고 재차 볼지니 〈경야〉의 이전 장의 메아리는 독자에게 다가 올 것을 이해하도록 명령한다. 이어워커 가문에 관한 한 가지 대담은 이어워커 가문, 진전의 이야기 줄거리의 회복 전에 기억될 어떤 것에 관한 모든 대답이다.

프리츠 젠(Fritz Seen)은 이러한 타이프의 비평적 토론에 관해 올바르게 그리고 현명하게 주의한다. 나는 우리들의 관찰의 분절分節에서 단순히 더 많은 주의를 논하려한다. 아마도, 약간 더 많은 과묵을, 우리가 〈경야〉와 같은 방식은 - 왜냐하면 그것은 아니거니와, 비록 그것이 마치 그러할지라도, 잠시 동안, 그것을 취급하는 것이 유용할지라도, 〈경야〉는 이야기의 소설이라 말하고 싶다. 일하여 우리는 생쥐와 포도, 두 빨래하는 아낙들, 바트와 탭, 개미와 배짱이, 그리고 아치드루이드 버클리와 성인 패트릭, 단지 몇 개만을 들먹이거니와, 간의 토론을 갖는다. 현안의 주제가 무엇이든 지 간에, 그것은 인물들 사이의 대화를 통해서 근본적으로 전진된다. 여기, 제I부 4장에서(이어워커의 침실에서) 우리는 두 조잘거리는 평자들과, 살아있는, 드라마의 묘사(테브로)를 가지지만, 그러나 드라마의 긴장은 두 안내자들, 한 코믹 자와 한 심각자의 상오 작용에 의하여, 각자가 타당하게 생각하는 방식들에서 연극을 서술한다. 이러한 서술적 목소리들 간의 분쟁이 주어진 채, 자주 생생하게 그리고 극히 정서적으로, 그것은 무대의 배면에서 누설되는 행동에 관해 순간적으로 잊다니 그것은 아주 쉬운 일이다. 이러한 종류의 확장된 설명은 마술사인 조이스가 〈경야의〉 분위기 속에 몇몇 서술적 무도회들의 진로를 자주 쫓는데 필요하다.

우리가 〈경야〉를 토론할 때, 그것은 정의定意 보다 오히려 유추類推로서 그것을 서술하는 것이 언제나 보다 좋다. 그리고 영리한 하나는 실비아

비치(Sylvia Beach)에 의하여 공급 된다. 그녀는 조이스가 소설을 쓰는 종간에 있을 때 그에게 말한 바를 회상한다. 그러자 그는 역사는 어떤 이가 그의 다음에 있는 삶에게 뭔가를 속삭이는 저 온실 게임을 닮았다오. 그리고 그는 다음 사람에게 아주 그 분명하지 않게 그것을 반복하고, 그리고 등등, 마침내, 최후의 사람이 그것을 들을 때 쯤, 그것은 완전히 변형 된 채 나타난다. 많은 면에서, 이것은 정확히 웨이크의 서술과 이어위커 가문의 자신의 서사적 역사와 더불어 일어나는 것이다.

이리하여, 빨래하는 아낙들의 언어의 전술한 번복翻覆이 서술자로 하여금 복음자로부터 책임을 되돌리고, 호누프리우스 엔드 아니타(Honuphrius and Anita)의 결혼 논쟁의 아주 종경하올 법적 문서를 제시하도록 야기한다. "그는 헤게모니를 가지며, 그녀는 복종할 것인가?"(573.32) 특수한 방식(유행)에서, 서술은 확장된 방백(asidw)에 의해 부유浮遊 되는지라, 그것은 이어위커 가문의 위와 저쪽으로 우리를 데리고 간다. 한편 마크는 순간적으로 침묵한다. 이야기의 이 휴지休止는 코스 상으로 이야기를 뒤돌려 놓는 듯하고, 양친이 그들의 침대로 되돌아감을 토론하는 편린片鱗들은 잠자는 셈을 위한 아나 리비아의 축복의 기도로서 결론난다. "침대로 되돌아갑시다 - 쌍둥이의 방으로부터 양친에게로 - 마가의 HCE 가문을 위한 긴 기도."(576.14)이 가정적 서술의 신랄함과 성실성은 서술자에게 우리들이 〈마임〉에서 보았던 같은 종류의 순간적 존경에 감명을 주고, 그는 엉터리(of sorts)하느님을 방문한다. 그들을 축복하기 위해 [576.10 - 576.17] "침대로 되돌아갑시다 - 쌍둥이의 방으로부터 양친에게로 - 마가의 HCE 가문을 위한 긴 기도."(576.18)

— 저 애는 잠 속에서 탄식했도다.

— 우리 뒤돌아 갈지라.

— 그가 선각先覺하지 않도록.

— 우리들 스스로 숨을지라.

— 침대로.

이전의 장면들의 환희와 심지어 익살은 심각함이 아마도 부부의 드라마의 하위의 의미를 재 단언하듯 하고, 이러한 기도는 거의 두 페이지 동안 계속된다. 그것의 테너 소리는 확신 하나니(대부분 동안), 이 남자를 찌르고 이 여자를 유타乳打하고, 우리들의 최초양친적강제지불세最初兩親的强制支拂稅를 도우소서. 그의 구강소굴口腔巢窟의 악몽자마惡夢雌馬를 가진 보기 보보우, 피니시아 파크와 함께 대大동량지재 피니킨, 남자[HCE]는 귀의 절름발이 그리고 여재[ALP]는 다리 하품, 가장 교정적矯正的으로, 우리는 그대에게 간원하는지라, 그들의 야경봉사夜警奉仕의 사다리층계 아래로 그리고 일광日光분출시에 최하층 군족단군足段의 자신들의 의붓자식들과 함께 그들[HCE 내외]을 나르나니, 그들의 사동류似同類의 미로와 그들의 유자아類自我의 변신자아變身自我 오아시스를 통하여 그들을 안내하고, 그들의 이름이 무수한 모든 방랑자들로부터 그들을 양측으로 울타리 두르며, 방위각의 분실로부터 그들을 구할지라(576.26)

재삼, 우리는 화자가 장면에 의하여 장면에 의하여 채택 당했듯 기록을 초월하여. 축복의 중량을 너무 멀리 밀어부처 서는 안 된다. 그는 "그[HCE]가 그녀를 접시 덮도록, 그녀[ALP]가 그를 비결非結하도록, 한 사람이 와서 그들[HCE 부부]을 찌푸리도록, 그들이 손실을 곧 되찾도록 차시과시此時過時, 재삼재사, 주기적으로."(577.18) 부부를 원한다. 놀음의 상상에서, HCE와 ALP는 "흠정감독교수欽定監督教授와 은막인형銀幕人形

의 필름 스타 베데트,"(557.15) 수도원 곁에 수도사와 침모寢母, 부대포負袋布 속 비단스럽게 별난 몽상가들, 별난 연극들, 별난 악마남惡魔男, 표절주남剽竊晝男, 유희도화遊戲道化 친애자親愛者, 음침염병자陰沈染病者 왜냐하면 스랭포드의 식민들이 염항의厭抗議하고 있는지라, 그리하여 방만스러운 악당들이 그걸 상건조床乾燥하고, 나병자유구라병자유구의 소승少僧들이 길을 난간으로 막고 있나니, 수라이고 만도晚道를 향해 혼쇄魂鎖라!(577.32)

확실히, 조이스는 음조의 이러한 심각성을 어느 확장된 시간을 위해 계속하도록 허락하지 않으리라, 그리고 바크는, 길게 동안 조용하여, 화자를 대화 속으로 되 유혹하리라. 〈경야〉에서, 대중은 연극을 파멸시키는지라, 왜냐하면 심지어 연출가들과 감독자들은 유희자들이 될 것을 갈망한다. 자세하고, 기진한 일연의 문제들로 무장한 채, 길고도, 지친 여행의 한 아이처럼, 마크는 수 분 동안 괴롭거니와, 고로 화자는 이어위커가 발로 할 수 있는 것을 서술하기 위하여 아주 멀리 가야만 한다. "또한 양 발에는 이중폭二重幅의 단 양말을 신었나니, 그 이유인 즉 그는 언제나 망토 걸친 미소녀처럼 한 쌍의 양모충羊毛充의 담요작업대 사이에서 온침溫寢을 확보해야만 하기 때문이라."(578.08) 마크는 일련의 훈계적 및 심지어 솔직한 어리석은 교훈에 의하여 마지막으로 단지 친묵 당할 수 있다. "그대의 영혼을 비벼 깨끗이 할지라, 기적을 요범尿犯하지 말지라. 청구서 연기 금지. 제복을 존경할지라. 다혈아多血鴉의 왕을 위해 갈까마귀를 붙들지라. 비둘기를 여왕궁女王宮까지 가죽 끈으로 맬지라. 불염不厭 무지無持 부富를 나누며 행복을 결딴낼지라."(579.13)

우리는 마침내 이 장의 극작 고지를 향해 움직이고 있나니, 험프리와 아나의 성적 만난으로, 그러나 화자는 그리 크게 서둘지 않는다. 그는, 아마도, 섬세한 이유로, 친근한 순간을 연기하는 것을 만족하는 듯 보인다. 그리하여 그는 다시 한번 언어로 칭찬하기를 멈추는지라, 왠고하니 그들은 만나고 짝 짓고 잠자리하고 죔쇠를 채우고 얻고 주고 박차며 일어나고 몸을 일으키고 설소토雪消土를 협강峽江 안에 가져왔었는지라, 그리하여 그들을 바꾸고, 바다로 체재시키면서 그리고 우리들의 영혼을 심고 빼앗고 저당 잡히고 그리하여 외경계外境界의 울타리를 약탈하고 부자연한 혈연관계와 싸우고 가장하고 우리들에게 그들의 질병을 유증하고 절뚝발이 문을 다시 버티고 폐통지肺痛地를 지하철 팠는지라, 음침한 온溫한 우憂한 우녀愚女가 문질러 닦는 동안 일곱 자매들을 남식男植하면서, 그리하여 코트를 뒤집고 그들의 혈통을 제거하고 첫날의 교훈을 결코 배우지 않고 뒤섞으려고 애쓰고 절약하려하고 적의 새끼 보금자리를 깃털로 덮고 그들 자신의 것을 더럽히고, 그들에게 친절한 말을 제공 합시다 - 우리는 모두 다 함께 그것 속에 있도다.

혹은 그를 이제 드러낼지라, 제발! 더그(협호峽湖)의 붉은 얼굴이 틀림없이 패틀릭의 연옥煉獄하게 할지니. 저속수법低俗手法, 자신의 고둔부高臀部의 웅피야복熊皮夜服에! 일치一致의 제삼 자세! 전방에서부터 멋진 볼거리. 시도미음계音階(HCE)여성이 불완전하게 남성을 은폐하고. 그의 이마 각인刻印 적점赤點.[발기의 음경] 여인은 미끼나니![섹스는 지형] 저것[토르 뇌신]이 킹즈타운블랙록(우둔열쇠임금마을검은바위)웨곤선(dull akeykongsbyogblagroggerswagginline)(사판관私判官들이여, 여기서 루터스타운를 향해 갈아 탈지라! 단성單聖 로마인人들만, 그대의 자리를 지킬지라!), 그것이 모든 귀부인들을 우리들의 위대한 상봉매춘부(메트로폴리스)로 간절히 끌었도다. 리어리, 리어리, 이십 리 가까이, 그는 자신의 별장의 확장을 위하여 왕도王都를 구획하고 있도다! 방금 운동타성중運動惰性中의 그를

지켜볼지니!(581.01 - 582.27)

　화자는 그가 곧 서술해야하는 교접으로부터 문체적으로 물러서도록 초선을 다해야 할 것이요, 그 문제를 전적으로 없애려고 시도한다. 이 장면은 바로 더 이상 파고들어 갈 가치가 없을 것인 즉, 서술적 목소리는, 그것의 불안과 당혹으로, 한층 더 비접非接되고, 마침내, 사실의 순간에, 그것은 단순히 더 이상 계속하지 않는다. 드라마적 초점은 악몽의 경악과 서술자의 감정에 대한 유희로부터 변리變離했다. 공황 속에서, 우리의 안내자는 깔깔 새로운 이야기 속으로 진입했는지라, 그것의 이야기 줄거리는 무의미 속으로 이접離接했으니, 그는 뭔가를 말하기 위해 미친 듯 비등 거린다, 분명히, 그러나, 주된 이야기의 책으로부터 이러한 예절적 단편들 혹은 바로 이야기할 것이 못된다는 화술은, 우리뿐만 아니라 이야기의 연과들이 만족스럽지 못하다.

　비록 마크는 언쟁으로부터 물러설지라도, 그의 동포인 루크는 그럴 수 없는지라, 그리하여 후자는 전면으로 발걸음을 디디고, 초조하게 어떤 행동을 요구한다. "혹은 그를 이제 드러낼지라, 제발! 더그(협호峽湖)의 붉은 얼굴이 틀림없이 패틀릭의 연옥煉獄하게 할지니. 저속수법低俗手法, 자신의 고둔부高臀部의 웅피야복熊皮夜服에! 일치一致의 제삼 자세! 전방에서부터 멋진 볼거리."(582.29) - 루크는 만사를 볼 수 있다. 그는 서술을 취하고, 청중으로 하여금 공개한다, 화자는 당분간 물러서는지라, 존 파울 리퀴림에 의하여 일 이루어진 전반적 논평이 혼돈된 서술적 상호 교환의 약간을 분명히 하도록 도우리라, 쳄(Cheng) 교수에 의하면, 오히려 이 언급은 아마도 "armor" 및 "aries cap - a - pe"에 관한 것일지라, 그 이유는, Margaret Solomon이 지적하듯, "armor"는 condom에 대한 18세기 완곡어법이요, 〈율리시스〉의 〈키르케〉 장에서 스티븐이 "병사 콤턴"(Private

Compton)에게 스위프트의 경구를 잘못 인용할 때 그에 의해 그렇게 간주되었기 때문이다(Cheng 186) "스티븐 왈, 스위프트 박사가 가로되, 갑옷 입은 한 사람이 셔츠 입은 열 사람을 때려눕힌다잖아"(U 480)

그들에게 친절한 말을 제공 합시다 - 우리는 모두 다 함께 그것 속에 있도다.

혹은 그를 이제 드러낼지라, 제발! 더그(협호峽湖)의 붉은 얼굴이 틀림없이 패틀릭의 연옥煉獄하게 할지니. 저속수법低俗手法, 자신의 고둔부高臀部의 웅피야복熊皮夜服에! 일치一致의 제삼 자세! 전방에서부터 멋진 볼거리. 시도미음계音階(HCE)여성이 불완전하게 남성을 은폐하고. 그의 이마 각인刻印 적점赤點.[발기의 음경] 여인은 미끼나니![섹스는 지형] 저것[토르 뇌신]이달키킹즈타운블랙록(우둔열쇠임금마을검은바위)웨곤선線)(사판관私判官들이여, 여기서 루터스타운를 향해 갈아탈지라! 단성單聖 로마인人들만, 그대의 자리를 지킬지라!), 그것이 모든 귀부인들을 우리들의 위대한 상봉매춘부(메트로폴리스)로 간절히 끌었도다. 리어리, 리어리, 이십 리 가까이, 그는 자신의 별장의 확장을 위하여 왕도王都를 구획하고 있도다! 방금 운동타성중運動惰性中의 그를 지켜볼지니! [섹스는 천체天體] "그[HCE]의 바지(衣)적교(吊橋)가 아기누더기 쪽으로 바람 불 때, 그의 폐선廢船이 역풍逆風에 의하여 그녀[ALP]의 궤도 위에 직립한 채, 그리하여 그의 주피터노가주목(木)방주성채方舟城砦의 부풀음이 작동하자, 나[화자]는 그의 군함제軍艦臍(배꼽)를 보는도다 - 초라하고 작은 외대박이 삼각돛배, 그녀의 이빨이 딱딱 맞부딪쳐 소리 내고 있나니, 그녀는 협문해협夾門海峽에 들어서고, 그녀는 웅우환목雄牛丸木을 건디는도다![섹스의 화합] 그녀의 능글맞은 억지웃음이 그녀의 하두구河頭丘를 향하여 뒤에서 견연見煙하고 있는지라. [섹스는 경마] 1대 1바 1! 딸은, 호, 호, 평화 속에,

평화 속에 잠자는도다. 그리고 능직쌍자綾織双子들은, 배지참자杯持參者), 거원巨園, 몸을 빠른 트로트 및 트로트로 뒤치는지라. 그러나 늙은 쌍정애인双情愛人은 갤럽, 갤럽 느리나니. 여울두목頭目과 포스퍼 혜성彗星. 1대1 속續!"(583.01 - 583.14)

누가(Luke)의 부분(section)은 문체들과 이미지리들의 복수성複數性을 포함한다. 그(조이스)가 초기에 부부(couple)를 서술하기 위해 사용하는 해사언어海事言語는 곧 경마의 고장언어故場言語로 변형한다. 사건을 한층 더 색칠하기 위해 누가는 크리켓에 대한 언급의 풍부함을 그의 서술로서 짜며, 그리고 연애를 스포츠 사건으로 바꾼다. 많은 면에서 제III부 4장은 제II부 4장의 겨울이요, 마치 마마루요가 축구와 경마를 트리스탄과 이솔드의 애정으로 사용하듯, 그들은 여기 크리켓과 순조順調의 말로 분류한다. 장면은 거기 드라마로서 제시되었고, 그것은 여기 또한 드라마이다.

아마도 이 문맥에서 키 워드(key word)는 비위에 거슬리는 "주저"(hesitancy)이다. 비록 4노인들이 바다 갈매기들이 트리스탄과 이솔드에게 애초에 공개적으로 곁눈질 하듯, 그들은 그들이 이전에 그랬듯 완전히 추잡하게 그러지는 않는다. 누가는 아나에 대한 그의 서술에서 아주 도화적圖畵的(graphic)이다. 그러나 장면의 나머지는 언어에 가려있는바, 그것은, 그의 공허함과 거의 비 - 의미에서 양친들을 대중의 시선으로부터 보호한다. "(Ech)꼬꾀 꼬꾀 꼬꾀 꼬꾀 꼬꾀오! 어떻게 내게 오 나의 그대 어떻게 내가 그대에게 감이 오?"(585.03)

"트리스탄의 조야함의 결론 변방의 뭉특함이라니, 그들은 마치 설골가舌滑歌를 들을 수 있었나니, 그것은 그녀의 쇄락회당灑落會堂에서 핑 튀기는 그녀의 진설眞舌의 야기사夜騎士이었는지라, 그 곳 뒤에 그는 사라지고 현안(혼약婚約)이 펑하고 터졌도다."(585.26) 누가는 만물을 얻는데 행복한 듯, 한층 철학적, 먼 위치까지 되돌아간다. 생산은 종결되고, 시간은 허술한 듯 끝나는듯하다. 우리가 마마루요와 통상 협조하는 우행은 적어도 순간적으로 초월 되는 지라, "이건 정말 심각한 의미로다. 여기는 가부락 家部落이지여 여창가旅唱家는 아닌지라. 그건 옳으신 말씀, 노老주인나리! [섹스 후의 만사는 休休] 모든 것이 사실상 바로 옛 장소에서 언제나 그랬듯이 모두 예처럼 이내 정돈되었는지라."(586.18)

세 사람의 극적 역사가들의 각자는 그의 선조보다 서술에 관해 약간 한층 소박됨이 증명되었다. 그리고 조니는 이 유형과 더불어 한결같다. 그것은 그를 위해 다음과 같이 결론지을 것으로 남는지라, "우리들의 테오트레 리갈좌坐의 소극笑劇 말장난 팬터마임으로부터 원기격려元氣激勵 되어,"(587.08) 그리하여 그는 행동의 어떤 한 층 먼 상술을 피함으로써, 그리고 우리들에게 대중을 말하거나 혹은 직접적으로 철학화 함으로써 그렇게 한다. 이어위커와 아나 리비아의 한께 도래하는 것은 꼭 같은 낡은 유형적 구조의 발 더한 것이다, "먼지에서 억수잡어億數雜魚! 알란 로그(악한)가 아라 로그(악한))를 사랑한 이후 그건 온통 아름다운 킬도우갈인지라."(588.28) 우리는 연극을 뒤돌아보도록, 우리가 뒤에서 정면으로 무지개의 시작으로 되돌아가자 이어위커에 되돌아가 가기를 요구받는다. HCE는 "마침내 카메론으로, 격激자외선으로부터 부副적외선의 조직까지 그의 진짜 위천국僞天國의 색채로서. 그것이 대노개선문大努凱旋門 아치를 통하여 행진하는 그의 최후의 삼위일체시도三位一體試圖로다."(590.7) 대중을 제공하는 것은 조니에게 남는다, "해경의 4번째 위치이다." 조니여 어떻게! 수평으로부터 가장 아름다운 경관. 최후의 그림(tableau, 태브로).(590.22)

우리는 조화로부터, 부조화에로, 조화에로, 해결에로 움직였는지라, 극적 진행의 쉬운 정의로다. 새벽의 터임과 더불어, 무대 조정자는 커튼 아래로 내려온다. "용해溶解의 제4第四자세. 얼마나 멋쟁이[요한]! 지평에서 최고의 광경이랴. 마지막 테브로(장면화場面畵)"(590.27) 그리고 어느 선량한 에리자베드의 발문자跋文者(epiloguist)처럼 박수갈채를 요구한다. 빛이 사라지며, 연극이 끝나고, 이어위커는 잠잘 수 있는 바, "그 동안 그가 녹각鹿角했던 여왕벌[ALP]은 자신의 지복을 축복하며 진기남珍奇男[HCE]의 축하일祝賀日을 감촉하는 도다. 우르르 소리.[천둥 - HCE의 방취]"(590.27) 드라마의 결론은 모든 관계자를 위해 한 가지 만족스런 자처럼 보이며, 아마도 우리는 역시 순간적 해결로서 쉴 수 있다.

만일 독자가 잠시 휴식할 수 있다면, 그러나, 남녀는 회고 속에 단지 휴식할 수 있다. 제I부의 결론적 장은, 이전에 언급되었던 것처럼, 2부의 '트리탄과 이졸드' 종곡(coda) 및, 아나 리비아와 그녀의 남편의 빨래하는 아낙들의 토론은 제I부에서 끝난다. 브라디미어 나보코브(Vladimir Nabokov)는 기록하기를, "연속은 단어들이 계속적인 페이지들에서 하나 다음에 이어 쓰여 져야 하기 때문에 단지 일어나나니, 마치 독자의 마음은 작품을 통해, 적어도 그가 첫 번째 그걸 읽을 때, 통과 할 시간을 가져야 한다 - - 만일 마음이 선발적 글줄들에 의에 건설된다면, 그리고 만일 책(작품)이 그림을 눈으로 받아들이는 꼭 같은 식으로 읽힐 수 있다면, 그것은 왼쪽에서 오른 쪽으로 작업할 염오 없이, 그리고 처음과 끝의 불합리 없이, 이것은 소설을 감상하는 이상적 길이 되리니, 왜냐하면 이리하여 저자는 그것의 개념의 순간에 그것을 보기 때문이다."(*Lecures in Literature*)[New York. Harcourt Brace Jovanovich, 1980],(pp. 379 - 380)

제I부 4장의 최후의 라인인, "행갈체行喝采, 층갈채層喝采, 단갈채段喝采. 회환원回環圓."(590.30)은 우리 보았던 것의 동시성(synchronicity)을 강조하는 단서(cue)처럼 보이는지라, 소설적 사건들의 동시적 성질을 지적한다. 여기 "행갈채, 층갈채"(Tiers, tiers)은 분명히 극장에서 자리의 일연의 행(row)혹은 계급(rank)이요, 그리고 또한 슬픔의 "눈물"(tears) 및 "층갈채"(tierce)는 카드 게임에서 같은 소송(suit)의 3카드들의 연속(sequence)이다. 만일 우리가 단지 회전한다면, 우리는 여인 마나 리비아의 3성적 나이를 이해하고, 리피 강애 의해 유혹된 젊은 소녀로부터, "한 사람의 우라질 고현대古現代의 아일랜드황녀愛蘭皇女, 여차여차如此如此의 마수고馬手高에, 이러이러한 두꺼비 체중에, 그녀의 목면木棉의 겉옷을 입고, 그녀의 모자 밑에는 붉은 머리칼과 단단한 상아두개골象牙頭蓋骨만이 있을 뿐 아무 것도(이제 그대는 알리니 그대의 궁심窮心 속에 그게 사실임을!) 그리고 최고의 신비神秘 푸른, 한 쌍의 일급침실안一級寢室眼,"(396.07) 성숙한 여인으로 감지한다. 만일 섹스가 극적이면, 그리고 분명히 조이스에게 그것이요, 아나 리비아는 그녀의 소설의 생애의 진행을 증명하는 것이다. 조니의 최후의 견해의 "해결"(solusion)은 우리가 전에 알았던 아나 리비아에게 뒤돌아봄으로써 성취되고, 한편 우리는 IV부에서 당도하는 궁극적 이상화(apotheosis)를 위해 준비한다.

그의 욕조통浴槽桶에서 성 케빈(Saint 케빈의 존재와 성 패트릭 및 대공작 버케리(Archdruid Berkekey) 간의 노쟁에도 불구하고, 최후의 부분의 그녀의 편지와 이야기의 요지(ketstone)를 아나 리비아로 결국 돌아간다. 그녀의 편지와 그녀의 강의 연설은 여기와 이제를 이해하도록 되돌아가기를 다시 한본 상기시키는 선언에 의하여 소개된다. "[변화는 무] 하지만 거기 존재 하지 않았던 몸체는 여기 존재하지 않는지라. 단지 질서가 타화他化했을 뿐이로다. 무無가 무화無化했나니. 과재현재過在現在! 탄기조일국歎氣朝日國에서. 주제主題는 피시彼時를 지니며 습관은 재연再燃하도다. 그대 속에 불태우기 위해. 정염情炎 활기는 질서를 요부要父하나니. 고대古代가 있었던 이후 우리들의 생生은 가능 속에 있기 위해 있으리라."(613.13) "탄기조일국歎氣朝日國에서. 주제主題는 피시彼時를 지니며 습관은 재연再燃하도다. 그대 속에 불태우기 위해. 정염情炎 활기는 질서를 요부要父하나니. 고대古代가 있었던 이후 우리들의 생生은 가능 속에 있기 위해 있으리라."(614.08)

책(작품)은 거의 그 자신의 종말과 투쟁하는 듯하나니, 화자는 아나 리비아오부터 물러서거니와, 마침내 그는 청중이 준비됨을 확신한다. 그는 우리들의 질문들을 예상하고, 우리에게 우리가 묻기 전에 대답들을 마련한다. [613.27 - 614.18] 변화, 불길한 천둥(우뢰)의 시간이 당도 한다 - 모든 이전의 사건들이 재발한다. 그리고 역사는 반복 한다.

"뭐가 가버렸는고? 어떻게 그건 끝나는고?

그걸 잊기 시작할지라. 그건 모든 면에서 스스로 기억할 것이나니, 모든 제스처를 가지고, 우리들의 각각의 말(言)속에. 오늘의 진리, 내일의 추세趨勢.

잊을 지라, 기억할지라!"(614.19)

아나 리비아의 편지는(615.12 - 619.19) 사실상 편지는, 그것의 형식에도 불구하고, 전혀 편지가 아니요, 그 대신 드라마의 모노로그이다. 그녀의 연설은 기본적으로 과거와 미래의 시재들의 결합으로, 그것은 전후 개관概觀의 패라독스적 혼용이요, 그것은 모든 중심적관신이었다, 저기 구름은 좋은 날을 예기하면서 이내 사라질지 로다. 숭배하올 사몬 나리 그들은 그가 그러하듯 애초에 틀림없이 두 손잡이 전무기를 가지고 태어났을지니 그리고 그건 윌리엄스타운과 마리온 애일즈베리 간의 장차長車 꼭대기 위에서였나니, 우리들이 경락輕樂하게 굴러갔을 때, 그이가 우리들이 마치 구름 속에 지나가듯 여전히 쳐다보고 있음을 우리는 생각하는 도다. 그가 우리 곁에 땅 속에 잠을 깨었을 때 그를 용서할 참이었는지라, 금발남金髮 男, 나의 지상천국, 하지만 그는 우리가 팬터마임을 위한 사랑스러운 얼굴을 지녔음을 백일몽 했도다.(615.17) "캐논 볼즈(대포알)가 그에게서 일광생권日光生權을 펀치 호되게 뺏어버릴지라, 만일 그들이 올 바르게 정보를 얻으면. 음악을, 나의 거장巨匠, 제발 좀! 우리는 대감명시연大感銘 試演을 가질지라. 장대한 핀 우장례식愚葬禮式이 곧 있을지니. 기억할지라."(617.25)

뒤따르는 강의 요정의 연설(619.20 - 628.16)은 과거, 현재, 그리고 미래를 조정하는지라, 왜냐하면, 우리가 생각했듯, 아나 리비아의 그녀의 남편과 가족의 단수완 거절이 아니기 때문이다. 또한, 화자인, 리피 강의 정령에 꼬리표를 다는 것이 전적으로 올바른 것이 아니나니, 왜냐하면 한 가지 레벨에서 이 독백은 HCE와 함께 침대에서 ALP의 여기와 현재에 근원을 두고 있기 때문이다. 이 궁극적 웨이크의 부분은 아나 리비아와 시작하고, 그녀의 생각을 모은다. "당신의 음산陰傘. 그리하여 키 크게 설지니! 똑바로. 나는 나를 위해 당신이 멋있게 보이기를 보고 싶은지라."(620.11) "그러나 그 다음날 밤, 당신은 온통 변덕쟁이였는지라! 내게 이걸 그리고 저걸 그리고 다른 걸 하라고 명령하면서. 그리고 내게 노여움을 폭발하면서, 성거聖巨스러운(주디)예수여, 당신이 계집아이를 갖다니 뭘 바라려고 한담! 당신의 원願은 나의 뜻이었나니. 그런데, 볼지라, 느닷없이! 나도 또한 그런 식式. 그러나 그녀를, 당신은 기다릴지라. 열렬히 선택하는 것은 그녀의 망령에 맡길지니. 만일 그녀가 단지 상대의 더 많은 기지를 가졌다면."(620.24)

처음에 그것은 부부가 전형적 여로를 함께 진행할 것 인양 보이며, 준비가 필요물들과 함께 실용주의적 그리고 세속적 관심을 반영하리라. 아나 리비아는 그녀의 의복에 대한 첨가를 내게 사지 않으면 안 된다. "단지 그 러나, 거기 한번 그러나, 당신은 내게 예쁜 새 속치마를 또한 사줘야만 해 요, 놀리 다음 번 당신이 놀월 시장에 갈 때. 사람들이 모두 말하고 있어요. 나는 아이작센 제製의 그것의 선線 하나가 기울었기 때문에 그게 필요하 다고."(621.17) 곧, 그러나, 그것은 여성이 강(흐름)으로 마침내 변용하면서, 홀로 앞서 가야만 하는 것이 분명하다. 최후의 페이지들에 대해 감상적 음 률의 그 어떤 중요한 것이 있다. 꼭 같은 용어가 독자를 위해 남아 있었으 니, 그러나, 그것은 Anna Livia가 HCE를 위해 밑줄을 긋는다. 그녀는 되돌 라 오도록 그를 부르 도다, "당신은 앞으로 언제나 나를 최다엽녀最多葉女 로 부를지니, 그렇잖은 고, 영어애자英語愛子여? 경탄어충驚歎語充의 고 아마古兒馬!"(624.22) "그대 기억하는 고?"(622.17), "기억할 지라"(623.09), "기억할 지라"(623.16)

여행의 출발의 긴급에도 불구하고, 그것은 미리 떠나는 것으로, 그것 이야 말로 최고의 중요성인지라. "그것은 모두 너무나 자주 있는 일이 며 내게는 여전히 꼭 같은지라. 홍? 단지 잔디일 뿐, 심술쟁이 여보! 크 래인의 잔디 향香. 당신은 타프 잔디의 탄 솜(綿)을 결코 잊지 않았을 지 라,"(625.16) 우리는 딕 위팅턴처럼 재차 돌아와야만 한다 "고로 나란히, 재 문再門을 돌지라, 혼도婚都(웨딩타운), 론더브의 시장민市長民을 송頌할 지라!"(625.35) 왼쪽으로부터 오른쪽으로 인ㄹㄱ을진, 런더(Londn)과 더블 린(Dublin)의 결합이라, "Lonndub"는 반대 방향으로부터 단지 더블린 자체 가 된다. 여기, 조이스가 한 개의 단순한 단어로서 보여주듯, 심지어 "더블 린"은 형태가 의미(sense)를 보여주듯 단지 역逆으로 의미가 된다.

인습적 이야기 줄거리는 법령(decree)를 요구하는지라, 이는 서술이 그것의 결론을 억지로 눌러, 아나 리비아를 통과하지만, 텍스트와 인물은 거절한다, "여기, 어살(둑), 발 돋음, 섬(島), 다리(橋)당신이 나를 만났던 곳. 그 날. 기억할 지라! 글쎄 거기 그 순간 그리고 단지 우리 두 사람만이 왜?"(626.07) 오른 쪽으로부터 왼 쪽으로 보면서, 뒤쪽을 향해, 우리는 종말에 결코 도착할 수 없는지라, 그리하여 〈경야〉는 언제나 궁극적으로 남는다, "그러나 나는 연속호連續號의 이야기에서 읽었나니"(626.18)

한 가지 의미로서, 그럼, 조이스를 위해 이야기 줄거리는 회복이 된다. 마치 리오폴드 블룸이 그의 하루의 사건들을 명상한 뒤에, 미래보다 오히려 과거의 강조로서, 잠에 떨어지듯, 아나 리비아와 〈경야〉 "mememormee"란 단어로서 새벽을 인사한다,(628.14) 그리하여 아마도 최후의 독백인, "End here"(628.13)까지 계속된다. 그리고 끝나지 않는 문장은 최초까지 우리에게 되돌라온다. 〈율리시스〉는 종곡(nostos)으로 끝나고, 〈경야〉 또한 그렇다. 블룸이 이클레스 가 7번지를 변용하듯, 이어위커는 채프리조드를 변용한다.

브라디미어 나보코브(Vladimir Nabokov)는 한 때 조이스의 소설을 "무형이요, 허위의 민속적 둔탁한 덩어리, 한 권의 책의 찬 푸딩, 옆방의 한결 같은 코 골음에 대한 내가 겪는 불면증의 최고의 악화"라고 불렀다. 나보코브의 비평적 판단을 토론함이 없이, 아이러니 하게도, 조이스가 독자에서 찾고 있는 것은 아주 불면증 환자(insomnic)인지라. 그 기억은, 나보코브가 잘 아는 대로, 회복하고, 걸어 부치는, 뒤돌아보는 것을 수반하나니, 그리하여 그것은 소설의 서술에 대한 열쇠이다. 한 조각의 합판合板에서 다양한 판들처럼 한 떼로 얽힌 채, 인물의 이야기 줄거리와 시간의 의 각각의 판板 그것 자신의 말로 할 수 있거니 이해되어야 하는지라, 그러자 다른 것들과 함께 시멘트 된다. 리오폴드 블룸은 검은 점(dot)혹은 풀 스톱처럼 끝나지만, 아나 리비아의 "the"를 뒤따르는 피리어드(period)가 없으며, 기억의 환環(circle)은 깨어지지 않은 채 남는다. 서술에 관계하여, 우리는, 'Mamalujo'와 더불어, "우리가 현재 존재存在하는 곳에 존재하는 우리는 현존하는 우리인지라."(260.01)

인습적인 소설가는 이야기 줄거리의 결과에 가장 관심을 갖는데 비하여, 조이스는 그들이 즉시 많은 수준에 집중할 때 이야기 줄거리나 인물화의 잠재성에 중심을 둔다. 〈경야〉의 서사적 수준들이나 혹은 사건들은 우연히 연결되는 것이 아니나, 그들은 소설가식으로 통제된다. 그들은 정신 분석적 자유 연상들이 아니며, 그러나 대신에 깨어진 거울의 반사들이다.

조이스는 장르가 여태 알려져 왔던 산문 소설의 가장 급진적 실험가일 수 있는 사실에도 불구하고, 그는 심적으로 전통주의자의 중요한 작가로 남는다. 그는 단순히 그것을 수직적으로 만들기 위해 머리위에 수평적으로 서 있다. 옳든 그르든, 그는 〈경야〉가 누구든지 읽을 수 있도록 희망하고 기대했는지라, 하리에트 쇼 위버에게 한 그의 편지들은, 잘 알려져 있듯이, 해석과 도움을 주는 안시로 충만하다, 1926년에, 그는 그녀에게 묻기를, "이야기 줄거리"가 그로부터 하여간 출현하기 시작하는지 아닌 지를 내게 알줄 수 있소?

가장 중요한 지적이란 조이스는 〈경야〉를 서술의 말로 생각했던 것으로 - 필연적으로 하나 그리고 다음으로 차례가 아니고 - 그러나 이야기줄거리는 바로 꼭 같은 것이다. 그는 화자의 예술에 새 술을 나르고 있었으나, 그것을 고대의 전통의 재단 위에 붓는 것보다 다른 의도를 갖지 않았음을 아주 의식했다.

이러한 새로운 의미에서, 서술은 본질적으로 인격의 설명으로서 작용하는지라, 그것은 논리성과 필연성으로 보다 오히려 뒤를 향해 되돌아

보거나, 가능성으로부터 얻어지는 것이다. 만일 HCE와 ALP가 개념으로서 혹은 기호(sigla)로서 최고로 이해 될 수 있다면, 로란드 맥휴(Roland McHugh)가 단언하듯, 그러자 이들은 겹친 채, 분리되지만, 동시적 소품문 小品文 비네트(vignattes)혹은 이야기 줄거리 수준은 가망성으로 E와 ?를 제시하기를 이바지 하는 바. 소설적 현실에 흐린 식견으로서 이다. 만일, 마지막으로, 독자의 역으로 움직임에 의하여, 이러한 수준들은 고립되거나, 합성되며, 이어 케이블처럼 함께 싸고, 인물들에 대한 우리들의 개념이 그러하듯, 서술의 디자인이 한층 분명하게 된다.

어떤 사건의 복수적 보고들 혹은 서술들의 실험(조사)은 독자로 하여금 결코 "올바른" 것을 선택하도록 허락하지 않을 것이나, 그 대신, 모두가 다 함께 취급될 때, 경야의 죄와 유죄, 기쁨 및 만족에 대한 우리의 직관을 확대할지라. 기억을 되돌림 하거나 혹은 인물의 어께 너머로 엿봄으로써, 우리는 애초에 잡동사니처럼 보이는 것을 재차 정렬할 수 있다. 궁극적으로 성공적이든 아니든, 조이스는 단일의, 인습적 서술 수준이 예술가의 행동의 자유를 한계지울 것이요, 이것이야 말로 진취적 이야기 줄거리에 대한 대안이 될 것이다.

(4)

이 연구의 기초적 단언들의 하나는 〈경야〉야 말로, 만일 독자가 텍스트 쪽으로 향하는 새 비평적 전망을 가져올 수 있다면, 이야기 줄거리를 가지고 있다는 점이다. 확실히 마고 노리스(Magot Norris)같은 비평가는 이 선언에 동의하지 않으리니, 왜냐하면 그녀는 〈경야〉에 대한 소설적 접근을 포기함으로서만이 독자로 하여금 꿈의 작품 안에 전적으로 상상적 현실을 충분히 즐길 인습과 논리를 깨움으로부터 스스로 자유롭게 할 수 있다고 느끼기 때문이다. 하지만 소설의 원천적 언어의 수준의 복잡성의 뒤와 밑에 소설적 형식과 구조가 여전히 남아있다. 조이스는, 커다란 정도로, 꾀나 실질적 이야기 줄거리의 서술적 사용을 행하기를 계속하는지라 - 즉, 적어도 개인적 사건들 혹은 분할이 어떤 논리, 원인과 결과, 처음, 중간, 그리고 종말을 가지거니와 - 그것을 쉽사리 인식할 수 있다. 〈경야〉의 기초적 이야기 줄거리는 몇 개의 다른 수준들에서, 사이에 끼어 있거나 샌드위치 되어 있는 서술의 레벨이다.

짧게 말하거니와, 이어위커 가족의 세속적 행동은 이렇게 풀리는지라, 즉 I. 1에서, 아이들은 학교 수업 뒤에, 바깥의 마당에서, 경기를 하고 있으니, 마침내 그들의 양친들은 해 걸음에 저녁 식사를 위해 그들을 불러드린다. II. 2에서, 저녁 뒤에, 수 짜기를 하거나 참견을 행한다. II. 3에서 이어위커는 문 닫을 시간까지 손님들을 사회하고, 단골들에 의해 남겨진 술을 마감하거나, 술 취하여 넘어지거나, 나중에 침대에로 비틀 비틀 걸어간다. III, 4에서 이어위커 가문은 셈의 악몽의 고통에서 잠을 깨고, 그들은 그를 위안하거나, 침대로 돌아 가, 사랑을 하거나, 다시 한번 새벽이 터면서 잠에 떨어진다. IV. 1에서, 아나 리비아는 잠에서 깨어나고, 그녀의 생각은 독백을 형성하자, 작품은 결론난다. 이것은, 조이스의 서술이 결코 그러하지 않듯, 아주 많지는 않는 것, 로버트 프로스트(Robert Frost)가 말했듯, "한 번 만으로, 그러자, 대단한 것."(For once, then, something) 〈경야〉는 때때로 이 한 레벨에서 한 가지 이야기가 말해지지만, 그것은 또한 동시에 몇몇 수준에서 작용하나니, 하나에서 또 하나로 별반 노력 없는 안위安慰로서 움직이고, 그리하여 독자를 남녀가 기법을 인식하지 않는 한 무변無邊의 혼란 속에 남기며, 조이스는 변전變轉을 없앤다. 인습적 소설에서, 시간과 공간은 한정되나니, 여기 시간과 공간의 모든 가망성은 같은 순간에 나타난다.

〈경야〉의 서술적 기법은 〈율리시스〉의 "키르케(Circe)" 장에서 노정된 것에 아주 유사하다. 거기 리오폴드 블룸은 그에게 일어나는 것 위의 인물로서, 시공간의 한계가 사라지자, 절대적으로 통제를 갖지 않는다. 여기에는 적어도 두 개의 "블룸들"이 있나니, 즉, 하나는 우리가 보고, 다른 하나는 또 다른 소설의 레벨의 창가娼家에서 존재한다. 양자는 동시에 존재하는지라, 블룸은 그가 어떻게 바지를 찢었는지를 설명한 어린 소년이 될 수 있거나, 혹은 더블린 시의 시장 각하, 혹은 애기를 낳는 여인, 혹은 잠재적인 단골손님들의 이익을 위하려 연극을 꾸미는 자이다.

독자들로서, 우리는 알고 있거니와, 어딘가 이러한 모든 것 뒤에 문학적 서술이 있으니, 블룸은 스티븐 데덜러스를 찾아 밤의 도시(Nighttown)로 들어가고, 벨라 코gps(Bella Cohen) 창가에서 그를 발견하고, 결국 역마차의 오두막에서 그를 찾는다. 이 문학적 서술은, 그러나, 큰 부분이 불 가시로 존재한다. 독자의 가상假想 속에, 조이스가 블룸의 성격으로서 제시하는 가능성의 복수성複數性 뒤에, 그것은 극화劇化되고, 현시顯示 된다. 현재의 발생사는 있을법하게도 과거의 발생했던 것 보다 들 중요하다. 인습

적 시간은 협동의 비논리적 논리에 의해 대치된다. 블룸이 거리에서 창녀인 주위(Zoe)와 조롱할 때,

블룸

"입은 그따위 고약한 냄새나는 연초 실린더를 빨기보다 한층 훌륭하게 쓰일 수 있지."

조위

"계속해요. 그것으로 선거 연설이라도 해봐요."(U 390)

갑자기 이러한 수준은, 소설의 현실로부터 이미 한번 해빙解氷한다. 블룸은 시장 나리로 선발되고, 미래의 노바 하이버니아의 새 블룸 왕국을 선언하고, 추락하고, 여성적 - 남자가 되고, 왕국 아이들의 8동전을 낳으며, 마침내 "애린의 딸들"(the Daughters of Erin)(U 390)에 의해 칭송된다.

21페이지 뒤에, 단 1초도 놓치지 않고, 조위는 계속한다, "그대 얼굴이 까맣게 될 때까지 떠들어 봐요,"(U 407) 그리고 서술은 그의 전 수준에서 계속된다. 조이스는 독자를 하여금 블룸의 심리를 통하여, 폴디(Poldy)의 허락 혹은 인식 없이, 그리고 코스에 재차 그를 뒤 얻는다. 현실의 혹은 가능성의 가변可變的 수준은, 아주 꼭 같은 식으로 "키르케"에서 파동 치는지라, 마치 〈경야〉의 "믹, 닉 그리고 매기의 익살극" 혹은 그 밖에 다른 곳에서 파동 친다. 책략은 한 절단 부 혹은 에피소드처럼 타자들을 따르듯 그들을 직입시키나니. 베켓(Beckett)를 파라프레이즈하기 위해 소설은 등장인물들에 관하지(about) 않고, 그것은 등장인물들이다.

이제 아주 약간의 시간동안, 우리는 개인적 인물들의 범위와 의미를 넓히는 신분의 끈의 조이스적 기법들을 알게 되었다. 이러한 문맥에서, 셈

은 셈이요, 그러나 그는 또한 사탄, 가인, 야곱, 버클리 대공작, 배짱이, 제임스 조이스, 그리고 많은 타자들이다. 아다라인 글라신(Glasheen Glasheen)의 〈누구는 누구 매인이 그 밖에 혹인 일 때〉(Who is Who When Everybody is Somebody Else)는 이를 완전히 분명히 만들지라. 서술을 다르기 어렵게 만드는 또 다른 인물은, 그러나, 이어위커 가족의 구성원들을 수행하게 하는 시간적 수준의 조이스적 붕괴와 확장이다. 은총으로부터 어느 개인의 추락은 은총의 모든 추락이야말로 하나인지라, 그러나 어떻게 솀이 한 순간에 아이들의 은총을 노니는 어린 소년이 될 수 있는지를 이해하기 위해 다음에 소설을 쓰는 조이스적 - 와일드적(Joycean - Wildean) 예술가, 그리고 다시 한번 향후에 즉각적으로 한 아이는 재차 그 밖에 중요한 인물이다.

전술한 망원경의 상징은 여기 약간 도움이 될 것임이 증명하리라. 조이스는 〈교양 소설〉(Bildungroman)에서처럼 발전으로서 시간에 흥미를 갖지 않지만, 오히려 그는 시간을 가지고 즉각적이요 동시적으로 유희한다. 대우주와 소우주는 하나요, 바로 이는 이어위커 가족 형태의 각자의 다양한 가망성들과 같다. 한 가지 점에서, 숀은 솀을 서술하는지라 이리하여 마찬가지로 그이 자신, 15살로서 "나의 나癲표범 형제, 어린애, 단지 15청춘기의 무구아無垢兒. 실재학교實在學校를 너무나"(483.20) 그러나 망원경의 시간의 기법은 조이스로 하여금 어느 주어진 순간에 그가 바라는 나이로 쌍둥이를 허락하게 만든다. 그럼 연대기적 혹은 역사적 발전을 위한 필요는 없기에 그 때 독자는 시간의 꼬리(tail) 혹은 이야기(tale)의 각각의 새 비틂에 맞추어야 한다.

[483 - 485] 욘은 골을 내며 그의 심문자들을 비난한다 - 천만에! 욘의 목소리가 대답하도다. 나의 손안의 이 걸쇠가 나의 담보물 되기를! 그러나

왜 저 알랑대는 필남筆男 솀의 이야기를 불러일으키는고? 이토록 처참한 자가 내게 뭘 말할 수 있으며, 혹은 어찌 내가 그와 관계하랴? 나는 형제의 파수꾼인고(Been ike hins kindergardien)? 나는 알지 못하는지라, 최초의 발동자인, 나의 형제의 면전에서 내가 정명定命되었을 때.(그는)

[욘의 기다란 대답 형제의 동질 및 이질에 대하여] - 광표狂豹 같으니! 내게 세이청歲耳聽할지니! 아니, 천만에! 나의 손안의 이 걸쇠가 나의 담보물 되기를! 나는 그대가 원부를 감동시켰음을 볼지니, 알랑대는 말칸토니오![솀] 이토록 처참한 자가 내게 뭘 말할 수 있으며 혹은 어찌 내가 그와 악운을 관계하랴? 우리는 짓궂음으로 자궁 충만했나니, 시발적으로, 유사자類似者 영원유사永遠類似하면서, 머리털 꼭대기에서 발뒤꿈치까지, 알피레베카의 불세하층민不洗下層民들, 동자同子 시時의 동자, 저 꼬마 아기, 기원적紀元的으로,

충분히 흥미롭게도, 망원경적 이러한 시간은 이어위커의 아이들이 참석할 때 그리고 서술이 소설적으로 현실주의적 수준의 중요한 것에 밀접하여 밀려오기 시작할 때만이 발생한다. 험프리 침던과 아나 리비아는, 이미 성인인지라, 비록 그들의 청년이 플레시백(과거 회상 장면으로 전환)의 회고로서 회상될 수 있을지언정, 아이들로서 결코 변용하지 않는다. 사실상 마마루요, 술 찌꺼기 캐이트, 그리고 모든 작업의 남자 같은, 모든 다른 등장인물들은 같이 남는다. 조이스에게, 모든 성인들은 그들의 성격 잠재력에 도착했으며, 그들의 노끈들이 낡아 버리고 - 성장의 상태 속에 이제 더 이상 오래 있지 않을 때, 성인들은 그들의 성격 우화 내의 인물들 혹은 병치의 이야기들은 결코 조이스의 시간 터널의 추락에 역시 도달하는 것

처럼 보이지 않는다. 이러한 나중의 상태에 대한 이유는 이의 우화 인물들이 이어위커 가족들로부터 분리된 수준에서, 유사 사실성 레벨의 몇몇 단계 아래 존재하는 듯 하다. 생쥐(Mookse), 개미, 그리고 프랜퀸과 같은 실체들은 실재로 신원의 노끈의 부분들로서, 그들은 이어위커 가족을 전반적인 및 유형적인 것에 연관시키도록 이바지 한다. 시간의 망원경은 개인적 및 특별한 수준으로 작용하는지라. 그리하여 개인적 성격의 천성을 확장한다.

소설의 중간에서, 우리는 두 가지 정의가 주어지는지라, 그들은 기법의 이러한 복잡성을 명확히 하도록 도울 것이다. 전형典型을 위하여, 있나니 "우리는 그[HCE]를 되풀이 만나고 있나니, 모하메드 자신에 의하여, 환년대기주의環年代期主義 속에, 공간에서 공간으로, 시간 뒤 시간에 잇따라, 매장埋葬의 다양한 자세姿勢에서처럼 성전聖典의 다양한 국면에서. 신을 영접할 지라,"(254.24) 그러나 이어위커 가문의 본연의 성질을 가지고, 그것은 시간의 동시성이요, 이는 원초적原初的인 것으로, "[역사 공부 어제와 오늘] 왠고하니 신존(Sinjon) 산山에서 낙오한 사나이이기에. 그의 총總 수수께끼는? 그것은 우리들과 함께 총總 패씸한지라,"(274.02)

시간의 변용은 솀, 숀, 그리고 이씨와 더불어 〈Mime〉(팬터마임)에서 즉시 분명하다. 아이들의 경기에서 수수께끼에 한 대답을 추측 몰두한 채, 그것은 소녀의 팬티의 색을 또 포함할지니, 솀은 좌절된 젊은이로, 그는 세계는 그릏 반反함을 결정하는 한 좌절된 젊은이이다 - "그러자 그는 대단한 배앓이 인척 자신의 배를 움켜쥐고 궁둥이 위에 닻을 내렸나니라. 질문, 이런 시기에 무슨 나의 머핀빵떡배앓이인고 (muffinstuffinaches)?"(225.11) 그는 꽃처녀들(the Flora girls)에 의해 조롱되거니와, 그러자 이씨는 완전히 그녀의 오빠(형)에게 불쾌하듯 하다. "말할 지라, 달콤한 새여! 소심소심자小心小心者! 비록 내가 단단한 잔디를 먹을 지라도 나는 소정부沼情婦가 아니나니. [글루그의 첫 3가지 질문]"(225.17) "그[글루그]는 머리를 머레이 왓(水) 속으로 침수세례沈水洗禮했나니, 스트워드 왕총王總에게 신경총神經叢(명치)에다 퍽 한 대 안수례按手禮했나니, 길리백(聖體)과 함께 허리(急) - 캄(來) - 연맹과 맞붙어 씨름했나니, 화火일요일日曜日 참회 맥피어섬(島)으로부터."(227.29) 다음에 할 바에 관하여 총總 상실에서 그는 결정한바, 유일한 해결 방법은 가정으로부터 도망쳐, 사도가 되고, 울타리 승자, 혹은 아마도 "펜실마니아, 브리티스 아메리카"(228.19)에서 작가가 되는 것이다. "에버라린의 자식, 자신의 마음 속에, 그는 맹세하나니. 대낮의 구더기 제잘 지껄이! 구리 세공인 목사의 짬짬이! 그는 파열하리라. 그는 성 선모충병旋毛蟲病 페트처럼 크게 끽끽 우짖는 도다."(228.05)

이 점에서, 그러나, 아이다운 자세는 포기되는 지라, 그리하여 서술은 낡아 진다. 그런고로 그의 망명의 투사된 꿈에서 솀은 어른이 되고, 그의 생애는 제임스 조이스 자신의 것의 거의 탄소 복사가 됨을 증명하다. 오스카 와이드와 존 미첼(John Mitchel)처럼, 그는 그리고 "아서 작가 협회의 후원과 함께 저작업著作業에 참가할지라."(229.07) 그의 작품들은 〈율리시스〉의 장章 타이트들로부터 〈우리들의 과조사 過調査〉(Our Exagminatium)의 논문들의 감독에 이르기까지 영역領域하리니, 이는 "진행 중 작품"(Work in Progress)의 소개이다. "왜냐하면 그는 중요 작동作動을 위한 과실화果實化를 위해 자기 정상頂上의 예기豫期 속에 믿어질 대우待遇를 스스로 분배할 것이기 때문인지라,"(232.08)

조이스에게 분명히, 이 순간에 〈경야〉는 "중요한 작용"이었다.(229.26) 한 권의 가장 경광驚狂스러운 비화悲話의 속죄양서贖罪羊書, 한 미래여

걸未來女傑, 이러이러한 무봉인無封印의 여작女爵의 주재 하에, 소년방정少年發情 계절에 통틀어 그토록 많은 다독자多讀者에 의하여 철두철미 애독되며 그녀의 남편에 의하여 유독 친밀 속에 전적으로 감탄 받는 그들의 추단推斷,(229.31) 그는 자신이 모든 친구들에 의하여 어떻게 자신이 배신당했는지를 말하리니, 스티븐 데덜러스가 아일랜드의 그물을 날리기를 시도했던 것처럼, 정치와 종교의 쌍둥이 올가미를 거절하리라, "그는 사회주의의 홍수 속에 수침水沈도 수영도 할 수 없었나니 그리하여 섹스(性)사탄의 모든 비탄의 총總카탈로그를 담쌓는 최선 및 최단의 방법이란, 마침내 그가 그녀의 바보 같은 멍청이 우두녀愚頭女를 언젠가 호혹呼惑하리니"(230.08) 심지어 한층 멀리, 그는 자만하는지라, 자신은 향수성鄕愁性의 고통을 변용할 힘을 깃도다 - 잊을지라, 자신의 탄새조지誕生鳥地를 잊을지로다 - "비록 추방의 비교적秘敎的 의식儀式을 통해 이러한 정서적 향연을 성취할지언정," 기도에 의하여? 아니, 그건 나중 이야기. 회오悔悟의 불충오不忠悟에 의하여? 천만에, 우리는 통회通悔했는지라. 금욕불제주의禁慾祓除主義 속에? 고로 선의善義로다.(231.21) 셈은 성취한 성인으로서, 그러나, 그토록 오래 머물지는 않으리.

"키르케(Circe)"에 있어서처럼, 인물은 서술로부터 밖으로 스텝을 밟고 나오던 것 같으며, 그것을 초월하여 어딘가 존재하는 듯, 그러나 이씨로부터 메시지, "클래러벨이여 아일랜드로 되돌아오라[가곡]."(232,16), 환원한다. 셈은 다시 한번 소년을 싸움으로 돌아온다. 철저한 혀를 소년으로부터 후려잡는다, "그대는 조건적으로 거절당하리라 상상했는 고? 아무렴(스탠리), 소주少主! 그런 눈물거리는 집어치울 지라, 투덜대는 윌리! 정상停上할지라, 나의 애물哀物, 그리고 내 무릎에 앉을지라, 페페티, 비록 내가 차라리 원치 않을지라도. 나의 애인(m. ds.), 그와 같은 일은 모두 극복가克服

可하리라."(232.22) 멈춤이나 혹은 철저한 혀 - 당기기 없이, 셈은 경기에서 되돌아온다. 이러한 성격의 동요는 셈에게 하나의 단위로서, 성취된 개성으로서, 그리고 그들은 셈을 하나의 같은 시간에 아이 및 성인으로서 서술한다. 이러한 단지 하나의 에피소드에 만이 한정되지 않은 채, 이들 나이 뻗침은 〈경야〉를 통하여 재삼재사 거듭 발생한다.

꼭 같은 종류의 일시적 확장 및 수축, 앞으로 뛰면서 그리고 뒤로 보면서, 〈Mime〉에서 셈 뿐만 아니라 이씨를 포함하지만, 그녀는 - 그것을 - 통제에서가 아닐지라도, 한층 잘 알고 있다. 모든 그녀의 아이다운 혀짤배기와 더불어, 이씨는 또한 서술자에 의하여 논단이 여인으로서 서술된다. "[글루그를 위한 이씨의 충고] 만일 그대가 한창 시절에 그녀[이씨]를 나지 裸知한다면, 그대는 그녀의 보색補色을 발견하리라 확신하리니 그렇잖으면, 그대의 바로 최초의 경우에, 안거스 다그다자子와 그의 모든 애구愛鳩에 맹세코, 그녀는 자신의 불만스러운 이경異鏡의 독수리 눈을 가지고 그대가 가장 자만하는 곳에 그대를 찌를지니. 예시銳視할지라, 그녀는 에스터 성군星群 사이로부터 그대에게 신호를 하고 있도다."(248.03) 다음의 단락(패리그래프)에서, 이씨는 유혹녀 혹은 매력녀로서 말하고, 그녀는 다음을 함유하는 듯, 즉, 그녀는 망원경 요술을 이해할 수 있을 뿐만 아니라, 그로부터 의미를 만들거나 그녀 자신의 이익을 위하여 그것을 사용할 수 있다. "나는 그대의 무기를 통해 보는지라"(248.15) 그녀는 보다 나이 많은 셈이 애인이듯, 젊은 셈이 무능하듯 수수께끼 추측자이지만, 그녀는 시간 변전을 매력적으로 본다, "그가 뒤쪽으로 딱정벌레처럼 급히 움직이면, 나는 파리 아닌고? 벌꿀 가지(枝)를 당겨 우리가 어떻게 잠자는지를 볼지라. 꿀벌이여, 뛰뛰빵빵! 깩꿍!"(248.18)(통제의 서술자에게 한 방백은, 우리들 아이들을 재차 자장가 율동으로 삼나니, 그런고로 우리는 침대에서 매력적으로 잠자듯 보인다.) 재차, "여기 나를 인형으로 삼는자者가 음면淫眠할 때, 그러나 만일 이 자[추프]가 그의 후경後景으로 볼 수 있다면 그는 크고 늙은 녹안綠眼의 왕새우이리라. 그는 발렌타인 이후 나의 최초의 리큐어주酒로다. 윙크는 매승적魅勝的인 말(言)인지라."(249.01)

만일 솀이 이제 그가 나의 엉덩이(뒤)를 본다면, 만일 그가 나의 엉덩이를 볼 수 있다면, 그는 그의 아버지처럼 호색적이요 질투일지니, 마치 아마도 그의 자리를 차지할 것이다. 확실히 거기 트리스탄 - 마크 - 이롤드 여기 역시 반향反響(메아리)가 있을 것이지만, 그녀의 직각적直覺的 초점이 솀에게 있고, 그녀의 동료 망원경이 있으리라, "나의 애인은 12해마력海馬力의 거한巨漢이라 비록 그는 양모시합羊毛試合의 암색명暗色名 만큼 많이 아내에게 남구실男口實하는 법을 알고 있을지라도. 덤불 구멍을 통하여 악수할 지라!"(248.21) 그녀는 위크하고 경기를 놀지니 왜냐하면 그것은 재미이기에. 그녀와 서사자가 아는 바는 그 밖에 아무도 해치지 않으리라. 망원경을 통하여 그녀는[이씨의 유혹 - 충고] 나[이씨]의 고발부高髮部는 아킬레스건腱의 저부底部를 가져왔나니, 나의 중부中部를 나는 그대[글루그] 앞에 열고 있나니, 나의 둔부는 올츠 무舞인양 매끈하나니 그리고 나의 전부화全部花는 대낮 명성明星이요 그대의 순례의 태양처럼 값진 꽃이나니. 장애障碍가 있는 곳에, 만사의 장두狀頭,(248.14)

이전에 토론된 극적 은유(metaphor)를 자세히 상술하기 위해, 〈경야〉의 등장인물들과 중심 이야기들의 상오 작용은 루이기 파이란데로(Luig Pirandello)의 〈저자를 탐색하는 여섯 등장인물들〉(*Six Characters in Search of an Author*)의 연극 혹은 우디 알렌(Woody Allen)의 〈카이로의 자색 장미.(*The Purple Rose of Cairo*)와 같은 최근의 필름에서 편행을 발견한다. 거기 영화 내의 영화에서 배우들은 개관자의 생활 속에 함유된다. 제임스 조이스는, 이러한 방식 속에, 프로듀서로서 택해질 수 있는 반면, 화자나 혹은 화자의 목소리는 감독이다. 조이스는 감독을 통제하거니와, 후자는 교대로 이어위커 배우들을 공연하는지라, 거기 그는 그들을 수행하기를 바란다. 문제는 그들의 역할에 언제나 동의하지 않으며, 혹은 그들의 대화, 그리고 그들은 자신들이 드라마의 뭔가 다른 혹은 간접적인 것을 행하기 바란다. 배우는 남녀의 자아를 할당된 개임에게 언제나 포기하지 않는다. 이씨는, 모든 다른 인물들과 더불어, 그녀의 역할을 자의식적으로 인지하며, 그녀는 대중에게 - 우리에게, 그녀의 독자들에게 사실을 기꺼이 알리려 할 것이다. 우리는 모두 농담으로 되돌라 오기를 상상하며, 등장인물은 자주 무대를 떠나 방랑에 관한 뉘우침(양심의 가책)을 갖지 않으며, 전열석前列席으로부터 빠져버리거나, 〈경야〉를 개관하면서 그 점에로 나아간다. 그대는 배우를 가정무도회(마스크)(Masque) 밖으로 데리고 나갈 수 있으나, 언제나 배우로부터 마스크 빼앗는다.

만일 독자가 이어위커 아이들의 변전變轉하는 나이에 맞추어지기가 필수적이라면, 갑자기 나타나는 우리는 어느 새로운 얼굴을 조금 의심하는 것이 동등하게 중요하다. 과장이나 사기가 〈경야〉를 통해 사납게 달리며, 우리가 배우들을 떨어져 말할 필요가 있는 스코아 카드는 이전에 나타났던 유추類推에로 단지 자주 되돌아감으로써 발견될지라. 제I부 2장에서, 이를테면, 욘(Jaun)이 이씨를 이별하도록 준비하여 손이 모습을 둔갑했을 때, 그는 그녀로 하여금 자신의 부재 시에 정절을 지키도록 주의 시키며, 그는 육체의 향락의 위험에 대해 그녀에게 장장 오래도록 시간을 끌도록 한다.

비록 행동이 한 수준에 달하여 직접적으로 이어위커의 막간여흥(interlude)으로부터 옮아지면, 욘은 이 장에서 그의 위협에서 손임이 분명하다, "우리는 손 식式이 어떤 따위의 것이지 경칠 그에게 이내 무언극화할지니, 그의 쾌남의 여초유향汝招油香과 그의 아루피의 여가곡汝歌曲을 가지고 그대에게 환심을 산데 대하여 그를 위해 그의 문외한의 얼굴을 박살내기 위하여 우리가 어떻게 장도長途할지, 그대의 혼례지婚禮指를 그의 이차원을 가지고 느끼기 전에 나의 간수두看守頭를 성소聖所 속으로 우연시입偶然試入하다니."(442.21) 여기 소녀는 의심할 바 없이 이씨요, "우리, 우리. 이씨가 그 짓을 했도다. 나는 고백하노나!"(459.06) 셈은 애초에 출석하지 않은 듯하지만, 존은 이씨에게 이상한 이름으로 악명의 여성화자女性化者(womanizer)에 대하여 특히 경고하는지라, 그의 용모를 독자는 조금 한층 많아 다정하게 보일지라.

- 롤로 기생자, 궁핍의 자子 아놀프 백화점의 왈츠 난무자로 판명되면, 개념을 입수하며, 56을 훨씬 초과 또는 근처 또는 가량의 유인원類人猿의 체격, 신도身跳 필경 5피드 8을 가진, 통상의 XYZ 타입, R. C. 토크 H, 적赤포도주혈血이외에 아무 것도 아니나니, 아무리 신장伸長해도 혈통적부血統籍簿에 없는, 칫솔 코밑수염과 턱의 토기치土器齒를 갖고, 일명 경통과치자頸通誇齒者, 그리고 물론 턱에는 무수無鬚라, 육식肉食에다 강설복降雪服, 선원의 부대 바지와 함께 - 신격神格에 대한 확실한 언급과 함께, 알코올 및 기타 속에 위안을 찾으며, 돌진의 철도뇌鐵道腦를 지닌 일반 승합버스 성격, 케케스러운 기침 및 파행跛行의 수시자통隋時刺痛, 십十의 상향上向의 그[셈]가 사랑하는 다산급가족多産級家族을 지니며, 토족兎足 및 방언장전方言裝塡, 해고하고 매수하다니, 글쎄.(443.21 - 444.01)

이러한 초상은 분명히 셈 - 조이스를 상기하거니와, 그를 우리는 〈마임〉 the 팬터마임에서 보았는지라, 의심할 바 없이 비열한 녀석이요, 그는 믿을 자가 못되지만, 존은 부주의고, 심지어 이상한 대응책을 결심하다.

그는 이씨를 위해 에스코트와 동료를 마련하거니와, 그는 그가 멀리 떠나 있는 동안 그녀의 보호자로서, "나는 그대의 위안환慰安環을 위하여 나의 사랑하는 대리자를 뒤에 남겨두나니, 무도남舞蹈男 상실 데이브[셈], 애愛신경질적 도망자 그리고 또한 나의 친애하는 고우남故友男."(462.16) 풀 속의 이러한 비늘 뱀에 관한 호기好奇스런 필수적 존은 두 사람의 유사성을 강조하기 위해 애를 쓴다, "그는 우리들의 은밀한 값은 꼴이라, 맹세코, 나의 축소판의 재단 자아요"(463.06) "유일 산양山羊에 의하여 득 되고, 꼭 같은 유모에 의해 젖 빨린 채, 하나의 촉각, 하나의 천성이 우리를 고세古世 동족류類로 삼는도다. 우리는 두 관상管狀의 턱 구球처럼 후박불변厚薄不變이라. 나는 그의 특허 헨네씨 브랜디주酒에 대하여 그를 혐오하거니와, 찰싹, 하지만 나는 애모주의자다. 나는 그를 사랑하노라."(463.15) "우리는 가장 밀집한 단 짝 친구로다."(464.03) "그는 대단히 사려 깊고 성선동정적聖善同情的이라, 그 길이 인텔리겐치아 형제요, 자신이 압생트주무심酒無心하지 않을 때, 자신의 파리 수신인과 더불어! 그는 진짜라, 정말로."(464.16)

존의 확신에도 불구하고, 물론, 데이브는 신임받지 못할지니, 그리고 그는 타자의, 반대자의 또 다른 변장된 분신이다. 만일 데이브가 한 사람의 도인盜人이거니, 한 사람의 무례한 사람, 혹은 한 사람의 악당일지라도, 그는 또한 조이스의 생일 파티에서 댄서이거나, 롤로처럼 플루트 무도 인이다. 데이브는 익살극에서 셈으 그러하듯 "도망자"이다. 만일 셈과 조이스가 필자들이라면, 데이브 또한 그러한지라, "내가 여태 번성했든 가장 강력한 펜 - 우산이다."(462.20) "그는 내가 아는 기이한 과념들을 지닌다."(463.12) 셈과 이씨는 〈익살 극〉에서 자장가 음률을 즐기고, 데이브는 "젊은 양키 두들 얼간이가 수음 비틀비틀 자신의 유성有聲조랑말에서 벽필낙壁筆落했도다."(464.21) 가련한 존은 부주의하게도 그가 신임하는 대리권자의 신분에 접근하지만, 그는 결코 "초심자인" 그의 친구의 이름을 식별하지 못하지만, 그는 검은 안대를 두른 눈으로, 술을 마시면서, "흑경안대黑警眼帶의 눈을 하고, 나의 대신농자大辛聾者인, 노 십자군 전사, 셈웰 해구海狗 여인旅人(툴리버)의 돌출 단추 구멍에 산양수山羊鬚를 쑤셔 넣은 채"(464.12) 그에게 불행이도, 존 - 셈은 순진한 레무엘 해구인이라, 그는 액면 그대로 만사를 취하도다. 셈 - 스위프트는 풍자가로서, 그는 드라마에서 그의 역할을 기술적으로 재 정돈했도다.

뒤 따르는 글은 〈경야〉의 가장 성적으로 분명한 부부들 중의 하나다. 데이브는 에피소드를 통털어 단 한 마디 말을 하지 않기 때문에, 이 손 류類의 기행을 확신시키기 어렵다. 그것은 단순히 판타지가 아니나, 분명히 장면은 아마도 굴곡屈曲으로 간음적 욕망보다 더 낳을 것이 없다. 〈율리시스〉의 "키르케" 장에서 리오폴드 블룸(Bloom)의 최고의 억압된 성적 환상의 극화 속에, 오쟁이 진 남자는 블레이지즈 보일란(Boylan)을 이클레스가 7번지 안으로 들어 부내는 하인 우두머리로서 행사하는지라, 한편 그의 뿔은 구혼자의 포퍼를 위한 모자걸이로서 행사하도록 한다. 블룸은 침실문의 열쇠구멍을 통해서 엿들어다 보면서, 너무나 흥분하여 애인들을 방종으로서 권고한다. "보여! 숨겨! 보여! 그녀를 갈(경)耕아! 더욱! 쏘아!"(U 462) 아주 같은 "피핑 톰의(Peeping Tomish) 양상으로, 존은 그의 두 애인들을 함께 내던진 다음, 두二 페니 운運에서 꺼낼지라. 나는 합중교파결합合衆教派結合을 위하여 삼 실링 일영계탄一嬰鷄彈을 성당포教會砲에 제공할지니, 마치 그녀가 십자가 상像인양 그대 그녀를 자간自肝스럽게 전신키스하는 것을 숨기기 위하여. 그건 그녀의 성경순음聖經脣音을 위하여

좋을지니, 그대 알지라."(466.01)

〈경야〉의 죤은 그가 환상을 창조하고 있음을 아는지라, "환변環邊의 모든 자리는 전부 내 것으로 삼을지라. 나는 그대가 부패되고 있음을 느낄 수 있도다."(466.06) "그러나 그는 자신이 스스로의 패배를 향하고 있음을 결코 인식하지 않는다. 죤은 데이브라 이름 지으니,(징글 죠 씨)"(466.18) 그리고 독자는, 찰스 딕킨즈의 〈픽크위크 페이퍼〉(*Pickwick Paper*)에서 징글 씨의 많은 변장變裝들 뒤에 제임스 조이스가 숨어 있음을 기록하는지라, 그것은 여분으로 던져진 브레이지즈 보일란의 징글과 함께 한다. 그들의 전체에서 인물들을 통제하는 그의 무거운 시도로, 죤은 데이브를 적대자로서 우리에게 확증하는지라, 그는 브레 라빗(Brer Rabbit)이 브레 팍스(Fox)와 타 베이비(Tar Baby)를 조종하듯, 죤의 권위에 절함으로써 성공한다. 죤을 볼 수 없자, 그는 허락하기를, "그건 석농아石聾啞되었나니 발버스 탑 속에서, 발랄하게, 자네, 내가 양羊갈비 고깃점과 염육鹽肉 비스킷을 뱉어내곤 하던 때처럼. 그러나 그건 내게는 모두 농아의 둔허세臀虛勢인지라,"(467.17) 트리에스트의 베리츠 학교로부터 도망쳐, 〈경야〉에 작업을 시작하는 조이스처럼, 데이브는 "제4차원 속에 자기 자신을 생각하면서 - 것은 내가 친구요 형제로서 그를 한층 고착하여 한 얼뜨기를 애써 키우려고 노력하며,"(467.22)

그는 "흉성 익살자일지니, 그러나 그는 죤의 단시短視로서 괴롭히지 않는지라,"(468.16) "죤은 승리 속에 커큰 아래로 종을 울리도다. 메아리여, 종말을 읽을지라! 극장막을! 그러나 그들의 생활기이산生活氣離散의 압박으로부터, 아아 손뼉 칠지라, 낙엽성적落葉性的으로, 니크로코스 소우주 마이크로조탄造誕함에 틀림없도다."(467.29 - 468.22) 종말이 가깝다 -

그리고 새로움의 시작이 - "자, 여하한 단무대段舞臺에서든 적극적으로 나의 최후이니!"(468.20) 그러나 데이브 - 셈은 그의 변장의 이익을 수확했도다. 텍스트 이내에 이미 배출된 것으로부터 수확된 여분의 그리고 내부의 지식을 가지고, 독자는 에피소드를 한 길로 읽자, 그 동안 존 - 숀은 그것을 다른 식으로 읽는다. 마스크 상의 얼굴은 댄스 컬 - 데이브의 얼굴일지니, 그러나 마스크 뒤의 목소리는 셈의 목소리이다.

하지만 그러나 셈음 서술의 간정과 효과를 조작하는 그의 노력에 있어서 언재나 그렇게 서투르지 않으며, IV부의 성 케빈(saint 케빈) 부분은 그의 변덕성의 공헌에 가깝다. 그 부분은 두 번 질문 되고, 두 번 총체적으로 다름 방식에서 대답되는 질문에 의하여 형성된다. "[성 케빈의 인생 & HCE의 불륜을 알리는 조간신문의 도착] 콤헨(케빈)은 무엇을 행동하는고? 그의 은소隱所를 분명히 말할지라!"(602.09) 한 번 경고를 마련하는 "은폐"와 더불어 케빈을 위한 고대 아일랜드어의 다 가지 철자는 성인의 두 분리된 초상들, 버틀러(Butler)의 혹은 바링 골드의 〈성인들의 생활〉(Lives of Saints)에서 질주한 듯한 존경할 그리고 중세의 케빈인지라, "케빈에 관하여, 창중신創增神의 종복에 관하여, 창조주의 효성공포자孝誠恐怖子에 관하여."(604.27)

그러나 첫 대답은 기자 마이크 포트런드(Mark Portlund)에 의한 당대의 신문에서 나타나는, 신비스런 헤르 한센(Hurr Hansen)씨에 관련하거니와, 그것은 〈경야〉의 현재 날로부터 직접적으로 행실 사를 파생한다. 한센을 성 케빈의 또 다른 신분으로 만드는 포인트(점)는 무엇인가? 다시 한번, 파편의 중심은 변장과 사기요, 독자는 수수께끼를 해결하기 시작하기 위해 등을 돌려야 한다. 〈경야〉를 통틀어 케빈 - 숀의 성실에 관한 의혹이 있었을 것이니, 그리하여 그는 자신의 전설을 제조함에 있어서 열심히 일했으리라, "무슨 아이[암탉 - 비디 Belinda - 하녀 - 편지 발견자]가, 경건한 와자지껄 소란으로 감언이설 빼앗으려고 애쓰는 동안, 이른 바 직배원直背圓이라 불리는 이가裏街에서 미래의 성성聖性을 위한 제재를 또 다른 성무구자聖無垢者요 해안 산보자에 의한 아다 성배[편지]의 발견을 선수 침으로써 여태껏 비축해 왔을 것 인고,"(110.31).

만일 그가 성스러운 의식儀式의 회복을 위조했다면, 그것은 서술자에 의해 또 다른 이전의 논평을 기록하는 것이 현명했을지니, 만사는 그들이 눈에 보이게 하지 않으리라. "또는 나는 제안하는 바 이 필남의 미화尾話를 우편배달원 식으로 왜곡하도록 결단을 내리고자 하는도다. 요지는 손의 요지이나 손(手)은 사미아스의 손인지라. 쉔 - 셤 - 숑. 위조 케빈[손]에 강한 의념疑念이 있나니 그리고 우리들 모두는 유년시절의 환상 속의 여汝를 기억하도다."(483.01) "위조僞造"는 중요한 단어이라, 손이 케빈과 함께 거꾸로 몰래 삽입하려고 애쓰는 야곱 - 이서의 사기 邪氣야 말로 성인의 초기 서술에 의해 확약된다. "그의 얼굴은 자식의 얼굴이라,"(602.21)

케빈의 신분에 관한 문제들 바로 직전에 우리는 질문 받았거니와, "뭔가가 그것을 위하여 이야기되어질 때 그것이 공중에서 유동했던가 아니면 특별한 누군가가 전체를 아무튼 혹처종합或處綜合하려고 할 것인고? 성 케빈의 인생 & HCE의 불륜"(602.06) 우리가 나아감에 따라 분명하게 될지니, 특히 케빈은 손의 꾸민 이야기 속의 일련의 인물들을 특히 종합할지라. 초기의 손이 헤르 한센 씨로서 나타날지니, 그는 파이프를 문 캐드(부랑아)로서 나타나고, 우체부로서 나타난다.(우리는 초기의 손이 퀴리 한스로 불리었던 것을 회상하리라, 그는 독자와 같이 환심을 사기 위해 최선을 다할 메신저이다) 아직 또 다른 손의 꿈의 환상의 확장 속에, 기자의 중요한 기사는 마침내 전복된 아버지, 사망한 이어위커를 제시하거니와, 그의 자신의 장례에서 축하된다. "시위크(이어위커)여, 그는 강을 위해 살지라," 물론, "베리템플(Valleytemple)에서 게임의 장례."(602.21)의 상태에 눕혀지도다.

언제든 간에, 기자들은 이전의 텍스트에서 발포되었거니와, 그들의 문의問議의 주제는 언제나 HCE였다. "당신 여태 생각해 본 적이 있는 가요, 기자 양반, 순수한 땀의 위대성이 그[HCE]의 비객담悲客談이었음을?"(61.06) "그대[욘]는 지금까지 오반영悟反映한 적이 있는고, 오기자悟記者여, 악은 비록 그것이 의지意志될지라도 그럼에도 불구하고 아무튼 전신화全新化를 향해 선으로 계속 나아감을?"(523.02) 나아가, HCE는, 노르웨이의 선정으로서, 앞서 한 때 캐드와 저러한 인상적인 장외 게임과 더불어 함유되었다, "그때 그는 저들 서중誓衆의 피니언 당원들의 낙장樂葬의 게임 사이 부대에서 나온 천격남賤格男[HCE의 하인, 커스(Kersse)]과 충돌했나니 그리하여 그를 위해 그는 리피 강어귀에서, 부두埠頭의 파열교破裂橋를 강축强築했는지라,"(332.25) 숀과 헤르르 한센의 신상 조사서는 계속 싸인다.

숀이 무슨 효과를 희망하던 간에 선 케빈의 분신의 정당화와 영광은 이 이야기의 독자위에 있을지니, 조이스는 텍스트를 통해서 단서를 심었거니와, 그것은 전적으로 다른 해석으로 인도한다. 에피소드는 숀에 의해 부친의 계획된 실추失墜를 정당화하는 시도로서, 단순히 케빈의 기적적 성취의 또 다른 것으로서 그것을 서술한다. 새벽은 숀이 "그러나 그의 전설을 희담稀談하게 비치기 시작하는 도다."(603.35) 그 때 채프리조드 위로 바로 동트고 있었으니. 케빈의 축하에 대한 소개는 윤년 소녀들에 의해 칭찬의 찬가를 제공하자, 그들은 노래하나니, "열다섯 더하기 열넷은 아홉 더하기 스물은 여덟 더하기 스물 하나는 스물여덟"(601.14) "마지막 외로움"(last a lone)은 소설의 마지막 행으로 급주를 시도하나, "decaendecads"

의 "부랑아"의 메아리는 우리를 멈추게 하고. 한층 자세히 보게 한다.

루이스 캐럴(Lewis Carroll)과 친애하는, 불결한 소녀들에 대한 인유는 숀과 〈마임〉(팬터마임)의 서술을 소환하거니와, 그들의 이러한 유질성乳質性은 헐 한센 씨(Mr. Hurr Hansen)의 유질의 미소 속에 반사하는 바, 그리고 성인은 성 케빈이 기름으로 지극히 착유할 때 나타나거니와, 보다 일찍이, 숀은 정말로 근사한 논평을 행했었다. "우프, 나는 결코 입을 열지 않으나 그 속에 음식을 쌓는다." 숀은 한결같이 IV부에서 말재주와 인유로서 그의 의도와 가장假裝을 배신하는데, 그것의 의미를 그는 실현하는 것 같지 않다.

성 케빈(Saint) 부분의 기법은 브리코라즈(bricilage)로 불릴 수 있는지라, 최고로 두드러지게 이어위커와 제I부 2장에서 파이프를 문, 부랑아 캐드(부랑아) 사이의 대결로서 다양한 장소들로부터 파편들이 모였는바, "마이크" 포트룬드의 신문지 이야기는 이러한 인유들로 삼투되고, 그것은 기자의 설명에서 공원을 통해 한센의 고독한 산보의 자비와 성실성을 드러내도다. 평행의 약간을 병설併設하기 위해. 초기의 대쉬가 발생하나니, 한편 한센은 그의 숨은 행진을 계속 산보했는지라, 암암리의 재킬 - 엔드 - 하이드(Jckyil - and - Hyde)는 "밭들 사이를" 노 젓는 자라. 포트룬드의 더반 개 젯 2급 표제(the secondary headlines from Portlund's Durban Gazette)(36.35)는 선 언급하나니, 그의 포켓 속의 파이프 혹은 건 총을 지닌 아메리칸 갱스터 다치 쉬츠 그리고 그의 꿈속에서 찾기 위한 단서들, 캐드는 실츠와 야곱과 에서에 대한 인유와 더불어.

이어위커가 그 날의 시간을 질문 받았을 때, 그는 대답하기를, "때는 항성시 및 대주통시의 12시 정각임을 말했는지라,"(35.33), 이는 별들과 주막의 열림에 의하여 말해진다. 한센이 기록하기를, "희랍대希臘大의 시베리아 항성철도, 마치 돌풍처럼, 그의 최초의 단일 급기마력急機馬力으로 이내 원활출발할지라."(604.12) 이루어 질수 있는 비교의 몇몇 다른 점들이 이것은 분명히 한센이 노출되었던 이 시간에 의한 것이다, "선화善靴의 손! 주자 손! 우우남愚郵男 손!"(603.04) 강한 의심들이 그가 산보하자 한센의 의도 위에 던져졌었다, "한센 씨氏, 무도(댄스)로부터 행복도가幸福跳家하는 낙군중樂群衆의 처녀들 사이에 연애의 희망에 관하여 도중 내내 혼자 떠들면서,"(602.31) 그는 과연 자기 자신을 영광되게 하고 부친의 자리를 강탈하는 성인聖人으로서 변장하는 모조적模造的 케빈 - 손이지만, 그러나 그는 그와 더불어 도망을 헤르락 받지 못할 것이다. 독자는 텍스트와 함께 크게 웃을 수 있다. "여기 추측방독면推測防毒面을 쓴 그대에게 배청杯聽있나니, 후편지배달인後便紙配達人이여!"(603.02) 약자를 부착할 수 있는 운동선수는 붉은 청어가 됨이 발견되었다.

D. H. 로렌스는 같은 의견인지라, 우리는 이야기를 믿을 것이지만, 화자가 아니요, 그러나 심지어 이러한 일반적으로 소설에 대해 신빙 할 공고인대도 〈경야〉의 서술로서 얼굴과 얼굴을 맞되 일 때 아주 선善하지 않다. 우리는 확실히 화자를 믿을 수 없으며, 그리하여 만일 댄스걸인, 데이브와 성자 케빈이 훌륭한 축도縮圖의 막대기라면, 우리는 정말로 이야기를 믿을 수 없다 - 혹은 적어도 그것의 표면으로 - 그리고 궁극적으로 독자는 자기 자신을 단지 의지할 수 있다. 이것은 소설의 사건들의 어느 해석도, 독자 반응 방법에 있어서, 행해질 것을 말하는 것이 아니요, 단지 독자는 이미 발생한 매사每事나 하사何事를 마음에 충분히 지니기에 책임을 지는 것을 지적하는 것이다.

필수적으로 보이는 것이란, 백과사전적 마음이다. 성 케빈 부분은 이어위커 - 와 - 캐드가 만나는 언어의 의미의 추론 없이 거의 이미를 이루지 않을 지라. 각 페이지는 동등시하는 유추에 있어서 독자의 활동적인 참여를 요구하거니와, 우리들의 갈등의 목소리를 분리하거나, 만사를 다 같이 동시에 교묘하게 다루는 것이다. 우리가 말해질 때, "케빈[HCE의 쌍둥이 아들 숀]은 막 살이 통통 찐 뺨을 가진 귀염둥이, 사방 벽에다 분필로 알파벳 낙서를 하면서,"(27.05), 우리는 도한 그가 흉터 있는 그림을 그리는 작은 두꺼비임을 기록한다. 예술가인 조이스는 텍스트를 통제하고, 그는 독자를 바보로 만들기 위해 바깥에 있지 않지만, 그러나 후자는 만일 한 가지 일이 다른 것과 연결되면 앞뒤가 정렬될 수 있어야만 한다. 마찬가지로, 〈경야〉는 이종적異種的 요소들이 장소 속으로 떨어지거나, 필경 분명함을 재 서술하기 위하여 복수적 독서를 요구하는 지라, 그리하여 이것이 아마도 조이스가 그의 혹은 그녀의 전 생활을 작업에 헌신해야 하는 말을 그가 던졌음을 실지로 의미하고 있는 것이다. 그리하여 이것이 어느 소박한 형제박애의 바보이든, 그의 한 쪽은 지독히도 녹색이요 다른 쪽은 지독하게도 청색이라, 그대가 착의着衣하기를 좋아하는 이유이니, - 그리하여 그가 자신이 통석류痛石榴를 한 개 훔칠 때 그를 수류탄과 구별하지 못하는지라 그리고 위세군威勢軍과 더불어 우리들의 조합군회당組合群會堂의 팡팡 고사포의 회중과 함께 자신의 찬송가를 찬가讚歌하려 하지도 않으리로다. 정당한 모든 존경심을 가지고, 〈경야〉는 별반 인내를 갖지 않는다.(167.09)

위의 두 막간여흥의 시험으로부터, 분명해야 하나니, 〈경야〉의 서술의 또 다른 복잡화는 하나의, 여기 이야기 되는 단일의 것이 있지 않다. 등장인물들의 각 하나는 한 가지 이야기를 가지며, 혹은, 이야기 할, 이야기의 해석을 가지는지라, 그들은 자주 사물의 "진리"를 각자 생각함을 독자가 듣도록 확신하는 그들의 초조함 속에 서로 자주 밀칠 것이다. 이전 세기에서, 한 독자는 동정을 가지고 개관할지니, 찰스 딕킨즈(Charles Dickens)의 〈황량한 집〉(*Bleak House*)에서, 스터 섬머손(Easther Summerson)처럼 개봉의 선언을 이해하리라, "나는 이들 페이지들의 나의 분량을 쓰기 시작함에서 많은 어려움을 지닌다. 왜냐하면 나는 내가 현명하지 못함을 알고 있기 때문이다. 나는 언제나 그것을 알았다. 나는 기억할 수 있거니와, 내가 과연 꼬마 소녀였을 때, 나는 나의 인형에게 말하곤 했으니, 우리가 홀로 다 같이 있을 때, 이제, 돌리여, 나는 영리하지 못한지라, 그대는 아주 잘 알도다, 그리고 그대는, 애인처럼, 나와 인내해야만 하도다."[찰스 딕킨즈, 〈황량한 집〉(뉴욕. 홀트, 라인하트& 윈스턴, 1970), p.15)]

〈경야〉에서, 그러나, 이러한 기민한 성실성은 대신에 약은 수집음으로서 취급되어야 하리니, 인형은 말대구하기 시작하리라. 그러나 이어워커 인물들은 필연적으로 위들의 상대가 아니고, 그들은 영리하고, 독자와 서술적 목소리 사이에 신임의 유대가 있을 수 없고, 분만 아니라 불신의 어는 금지도 있지 않다. 각자는 권한을 가지며, 각자는 그가 청중에게 유희하고 있음을 완전히 인식한다. 이리하여, "그것은 그러나 나의 아크로폴리스의 요새강혈要塞强穴을 통하여, 한 격앙된 경칠 놈의 깽깽대는 경란輕亂스러운 거만한 경불한당적敬不汗黨的 경불경한당輕不敬漢黨의 바보 천치로서, 나의 위대한 탐색안探索眼에 대한 호소로부터 그를 은폐하지(스크린) 못할 지니," (51.04) 이야기는 이야기 위에 가장假裝은 가장 위에 쌓이는지라, 그러나 "만일 그대가 건화주建畵主를 찾고 있으면 무비톤 기법에 귀를 깊이 몰두할 지라"(62.08) 만일 우리가 텍스트를 조사함에서 특별히 조심한다면, 우리는 건축가와 등치는 자의 신분을 밝힐 어떤 중요한 것을 인식할 것임을 시청각視聽覺 하리라.

우리는 꽤 확신할 수 있거니와, 조이스는 〈트리스트람 샌디, 신사의 인생과 의견〉(*The Life and Opinions of Tristram Shandy, Gentleman*)의 독자였고 그리헤르여, 만일 그렇다면, 그는 이처럼 방벽으로 이야기하는데 실패할 수 없었다. 즉, "나의 직업의 기계는 그것 자체가 특수하여, 두 반대의 동작들은 그 속으로 소개되고 화해된 반면, 서로 변화되는 것으로 사고되었다. 한 마디로, 나의 작업은 탈선적이요, 또한 진보적이라, 동시적이다. 몇 개의 논평들은 두 작업들에서 유사함을 목격할지니, 그리하여 최근 패트릭 A. 맥카시(Patrick A. McCarthy)는 언급했도다." 한 가지 일은 분명한지라, 〈트리스트람 샌디〉(*Tristram Shandy*)가 재주와 변장과의 저자의 관심을 노출할지니, 그리하여 그것의 독자들과 더불어 〈경야〉로서 너무나 한결같이 그것의 저자와 장난치도다. 〈경야〉는 저 각자의 인물 속에 탈선적으로 진보적이요, 화자와 더불어, 남녀가 이미 선언된 것을 확장하려는 필요를 느낄 때 서술적 선을 외향으로 뻗는다. 한 전형적 사건의 각 보수報酬는 이전으로 상술되었던 것을 파기하거나 혹은 교정하는지라, 그러나 대신에 그것은 다수의 견해와 더불어, 가능성의 또 다른 상황 여전히 제공한다. 〈트리스탄 샌디〉에 암시하는 것은 당장은 바로 한 번이라,

> - 한 인간이 역사를 쓰기 위해 앉을 때 - 그것이 단지 〈잭 히카티리프트〉 혹은 〈톰 텀〉의 역사일지라도, 그는 불과 자신의 발꿈치만을 아나니 방해를 봉착하는 것이란 그가 자신의 길을 만날 지라 - 혹은 무슨 댄스로 그가 인도될 지라, 하나의 원족 혹은 또 다른 것을, 만사 끝나기 전에. 역사편찬자가 자신의 역사를 몰 수 있을 가, 물소 몰이가 자신의 물소를 몰 때 - 직통 앞으로 - 예를 들면, 로마로부터 내내 로레토까지 - 단지 그의 머리를 옆으로 돌리거나 혹은 오른 쪽으로 혹은 왼쪽으로 - 그는 그가 자신의 여행에 도착해야 할 때 한 시간까지 그대에게 감히 예언할지니 - 그러나 사건은, 도덕적으로 말할 수 없는지라, 왜냐하면, 만일 그가 최소한의 정신적 인간이라면, 그

는 이러한 그리고 저로한 무리와 더불어 그가 나아갈 때 직선으로부터 50을 가려낼 지라, 그것을 그는 피할 수 없도다. 그는 영구히 자기 자신에게 경치와 전망을 가질 지라 그의 눈을 굴리면서, 그것을 그는 그가 불과 날 수 없거나 조용히 서 있을 수 없도다. 그는 더욱이 다양한 것을 가질 지라

화해하는 설명을.

주서 올릴 일화를.

제조할 필설을.

실 짤 이야기들을.

가려 낼 전통들을.

방문할 인맥들을.

이 문에 풀칠할 찬사들을.

노트: [〈조이스의 탈어법〉: 〈번역으로서 독서에 관한 수필들〉(*Dislocutions: Essays on Reading as Translation*) p.133.]

〈경야〉의 한층 적절한 서술을, 수평선까지 추가하도록 시도하는 문장들로 완전히 발견하는 것은 어려울지라. 스턴(Sterne)의 역사가처럼, 조이스의 등장인물들은 직선으로 움직이기 노력한다 - "마치 아마쏘디아스 이스터로포토스 마냥 노새 등을 슬안장장각膝鞍裝長脚 승마하고 견목층계樫木層階를 오르나니,"(riding lapsaddlelonglegs, hindquarters staircase on muleback like Amaxodias Isteroprotos)(498.03) - 그러나 화해하기 너무나 많은 설명들 그리고 짜기 위한 너무나 많은 이야기들이 있다. 각 경야의 (Wakean)탈선 혹은 부가적附加的 이야기는 표면상으로 "또 다른 언슬화言術話가 되풀이하여 말하듯"(like another tellmastory repeating yourself)(397.07) - 보일 수 있으나, 하지만 사실상 각자는 개성이 노정되고 있는 인물의 직

물 짜기를 풍부히 한다.

〈피네간의 경야〉의 인물들은 지율이 부여되었거니와, 그것은 현대적 픽션에 있어서 미증유이다. 그들은 텍스트 이내에서 움직일 수 있고, 이따금, 그의 마음대로, 그것의 바깥에로 발을 옮겨 놓는다. 하지만 아무리 많이 그들이 부추기거나, 혹은 주장하거나, 혹은 거의 끝없는 연속의 등장인물 뒤에 숨어있어도, 그들의 빛에 의해 우리는 그들을 알 것이다. 역설적으로, 아무리 여러 번 일지언정 그들은 우리에게 여전히 또 다른 새 얼굴을 제공할지니, 더 한층 그들은 꼭 같은 전에 알았던 옛 기득권을 가지고 꼭 같은 옛 인물들로서 그들이 노정 된다. 아주 큰 확대로, 이 소설의 인물은 고정된다. 이러한 사람들은 미래애서 그들이 될 것에 기대되지 않으나, 오히려 그들은 그들이 과거에 그랬던 것을 정당화하기 위해 뒤돌아 본다. 이것은 탈선과 반복이 지루하거나 혹은 요점을 벗어남을 함축하지 않은지라, 왜냐하면 그들은 그렇지 않기 때문이다. 각각의 새 - 오랜 이야기는 셈 같은 혹은 숀 같은 이의 수직성 위에 확대되고, 그리하여 인물의 매력이 아마도 이러한 존재의 많은 해석에서처럼 만큼 그러한 존재 자체에 놓여 있음을 들어낸다.

만일 마셀 프루스트가 잃어버린 시간의 재 포착 위에 그의 작품을 의도한다 한들, 조이스는 등장인물들을 제시하는지라, 그들은 자신들이 현재 밀 과거의 존재, 그리고 그들이 미래의 것이 되기를 바란다. 만일 이러한 향연이 차디찬 빛의 날에서 불가능하다면, 그것은 여전히 꿈같은 상태의 가능성 혹은 무의식 속으로의 탐색 위에 남는다. 향락은, 로렌스 스턴(Laurence Sterne)이 그러하듯, 로마로부터 호레토(Loretto)까지 혹은 성 스티븐의 그린(Saint Stephen's Green)부터 채프리조드(이들 나중의 두 장소는 더블린의 문학적 이정표이거니와)까지 먼 거리에서 보다 오히려 여행에 놓여 있다.

아마도 현행의 〈경야〉 학회의 가장 당황스런 문제는 소설의 태態, 즉
이야기 줄거리의 문제이다. 기본적 딜레마는 어느 주어진 순간에 바로 누
가 혹은 무엇이 그리고 바로 무엇이 이야기하고 있는지의 밝힘에 있다. 최
근의 고故 클라이브 하트(Clive Hart) 교수가 주석하기를, "어려움은 많은
지라, 책이 언급하는 그것의 악명의 밀도요, 언어적 기호의 다양성뿐만이
아니다. 그것은 책의 혼란스럽게, 혼돈된 태의 음률이다. 우리는 만일 무
엇이 있다면, 어는 것을 알지 않고 많은 태(voice)를 듣는다." 한 가지 의미
로 우리는 모두를 믿는 경향을 가질 수 있는지라, 왜냐하면 조이스의 소설
에서 옳고 그런 것이 궁극적으로 있는 바 - 이를테면, 손은, 셈이 그만큼 그
러하듯, 그가 올바름을 믿나니 - 그러나 그들의 신분의 문제가 남아있다.
필자의 주장인 바, 〈경야〉에는 태를 지키는 인물들이 있으며, 그들은 말하
거나 그들은 인식할 수 있으니, 이어위커 가족의 혹은 가정적 신분의 목소
리들로서, 그들은 서술의 복잡하고 혼돈스런 부분들에서 갖는 것들이다.
태의 목소리는 등장인물들을 전시하거나, 소설의 서술을 지배한다.

재삼재사, 우리는 도전하는 실체에 의하여 안달하나니, "잘 들어봐요,
잘 들어봐! 나는 쉬(용변)를 하고 있나니. 저들 소리를 들을 지라! 언제나
나는 그걸 듣고 있나니. 마馬에헴(H)기침(C)한껏(E)요정妖精(A)이 음陰
비밀히(P)혀짤배기소리 하도다(L)."(571.25) 홀로 귀담아 들음은, 그러나,
충분하지 않으리라. 서술적 목소리의 카멜론 같은 천성은 우리가 귀담아
들은 것과 마찬가지로, 보는지라, 개인적 음조를 듣는 바, 동시에 우리는
HCE와 ALP의 밀고하는 초기의 편지를 인식 한다 - 과연 서술자를 위한
개인적 음조와 같은 것이 있기 때문이다. "여기 재통再痛하며 음의音義와

의음義音을 다시 통족痛族하게 하도록 재시再始할지라"(here keen again and begin again to make soundsense and sensesound kin again)(121.14).

우선적으로, 화자가, 엄격히 말하건대, 작품에서 한 인물로서, 그가 태가 아님을 실현하는 것이 중요하다. 비록 이어위커 가족이 그들 자신의 상황과 상관관계 속으로 가질지라도, 화자는 서사적 문맥을 들락날락 자유로이 움직인다. 그의 목소리(태)는 우리가 소설의 실체라고 불렀던 것의 부분이다. 우리는 셈, 혹은 아나 리비아, 혹은 이씨의 목소리들에 관해 말할 수 있으며, 어느 주어진 연설 혹은 그들의 논평이 마馬 셈(Horschem)이 된 인간의 창조를 가짐을 단언한다. 서술적 목소리는 한층 다르고, 한층 미끄러운 존재이다. 그것은 사실상 순수한 문체이다. 독자는 이러한 자기 - 창조적, 풍자의 목소리에 순응하는 것이 필요하다. 그리고 그것을 행하는 한 가지 길은 "문체의 박물관"인, 〈율리시스〉의 서술적 발광 탄에 되돌아가는데 있다.

〈경야〉의 압도적 서술 기법은 조이스의 이마로부터 만발滿發로 솟지 않는다. 그것은 예술가가 전에 쓴 것으로부터의 확장이요 진행이다. 누가 〈율리시스〉의 '에어러스' 장을 쓰는가? '사이클롭스' 장에서, 한 무명의 더블린 바의 목소리는 또 다른 목소리에 의해 균형을 맞추거니와, 그것은 주기적으로 언제고, 어찌하여 다른 모방적 문체들로 행동의 서술을 계속하기 위해 침범한다. 실지로, 필자의 계산으로, 32개의 이러한 병치倂置가 있기 때문에, 32개의 태의 변형이 있다. 이리하여, 예를 들면, 비교론적秘敎論的 패러디는 시작하는 지라, "어둠 속에 정령의 손들이 팔락팔락 움직이고 있는 것이 느껴졌나니,"(U,247). 이는 알프 버건(Alf Bergan)과 조 하인즈(Joe Hynes)간의 흥미로운 논쟁에 의해 발사發射되고, 그리하여 패디 디그넘은 실지로 죽었다. 더블린 사람의 블룸에 관한 냉소적 논평을 가하거니와, "가 가 가라. 클룩 클룩 클룩. 검은 리쯔는 우리 집 암탉이야요. 우리를 위해 알을 낳지요. 암탉은 알을 낳으면 아주 기뻐하지요. 가라. 클룩 클룩 클룩. 그러고 나면 마음씨 고운 리오 아저씨가 다가오지요. 그는 손을 검은 암탉 밑으로 넣어 새 계란을 꺼내지요. 가 가 가 가 가라. 클룩 클룩 클룩."(U 259, 845) 거기 어느 특별한 점에 어느 특별한 삽입의 출현에 대한 내적 논리가 있다.

이러한 종류의 서술의 한 중요 효과는 서술적 목소리와 등장인물들의 의식 위에 존재하는 독자간의 대화를 수립하는 것이다. 문체와 어휘의 다양한 선택들은 독자에게 정보 혹은 뉘앙스를 제공하는지라, 그것은 사실적 서술 혹은 직진의 이야기 줄거리를 공급한다. 문맥은 목소리(태)를 채색하거니와, 그런고로 목소리는 단순이 산문체가 되며, 단일의 인물, 위치, 혹은 심지어 견해의 점으로 절감하지 않는다. 〈율리시스〉를 조사하면서, 휴 케너(Hugh Kenner)는 말하기를, 조이스의 "소설(가공 화化)은, 비록 그들이 가질 것 같지 않을지라도, 분리된 등장인물을 갖기 쉽지 않으리라. 그의 낱말들은 기구機具의 민감한 조각의 구성처럼, 섬세한 균형에 있는바, 그들은 가장 가까운 사람들의 중력장重力場(gravitational field)을 탐색한다." 케너는 그가 '숙부(안클)찰스 원칙'(Uncle Charles Principle)이라 부른 것을 동일시하면서, 숙부 찰스 자신이 사용할 단어로서 〈예술가의 초상〉에서 화장실로 나아갈 존경 할 신사의 진행을 서술하기 위해 동사 "수리된"(repaired)으로서 조이스의 선택을 옹호한다.

케너는 〈더블린 사람들〉의 "사자(죽은 사람들)"에서 문지기의 딸 릴리와 "하숙집"에서 무니 부인과 함께, 이들 15개의 단편들에서 작용하는 꼭 같은 언어적 색칠(tinting)을 발견한다.(필재여기 이 책의 저자가 자신의 한 가지 예를 첨가하건대, "하숙집"에서 전능한 화자가 잭 무니 자기 자신의 언어로 그를 제시하기 위해 사용하거니와), "자신이 친구들을 만나고, 언제나 그들에게 그가 언제나 훌륭한 말을 사용하기를 확실할 때 - 다시 말해, 있을 법한 말이나 혹은 있을 법한 예술가를. 그는 또한 손 장갑으로 편리하거나, 코믹 음악을 불렀도다." 케나는 말을 계속하기를, "이것은 분명히 소설에서 훌륭한 것인 지라, 관용어의 작은 구름에 의해 퍼진, 통상적으로 중성의 서술적 어휘로, 이를 등장인물이 서술을 조종하여 사용하리라." 그것은 놀랄 일로로 다가오지 않을지니, 이 꼭 같은 숙부 찰스, 혹은 아마도 숙모 아나, 원칙(Principle)은 〈피네간의 경야〉 속으로 들어가도다.

전주곡으로서, 화자를 포촉하기 시도하면서, 주석되어야 할 것은 등장인물도 마찬가지로 그들의 문맥에 의하여 혹은 그들이 의도하는 주제에 의하여 각색 될 수 있다는 사실이다. 우리가 보다 초기에 보았듯이 자비로서, 셈은 셰익스피어적 운율의 중요함을 가지고 자기 자신의 옹호를 시작한다. "자비(彼者의)나의 실수, 그의 실수, 실수를 통한 왕연王緣! *신이여, 당신과 함께 하소서!* 천민이여, 식인食人의 가인이여, 너를 낳은 자궁과 내가 때때로 빨았던 젖꼭지에 맹세코 예서豫誓했던 나,(193.31) 그가 어머니에게 찬사로서 결구하자, 그러나, 이러한 문체적 언어는 살아지고, 그 것은 아나 리비아 그녀 자신의 흐르는 문체에 의해 대치된다." 고풍의 귀여운 엄마여, 작고 경이로운 엄마, 다리 아래 몸을 거위 멱 감으며, 어살을 종도鐘跳하면서, 작은 연못 곁에 몸을 압피鴨避하며, 배의 밧줄 주변을 급주하면서, 탤라드의 푸른 언덕과 푸카 폭포의 연못(풀) 그리고 모두들 축도祝都 브레싱턴이라 부르는 장소 곁을 그리고 살리노긴 역域 곁을 살기스레 사그렁미끄러지면서, 날이 비오듯 행복하게, 졸졸대며, 졸거품일으키며, 혼자서 조잘대며, 그들의 양 팔꿈치 위의 들판을 범람하면서 그녀의 살랑대는 사그렁미끄럼과 함께 기대며,(194.32) 이것은 거의 셈의 지식으로, 그것의 의도 없이 일어나는 듯 하다.

이전에, 같은 장에서, 숀이 정의(JUSTUS)로서, 그의 형을 힐난하기 위해 바로 오른 별명을 발견하는 작은 수고를 가질 때, 그는 축어적으로(mot juste) 후자인, 자신의 언어로 의식적으로 정환 하는 지라, 매인의 억압된 웃음소리 사이에 그대의 분비적 애정을 은폐하기 위해, 철저히 훈련 받은 개종자 동수성同數性의 남성 단음절을 교합하며, 오도출구誤導出口의 아일랜드 이민, 그대의 고부랑 6푼짜리 울타리 층계 위에 앉아,(190.10 - 191.04) 그는 기피적 일을 비난받으나, 대신 이주한다. 무無장식솔기의 프록코트 돌팔이 도사道師, 그대는(세익스비어洗益收婢御(Scheekspair)의 생애의 웃음을 위해 그대는 그런 별명으로 나의 것을 꼭 도와주려는고?) 삼셈족(반 삼족森族)의 우연 발견능자發見能者, 그대(감사, 난 이걸로 그대를 묘사할거라 생각하나니) "구주아세화歐洲亞世化의 아포리가인阿葡利假人!"(191.05)

그렸다 치더라도, 이것은 "숙부 찰스 원칙"의 아주 타당한 예가 아니지만, 모든 등장인물들은 층계와 문체들에 동등하게 어울린다. 휴 케너가 말하기를, "진짜 문장은, 조이스의 의견으로, 언급하는 목소리에 진실 되기 위하여 최고로 안전하고, 더욱이, 최고의 지식을 가졌는지라, 목소리들이 그들 자신에게 귀를 기울이면서, 그들은 문체로 변전한다."

아마도 문체적 빌림의 최고로 특별한 예는 - "숙부 찰스 - 아나 원칙", 예를 들면 - III. 4의 열리는 문장에서 발견될 수 있거니와, 그것은 완전한 종점 없이 거대한 4페이지들 위에 계속 달린다. 이 장은 두 비非 신분적 목소리들 사이의 대화로서 시작하거니와 - 그들은 다시 한번 졸기를 좋아하는 자들이다, "저저것은(thaas)무엇이었던고? 안개는 무무엇이었던고(whaas)?

너무 격면激眠스러운. 잠잘지라."(555.01) - 그리고 이어워커 가문의 한층 면 배경을 요구하는 한층 예리한 현학자이라, 그러나 정말로 지금은 하시경? 그럼 얼마나 많은 시간을 우리가 공간 속에 살고 있는지를 부연할지라. "그래? 고로, 매야에 영야零夜에 나야裸夜에, 흘러간 저들 그립고 지겨운 옛날, 옛날에,"(555.03) "따라서, 서술적 목소리는 자세히 설명하기 시작한다. 그것은 저들 늙은 역사가들인 마마루요의 언어로서, 타당하게, 출발한다."(555.05) 이들은 그들의 특수한 광시狂詩의 음률로서 완전한지라, "나를 봉선蜂線(直道)따를지라 그리하여 그대는 둔臀블린이나니, 에스커, 신성, 토갑, 비토肥土. 그리하여 귀담아 들을지라. 너무나 기꺼워했나니,"(555.14)에서처럼.

전망이 그들의 침대에서 잠자는 쌍둥이에게 한층 밀접하게 초점을 맞출 때, 그러나, 언어는 혀짤배기 가장하고, 그리하여 아이들의 아이다운 음철音綴은 서술된다. 이리하여, 손 - 케빈 - 케브 매리는 언제나 음식 애호가들인, 메틸알콜화化의 강주, 꿀꺽, 그리고 레몬 우울풍향憂鬱風向, 꿀꺽, 그리고 미분대황근초微粉大黃根草의 자신의 주름살진 황지를 백태안白苔顔 찌푸렸도다. 꿀끽(icky) 셈 - 제리 고돌핑(Godolphing)은 그의 약을 취하는 불만을 품었도다. "메틸알콜화化의 강주, 꿀꺽, 그리고 레몬 우울풍향憂鬱風向, 꿀꺽, 그리고 미분대황근초微粉大黃根草의 자신의 주름살진 황지를 백태안白苔顔 찌푸렸도다. 꿀끽(icky)"(555.22) 이어워커의 침실을 가로질러 좌우로 움직이면서, 서술의 전망은 이씨를 가로지르고, 태(목소리)는 그녀를 합당한 태도로 사로잡기 위해 변용되는지라. 경고 없이 변하면서, 이의 서술적 목소리는 은유적, 꼴사나운, 그리고 반영적反映的, 그것의 음철音綴은 횡단하는 소설의 지형(terrain)으로부터 줍는다.

적어도, 〈율리시스〉의 여주인공 몰리 블룸의 긴 문장들은 같은 관용구로 열리거니와, 그러나, 조이스의 참된 문장은 〈경야〉에 등장하는 순경인, 색커슨(Sackerson), 여기 워취먼 해브룩 시커센즈(Wachman Havelook Seequersons)는 바깥 거리의 순찰자이다. "사기를 남용하기 위해 자신의 목을 축이기 위한 주병을 구멍 속에 집어넣으면서,"(556.26) 마치 숙부 찰스가 "회복하고," 색커슨이 수용하며, "그의 휘파람을 축이나니." 기성복, 캐이트는 꿈속에 초저녁 이어위커를 방문하며 회상하고, 그의 술 취한 잠으로부터 일어나, 발가락으로 이층에 오르고, 서술의 목소리는 그녀 자신의 부정한 어구로서 기억 속애 다음을 상술하는지라, "무혜르공無虛空의 성온건자聖穩健者들에게 다영多榮 있을지니, 마치 그것이 태백성太白星의 난파 또는 거산의 노압왕老鴨王 오툴 또는 그녀가 본 그의 찐득찐득 압유령押幽靈인양,"(557.03) "그리하여 그의 경건한 백안구白眼球가 그녀에게 궁내정숙宮內靜肅을 쿠쿠 구성鳩聲으로 서언했도다. [HCE는 캐이트에게 침묵을 구하다]."(557.11) 기술적으로, 모든 서술은 여전히 3인칭으로부터인지라, 전지 전능한 견해, 그러나 목소리는 그것 자신의 문체적 본질을 갖지 않는다. 주제가 12 단골 손님들(the Twelve Customers)이 될 때, 가정의 침대에서, 이어위커의 죄와 번죄, 그들의 고자질의 가능한 원인의 꿈꾸기, 갑작스런 형식적, "tion", 그들이 명상할 때, 풍부한 건설이니, "만일 진실로 그것이 그렇지 않다 하더라도, 흥분된 의도를 가지고 어떤 후 둔부의 나출에 속하는 것으로, 자신의 퇴보에 의하여 야기된 채, 본민고유本民固有의 소화기대小火器隊 사이에서 존재하도다."(557.22)

문장은 손에 관해 명상하는 29윤년에서 빠른 쪼기(peck)와 더불어 그것의 닫음으로 움직인다. 끝나기 전에, 거개, HCE 및 Anna Livia. 알버트(Albert)와 빅토리아(Victoria)로서, 나일 강의 지배자들과 저수지, 하위특제何爲特製의 최고 미남 손의 즐거운 외침과 함께, 왜냐하면 그들은 결코 더 행복하지 않았나니, 후후, 그들이 비참했을 때 보다. 하하.(558.29) 끝나기 전에, 거의, HCE와 Anna Livia와 함께. 그들의 심판의 침대 속에, 고난의 베개 위에, 기억의 광채 곁에, 비겁의 이불 아래, 알 바트루스(信天翁)(鳥) 니안저가 빈타 니안자와 함께, 그의 권력장權力杖(男根)을 억제하고, 그녀의 생피미의生皮美衣(가운)가 못에 매달린 채, 피남彼男, 우리들의 아빠들의 씨氏, 피녀, 우리들의 붉은 강아지 갱 갱 갱, 그들, 그래요, 권표와 도표에 맹세코, 그들은, 도랑 속에 떨어진 작은 물방울처럼 확실한 - .한 가닥 막후일성.(558.30)

이 '참된 문장이라', 케너(Kenner)가 그걸 부르나니, 그의 자신의 목소리, 혹은 목소리들, 그것 자신의 계산으로, 가장 작은 조각의 이야기 줄거리를 여기 탈선 되게 하지 않을지니. 기대의 또 다른 과목을 제공하면서, 〈경야〉를 읽으면서, 서술적 목소리는 다른 이들의 말들과 말할지니, 그러나 그것은 우리가 보거나 혹은 그렇지 않거나를 통제할 지라, 이 장의 단지 뒤에 우리는 육체적으로 시작한 것의 암시를 얻을지니, 그리고 서술적 목소리는 패쇄에 무관하게 서서, 아마도 순간적으로 보다 초기의 논평으로 만족할 지라,(57.16) 그토록 많은 전진하는 이야기 줄거리를 위하여.

이는 난欄의 최후의 논평으로서, 처음으로 느껴질지니, 문체적 순환은 문장을 모험적으로 카오스에 접근하도록 움직일 지라, 그러나 이것은 정말로 경우가 아니다. 문장은 7부분으로 분할되고, 각각에 대한 소개는 독자로 하여금 출발점의 중요 점에 되돌아가도록 이바지한다. 첫 6개의 각각은 초기의 질문인, "어디에"(whereabout)에 대한 답변의 문체적 변용이다. 그것은 "언제"(when)일지요, 그러나 아주 특별하게 "언제"는 아니다. 그것은 "관해"(about)이다. 그리하여, 우리는 각 문체의 차용借用(빌림)전의 뒤따르는 일시적 위치가 다음처럼 부여된다.

고로, 과연 우리가 소유한, 비사실非事實[공원의 죄]이 우리들의 확실성을 입증하기 위해서는 너무나 불명확하게도 그 수가 적은지라.(555.05)

묵범주黙帆走의 그 동안 천진스러운 이소벨(그리하여 그녀는 하루 종일 얼굴을 붉힐지니,(556.01)

나를 득得할지라, 나를 애愛할지라, 나를 혼婚할지라, 밤에 밤마다(556.23)

왜냐하면 이내 다시 그러할 것이기에, 아아 나를 피疲할지라! 깊도록, 방금 평평하게 잠자며 누워있었도다. 각各 및 매每 재판개정기야裁判開廷期夜, 12선인들.[주점의 고객들 HCE 죄를 알다](556.31)

그건 차례차례 변매인變每人이었나니, 자신의 헤르니문 세장복洗裝服 차림에,(557.13)

랑良 곁의 아雅 곁의 결潔 곁의 질녀,(558.21)

이상의 것들은 문체에 대한 6개의 소개이다. 우리의 유약한 목소리들은 한 편으로 문장을 함께 지닐 테그를 고용하는 한편, 다른 한 편으로 일종의 상황적 공허를 지속한다. 그것은 행동으로 계속 움직이는 시간이 아직 아니다. 마지막으로 정해진 편인에 대한 소대, HCE와 더불어 ALP는 "어디"에 관해 위치하지만, 아주 특별히 "어디"가 아닌지라,(558.26 - 558.31)

양친들이 그들의 침대 속에 누워있다. 한 가닥 막후일성. 우리는 도대체 어디에 있는고? 그리하여 공간의 이름으로 하시에? 나는 이해할 수 없도다. 나는 견언見言하는 것을 실패하는지라. 나는 감견언敢見言 그대 역시.(558.26)

그림에는 침대, 베개, 아마도 양초 혹은 이른 아침의 광선, 그리고 어떤 담요들, 그러나 신비스런 은유(metaphor)가 특별한 위치에 어떤 시도를 반대하다. 왜 그들의 결혼 침대가 시련의 난관과 비겁 그리고 기억이 어느 것과 관계해야 하는고? 사실인 즉, 우리는 이러한 질문들을 대답할 수 없으니, 과연 기대 되지도 않고, 다시 한번 전진의 충격을 파괴하고, 우리를 스스로가 이미 보였던 바를 되던지리라. 문장의 전술한 갑작스런 종말은 사물을 조인調印하고, 우리는 문체와 목소리를 명상하도록 남을지라.

다음의 질문인 즉, "우리는 도대체 어디 있는고? 그리고 어제 즘 공간의 이름으로?"(558.33), 이는 일종의 종곡(recorso)로서, 우리를 재차 '참된 문장'의 시작으로 되 갖고 오는지라, 우리가 도대체 뭔가를 배웠는지를 보기 위해서이다. 서술적 목소리 이내, 등장인물들의 목소리들은 풍경을 채택하기 시작하고, 그들을 설화說話의 거의 모든 양상 속에 포함하는 서술로서 진행된다.

〈경야〉에서, 두 가지 종류의 서술적 목소리가 있는지라, 즉, 우리에게 말하는 목소리로, 그거 자체에게 그리고 스스로 말하는 것이다. 첫째 것은 가장 쉽사리 이해될 수 있는바, 왜냐하면 그것은 소설의 페이지들 밖으로 직접 우리에게 말하는 것으로, 스턴(Sterne)의 트리스트람(Tristram)처럼, 이내를 요구하며, 우리가 책을 아래로 내던지지 말도록 권고하고, 그것은 암시(힌트)를 도우는 어려움을 제시한다. 그것은 우리의 동료가 되는 듯 하거나 그것 자체에게 우리의 동정을 끄는바, 동료 향락 자, 동료 고통 자가 된다. 이 목소리는 사물들을 다 같이 뭉치는 한편으로, 우리들, 조이스의 독자들은 그들을 풀도록 책망 받는다.

⟨텍스트의 방향 - 그것의 필체⟩

"나[화자 - 숀 - 교수]는 한 사람의 일꾼이요, 한 묘석墓石 석공, 은행 휴일을 즐기려고 무척이나 애쓰나니, 그리하여 1년에 한번 크리스마스 다가올 때를 사탕처럼 기뻐하도다. 그대는 한 사람의 가난한 시민, 전제專制 경찰을 살마殺磨하려고 감언유약甘言油藥하나니 그리하여 다시 귀가할 시간이 되자 주통복酒桶腹인양.(114.21 - 114.16)편지의 다양한 형태의 분석. 역사적, 텍스트적, 프로이트적, 마르크스주의적 등. [편지 문의 형태] 혼魂치게도 유감스러웠나니 진주酒 놈. 우리는 눈眼 대 눈을. 말할 수 없도다."(113.34)

두 번째 종류의 서술적 목소리는 제I부 4장의 거대한(매머드) 문장에서 바로 살펴졌던 목소리이다. 그것은 그것 자체의 동일시하는 증표를 갖지 않고, 그것을 둘러싼 것은 무엇인지로부터 그것의 특징을 끈다. 그것은 하나의 문체로서, 특별한 견해 점에 위탁하지 않으며, 그것은 ⟨경야⟩를 위한 진수眞髓의 대변인이 되는데, 모든 종류의 등장인물들을 모순당착 없이 그것 자체로 협동시킴으로써 이다. 그것은 분리 된 신분을 찾거나 필요로 하지 않는바, 왜냐하면 그것은 "매인每人"이요, 그것은 경험 있는 독자에 의하여 인식되기를 기대하기 때문이다. 아마도 처음 종류의 서술적 목소리는 이런 식으로 두 번째를 한정한다. 그러나, 왜, 바라건대, 모든 단어, 문자, 필법, 종이 공간은 그 자체의 완전한 기호인 한, 무엇이든 서명하는 이유가 있단 말인고?[서명 무용] 진실한 친구는 이를테면, 그의 발에 신는 물건에 의해서 보다 그의 개인적 촉각, 정장 또는 평복의 습관, 동작, 자선을 위한 호소에의 반응에 의하여, 한층 쉽사리, 그리고 게다가 한층 잘 알려 진다.(115.06) 조이스는 한 때 페트레익 코럼(Padraic Colum)에게 말했거니와, "목소리는 여인과 같다 - 그대는 응답도 혹은 응답 하지도 않는다. 그것의 호소는 직접적이다."

　우리들이 이어위커의 거처에서 문체적 피루엣에서 그토록 성취된 것을 보았던 서술적 목소리는 작품의 시작 이래 그것의 다양한 목소리들을 성취해 왔다. 바로 시작으로부터, 문체와 소리는 독자의 마음의 담긴 우편물을 꽤 뚫는 시도 속에 서로서로 쌓여 왔는지라, 마치 수련 소설가 스티븐 데덜러스가 말하듯 말이다. 바로 첫째 장에서, 예를 들면, 이어위커의 계보의 흔적은 인습으로 시작되었다. "최초에 그는 문장과 이름을 적나라하게 드러내는 지라 거인촌의 주연 폭음이 도다."(5.05) 그리고 이는 곧 장난조로 음조 속으로 미끄러져 들어간다, "호호호호, 핀 씨氏여, 그대는 피네간(재삼)씨라!"(5.09) 심각한 질문인 즉, "그러면 정말이지 저 비극적 아픔을 주는 뇌우의 목요일木曜日에 즈음하여 이 도시의 원죄사原罪事[피네간의 원죄의 사건]를 가져 온 것은 도대체 무엇이었던고?"(5.13) 이는 음악홀의 민요 "플루트 주자奏者의 무도회"의 패러디의 음률이 재빨리 또 다른 것으로 계속 움직인다는 뜻이다.

　중심적 인물들 중 아무도 공식적으로 아직 소개되지 않았으나 두 번째 독서에 "현란과 교란 및 모두들 환環을 이루어 만취했나니. 저 축하의 영속을 위하여, 한부흉부漢夫兇婦의[중국의 한 나라 왕조와 그들의 주적主敵인 훈족의 멸종까지!"(6.20) 우리는 12의 악센트와 "tion"이란 단어들의 풍부함을 살필 수 있다. 마마루요의 상투어구는 또한 바로 다음 어구에서 터져 나오는데, 이는 다음처럼 뒤 따른다. "고로 청靑 계란을 모으고 위장을 위해 바구니를 건넬지라. 오멘. 고로 우리를 탄식하게 할지라."(7.07) 등장 인물들과 그들의 목소리들은 우리가 그것을 알던 모르던, 서술의 목소리 이내에서 우리와 같이 있다. 하지만 재차, 우리가 전진할 때, 우리가 산

山으로서 HCE의 엄숙한 서술은, 온통 갑자기 산문이 아나 리비아의 자신의 것이 될지라도, 강으로서 ALP의 경관에 의하여 뒤따르게 된다. "아하, 확실히, 우리 모두 꼬마 애니[ALP]를 사랑하나니, 아니면, 우리는 글쎄다, 사랑 꼬마 아나 애니를, 그녀의 파산波傘 아래, 찰랑찰랑 웅덩이 물소리 사이, 그녀가 매에매에 산양처럼 아장아장 걸어 갈 때. 여어! 투덜대는 아기 HCE 잠자며, 코 골 도다."(7.25)

이 첫째 장에서 서술적 목소리는, 심각한 음조가 역사 혹은 가족의 조사가 시작될 때, 그것의 날개를 시험해 보는 듯, 그것은 한층 유희적 악센트로 단지 움직이고, 게다가 성공적이 아니다. 그것은 목소리들이 기필코 장소 밖으로 있지 않고 - 주어는 잘못으로, 왜냐하면 역사는 단순이 설명될 수 없기 때문이다. 그러나 화자는, 비록 독자가 물을지라도 용감하게 계속하는지라, "신의 분노와 도니 천둥 화火? 미계迷界가 움직이는 묘총墓塚 아니면 이 무슨 정靜의 바벨. 수다성인고, 우리에게 말할지니?"(499.34) 화자는 서술적 전략 뒤의 전략을 지니도록 가져오나니, 뮤즈의 방을 통한 원족을 위해 캐이트의 목소리처럼, 심지어 위링던이 그가 영어, 불어, 독어, 혹은 조이스를 다루던 안하던, 확신할 수 없는 곳이다. "우리는 육담 영어陸談英語를 말하는 고 아니면 그대가 해독어海獨語를 말하고 있는 고?"(485.12) 마마루요의 목소리들은 잠시 동안 표면에 떤다 - 그리하여 여기 방금 그들 사서四書 있나니, 사각독락회四角獨樂廻라!(13.23) - 더블린의 연대기〈Dublin Annals〉의 일견─見을 위하여 그리고 한 새로운 목소리는 프랜퀸과 잘 반 후터의 우화를 제공한다. 마지막으로, 〈경야〉에서 화자는 순간적으로 3인칭의 위치를 포기하고, 피네간의 경야에서 무명의 아일랜드의 애도 자에 의해 1인칭 독백으로 계산한다,(27.22 - 27.30) 그이[죽은 혹은 술 취한 피네간]이 자리에서 일어나려고 시도한다 - 4노인들이 그를 제지한다 "이제 안락할 지라, 그대 점잖은 사나이[피네간]여, 그대의 무릎과 함께 그리고 조용히 누워 그대의 명예의 주권主權을 휴식하게 할 지라! 여기 그를 붙들어요, 무정철한無情鐵漢 에스켈이여, 그리고 하느님이시여 그대를 강력하게 하옵소서! 그것은 우리들의 따뜻한 강주强酒인지라, 소년들, 그가 코를 홀쩍이고 있다오."(27.22)

〈경야〉는, 그럼, 화술의 책으로서, 그의 목소리는 뉘앙스에 조율되는 화자에 의하여 오케스트라 화(化)된다. 목소리가 경고할 때, 서술의 논리적 진행 속에 열리는 것보다 오히려, 텍스트는 근본적으로 개인적 분절分節(단편)(segment)로 구성되거니와, 목소리(태) 혹은 목소리들에 관해 각자 독립적이다. 목소리(태)는 문맥에 따라서 변절하거나 혹은 변화한다. 그리고, 한 때 독자는 말하는 부분들의 수를 확약하거니와, 남녀 독자는 애초에 견해가 끝없이 전환하는 이야기의 무질서적(카오스적) 성질에 순응할 수 있다. 근본적으로, 우리는 여기 아이들의 수중에 있는지라, 다언어적(polyglot) 조작자들의 족속에 속하며, 그들은 〈경야〉가 그들에게 부여하는 자유를 즐기는 듯하다. 각자와 함께 그리고 대항하는 그들의 투쟁 속에, 그들은 유순한자가 지구에 상속할 관념에 대한 대안을 마련한다. 우리는 이런 유해한 악한들에 눈과 귀를 기울려야하나니, 그리하여 아나 리비아와 함께 오통 종국에 분명히 다가 올 것을 희망한다.

침던 뒤에 그의 신경을 그리고 그의 고뇌적苦惱的 및 고뇌의 가족을 발견함을 고집한다. 마고 노리스는 단언하기를, "조이스는 그의 자신의 맹목과 위선 속으로의 에디푸스적(Oedipal) 통찰력을 가지고 진리의 순간으로서 예술가의 현현顯現(epiphany)을 대치할 때 성숙에 달한다." 셀던 브리빅스(Sheldon Brivic)(템플대 조이스 학자)는 결정하기를, "부친과의 협동은 본질적으로 에디푸스적 복합체(Oedipal complex)를 해결하는데 본질적인지라, 조이스는 자신의 작품의 자기 분석을 통해서 혹은 양친성의 경험을 통해서 건강을 향해 진행을 이룬 듯하다."

나이 많은 소년이 점점 나아짐을 듣는 것은 원기元氣롭다. 우리는 조이스의 많은 장난스런 자기 - 초상이 〈경야〉의 페이지들을 점찍는 것을 보아 왔거니와 그러나 그들은 지나치개 많이 이용하려고 노력함은 위험스런 것처럼 보인다. 조이스가 자신의 서술적 목소리를 가장假裝으로서 혹은 보호로서 고용하든 안하든, 그것은 미결점未決点(moot point)으로 남지만, 이 목소리의 동요하는 문체적 성질은 예술가의 순수성, 혹은 아마도 확산으로 결과하는 바, 그것은 자서전적 명상을 무과실無果實로 만든다. 우리는 어느 목소리가 조이스의 목소리인지 어떻게 알 수 있는가? 예술가인, 조이스는 확실히 그의 손톱을 다듬으면서, 어딘가 자신의 공예 위에 부동浮動하지 않거니와, 그는 여전히 일기에서 작업하는 데덜러스로서 보여 져서는 안 되며, 그리고, 과연 〈젊은 예술가의 초상〉에서 일기의 목소리는 게다가 스티븐 자신의 것이 아니요 - 그것은 한 문제이다.

모든 목소리 뒤에 조이스를 위치位置함은 제II부 2장에서 화자 (speaker),(동사의)법(mood), 그리고 목소리(태)(voice)에 관한 이러한 교훈 (precept)을 이해하기보다 한층 어려운 일이다. "의도意圖. 조모문법으로부터 그녀는 그걸 배웠나니 만일 마스카라 남성, 콜크 여성 또는 나裸중성의 3인칭(자)이 있어, 그것에 관해 잘못 칭해질 경우, 그것은 그와 함께 그리고 그를 향해, 설화된 직접 목적인 그녀의 2인칭에게 설화 하는 1인칭으로부터 서법율시敍法律詩하도다."(268.16) 서술적 목소리는 독자에게, 더불어, 그리고 한태, 수중에 들어오는 것은 무엇인지와 함께, 그리고 이따금 등장인물들에 그것은 조작한다.

존 폴 리쿠림(John Paul Riquelime)은 이러한 식으로 소설에서 목소리의 문제를 대면한다. 〈경야〉에서, "누가 말하는가?"라는 질문에 대한 단지 정해진 대답은 심리적인(pragmatic)한 가지이다, 독자는 화자(teller)로서 예술가의 역할을 취함으로써 말한다. 텍스트의 언어의 모호한 상항은 우리를 흉내로 *요구하지만* 화자는 다른 목소리들에서 상호 합병한다. 이는 잘 작동하나니, 만일 우리는 독자가, 한 가지 의미로, 그것이 서술을 넘겨받을 때 각각의 새로운 목소리를 인식함으로써, 그리고 이러한 목소리들이 화자들임을 인지함으로써, 말한다. 조이스는 우리에게 그의 작품들의 어느 것에서 직접으로 결코 말하지 않는다. 부담(onus)은 강조를 두거나 혹은 의미를 부여하기 위하여 독자 위에 언제나 놓여진다.

〈예술가의 초상〉에서 많은 분명한 경우들이 있는데, 거기 독자는 텍스트가 공급하기보다 한층 많은 통찰력의 수준을 공급하지 않으면 안 된다. 우리는 크리스마스 오찬 장면 동안의 빅토리아 여왕을 위해 생일 선물을 만드는 결과로서 그의 손가락이 구부러짐과, 단티 아줌마의 분노에 대한 스티븐의 아주 심각한 서술에 대한 캐시 씨(Mr Casey)의 의심 없는 감수를 수식하지 않으면 안 된다. "그리고 스티븐 또한 미소를 짓고 있었는데 그 이유인즉, 케이씨 씨가 목구멍에 은(銀)지갑을 갖고 있다는 것은 사실이 아님을 이젠 알았기 때문이다. 그는 어떻게 케이씨 씨가 목구멍에서 쨍그랑거리는 은 소리를 내어 그를 속여 왔었는지를 생각하자 미소를 지었다. 그리고 그가 은 지갑이 그곳에 감춰져 있는지를 보기 위해 케이씨 씨의 손을 펴려고 애를 썼을 때 손가락들이 바로 펴지지 않음을 알았다. 그런데 케이씨 씨는 빅토리아 여왕에게 생일 선물을 만들어주려다 손가락세 개를 망쳤다고 이전에 그에게 이야기해 준 적이 있었다."(P.36.) 스티븐은 "severe"이란 자신의 단어의 정치적 사용으로 한층 외교적인지라, 같은 종류의 서술적 천진난만 성이 〈더블린 사람들〉(*Dubliners*)의 초기에 증명되었는데, 당시 "애라비"(Araby)의 어린 소년이 그들의 집의 이전 식구들을 논평 했다. "그는 대단히 자선적 승려로서, 그의 유서에다 자신의 돈을 모두 기관에다 그리고 그의 가구들을 자신의 자매에게 남겼다." 우리는 그의 자매가 두 번째로 가장 좋은 침대의 유증과 비교할 수 있는 짧은 참회를 좋아했는지 의아해 한다.

독자는 또 다른 방법으로 텍스트에 의미를 가져가야한다. 서술적 목소리는 여기 또 다른 식으로 텍스트에 의미를 가져가야 한다. 서술의 목소리는 서술하지만, 그러나 그것은 논평하지 않는다. 그것은 분명하게 되는지라, 즉 무희망의 로마교도인 "애라비"의 소년은 로맨스를 에머 보바리(Emma Bovary)가 그이 이전에 행했던 만큼 로맨스와 종교를 혼돈하거나, 이러한 주제적 논평이 독자가 약간 너무 급히 넘기려는 이미지에서 함께 온다. 그리고 이러한 주제적 논평이 마법으로 합치되고 그것을 독자는 함께 가리기를 바라는 듯 했다. "나의 모든 감정은 스스로를 기리는 것 같았고, 내가 그로부터 미끄러지듯 느꼈다. 나는 손바닥이 떨리기까지 함께 눌려 말하나니," *오, 사랑! 오 사랑!* 하고 여러 번 중얼거리며 떨었다. 독자는 등장인물이 할 수 없는 바를 인식한다. 서술적 목소리는 사랑을 위해 기도로서 양 손을 꽉 잡음으로서 애원을 서술하고 있는데, 그것은 독자가 인식하듯 전체 이야기를 감싸는 상징이었다. 이블린이 프랑크와 함께 부에노스아이레스에로 도망치느냐, 그녀가 죽어가는 어머니에게 행한 약속을 따라서 집을 떠나느냐를 결정하기를 애쓸 때, 그녀는 자신을 자유에로 날을 수 있는 바깥의 배를 쳐다본다. "그녀는 창고의 넓은 문들을 통해 부두 벽 곁에 정박한, 불 킨 선창(船窓)을 지닌, 검은 덩어리 같은 보트를 얼핏 보았다. 그녀는 아무것도 대답하지 않았다. 그녀는 뺨이 창백하고 싸늘함을 느꼈고, 하느님이 그녀를 인도하도록, 그녀의 의무가 무엇인지를 보여주도록 당황한 고뇌에서 기도했다. 보트는 길고도 서글픈 고동 소리를 안개 속으로 내뿜었다. 만일 그녀가 떠나면, 내일이면 그녀는 부에노스아이레스를 향해 항해하며, 프랭크와 함께 바다 위에 있으리라. 그들의 통행은 이미 예약되었다. 그녀는 그가 자신에게 해준 걸 여전히 대물릴 수 있을까? 그녀의 고뇌가 몸속에 구역질을 일으키자, 그녀는 말없이 열렬한 기도로 입술을 계속 움직였다."(p.40.) 서술적 목소리는 여기서 조용히 객관적인 듯, 그러나 독자가 "검은 덩어리 같은 보트?'를 말하는 것은 무엇인가? 잠재의식적으로 에블린이 그녀의 잠재적 도피를 모독으로 살피는 것이 가능한가, 혹은 이것이 바로 단순한 서술인가? 독자는 비평적 판단을 짓기 위해 요구하고 있거니와 아마도 이 순간 남녀는 화자로서 예술가의 역할을 택하는가.

〈경야〉에서, 기초적 수준에서, 독자는 말장난(pun)인가 아닌가, 주어진 말 구절에서 강한 인유인가, 아닌가를 결정해야 한다. 그리고, 한 걸음 더 나아가 독자는 〈경야〉에서 목소리의 실체를 밝혀야 하는지 그리고 그 목소리가 진실인지 혹은 그 짓으로 확신해야 한다. 어떤 목소리(태)들은 그들의 역할을 똑바로 진술해야 하는지 그렇지 않아야 하는지? "애블린"에서 목소리는 카드놀이를 하느냐 우리로 하여금 결정하도록 내버려야 하는가, 그러나 〈경야〉의 목소리는 놀리거나, 유희하는가, 자주 믿지 않아야 하는가. 우리는 서술적 목소리를 전적으로 의존할 수 있거니와, 그것은, 이래저래 언제나 알리기를 의도하거나, 그러나 인물들은 다른 개체이다.

제I부 7장에서 셈에 대한 손의 1인칭 고발은 한 톨의 소금으로 한층 생각되어야 함이 평범하고, 그들의 위치가 역逆으로 될 때 셈의 기법을 관찰하는 것은 흥미로운 일이다. 제I부 1장은 장면의 화자가 지닌 세팅의 또 다른 것으로 시작하고, 때는 밤중인 듯, 양친들은 침대에서 잠자는바, 그 때

갑자기 서술은 "마마루요."(Mamalujo)에 속하는 당나귀로서 신분이 밝혀진다. "만일 내가 그레고리 씨氏 및 이온즈 씨氏, 및 타피 박사와 더불어 그리고 내가 감히 들먹이거니와 존경하올 맥도우갈 존사 씨氏와 일치하는 현두賢頭를 가졌다면, 그러나 나는, 가련한 당나귀라니, 하지만 그들의 사부합주四部合奏의 둔분鈍糞으로서 뿐이외다."(405.06) 사실상, 화자는 셈이요, 그의 형제의 있을 법하게도 객관적 서술을 중단시키는 셰익스피어적 - 엘리자베스의 굴절에 의하여 동일시된다. "나 생각건대 어디 멘가의 무향無鄕의 혹역或域에 나는 침몰寢沒하고 있었는지라."(403.18) "그 밖에 예외로 필경 조만간 충적토沖積土의 유유수천流流水川의 어떤 빤작빤짝 번쩍이는 암울한 저표면底表面이라, 마치 넘치는 기대 속에 근접한 풍향초지風向草地에 놓인 세탁물의洗濯物衣처럼 재차 보였도다."(403.24) 숀의 외모가 이 꿈의 막간에서 오싹하게 될 때, 셈은 자신의 재봉사裁縫絲로 눈부시다 - "손에 손을 받치고, 민측좌우敏側左右, 바로 정당착의正當着衣의 백작처럼, 최상등의 엄격성을 띤 고전적 맥프리즈의 외투를 입고,"(404.16) 그러나 곧 이미지리는 유행의 그것에 떨어지고, 저녁 식탁의 즐거움이 더해 간다. 여기 숀이 꿈같은 안개를 뚫고 다가온다 - 그의 멋진 의상을 걸치고.

숀이 매도되는 곳에, 셈은 빗대거니와, 우리는 숀의 코트가 과시되나니, "커다란 봉밀의 단추, 그걸 끼우는 구멍보다 족히 더 큰지라, 스물두 개의 당근 교황연공홍공教皇燃空紅의 빛을 띠고"(404.23) 그리고 R. M. D 인 더블린의 응립 우편은 의상의 정면을 가로질러 튄다. "애생애愛生涯를 통한 자신의 모토(표어)가 완두, 쌀 및 오렌지 난황卵黃으로 그 위에 수繡 놓아져 있었나니,"(404.28) 셈은 계속해서 우체국(Post)을 칭찬한다, "저 젊은이야말로 예술 작품이요, 보도步道의 미동美童, 미증유의 수려인물秀麗

人物로 보이지 않는고!'(405.13) 숀의 건강한 외모와 위대한 힘은 그가 하루에 사각 밀(음식)에다 스낵(간식)을 첨가하여 먹는 사실에 속한다. 우리는 게다가 셈의 식사 습관을 숀이 좋아하지 않을 것임을 기억하리라. "셈은 한 가짜 인물이요 한 저속한 가짜이며 그의 저속함은 음식물을 경유하여 처음 살금살금 기어 나왔나니라."(170.25) 숀의 요리 일정은 캐리 자매의 내용에 대한 테어도어 드라이저(Theodore Dreiser)의 세심한 설명에 값진 사실적 서술의 돌진과 함께 계속 한다.

> - 다음으로, 갓 낳은 거위 알과 한 조각의 쌀 딸기자두의 충전물을 곁들인 반 파인트의 베이컨, 산당散糖과 함께 그리고 당시 상비上飛의 박쥐 흑야黑夜로부터 토탄화석화된 약간의 냉冷저버린 스테이크, 출차出差까지 선편견입先偏見入 주스 없이, 스낵이 뒤 따랐나니 반 파운드의 둥근 스테이크의 그의 수프 냄비 만찬, 극히 드문, 포타링턴 정육점산産의 송판松板 최고품, 미두米豆와 코크샤산産의 아라 메랑쥬(혼합물) 베이컨을 곁들이고(조금만 더!) 두 꼬치의 고깃점 그리고 언덕 위에 사는 수탉의 여주인에 의하여(405.33)

독자의 공모에 대한 광범위한 소극적 효과를 위한 셈의 서술적 유적의 조작은, 마치 꼭 〈젊은 예술가의 초상〉에서 스티븐의 목소리가 우리들의 아는 미소에 카운트 되는 듯 하다. 셈 목소리는 숀 자신의 언어를 그와 반대하여 돌릴지나, 언제나 그것 자체의 천진난만한 진술을 가진다, "나는 그가 반추反芻할 수 있는 탄구呑球에 관하여 대음유죄가大飮有罪可한 대식가의 대간죄적大奸罪的 이었음을 당장은 섭취할 뜻이 아니나니, 그러나, 유상乳商은 유상이라."(406.32) 숀이 자신의 성공을 위하여 수사학적 큰 망치에 의존했을 때, 셈은 동정적 음향을 가지고 대화에서 반대에 종사하거니와, 의문들을 끌어내며, 고로 숀은 교수絞首하기 위해 더 한층 충분한 밧줄을 갖는다. 이 장의 거의 모두는 직접적 대화이요, 솀은 그로부터 숀을 굴러내거니와 - 예를 들면, 우체부로서 뼈 빠지도록 일하기 위해 얼마나 열심히 일해야 함을 노력으로 이해한다. "화자의 질문 - 그대 우리들에게 말해 줄 마음 인고, 봉밀蜂蜜의(하니) 숀, 귀여운 꼬마 뽐내며 거들먹대는 친구여, 우린 이토록 다정한 젊은이에게 제안했는지라, 어디서 그대는 대부분 일을 할 수 있는고. 아, 그대는 할 수 있을지니! 속삭여 봐요, 우리는 들을 테니."(410.28) 따라서, 숀은 얼마나 피곤한지, 자신은 일에 과로한지라, 그러나 그는 또한 자신을 매일 지낼 수 있는 요리의 - 가톨릭적 법전을 개관하는 바, 이는 그를 매일을 통해서 지낼 수 있도록 한다, 그대가 방어하는 여인을 결코 향배向背하지 말지니, 그대가 의지하는 친구를 결코 포기하지 말지니, 적敵이 다총多銃하기까지 그에게 결코 대면하지 말며 타인의 파이프에 결코 집착하지 말지라. 아멘, 이신爾神이여! 그의 공복空腹은 끝나리라! 화도토和島土에서처럼 대륙 위에서. 그러나 나(숀)의 단순성에 있어서 나는 놀랍도록 착하다는 것을, 나를 믿어요, 나는 믿나니, 나는 그래요, 나의 뿌리에 있어서, 오른 뺨의 교훈에 찬양을! 그리하여 나는 지금 진심으로 나의 양신羊神의 전능무언극인全能無言劇人 앞에 나의 육속박肉束縛의 손바닥을 사도서간使徒書簡 위에 얹고, 나의 사리자事理者의 최선을 다하여 나의 잡화염주두雜貨念珠豆를 읊을 것을 선언하노니, 미라엄마 및 가짜명칭이 급 하모何母 역 정례선농승定例善聾僧)을 위하여, 궤배跪拜를 동봉하고. 나의 집은 어디에, 그대 작은 언덕 위에 에워싸여, 일어나요, 그대 오늘의 견犬이여, 그대의 매일육즙을 위하여, 등등, 행복한 마리아와 영광의 패트릭, 등등, 등등을 위해. 사실상, 언제나, 나는 믿어 왔나니. 탐신貪信! 이것이 나의 비설사鼻舌辭로다!(411.08)

"개미와 매뚜기"(the Ondt and the Gracehoper)의 우화는 단지 개미의 비

천함을 지적하는데 이바지하고, 그리하여, 그가 셈에게 점점 더 골이 나서, 그가 그의 면전에 서 있음을 인식하지 못하자, 숀의 부담은 더욱 더 엉뚱하게 된다. 셈은 "호모!"(homo!)(동성애)(422.11)이다. 상상되는 형제들은 실지로 무관하다. 셈은 숀으로부터 자신의 관념을 훔친다. "셈 스키리벤취를 내가 종종 생각하듯, 언제나 자신의 말(言)을 즐기려다 비문鼻文만 잘리는지라."(423.15) 심지어 파렴치한 편지는 숀으로부터 표절했다. "그는 나의 셔츠의 화미話尾를 파도破盜했도다. 정定처럼. 슈미즈 화話를 위해 그건 어떠한고?"(425.02) 독자가 숀이 제I부 7장에서 말하는 바를 믿는 경향을 가질지라도, 평자들이 수년 동안 그랬듯이, 셈은 잘못이 없을 것임을 여기 확신한다. 목소리로 바보짓을 할지라도, 숀은 자기 자신의 폭죽에 의해 강탈된다.

이리하여 우리는 말할 수 있거니와, 등장인물의 목소리들의 각각은 그것 자체의 개인적 전략을 갖고, 그것은 독자와 더불어 다른 방도로 유희한다. 독자는 한결같이 경비를 계속해야 하나니, 도전을 가지고 새로운 각견해 점을 맞이하도록 준비해야한다. "- 글쎄, 그걸 내게 공평직전公平直前 말할지니, 작전의 전계획全計劃을, 그대의 저 미혹적迷惑的인 완곡전율婉曲戰慄의 목소리로. 그걸 듣게 할지라, 음악사여!"(515.27) 우리가 보아 온대로, 숀은 언제나 공정하지 않을 것이요, 그는 독자를 구상構想의 가장된 파편들을 가지고 정원 길을 인도하도록 시도해야 할 것이다. 셈 역시 요술쟁이요, 그러니 그는 충분한 지식을 가지고 숀의 서술적 술책의 향연을 수행하거니와 그것을 우리는 그의 짓궂은 장난을 통해서 볼 수 있고, 여전히 동시에 그들을 즐겨야 한다.

셈의 목소리에는 동정의 촉각이 있을지니, 아마도 **자비**와 **정의** 간의 차이로서, 그것은 "우편"을 분명히 평가할 수 있고 더욱이 선의善意의 접촉을 허락할 지라. 그의 최후의 독백에서, 셈은 숀에 관해 반성하나니, "어떻게 심저深底가 온통 시작되었는지 그리고 어떻게 그대는 미완성의 이행履行의 장악掌握을 포촉脯燭하기 위하여 그대의 양심의 가책을 통하여 격투할 것인지."(428.04) 그러나 그는 여전히 그를 잘 부를 수 있는지라. "그대는 선량한 사람인양, 그대의 그림 포켓을 신선송달新鮮送達을 위해 갈퀴같은 비(雨)속에 구측외향丘側外向하고 그리하여 그로부터 여기까지 아무튼, 임차賃借 전차電車를 타고, 비옵건대 살아 있는 총림叢林이 그대의 밟힌 잡림雜林 아래 재빨리 자라고 국화菊花가 그대의 미나리아재비 단발短髮 위로 경쾌하게 춤추기를."(428.23)

비록 〈경야〉에서 등장인물들에 관한 가치 평가를 하는 것이 유행이 아닐지 모를지언정, 이들 두 목소리들 간에는 현저한 차이가 있다. 만일 그 밖에 아무것도 않다거나, 우리가 유머 감각을 갖으며, 타자가 한정적으로 그렇지 않다. 셈과 더불어, "목소리는 야곱농자弄者의 목소리요, 나는 두렵나니."(487.21)

죄짓고 실패한 이어위커와 보호적 및 영양적榮養的 아나 리비아와의 모든 비평적 관심에도 불구하고, 주의해야 하거니와, 텍스트에서 우세한 차이가 있다. 숀은 셈과 이씨에 뒤따라 가장 긴 길이로 말하는데, 한편 양친들은 멀리 뒤에 놓여 있다. 그녀의 오빠들처럼, 이씨는 독자에 의해 자신이 눈으로 감시당하거나, 우리가 시간 망원경으로 보았을 귀로 듣고 운다. 제I부 2장의 각주들에서 혹은 제I부 6장의 열 번째 질문에 대한 그녀의 대답에서, 그녀는 독자의 마음에 옷의 이미지를 가지고, 치장하는지라, 그것은 숀의 음식과 강박과 평행한다. 푸우! 그대는 무엇 때문에 푸념 떠는고? 아니, 나는 바로 그대가 그렇게 하고 있다고 생각했어요. 잘 들어 봐요, 최最사랑! 물론 그대가 너무 친절한 거야, 노랑이여, 내 스타킹의 사이즈를 기억하다니, 그대가 나의 혼수 바지 옷감을 입고 나 돌아다니고 있었을 때 나는 이따금 표현하고 싶었는지라 그리고 내가 그걸 잊기 전에 제발 잊지 말아요, 나의 개성을 그대가 확장에서, 나의 기념 타이를 매듭짓고 있었을 때, 화주靴週가 달月의 끝에 붉은 발꿈치를 하고 총총 되돌아올지니 그러나 무슨 바보가 캐비지 머리를 샀는지 볼 지라 그리고, 내가 자비의 하늘에 응답하려니와, 나는 언제나 멋진 새 양말대님을 언제나 상기할지니, 나는 언제나 최고의 자랑할 만한 의상에 장갑을 낀 매력 있는 사람인지라. (144.20)

이씨와 그녀의 형제들은 그들의 목소리가 인지하는 대중적 및 극적 감각을 지닌다. 그들은 새로운 종류의 픽션에 기꺼이 참가자들이며, 거기 등장인물들은 서술자와 독자와의 참여에서 파트너이다. 이씨는 그녀의 꿈을 애인과 상담하는 바, "그인 정말 소심하지요, 여보(비둘기)? 청중이 있음을 잊지 말아요."(147.01) 그리고 그녀는 그녀의 출입을 아주 의식한다. "물론 나는 그대가 아주 심술궂은 소녀임을 아는지라, 저 몽소夢所에 들어가다니 그리고 하물 차 날의 그 시각에 그리하여 심지어 밤의 어두운 흐름 아래, 그 짓을 하다니 정말 사악 했도다. 감애敢愛하는 정열남情熱男여!"(527.05) 젊은 세대는 〈경야〉의 참된 중심이요, 그것은 그들의 목소리로서, 독자의 주의를 가장 직접적으로 그리고 꾸준하게 요구한다.

아나와 험프리 침던 이어위커는 이러한 페이지를 통해서 이따금 말하지만, 그들은 아이들에게 행사하고 전적으로 다른 방식으로 그들의 위치를 선언한다. HCE는 전체 소설에서 단지 두 번의 중요 연설을 갖는다,(363.20 & 532.06) "종종 그는 다른 인물들에 의해 이야기 된다 - 그가 전적으로 그들의 주의에 당도할 때 말이다. 자매들이 활동적이고 단언적일 때 부친은 수동적이요 방어적이다. HCE는 공원의 사건에 관하여 자신의 천진 성을 단지 두 번의 확장된 선언을 행사한다. 나의 심령점판心靈占板을 협문유지夾門維持(아웃되지 않고)한 이후 나의 경기가 공정한 평균이었음을 최고로 평가하고 있는지를 생각하는지라. 나의 진생처眞生妻에 관하여 나는 애폴즈에 의해 쩩쩩쩩 노래되고,"(532.16)

아주 이상하게도, HCE는 독자의, 심지어 설화자의 존재를 인식하지 않고, 그의 아내와 아이들의 존재를 결코 거의 인지하지 않는다. 그의 초점의 중심은 자기 자신이다. 그들의 연설을 통해서 다른 인물들을 인식하는 어떤 감각에 당도할 때. 이 그늘진 인물은 자기 자신의 부단不斷의 죄보다 다른 어떤 것보다 부지不知한 채 소설을 통과한다. 내가 그 동안 거기서부터 뒤에 있는 변소 쓰레기 더미 부속물을 피하여, 작업판作業板과 양수기의 면전에 실례하게도, 죄인타당사유물罪人妥當私有物의 하처방기何處放棄에 관해 한 냄비의 뒤 구정물을 배수관 아래로, 비울 수도 있었건만, 천사天使 앵글로색슨주의主義로부터 저 방배防背의 영향과 함께, 비非간음의 보바리 정자영亭子影 출신의 직개자直開者들로부터 위험을 당한 부락소녀浮落少女들을 앙양하는 것이야말로 "나는 여태껏 죄불가罪不可한지라. 그것은 단지 그들에 대한 나의 궁색한 어변語辨일 뿐이외다. 불변오해不變誤解된 채."(363.32) 또 다른 가치판단을 만들기 위하여, HCE는 개별적으로 그를 감싸거나, 외관(show)를 감추는지 지 지역支持役으로서 단지 흥미가 없다.

아나 리비아, 역시, 그녀 주위의 펼쳐지는 드라마로부터 차단되는 듯, 그녀의 남편을 지지하지만, 그러나 육체적 완곡 그리고 서술의 전환轉換에 의해 혼돈된다. "티모시와 로칸, 버킷 도구자道具者들, 양인은 팀 자子들이라 이제 그들은 등화관제 동안에 자신들의 카락타커스(수령)(성격)를 바꿔 버렸도다."(617.12) 뭔가 중요한 것이 쌍둥이에게 발생했는지라, 그러나 그녀는 무엇인지 알지 못한다. 그녀는 통상적으로 자기 자신에게 명상적으로 말하지만, 독자에게가 아니고, 본질적이지만 그녀의 전망(원근법)은 내적이요, 과거에로 그리고 그녀는 진실로 오해받고 있다는 사실의 인식에 되돌아간다. "그러나 당신은 변하고 있나니, 나의 애맥愛脈이여, 당신은 나로부터 변하고 있는지라, 나는 느낄 수 있도다. 아니면 내 쪽인고? 나는 뒤엉키기 시작하는지라."(626.35) 그녀의 초기의 논평인 즉, " - 나의 심장, 나의 어머니! 나의 심장, 어둠의 나의 출현이여! 그들은 나의 마음을 알지 못하는지라, 오 냉冷린 친애자親愛者여! 나의 천재자天災者! 나의 황홀녀여!"(493.34) 이는 궁극적 좌절에 대한 나중의 선언을 예감하게 한다 - "일백 가지 고통, 십분의 일의 노고 그리고 나를 이해할 한 사람 있을까? 일천년야—千年夜의 하나? 일생 동안 나는 그들 사이에 살아왔으나 이제 그들은 나를 염오하기 시작하는 도다."(627.14) 양친의 시간은 지나간 듯하고, 그들은 서술적 및 주제적 미로 속에 빈둥거리나니, 그것은 단지 아이들만이 안락으로 여행할 수 있다. 아이들은 서로에게 그리고 우리에게 말하는 곳에, 양친들은 독백으로 단념하자, 그것은, 그들의 생각에, 단지 그들만이 들을 수 있다는 것이다. 세대들의 비코적(Viconian) 대신하기는 이리하여 완전한 스케일의 통신과 그것의 결여에 의해 들어난다.

〈경야〉는, 그러자, 과연 이야기의 책인지라, 그의 목소리는 뉘앙스에 조율된 화자에 의한 오케스트라이다. 목소리가 주의할 때, "그대가 프롬프터의 목소리를 들을 때 그대의 이각耳殼에다 양초심지를 쑤셔 박을지라."(435.19) 서술의 논리적 진행에서 개봉되기보다 오히려, 텍스트는 기초적으로 개인적 파편들로 작성되나니, 목소리와 목소리들에 관해 각자 자기가 포함된다. 목소리는 문맥에 따라 바뀌거나 혹은 변한다. 그리하여, 한 때 독자가 말하는 부분들의 구성을 확신하나니, 남녀는 견해 점이 끊임

없이 바뀌는 이야기의 혼돈스런 성질에 어울릴 수 있다. 기초적으로, 우리는 여기 아이들의 손 안에 있기에, 그들이 행하는 것을 즐길 것 같은 심미적 조종자들의 족속이다. 그리하여 그들은 〈경야〉가 그들에게 주는 자유를 즐길 듯하다. 서술과 더불어 그리고 반대하여 그들의 노력 속에, 그들은 유자幼者가 지구를 상속할 관념에 대한 대안을 마련한다. 우리는 이러한 장난기의 악한들에게 눈과 귀를 부쳐야만하고, 그리하여 모두다 종국에 맑아질 것은 아나 리비아와 희망하도다.

[VIII] 〈경야〉 회귀(Recorso)

본서의 여기 제[VIII]장 〈회귀〉는 앞서 〈경야〉 2, 3, 4, 5, 6, 7, 8장을 위시하여, II부 1, 2, 3, 4장, 및 III부 1, 2, 3, 4장을 총괄한다. 마치 I. 1장이 〈경야〉의 잇 따르는 내용을 전제前提(Preface)하듯 하다. I. 1장은 〈서곡〉(preface)이요, 잇따르는 IV부는 〈발문〉(afterword)을 의미한다. 따라서 서곡은 앞서 기존의 내용을 전제하는바 독자에게 이해하기 쉽다. 1984년의 〈율리시스〉 및 2014년의 〈복원된 경야〉(the Restored Wake) 페이지들은 시각적 제시의 조정할 수 있는 한계에 접근한다. 이러한 양상은 〈율리시스〉 및 〈피네간의 경야〉의 하이퍼텍스트(hypertext)의 모더니즘적 총괄 법으로, 막대한 정보(소재)를 컴퓨터로 검색할 수 있는 독서 기술이다. 이것은 〈경야〉의 하이퍼텍스트(hypertext)의 논리적 선사이다. 〈율리시스〉 판본의 평행 설계로서 생(生)을 시작한 다음에, 우리들의 물리학(physics)의 등위원소분리기等位元素分離器(isotron)로 접근한다.

IV부 - 1장

[593.01 - 593.21] 신기원의 새벽이 잠자는 거인(HCE)를 깨우다 - 새벽 - 새날의 시간 및 새세대. 신세기의 여명이 잠자는 거인을 깨우다. 〈율리시스〉에서 몰리 블룸은 "그래요"(yes)를 말할 수 있고, 아나 리비아는 "핀, 다시! 가질 지라"를. 그러나 태양 - 그는 솟을 것인고? 〈율리시스〉처럼, IV부는 독자를 정적(static), 마비된 채, 단단히 고착되어, 남성 의지의 신비의 수

령에 빠진 채, 남는다 - 그것의 욕망과 결의의 이중적 의미 속에 의지한다.

[593] 성화聖和! 성화! 성화! 모든 여명(downs)을 부르고 있나니. 모든 여명을 오늘로(dayne) 부르고 있나니. 오라이(정렬)! 초발기超發起(發復活)! 모든 부富의 청혈세계淸血世界로 애란 이어워커. 오 레일리(기원), 오 레일리(재편성) 오 레일리(광선)! 연소, 오 다시 일어날지라! 저 새(鳥)의 무슨 생을 닮은 징조가 가능한고. 그대 다반사를 탐탐探探할지라. 오세아니아(대양주)의 동해에 아지랑이. 여기! 여기! 타스, 패트, 스탭, 웁, 하바스, 브루브 및 로이터 통신을. 연무가 솟고 있도다. 그리하여 벌써 장로교구의 장로가 기상하여 타시他品에 순 애정을 연도하는지라. 화태양華太陽이여, 신 페인 유아자립唯我自立! 황금조朝여, 그대는 선창다리의 여명의 비누 구球를 관견觀見했던고? 우리가 타품 他品을 쓰지 않은 이후 수년전 우리는 그대의 것을 탕진했노라. 모든 나날을 호명하면서. 새벽으로 모든 날들을 부르면서. 핀 맥후리간의 민족성을 띤 오랜 경칠 육종育種의 지겨운 정지 화국頂志和國. 영도자여! 수령이여! 세재안전평결世裁安全評決의 티모렘 백공포白恐怖 소종小鐘의 슬로건. 진기震起할지라, 어둑하고 어스레한, 건장자健壯者를 위해 숙도宿道 티울지라! 그리하여 빌리 페긴을 그의 욕부토辱腐土에서 요굴謠掘 할지라. 타타르 성당족敎會族에 확실 신앙을. 우리는 귀족적 귀마령서애용가貴馬鈴薯愛用家의 귀백랍대중白蠟大衆에게 공지公知하는 최고의 만족을 갖나니, 기네스(칭키스칸) 주酒는 그대를 위하여 뚜쟁이 선善하도다. 구름으로부터 한 개의 손이 출현하여, 지도를 펼치나니. 노아 공신空神[손]의 말(言)을 나르는 밤과 스튜냄비 속에 웅크리고 앉아 메스 공신空神[셈]을 제조하는 밤이 지나자 테프누트 농아 여신의 지배목사支配木舍 속에 있는 암소냉冷한 올빼미 노老의 자돈雌豚에게

빛의 씨앗을 뿌리는 영파종신永播種神이요, 은탐프린 피안계의 승태양昇太陽의 주신인, 푸 뉴세트가, 최선 기고만장, 말하는 도다.

[594] [새벽 여명의 출현] 운유運流! 선형신善型神이여! 천공의 소생자蘇生者에게 소인화燒印火를 뿌릴지라, 그대, 아그니 점화신點火神이여! 작열! 수호신(아더)이 도래하나니! 재在할지라! 과도적 공간을 통하여 동사시동動詞始動할지라! 켈트(족) 곁에 킬트(족)가 재친再親을 재척再戚으로 패곡貝穀할지라. 우리는 그대를 위하여 선거하나니, 티탄젤을. 자치정부 환영! 우리들 약세弱勢더블린인들은, 여간원汝懇願하도다. 하나의 길, 내일신來日神이, 우리의 상가로부터, 종언왕국을 통하여 빛을 불태우는 광선이 우리를 인도할 때까지 우리는 희망하는지라 그러나 일정소유日程遡遊하는, 그레온 괴물을 내게 사냥하나니, 칼 지상신령이 그의 코스, 몽유의 묘로墓路들 사이로. 심지어 성곽의 매지魅地인, 헤리오포리스 장지葬地까지. 이제 만일 혹자가 두 타월을 가져오고 타자가 물을 데운다면, 우리는, 그대가 암暗마리아 혹은 이泥스미스, 예봉브라운 및 마摩로빈손을 말하고 있는 동안, 이 다전사구多戰砂丘의 타봉둔打棒臀 위에 태양연한 요정비누를 만들 수 있으려니. 하지만 자애는 애서 시작하는지라. 어느 지점을 향하여? 어디까지의 시각에? 단일견單一見! 일광비누! 받아드릴지니. 무단재통침자無斷再通侵者는고소 책임질지로다. 내게 찌르는 수자誰者는 찌르는 통봉음경痛棒陰莖과 같은지라. 그대의 것 인양. 우리는 재신再新. 우리들의 혼교의 그늘이 그들을 혼난도混亂刀질하자 사람 살려 살려 급지평急地平. 한 가닥 병광瓶光 그리고, 급격히, 그건 과월할지니, 마치 노변의 노심爐心이 살아 뛰듯. 클럽주점, 총잡화상에서, 아랜 언덕의 정수지頂樹脂와 함께 최연황갈最軟黃褐의 나무줄기를 위하여 그리고. 화

산원통향火山原通向 잇따라, 태양수호신 숙명 (이어)워커가 후청인後聽人이 될지니 그리하여 그는 자신의 사소화些少火로부터 타격섬광하도다. 여명화의 창끝이 헤리오포리스의 거석巨石의 커다란 원의 중앙 탁석卓石 안에 향접촉向接觸하는지라, 소요남騷擾男의 잡목총림 속 판게라만灣곁의 우리들의 이 평원 위에 그리하여 거기 쌍각의 원추석묘(케론)가 에르그 작동하여, 입석된 채, 락화樂花인양, 이스미언 지협인地峽人들의 우상이 되도다 그곳 너머로. 괴상한 괴회색怪灰色의 귀신같은 괴담怪談이 괴혼怪昏 속에 괴식자傀食者처럼 거장巨長하는지라. 과거가 이제 당기나니 똥개 한 마리 짐승, 덴 대견大犬이, 퀴퀴 답도踏道하며 스스로 측각側脚에 탈준脫準한 채 코로 킁킁거리도다. 호우드구丘의 익살스러운 낄낄대는 웃음. 그러나 왜 야명전夜明前에 똥개가 구덩이를 파는고? 들의 새벽 합창을 새 되게 울게 할지라, 수탉 및 암탉, 아나 여왕계女王鷄가 뒤둥뒤둥 꼬부라져 꾀오꾀오 압주鴨走하도다. 영창남詠唱男을 위하여 한 번, 짐꾼을 위하여 두 번 그리고 웨이터를 위하여 한 번 두 번 세 번. 그런고로 불가식不可食의 황육이 불가전不可顚의 흑黑으로 바뀌도다. 영양남營養男, 수부와 함께, 회건回鍵(턴키) 트로트 무舞로 해갑海岬까지, 부두활보자(피로 광대)들을 후무리는데 봉사하다니, 노엘즈 바와 판치쥬디 크리스마스 익살인형극에 뜻을 두는 것은 무슨 뜻인고, 정녕, 만일 그대가 자신의 머리 속에 뚝딱소리 혹은 커스 출발저주로 가득하다면, 연미복상, 그대는

[595] 교수 - 안내자와 함께, 호우드 언덕, 채프리조드 근처, Castle Knock의 문에서 노크하는 HCE(손)이다. 엑스무스, 우리들을 위한 바이킹 도都, 스톤헨지(거석주군巨石柱群)의 성가대학聲歌大學에서 침묵 당할지라, 소년들, 각자 하나 하나? "죽음은 가고 생자는 전율하니. 그러나 생生

은 행차하고 농아는 말하다!" 기각起覺? 호우드 언덕, 구구丘丘 연달아, 영
궤도英軌道로, 그[HCE - Finn]가 가젤 해협 향상向上에 자신의 장가사지
長歌四肢를 압향岬向 뻗고 있을 때 풍경에 안도의 한숨을 쉬나니, 그리하
여 브리안의 신부新婦[이시]는, 정강이 높이 흔들고, 그 어느 때보다 자신
의 원부遠父와 혼혼하여 처녀무處女舞를 위한 점묘낭자點描娘子로다. 호
조好調의 양녀羊女! 우리는 즉현卽現 이유耳癒할지니, 지지처녀地誌處女
들의 작별 안녕 및 곧 소식 있기를 하고 말하는, 29가지 길을. 40윙크와 더
불어 그대 아주 많이 나를 즐겁게 하기 위해 윙크하며. 그녀의 양두羊頭와
함께. 그건 수위首位의 신애란토까지 기나 긴 광로光路로다. 코크행行, 천
어川漁행行, 사탕과자행, 부용(구기수프)행, 편偏 소시지행, 감자甘蔗행,
소돈육燒豚肉행, 남男(매이요)행, 오행속요五行俗謠(리머릭)행, 수가금水
家禽(워터포드)행, 요동우자搖動愚者(웩스포드)행, 시골뜨기(루스)행, 냉공
기冷空氣(킬대어)행, 연착전차延着電車(레이트림)행, 카레요리(커리)행, 마
도요(鳥)(카로우)행, 리크(植)(레이크)행, 고아선孤兒線(오파리)행, 다랑어
갈매기(도네갈)행, 청淸(크래어)황금도黃金道(골웨이)행, 폐요새肺要塞(롱
포드)행, 월광유령月光幽靈(모나간)행, 공금公金(퍼마나)행, 관棺(카밴)행,
울화鬱火(안트림)행, 갑옷(아마)행, 촌村까불이(위크로우)행, 도래악한(로스
코몬)행, 교활행진(스라이고)행, 종달새수학(미드)행, 가정상봉(웨스트미스)
행, 메추리육(쾌일스미스)행, 킬레니행. 텝! 선두래先頭來할지라, 열석列石
을 환상할지라! 톱. 우리들을 위해 현명하게도 노 브루톤은 자신의 이론을
철회했도다. 그대는(alp) 알프스 산혼적山魂的으로 올 바르도다! 절대대대
로. 그러나 이것은 필경 따분한 운송이 아닌고? 나만타나 곡촌曲村. 확실
히 그건 그대가 회춘回春하고 있는 것이 아닌고? 과연! 또한 멋있게. 우리
는 피지문서관皮紙文書館, 아란 공작상公爵像 근처에 하입下立하고 있는

듯 한지라, 말발굽 전시회, 전사마차戰士馬車들 및 이종의 바겐화차들 사이에, 윗쪽과 아랫쪽, 이중전치二重前置 뿐만 아니라 삼중접속三重接續된 이후, 인양 또는 에도 불구하고, 과거 만캐이랜즈(토지)였던 서소굴鼠巢窟 속의 현대패총탐구의 방식이 화산분출잔해 속에 현존하는 용암에서부터 상속적 세대가 심화산분진深火山粉塵의 깊고 깊은 심연 속에 존속해 오고 있는 동안 그것을 증명해 왔도다. 매몰된 심장들. 여기 고이 쉴지라.

[594.01 - 595.29] 태양이 세대들 - 옛 아일랜드 위로 솟고 있다 - 주막이 깨어난다. 조반이 진행 중이다. 꼬꾀오 꼬꼬 그는 할지라. 면면眠할지라. 고로 그[HCE]로 하여금 면면眠하게 할지라, 수면睡眠! 그들이 그의 상점의 덧문을 끌어내릴 때까지. 그는 안이면安易眠인지라. 충휴지充休止.

[595.30 - 595.33] 수탉이 운다 - 그를 계속 잠자게 하라.(아침의 태양처럼 탕아(셈)는 돌아온다. 그것은 손이다. 그는 신선한, 본질적으로 재생된, HCE이다). 한 자연의 아이가 납치되었다. 아니면 아마도 그는 이제 능숙한 수기술手奇術에 의해 시야로부터 스스로 나타났다. 탕아는 여기 솟는 태양과 함께 되돌아온다. 이리하여 사시조四時鳥의 탁발수사조托鉢修士鳥 귀담아 들을지니, 남南시드니! [HCE의 속성들] 아이, 한 자연의 아이[HCE - 솀]가, 기억 명으로 당시 알려졌나니.(그래! 그래!), 아마도 최근의, 어쩌면 한층 먼 나이에 납치되었던지 그랬었나니. 아니면 그는 능숙한 손재주로부터 스스로 마력 출몰했도다.

[596] 새벽잠에서 깨어나는 HCE. 그를 위해 심면深眠은 레몬 쓰레기 더미로다. 유산양시장乳山羊市場에서. 완충完充의 견신犬神에서. 추락

위의 이토泥土. 적절애란인適切愛蘭人. 수탈분리收奪分離된 남성의 백년
남군촌百年男郡村의 우뢰투자가雨雷投資家. 볼지라, 그[손]는 돌아오도
다. 승 부활된 채. 핀 화신. 여전히 노변주爐邊周에서 예담된 채. 조도사실
朝禱事實로서. 타종인打鐘人의 켈트어류語類 부활봉기를 환영했도다. 영
원토록, 자신의 찡그린 안구顔口 속의 엄지손가락. 파관波冠으로 재흥再
興하는 파도에 각성한 채. 어제의 벌罰에 정복당했나니. 일광의 양부. 주
여색酒女色 및 몽가夢歌의 최선간계最選奸計로부터 장지 마런 중의 애란
토까지. 재제성령再制聖令 39조항 하에. 성규정가聖規定可의 주님의 명
령에 따라. 우리가 그를 지구실地球失로 생각했는지라. 묵주黙珠구슬, 무
명용사. 텀 바룸 바산山으로부터. 전全 랜써릿 원탁기사들의 면전에서. 모
든 로서아인露西亞人들의 과황제過皇帝. 연못(더브)의 사시교외斜視郊
外의 종부種父. 디긴즈(굴착시掘鑿始), 우던핸즈를 사방 어슬렁거리기 위
하여. 부화서반아산주孵化西班牙産酒와 더불어 그의 영취마비英醉痲痺.
영인감비英人感痺. 쭈글쭈글땅신령날씬요정불도마뱀인어(gnomeosulphid
osalamermauderman). 대좌상인大挫傷人, 항사비석港死碑石. 포술 건닝가
家의 총수, 건드. 하나 둘 혹은 셋 넷 다섯 휴일군중 속에 해후가능자. 술통
에 축복 하옵기를. 뚜껑 없는, 갤런 술통. 담배꽁초, 수소 주主, 일종의 퇴
적, 팜필 노름꾼, 설雪포도주 통.(e)편집자의 소위(h)위생(c)고안구衛生考
案具. 그대의 허벅지의 두께. 아시는 바와 같이. 응당. 목사의 희비에 대하
여 말하며. 오월주경위에 의하여 파괴되고 있는 사녹絲綠, 허백虛白, 호청
糊靑. 당사자. 고애란(e)엘가에(c)두루미 소리(h)들리지 않을 때. 이 시詩
를 방금 말하려고. 무연결無連結, 무장애無障碍, 유선전有旋轉, 유자유결
함형有自由缺陷型. 자기자신에 대한 유사상징. 아담과 이브 신인지의 정
신적 자아(아트만). 수자타도이유誰者他道理由. 노루자老淚者로서가 아

니고 소무협가少武俠家. 백발무결白髮無缺 및 무절제거사無節制居獅. 그가 익살스러운 색色으로 보일지라도. 얼마간 더듬거림. 그러나 딜리아 꽃을 뒤쫓는 아주 큰 한 마리 벌레. 경소경색경사警所哽塞警査. 또한 전번제유미공굴착全燔祭乳麋空掘鑿. 천문학적으로 전승인물화傳承人物化된 채. 영감현자 지암 바티스타 비코가 그를 예견했듯이. 자신의 언질어言質語를 재매再買하는 마지막 절반 성구. 애상열별哀傷裂別되고 탈지면 기워진 채. 그리하여 솥뚜껑이 백유白乳 냄비 나무라는 우리들의 어유희語遊戲를 벌종罰終하기 위하여. "수실收實한, 수직의, 성스러운, 수장修將의, 세침細針한, 수종합受綜合의, 성급한(스위프트)".

[596.33 - 597.22] 잠자는 사람은 한 쪽으로부터 다른 쪽으로 방금 구르려고 한다 - 왜? [손의 도래] 미관예수의 성단星壇에 맹세코! 책략이 그를 값지게 상속원을 성취하게 했도다. 저 외투 위의 물방울이 핀갈 주위를 결코 강우하지 않았나니 양적良滴! 스칸디나 호의 소금, 의지, 하피자何疲者라도 신남으로 만들지라.

[597] 다시 아침 시간 - 과거 시간은 흘러가고 새 시간이 흘러들어 오다. [재차 아침 시간] 화일火日? 날(日)! 기풍태양신氣風太陽神의 장완長腕 그것은 우연암합偶然暗合을 띠나니. 그대는 우리가 신화왕神話王 마냥 깊은 밤잠을 이루었다고 볼 참인고? 그대 그러하리라. 지금 바로, 지금 바로 막, 지금 바로 막 전전경과轉全經過할 참이로다. 침면寢眠. 심지어 명부冥府 및 불량계의 백환百環 및 사악한 이교도 책자에도 그리고 묘墓, 임종 및 공황의 기이하고 괴상한 책에도 일어날 법하지 않는, 모든 최이상물最異常物들 가운데! 활생활活生活의 무진총체無盡總體들이 유생성流生成

의 단 하나의 몽환실체夢幻實體인지라. 설화 속에 총화總話되고 제목잡담題目雜談 속에 화설話說된 채. 왜? 왜냐하면, 저주신詛呪神과 모든 들뜬 남근男根들에게 은총 있을지니, 그들의 말들 속에 시작이 있고, 향신向身하는 두 신호측信號側이 있었는지라, 서거西去와 동재東在, 제작우측製作右側과 오좌측誤左側, 잠자는 기분과 깨어남, 기타, 등등. 왜? 남농측지南聾側地에 우리는 모스키오스크 요정령궁妖精靈宮을 갖나니, 그의 쌍둥이 인접隣接들, 욕옥浴屋과 바자점店, 알라알라발할라 신전, 그리고 반대 측에는 코란 방벽과 장미원이 있는지라, 안녕 장난꾸러기여, 온통 말끔히. 왜? 옛날 옛적 침실 조식에 관한 이야기 그리고 근친살해투近親殺害鬪와 쿠션소파 그러나 다른 것들은 인공忍孔과 토뢰마멸土牢磨滅된 매물, 열熱, 경쟁 및 불화의 시여물 및 상거래 품들. 왜? 매화每話는 그의 멈춤이 있는지라, 사바만사생裟婆萬事生 증언, 그리하여 결국 행운환하幸運環下에 필경형성畢竟形成하는 모든 - 꿈은 진과眞過로다. 왜? 그건 일종모주一種謀酒의 꿀꺽벌꺽 밀주취密酒醉한, 심장수축확장이라, 그리하여 그건 매시매인 그대가 항시하처恒時何處 온통 졸게 하도다. 왜? 나를 탐사探私할지라.

[597.23 - 597.29] 압스 - 어 - 데이지(ups - a - daisy), 그는 구른다. 그의 등배登背는 차다. 그리하여 얼마나말하기졸리고슬픈지고(howpsadrowsay)(하비면언何悲眠言)견시見視![솟는 태양] 현행現行의 전율은광戰慄銀光의 한 가닥 화살, 노고老姑된 채. 냉신冷神의 진적眞蹟(정녕코)! 요신搖神! 저 온溫은 어디서부터 왔는고? 그것은 무한소적無限小的 발열인지라, 휴지열, 상승열, 아리아의 삼박자무, 잠자는 자의 기각起覺, 인간의 배면예감背面豫感의 소규모 속에, 깁, 그리고 다시, 겝, 필경 마야환상성摩耶幻想

性의 미래로부터의 한 가닥 섬광이 세호선世互選의 세경이世驚異의 세풍창細風窓을 통하여 세강타勢强打하듯 새 지저귐의 선회가 하나의 세상이도다. 톰.[라디오의 전송]

[597.30 - 598.16] 라디오의 일기 예보. 앞서 유쾌한 날 - 어제 밤의 작별 - 오늘 아침의 환영. [일기예보] 섭씨도는 완전상승하도다. 수요정갈까마귀(jaladaew)는 아직 인지라. 구름은 있으나 새털구름이니. 아네모네(植)가 활향活香한 채, 혼온도昏溫度가 조상朝常으로 되돌아오고 있도다. 체습성은 온통 선공기로 자유로이 안도를 느끼고 있는지라. 마편초馬鞭草는 풀(草) 관리자로서 선도하리니. 그렇고, 사실상 그렇고, 참으로 그러할지로다. 그대는 에덴 실과를 먹는지라. 무엇을 말하랴. 그대는 한 마리 물고기 사이에서 사식蛇食했나니. 하측何側 텔레(비) 화話.

[598] 아침 기도의 시간 - HCE 주변에는 초월적 뭔가가, 성체 따위. 매每 저런 사장물私場物들은 여태껏 여하 장소이든간에 비존非存한지라 그리하여 그들은 온갖 금일족극今日族劇에서 내외무변 바로 그대들의 취득물 구실을 해 왔도다. 소멸된 채. 그대는 그를 미설味舌 끝에서 뱅뱅 맴돌게 했나니. 어떤 유익한 가매철음可買綴音도 이후 무미로다. 불간 황소 대신 군마, 표풍漂風에는 표류. 나일 강 방랑향放浪向의 몽유뇌우운夢遊雷雨雲. 빅토리아스 근수지近水池. 알버트 원수지遠水池. 때는 길고도, 아주 긴, 어둡고도, 아주 어두운, 거의 무종無終의, 좀처럼 인내할 수 없는, 그리하여 우리는 대개 아주 다양한 그리고 하혹자간何或者干가 굴러 더 듬거리는 밤을 추가할 수 있으리로다. 작종송금일作終送今日. 일신日神! 가는 것은 가고 오는 것은 오나니. 작일昨日에 작별, 금조환영今朝歡迎.

작야면昨夜眠, 금일각今日覺. 숙명은 단식정진斷食精進. 숙행熟行, 선타善他! 지금 낮, 느린 낮, 허약에서 신성로, 일탈할지라. 연꽃, 한층 밝게 그리고 한층 감자매甘姉妹하게, 종형개화鐘形開花의 꽃, 시간은 우리들의 기상 시간이나니. 똑딱똑딱, 똑딱똑딱. 로터스(연꽃) 비말도飛沫禱여. 차차시此次時까지. 작금별昨今別. 감사를 가질지니, 감사 댕댕, 감암感暗 토마스. 저 개이구주開耳歐洲 끝에서 인도印度와 만나도다.

[597.30 - 598.16] 라디오의 일기 예보, 앞으로 경쾌한 날씨와 함께 - 작별 어제 밤 - 환영 오늘 아침[기도의 시간] 그대가 그[HCE]를 뭐라 불렀던 그에게 하사何事에 관한 초야적超夜的인 뭔가가 있도다. 냄비 빵(판판)과 포주주(빈빈)는 그대의 무누無淚의 타밀어語로 유독히 화물차차(반반)와 침침針針(핀핀) 일지라도 그러나 그들은 고작해야 단독히 빵과 포도주에 불과한지라. 이쪽 전자全者가 뒤따르는 것은 저 쪽 이자異者가 따르는 것이나니. 피소彼少 소소년少少年. 오래된 작일효모 빵은 그루터기 통속의 터무니없는 부화요 물주전자화畵는 벽壁위에 원자행原子行이도다. 곰팡이(마태), 암흑(마가), 누출(누가) 및 허풍(요한)이 방금 그들이 누운 악상惡床을 필요로 하는지라 그리하여 금일부 비교곤충음향학상으로 그대의 최후의 말들은 환희를 향한 힘을 통한 연속괴상連續怪想의 뻗음을 말할지니, 금시, 거기 그는 잠깨도다. 완화안緩和眼에는 환화안, 인후에는 인협

[598.17 - 598.26] 성변화(transubstantiation)의 신비 - 시간의 효과. 아침 기도의 시간. HCE 주변에는 초월적 뭔가가 있으니, 예를 들면, 성체(Eucharist)가 그것이다. "Panpan and vinvin"(라틴어로, "빵과 포도주")은, 이를 뒤집으면, 남부 인디언 말로 vanvan and pinpin이 되지만, 성체 빵과 포

두주가 되기는 마찬가지. 팀! [시간의 흐름] 로카 우주좌宇宙座의 그들에게. 듣고 있도다. 도시는 궤도하는지라. 연속시제에서 그때의 지금은 지금의 그때와 함께. 들었는지라. 지금까지 있어 온 자는 연속 있으리로다. 들을지라! 세 번의 시보교환타時報交換打에 의해, 차임 종소리, 억수만년에 걸친 비대남과 왜숙녀矮淑女의 시대가 그토록 많은 미분에 의해 정확히 석년昔年 모월母月 야주간 주간일 개시開時로 수시간이 될지니, 우리들의 거대여격巨大與格 거대탈격巨大奪格 및 우리들의 쉬쉬 어머니, 진처眞妻와 함께 활남편活男便, 그리고 그들의 아이들 및 그들의 이웃들 그리고 그들의 이웃들의 이이들의 이웃들 및 그들의 가재 및 그들의 용인들 그리고 그들의

[599] 이제 시간은 지나고 장소에 대한 생각 - HCE가 의식 속에 다시 솟으면서, 시간과 공간 사이 자기 자신을 위치한다. 그리하여 그는 '회고적 편곡'(retrospective arrangement) [〈율리시스〉의 벤 돌라드의 〈까까머리 소년〉의 노래에 대한 톰 커난의 평가(U 75)] 속에 초기 유목민들의 발자취를 재 답습한다. [장소] 그대 조상들이 건립한 보도步道를 보지 못하는고? 초창기 시대의 우리들의 부친 화. 혈연자들 및 그들의 동류 내외 찌꺼기 및 그들의 것이었고 그들의 것일 그들의 모든 것.

[598.27 - 599.03] 시간의 진행 - 시간은 매인을 위한 타당한 시간이다. 대단히 감사하도다. 티 - 모 - 시(금일다시)! 그러나 하처, 오 몇 시? [장소] 어디 하시? 코스! 그대 조상들이 건립한 보도를 보지 못하는 고, 천국에서 오범誤犯한 우리들의 부친화신父親化身들, 당신들의 이름에 가공할 지라, 멍청이 암소, 별(星)수송아지, 연煙호랑이, 사자코끼리, 심지어 아타신神

이 갈식할 때, 삼엽클로버 속에 뒷발로 선 흑담비(動)가 미끄러진 채, 발굽, 발굽, 발굽, 발굽, 도보비만족塗步肥滿足으로 어슬렁어슬렁터벅터벅가만 가만걸으면서. 우리들이 존재하기 이전! 의미하고 있나니, 만일 유동설油 桐舌이 유강석화流江釋話한다면, 즉, 원시의 조건들이 점차로 후퇴한 연 후에 그러나 그럼에도 불구하고 고체와 액체의 정치가 엄침嚴沈한 낙뇌노 호落雷怒號, 엄숙솔로몬 혼인주의, 엄소淹鯵의 묘매장墓埋葬과 섭리적신 의攝理的神意를 통하여 광범위할 정도로 존속되어 왔는지라, 그의 일시 가 시제지속 및 부지속不持續의 주저를 지속한 다음, 고려하의 장소 및 기 간에서, 균형경제적 생태윤활적生態潤滑的 균등돌출적 균형실험적均衡 實驗的 평형상황의 다소 안정된 상태에 있어서 일천년기적壹千年期的 군 사적 해상적海上的 금전적金錢的 형태론적 환경형성의 사회유기체적실 체社會有機體的實體를 가능하게 그리고 심지어 불가피하게 만들었던 것 이로다. 자 경교환鯨交換할지니, 전동傳動! 나를 위해 더 이상의 형태소모 르페우스 면신眠神은 이제 그만! 비유사위병非類似衛兵은 삼갈지라! 그 대는 바로 위장을 깔고 군행진할지니. 노주묘怒主錨의 주정酒亭로. A E 동판화. 해견가치海見價値. 그대 다多(롯)감사, 겸손한 점죄중點罪衆! 호 수도에 주막이 있도다. 팁. 타모티모의 마권내보報를 취하시라. 팁. 브라 운은 하지만 무토無土(노란). 팁. 광고.

[599.04 - 599.24] 시간(세월)의 순환 - 과거와 현재. 이제 시간은 지 나고 장소에 대한 생각. HCE가 의식 속에 다시 솟으면서, 시간과 공간 사이 자기 자신을 위치한다. 그리하여 그는 '회고적 편곡'(retrospective arrangement)이라. [장소 - 공간] 어디에. 적운권운난운積雲卷雲亂雲의 하 늘이 소명하나니, 욕망의 화살이 비수秘水의 심장을 찔렀는지라, 그리하

여 전 지역에서 최인기의 포플러나무 숲은 현재 성장 중이나니, 피크닉 당황한 인심人心의 요구에 현저하게 적용된 채, 그리하여 상승하는 모든 것과 하강하는 전체 그리고 우리들이 그 속에서 노역하는 구름의 안개 및 우리들이 그 아래서 노동하는 안개의 구름 사이에, 사물을 폭격하여 그것에 농진聾盡 당하는지라 그런고로, 지방성을 지시하는 것 이외에, 그에 의하여 우리가 전술한 것에 아주 다량으로 유리하게 첨가할 수 없음이 느껴지나니, 사실상 대단할 정도의 것은 아닐지라도, 잇따라 곧장 그러나 언급하거니와, 바다의 노인과 하늘 노파는 비록 그들이 그에 관하여 절대 아무것도 말하지 않을지라도 여전히 자신들은 우리에게 거짓말을 하지 않는지라, 무언극(팬터마임)[〈경야〉]의 요지는,

[600] 냄비를 끓이는 행위를 모든 처녀 총각들이 알고 있는지라. 이제 장소는 더블린의 산들과 아름다운 명소인 위클로우 주로 옮겨 간다. 호우드 언덕에는 헤더가 만말하고 그 아래에서 블룸과 몰리는 사랑을 구가한다. [계속되는 장소 - 공간의 서술] 식인왕[HCE]으로부터 소품마小品馬에 이르기까지, 단락적으로 그리고 유사적唯斜的으로, 우리들에게 상기시키나니, 우리들의 이 울세소로계鬱世小路界에서, 시간(타임즈) 부父와 공간(스패이즈) 모母가 자신들의 목발을 가지고 어떻게 냄비를 끓이는가[생애를 꾸려나가는가]하는 것이로다. 그것을 골목길의 모든 처녀 총각들이 알고 있는지라. 따라서.

[599.25 - 600.04] 물(바다)의 순환 - 지역(locality)은 거의 알려지지 않다. [장소] 다多잉어 연못, 이나라비아의 연못, 사라 주州의 유즙乳汁이 마치, 로목장露牧場의 가장자리의, 수대성좌獸帶星座 피스시엄과 사지타이

어스 소성小星의 델타 사이에서처럼, 그리하여 그 속에 한 때 우리는 용암층과 골짜기에 생세生洗했는지라, 그의 고수高水(하이아워터)로부터 여기 회회낙락 즐기면서, 요하상尿河床의 이용교泥鎔橋, 생명들의 강, 크리타 바라 장애물항의 편(네간)과 닌(안)의 유령성의 출현의 화신의 재생, 아린니[더블린] 이방인들의 왕역王域, 모이라모 해海, 리블린 대양의 엄습자, 저주의 사략선족私掠船族, 과거를 상관말지라! 거기 올브로트 니나드서 저수지가 비기네트 니인시 해海를 추적하여 그의 린피안 폭포를 낙관하고 쇄토굴단碎土掘團 어중이떠중이들이 최초의 뗏장을 뒤집었도다. 수문! 직립대폭포! 취경臭耕에 성공을!(우연히 그는 담보물신전 앞에서 탄금彈琴한 것으로 믿어지고 있거니와, 왜냐하면 이러한 이득점(클로스업)은 넘어서야만 하기에, 비록 서풍향으로 몇 시간, 저(e) 퇴역대령(c) 코로닐(h) 하우스의 월과직越過職 여후견인女後見人이 드위어 오마이클 도당 [19세기 아일랜드의 반도]의 요부태생腰部胎生의 큰 대자로 뻗어 누운 자손로 둔감파멸의 나팔총(얼뜨기)창단두槍端頭를 돌려줄지라도, 이는, 자신의 것이 그녀의 것에 잘렸나니, 나중에 고소언苦笑言을 오래도록 끌게 했도다.) 거기에 한 거루 알몬드누릅목木이 녹무하기 시작하나니, 심히 애좌愛座로 보이는 채, 우리가 알 듯 그녀 당연히, 왠고하니 그의 법법의 본질승천本質昇天에 의하여, 고로 그것이 모두를 이루는 도다. 그것이 백白틀레머티스(植)에 성인향聖人香나게 하나니. 그리하여 그녀의 작고 하얀 소화素花 블루머가, 재잘재잘 세 녀 손질된 채, 더블린 요귀의 요술이 되는지라. 색슨 석부류石斧類의 우리들의 둔선조鈍先祖들이 그렇게 애담스럽게 생각했듯 방금 그들은 각角앵글센으로 영구도하永久渡河할지니, 의무 면제된 채 그리고 불결염가不潔廉價로. 거기 또한 한 개의 진흙 판석이, 상시불멸 기념비처럼, 모든 소택의 단 하나. 그러나 너무나 나裸하게, 너무나 나고표석

羅古漂石, 나허풍那虛風 너들 너들 느슨하게 넘보는지라, 바린덴즈 속에, 백白 알프레드, 최세한最貰限 어떤 난폭도살승僧의 상上치마(에이프런)를 차용하듯 했도다. (h) 스칸디나비아속屬의(CE) 인근남자隣近男子(Homos Circas Elochlannensis)! 해풍 람베이 섬의 그의 명승지. 노파 집시 혜녀慧女. 혹! 그러나, 우울 빛을 띤 광휘가 여기 그리고 저기 백조영白鳥泳하는 동안, 이 수치암羞恥岩(샘록)과 저 주취설酒臭舌의 수중목水中木은 도盜 - 입맞춤의 - 밀주 패트릭과 그의 방자한 몰리 개미(蟲) 바드에게, 선금작화란어善金雀花蘭語로 말하노니, 아 저런, 이 곳이야 말로 적소인지라 그리하여 성축일은 공동추기共同樞機를 위한 휴일이나니, 고로 성스러운 신비를 축하할 자 손存할지라 혹은 주본토主本土의 순찰단巡察端으로부터의 험상순례자險狀巡禮者, 저 용안에 의한 정엽靜葉의 소옥상자, 그의 강탈은

[601] 29소녀들이 갖는 케빈 축하 - 29소녀들의 성 케빈 - 손에 대한 응원가 - 그는 일어나다. 분명히 그가 고용강세雇用強勢하는 유년업幼年業을 의미하는지라. 한 나체의 요가승僧, 태양진太陽塵에 가려진 채, 그의 엽상최애엽葉狀最愛葉로 오케이 덮인 채, 그녀 자신의 자강自江에 즉여卽與되어. 타자염마他者閻魔 쿠루병 염호염마신鹽湖閻魔神! 후후 숭[손]! 그게 일어나도록 일으킬지라 그러면 그건 그러할지라, 견호見湖, 우리들의 라만 비탄호悲歎湖, 저 회색불결호灰色不缺湖, 이스의 전설시傳說市는 발출拔出하나니(아트란타 마침내!), 도시 및 궤도구軌道球, 애이레의 호박호수水 아래 수면을 통하여.

[600.05 - 601.07] 장면이 펼쳐지다 - 연못, 강, 도시, 돌이 가시적이 된

다. 조간신문이 HCE의 불륜의 이야기를 실었다. 소호笑湖! 하처何處! 하자何者! 유처녀幼處女들? 회사신灰邪神이여, 시언할지라! 지식地息은 천국행하나니. [HCE 소녀들을 헤아리다.] 구천사녀丘天使女들, 벼랑의 딸들, 응답할지라. 기다란 샘파이어 해안. 그대에서 그대로, 이여二汝는 또한 이다二茶, 거기 최진最眞 그대. 가까이 유사하게, 한층 가까운 유사자類似者. 오 고로 말 할지라! 일가족, 일단, 일파, 일군소녀들. 열다섯 더하기 열넷은 아홉 더하기 스물은 여덟 더하기 스물 하나는 스물여덟 더하기 음력 마지막 하나 그들의 각각은 그녀의 좌座의 유사로부터 상이하나니. 바로 *꽃잎 달린 소종小鐘처럼* 그들은 보타니 만 둘레를 화관찬가하도다 무몽의 저들 천진한 애소녀. 천둥케빈! 천둥케빈! 그리고 그들은 음악이 케빈이었네 노래노래하는 오통 뗑뗑 목소리들! 그이. 단지 그는. 작은 그이. 아아! 온통 뗑그렁 애탄자여. 오오! [화녀들의 노래가 29성당 종소리로 이울다] 성 월헬미나, 성 가데니나, 성 피비아, 성 베스란드루아, 성 크라린다. 성 이메큐라, 성 돌로레스 델핀, 성 퍼란트로아, 성 에란즈 가이, 성 에다미니 바, 성 로다메나, 성 루아다가라, 성 드리미컴트라, 성 우나 베스티티, 성 민타지시아, 성 미샤 - 라 - 발스, 성 쳐스트리, 성 크로우나스킴, 성 벨비스투라, 성 산타몬타, 성 링싱선드, 성 헤다딘 드래이드, 성 그라시아 니비아, 성 와이드아프리카, 성 토마스애배스 및 (전율! 비대성非大聲!! 츠츠!!!)성 롤리소톨레스! 기유희성祈遊戲性! 기유희성! 으의! 그것이 바로 이름을 부르려고 하는 것이라! [케빈이여 일어나라, 관개灌漑의 일이 그대를 기다릴지니] 유처녀幼處女들이 설화집합舌話集合했도다. 목통굴木桶窟인, 그대[케빈]의 침상으로부터 승기할지니, 그리하여 묘휘廟輝할지라! 카사린은 키천이도다. [캐이트는 부엌에 있다] 비투悲投 당한 채, 나의 애우哀友여! 그대는 모든 펠리컨 군도群島를 관개灌漑하기 위하여 육지로부터 취수取水해야만 하도다. 점성가 월라비가 이신론자理神論者 토란과 나란히, 그리하여 그들은 뉴질랜드로부터 우리들의 강우안降雨岸을 원포 기遠抛棄했나니, 그리하여 여석아금汝昔我今 우리들의 수임령受任令에 서명했도다. 밀레네시아는 기다리나니. 예지(비스마르크) 할지라.

[602] 이어 케빈(손)의 용모 묘사. 하나의 탐색, 나긋나긋 날씬한 것이 아니고, 나긋나긋 날씬한 것에 가까운 둥글넓적한 것도 아니고, 둥글넓적한 것의 해풍향海風向의 적당 크기의 완충면모도 아닌 그러나, 과연 및 필시, 고수머리에, 완전균형인 채, 화반점花斑點에, 볼품 있게 고색으로, 적당 크기의 완충면모의 풍향에 흔들리는 섬세한 면모.

[601.08 - 602.05] 재차 2소녀들이 케빈으로 하여금 거슬러 오르도록 노래하며 - 교회 종이 울린다. 뭔가가 그것을 위하여 이야기되어질 때 그 것이 공중에서 유동했던가 아니면 특별한 누군가가 전체를 아무튼 혹처 종합或處綜合하려고 할 것인고? [성 케빈의 인생 & HCE의 불륜을 알리는 조간신문의 도착] 콤헨(케빈)은 무엇을 행동하는고? 그의 은소隱所를 분명히 말할지라! 한 선행삼림행자善行森林行者. 그의 도덕압정道德押釘이 여전히 그의 최선의 무기인고? 좀 더한 사회개량주의는 어떠한고? 그는 골석을 더 이상 토루하지 않을지라. 그건 로가[솀]의 목소리로다. 그의 얼굴은 태양자의 얼굴이나니. 그대의 것이 정숙의 관館이 될지라, 오 자라마여! 한 처녀, 당자가, 그대를 애도할지니. 로가의 흐름은 고숙孤肅이라. 그러나 크루나는 원좌遠座에 있는지라. 회색계곡의 오드웨이의 당나귀가 빈자묘지의 사검시격四檢屍隔의 그의 공포 속에 공포명恐怖鳴하려 하나니, 맥로상麥爐床 주변에 악취 피우도다. 독고신문獨考新聞 기자, "마이

크 포트런드"에 의하여 방문 받았을 때, [기자의 출현] 잠복하기 위하여 후
편지배인後便紙配人의 휴게소를 불태우면서 그렇게 불리는지라 심리중
의 노랑이 사내를 그는 더번 가제트 신문, 초판본을 위하여 차한기사次閑
記事를 한송고閑送稿하도다. 구특파원丘特派員으로부터. 모처. 화요일
禍曜日. 상하부 비곳가街의 등 혹, 시워크[이어위커], 그가 생명 영강永江
하기를! 밸리템풀(곡사원谷寺院)의 장례유희. 토요야土曜夜의 장관,(h)현
마구馬의(c)만화(e)전시, 암실 카메라에 의한 노출. 다취 슐즈의 최후, 필
시. 아편흡연최후몽상. 주점역사폭로. 능욕범 장황상보張皇祥報. 설리번
종교묵도중의 감화도배感化徒輩. 그들이 불타신佛陀身을 마약인痲藥引
한 재발명의 흔적. [손 - 케빈의 출현] 무대 배경에 나오는 영화 인물. 파토
스 뉴스에 의해. 그리하여 거기, 홍분의, 안개 낀 론단(유가)에서부터 빠져
나와, 곡강曲江의 대상도로隊商道路를 따라서, 그것이 지나간 세월과 함
께 있는지라, 온화한 파광波光에 자신의 북극곰(星)의 자세를 취하면서,
별들 가운데 키잡이, 신뢰화파信賴火波 그리고 그대 진짜 잔디 밟고, 다가
오나니 우편물 분류계[손], 똑똑 계산마計算馬 한센씨氏, 무도(댄스)로부터
행복도가幸福跳家하는 낙군중樂群衆의 처녀들 사이에 연애의 희망에 관
하여 도중 내내 혼자 떠들면서, 자신의 요령열쇠 주머니 속에 관절건關節
鍵을 상비하고, 그림스태드 게리언의 합당하게 상통할 수 있는 동배, 낡은
모직물 외투, 한 때 큰 나무 접시 위의 그들의(G)거위와(P) 완두와(O) 귀리
(麥)로 야밤까지 흠씬 배불린 채 그리고

[601 - 603] 수행자(은둔자), 성 케빈의 욕통 - 재단浴桶 - 祭壇에서의 명
상. 우밍에서 그[손]는 완구를 탐색探色했나니, 그러나 자신의 일월광의
계란입술 위로 베이컨 손짓하는 총아처럼 저토록 유소油笑를 지녔도다.

여기 추측방독면推測防毒面을 쓴 그대에게 배청杯聽있나니, 후편지배달인後便紙配達人이여! 그리하여 이토록 엄청난 증개량證改良을! 우편처럼 왕정확王正確하게 그리고 취혼미醉昏迷처럼 둔비鈍肥하게! 선화善靴의 손! 주자 손! 우우남愚郵男 손! 뭘 멍하니 생각에 잠긴 채! [손의 조반 운반] 차(茶), 탕, 탱, 퉁, 미차味茶, 축차祝茶, 차茶. 빵 가마는 우리들의 빵을 버터 칠하는 빵 구이를 위한 것. 오, 얼마나 천개부天開釜의 냄새람! 버터를 버터 칠할지라! 오늘 우리들의 우편대郵便袋를 우리에게 갖고 올지라! 하지만 나를 수령할지라, 나의 지우紙友들이여, 에메랄드 어두운 장동長冬에서! 왠고하니 차此는 물오리포단을 위한 수면이요 그리하여 피彼는 말하자면, 가수들이 노래하듯, 우리들의 관할우체공사총재(G. M. P)와 동맹을 맺으려고 애쓰는 근면노동의 직보행直步行의 직단절수直斷切手의 직안봉인直安封印의 관리들이 청소를 위하여 그들이 데리고 들어온 분신타녀分身他女와 야근교대를 위하여 베개에다 자신들의 머리를 받힐 때 일반적으로 피彼를 위해 말하고 피녀를 위해 행하는 짓이로다. [관리들의 음행] 삼월三月 카이사르 휴일의 하이드 공원의 충실한 복행자福行者 같으니. 그대 시간은 가졌는고. 한스 역시 마찬가지 하이킹을? 그대는[HCE의 과거] 범죄를 들었는고, 아가 소년? 사내[HCE]는 배심부인의 무채霧菜의 현찰침대現札寢臺 위에서 현기했나니, 재촉 받은 이야기인즉, 비밀녀, 꼬마녀女, 남구녀南毆女, 다시녀茶時女, 음녀, 야간녀 또는 사모아 신음녀들과 함께, 추권追勸되고, 볕 쪼인 채, 만일 마주취瘌酒醉한 얼뜨기들과 함께 포동포동 풍만하고 외옥관람外屋觀覽의 멋진 활녀라면, 그리고 이런, 저런 다른 돈피축구광남 또는 실책(펌블) 성도자性倒者, 안이관安易管 코스를 택하거나 혹은 번뇌사煩惱事를 행하면서, 그가 오락汚落한 뒤에 자신의 모도毛跳에 정통한 채, 그리하여 당시 그리트 촐즈가街의 닥터 차트,

그는 시소환市召喚에 등뼈를 바꾸었도다. 그는, 누족漏足이다 뭐다 요정면妖精面이다 뭐다 하여 그 쇠향衰向을 받아드리지 않았나니, 그러나 전술과정前述過程에서 입맞춤에 매달리는 한, 법판사가 허락하는 때인지라, 그건 어둠 뒤에 뭔가가 있을 법 했나니라. 그걸 그들은 녹행鹿行으로 보거나 어둠을 바람 불어 쉬는도다. 데뷔더블린. 저런(대천국大天國)! 헤리오트로프스(굴광성화)와 함께 히아신스 같으니! 단 한번의 성숙호녀成熟狐女의 변덕이 아니고 단지 이중유괴二重誘拐! 그건 절세기독切世基督 성당의 문전 부전명예훼손附箋名譽毀損이요 최혹자最惑者가 그에 대하여 환속죄還贖罪해야만 할지라. 저 눈 깜박이 피복자被覆者는 어디 있는고, 저 타종순경견犬, 노고선인하는 사냥의 태자 같으니! 어디 또는 그이, 다인들 가운데 우리들의 애인은?

[602.06 - 603.33] 편지를 지닌 우편배달부, 음식을 지닌 한 아들 - 아빠와 아들의 대면對面. [성당 창유리의 케빈의 출현] 그러나 무엇을 콤헴(케빈)은 행하는 고, 수양매춘남? 율법 타이로. 그의 청록반류青綠礬類 창유리에 구일도九日禱의 아이콘 성상 그러나 그의 전설을 희담稀淡하게 비치기 시작하는 도다. 포스포론(봉화신)을 선포하게 할지라! 좋아

[604] "But what does Coemghem(Kevin)?"이란 질문에 아침 햇살은 근처의 채프리조드의 성당 창살을 비치는데, 이는 성 케빈의 전설을 설명한다. 좋아. 보았던 그를 보았던 그이라 말할지라! 사람을 급히 달리게 하여 그를 붙잡도록 할지니. 더 이상 묻지 말지라, [지친 채, HCE는 자신더러 묻지 말도록 청한다] 나의 제리여, 로가[셈]의 목소리! 무가전無價錢 견자犬子. 꽃다발을 오므라들게 한 소신沼神 같으니. 테피아 땅이 놓여 있는 브

레지아 평원의 혜레몬혜버의 포도나무가지가 내향內向 잎 피우고 자연색의 포도실을 맺었건만 그러나(c) 입방(h) 부화주옥立方孵化酒屋은 조기시간의 혼混미사를 위하여 아직(e) 개종開終하지 않았도다 [주점은 열지 않았도다]. 히긴즈 신판, 카이언 조간 및 이겐 스포츠 일간을 읽을지라. 말서스는 아직 폐점이도다. 내부. 얼마나 감광甘廣 거기 답향答響을 골방은 그 속에서 내는고! 취객이 계속 배회하나니. 그리하여 레몬 소다의 원초신주原初神酒가 흡수될 수 있으리라. 심지어 나무상자 가득한 신하神荷 실은 견인화차의 천사 엔진도 아직 아니나니, 그대 조도성朝禱聲, 침묵종을 위해? 확실히 때가 아니로다. 희랍대希臘大의 시베리아 항성철도, 마치 돌풍처럼, 그의 최초의 단일 급기마력急機馬力으로 이내 원활출발할지라. 장거리임금표계획의 은하자색銀河紫色의 밀크 기차 대신에 대니 윙윙 기적차汽笛車가 감저회전甘藷回轉 덜거덕 화차와 딸기 소화차의 끝없는 은하군과 함께 달리나니 우리들의 노친들은 서비스의 기적으로 기억하는지라, 스트로베리 과상果床. 또한 화차 뒤뚱거리는 자들은 밤의 연소 뒤에 기절상태로 침몰하는 것을 아직도 여전히 상내常耐하도다. 관견觀見, 시머스 로구아[셈록 - 클로버 - 셈]여 혹은! 침묵할지라 그리고! *성당이 성인전적聖人傳的으로 노래하도다.* 어느 단애短涯를 우리들은 처음 보일건고. 누구인 누군가가 그것이 무엇에 대한 무엇인가를 역할 비열석非列席을, 무엇.

[603.34 - 604.21] 아침의 태양이 마을 교회의 창문을 통해 그리고 아일랜드의 들판 위로 비친다. 별들은 아직 가시적이다. "Oyes" 최후의 승리를 나팔 부는 천국의 법정 명령이라, 여성의 단어, 경신의 약속. 오긍청肯聽! 오긍청오아시스! 오긍청긍청오아시스! 갈리아인人들의 수석대주교, 악명

고위성직자두頭, 나는 경남莖男인 경남莖男인지라, 대기의 애란자유국의
주질소자主窒素者, 방금 게일 경고질풍警告疾風을 불러일으킬 참이로다.
시술불능施術不能 애란안소도愛蘭眼小島, 메가네시아, 거주 및 일천도壹
千島, 서방 및 동방근접.

[604.22 - 604.26] 라디오의 방송 - 돌풍 경고. 케빈에 관하여, 창증신創
增神의 종복에 관하여, 창조주의 효성공포자孝誠怖子에 관하여, 그리
하여 그는, 자라나는 풀(草)에 주어진 채, 키 큰 인물[어중이], 미끄러운 놈
[떠중이] 뛰는 뒤축 직꾼[놈들]에게 몰두했는지라, 우리가 지금까지 보아
온대로, 그렇게 우리는 들어 왔나니; 우리들이 수신受信한 것, 우리들이
발신發信해 온 바, 이리하여 우리는 희망할지라, 이를 우리는 기도할지니
마침내, 망연자실을 통하여 이타주의의 통일성의 인식을 통하여 지식애知
識愛를 위한 탐구 속에, 그것이 다시 어떠할지 다시 그것이 어떠할지, 네
마리 불간 수양을 털 깎는 걸 제쳐놓고 미려한 매일의 미낙논장美酪農場
을 지나 도중에서 무릎 가득한 생탄生炭을 떨어뜨리면서 그리고 넬리 네
틀과 그녀의 기개 있는 아들, 찔린 상처투성이,

[605] 케빈의 수도修道 이야기(그의 기적, 죽음 및 삶). 돌멩이를 좋아하
는, 새로 갊은 뼈들의 친구를 매만지며 그리고 모든 어질러진 불결을 우리
들의 영혼세례 돌보도록 내맡기면서, 기적, 죽음과 삶이 바로 이것이도다.

[605.04] 여기 손은 성 케빈의 이미지로, 그는 공원을 가로질러 나무사
이, 바위틈의 샘에 몸을 씻고 새로운 아빠 HCE가 되는 것에 비유된다. "우
리들의 영혼세례를 돌보도록 내맡기면서, 기적, 죽음과 삶은 이러하도다.

"잇따르는 케빈의 수도修道에 관한 긴 이야기는 〈경야〉 중 가장 매력적인 것들 중의 하나이다. 야아. 교황회칙환敎皇回勅環의 이애란군도내怡愛蘭群島內의 이애란도怡愛蘭島의 궁극적 이란도怡蘭島 위에 출산된 채, 자신들의 선창조된 성스러운 백의천사의 향연이 다가오는지라, 그들 하자 간에 그의 세례자, 자발적으로 빈貧한 케빈, 사제의 후창조된 휴대용 욕조 부제단의 실특권을 증여받았나니, 그리하여 한 개의 진眞한 십자가를 지 지신봉할 때, 창안되고 고양된 채, 독신혼 속에 조도종에 의해 장미각薔薇 覺했는지라 그리하여 서방으로부터 행하여 승정금제상의僧正金製上衣를 입고 대천사장의 안내에 의하여 우리들 자신의 그랜달로우 - 평원의 최最중앙지에 나타났나니 거기 피녀 이시아강江과 피남彼男 에시아강江의 만나는 상교수相交水의 한복판 피차의 차안 쪽 항해 가능한 고호상孤湖 上에, 경건하게도 케빈이, 삼일三一의 성삼위일체를 칭송하면서, 자신의 조종가능한 제단초욕조의 방주진중方舟陣中에, 구심적으로 뗏목 건넜는 지라, 하이버니언 서품계급의 부제복사, 중도에서 부속호 표면을 가로질러 그의 지고숭중핵至高崇中核의 이슬 호湖까지, 그리하여 거기 그의 호수는 복둔주곡腹遁走曲의 권품천사이나니, 그 위에 전성에 의하여, 지식으로 강력한 채, 케빈이 다가왔는지라, 그곳 중앙이 황량수와 청결수의 환류環流의 수로 사이에 있나니, 주파몰호周波沒湖의 호상도湖上島까지 상 륙하고 그리하여 그 위에 연안착한 뗏목과 함께 제단 곁에 부사제의 욕조, 성유로 지극정성 도유한 채, 기도에 의하여 수반 받아, 성스러운 케빈이 제삼第三 조시朝時까지 득노得勞했는지라 그러나 주예법朱禮法의 속죄 고행의 밀봉소옥蜜蜂小屋을 세우기 위해, 그의 경내에서 불굴인으로 살 기 위해, 추기주덕목樞機主德目의 복사, 그의 활무대 마루, 지고성 케빈이 한 길 완전한 7분의 1깊이만큼까지 혈굴했나니, 그리하여 그것이 동굴되고, 존경하올 케빈, 은둔자, 홀로 협상協想하며, 호상도의 호안을 향해 진행했는지라 그곳에 칠수번七數番 그는, 동쪽으로 무릎을 끓으면서, 육시과六時課정오의 편복종遍服從 속에 그레고리오 성가수聖歌水를 칠중집七重集했나니 그리하여 앰브로시아 불로불사의 성찬적 마음의 환희를 가지고 그 만큼 다번多煩 은퇴한 채, 저 특권의 제단 겸하여 욕조를 운반하면서, 그리하여 그걸 수칠번數七番 동공 속에 굴착한 채, 수위의 낭독자, 가장 존경하올 케빈, 그런 다음 그에 의하여 그런고로 마른 땅이었던 곳에 물이 있도록 살수했는지라, 그에 의하여 그토록 성구체화되어, 그는 이제, 강하고 완전한 기독교도로 확인 받아, 축복 받은 케빈, 자신의 성스러운자매수를 불제악마했나니,

[606 - 609] HCE의 불륜의 공원 재 탐방. 캐빈의 욕조 - 세례 - 묵상 장면. 영원토록 순결하게, 그런고로, 잘 이해하면서, 그녀는 그의 욕조욕제단을 중고中高까지 채워야 했는지라, 그것이 한욕조통漢浴槽桶이나니, 가장 축복 받은 케빈, 제구위第九位로 즉위한 채, 운반된 물의 집중적 중앙에, 거기 한복판에, 만자색滿紫色의 만도가 만락漫落할 때, 성聖케빈, 애수가愛水家, 자신의 검은담비(動) 대견망토를 자신의 지천사연智天使然의 요부 높이까지 두른 다음, 엄숙한 종도시각에 자신의 지혜의 좌座에 앉았었는지라, 저 수욕조통, 그 다음으로, 만국성당會의 도서박사島嶼博士, 명상문의 문지기를 재창조했나니, 비선고안非先考案의 기억을 제의하거나 지력知力을 형식적으로 고찰하면서, 은둔자인 그는, 치품천사적 열성을 가지고 세례의 원초적 성례전 혹은 관수에 의하여 만인의 재탄을 계속적으로 묵상했도다. 이이크,

[604.27 - 606.12] 글렌달로우의 성 케빈의 일화 - 호수 곁의 인간의 갱생에 중심적으로 집중하면서. [이제 빛이 사라지자, 창문은 정물의 이미지] 승주주교乘舟主教(비숍), 암성장岩城將의 우전례右典禮로 사각斜角! 미사의 봉사부동奉仕浮童, 꺼져! 수영능숙水泳能熟. 벗어진 하늘 아래 세 구정(벤)으로부터의 희후경稀後景이 다른 쪽 끝에 있는지라 [3언덕의 드문 경관이 솟는지라 - 한폭 그림] 주무呪霧 및 경칠풍輕漆風에 그대의 축전광祝電光을 청뇌請雷할지라, 가서家書를 위해 뭔가를. 그들은 전시야세기前視野世紀에 건립되었나니, 한 개의 멋진 닭장으로서 그리하여, 만일 그대가 그대의 브리스톨(항시港市)을 알고 있거나 저 오래된 도로에 자갈 깔린 정령시精靈市의 손수레 길과 십일곡十一曲을 터벅터벅 걷는 다면, 그대는 척골 - 삼각토三角土를 인공식적으로 난필주亂筆走하리라. 그들이 또한 명의상으로 자유부동산보유자(프랭클린 전광)들인지 어떤지는 충분히 입증되지 않고 있도다. 그들의 설계는 하가고어何家古語요 어둠 속의 빛의 매력적인 상세는 친근여애무親近女愛撫가 내용을 호흡함으로써 새로워지는지라. [공원 - HCE의 죄] 오 행복의 죄여! 아아, 요정쌍자여! 이들 공원에서 자신의 박리세정제수剝離洗淨祭需를 이룰 최초의 폭발자暴發者는 과연 괴물재판怪物裁判이 그의 첫날 시출한 저 행운의 멸자滅者였나니. 문체, 악취 및 문신낙인표적文身烙印標的이 동일칭同一稱에 있어서 일총一總일 때, 필적(펜마크)을 가지고 미선결적으로 잉크 칠된 궤지면櫃紙面 [ALP의 편지]이, 모범교수편으로, 비밀리에 봉인 접힌 채, 어찌 제출되지 않을 것인고? 그는 결국 오지汚地로부터 아주 잘 나오나니 그리하여 거기 늙은 실내화마녀가 발을 질질 끌며 다가올지라 때마침 의상희롱녀女 안이 그녀의 요괴尿怪스러운 발톱 재능을 들어내기 시작하도다. 원오도遠誤道 방랑자가 자신의 조잡한 수달피복服을 생각하여 우희도右稀道로 탐행探

450   20-21세기, 모더니즘과 포스트모더니즘 문학의 진단

行하자, 여인의 색다른 가장복에 의하여 발을 굴렀나니라. 그대는 폴카를 춤추었나니, 책사策士여, 아안我眼처럼 맵시 있게, 한편 화상에는 아가씨들이 대기하고 있었도다. 그는 아마 등이 고부라졌는지라, 아니, 그는 땅딸보 일 테지만 언제나 발랄한데가 있나니, 말하자면, 말 탄 수병이랄까. 우리는 그가 매행買行하는 것을 보자마자 경가驚價하도다! 그는 용천湧泉으로 직면하나니 그리하여

[607] 이어지는 경야에 대한 서술. HCE가 죽음(잠)에서 일어나려는 시각이다(And it's high tigh). 그는 아나(Anna)로부터 몸을 떼면서, 움직이며 생각한다. Tetley차를 마실 알맞은 시간, 최고로 유쾌한 시각 - 성 케빈의 우화, 재차 그의 욕조 속의 명상. 그런 식으로 우리는 뒤범벅 메시아의 미사욕浴에 도달하는도다. 오랜 마리노 해원 이야기. 우리들 진실중진필자眞實中眞筆者들은 수업 받은 무력상찬서無力賞讚書 속의 과격주교 맥시 몰리언 보다 이전에 영예를 무수히 저주했는지라. 진사실. 그러한 백현두白賢頭는 다취茶取할지라! 위대한 죄인일수록, 착한 가아이나니, 이것이 사실상 맥코웰가家의 모토로다. 장갑 낀 주먹은 제십이第十二의 제사전第四前에 그들의 장인사제의 나무로 소개되었나니 그리하여 그건 심지어 조금 괴상한 일이나 모두 네 시계요사時計妖邪들이 여전히 재무대再舞臺로 서행西行하고 있는지라, 베델 성지의 야곱[손]이 자신의 파이프 복후覆後에서 묵연黙煙하면서, 메소포타미아의 에서[셈]가 함께, 변경의 매시에 사도使徒들을 배표상화杯表象化하기 전에, 자신의 빌린 풍로냄비접시에서 편두국자 퍼먹으면서. 주주周宙의 최초 및 최후의 수수께끼 소동, 사람이 사람이 아닐 때 그건 언제. 살필지라! 영웅들의 공도 거기 우리들의 육옥肉屋들이 그들의 뼈(骨)를 남기면 모든 어중이떠중이 건배 잔을 채우나

니. 그건 늙은 채프리 마비자가 그의 은거의 그늘을 찾는 그리고 젊은 샹
젤리제가 피네간의 경야(Finnegans Wake)에 그들의 짝들에게 다유락을 치
근대는 자신들의 축신호로다.

[606.13 - 607.22] 다수 이미지들이 상교相交한다. 꿈이 플레시백(화염
의 역류) - HCE와 ALP의 기상 시간 - 깨어남과 잠의 사이의 변방에서 - 잠
자는 부부는 사과 조調로 비비며 서로 쿵 부딪친다. 그리하여 때는 최고로
유쾌한 시각 제시題時 고조高潮 시時. 그대의 옷 기선장식에 눌러 붙은 나
의 치근거림이라니. 각다귀 짓은 이제 질색. 아니, 당장 나의 문질러 비비
고 떠드는 짓이라니! 나는 그대의 하신荷身을 자루에 넣는도다. 내 것은 그
대의 무릎이라. 이것은 내 것. 우린 여상위남女上位男 망혼妄婚의 어떤 부
조화 교각交脚 속에 서로 사로 잡혔나니, 나의 미끈 여태, 그로부터 나는
최고 승화하도다. 사과, 나의 영어暎語! 실례. 여전히 미안. 아직 피곤 하
시. 하! [여명의 솟음] 록여명日綠黎明이 숭고행崇高行 속에 더해가도다.
하풍동夏風冬 춘락추春落秋, 기세락氣勢落된 채. 우박환호雨雹歡呼, 암
습暗濕의 우왕雨王, 설만雪慢하게 과세퇴過歲退하면서, 우뇌전광雨雷電
光 천둥, 우울성하층憂鬱星下層 관구管區속으로, 거기서 나와, 성패간成
敗間 곧 쉬잇, 곧 안개, 공동원空洞園으로부터 열남구熱男丘까지, 일광왕
일세日光王一世가(감탄할 함장제독 기포포로旗布捕虜 번팅 및 블래어 중령에
의하여 기도엄호된 채) 과정진過程進하게 텀프런 주장 위로 모습을 드러낼
지니, 그의 교상橋上에서 이솔즈 무도霧島, 지금의 이솔드 제도諸島의 보
어 시장 "다이크" [새 - HCE]에 의하여 그는 크게 환호 받았는지라, 그의 유
중조상(토르소)으로부터 천개동행天蓋同行된 일광기포日光氣泡의 누더기
모帽(물항物項 39호)로 최고 여분락餘分樂 하듯 보였도다. (기)상.

[607.23 - 607.36] 일광이 계속 더블린 위로 솟는다. 그리고 왕王은 시장市長과의 만남을 향해 앞과 뒤를 기대한다 - 조간신문의 도래. 그가 호소하는지라, 아침 식사 준비하는 소리. "보이는 것의 불가피한 양상. 들리는 것의 불가피한 양상"(U 31). 브랜차즈타운 마간신문馬間新聞이 호소마呼訴馬하는지라. 맙소사(善恩寵), 우리에게 식탁자비食卓慈悲를 고양 하소서! 그래드스톤 위노偉老의 남아여[HCE], 그대의 투수에게 일휴를 주옵소서!

[608.01 - 608.11] 시선이 사기 당할 수 있다 - 공원의 사건의 또 다른 상기 물. 가시성들의 요술이 HCE를 점령하자, 그는 그들의 외모가 황혼과 안개 그리고 반 잠 속에 사기적詐欺的임을 상기한다. 그가 자신 앞에 보여 지는 듯한 것은 공원의 사건에 대한 바로 또 다른 이미지이다. 포목 상(HCE)과, 두 조수들(아씨들), 그리고 세 군인들. 그것은 이러한 몽롱한 가시성의 단일 태도양상態度樣相(매너리즘)이나니, 그대 주목할지라, 블레혼 공과학마법사협회恐科學促進魔法師協會의 습기현상학자濕氣現象學者에 의하여 일치되는 바와 같은지라 왜냐하면, 이봐요 정말이지, 숨을 죽이고 언급하거니와, 순수한(무슨 부질없는 소리!) 재질상在質上, 바로 포목상 한 사람[HCE], 제도사의 조수 두 사람 그리고 낙하물옥落下物屋의 자선조합 사정관 세 사람이 그대에게 면전도발적으로 자기용해하고 있었기 때문이로다. 그들은, 물론, 아더(곰)(熊) 아저씨, 당신의 니스 출신 두 종자매들 그리고(방금 조금 억측이라!) 우리들 자신의 낯익은 친구들인, 빌리힐리, 발리홀리 및 불리하울리, 프로이센 인들을 위한 시가드 시가손 혈암측정기구조합에 의하여 무례한 처지에서 불시에 기습당했도다. 몽마夢魔, 그렇잖은고? 하 하! 이것이 미스터 아일랜드? 그리고 생도生跳 아나 리비

아? 그럼, 그럼. 찬성, 찬성, 나리.

[608.12 - 608.36] 우리가 잠으로부터 깨어남으로 통고하고 있을 때 - 꿈은 사라지기 시작하는바, 단지 상징적 기호들이 남는다. 석石스테너[손] (Shau, Stena, Stone)의 부르짖음이 졸음의 중추中樞를 오싹하게 하고 사건 모事件母가 고질변호인痼疾辯護人들, 쌍자신사双子紳士들의 해수害手 속에 치락置樂되어 왔었는지라, 그러나 아리나[Anna? Shem?]의 목소리 가 저 마법의 단조單朝 동안 패심貝心의 몽상가를 기쁘게 하나니 중국 잡 채 요리 설탕 암소 우유와 함께 포리지 쌀죽, 그 속에 미래가 담긴 다린 차 茶를 운반하도다. 톱 자者?[HCE] 아니? 아니야, 나는 여차여차如此如此를 기억나듯 생각하도다. 일종의 유형類型이 삼각배三脚盃가 되었다가 이 내 그게 아마도 골반을 닮았거나 아니면 어떤 류의 여인 그리고 필시 사각 斜角의 이따금 웅계라나 그녀뭐라나하는것과 함께 예각배銳角背의 사각 중정이, 그의 왕실애란의 갑피화甲皮靴와 더불어 다엽 사이에 놓여 있었 도다. 그런고로 기호들은 이러한 증후로 보면 여기 저기 한때 존재했던 세 계 위에 뭔가가 여전히 되려고 의도하는 것인지라. 마치 일상다엽들이 그 들을 펼치듯. 흑형黑型, 암래호暗來號의 난파항적難破航跡에서. 하시, 하 구훼방河口毁謗 당하고 외항장애 받은 채, 경야제의 주간이 거종去終하 도다. 심약한(초) 심지가 무리수의 아진아亞塵亞로부터 홍 쳇 쳇 발연發煙 발발勃發 발력拔力으로 기립하듯, 탄탄炭炭(템템), 진진塵塵(탐탐), 시종 始終(피네간) 불사조가 경야각하는 지라.

[608] 이 세상에 여전히 되고자 하는 뭔가의 증후가 있도다. 시간의 경 과와 그 가변성. 지나가도다. 하나. 우리는 통과하고 있도다. 둘. 잠에서

우리는 지나가고 있도다. 셋. 잠으로부터 광각廣覺의 전계戰界 속으로 우리는 통과하고 있도다. 넷. 올지라, 시간이여, 우리들의 것이 될지라! 그러나 여전히. 아 애신愛神, 아아 애신이여! 그리고 머물지라.

[609] [무시간을 여행하는 유쾌한 꿈으로부터 깨어남] 그것은 역시 참으로 쾌록快綠스러웠도다. 우리들의 무無기어 무無클러치 차車를 타고, 무소류 무시류無時類의 절대현재에 여행하다니, 협잡소인백성들이 대장광야신사大壯曠野紳士들과 함께, 로이드 백발의 금전중매전도도배金錢仲媒傳道徒輩들이 소년황피少年黃皮 드루이드 교의 돈미豚尾와 함께 그리고 구치(口) 입술의   덜린녀女들이 반죽 눈의 상심녀傷心女들과 함께 뒤얽히면서. 불가매음不可賣淫을 빈탐貧探하는 그토록 많은 있을 법하지 않는 것들. 마타와 함께 그리고 이어 마타마루와 함께 그리고 제발 이어 마태마가누가(matamaruluka)와 제발 함께 멈출지라 그리고 이어 마태마가누가요한(matamarulukajoni)과 제발 멈출지라. [4노인들과 함께 당나귀가] 그리하여 타괴물他怪物. 아아 그래 나귀, 얼룩 당나귀! 그는 회발염색을 갈망할지니. 그리하여, 현명직도賢明直道, 그는 방랑향락각료放浪享樂閣僚를 동위명同位鳴하리라. 여화 로지나, 보다 젊은 여화실女花實 아마리리스, 제일 젊은 화실엽상체花實葉狀體 살리실 또는 실리살. 그리하여 칠천七天지붕을 가진 집의 그들 거점자據點者들이 연계속적連繼續的으로 그의 천고희의 창문을 매도魅渡하고 있었나니, 스스로 재발도再發渡하면서, 마치 석광石光 위의 착색유리처럼, 평이한 추영어醜映語로 윈즈 호텔. 아가미 지점支店들 불벡, 올드부프, 사손대일, 조시 아피가드, 먼데론드, 애비토트, 혹키빌라와 함께 브래이스키투이트, 포키빌라, 힐리윌 및 월홀. 후자후 바이킹 북구의관北歐議館 매니저. 속포速砲 노개점露開店. 숫은

태양의 공분사자公憤使者가(다른 퇴창 참조) 모든 가시자에게 색채를 그리고 모든 가청자에게 부르짖음을 그리고 각 관자觀者에게 그의 점点을 그리고 각 사건에 그녀의 시각時刻을 주리라. 그 동안 우리들, 우리들은 기다리나니, 우리는 대망하고 있도다. 피자찬가彼者讚歌(Hymn)를.

[609.01 - 609.23] 경쾌하게 꿈 - 세계 속으로 뒤로 유입流入하나니 - 그리하여 4노인들이 그들의 나귀, 소녀들, 12인들 등등을 기억하도다.

뮤타 - 방금 주님의 집에서 굴러 나오는 저 연기煙氣는 무엇인고?

쥬바 - 그건 케틀의 고구두古丘頭가 아침의 꼭대기에서 내 품는 것이도다.

뮤타 - 그이 오딘신神은 고주雇主 앞의 연기라니 뇌신철저雷神徹底하게 스스로 창피해야 마땅할지라.

쥬바 - 하나님은 우리들의 주主시니 그리하여 어둠을 호령 하시는도다.

뮤타 - 우들의 부성父星이여! 군집승群集僧들 사이 내가 볼 수 있다면 저들 진행운보자進行雲步者들은 누구인고?

쥬바 - 아아峨峨좋아! 그건 국화상륙자菊花上陸者인지라 그의 승만세僧萬歲(반자이)의 수위반인守衛搬人들과 함께, 자동고사포自動高射砲 쿵쿵쿵쾅, 마차동굴한馬車洞窟漢들, 살해의 카브라마차전야馬車戰野를 기동연습機動練習하고 있나니.

뮤타 - 우랑우탄(성성猩猩이)(動)명鳴! 혹시 나는 드루이드 교인 가득한 산재군散在群 속의 일편—片 키 큰 녀석에 대하여 불확실할지는 몰라도 그가 같은 장소에 일편—片 서 있는고?

[610]

쥬바 - 버킬리 그리고 그는 전창경마적全娼競馬的 의사議事에 대하여 근본심적으로 접신염오적이도다.

[609.24 - 610.02] 재차 뮤타와 쥬바의 대화 시작, 그리고 성 케빈과 대공작의 만남을 살피다.

뮤타 - 석화무기력자石化無氣力者! 오 잔혹미발자殘酷美髮者! 기념가지하구紀念家地下球로부터 방금 재기부활再起復活하다니 도대체 누구람?

쥬바 - 단호신의斷乎信義, 신의! 핑 핑(포수)![핀] 왕폐하!

뮤타 - 하진확실何眞確實? 그의 권능이 레도스(드루이드) 백성들을 지배하도다!

쥬바 - 용장무도勇將武道하게! 그의 권장의 끝까지. 그리하여 도처민到處民의 접종接從은 피닉스시市의 국리민복이나니.

뮤타 - 왜 지고지대자가 자신의 적규赤規 입술에 한 가닥 리어리 추파를 위해 혼자서 미소 짓는고?

쥬바 - 지참전액도박! 매년상시! 그는 버케리 매만買灣에서 자신의 절반 금전선원을 조도助賭했으나 자신의 크라운전錢을 유라시아의 장군을 위해 구도救賭했도다.

뮤타 - 협곡도주峽谷逃走! 그럼 확실여명確實黎明은 이리하여 극락냉소적極樂冷笑的인고?

쥬바 - 실낙원할지라도 책은 영원할지라!

뮤타 - 마구간 경마에 동액도금을?

쥬바 - 무승산마無勝算馬에 10 대 1!

뮤타 - 꿀꺼? 그는 들이키도다. 하何?

쥬바 - 건乾! 타르수水 타르전戰! 도睹.

뮤타 - 애드 피아벨(종전宗戰)과 프루라벨?

쥬바 - 주관酒館에서, 수하녀誰何女 및 가歌.

뮤타 - 그런고로 우리가 통일성을 획득할 때 우리는 다양성로 나아갈 것
　　　이요 우리가 다양성에 나아갈 때 우리는 전투의 본능을 획득할 것
　　　이요 우리가 전투의 본능을 획득할 때 우리는 완화(양보)의 정신
　　　으로 되돌아 나아갈 것인고?

쥬바 - 높은 곳으로부터 우리에게 일송하강日送下降하는 밝은 이성의
　　　빛에 의하여.

뮤타 - 내가 그대로부터 저 온수병을 빌려도 좋은 고, 이 고무피皮여?

　[610.03 - 610.32] 뮤트와 쥬바의 대화 시작 - 성 패트릭과 대공작 버케
리의 파스칼의 불과 도착을 살피면서. 리어리 왕王에 대하여, 그의 미소,
그의 내기. 그의 물 - 뮤타와 쥬바의 대화가 끝나다.

　쥬바 - 여기 있나니 그리고 그게 그대의 난상기暖床器가 되길 희망하는
　　　지라, 애란철물상 같으니! 사射할지라.

　토론공원에서 음률과 색色. 대국자연大國自然 속의 최후 경마. 테레불
안비전 승자. 신무대 석시昔時 잔디 경합을 부여할지라, 위승偉勝의 의지
의 위저를 회상하면서. 두 번 비김(드로우). 헬리오트로프[이시]가

　[611] 하렘으로부터 선도하도다. 세 번 무승부(타이)로 파(살인광) 조키
(기수)가 레입(간통자) 재크를 획 끌도다. 패드록(경마잔디밭)과 버컬리(예
약) 상담.

　[610.33 - 611.03] 잇단 경마를 위한 헤드라인 - 여기 세목 있나니.

[토론의 시작] 그리하여 여기 상세보詳細報 있도다.

[드루이드 - 버클리] 텅크(시율時律) 퉁퉁 텅. 전도미상, 황우연黃牛然한 화염의 두 푼짜리 주교신神 중국상영어의 발켈리, 애란도의 축배축배의 드루이드 수성직자首聖職者, 그의 칠색 칠염七染 칠채七彩의 등자황녹남색극세심橙子黃綠藍色極纖細의 망토 차림으로, 그는, 장백의에, 언제나 동성同聖 천주가톨릭의 수사동료와 함께, 그가 단식하는 프란체스코 수도회 가족의 성직복 입은 신음자들과 동시에, 자신의 부속 콧노래 후가음喉歌音을 흥흥거리며, 천주교 패트릭 손님 귀하를 대동하고 나타났는지라, 이제부터, 연설을 하면서, 하지만 단독 자유자재의 연설이 아니고, 그는 말(言)을 온통 마셔 버리는지라, 확실히, 내일은 회복까지 없으리니, 모든 그토록 많은 다환상多幻像들이야말로 우상주偶像主의 과색상過色相의 범현시적汎顯示的 세계 스펙트럼 무대극의 사진분광적寫眞分光的(포토프리즘) 휘장揮帳을 통하나니, 그의 그러한 동물화석화의 요점은, 광물로부터 식물을 통하여 동물까지, 태양광의 몇 개의 홍채적紅彩的 가구家具의 단지 한 가지 사진반사하寫眞反射下 보다 추락인에게 충만한 것처럼 보이지는 않는지라, 그리하여 그것은 그의 부분(채범현계彩汎顯界의 가구)이 그 자체(채범계彩汎界의 가구의 부분)를 탄흡呑吸 불가능하듯 드러나는 것이니, 반면에 유재단신有在單神인 엔티스 - 온톤의 제칠도 지혜에 있어서 유일수唯一數 낙원역설시자樂園逆說視者인, 그는 현실의 내측 진내부성을 인지하는지라, 모든 사물자체는 그 자체 속에 존재하나니.(현범계의) 모든 사물들은 그들 자체 현범계의 반대내에서, 단일채單一彩된 채, 실제로 보유된 칠중七重의 영광과 더불어 눈부신 진상색채眞相色彩 속에 사방으로 몸소 현시했던 것이로다. 루만 천주교 패트릭은, 시광상동증적視光常同症的, 모든 저러한 설교본을 불획不獲했는지라, 하여간, 심지어 명일회

복사明日回復事는 없나니, 전도미상 흡혈괴연然한 대소동 냄비 치기 황우 상위신上位神 상용영어화자 빌킬리 - 벨켈리 패트군君에게 말하는지라, 반성적反聖的으로, 2회二回 에헴 지유止癒하면서, 다른 말(言)로서, 황하강성黃河江聲 거칠게 가창으로 중얼중얼렌토악장느린어조로부터 다용장무미어반복多冗長無味語反復하면서, 한편 그의 이해포착열망자는, 감소적 명료성격을 가지고, 색열광色熱狂 속에 아주 철투시적徹透視的으로 환상시幻像視하기 위하여 스스로 반론과시反論誇示했는지라, 상대는 불안 우울한 채, 지고상왕至高上王 리어리 폐하에게 자신의 적화초속赤火草屬 두상이 밤색수樹 약초록藥草綠의 색을 온통 보여주나니, 재삼, 니커보커(짧은 바지), 에식스작위육색爵位六色의 강변토산소모사江邊土産梳毛絲의 의상으로된 자신의 동족 사프론 페티킬트복服이 데쳐 놓은 시금치와 꼭 같은 빛깔로 보이는지라,

[612] 타물, 자발적 함묵증자緘黙症者인, 그[드루이드 현자는 그걸 능숙불가해能熟不可解한지라 자신의 금빛 이흉二胸 목걸이가 권卷캐비지로 정동사正同似하게 보이나니, 향후, 부정주의론자에게는 실례지만, 즉 폐위 초지고상제超至高上帝 리어리 폐하에 속하는 신록의 기성우장旣成雨裝은, 그가 말하고자 원하는 바, 초충일풍만다량월계수엽超充溢豊滿多量月桂樹葉의 꼭 닮은 꼴, 그 다음으로, 최최고고왕最最高高王 폐하의 통수사 청개우안靑開牛眼은 파슬리(植)위에 물결치는 타임 향초와 흡사품恰似品, 그와 나란히, 실례지만, 제발 불쾌 잡담 금지라, 암캐사생독목사私生督牧師의 비천혼卑賤魂 같으니, 고고高高 술탄(군주) 경卿 제왕폐하의 저주비방적 륜지輪指의 에나멜 인디언 보석은 동류의 올리브 편두와 아주 흡사한지라, 그와 장측長側으로, 칠칠치 못하게, 꼬꾀오꼬꼬라니, 고

양대자만숭고高揚大自慢崇高 독재 군주의 예외안例外顔[얼굴의]의 자폭
紫暴스러운 전승의 타박상은, 그에 대해서는 순수한 색과色過의 작렬하
게 흠뻑 젖은 일품, 한결같이 채색된 채, 온통 주변 내외상하內外上下, 다
수량 계피엽桂皮葉의 쵸쵸잡탕 요리로 짤라 놓은 것을 보는 것과 아주 닮
았는지라. (H) 등혹(C) 다가오다(E) 매간조每干潮 지겨운 놈! 수묘誰猫?(패
트릭 성자))

[611.04 - 612.15] 세인트 패트릭과 대공주지 버케리의 토론이 재차 시
작하자 - 대공주지는 그의 색깔 이론을 설명한다. 펑크[패트릭의 대답]. 거
시자巨視者여, 소사제小司祭가 반절反折하나니, 비트적거리면서, 한번
엎드리며, 사물을 부르는 장성臟性 그리고 글쎄 만일 좋다면 부르는, 그대
가련한 명암대조법 흑백 쓰레기 폐물론자廢物論者 같으니, 차현此賢의
프리즘귀납적인 돈호법 및 무의식추리적 주변마비에 의하여, 이로의 애
란인의 무지개황폐 전치배前置盃의 최담원칙最淡原則에서부터 천공.(현
화자賢話者의 가능적可能的 녹진성緣眞性과 성자의 개연적 적분정복성간赤
噴征服性間의 그들의 중성전해성中性電解性에 있어서 잠시적으로 승정협안
僧正狹眼이 일별시되고 보완적으로 흑심은폐黑心隱蔽된 채), 오처아자신吾
妻我自身에 대한 아근접我近接은 종합적 삼엽클로바의 수포수건手捕手
巾을 그이(hims) 그녀(hers)에게, 비문영지鼻門靈知하듯이, 이렇게 보이는
432四三二 합의合意는 있을 수 있는 인과심因果心, 무지개경신鯨神의(그
는 무릎을 꿇나니), 위대한 무지개경신鯨神의(그[패트릭]는 아래로 무릎 꿇나
니) 최고 위대한 무지개경신의(그는 정숙하게 무릎을 꿇나니) 가호에 의하
여, 잡초도광야계雜草道曠野界의 화처火處에서 음의식료징音義植療徵
은 그의 투후광전번제投後光全燔祭의 태양이로다. 인상人上(온멘).

[612.16 - 612.30] 패트릭은 우루이드 성직자의 거짓 논리를 보이기 위해 대답한다 - 그는 자신의 손수건으로 자신의 몸을 씻고, 무지개 앞에 무릎을 꿇는다. 바로 그것이나니, 맹세코, 그런 일, 젠장, 바로 그런 일, 넨장! 심지어 꾸무럭 빌킬리 - 벨켈리 - 발칼리까지도. 수하자誰何者는 예수藝守의 애양愛羊램프 위에 뚜껑을 규폐叫閉하려고 있었는지라. 허虛를 찌르기 위해 발한하면서 그리고 몇 차례고. 그때 그는 예분각하藝糞閣下에게 엄지와 선사先四 모지貌脂를 곧추 세웠도다. 터드(팽)(Thud). [드루이드 현자의 패배]

[612.31 - 612.36] 드루이드 승이 목욕에 폭발하고 - 그는 패트릭을 공격하고 태양을 폭발하려고 시도한다. [대중의 환호] 파이아일램프(화등火燈) 선신善神 만전萬全! 태양노웅太陽奴雄들이 태환호泰歡呼했도다. 애란황금혼愛蘭黃金魂! 모두가 관호館呼했는지라. 경외되어. 게다가 천공天空의 접두대接頭臺에서든, 쿵쿵진군. 오사吾死. 우리들의 애숙명주愛宿命主 기독예수를 통하여. 여혹자汝或子 승정절도僧正切刀. 충充홍홍하자에게. 타라타르수水(Taawhaar)? [버클리] [전환] 성송자聖送者 및 현잠자賢潛者, 캐비지두頭 및 옥수수두頭, 임금 및 농군, 천막자天幕者 및 조막자嘲幕者[HCE]. 이제 암야暗夜는 원과遠過 사라지도다. 그런고로 앞으로 이제, 일광쇄日光鎖. (공격)개시일. 황홀변신축광恍惚變身祝光을 위하여. 감실초막절龕室草幕節, 천막건립, 올지라! 치사恥事클로버, 우리들의 광사현상光射現象 속에 있을지니! 그리하여 모든 쌍십위기双十危機를 아주 교차사보충交叉謝補充하게 할지라, 작은 아란我卵들, 여란황汝卵黃 및 유유悠乳, 원대색遠大色의 범우주汎宇宙 속에. 온통 둘레 열熱햄란조화卵調和와 더불어. 신진실神眞實! [변화는 뮈] 하지만 거기 존재 하지 않

왔던 몸체는 여기 존재하지 않는지라. 단지 질서가 타화他化했을 뿐이로 다. 무無가 무화無化했나니. 과재현재過在現在! 볼지라, 성자와 현자가 자신들의 화도話道를 말하자 로렌스 애란의 찬토讚土가 이제 축복되게도 동방퇴창광사東邦退窓光射하도다.

[613.01 - 613.16] 사람들이, 전환한 채, 패트릭을 갈채한다. 태양이 솟 을 때 - 성 패트릭과 대공작 버캐리의 토론이 끝나다 - 막간 바깥 일광, 야 생의 꽃과 다종 식물들 근관류연根冠類然한 영포潁苞(植)의 불염포佛焰 苞(植)가 꽃뚜껑 같은 유제莠第(植)꽃차례를 포엽윤생체화苞葉(植)輪生 體化하는지라 버섯 균조류菌藻類(植)의 머스캣포도양치류羊齒類(植)목 초종려木草棕櫚 바나나 질경이(植). 무성장茂盛長하는, 생기생생한, 감촉 충感觸充의 사思 뭐라던가 하는 연초連草들. 잡초황야야생야원雜草荒野 野生野原의 흑인 뚱보 두개골과 납골포낭納骨包囊들 사이 매하인하시하 구每何人何時何久 악취 솟을 때 리트리버 사냥개 랄프가 수 놈 멋쟁이 관 절과 암 놈 여신女神 허벅지를 악골운전顎骨運轉하기 위해 헤매나니. 조 찬전朝餐前 부메랑(자업자득) 메스꺼운 한잔을 꿀꺽 음하飮下하면 무지개 처럼 색채 선명하고 화수花穗냄비처럼 되는지라. 사발沙鉢을 화환花環하 여 사장私臟을 해방할지라. 무주료無走療, 무취열無臭熱이나니, 나리. 백 만과百萬菓 속의 따라지 땡. 염화물잔鹽化物盞.

[613.17 - 613.26] 꽃들이 자라나는 일광을 향해 열린다 - 아침이, 조반 과 더불어 그리고 사발(식기)운동과 더불어, 방금 도착했다 - 건강, 기회, 결혼을 위한 애일愛日. 건강(H), 우연성배偶然聖杯(C), 종료필요성終了必 要性(E)! 도착할지라(A), 핧는 소돈小豚처럼(L), 목고리 속에(P)! 경악우자

驚愕愚者의 낙뇌落雷가 올림피아 식으로 전조낙관前兆樂觀하도다. 호외
戶外의 망상혼妄想婚을 위하여 애각일愛脚日이 될지라. 애조愛朝와 별석
別夕이 저 전부戰斧를 매장(화해)하기 시작하나니 그걸 조건으로. 그대는
저 파열복破裂服을 잘 수선해야 하는지라, 양봉사여. 그대는 조타진로操
舵進路를 잡을지니, 노고항수勞苦港手여. 그대는 아직 갈아뭉개야만 하
도다(비특정非特定). 그대는 여전히 방관하고 시키는 대로 할지라(사적私
的). 그대들, 자스미니아 아루나 그리고 모든 그대와 유사한 자들은, 단호
결정적으로 그대에 의하여 선택되어져야 하나니, 만일 홑암꽃술이(모노기
네스) (꽃)수술이든 암술이든, 관상화冠狀花든, 수지연樹枝然 및 화밀花蜜
이든. 소유개미 또는

[614] [세월의 연속] 방목放牧베짱이든, 기족氣族 또는 농노農奴든. 무
크쥐 또는 그래이프葡萄, 모두 그대의 헤로도터스 유전자들은 둥둥몽고夢
鼓(단드럼)의, 견목석여인숙堅木石旅人宿, 여인하원세녀汝人何願洗女들
로부터 애절부단哀切不斷하게 되돌아올지니, 미관대美寬大하게 표백되
고 야송미려夜送美麗하게 화장化粧한 채, 모든 옷가지는 몇 번의 빨래 비
누 헹구기를 요하는지라 고로 헹굴 때마다 이결異潔한 두루마리 역役, 유
아柔我를 위한 커프스 및 유대여猶太汝를 위한 광폭廣幅 넥타이 및 멋쟁
이를 위한 계약 바지의 곱슬곱슬한 털을 결과結果하도다. 인내, 참을지라!
왠고하니 파멸하는 것은 무無나니. 탄기조일국歎氣朝日國에서. 주제主
題는 피시彼時를 지니며 습관은 재연再燃하도다. 그대 속에 불태우기 위
해. 정염情炎 활기는 질서를 요부要父하나니. 고대古代가 있었던 이후 우
리들의 생생은 가능 속에 있기 위해 있으리라. 배달된 채. 칼라와 커프스
와 재차 오버올은, 최적자생존最適者生存인지라 고로 청혈淸血, 연철連

鐵 및 저아교貯阿膠가 그들을 만들 수 있도다. 하오何吾에게 모두 요구하나니. 깨끗이. 하시후미何時後尾. 종막. 그리하여 증기재분세탁소蒸氣製粉洗濯所의 가위질박수자 수다쟁이들. 차일次日. 졸음. 펜우리들, 핀우리들, 우리들 자신! 그 따위 운동 단 바지 따위 벗어 버릴지라 유연탄력성을 위한 정선. 엿볼지라. 견착의堅着衣(하드웨어)에 견디고 스타일을 시작할지라. 만일 그대가 더럽히면, 자네, 나의 값을 뺏을지라 왜냐하면 방황신인은 감격착상의 합병合併까지 변진군邊進軍 시작할 것이기에. 개시 재삼 승경勝競하도다

[613.27 - 614.18] 변화, 불길한 천둥(우뢰)의 시간이 당도 한다 - 모든 이전의 사건들이 재발한다. 그리고 역사는 반복 한다. 뭐가 가버렸는고? 어떻게 그건 끝나는고? 그걸 잊기 시작할지라. 그건 모든 면에서 스스로 기억할 것이나니, 모든 제스처를 가지고, 우리들의 각각의 말(言)속에. 오늘의 진리, 내일의 추세趨勢. 잊을 지라, 기억할지라! 우리는(E) 기대를(C) 소중히(H) 여겨 왔던고?(A) 우리는(P) 숙독음미의(L) 자유편自由便인고? 왜 뒤에 무슨 어디 앞에? 평명원계획平明原計劃된 리피(江)주의가 에부라니아의 집괴군을 정집합整集合하도다. 암울한 암暗델타의 데바(더블린) 소녀들에 의하여. 잊을지라!

[614.19 - 614.26] 꿈이 잊혀지고, 단지 잠재의식적으로 기억되기 시작한다. 많은 의문들을 뒤에 남긴 채 - 조반 시간. 계란의 소화 및 새 조직과 배설물의 형성. 우리들의 완전분식完全粉食 수차륜의 비코회전비광측정기回轉備光測程器, 사차천사원의 성탑관망기城塔觀望機는(그이 마태, 마가, 누가 또는 요한 - 당나귀로, 모든 소학교 소년 추문생들에게 알려진, "마마 -

누요"), 탕탕탕연결기連結機(커플링) 용광제련 탈진행과정脫進行過程과 함께 자동동시적으로 전장비前裝備된 채.(농부, 그의 아들 및 그들의 가정법령을 위하여, 계란파열, 계란 썩음, 계란 매장 및 랭커셔식(자유형) 레슬링 부화作用으로 알려진) 일종의 문맥門脈을 통하여 후속재결합의 초지목적超持目的을 위하여 사전분해의 투석변증법적透析辨證法的으로 분리된 요소들을 수취하는지라 그런고로 영웅관능주의(h), 대파국(c) 및 기행성들(e)이, 과거의(a)의 고대古代(l)유산(p)에 의하여 전동轉動된 채,

[613 - 619] 아침이 환은 그것의 시작으로 나르다 - ALP에 의해 사인된 편지가 조간 우편에 송달되다.

[615] 장소에 의한 형태, 잡동사니로부터의 편지, 수용소의 말(言), 일무日舞의 상승문자上昇文字와 함께, 저자 플리니우스 및 작가 코룸세라스의 시대이후, 하야신스(植), 협죽도(植) 및 프랑스 국화(植)가 우리들의 중얼거림 모국에서 온통 - 너무 - 악귀 같은 그리고 비서정적인 및 뉴만시아비낭만적인 것 위를 흔들었던 때, 모두, 문합술적吻合術的으로 동화되고 극사적極私的으로 이전동일시以前同一視된 채, 사실상, 우리들의 노자老者 피니우스의 동고승부대담同古勝負大膽의 아담원자구조造가, 우연지사 그걸 효력적으로 할 수 있는 한 전자로 고도로 충만 된 채, 그대를 위하여 거기 있을 것인 즉, 꼬끼오꼬끼오꼬끼오꼬끼 [HCE 닭 울음소리와 함께 식탁으로], 그리하여 그때 컵, 접시 및 냄비가 파이프 관管 뜨겁게 달아오르는지라, 그녀 자신[ALP]이 계란에 갈겨 쓴 계필鷄筆을 들고[메일과 편지] 계란에 낙서를 낙필하듯 확실하게.

[614.27 - 615.11] 훌륭한 신안(新案) - 편지들(문자들)의 조조부朝早의 소모를 위하여 - 이하 편지의 6개 문단. 원인물론原因勿論, 그래서! 그리고 결과에 있어서, 마치? [ALP의 편지] 친애하는. 그리고 우리(나)는 더트덤(퇴비더미)으로 계속 가는지라. 존경하올. 우리는 나리를 덧붙여도 좋은고? 글쎄, 우리는 자연의 이들 비밀스러운 작업들을 무엇보다 한층 솔직히 즐겨왔는지라(언제나 그것에 대해 감사, 우리는 겸허하게 기도하노니) 그리고, 글쎄, 이 야광최후시夜光最後時를 정말 아주 낙야樂夜했도다. 자명종 시계[이어위커]를 불러내는 쓰레기 쥐 놈들, 그들은 잘 알게 될지니. 저기 구름은 좋은 날을 예기하면서 이내 사라질지로다. 숭배하올 사몬 나리 그들은 그가 그러하듯 애초에 틀림없이 두 손잡이 전무기를 가지고 태어났을지니 그리고 그건 윌리엄스타운과 마리온 애일즈베리 간의 장차長車 꼭대기 위에서였나니, 우리들이 경락輕樂하게 굴러갔을 때, 그이가 우리들이 마치 구름 속에 지나가듯 여전히 쳐다보고 있음을 우리는 생각하는도다. 그가 우리 곁에 땀 속에 잠을 깨었을 때 그를 용서할 참이었는지라, 금발남金髮男, 나의 지상천국, 하지만 그는 우리가 팬터마임을 위한 사랑스러운 얼굴을 지녔음을 백일몽 했도다. 우리는 강광속强光束에 획하니 되돌아 왔는지라, 오래 전 실낙失樂한 뒤 처진 채, 비틀대는 찰라, 저 남자[HCE]는 나라의 우도산牛道産 밀크 이외에 한 모금도 휴대품 속에 결코 떨어뜨리지 않았나니. 그것이 내게 몽국夢國의 열쇠를 준 나에 대한 굴대의 막대기[남근]였도다. 풀(草)속의 몰래 기는 뱀 놈들, 접근 금지! 만일 우리가 모든 저따위 건방진 놈들의 대갈통을 걷어찬다면, 자신의 숙박시설을 위하여 수군대는 녀석들, 나의 밥통들 같으니, 말하자면, 그리고 그들의 베이컨이라니 버터를 망치는 것들! 그건 마가린 유油로다. 박박薄薄 박박. 그건 명예의 제십계율에 의하여 엄근嚴筋히 금지되어 있는지라, 이웃 촌

놈의 간계에 반하는 밀어를 폭로하지 말지니. 그대 주변 동굴문洞窟門의 무슨 저따위 인간쓰레기들, 통곡하며.(거짓말이 그들에게는 주근깨처럼 흘러나오는지라) 수치를 암시하다니, 우리라면 할 수 있을 것인고? 천만에! 그런고로 저주低主여 그로 하여금 저들의 과오를 망각하게 하옵소서,

[616] 몰로이드 오레일리[HCE], 저 포옹침상의 광둔狂臀을 상대하여, 방금 잠자리에서 일어나려고 하는지라(e) 여태껏(h) 가장 배짱 좋은 저(c) 냉발자冷髮者(쿠록)! 무가애란인無價愛蘭人 중의 영인零人, 자신의 일등항사에 의해 딱정벌레[HCE]라 불리는지라. 우리의 올드미스 이야기를 믿는 비슷한 의심녀疑心女들로 하여금 모두 저 창부공헌娼婦貢獻을 갖게 하옵소서! 왠고하니 꼬인 담배 파이프 또는 하이버니아 금속의 산탄霰彈을 우리는 유출할 수도 있는지라 그리하여, 정말이지, 누군가가 최대의 기쁨을 가지고 사살私殺에 의하여 어떤 이의 시신을 장만할지로다. 그리고 화학적 결합의 항구성에 완전 대조되게도 놈의 남은 모든 육편肉片을 다 합쳐도 소매치기 피터로 하여금 한 사람의 5분의 3접시(皿)를 만들기에도 충분하지 못할지니. [이상 HCE의 적들에 대한 ALP의 공격] 선맥善麥(맹세코)! 달키의 세 성찬반盛饌盤을 위하여 얼마나 범미犯味하며 모나치나의 두 초요괴超妖怪를 위하여 무슨 매가경賣價驚이람! 회녹색灰綠色의 회진통灰塵桶을 위한 납(鉛)아세트산염酸鹽을! 평화! 그[HCE]는 우리의 특권적 견관見觀을 위하여 아이때부터 최고의 원자가를 소유한지라 언제나 완전한 털의 가슴, 오금 및 안대가 세일즈 레이디의 애정 무리들이 추적하는 표적이나니. 그의 진짜 헌물. 꿈틀거리는 파충류의 동물들을, 주의할지라! 그에 반하여 우리는 이따위 흩뿌린 듯한 구멍 뱀들을 모두 분쇄하도다. 그들은 우리가 단지 락소변금지樂小便禁止 위원회에 동의하는데도

불구하고 언제나 염병창染病娼 짓을 하고 있나니! 아니면 위쪽에서 꼭 같은 간판 아래 그 짓이 행해지는 것을 볼 수 있을지로다.

[615.12 - 616.19] 귀하신 편지가 시작 한다 - 그녀의 전반적 남자에 대하여 그리고 특히 마가래스로부터 유죄의 중상. 저 원죄성욕한原罪性慾漢[HCE]과 그의 계란 컵의 사이즈를 아는 것에 관하여. 첫째로 그는 한 때 책임기피매인責任忌避賣人이었는지라 그러자 쿠룬이 그를 터무니없이 해고 시켰도다. 소시지 제조에 관해 세이지(샐비어)(植)될지라! 말더듬적 통계학은 티 테이블의 그의 다잔茶盞딸꾹질과 함께 당고포當古鋪의 기름(지방)뺄기자者들이 가장 열식적熱食的으로 메트로폴리탄인人들한테 사례 받고 있음을 보여주나니. 한편 우리는 우리들의 운노동자雲勞動者 감정보상법안의 주의를 끌고 싶은지라. 우리의 무간霧間의 자력자磁力者들은 다혈족의 기생낙산부대寄生落傘部隊에 의하여 양육되고 있도다. 심중心中의 한 가지 최초의 원願은 임금님의 악연주창惡連珠瘡의 완화였다는 우리의 신념이 미치는 한, 공언空言은 실로 군부 앞에 설정한 악례를 허락했는지라. 그리하여 어떻게 그가 계단을 목동등目動登하다니 그건 속보의 힘의 결과였도다. 그의 미상인의 거인목립巨人木立. 금도禁盜의 시시하고 게다가 하찮은 우물쭈물 무원의 이야기! 한 때 그대가 방탄시防彈視되면 그대는 성상聖霜, 빙氷담쟁이덩굴 및 겨우살이(植)에 관통불가할지라 우리가 럭비걸인乞人의 무림茂林에 도착하기 전에 이제 명서命序를! 우리는 방금 최선 속에 온통 성聖로렌스에게 희망하며 폐종閉終해야만 하나니. 덕훈. 스토즈 험프리즈 부인[ALP] 가라사대 고로 당신은 골칫거리를 기대하고 있는고, 고지자考止者여, 문제의 가정적 서비스로부터? 스토즈 험프리씨 왈[HCE] 꼭 마치

[617] 저녁에 선행善幸이 있듯이, 레비아, 나의 뺨은 완전한 결백하도다. 비모지肥母脂. 의미意味 하나 둘 넷. 손가락들. 둔臀경기병의 뒷 바지를 걸고. 게다가 우리들의 재삼 최호의最好意 100—百 및 11十— 플러스 1001타—千—他1의 축복으로 그대의 최선친最善親에 대하여 저들 구전 서한口傳書翰을 방금 종결하려 할지니, 글쎄, 모든 끼친 수고에도 불구하고. 우리는 고도古都 핀토나에서 모두 마음 편히 있는지라, 대니스에 감사하게도, 우리 자신을 위하여, 가결속가結束의 직애주直愛主, 그리하여 그는 우리가 진유전眞鍮錢이 가득한 호주머니를 지니는 한, 생종生終까지 진실할지로다. 위치 장소를 잊을 것 같지 않는 사람들을 기억하는 것이 있을 법하지 않나니. 누가 자신의 머리를 베개 받침 삼아 마호출魔呼出하리오, 글쎄, 푼 맥크라울 형제들이라 불리는 익살조造의 별나게도 조잡한 악취자惡臭者 [HCE를 공모하다], 돈육순교원豚肉殉教園의 신비남神秘男을? 저런 현기력眩氣力 같으니! 티모시와 로칸, 버킷 도구자道具者들, 양인은 팀 자子들이라 이제 그들은 등화관제 동안에 자신들의 카락타커스(수령)(성격)을 바꿔 버렸도다. 캐논 볼즈(대포알)가 그에게서 일광생권日光生權을 펀치 호되게 뺏어버릴지라, 만일 그들이 올 바르게 정보를 얻으면. 음악을, 나의 거장巨匠, 제발 좀! 우리는 대감명시연大感銘試演을 가질지라. 가歌! 우리는 단순히 소리 내어 웃지 않을 수 없도다. 나이 먹은 핀가남歌男! 행운을! 글쎄, 이것이 그를 기약起弱하여 조장助長하게 해야 하도다. 그는 자신을 구제하기 위하여 온통 자신의 분노憤怒 대살모代殺母를 필요로 하리라. 완강한 사내 같으니. 버둥거리게도 온통 투덜대는 대악노大惡老의 핀 우자愚者! 방금 마지막 푸딩으로 배를 가득 채웠나니. 그의 핀 우장례식愚葬禮式이 금목요일今木曜日 오싹하는 시간에 몰래 일어나리라. 근엄왕謹嚴王도 환영할지니. 또한 올솝의 청염양주靑髥釀酒를.

맨쳄 하우스 마경원馬警園의 필화筆畫가 보스턴 트랜스크립지紙로부터 전사轉寫되어 모닝 포스트지紙에 게재될지라. 2월녀二月女들이 28부터 12까지 눈에 띄게 우세할지니. 과菓의, 태고성신사남胎高聲紳士男의, 애적愛積스러운 교구목사의 목소리를 들으려고, 가련한 기적의기승奇蹟意氣僧. 잊지 말지라! 장대한 핀 우장례식愚葬禮式이 곧 있을지니. 기억할지라. 유해遺骸는 정각 8시전에 운구 되어야 만 하도다. 성의심정誠意心情스러운 희망으로. 그런고로 우리들로 하여금 오늘까지 취침중의 손(手)에 증언하도록 도우소서. 마야일摩耶日의 최충절인最忠節人 올림.

[616.20 - 617.29] 혼돈적 전기傳記의 세목을 마련하며, 다가오는 장례葬禮와 경야에 관해 말하며 - 편지에 대한 가짜의 종말. 그럼, 여기 다른 성직聖職의 추정마推定魔에 관하여 이 기회에 당신에게 익오명匿誤名으로 상서上書하나이다. 나[ALP]는 저 따위 바보 벙어리 당나귀[HCE] 곁에 있기를 원하나니, 그리고 그는 나의 원타遠他의 발뒤꿈치 아래 있기를 원하리라. 그건 어떠한고? 세상에서 가장 달콤한 노래! 한창 젊은이로서의 나의 몸매는 타고난 구리 빛 곱슬머리로 처음부터 아주 매료 받아 왔나니. 기혼여성의 부적절재산법령不適切財産法令에 대하여 언급하거니와, 한 통신 기자가 도적塗摘한 바, 스위스 감甘의 추황갈색秋黃褐色 유행이 여인의 천진한 눈에 알맞게 직엄直嚴 매달리고 있도다.

[618] 오, 행복한 냉원죄冷原罪여! 만일 모든 맥크라울 형제가 처녀들을 단지 암즈웍스 주식회사처럼 다루려고 한다면! 그건 소녀대少女帶(解)를 위한 길선물吉膳物인지라! 마이크우남牛男 따윈 결코 상관하지 말지라! 대신에 우리(내)에게 재잘 거릴지라! 그 상스러운 사내[캐드]는 담뱃대

교황教皇의 아내, 릴리 킨셀라와 함께, 그리하여 그녀는 키스하는 청원자의 손안에 그녀의 멋진 이름 때문에 꾸물대는 스니커즈[뱀 놈] 씨氏의 아내가 되었나니, 이제 주목하기 시작하리라. 바로 오늘밤을 위한 주공주主公主! 창백한 배(腹)는 나의 관대한 치유治癒, 등(背)과 심줄은 구보전九步錢. 불리즈 매구埋區 건너편의 흉한은 설리에 의하여 잠자리에서 일어났도다. 부트 골목 여단旅團. 그리하여 그녀는 주류 판매 허가점 병甁 속에 지닌 무슨 약을 갖고 있었는지라. 수치羞恥! 세 배培의 수치! 우리는 그 구두장이가 현재 스위프스 병원에 입원하고 있음을 일러 받았나니 그리하여 그는 결코 퇴원하지 않으리라고! 어느 날 P. C. Q와 함께 4.32 또는 8과 22.5 시경에 사계 재판소판사 및 서기 그리고 성 패트릭 종합감화원의 정화淨化를 위한 한 떼의 마리 부활녀復活女들과 함께 그대의 피皮편지함을 단지 들여다본다면, 전관全觀, 그랜드 피아노 아래 소파 위의 릴리(그런데 귀부인!)를 발견하고 깜짝 놀랄지라 낮게 끌어당기면서 그런 다음 그는 사랑이 걸어들어 오자 키스하고 거울을 들여다봄으로써 그 밖에 청혼인의 진사唇事(입술) 놀이가 행해지고 있는 것을 발견하고 얼마나 놀라 껑충 뛰기 시작하랴. 우리는 아주 훌륭하게 대접받지 못했던고, 우리(내)가 나의 쿠바 활창자滑唱者와 함께 원터론드 가도를 사방팔방 헤매고 다닐 때 경찰과 모든 사람들이 우리에게 모두 머리 숙이고 있있던고? 그리고, 개인적으로 말하면, 모두들 나의 알리스 엉덩이에게 절하며 자기를 소개할 수 있는지라, 힐러리 알렌이 첫날밤 기공연자騎公演者들에게 노래했듯이. 1항項, 우리는 결코 의자에 쇄박鎖縛당하지 않을 것, 그리고, 2항, 어떠한 홀아비 하인何人이든 양키살인殺人 날에 포크를 가지고 우리를 사방 뒤따르지 말 것. 한 위대한 시민[HCE]을 만날지라,(그에게 자만의 생生을!) 그는 송이버섯처럼 점잖나니 그리고 그가 언제나 자신의 음주를 위하여 우리와 고쳐 앉을 때에도 아주 감동적인지라 반면에 관계자 모든 이들에게 설리는 일단 술이 취하면 흉한兇漢이 되나니 비록 자신이 직업상 훌륭하고 멋진 도화인賭靴人일지라도. 우리는 금후 라라세니(절도죄) 경사警査에게 우리들의 고충을 털어놓기 바라나니 그 결과로서 이러한 단계를 취하는 동안 그의 건강은 순차일변도巡次—邊倒로 도공陶工의 냄비 속으로 부서져 들어갈 지라, 그것이 기독제화자수호성자基督製靴者守護聖者한테서 우종추방牛鐘追放 당한 한 노르웨이 두인頭人에 의한 자신의 생활의 전환이 되리로다. 자 이제, [Anna의 결론] 우리의 이야기는 100퍼센트 추적 인간과의 한층 예의 바른 대화로서 재개될 것인 즉,

[619 - 628] 아나 리비아가 바다로 나가자 그녀의 최후의 독백. 그의 몇 잔의 맛좋은 땅딸보 평범주平凡酒와 조모연초粗毛煙草 뒤의 자연적 최행성最幸性의 향락 다음으로. 한편 누구든 저 여원물女原物의 팬케이크 한 조각을 좋아하는 자에게는 그건 감사스러운 일이나니, 사랑하는이여, 아담에게, 우리들의 이전의 최초 판래터요, 우리들의 최고식료품점국교도最高食料品店國敎徒, 그리피스의(토지)개량평가改良評價에 의한, 그의 아름다운 크리스마스 꾸러미를 주서서. 자 이제, 우리는 라스가 벽촌인僻村人, 그들의 경칠 건방진 양볼(臀) 자者[HCE]를 단솔單率히 좋아할지니, 여기 나의 양성침대兩性寢臺 속의 음률音律 주변 둘레를 어정거리는지라 그리고 그는 땅딸보 등 혹의 누추락陋醜落 때문에 가경可竟 있을법하게 도 권태 받고 있도다. 확신이상개량자確神異狀改良者들이, 우리는 이 단계에 첨언하거니와, 필리적必利的으로 아주 동조적同調的인 심농인深聾人에게 말하고 있도다. 여기 그대의 답을 부여하나니, 비돈肥豚 및 분견糞犬! 그러므로 우리[ALP 내외]는 두 세계에 살아 왔는지라. 그는 잠목산

雜木山의 배구背丘 아래 유숙留宿하는 또 다른 그이로다. 우리의 동가명성同家名聲의 차처각자此處覺者는 그의 진짜 동명同名이요 그리하여 그가 몸치장하고 잠자리에서 일어나면(e) 직발기直勃起(c) 자신 있고(h) 영웅적이 되나니, 그때 그러나, 늙은 옛날처럼 젊은 지금, 나의 매일의 안선참회인安鮮懺悔人으로서, 쉬쉬 우리의 한 구애아求愛兒. [편지가 계속하다 - 한층 주장酒場에 대답하며, 이 시간은 주로 그녀에게 목표된 채] 알마 루비아 폴라벨라. 추서追書. 병사兵士 롤로의 연인[이시]. 그리하여 그녀는 무미연육아운無味連育兒韻으로 방금 돈비육豚肥育되려고 하도다. 그리고 리츠관부館富와 함께 국왕실에서 성장착盛装着하는지라. 누더기! 달아빠진 채. 그러나 그녀[ALP]는 아직도 역시 자신의 갑판인간적甲板人間的 호박琥珀이나니. 연우의 아침, 도시! 찰랑! 나는 리피(강) 엽도락화葉跳樂話하나니. 졸졸! 장발長髮 그리고 장발 모든 밤들이 나의 긴 머리카락까지 낙상落上했도다. 한 가닥 소리 없이, 떨어지면서. 청청聽! 무풍無風 무언無言. 단지 한 잎, 바로 한 잎 그리고 이내 잎들. 숲은 언제나 호엽군好葉群인지라. 우리들은 그 속 저들의 아가들 마냥. 그리고 울새들이 그토록 패거리로. 그것은 나의 선황금善黃金의 혼행차婚行次를 위한 것이나니. 그렇잖으면? 떠날 지라! 일어날 지라, 가구家丘의 남자여, 당신은 아주 오래도록 잠잤도다! 아니면 단지 그렇게 내 생각에? 당신의 심려深慮의 손바닥 위에. 두갑頭岬에서 족足까지 몸을 눕힌 채. 파이프를 사발 위에 놓고. 피들 주자奏者를 위한 삼정시과(핀), 조락자造樂者(맥)를 위한 육정시과, 한 콜을 위한 구정구시과. 자 이제 일어날지라 그리고 기용起用할지라! 열반구일도涅槃九日禱는 끝났나니. 나는 엽상인지라, 당신의 황금녀, 그렇게 당신은 나를 불렀나니, 나의 생명이여 부디, 그래요 당신의 황금녀, 나를 은銀 해결할지라, 과장습자誇張襲者여! 당신은 너무 군침 흘렸나니. 나는 너무 치매 당했도다. 그러나 당신 속에 위대한 시인詩人이 역시 있는지라. 건장한 건혈귀健血鬼가 당신을 이따금 놀려대곤 했도다. 그자가 나를 그토록 진저리나게 하여 잠에 폭 빠지게 했나니. 그러나 기분이 좋고 휴식했는지라. 당신에게 감사, 금일부今日父, 탠 여피汝皮! 야우 하품 나를 돕는 자,주酒를 들지라. 여기 단신의 셔츠가 있어요, 낮의, 돌아와요. 목도리, 당신의 칼라. 또한 당신의 이중 가죽구두. 뿐만 아니라 긴 털목도리도. 그리고 여기 당신의 상아빛 작업복과 여전불구如前不拘

[619.16 - 619.19] ALP의 서명과 우표 - 종경 하올 편지는 끝나다 - 그녀의 잠자는 동료에 대한 어머니의 아침의 독백, 강이 바다를 향해 흐르며 - 책의 첫 행에서 계속되다. "강은 달리나니" 위대한 여성 독백은, 안개 긴 장면, 부드러운 애란 아침 이후 "부드러운 아침, 도시!"에 인사하도록 조정된 채, "좋은 아침, 도시!"로다. 아나 리비아는, 그녀가 자신의 몸에 나뭇잎을 지닌 이후, 혀짤배기 소리로 말하고 있다. 계절은 가을일지니, 나무 잎들은 〈경야〉의 마지막 잎사귀이다.(O' 헨리의 단편 소설을 생각하라!) 이러한 잎들은 독자에 의하여 이제 넘겨지고 있으니, 다시 말해, 독자의 손에 쥔 책의 실질적 페이지들이 텍스트에서 언급되고 있다 - 포스트모던 연구의 노트로서 - 자장가와 문학적 언급들은 아나 리비아의 오랜 마음이 젊음과 늙은 나이 사이에서 배회하듯 계속된다. 독자는 젊음의 문학을 만날지니, 즉 "숲 속의 아이들," 〈로빈슨 크루소〉 "독실한 두 신짝들," 그리고 "부츠의 고양이"(619.23 - 619.24, 621.36) 그리고 나중에 〈트리스트람 샌디〉가 있다. "당신은 내가 그토록 오랫동안 아껴온 나의 반도화反跳靴를 찌그러 뜨릴지라."(You'll crush me antilopes I saved so long for)(622.10 - 622.11). 아나 리비아는 도시를 빠져 나가고 있는지라, 가족 메모리의 최후는 그것이 애

란 해의 보다 강한 조류에 의하여 청세(淸洗)되도다.

[620] 당신의 음산陰傘. 그리하여 키 크게 설지니! 똑바로. 나는 나를 위해 당신이 멋있게 보이기를 보고 싶은지라. 당신의 깔깔하고 새롭고 큰 그린벨트랑 모두와 함께. 바로 최근 망우수 속에 꽃피면서 그리고 하인에게도 뒤지지 않게, 꽃 봉우리! 당신은 벅클리 탄일복誕日服을 입을 때면 당신은 샤론장미에 가까울 지니. 57실링 3펜스, 봉금捧金, 강세부强勢付. 그의 빈부실貧不實 애란과 더불어 자만갑自慢匣 엘비언, 그들은 그러하리라. 오만, 탐욕낙貪慾樂, 적시敵猜! 당신은 나로 하여금 한 경촌의驚村醫를 생각하게 하는지라 나는 한 때. 아니면 혹或발트 국인 수부水夫, 호협탐남好俠探男, 팔찌장식 귀를 하고. 아니면 그는 백작이었던고, 루칸의? 혹은, 아니, 그건 철란鐵蘭의 공작公爵인고 내 뜻은. 아니면 암흑의 제국에서 온 혹려마或驢馬의 둔臀 나귀. 자 그리고 우리 함께 하세! 우리는 그렇게 하리라 우리 언제나 말했는지라. 그리고 해외로 갈지니. 아마 일항日港의 길을. 피녀아彼女兒[이시]는 아직 곤히 잠들고 있는지라. 오늘 학교는 쉬는도다. 저들 사내들[쌍둥이]은 너무 반목이나니. 두頭 놈은 자기 자신을 괴롭히는지라. 발꿈치 통과 치유여행治癒旅行. 골리버(담즙간膽汁肝)와 젤로버. 그들이 과오에 의해 바꾸지 않는 한. 나는 눈 깜짝할 사이에 유사자를 보았나니 혹或[셈]. 너무나 번번番番. 단單[숀]. 시시각각. 재동유신再同唯新. 두 강둑 형제들은 남과 북 확연이 다르도다. 그 중 한 놈은 한숨 쉬고 한 놈이 울부짖을 때 만사는 끝이라. 전혀 무화해. 아마 그들을 세례수반까지 끌어낸 것은 저들 두 늙은 옛 친구 아줌마들일지로다. 괴짜의 퀴크이나프 부인과 괴상한 오드페블 양. 그리고 그들 둘이 많은 것을 가질 때 공시할 더 이상의 불결한 옷가지는 없나니. 로운더대일(세탁골) 민

씨온즈로부터. 한 녀석이 성소년聖少年의 뭐라던가 하는 것에 눈이 희번 덕거리자 이놈은 자신의 넓적한 걸 적시는지라. 당신[HCE]은 펀치처럼 기 뻐했나니, 전쟁공훈과 퍼스 식사式辭를 저들 거들먹거리는 멍청이 놈들에 게 낭독하면서. 그러나 그 다음날 밤, 당신은 온통 변덕쟁이였는지라! 내 게 이걸 그리고 저걸 그리고 다른 걸 하라고 명령하면서. 그리고 내게 노 여움을 폭발하면서, 성거聖巨스러운(주디) 예수여, 당신이 계집아이를 갖 다니 뭘 바라려고 한담! 당신의 원願은 나의 뜻이었나니. 그런데, 볼지라, 느닷없이! 나도 또한 그런 식式. 그러나 그녀를, 당신은 기다릴지라. 열렬 히 선택하는 것은 그녀의 망령에 맡길지니. 만일 그녀가 단지 상대의 더 많은 기지를 가졌다면. 기아棄兒는 도망자를 만들고 도망자는 탈선을. 그 녀는 베짱이처럼 여전히 명랑하도다. 슬픔이 통적痛積되면 신통할지라. 나는 기다릴지니. 그리고 나는 기다릴지라. 그런 다음 만일 모든 것이 사 라지면, 내존來存은 현존이나니. 현존은 현존. 그러나 그들로 하여금 내버 려둘지라. 비누구정물 주점잡동사니 그리고 데데한 매춘부 역시. 그(사내) 는 그대를 위하는가 하면 그녀(계집)는 나를 위하는지라. 당신은 하구河口 와 항구 주위를 미행하며 그리고 내게 팔품만사八品漫詞를 가르치면서. 만일 당신이 지그재그 파도를 타고 그에게 당신의 장광설을 늘어놓으면 나는 오막 집 케이크를 먹으며 그녀(계집)에게 나의 사모장담思慕長談을 철자할지라. 우리는 그들[쌍둥이]의 잠자는 의무를 방해하지 말지니.

[621] 우리들의 여정(아침 산보)을 성聖마이클 감상적으로 만들게 합시 다. 이제 불빛이 사라진 이후 아침은 사실상 밝도다. 조조早朝의 아침. 불 순 계집은 계집(물오리)대로 내버려둘지라, 때는 불사조이나니, 여보. 그리 하여 불꽃이 있도다. 들을 지라! 우리들의 여정을 성聖마이클 감상적으로

만들게 합시다. 마왕화魔王火가 사라진 이후 그리고 사오지死奧地의 책이 있나니. 닫힌 채. 자 어서! 당신의 패각에서부터 어서 나올지라! 당신의 자유지自由指를 치세울 지라! 그래요. 우리는 충분히 밝음을 가졌도다. 나는 우리들의 성녀의 알라딘 램프를 가져가지 않을지니. 왜냐하면 그들 네 개의 공기질풍의 고풍대古風袋가 불어올 테니까. 뿐만 아니라 당신은 륙색(등 보따리)도 그만. 당신 뒤로 하이킹에 모든 댄디 등 혹 남男들을 끌어내리려고. 대각성大角星의 안내자를 보낼지라! 지협地峽! 급急! 정말 내가 여태껏 기억할 수 있는 가장 부드러운 아침이도다. 그러나 소나기처럼 비는 오지 않을지니, 우리들의 공후空候. 하지만. 마침내 때는 시간인지라. 그리하여 나와 당신은 우리들의 것을 만들었나니. 열파자裂破者들의 자식들은 경기에서 이겼도다. 하지만 나는 나의 어깨 사울을 위하여 나의 낡은 핀 바라 견견絹을 가져가리라. 숭어는 조반어천朝飯魚川에 가장 맛있나니. 나중에 흑소산黑沼産의 롤리 폴리 소시지의 맛과 더불어. 차(茶)의 싸한 맛을 내기 위해. 당신 토스트 빵은 싫은고? 우식반도牛食盤都, 모두 장작더미 밖으로! 그런 다음 우리들 둘레에서 재잘재잘 지껄대는 모든 성마른 행실 고약한 어린 어치들, 그들의 크림을 응고규凝固叫하면서. 소리 지르면서, 이봐, 다 자란 누나! 나는 진짜로 아닌고? 청聽! 단지 그러나, 거기 한번 그러나, 당신은 내게 예쁜 새 속치마를 또한 사줘야만 해요, 놀리 다음 번 당신이 놀월 시장에 갈 때. 사람들이 모두 말하고 있어요. 나는 아이작센 제제製의 그것의 선선線 하나가 기울었기 때문에 그게 필요하다고. 저런 명심해요? 정말 당신! 자 어서! 당신의 커다란 곰 앞발을 내놔요, 옳지 여보, 나의 작은 손을 위해. 돌라. 나의 낸시 핸드 벽혈, 유화流花의 태어怠語로. 그건 조겐 자곤센의 토착어로다. 하지만 당신은 이해했지요, 졸보? 나는 언제나 당신의 음양으로 알 수 있는지라. 발을 아래로 뻗을지니. 조금만 더. 고로. 머리를 뒤로 당길지라. 열과 털 많은, 커다란, 당신의 손이로다! 여기 포피包皮가 시작되는 곳이나니. 어린애처럼 매끄러운지라. 언젠가 당신은 얼음에 태웠다고 말했도다. 그리고 언젠가 당신이 생성生性을 빼앗은 다음에 그건 화학화化學化되었나니. 아마 그게 당신이 벽돌 두 頭를 지닌 이유일지라 마치. 그리하여 사람들은 당신이 골격을 잃었다고 생각하도다. 탈脫모습된 채. 나는 눈을 감을지니. 고로 보지 않기 위하여. 혹은 동정童貞의 한 젊은이만을 보기위하여, 무구기無垢期의 소년, 나무 가지를 껍질 벗기면서, 작은 백마白馬 곁의 한 아이. 우리들 모두가 영원히 희망을 품고 사랑하는 아이. 모든 사내들은 뭔가를 해 왔도다. 그들이 노육老肉의 무게에 다다른 시간이도다. 우리는 그걸 용암리鎔巖離할지니. 고로. 우리는 저 시원時院에서 세속종世俗鐘이 울리기 전에 산보를 가질지라. 관묘원棺墓園 곁의 성당에서. 성패선인聖牌善人 할지니. 혹은 새들이 목요소동木搖騷動하기 시작하는지라. 볼지니, 저기 그들은 그대를 떠나 날고 있는지라, 높이 더 높이! 그리고

[622] 쿠쿠구구鳩, 달콤한 행운을 그들은 당신에게 까악까악 우짖고 있도다. 맥쿨! 글쎄, 당신 볼지라, 그들은 백白까마귀처럼 하얗도다. 우리들을 위하여. 다음 이탄인투표泥炭人投票에서는 당신이 유당선誘當選 될지니 그렇잖으면 나는 당신의 간절선懇切選의 신부新婦가 아닐지로다. 킨셀라 여인의 사내가 결코 나를 저가하지 못할지라. 어떤 맥가라스 오쿠라 오머크 맥퓨니라는 자가 나팔의 핀갈 여숙소 주변에서 꼬꾀오거리거나 일소一掃삐악 삐악거리며! 그건 마치 화장대 위에 창피침실요강을 올려놓거나 혹은 어떤 독수리 대관代官의 눈썹까지 앙클 팀의 고모古帽를 베레모인양 씌우는 것과 같도다. 그렇게 큰 활보는 말고, 뒤죽박죽 대음자大飲者

여[남편 - HCE]! 당신은 내가 그토록 오랫동안 아껴온 나의 반도화反跳靴를 찌그러뜨릴지라. 그건 페니숄 제로다. 그리고 두 최매最魅의 신발. 그건 거의 누트 1마일 또는 7도 안되나니, 화중묘靴中猫 양반. 그건 아침의 건강을 위해 아주 좋은 것인지라. 승림보勝林步와 함께. 사방 완만한 동작(al) 여가(p) 발걸음으로서. 그리고(hce) 자진산책치료용이自進散策治療容易. 그 뒤로 아주 오래된 듯 하는지라, 수세월數歲月 이후. 마치 당신이 아주 오래 멀리 떨어진 듯. 원사십금일遠四十今日, 공사십금야恐四十今夜, 그리하여 내가 피암彼暗 속에 당신과 함께 한 듯. 내가 그걸 모두 믿을 수 있을지 당신은 언젠가 내게 말할지니. 당신은 내가 당신을 어디로 데리고 가는지를 아는고? 당신은 기억하는고? 내가 찔레 열매를 찾아 월귤나무 히히 급주急走했을 때. 당신이 해먹(그물침대)으로부터 새총을 가지고 나를 개암나무 위태롭게 하기 위해 대 계획을 도면 그리면서. 우리들의 외침이라. 나는 당신을 거기 인도할 수 있을지라 그리고 지금은 여전히 당신 곁 침대 속에 누워있도다. 더블린 연합 전철로 단그리벤까지 가지 않겠어요? 우리들 이외에 아무도 없으니. 시간? 우린 충분히 남아돌아가는지라. 길리간과 홀리간이 다시 무뢰한을 부를 때까지. 그리고 그 밖에 중요 인물들. 설리간 용병단 8, 왼쪽에서 오른 쪽으로. 이리(動)떼 가족, 저 호농민狐農民들 같으니! 흑가면자黑假面者들이 당신을 자금지원으로 보석하려고 생각했는지라. 혹은 산림일각수장森林一角獸長, 나울 촌촌村 출신의, 각 적대장이 문간에 도열하여, 명예로운 수렵견담당자者 및 존경하는 포인터 사師 그리고 볼리헌터스 촌촌村 출신, 쉬쉬 사냥개의 두 여인 패게츠와 함께, 그들의 도드미 꽉 끼는 승마습모乘馬襲帽를 쓰고, 그들의 수노루, 수사슴, 심지어 칼톤의 적赤 수사슴에게 건승축배健勝祝杯를 들었도다. 그리하여 당신은 이별주무離別酒務로서 접대할 필요가 없는지라, 머리에서 발끝까지, 한편 모두들은 그에게 술잔을 뻗지만 그는 잔을 비우려고 결코 시작도 않으니. 이 현현賢 놈의 대갈통을 찰싹 때리고 귀에다 이걸 쑤셔 넣을 지라, 꿈틀 자여![HCE] 미인부답美人不答 부자미불富者未拂. 만일 당신이 방면 되면, 모두들 도둑이야 고함치며 추적할 지니, 히스타운, 하버스타운, 스노우타운, 포 녹스, 프레밍타운, 보딩타운, 델빈 강상江上의 핀항港까지. 얼마나 모두들 플라토닉 화식원華飾園을 본을 떠 당신을 집 재우기 위해 집 지었던고! 그리하여 모두 왜냐하니,

[623] ALP 내외는 이제 산보를 떠날 수 있다. 그녀가 자신의 반사경에 넋을 잃은 채, 그녀는(E) 진피眞皮집게벌레가 세 마리의 경주밀렵견競走密獵犬을 가죽 끈으로 매고(h) 사냥연然하게(c) 귀가하는 것을 보았던 것처럼 보이기에. 그러나 당신은 안전하게 빠져 나왔는지라. 저(h) 각저자角笛者의(c) 각角은 이제(E) 그만! 그리고 오랜 투덜대는 잡담! 우리는 노영주老領主[호우드 성의 백작]를 방문할까 보다. 당신 생각은 어떠한고? 내게 말하는 뭔가가 있도다. 그이는 좋은 분인지라. 마치 그이 앞에 많은 몫의 일들이 진행되었던 양. 그리고 오랜 특유의 돌출갑. 그의 문은 언제나 열린 채. 신기원의 날을 위해. 당신 자신과 많이 닮았나니. 당신은 지난 식부활절食復活節에 그를 송장送狀했는지라 고로 그는 우리에게 뜨거운 새 조개와 모든 걸 대접해야 할지로다. 당신은 흰 모자를 벗는 걸 기억할지라, 여보(ech)? 우리가 면전에 나타날 때. 그리고 안녕 호우드우드, 이스머스 각하 하고 말할지니! 그의 집은 법가이라. 그리고 나는 또한 최은最恩의 예의를 무심코 입 밖에 낼지니. 만일 명산당이 내게 경의를 표하지 않는다면 의경意敬이 산명당山明堂에 고두를 예禮할지로다. 최하처에서 일어서는 의식예법을 베풀지라! 가로되 돌고래의 미늘창을 끌어올리기 위

해 무슨 횃불을 밝히리요, 제발? 그 분은 제일 먼저 당신을 아모리카(갑옷) 기사로 작위하고 마자르(헝가리) 최고염사원수最高廉事元首로 호칭할지 모르나니. 봄소로마뉴 저런 체 에잇 헝가리 공복자를 기억할지라. 열형熱型, 사슬 및 견장, 통둔조롱痛臀嘲弄. 그리고 나는 당신의 왕청王聽의 안성여폐하眼性女陛下가 될지 로다. 그러나 우리는 헛되나니. 명백한 공상. 그건 공중누각空中樓閣[호우드 성]인지라. 나의 생계유천生計流川이 우둔표어공예품愚鈍標語工藝品들로 가득하나니. 풍향은 이제 충분 그만 우리가 그대로 받아들일 수 있을지 혹은 말지. 저이는 자신의 경마안내를 읽고 있는지라. 당신은 저 곳으로부터 우리들의 길을 확실히 알고 있을지니. 어망 항港의 길. 한 때 우리들이 갔던 곳을 그토록 많은 마차를 타고 쌍쌍이 그 이후로 우행해 왔는지라. 약세노마! 도주 성계(動)의 암말에게 그의 생生의 구산丘山을 부여하면서. 그의 불가사노세주不可死老衰主와 함께! 휘넘족族 흠흠 마인馬人! 암활岩滑의 우뇌도雨雷道 우리는 헤다 수풀 우거진 호우드 구정丘頂에 앉아 있을 수 있는지라, 나는 당신 위에, 현기정眩氣靜의 무의양심無意良心 속에. 해 돋음을 자세히 쳐다보기 위해. 드럼렉 곶(岬)으로부터 밖으로. 그 곳이 최고라고 에보라가 내게 말했나니. 만일 내가 여태. 조조弔朝의 달(月)이 지고 살아질 때. 다운즈 계곡 너머로 운월여신雲月女神 루나. 우리들 자신, 오영혼吾靈魂 홀로 구세양救世洋의 현장에서. 그리하여 살펴볼 지라 당신이 기다리고 있는 편지가 필경 다 가올지니. 그리고 해안에 던져진 채. 나는 기원하나니 나의 꿈의 주남主男을 위해. 그걸 할퀴거나 소기도서小祈禱書의 대본으로 짜깁기하면서. 그리하여 얼마나 호두 알 지식의 단편을 나는 나 스스로 쪼아 모았던고.[편지의 소재] 모든 문지文紙는 어려운 것이지만 당신의 것은 분명 여태껏 가장 어려운 난문이도다. 도끼로 토막 내고, 황소를 갈고리로 걸고, 안을 갖고, 주저주저. 그러나 일단 서명되고, 분배되고 배달된 채, 안녕 빠이빠이, 당신을 유명하게 하도다. 보스 주州, 마스톤 시市로부터의 몽사통신夢寫通信에 의하여 조초彫礎된 채. 그의 고대의 나날의 세계를 일주한 뒤.

[624] 차통茶筒 속에 운반된 채 혹은 뭉쳐지고 콜크로 까맣게 칠해진 채. 그의 원통투하圓筒投荷된 해면 위에. 간들, 간들거리며, 병에 넣어진 채, 물방울. 파도가 그대를 포기할 때 땅이 나를 위해 도울지니. 언젠가 그 땐, 어디선가 거기, 나는 자신의 희망을 기록했고 장帳을 매장했는지라 그 때 나는 님의 목소리, 적방향타赤方向舵의 뇌성雷聲을 들었는지라, 너무나 크기에 더 이상 큰 소리 없을, 그리하여 천명성탄天命聖誕이 다가올 때까지 거기다 그걸 내버려 놓아두었도다. 고로 지금은 나를 만족해하는지라. 쉬. 우리들의 은행차입의 방갈로 오막 집을 허물거나 거기다 지을지니 그리하여 우리[HCE 내외]는 존경스럽게 서로 동루하리라. 데이지 국화족菊花族, 서방님, 나, 마담을 위해. 뾰족한 바벨 원탑圓塔과 함께 왠고하니 발굴성發掘星들이 있는 곳을 야웅 그리고 엿보기 위해.[창문을 통해] 조브와 동료들이 어떻게 이야기하는지 우리가 들을지 어떨지를 바로 보기 위하여. 근엄단독성謹嚴單獨性 사이에. 정점頂点까지, 대들보여! 정상을 사다리로 오를지라! 당신은 이제 더 이상 현기증이 나지 않을지니. 모든 당신의 지계음모地計陰謀는 거의 무과無果로다! 덜렁(등 혹), 당신이 우리(나)를 들어올릴 때 그리고 철벽, 당신이 나를 물에 처넣을 때! 그러나 나의 근심의 탄歎이여 경칠 사라질지라, 화려한 패트릭 항주港舟여! 투명한 변방 위에 나는 자신의 가정을 꾸렸도다. 나를 위한 공원과 주점. 단지 당나귀의 옛 시절 당신의 비행卑行일랑[공원의 죄] 다시는 시작하지 말지라. 나는 저걸 당신에게 교사敎唆한 그녀[캐드의 아내 릴리]의 이름까지 추측

할 수 있나니, 견율堅栗! 대담한 도박배언賭博背言이라. 무한죄의 사랑 때문에! 적나라의 우주 앞에. 그리하여 자신의 눈을 외면주外面走하는 베일리 등대 꼬마 순경 같으니! 언젠가 어느 좋은 날, 외설의 악선별자惡選別者여, 당신은 다시 적개신赤改身해야만 하도다. 축복 받는 방패 마틴! 너무나 부드럽게. 나는 자신이 지닌 최애엽最愛葉의 의상을 너무나 세세히 즐기는지라. 당신은 앞으로 언제나 나를 최다엽녀最多葉女로 부를지니, 그렇잖은 고, 영어애자英語愛子여? 경탄어충驚歎語充의 고아마古兒馬! 그리고 당신은 나의 파라핀 향유를 반대하지 않을지라, 콜루니의 향유된 채, 한 잔의 마라스키노주酒와 함께. 취臭! 그건 작금昨今 에스터산産의 고산미소高山媚笑로다. 나는 만인 움츠리는 한련비공旱蓮鼻孔 속에 있는 지라. 심지어 호우드 구비丘鼻 속에. 최고가신最高價神에 맹세코! 터무니없는 도부화都腐話. 위대노살탈자偉大老殺奪者! 만일 내가 당신이 누구인지를 안다면! 공중으로부터 저 청금淸琴이 핀센 선장은 의적운衣積雲하고 자신의 양복을 몹시 압박하고 있다고 말했을 때 나는 말했는지라 당신 거기 있나요 여기는 나밖에 아무도 없어요. 그러나 나는 샘플 더미에서 거의 떨어질 뻔 했도다. 마치 당신의 손가락이 내가 듣도록 이명耳鳴하게 하듯이. 브레이에 있는 당신의 유형제乳兄弟가 당신은 양친이 스스로 금주맹세를 한 뒤에 남편은 불결벽로대소不潔壁爐臺所 속으로 언제나 굴러 떨어지고 아내는 수장절 페티코트를 잃어버릴 것이기 때문에 브로스텔 교도소에 의해 당신이 자랐다는 그 지역에 말하고 있는 것이 옳은고? 그러나그런데도아무튼, 당신은 내게 잘 했는지라! 왕새우 껍질을 먹을 수 있는 지금까지 알려진 유일한 남자였나니, 우리들의 원초야原初夜

[625] 당시 당신은 나를 어떤 마리네 쉐리 그리고 이어 **XX**로서 자신을

서명하는 독일 친사촌으로 두 번 오인했나니 그리고 수가발鬚假髮을 나는 당신의 여행용 백 속에서 발견했도다. 당신은 필경 파라오 왕을 연출할지니, 당신은 요정족의 왕이로다. 당신은 확실히 가장 왕연王然의 소동을 피우고 있는지라. 나는 모든 종류의 허구(매이크압)를 당신에게 말할지니, 위이危異한. 그리하여 우리들이 지나는 모든 단순한 이야기 장소에 당신을 안내할지라. *십만환영, 어서 오십시오, 크롬웰 환숙歡宿, 누가 헤어지랴,* 허곡촌虛谷村 중의 허별장虛別莊. 다음의 감자 요리 코스를 위하여 접시를 바꿀지라! 애진옥愛盡屋은 아직 거기에 있고 성당규범은 강행하고 그리고 크라피점店의 제의사업祭衣事業도 그리고 우리들의 교구허세도 대大권능이도다. 그러나 당신은 저 동사인同四人들에게 물어봐야만 할지니, 그들을 이름 지은 그자들은, 그대의 볼사리노모帽를 쓰고 언제나 주매장酒賣場에 기분 좋게 앉아있나니, 그것은 코날 오다니엘의 최고유풍最高遺風이라 말하면서, 홍수 *이후의 핀갈*을 집필하면서. 그것은 어떤 진행 중의 왕연王然의 작품이 될지라. 그러나 이 길로 하여 그는 어느 내일 조來日朝에 다가올지니. 그리하여 나는 우리가 그 곳을 지나면 당신한테 모든 부싯돌과 고사리가 소주騷走하고 있음을 신호할 수 있도다. 그리하여 당신은 엄지손가락만큼 노래하며 이어 그것에 관해 해현鮭賢의 설교를 행하리라 그것은 모두 너무나 자주 있는 일이며 내게는 여전히 꼭 같은지라. 홍? 단지 잔디일 뿐, 심술쟁이 여보! 크래인의 잔디 향香. 당신은 타프 잔디의 탄 솜(綿)을 결코 잊지 않았을지라, 그렇지 여보, 브라이언 보루 굴窟의, 뭐라? 많? 글쎄, 저건 다방多房 버섯들이오, 밤사이에 나온. 봐요, 성전聖殿 지붕의 수세월. 성당 위의 성당, 연중가옥煙中家屋. 그리고 올림픽을 열유熱遊하기 위한 수도 부분. 스타디움, 거상巨像 맥쿨! 당신의 큰 걸음을 유의해요 그렇잖으면 넘어질지라. 한편 나는 진통을 피하고 있는지라. 내가 찾은 걸 봐요!(A) 한 이라(l) 렌즈콩(p) 편두. 그리고 여길 봐요! 이 캐러웨이 잡초씨앗. 예쁜 진드기들, 나의 감물甘物들, 그들은 전광全廣의 세계에 의하여 버림받은 빈애자貧愛子들이었던고? 신도회를 위한 운인가雲隣街. 우등 애브라나가 농아이聾啞泥(더블린)로부터 아련히 솟아나는 것을 당신은 아지랑이 시視하도다. 그러나 여전한 동시同市. 나는 너무나 오랫동안 첩침疊寢했는지라. 당신이 말했듯이. 시간이 어지간히 걸리나니. 만일 내가 일이분 동안 숨을 죽인다면, 말을 하지 않고, 기억할 지라! 한 때 일어난 일은 재삼 일어날지니. 왜 나는 이렇게 근년연연세세近年年年歲歲동안 통주痛走하고 있는고, 온통 잎 떨어진 채. 눈물을 숨기기 위하여, 이별자여. 그건 모든 것의 생각인지라. 그들을 투기投棄했던 용자勇者. 착의미녀着衣美女 지나 가버린 그들 만사. 나는 곧 리피 강 속에 다시 시작하리라. 합점두合點頭. 내가 당신을 깨우면 당신은 얼마나 기뻐할고! 정말! 얼마나 당신은 기분이 좋을고! 그 뒤로 영원히. 우선 우리는 여기 희미로稀微路를 돌 지라 그런 다음 더 선행이라. 고로 나란히, 재문再門을 돌 지라, 혼도婚都(웨딩타운), 론더브의 시장민市長民을 송頌할지라! 나는 단지 희망하나니 모든 천국이 우리들을 볼 것을.

[626] 그러나 ALP는 그 동안 파도처럼 찰싹 찰싹 오랫동안 이야기했나니. 이제 그녀는 HCE를 떠나야 한다. 왜냐하면 나는 거의 기절할 것 같은 느낌이 드는지라. 심연 속으로. 아나모러즈 강江에 풍덩. 나를 기대게 해줘요, 조그마, 제바, 표석강漂石强의 대조수자大潮水者,[HCE] 총소녀總少女들은 쇠하나니. 수시로. 그래서. 당신이 이브구久 아담 강직할 동안. 휙, 북서에서 불어오는 양 저 무지풍無知風! 천계현현절天啓顯現節의 밤이듯. 마치 키스 궁시弓矢처럼 나의 입 속으로 첨벙 싹 고동치나니! 스칸

디나비아의 주신, 어찌 그가 나의 양 뺨을 후려갈기는고! 바다. 바다! 여기, 어살(둑), 발 돋음, 섬(島), 다리(橋). 당신이 나를 만났던 곳. 그 날. 기억할 지라! 글쎄 거기 그 순간 그리고 단지 우리 두 사람만이 왜? 나는 단지 십 대十代였나니, 제단사의 꼬마 딸. 그 허세복자虛勢服者[재단사]는 언제나 들치기하고 있었는지라, 확실히, 그는 마지 나의 부父처럼 보였도다. 그러나 색스빌 가도 월편의 최고 멋 부리는 맵시 꾼. 그리고 포크 가득한 비계를 들고 반들반들한 석식탁 둘레를 빙글빙글 돌면서 한 수척한 아이를 뒤쫓는 여태껏 가장 사납고 야릇한 남자. 그러나 휘파람 부는 자들의 왕. 시이울라! 그가 자신의 다리미에 나의 공단 새틴을 기대 놓았을 때 그리고 재봉틀 위에 듀엣 가수들을 위하여 두 개의 촛불을 켜주다니. 나는 확신하는지라 그가 자신의 두 눈에다 주스를 뿜어 뻔쩍이게 하다니 분명히 나를 깜짝 놀라게 하기 위해서였도다. 하지만 아무튼 그는 나를 매우도 좋아했는지라. 누가 지금 빅로우 언덕의 낙지구落枝丘에서 *나의 색을 찾아*를 탐색할지 몰라? 그러나 나는 연속호連續號의 이야기에서 읽었나니, 초롱꽃이 불고 있는 동안, 거기 봉인애탐인封印愛探人은 여전히 있으리라고. 타자他者들이 있을지 모르나 나로서는 그렇지 않도다. 하지만 우리들이 이전에 만났던 것을 그는 결코 알지 못했는지라. 밤이면 밤마다. 그런고로 나는 떠나기를 동경했나니. 그리고 여전히 모두와 함께. 한 때 당신은 나와 마주보고 서 있었는지라, 꽤나 소리 내어 웃으면서, 지류枝流의 당신의 바켄틴 세대박이 범선 파도 속에 나를 시원하게 부채질하기 위해. 그리고 나는 이끼 마냥 조용히 누워있었도다. 그리고 언젠가 당신은 엄습했나니, 암울하게 요동치면서, 커다란 검은 그림자처럼 나를 생판으로 찌르기 위해 번뜩이는 응시로서.[섹스] 그리하여 나는 얼어붙었나니 녹기 위해 기도했도다. 모두 합쳐 세 번. 나는 당시 모든 사람들의 인기 자였는지라. 왕자연王子然한 주연소녀. 그리하여 당신은 저 팬터마임의 바이킹 콜세고스였나니. 애란의 불시공격不視攻擊. 그리고, 공침자恐侵者에 의해, 당신이 그처럼 보이다니! 나의 입술은 공희락恐喜樂 때문에 창백해 갔도다. 거의 지금처럼. 어떻게? 어떻게 당신은 말했던고 당신이 내게 나의 마음의 열쇠를 어떻게 주겠는지를 그리하여 우리는 사주死洲가 아별我別할 때까지 부부로 있으리라. 그리하여 비록 마魔가 별리하게 하드라도. 오 나의 것! 단지, 아니 지금 나야말로 양도하기 시작해야 하나니. 연못(더브) 그녀 자신처럼. 이 흑소(더블린) 구정상久頂上 그리하여 지금 작별할 수 있다면? 아아 슬픈지고! 나는 이 만광灣光이 커지는 것을 통하여 당신을 자세히 보도록 보다 낮은 시선을 가질 수 있기를 바라노라. 그러나 당신은 변하고 있나니, 나의 애맥愛脈이여, 당신은 나로부터 변하고 있는지라, 나는 느낄 수 있도다. 아니면 내 쪽인고? 나는 뒤얽히기 시작하는지라. 상상쾌上爽快하면서

[627] 이제 ALP는 떠나가야 할 시간이나니, 왜냐하면 HCE는 재삼 변했기 때문이다. 그리고 하견고下堅固하면서, 그래요, 당신은 변하고 있어요, 자부子夫, 그리하여 당신은 바뀌고 있나니, 나는 당신을 느낄 수 있는지라, 다시 언덕으로부터 낭처娘妻를 위하여. 히말라야의 환환상幻幻像, 그리하여 그녀[이시]는 다가오고 있도다. 나의 맨 최후부에 부영하면서, 나의 꽁지에 마도전습魔挑戰濕하면서, 바로 휙 날개 타는 민첩하고 약은 물보라 찰싹 질주하는 하나의 실체, 거기 어딘가, 베짱이 무도하면서. 살타렐리가 그녀 자신에게 다가오도다. 내가 지난 날 그러했듯이 다신의 노신老身[HCE]을 나는 가여워하는지라. 지금은 한층 젊은 것이 거기에. 헤어지지 않도록 노력할지라! 행복할지라, 사랑하는 이들이여! 내가 잘못이게

하옵소서! 왜냐하면 내가 나의 어머니로부터 나떨어졌을 때 그러했듯이 그녀는 당신에게 달콤할지라. 나의 크고 푸른 침실, 대기는 너무나 조용하고, 구름 한 점 거의 없이. 평화와 침묵 속에. 내가 단지 언제나 그 곳에 계속 머물 수 있었다면. 뭔가가 우리들을 실망시키나니. 최초로 우리는 느끼는 도다. 이어 우리는 추락하나니. 그리하여 만일 그녀가 좋다면 그녀로 하여금 우지배雨支配하게 할지라. 상냥하게 혹은 강하게 그녀가 좋은 대로. 어쨌든 그녀로 하여금 우 지배하게 할 지라 나의 시간이 다가왔기에. 내가 일러 받았을 때 나는 최선을 다했도다. 만일 내가 가면 모든 것이 가는 걸 언제나 생각하면서. 일백 가지 고통, 십분지일의 노고 그리고 나를 이해할 한 사람 있을까? 일천년야一千年夜의 하나? 일생 동안 나는 그들 사이에 살아왔으나 이제 그들은 나를 염오하기 시작하는도다. 그리고 나는 그들의 작고도 불쾌한 간계奸計를 싫어하고 있는지라. 그리하여 그들의 미천하고 자만한 일탈을 싫어하나니. 그리하여 그들의 작은 영혼들을 통하여 쏟아지는 모든 탐욕의 복 받침을. 그리하여 그들의 성마른 육체 위로 흘러내리는 굼뜬 누설을. 얼마나 쩨쩨한고 그건 모두! 그리하여 언제나 나 자신한테 토로하면서. 그리하여 언제나 콧노래를 계속 흥얼거리면서. 나는 당신이 최고로 고상한 마차를 지닌, 온통 뻔적 뻔적하고 있는 줄로 생각했어요. 당신은 한 시골뜨기(호박)일 뿐이나니. 나는 당신이 만사 중에 위인으로 생각했어요. 죄상에 있어서나 영광에 있어서나. 당신은 단지 한 미약자일 뿐이로다. 가정! 나의 친정 사람들은 내가 아는 한 그곳 외월外越의 그들 따위가 아니었도다. 대담하고 고약하고 흐린 대도 불구하고 그들은 비난받는지라, 해마여파海魔女婆들, 천만에! 뿐만 아니라 그들의 향량소음荒凉騷音 속의 우리들의 황량무荒凉舞에도 불구하고 그렇지 않도다. 나는 그들 사이에 나 자신을 볼 수 있나니, 전신全新(알라루비아)

의 복미인複美人(플추라벨)을. 얼마나 그녀는 멋있었던고, 야생의 아미지아, 그때 그녀는 나의 다른 가슴에 붙들려 했는지라! 그런데 그녀가 섬뜩한 존재라니, 건방진 니루나여, 그녀는 나의 최 고유의 머리카락으로부터 낚아채려 할지라! 왠고하니 그들은 폭풍연然하기에. 황하黃河여! 하황河黃이여! 그리하여 우리들의 부르짖음의 충돌이여, 우리들이 껑충 뛰어 자유롭게 될 때까지. 비미풍飛微風, 사람들은 말하는지라, 당신의 이름을 결코 상관하지 말라고! 그러나 나는 여기 있는 모든 것을 염실厭失하고 있나니 그리고 모든 걸 나는 혐오 하는도다. 나의 고독 속에 고실孤失하게. 그들의 잘못에도 불구하고. 나는 떠나고 있도다. 오 쓰디 쓴 종말이여! 나는 모두들 일어나기 전에 살며시 사라질지라. 그들은 결코 보지 못할지니. 알지도 못하고. 뿐만 아니라 나를 아쉬워하지도 않고.

[628] 조이스 왈 "이 말("the")의 무세無勢의 미약성은 〈율리시스〉, 〈나우시카〉 장의 문체", 즉 "감상적인, 잼 같은 마말레이드의 유연한"(namby - pamby jamby marmaldy draversy style)을 상기시키거니와, 이는 바로 낮의 세계와 그것의 의식적 직관의 귀환을 나타내는 정관사성定冠詞性(한정성)(definiteness) 바로 그것이다. 그리하여 세월은 오래고 오랜 슬프고 오래고 슬프고 지쳐 나는 그대에게 되돌아가나니, 나의 냉부冷父, 나의 냉광부冷狂父, 나의 차갑고 미친 공화恐火의 아비에게로, 마침내 그의 단척안單尺眼의 근시가, 그것의 수數마일 및 기幾마일(the moyles and moyles), 단조신음하면서, 나로 하여금 해침니(seasilt) 염鹽멀미나게(saltsick) 하는지라 그리하여 나는 돌진하나니, 나의 유일한, 당신의 양팔 속으로, 나는 그들이 솟는 것을 보는 도다! 저들 삼중 공의 갈퀴 창으로부터 나를 구할지라! 둘 더하기, 하나 둘 더 순간 더하기. 고로. 안녕 이브리비아. 나의 잎들

이 나로부터 부이浮離했나니. 모두. 그러나 한 잎이 아직 매달려 있도다. 나는 그걸 몸에 지닐지라. 내게 상기시키기 위해. 리(피)! 너무나 부드러운 이 아침, 우리들의 것. 그래요. 나를 실어 나를지라, 아빠여, 당신이 소꿉 질을 통해 했던 것처럼! 만일 내가 방금 그가 나를 아래로 나르는 것을 본 다면 하얗게 편 날개 아래로 그가 방주천사方舟天使 출신이 듯이. 나는 사 침思沈하나니 나는 그의 발 위에 넘어져 죽으리라. 겸허하여 벙어리 되게, 단지 각세覺洗하기 위해, 그래요, 조시潮時. 저기 있는지라. 첫 째. 우리 는 풀(草)을 통과하고 조용히 수풀로. 쉬! 한 마리 갈매기. 갈매기들. 먼 부 르짖음, 다가오면서, 멀리! 여기 끝일지라. 우리를 이어, 핀, 다시(again)! 가 질지라. 그러나 그대 부드럽게, 기억수(水) 할지라(mememormee)! 수천송 년數千送年까지. 들을지니. 열쇠. 주어버린 채! 한 길 한 외로운 한 마지막 한 사랑 받는 한 기다란 그

파리,

1922 - 1939.

[615 - 619] ALP에 의해 사인된 편지가 조간 우편에 송달되다.

*[615.12 - 616.19](제1문단)

ALP는 존경스러운 예의로서 노주老主에게 그녀의 편지를 시작한다. "친애하는 존경하올 각하."(그녀는 "사랑하고 다정한 더블린"(Dear Dirty Dublin)으로 거의 시작하려하지만 스스로 교정한다. 그녀는 자신이 밤 동안 만났던 자연의 비밀을 관찰하기를 즐겼다. 그리고 그녀의 남편의 적들에 관한 첫 공격에 돌입하는지라, 바그로우(Mcgraw)이다. 그들은 이어위커에 관한 나쁜 일을 불러오고, 안개 낀 아침의 구름들은 좋은 날을 들어내기 위해 다가오리라.

그녀는 자신의 구애의 초기 나날에 대한 꿈같은 회상을 시작한다. 이 구절은 자장가와 아이들의 문학에 대한 언급들로 충만하다, "Goldilocks" "Jack and the Beanstalk" "잠자는 미인" 미녀 할멈 등등. 그리고 〈실낙원〉(Paradise Lost)과 〈헉클베리 핀〉(Huckleberry Finn)과 같은 보다 성숙한 문학 작품들.(615.21 - 615.28) 그녀는 이러한 구애의 날의 자신의 감정이 유치한 것이었음을 이제 인식한다. 그리고 편지의 끝에서 그녀는 자신이 자장가의 율동으로 살쪘음을 분노로서 선언한다.

편지에서, 그녀는 이제 그녀의 가족의 적인 맥그로우 가문의 적에 대한 공격으로 되돌아간다. 그들은, 좋은 질을 가진 소시지를 판매하는 그녀의 남편과는 달리, 저질의 고기와 마가린을 판매한다.(615.30 - 615.31, 617.22 - 617.24). 그녀는 마그로우가 간음을 범하려고 애썼음을 강하게 암시한다. 주여 Milord O' Reilly에 대한 그들의 탈선을 용서하소서. 그녀의 남편은 아주 커다란 즐거움으로 누군가의 시신을 다듬나니. 그녀의 남편은 지극히 강하고 생식적인지라, 고로 그대 모든 뱀들이여 경계할지라!(616.6 - 616.16).

*[616.20 - 617.29](제2문단)

CHE는 정직한 상인으로, 그녀는 주장하거니와, 성실한 남편이다. 그녀는 그가 얼마나 많이 성적 유혹을 거절했는지 아주 자세히 상술한다. 그의 유혹에 관해 그녀의 질문에 대한 반응으로, 그는 단호히 단언하나니, 즉, 그는 그걸로 얼굴 붉힐 일은, 하늘에 계신 하나님께 맹세코, 나의 얼굴은 완전히 백지라오.(616.36 - 617.01). 그이는, 그녀 선언하거니와, 가장 친애하는 남편이라 - 비록 그녀의 증명서가 "친이하는(direst)"을 "친애하는(dearest)" 라는 철자로 약간 오손할지라도. 마그로우는 그이 자신을 위해 경계하는 것이 좋아! 그녀의 아들들은 그로부터 일공을 부셔내야 할지니, 그럼 그이는 모든 그의 아름다운 대모들로 하여금 그를 조정하도록 필요하리라!(617.12 - 617.19)마그로우는 자신의 마지막 소시지를 채웠으니, 그의 장례가 오늘 일찍이 행해져야 할지라.

*[617.30 - 618.19](제3문단)

그녀는 이어 마그로우의 아내, 릴리 킨 셀라(Kinsella)를 공격한다. ALP는 자기 자신의 아름다움을 주장한다(617.23 - 618.3). 그러나 릴리 킨 셀라는 이전에 파이프를 문 부랑자의 아내였으며, 이제는 마그로우와 결혼하고, 그녀는 술꾼이요, 추레한 여인이다(618.03 - 618.19)

*[618.20 - 618.34](제4문단)

ALP는 어느 누군가에 의하여 존경 없이 여태 대접받는 것을 부정한다. 경찰이나 모든 이는 언제나 그녀가 외출하면 절을 한다. 만일 마그로우 사람들이 그녀를 수치스럽게 할 수 있다고 생각한다면, 그녀는 그들을 불평스럽게 그들은 나의 궁둥이에 절을 할 수 있지(They can make their bows to my arse!)가 대꾸이라, 이 말은 조이스 아내 노라 바너클이 자주 썼던 말이라!

그러자 아나 리비아는 그녀의 남편의 옹호로 되돌라 왔는지라, 어떤 비방의 공격을 거부했나니, 그러나 그 공격은 근거도 없이 지나치게 자세하고 별나게 들린다. 그녀는 결코 의자에 묵혀있지 않다고, 주장하고, 아무도 포크를 가지고 그녀를 뒤쫓지 못 했나니(618.24 - 618.26) 비록 무서운 집개가 책의 말미에서 그녀를 겁먹게 했을지언정. 그녀의 사랑하는 남편은 버섯처럼 상냥하고 그녀에게 아주 애정적이나니, 반면에 마그로우의 시자인 설리는 자객이었을지라도(착한 구두장이). 하지만 HCE는 그녀의 버섯이요 상냥한 남편으로, 기독교에서 추방당한 과격한 노르웨이 사람으로, 그는 경찰의 도움으로, 그의 가족의 적들을 항아리 조각처럼 박살낼지라 (618.26 - 618.34).

*[618.35 - 619.05](제5문단)

이 구절은 분명하지 않다. 그러나 그것은 이어위커 가족에게 관대했던 누군가를 포함한다. 아마도 ALP는 노주老主에게 감사를 돌리고 있거니와, 그 분은 너무나 상냥하여 그의 아들을 아파하는 인정을 도우도록 이바지 할 정도라 - 하느님 아버지의 사랑하는 크리스마스 꾸러미에 맹세코.

*[619.06 - 619.15](제6문단)

ALP는 그녀의 적들에게 공격을 돌린다. 그녀는 단지 험프리 덤티의 추락에 관한 그들의 경칠 건방짐과 근거 없는 불평을 좋아할 뿐이다! CHE는 영원히 추락하지 않았다. 호우드 언덕 아래의 사내이요 추락한 부왕副王은 또 다른 인간이라. 그녀 자신의 남편은 자리에서 일어나, 빳빳하게, 자신 있게, 그리고 영웅적으로, 그녀에게 구애하고, 그가 젊을 때 그랬듯이, 일상의 신선新鮮을 위하여.

로스(Rose)와 오한론(O'Hanlon), 두 서지 학자들은 〈경야〉 최후의 페이지의 마지막 문단과 "파리 1922 - 1939" 연차年差 사이의 커다란 공간은 대기의 습기濕氣를 상징함과 아울러, 〈율리시스〉에서 "이타카" 장(사실상의 작품의 종말)의 검은 방점(傍點)(dot)(●), 즉 또 다른 잠의 상징이요, 바다 오리의 알(roc's egg)을 반영한다고 지적한다. 이는 조이스의 다음과 같은 〈진행 중의 작품〉의 교정 지시에 근거한 듯하다. 그들이 지적한바, "장소와 날짜를, 내가 지적한 것보다 훨씬 아래쪽으로 인쇄하기를 바라오." [Gordon 저 〈경야, 이야기 개요〉, Rose & O'Hanlon 328 - 329참조]

[IX] 〈경야〉 개요의 컴퓨터 화化
(Conputerization of synopsis)

조이스의 좌절스러운 책 〈경야〉의 학도들 자신의 연구에서 한 권의 참고 자료인, 아래 개요(가린도 작)는 그들이 가장 빈번히 사용하는 "필수적"이라고나 할까! 이 개요(synopsis)는 〈경야〉를 읽기 위한 한 대용으로서 봉사함을 의미하지 않는다. 그것은 〈경야〉의 서술로서 봉사함을 의미하지도 않는다. 이 개요는 조이스의 멋진 무의미와 무한한 다양성을 생략한다. 조이스의 언어의 "야만적 경제"를 깨거나 부패하게 하기 마련이다. 그것은 윤회의 경험에 대한 조이스의 변형의 진실한 흐름을 놓치거나 절단한다. 아래 내용은 한국어 판 〈경야〉의 변편邊便 페이지에 대부분 기록되어 있음을 여기 밝힌다. 독자들의 얽히고설킨 배짜기를 순탄히 실가락을 헤쳐나가기를 바란다. (이는 B. Benstock의 〈경야 개요〉(Wake Synopsis) 판, 1965)과 유사하지만 한층 자세하다) 〈율리시스〉에서 이와 유사한 책으로,

제I부

1장 피네간의 추락(3 - 29)

* [003.04 - 003.14]: 세월의 시작 - 선사시대 아직 아무것도 일어나지 않았다.
* [003.15 - 003.24]: 추락 - 우레(천둥) 하느님의 첫 소리.
* [004.01 - 004.17]: 전운戰雲 - 추락과 붕기崩騎.
* [004.18 - 005.05]: 건축청부업자 팀 피네간(Tim Finnegan) - 그의 탑 쌓기.
* [005.05 - 005.12]: 그의 가문의 문장 - 그의 운명.
* [005.13 - 006.12]: 그의 추락의 원인 - 그는 죽다.
* [006.13 - 006.28]: 그의 경야 - 그를 쉬도록 눕히다.
* [006.29 - 007.19]: 그는 풍경 속에 묻히다 - 물고기로서 먹힐 참이다, 그는 살아지다.
* [007.20 - 008.08]: 그는 더블린 아래 잠들다 - 박물관의 입구.
* [008.09 - 010.23]: 뮤즈의 방 - 윌링돈 대 리포리움과 제니의 전쟁.
* [010.24 - 011.28]: 전쟁이 끝나다 - 전상품戰傷品을 모으는 카나리아 새.
* [011.29 - 012.17]: 그녀의 도난당한 선물들 - 인생에 있어서 그녀의 역할.
* [012.18 - 013.05]: 도시와 언덕의 개관槪觀 - 고로 이것이 더블린이라.
* [013.06 - 013.19]: 벽 위의 조각 - 보라 그리고 자세히 들어라.
* [013.20 - 013.28]: 역사 책 - 중요 인물들.
* [013.29 - 014.15]: 시간의 고별 - 연대기의 4기장記章.

나니.

그리하여, 그를 총괄하건 대, 심지어 피자피자彼者彼者의 모세 제오경第五 經인, 그는 무음無飮하고 진지眞摯한지라, 그(H)는 이(e)이라 그리하여 무 반대無反對로(E) 에덴버러 성시城市에 야기된 애함성愛喊聲에 대해 궁시 적窮時的으로(C) 책무責務지리라.

2장 HCE - 그의 별명과 평판(30 - 47)

* [030.01 - 033.13]: 이어위커의 이름의 기원, 왕과의 만남의 결과 - 그 의 당당한 육체를 가진, 차처매인도래此處每人到來 (HCE).
* [033.14 - 034.29]: 그를 대항하는 비천하고 터무니없는 주장 - 공원의 죄 (HCE + 2소녀 + 3군인등).
* [034.30 - 036.34]: 그의 공원에서 부랑자(Cad)와의 만남 - 그의 자기 방어.
* [036.35 - 098.08]: 부랑자는 현장을 떠나다 - 그는 저녁 식사를 앞에 놓 고 자기 아내에게 그 이야기를 하다.
* [038.09 - 039.13]: 아내는 브라운 존사에게 말하다 - 그는, 노랑으로, 필 리 손턴에게 말하다.
* [039.14 - 039.27]: 트리클 톰과 프리스키 쇼티 - 그들은 경마장에서 이 야기를 엿듣다.
* [039.28 - 042.16]: 톰은 잠 속에서 이야기를 중얼거리다 - 그는 3인의 부 랑자들에 의해 엿 듣기 자, 그들은 이야기를 민요로

바꾸다.

* [042.17 - 044.06]: 민요의 첫 연주 - 그것의 광범위한 보급.
* [044.07 - 044.21]: 민요의 소개 - 박수갈채.
* [044.22 - 047.29]: 스텐자의 퍼시 오레이의 민요가 호스티(Hosty)를 위해 갈채로서 흩뿌려지다 - 호스티를 위한 갈채들로 수놓인 채.

혹자는 그를 아스(수곰)라 생각하고, 혹자는 그를 바스, 콜, 놀, 솔, 월(의지), 웰, 벽壁으로 세례 하지만 그러나 나는 그를 퍼스 오레일이라 부르나니 그렇잖으면 그는 전혀 무명 씨氏로 불릴지라. 다 함께. 어라, 호스티에게 그걸 맡길지니, 서릿발의 호스티, 그걸 호스티에게 맡길지라 왜냐하면 그는 시편에 음률을 붙이는 사나이인지라, 운시韻詩, 운주韻走, 모든 굴뚝새의 왕이여. 그대 여기 들었?(누군가 정말) 우리 어디 들었?(누군가 아니) 그대 여기 들었는고?(타자는 듣는고) 우리는 어디 들었?(타자는 아니) 그건 동행 하도다, 그건 윙윙거리고 있도다! 짤깍, 따 가닥!(모두 탁)(크리칵락칵락악로파츠랏쉬아밧타크리피피크로티그라다그세미미노우햅프루디아프라디프콘프코트!)

3장 HCE - 그의 재판과 투옥(48 - 74)

* [048.01 - 050.32]: 시간이 지나자 앞서 언급된 인물들은 어떻게 되었는가? - 그들은 모두 죽었도다.
* [050.33 - 051.20]: 그 남자의 신분을 밝히는 어려움의 이야기를 말 하도록 요구했다 - 그의 외모는 크게 변했다.

* [051.21 - 052.17]: 습한 영국의 정원의 부랑아 - 그는 그의 이야기를 번 안해서 말 하도록 준비하다.

* [052.18 - 053.06]: 험프리(Humphery)의 의상 - 감동적 장면.

* [053.07 - 053.35]: 평화스런 풍경 - 그들의 만남.

* [053.36 - 054.06]: 어제의 기억들 - 귀담아 들어요.

* [054.07 - 054.19]: 혀의 거품 - 수많은 인사人事들.

* [054.20 - 056.02]: HCE의 대답 - 어떤 화자話者의 익살맞은 행동.

* [055.03 - 056.19]: 이야기는 기차 속에서 반복되다 - 그것은 생생하게 재 화再話되다.

* [056.20 - 056.30]: 비슷하게, 우리의 비우호非友好의 시인은 주점에 도 착 한다 - 비슷한 유사類似 - 미소.

* [056.31 - 057.15]: 모든 공식적 사실들과 특성들은 어디 있는고? - 4인들 의 논평.

* [057.16 - 057.29]: 사실들은 너무나 불확실하다 - 그러나 아리스(Alice) 와 함께 사진이 있다.

* [057.30 - 058.22]: 한 가지는 확실하다 - 그는 반복적으로 애쓰다.

* [058.23 - 061.27]: 국민 투표 - 공원의 죄에 관한 여론.

* [061.28 - 062.25]: 그건 믿을 수 있는가? - 그는 또 다른 나라로, 적의와 공포로 날도다.

* [062.26 - 063.19]: 한 키 큰 사내가 그의 귀가 도중 공격당하다 - 사실에 관한 어떤 보루保留.

* [062.20 - 064.21]: 공격자가 문의 사건에 대한 핑계로서 다가오다 - 하 인은 소음에 의하여 잠을 깬다.

* [064.22 - 064.29]: 휴식 - 필름이 돌고 돈다.

* [064.30 - 065.33]: 한 노인 – 두 젊은 소녀들 필름 - 어떤 광고에 의해 붙여있다.
* [065.34 - 066.09]: 모든 것의 교훈 - 계속되다.
* [066.10 - 066.27]: 거대한 연쇄 편지가 공급될 것인가? - 그럴 수 있도다.
* [066.28 - 067.06]: 관棺 - 그것의 유용성.
* [067.07 - 067.27]: 문 공격자와의 전진 - 순경의 특수한 증언.
* [067.28 - 069.04]: 두 처녀들의 숙명 - 그에 대한 그의 반응, 혹은 그것으로의 결핍.
* [069.05 - 069.29]: 뒤쪽 문으로 - 그리고 그것 뒤의 오두막.
* [069.30 - 073.22]: 또 다른 공격자, 이번에는 그의 오스트리아의 세 집주인 - 111 비방 명으로 그는 불리다.
* [073.23 - 073.27]: 공격자의 출발 - 끝까지 포위 속에 끝나다.
* [073.28 - 074.05]: 그는 사라지다 - 마침내 그는 다시 깨어나다.
* [074.06 - 074.12]: 왠고하니 하느님이 그를 부를 지라 - 그의 귀환이 침묵을 발산하리라.
* [074.13 - 074.19]: 그의 육체가 동면하다 - 그는 잠들다.

소포크로스! 쉬익스파우어! 수도단토! 익명모세!

이어 우리는 게일 자유 무역단과 단체 집회를 가지리라,

왠고하니 그 스칸디 무뢰한의 용감한 아들[HCE]을 뗏장 덮기 위해.

그리하여 우리는 그를 우인牛人마을에 매장하리라

악마와 덴마크 인들과 다 함께,

(코러스) 귀머거리 그리고 벙어리 덴마크인들

그리고 그들의 모든 유해遺骸와 함께.

그리하여 모든 왕의 백성들도 그의 말(馬)들도,

그의 시체를 부활하게 하지 못하리니

코노트 또는 황천에는 진짜 주문呪文 없기에

(되풀이) 가인(캐인)같은 자를 일으켜 세울 수 있는.

4장 HCE - 그의 서거와 부활(175 - 103)

* [075.01 - 076.09]: 아마도, 포촉 동안 그의 꿈 - 아마도, 고뇌하는 동안 그의 기도祈禱와 희망.

* [076.10 - 076.32]: 티크 목관木棺 - 무덤.

* [076.33 - 077.27]: 무덤의 폭파 및 판벽 - 그는 매장되다.

* [077.28 - 078.06]: 수많은 쓰레기가 따르리라 - 그의 거주를 용이하게 하기 위해.

* [078.07 - 078.14]: 그의 통로를 파다 - 내내 표면까지.

* [078.15 - 079.13] 약간의 시간이 지났다 - 그는 어두운 평원에서 목격되다.

* [079.14 - 079.26]: 귀부인들의 - 유혹녀들.

* [079.27 - 080.19]: 캐이트 스트롱 선언 - 피닉스 공원의 만남의 현장.

* [080.20 - 080.36]: 그러자 그는 말했다 - 소녀들이 도망쳤다.

* [081.01 - 081.11]: 우리들의 위치 - 공원에서.

* [081.12 - 084.27]: 하지만 또 다른 공격자(HCE에 관해 혹은 의해) - 휴전 속에 절절 그리고 경찰의 보고.

라는 작은 숙녀에 의하여.

* [102.31 - 103.11]: ALP의 노래 - 바빌론의 강가에서.

도교島橋에서 그녀는 조류를 만났다네.

아타봄, 아타봄, 차렷아타봄봄봄!

핀은 간조를 갖고 그의 에바는 말에 탓나니.

아타봄, 아타봄, 차렸아타봄봄뭄!

우리는 여러 해 추적의 고함소리에 만사 끝이라.

그것이 그녀가 우리를 위해 행한 짓!

슬픈지고!

무광자無狂者[HCE]가 네브카드네자르와 함께 배회할지라도 그러나 나아만으
로 하여금 요르단을 비웃게 할지로다! 왠고하니 우리, 우리는 그녀의 돌 위에
자리를 폈는지라 거기 그녀[ALP]의 나무에 우리의 마음을 매달았도다. 그리
하여 우리는 귀를 기울었나니, 그녀가 우리에게 홀쩍일 때, 바빌론 강가에서.

5장 ALP의 선언서(편지)(103 - 104)

* [104.01 - 104.03]: 아나의 이름으로 - ALP에게 기도.

* [104.04 - 107.07]: 그녀의 무제의 여자(성적) - 그것의 무수한 이름들.

* [107.08 - 107.35]: 편지와 그것의 저자의 초기의 조사 - 밀접한 조사가
한층 많이 들어나다.

* [107.36 - 108.07]: 누가 그걸 썼든가? - 무슨 환경 아래?

* [108.08 - 108.28]: 인내 - 만일 이어위커의 바로 실존이 의심스럽다면,

편지에 관해 무엇이 이야기 될 수 있을까?

* 123.30 - 124.34]: 그것의 구멍 뚫기 제도 - 교수 - 자극되고 혹은 오장이
  지다.
* [124.35 - 125.23]: 더 이상의 질문불요 - 필경은 필남筆男 셈으로 노정
  되다.

천만에! 모두들 아주 안도하게도, 비상처대학鼻傷處大學의 소나기화花의
농율목弄栗木 사이의 저 캑캑 턱을 한 원숭이의 자아 반가설半假說은 호되
게 추락되고 말았는지라, 저 밉살스러운 그리고 여전히 오늘도 불충분하게
오평誤評 받은 노트 날치기(분糞, 채, 수치, 안녕하세요, 나의 음울한 양말? 또
봐요!) 문사 셈에 의해 그의 방이 점령당했도다.

6장 수수께끼 - 선언서의 인물들(125 - 126)

* [143.29 - 148.32]: 질문과 대답 #10 - 그것의 꿈.

* [148.33 - 149.10]: 질문과 대답 #11 - 그녀의 대화.

* [149.11 - 149.33]: 대답 #11 - 그는 망명 시인의 영혼을 구할 것인가?

* [149.34 - 150.14]: Talis어에 관해 - 자주 오용誤用.

* [150.15 - 152.03]: 괴변적 이론적 사과謝過 - 공간과 시간의.

* [152.04 - 152.14]: 아이들의 한 무리에 대해 강연하다 - 그는 한 가지 우화寓話를 말하리라.

* [152.15 - 153.08]: 무크와 그라이프의 우화가 시작하다 - 무크는 걸어가서, 개울을 다가오다.

* [153.09 - 153.34] : 그는 먼 둑 위에 그라이프를 보다 - 그는 한 개의 돌 위에 앉다.

* [153.35 - 155.22]: 둘 사이의 대화 - 몇 시인지에 관해.

* [155.23 - 156.18]: 무크는 자기의 요점을 증명하다 - 한편 그라이프는 교회 도그마(교리)를 절묘하게 다루기 시도하다.

* [156.19 - 157.07]: 둘 사이에 또 다른 대화 - 매도(중상)에 호소하다.

* [157.08 - 158.05]: 뉴보레타는 홀로 그들 위에 있다 - 그녀는 그들의 주의를 끌 수 없자.

* [158.06 - 158.24]: 어둠이 떨어지다 - 무크와 그라이프는 멈추다.

* [158.25 - 159.05]: 빨래하는 아낙들이 강둑으로부터 그들의 세탁물을 가질려 오다 - 단지 한 거루 나무와 한 톨 돌멩이, 그리고 뉴보레타 만이 남는다. * [159.06 - 159.18]: 뉴보레타가 한 거루 나무로 변하다 무크와 그라이프의 우화가 끝나다.

* [159.19 - 159.23]: 박수갈채 금지 제발 - 교실로 되돌아.

* [159.24 - 160.24]: 그는 그를 사랑하다 - 하지만 그가 멀리 가기를 원하다.

* [160.25 - 160.34]: 중얼거리다 - 4인들이 귀담아 듣고 있기에.

* [160.35 - 161.14]: 어떤 더 많은 증거 - 그것은 그로 하여금 브루터스와 카시어스를 상기시키다.

* [161.15 - 161.36]: 브루터스와 카시어스의 이야기 - 음식 형태의 연출 인물들.

* [162.01 - 163.11]: 늙은 시저는 대치되리라 - 여기서, 브루터스와 카시어스가 소개되다.

* [163.12 - 164.14]: 양립兩立의 어떤 이론이 퇴거 되다 - 마가린을 소개하며.

* [164.15 - 166.02]: 음악과 노래에 관하여 - 그림과 초상에 관하여.

* [166.03 - 167.17]: 마그(Marge)에게로 되돌아 - 그녀는 안토니우스를 더 좋아하다.

* [167.18 - 168.12]: 그가 그러지 않으리라 반복하면서 대답 #11 - 끝나다.

* [168.13 - 168.14]: 질문과 대답 #12 - 그의 저주.

성聖저주받을 것인고?(Sacer esto?)

대답: 우린 동동同同(세머스, 수머스)!(Semus sunus!)

7장 문사 셈(169 - 195)

* [169.01 - 169.10]: 셈의 이름 - 그의 기원.

* [169.11 - 170.24]: 셈의 외모 - 우주의 최초의 수수께끼.

* [170.25 - 171.28]: 셈의 음식 - 그는 마신다.

* [171.29 - 172.04]: 그의 저속함 - 그는 사진 찍히다.

* [172.05 - 172.10]: 상업적 - 다른 푸줏간을 위해.

* [172.11 - 172.26]: 셈의 비인기성 - 그의 있을법하지 않은 존재.

* [172.27 - 174.04]: 그의 야비한 성격 - 그의 사기의 천성.

* [174.05 - 174.21]: 말다툼의 무 취미 - 그의 아첨 근성.

* [174.22 - 175.04]: 그의 폭력의 취급 - 그의 전적인 저속성.

* [175.05 - 175.18]: 민요 - 요약.

* [175.19 - 176.18]: 셈의 경기의 회피 - 기록된 것들.

* [175.19 - 177.12]: 그의 비급 - 그는 도피하고 잉크병 집 속에 스스로를
바리케이트 친다.

* [177.13 - 178.07]: 그의 허영 - 자기 자신의 높은 고견.

* [178.08 - 179.08]: 그는 열쇠구멍을 통해 내다 보다 - 공격자의 권총 통
을 보기 위해.

* [179.09 - 179.16]: 이 저급생활 - 그는 정말로 무엇을 하려했나?

* [179.17 - 180.33]: 그의 악화 - 그의 무용한 책.

* [180.34 - 181.26]: 그의 부패한 냄새 - 그의 위조.

* [181.27 - 181.33]: 광고 - 개성을 위해.

* [181.34 - 182.29]: 그의 세방貰房의 서필 - 그의 초상.

* [182.30 - 184.10]: 셈의 불결한 우거寓居 - 그것의 작품.

* [184.11 - 185.13]: 그의 요리, 대부분 계란 - 그의 잉크제조 및 종이.

* [185.14 - 185.26]: 분변으로부터 잉크의 분변糞便의 추출抽出 - 추기경
들의 언어로.

* [185.27 - 186.18]: 그의 피부를 양피지로 사용하여 - 개봉되지 않는 역사.

* [186.19 - 187.23]: 순경이 밖에서 솀을 만나다 - 어떤 있을 법하지 않는 음료를 집으로 가져간다.
* [187.24 - 188.07]: 저스티스는 머리커스에게 그의 연설을 시작하다 - 그것은 솀에게 퍽이나 험악해 보인다.
* [188.08 - 189.27]: 그는 이교異教와 불가지론으로 비난 받는다 - 그는 혈통의 결핍과 무 결혼을 비난 받는다.
* [189.28 - 190.09]: 그는 이교도 예언으로 비난 받다 - 죽음과 재난에 관해.
* [190.10 - 191.04]: 그는 책임질 일을 비난 받는다 - 대신 전거轉居를 비난 받는다.
* [191.05 - 192.33]: 그는 형제살해를 비난 받는다 - 그의 순결하고 완전한 형제를 살해하며.
* [191.34 - 193.08]: 그는 괴병을 비난 받는다 - 그는 돈의 탕진을 비난 받는다.
* [193.09 - 193.30]: 그는 자신을 관찰을 그리고 자신이 미쳤음을 보도록 권고 받는다 - 저스티스(정의)는 머시어스(자비)에게 그의 연설을 끝낸다.
* [193.31 - 195.06]: 머시어스는 자기 자신에게 그의 어머니에게 거짓 맹세를 비난 하다 - 그녀는 다가오다.

살리노긴 역域 곁을 살기스레 사그렁미끄러지면서, 날이 비오듯 행복하게, 졸졸대며, 졸거품일으키며, 혼자서 조잘대며, 그들의 양 팔꿈치 위의 들판을 범람하면서 그녀의 살랑대는 사그렁미끄럼과 함께 기대며, 아찔어슬렁대는, 어머마마여, 어찔대는발걸음의 아나 리비아여.

그가 생명장生命杖을 치켜들자 벙어리는 말하도다.

꽉꽉꽉꽉꽉꽉꽉꽉꽉꽉꽉꽉(Quioquioquioquioquioquioquioq)!

8장 여울목의 빨래하는 아낙네들(196 - 216)

* [196.01 - 200.32]: 두 세탁부들의 대화 - HCE와 ALP에 대한 가십.
* [200.33 - 201.20]: ALP의 편지 – 노래 - 새 생활과 새 친구에 관한 꿈 꾸기.
* [201.21 - 204.20]: 그녀의 111 아이들 - 그녀의 초기의 성적 행위.
* [204.21 - 205.15]: 그녀의 머리카락 - 한 벌의 세탁 중의 반바지.
* [205.16 - 206.28]: HCE의 복수 계획 - ALP의 복수 계획.
* [206.29 - 207.20]: 화장의 준비 - 그녀는 나타나다.
* [207.21 - 208.26]: 그녀를 서술하기 - 그녀의 의상
* [208.27 - 209.09]: 그녀의 변화한 외모 - 타자들이 보기에
* [209.10 - 212.19]: 그녀의 가방속 내용물 - 모든 이를 위한 양심의 선물.
* [212.20 - 213.10]: 세탁을 위한 다툼 - 그리고 책들에 관해.
* [213.11 - 215.11]: 세탁물을 둑에 말리기 위해 펴기 - 짙어가는 노을의 불명확한 물건들.
* [215.12 - 216.05]: ALP와 HCE에게로 되돌아감 - 밤이 되자 나무와 돌로 변형.

나는 저쪽 돌 마냥 무거운 기분이나니.

존이나 또는 숀에 관해 내게 얘기할 지라? 살아 있는 아들 셈과 숀 또는 딸들은 누구였던고? 이제 밤! 내게 말해요, 내게 말할지라! 내게 말 해봐요, 느릅

나무! 밤 밤! 나무줄기나 돌에 관해 아담화我談話할지라.

천류川流하는물결결에, 여기저기찰랑대는(hitherandthithering) 물소리의. 야
夜 안녕히!

제II부

1장 아이들의 시간(219 - 259)

* [219.01 - 219.21]: 다가오는 팬터마임을 위한 프로그램 - 믹, 닉, 및 매기
들의 익살극
* [219.22 - 221.16]: 연출 크레디트 - 누가 무엇을 보급했나.
* [221.17 - 222.21]: 적대자들 - 천사 춤과 악마 글루그.
* [222.22 - 222.31]: 적대자들 - 천사 춤과 악마 글루그.
* [222.32 - 223.11]: 저녁이 별들과 소녀들과 함께 추락하가 - 이조드의 색깔.
* [223.12 - 223.24]: 적대자들이 만나다 - 오시안을 마나는 패트릭처럼.
* [223.25 - 224.07]: 글루그가 색채를 발견하기를 찾기에 헛되다 - 소녀들
에 의해 조롱된 채, 4인들에 의해 도움 받지 못한 채.
* [224.08 - 224.21]: 가련한 글루그 - 조드에 의해 조롱받다.
* [224.22 - 225.08]: 그는 와녀花女들 앞에 나타난다 - 그들의 웃음과 조
롱에 노출된 채.
* [225.09 - 225.21]: 그는 복통腹痛으로 도망친다 - 이조드는 그가 말하도
록 권한다.

* [225.22 - 225.28]: 글루그의 색깔에 대항 최초의 추측은 - 붉은/돌/독일의(게르만).

* [225.29 - 226.03]: 소녀들은 그의 실패에 즐겁다 - 그러나 이조드는 침울하다.

* [226.04 - 226.20]: 가련한 이사 - 그녀의 남자를 찾고 있다.

* [226.21 - 227.18]: 소녀들의 이중 무지개 무용 - 시간을 통해 앞과 뒤로.

* [227.19 - 228.02]: 그의 창피, 고통 및 울분 - 그의 울분과 동여매다.

* [228.03 - 229.06]: 그의 의도 - 그는 알리리라, 그는 쓰고, 그는 비산飛散한다.

* [229.07 - 230.25]: 그는 양친에 관한 진리를 출판하리라 - 그리고 그의 고통苦痛에 관해.

* [230.26 - 231.08]: 그는 전체 가족에 관해 회상 한다 - 그리고 그의 초기의 시詩에 관해.

* [231.09 - 231.22]: 그는 치통을 겪는다 - 견딜 수 없는 고통.

* [231.23 - 232.26]: 그는 치통을 겪네 - 견딜 수 없는 고통. 그는 고통스런 불제祓除를 통해 회복한다 - 이조드가 그에게 희망의 메시지를 보내기에.

* [232.27 - 233.15]: 그는 눈 깜짝 동안에 돌아왔다 - 마침 경기로 되돌아가다.

* [233.16 - 233.28]: 색깔에 대한 글루그의 두 번째 추측 - 노란/입/프랑스의.

* [233.29 - 234.05]: 그는 재차 도주한다 - 조롱하는 소녀들로부터.

* [234.06 - 234.33]: 천국의 춤은 뒤에 남았지 - 그의 둘레를 춤추는 소년들과 더불어. 그는 다시 도피한다 - 조롱하는 소녀들로부터.

* [234.34 - 236.18]: 소녀들은 춤에게 찬가를 노래한다 - 그들의 미래의 가
　　　정적 축복.

* [236.19 - 236.32]: 사람들의 움직임 - 무도의 고정.

* [236.33 - 237.09]: 화녀들이 그들의 춤을 계속한다 - 춤 앞에 스스로 나
　　　신하면서.

* [237.10 - 239.15]: 그들은 그의 칭찬을 노래한다 - 그들은 그를 유혹한다.

* [239.16 - 340.04]: 그들은 자신들의 성적 자유를 기대한다 - 그들은 그
　　　를 유혹한다.

* [240.05 - 242.24]: 참회를 위한 글루그의 계획 - 그는 그의 놀라운 노인
　　　혹(Hump)에 관해 말한다.

* [242.25 - 243.36]: 그는 자신의 노파 안에 관해 말한다 - 그리고 그들의
　　　생에 관해 함께.

* [244.01 - 224.12]: 한가닥 빛이 출현한다 - 양친들은 아이들을 귀가하도
　　　록 불러드린다.

* [244.13 - 246.02]: 밤이, 어둡고, 춥고, 조용하게, 떨어 지낸다 - 주막은
　　　열려있고.

* [246.03 - 246.20]: 부친이 그들을 불러드린다 - 그러나 경기는 끝나지 않
　　　았다.

* [246.21 - 246.35]: 형제들의 전쟁을 준비하며 - 달리 이조드는 홀로 남
　　　으리.

* [246.36 - 247.16]: 글루그에로 되돌아 - 그는 귀가하기 원하도다.

* [247.17 - 248.02]: 이조드에 대한 배력 - 다른 소녀들에 대한 그의 혐오
　　　嫌惡.

* [248.03 - 249.20]: 이조드는 그를 도우려 왔다 - 그에게 그녀의 색깔에

대한 숨은 단서를 주면서.

* [249.21 - 250.10]: 경기가 계속하다 - 소녀들이 글루그를 조롱하다.
* [250.11 - 251.32]: 종말이 다가오고 있다 - 그는 어리석은 생각들로 가
   득하다.
* [251.33 - 252.32]: 소년들의 얼굴 - 떨어져 - 석별하기 어렵다.
* [252.33 - 253.18]: 색깔에 대한 글루그의 세 번째 추측 - 강력한 색(채).
* [253.19 - 253.32]: 그는 실패했다 - 소녀들이 축하하다.
* [253.33 - 255.26]: 부친이 나타나다 - 그는 분석되다.
* [255.27 - 256.16]: 모친이 나타나다 - 아이들을 집으로 끌면서.
* [256.17 - 257.02]: 숙제가 기다리다 - 이찌는 불행하다.
* [257.03 - 257.28]: 경기와 놀이가 끝나다 - 문이 탁 닫히다.
* [257.29 - 258.19]: 커텐 내리다 - 갈채.
* [258.20 - 259.10]: 아이들은 집에 있다 - 기도.

나무에서 나무, 나무들 사이에서 나무, 나무를 넘어 나무가 돌에서 돌, 돌들
사이의 돌, 돌 아래의 돌이 될 때까지 영원히.

오 대성주大聲主여, 청원하옵건대 이들 당신의 무광無光의 자들의 각자의
기도를 들어주옵소서! 오시각悟時刻에 잠을 하사하옵소서, 오 대성주여!

그들이 한기를 갖지 않도록. 그들이 살모殺母를 호명(明) 하지 않도록. 그들
이 광벌목狂伐木을 범하지 않도록.

대성주여, 우리들 위에 비참을 쌓을지라 하지만 우리들의 심업心業을 낮은
웃음으로 휘감으소서!

하 혜 히 호 후.

만사묵묵萬事黙黙.

2장 학습 시간 - 삼학三學과 사분면四分面(260 - 308)

* [300.09 - 302.10]: 당황한 케브 - 유린된 케브.

* [302.11 - 303.10]: 서명하며 - 케브에게 쓰기를 가리키며.

* [303.11 - 304.04]: 케브가 분노하다 - 케브가 돌프를 치다.

* [304.05 - 305.02]: 돌프에 대한 케브의 불실한 감사 - 케브가 소녀에게
          연설하다.

* [305.03 - 306.07]: 화해 - 음모를 꾸미다.

* [306.08 - 308.04]: 공부가 끝나다 - 52개 리스트의 수필 토픽들.

* [308.05 - 308.25]: 야식夜食까지 점검 - 양친들에게 밤 편지.

엄마, 봐요, 고기 스프가 끓어서 넘쳐요!

적극積極 무의식의 절망시적絶望詩的 암시暗視.

a. 버들 세공상자細工箱子는 반反그리스도 수手를 위한 것이오, 그리고 나
의 손의 자유는 그를 위한 것!

b. 그리고 두개골과 교차대퇴골交叉大腿骨로 속이 메슥거리나니, 그가 우
리들의 그림을 남김없이 진심으로 즐기기를 유희唯希하노라!

3장 축제의 여인숙(309 - 382)

* [309.01 - 309.10]: 아마도. 그러니 - 비코의 환.

* [309.11 - 310.21]: 주막의 무선 라디오 - 귀속으로 내내 도착하는 그것
          의 전파.

* [310.22 - 311.04]: 주막 - 거기 주막인은 그의 단골에게 음료를 대접한다.

* [311.05 - 311.20]: 양복상 커스와 노르웨이 선장의 이야기가 시작하다 -

그러나, 첫째, 건배.

* [311.21 - 312.16]: 노르웨이 선장은 양복상으로부터 양복을 주문하다 - 이어 배를 타고 떠난다.

* [312.17 - 313.13]: 반동이 토론 된다 - 커스와 타자들에 의해.

* [313.14 - 315.08]: 주막주가 술을 위해 돈을 모우다 - 이어 추락한다.

* [315.09 - 317.25]: 선장이 되돌아온다 - 재의 남편의 놀라.

* [317.26 - 319.36]: 3양복상들의 선장의 등 혹에 대한 불만 - 그는 어색한 코트와 바지에 관한 되돌림에서 불편해 한다.

* [320.01 - 320.31]: 선장은 말로 양복상을 공격한다 - 이어 재차 공격한다.

* [320.32 - 321.33] 그가 여행하자 시간이 경과한다 - 음주가 주막에서 계속한다.

* [321.34 - 323.24]: 양복상이 하얀 모자와 나쁜 기질로 경기로부터 되돌아온다 - 그는 선장에게 몸에 맞을 수 없음을 요구한다.

* [323.25 - 324.17]: 선장이 다시 돌아온다 - 더 많은 음주 계속.

* [324.18 - 325.12]: 라디오 방송 - 개인적 메시지. 일기예보, 오늘의 뉴스, 광고.

* [325.13 - 326.20]: 배의 남편이 서장을 위한 결혼복을 마련하기 시작한다 - 그는 세례를 받아야하고 기독교도로 개종한다.

* [326.21 - 326.25]: 무의미 - 왜 그는 세례를 받아야 하는가?

* [326.26 - 329.12]: 배의 남편은 양복상과 그의 딸의 미덕을 칭찬 한다 - 이어 선장의 미덕을.

* [329.13 - 331.36]: 결혼식이 많은 축하와 함께 시작 한다 - 커스 양복상과 노르웨이 선장의 이야기가 끝난다.

* [332.01 - 332.35]: 이야기가 끝나다 - 그는 집에 익숙해 지다.

* [332.36 - 334.05]: 캐이트 주점 주에게 그의 아내로부터 메시지를 날라
　　　　　　　　온다 - 그를 침대로 올 것을 요구하며, 아이들은 잠든다.
* [334.06 - 334.31]: 캐이트가 3번 이야기 한다 - 이어 떠난다.
* [334.32 - 337.03]: 마 주위의 과거 이야기를 다시 말한다 - 대大노인에
　　　　　　　　관해 논한다.
* [337.04 - 338.03]: 공원의 죄의 재상산 - 단골들이 바트와 타프에 대하
　　　　　　　　여 붙는다. 혹은 어떻게 버클리가 러시아 대장을 사살
　　　　　　　　했는지.
* [338.04 - 340.03]: 바트와 타프의 대화 - 마트가 러시아 대장을 서술하다.
* [340.04 - 341.17]: 바트는 장면의 배경을 서술하다 - 정령이 수수께끼들,
　　　　　　　　경기, 음악 및 노래와 더불어 일어난다
* [341.18 - 342.32]: 첫 간주곡 - 장애물 경마 - 경기.
* [342.33 - 343.36]: 그리미언 전쟁이 격 擊하고 있다 - 바트는 장군의 관
　　　　　　　　경을 서술하다.
* [344.01 - 345.33]: 바트는 그의 배변하는 장군을 사격할 수 있었다.
* [345.34 - 346.13]: 두 번 째 간주곡 - TV 상의 4 후원자들.
* [346.14 - 349.05]: 바트는 그의 군인의 나날에 관해 회상하다 - 감상적
　　　　　　　　건배(토스트)
* [349.06 - 350.09]: 3번째 간주곡 - 텔레비전 화된 참회의 종교적 봉사.
* [350.10 - 352.15]: 바트는 그가 장군을 만났을 시간까지 회상을 계속하
　　　　　　　　다 - 그가 장군을 어떻게 쏘았는지를.
* [352.16 - 353.21]: 바트와 타프는 장군에게 격분하다 - 아일랜드에 대한
　　　　　　　　모독]:
* [353.22 - 353.32]: 4번째 간주곡 - 원자原子의 파편

* [353.33 - 354.06]: 사살 뒤 - 최후의 음주飮酒
* [354.07 - 354.36]: 바트와 타프가 하나로 이울다 - 마트와 타프의 대화
  가 끝나다.
* [355.01 - 355.07]: 5번째 막간 - 스크린이 흑막으로.
* [355.08 - 356.15]: 5번째 간주곡 - 스크린이 까매져 가다.
* [356.16 - 358.16]: 주막으로 되돌아가다 - 주인은 그의 사과를 시작하다.
* [358.17 - 359.20]: 그가 읽은 책에 관해 그는 말하다 - 그의 이단異端(이
  교)을 비난하다.
* [359.21 - 360.22]: 라디오의 선언 - 음악의 간주곡이 시작할 찰라.
* [360.23 - 361.34]: 라디오로, 나이팅게일의 노래 혹은 장난꾸러기 소녀
  들 - 그들 주위에 떨어지는 나무 잎들.
* [361.35 - 363.16]: 주막의 귀환 - 고객들이 주막 주인과 그의 아내에 관
  해 농담하다.
* [363.17 - 367.07]: 호주戶主의 사과謝過 - 주로 두 하녀들에 관해.
* [367.08 - 369.05]: 방주方舟 속의 4노인들 - 율법.
* [369.06 - 370.14]: 단골들 4자 및 나머지는 아주 취하다 - 상상적으로 알
  려진 사실들의 보고가 편집되다.
* [370.15 - 370.29]: 보트의 12단골들 - 남종男從이 나타나다.
* [370.30 - 373.12]: 남종이 문 닫을 시간을 선언하가 - 단골들은, 노래하
  며, 여숙 혹은 방주를 혐오스럽게 떠나다.
* [373.12 - 380.06]: 추방된 군중들이 모욕하고, 위협하며 커다란 길이로
  주막 주인을 나무라다 - 그가 죽기를 원하며.
* [380.07 - 382.30]: 수세리가 바 - 룸을 청소하고 - 술 찌꺼기를 마시고,
  떠나다 - 로더릭 오코노 왕 - 아일랜드 최후의 왕.

4장 신부선新婦船과 갈매기(383 - 399)

* [383.01 - 383.17]: 해조海鳥의 노래 - 마크 왕을 조롱하며.
* [383.18 - 386.11]: 마마루요의 이야기가 시작하다 - 트리스탄과 이졸드 의 연애 장면을 살피면서.
* [386.12 - 388.09]: 조니 막도갈과 연관된 이야기 - 뻗어가는 회고담.
* [388.10 - 390.33]: 마카스 라이온스과 연관된 이야기 - 뻗어가는 회고담.
* [390.34 - 392.13]: 루커스 타피와 연관된 이야기 - 뻗어가는 회고담.
* [392.14 - 393.06]: 매트 그레고리와 연관된 이야기 - 뻗어가는 회고담.
* [393.07 - 395.25]: 4인들과 함께 - 하지만 한층 뻗어가는 회고담
* [395.26 - 396.33]: 정열적이요 의도적 키스 - 계산된 스코어.
* [396.34 - 398.28]: 최후의 노래를 부르기 위해 존비하며 - 마마루요의 이 야기 끝나다.
* [398.29 - 398.30]: 들어라, 오 들어라 - 트리스탄과 이졸드를 위한 음악.
* [398.31 - 399.18]: 트리스탄과 이졸드를 위한 노래 - 4인들에 의해 노래 되어, 각자 그의 자신의 스탠자(음절)와 더불어

마태휴, 마가휴, 루가휴, 요한휴히휴휴!

히하우나귀!

그리하여 여전히 한 점 빛이 길게 강을 따라 움직이도다.

그리고 한층 조용히 인어남人魚男들이 자신들의 술통을 분동奔動하도다.

그의 기운이 충만한지라.

길은 자유롭도다.

그들의 운명첨運命籤은 결정 되었나니.

고로, 요한을 위한 요한몽남夢男에게 빛(光)이 있을 지라!

제III부

1장 대중 앞의 숀(403 - 428)

* [403.01 - 403.17]: 밤 종을 헤아리는 4노인들 - 잠자는 한 쌍 위로.

* [403.18 - 405.03]: 숀이 꿈같은 안개를 통해 접근 한다 - 그의 화려한 의상.

* [405.04 - 407.09]: 숀의 거대한 다이어트 - 그는 탐식에 죄가 있지 않다.

* [407.10 - 407.26]: 그의 목소리가 들린다 - 그는 말한다.

* [407.27 - 409.07]: 숀의 열리는 연설 - 그는 편지를 나르기에 피곤하다
  (그리고 무가치한).

* [409.08 - 409.10]: 질문 #1 - 그에게 배달부가 되도록 누가 허락을 주었
  던가?

* [409.11 - 409.30]: 대답 #1 - 그는 예언에 의해 그걸 얻고, 과연 그는 얼
  마나 어렵고 피곤한 운명이랴.

* [409.31 - 409.32]: 질문 #2 - 그는 우체부가 되도록 명령받았던가?

* [409.33 - 410.19]: 대답 #2 - 그는 세습적으로 규탄되었고 그는 죽음까
  지 넌더리난다.

* [410.20 - 410.23]: 질문 #3 - 그는 편지를 나를 건가?

* [410.24 - 410.27]: 대답 #3 - 그는 힘을 갖는다.

* [410.28 - 410.30]: 질문 #4 - 어디서 그는 일을 할 수 있는가?

* [410.31 - 411.21]: 대담 #4 - 여기 그리고 그의 직업은 설교자가 되리라.

* [411.22 - 411.25]: 질문 #5 - 그는 도시를 녹색으로 칠했던가?

* [411.25 - 412.06]: 대답 #5 - 자만되게, 그래요.

* [412.07 - 412.12]: 질문 #6 - 녹색 바니스 인고?

* [412.13 - 413.26]: 대답 #6 - 고뇌스럽도록. 아니 그리고 그는 우체국 사건에 관해 보고를 쓸 의도이다.

* [413.27 - 413.31]: 질문 #7 - 그의 의복의 이야기는 무엇인가?

* [413.32 - 414.13]: 대답 #7 - 무無, 그와 함께 통 속에 무엇을.

* [414.14 - 414.15]: 질문 #8 - 그는 노래할건가〉

* [414.16 - 414.21]: 대답 #8 - 사과謝過롭게, 그는 오히려 우화 寓話를 말할 건가?

* [414.22 - 415.24]: 개미와 메뚜기의 우화가 시작 한다 - 행복한 귀뚜라미.

* [415.25 - 416.02]: 개미는 그의 무미無味를 표현 한다 - 그는 자기 자신의 번영을 기도한다.

* [416.03 - 416.20]: 엄숙하고 소박한 개미 - 어리석고 배고픈 메뚜기.

* [416.21 - 417.02]: 메뚜기는 모든 자신의 가구를 갉아 먹었고 그의 모든 시간을 낭비 했다 - 겨울이 당도했었다.

* [417.03 - 417.23]: 메뚜기는 절망 속에 자기 자신을 투신 한다 - 한편 개미는 인생의 모든 향락을 미식美食한다.

* [417.24 - 418.08]: 개미는 메뚜기의 불행을 무척 기쁘다 - 광경은 그에게 바로 너무 지나치다.

* [418.09 - 419.10]: 메뚜기의 화해와 상보성相補性의 노래 - 개미와 메뚜기의 우화는 끝나다.

* [419.11 - 419.19]: 질문 #9 - 그는 편지를 읽을 수 있었던가?

* [419.20 - 421.14]: 대답 #9 - 확실히 그는 쓰레기를 읽을 수 있다, 고로 그는 주소와 도장 찍힌 봉투에서 비배송非配送의 이유를 읽는다.
* [419.29 - 421.20]: 질문 #10 - 그는 그의 유명한 형제보다 한층 고약한 언어를 스스로 사용하지 않았나?
* [421.21 - 422.18]: 대답 #10 - 그는 정말로 그걸 의심하고, 대신 그의 악명 높은 현재를 서술한다.
* [422.19 - 422.22]: 질문 #11 - 편지는 어떻게 창조되었던가?
* [422.23 - 424.13]: 대답 #11 - 비록 그것이 잘 알려질지라도, 셈은 전적으로 비난 받을 판이다.
* [424.14 - 424.16]: 질문 #12 - 왜 편지는 창조되었던가?
* [424.17 - 424.22]: 대답 #12 - 셈의 언어를 위하여, 그의 천둥 어처럼.
* [424.23 - 424.25]: 질문 #13 - 그는 어떻게 천둥 어를 발음할 수 있었던가?
* [424.26 - 425.03]: 대답 #13 - 무슨 무의미, 아무도 할 수 없었다.
* [425.09 - 426.08]: 질문 #14 - 그는 자기 자신을 악용할 수 없었던가?
* [425.09 - 426.04]: 대답 #14 - 물론, 그는 쉽사리, 할 수 있었다, 그러나 왜 성가심.
* [426.05 - 427.16]: 그는 파탄되다, 감정으로 넘친 채. 그는 위로 보다, 뒤로 낙하한 채 그리고 굴러 내리다(혹은 위로) 그의 통 속에 강 위로.
* [427.17 - 428.27]: 그의 출발이 외도되다 - 그의 귀환을, 기다린 채.

그런고로 저 왕강주선頑强舟(酒)船 핸시 한즈 호가 출범했는지라. 생부강 生浮江(립)으로부터 멀리.

야토국夜土國을 향해.

왔던 자 귀환하듯.

원遠안녕 이도離島여! 선범선善帆船이여, 선안녕善安寧!

이제 우리는 성광星光(별빛)에 의해 종범從帆하도다!&

2장 성 브라이드 학원 앞의 존(429 - 473)

* [429.01 - 429.24]: 존은 강둑에서 쉬다, 그의 통족痛足을 휴식하며.

* [430.01 - 430.16]: 근처의 29명의 하교 여학생들 - 배우며 그리고 놀며.

* [430.17 - 431.20]: 주의는 상호적相互的 - 그는 그들 상에 이찌를 염탐
     하다.

* [431.21 - 432.03]: 존은 떠나기 시작한다, 이찌에게 말하며 - 그는 그녀
     가 그를 아쉬워할 것을 안다 - 그러나 그는, 그녀가 자
     주 그에게 말했듯이, 떠나야만 한다.

* [432.04 - 433.09]: 존은 소녀들에게 설교 한다 - 신부 마이크로부터 얻
     은 춘가를 주면서.

* [433.10 - 439.14]: 존의 십계十戒 - 대부분 섹스에 관해.

* [439.15 - 444.23]: 더 많은 충고 - 소녀들을 위한 알맞은 책들에 대한 그
     의 견해.

* [441.24 - 444.05]: 그의 설교가 계속하다 - 전진 이상자들과 치한癡漢들
     의 적당한 육체적 핸들을 계속한다.

* [444.06 - 445.25]: 존은 이찌를 분쇄하다 - 그녀는 정조를 지켜야하고,
     혹은 그 밖에도.

* [445.26 - 446.26]: 그는 그녀를 연모하다 - 그는 되돌아 와, 이어 그들은 키스하리라.

* [446.27 - 448.33]: 그는 필경, 친애하는, 그러나 분명히 불결한 더블린을 청소할 그들의 계획을 말한다 - 그는 곧 그의 하이킹을 정지하리라.

* [448.34 - 452.07]: 그는 자신의 신분을 바꾸기 서둘지 않으리니, 아름다운 밤 - 그는 돈 보따리를 얻고, 그녀를 버리고 그녀를 어리석게 오입誤入(꽉)(매음)하리라.

* [452.08 - 452.33]: 그는 영광스런 사명을 계속하리라 - 임금을 만나기 위해

* [452.34 - 454.07]: 인생은 짧고, 고로 재발 무 장면을 - 그는 죽음과 후생後生을 말한다.

* [454.08 - 454.25]: 그는 소리 내어 웃는다 - 이어, 갑자기, 방향을 돌리고, 그의 태도를 바꾼다.

* [454.26 - 455.29]: 작병 - 그는 천국의 천국을 말한다.

* [455.30 - 457.04]: 그는 자신의 호의의 주제, 음식에 관해 말한다 - 그는 자신이 자신에게 빚진 것을 모은 뒤, 순환으로 떠나야 한다.

* [457.05 - 457.24]: 그는 진실로 떠나야한다 - 위험을 무릅쓰고.

* [457.25 - 461.32]: 이찌는 그에게 코 종이의 선물을 준다 - 그녀는 그에 그리고 그녀에 관해, 그녀의 거울 이미지에 관해 말한다, 모든 종류의 충성을 약속하면서.

* [461.33 - 462.14]: 죤은 그녀의 친절을 위해 마신다 - 또한 충성을 약속하면서.

* [462.15 - 468.19]: 그는 위임장을 남긴다, 댄스켈 대이브 - 그리하여 그

는 소개를 위해 정시에 그의 여행으로부터 우연히 돌아온다.

* [468.20 - 468.22]: 끝이 가깝다 - 그리고 새로운 시작이.

* [469.29 - 470.10]: 소녀들이 그의 도움을 위해 돌진 한다 - 그들은 그의 출발에 눈물을 쏟는다.

* [470.11 - 470.21]: 소녀들의 누곡淚哭할지니 - 떠난 죤 때문에.

* [470.22 - 471.34]: 죤은 스스로 우표를 찍는다 - 그리고 그는, 그의 모자 다음으로, 떠난다.

* [471.35 - 473.11]: 혼은 그와 작별한다 - 그의 귀환을 기다릴지라.

* [473.12 - 473.25]: 피닉스(불사조)처럼 - 그는 다시 일어나리라.

그래요, 이미 암울의 음산한 불투명이 탈저멸脫疽滅하도다! 용감한 족통 혼이여! 그대의 진행進行을 작업할지라! 붙들지니! 지금 당장! 승달勝達할지라, 그대 마魔여! 침묵의 수탉이 마침내 울지로다. 서西가 동東을 흔들어 깨울지니. 그대가 밤이 아침을 기다리는 동안 걸을지라, 광급조식운반자光急朝食運搬者여, 명조가 오면 그 위에 모든 과거는 충분낙면充分落眠할지니. 아면我眠(Amain).

3장 심문 받는 욘(474 - 554)

* [474.01 - 474.15]: 욘은 풍경 속에 잠들다 - 그는 한숨 쉬고, 곡한다.

* [474.16 - 475.17]: 4여행자들이 그에게 다가오다 - 아일랜드의 중심부에.

* [475.18 - 477.02]: 4자들이 그에게 묻기 위해 다가온다 - 그들은 그의 형

태를, 놀란 채, 구부린다.

* [477.03 - 477.30]: 시험이 시작 한다 - 그들은 그가 일어나자 그이 위로 그물을 편다.

* [477.31 - 479.16]: 그는 그의 위치, 편지, 언어, 신분, 공포에 관해 질문 받는다 - 욘은 표류의 목소리로 신비롭게 대답한다.

* [479.17 - 482.06]: 대화가 토루土壘 혹은 보트에게로 표류한다 그리고 거기서 그의 부친, 퍼시 오레일리에게로.

* [482.07 - 485.07]: 대화가 편지에서 표류에게로 - 그리고 거기서 쌍둥이 들에게로.

* [485.08 - 486.31]: 4자가 무위無爲하게 그의 대답을 의미 있게 하려고 노력한다 - 그들은 그를 3부의 비전으로 굴복시킨다.

* [486.32 - 491.16]: 대화가 쌍둥이와 욘의 신분으로 되돌려 표류한다 - 각 자는 타자를 분장한다.

* [491.17 - 496.21]: 대화가 퍼시 오레일리에게로 다시 표류한다 - 욘이 "A"의 목소리를 통해 그를 옹호한다.

* [496.22 - 499.03]: 경야가 - "O"의 목소리를 통해 욘에 의해 서술되듯.

* [499.04 - 499.12]: 29소녀들의 애가哀歌를 애도한다.

* [499.13 - 499.29]: 부활 - 무슨 한 보따리의 거짓말 이람.

* [499.30 - 501.06]: 여러 토막의 혼돈된 전화 대화 - 침묵으로 끝나다.

* [501.07 - 503.03]: 질문이 계속하다 - 공원에서 만남에 집중하여 - 그날 밤 험악한 날씨l.

* [503.04 - 506.23]: 만남의 침울한 장소 - 무더기, 경야의 신호, 나무.

* [506.24 - 510.02]: 만남에 대한 파티들 - 접촉자 '톰', P. 와 Q. 자매들, 욘.

* [510.03 - 515.26]: 그날 밤의 사나운 축제들 - 결혼 축가, 경야.

- 충실한 풀비아(FUlvia).

 * [547.14 - 550.07]: 어떻게 그는 그녀를 정복하고 결혼 했던가 - ALP, 그의 아내와 그의 강江

 * [550.08 - 552.34]: 어떻게 그는 그녀를 돌보고 마련했던가 - 그녀 주위에 도시를 세웠던가.

 * [552.35 - 554.10]: 그는 그녀를 위해 더 많은 향연을 행 했던가 - 그녀의 향락에 찬성하여.

그리하여 로우디 다오는 뒤쪽 횃대 노새 말과 수말 및 암나귀 잡종과 스페인 산産 소마小馬와 겨자모毛의 노마와 잡색의 조랑말과 백갈색 얼룩말이 생도生跳롭게 답갱踏坑하는지라(그대 왼발을 들고 그대 오른 발을 스케이트 링크 할지라!) 그녀의 환영歡影을 위해 그리하여 그녀[ALP]는 경무곡輕舞曲의 타도일격打倒一擊(도미노) 속에 회초리의 엇바꾸기에 맞추어 소소笑소리 내어 웃었도다. 저들을 끌어 내릴지라! 걷어찰지라! 힘낼지라!
마태태하! 마가가하! 누가가하! 요한한한하나!

4장 HCE 와 ALP - 그들의 심판의 침대(555 - 590)

 * [555.01 - 555.24]: 밤마다 - 4자가 모퉁이에서 두 잠자는 쌍둥이인, 케빈과 제리를 감시하는 동안.
 * [556.01 - 556.22]: 밤마다 - 이소벨은 그 동안 그녀의 간이침대에서 조용히 잠잔다.
 * [556.23 - 556.30]: 밤마다 - 순경은 그 동안 스케줄에 따라서 그의 순회

를 회진한다, 분실한 물건들을 주어 모으면서.

* [556.31 - 557.12]: 밤마다 - 코더린(Kothereen)은 그 동안 그녀의 어떻게 그녀가 선술집 주인이 나체로 아래층으로 기어 다나는 것을 발견했는지 배게 속에 음창吟唱한다.

* [557.13 - 558.20]: 밤마다 - 12인은 그 동안 선술집 주인이 그가 죄지음을 발견하면서, 애를 쓴다.

* [558.21 - 558.25]: 밤마다 - 29소녀들은 그 동안 행복하고 비참하다.

* [558.26 - 558.31]: 그들의 침대 속에 - 양친은 누워있다.

* [558.32 - 559.19]: 놀음이 시작한다 - 장면은 내외의 침실이다.

* [559.20 - 559.29]: 침대 속에 한 남자와 한 여자 - 마태의 견해로부터 보여질 때.

* [559.30 - 560.06]: 행동은 시작하고, 장면들이 바뀌면서 - 그녀는 울음에 응답하여 침대로부터 떼어내린다, 그에 뒤따라.

* [560.07 - 560.36]: 4인은 바로 보인 장면을 토론한다 - 주점의 주막.

* [561.01 - 562.15]: 작은 소녀, 바터컵 - 그녀 자신의 방에서 잠자며.

* [562.16 - 562.36]: 최초의 쌍둥이 소년, 귀여운 케빈 - 그들의 분담된 침대의 오른 쪽에 행복하게 잠자며.

* [563.01 - 563.37]: 두 번째 쌍둥이 소년, 비참한 제리 - 그들의 분담된 침대의 왼쪽에서 잠 속에 울면서.

* [564.01 - 565.05]: 한 남자의 나체의 엉덩이 혹은 피닉스 공원 - 마크의 견해로부터 보여지 듯.

* [565.06 - 565.16]: 4인들 주의 하나, 마크의 많은 고뇌에도 - 한 여인의 목소리가 들린다.

* [565.17 - 566.06]: 어머니가 우는 쌍둥이를 달랜다 - 그건 모두 꿈이요,

거기 크고 나쁜 아비는 없다.

* [566.07 - 566.25]: 모든 참가자들의 설명 - 각자는 그것 자신의 역할.

* [566.26 - 570.13]: 4자는 공원에서 잃다 - 왕의 다가오는 사냥 방문과 그의 시장과의 만남에 관해 재잘거리며.

* [570.14 - 570.25]: 4인은 주장(포터) 씨에게로 되돌아온다 - 그의 건강과 몸집, 그의 결혼과 가족.

* [570.26 - 571.26]: 한 사람은 변소에 가야만 한다 - 혹은 공원에서 싸보던가?

* [571.27 - 571.34]: 쌍둥이의 방으로 돌아 옴 - 우짖는 놈은 이제 한층 조용하다.

* [571.35 - 572.06]: 젊은이들은 여전히 위협이다 - 그들의 조상을 매장하기 위해 위협하며.

* [572.07 - 572.17]: 문이 열린다 - 무엇? 누구?

* [572.18 - 573.32]: 복잡한 모계의 사례 - 강력한 성적 성질에 관해.

* [573.33 - 576.09]: 모계의 법적 및 종교적 분석 - 원천적으로 재정적 성질에 관해.

* [576.10 - 576.17]: 침대로 돌아갑시다 - 쌍둥이들의 방으로부터 양친의 것으로.

* [576.18 - 577.35]: 도로 - 창조의 신성에 대한 기고 - 방들 사이, 부부 침대로 되돌라, 양칭의 안전한 여행을 위해.

* [577.36 - 578.02]: 요동 - 그건 단지 바람이다.

* [578.03 - 578.15]: 그는 누구? 그의 밤 셔츠 입은 큰 주막 주.

* [578.16 - 578.28]; 그녀는 누구? 램프를 든 작은 아씨.

* [578.29 - 579.26]: 그들은 자신들의 방으로 층계를 내려오고 있다 - 길을 내려 그들은 올라갔다.

* [579.27 - 580.22]: 그들은 함께 운명을 총해 갔다 - 하지만 그들은 건디다.

* [580.23 - 580.36]: 그들은 계단 밑바탕으로 접근 한다 - 악당을 만남으로부터 호스티의 민요로 사건들의 연속을 요약하다.

* [581.01 - 581.36]: 그는 말로 공격받고, 미움 받고, 순종 받고? - 그들의 귀가 도중 그의 술 취한 고객에 의해.

* [582.01 - 582.27]: 우리 그들에게 어떤 종류의 말들을 제공 합시다 - 우리 모두 그 속에 함께 있도다.

* [582.28 - 584.25]: 한 남자와 한 여자가 섹스, 혹은 크리켓을 갖는지라 - 누가의 견해로 볼 때.

* [584.26 - 585.21]: 장 닭이 울도다 - 많은 감사가 제공되다.

* [585.22 - 585.33]: 쌍이 교미되다(짝이 되다) - 그들은 떨어지다, 철수된 멤버.

* [585.34 - 586.18]: 휴식해요 - 그리고 타자들도 쉬게 해요.

* [586.19 - 587.02]: 만사는 정상으로 돌아오다, 집은 어둡고 조용하다 - 만일 순찰자가 거기 있거들랑, 그가 적도록 할지라.

* [587.03 - 588.34]: 술꾼과의 그들 3군인들과의 만남 - 의심스런 신빙성의.

* [588.35 - 589.11]: 공원의 섹스의 죄 - 주류 사업의 상업적 성공으로 이도하며.

* [589.12 - 599.12]: 그에게 부를 얻게 하는 일곱시 패들 - 보험을 모음으로써.

* [590.13 - 590.30]: 한 남자와 한 여자가 침대에서 혹은 새벽에 잠자다 - 요한의 견해로 보아.

용해溶解의 제4第四자세. 얼마나 멋쟁이[요한]!

지평에서 최고의 광경이랴.

마지막 테브로(장면화場面畫).

양아견兩我見.HCE] 남男과 여女를 우리는 함께 탈가면脫假面할지라. 건
(gunne)에 의한 여왕재개女王再開!

누구는 방금 고완력古腕力을 취사臭思하나니 새벽!

그[HCE]의 명방패견名防牌肩의 목덜미.

도와줘요!

그의 모든 암갈구暗褐丘를 고몽鼓夢한 연후에.

훈족族![그의 중핵中核의 1인치까지 노진勞盡 한 채.

한층 더! 종폐막鍾閉幕할지라.

그 동안 그가 녹각鹿角했던 여왕벌[ALP]은 자신의 지복을 축복하며 진기남
珍奇男[HCE]의 축하일祝賀日을 감촉하는도다.

우르르 소리[천둥 – HCE의 방취]

행갈채行喝采, 층갈채層喝采, 단갈채段喝采. 회환원回環圓.

제IV부

1장 회귀(593 - 628)

* [593.01 - 593.24]: 새 날과 새 세대를 위한 새벽 시간.
* [594.01 - 595.29]: 태양이 새 세대 위로 솟고 있다 - 늙은 아일랜드 - 집
  이 잠을 깨고, 조반이 도주 중.
* [595.30 - 595.33]: 닭이 울다 - 그를 계속 잠자게 하라.
* [595.34 - 596.33]: 방탕한 아들이 돌아오다, 다시 태어나, 재생하여 - 한
  젊은 영웅.
* [596.34 - 597.22]: 잠자는 자가 한 쪽에서 다른 쪽으로 방금 구르려하다
  - 왜?
* [597.23 - 597.29]: 그는 굴러, 죽어서 매장되다 - 그의 등이 차갑다.
* [597.30 - 598.16]: 라디오의 일기예보, 미리 경쾌한 날과 더불어 - 작별
  의 어제 밤, 오늘의 아침의 환영.
* [598.17 - 598.26]: 윤회의 신비 - 시간의 효과.
* [598.27 - 599.03]: 시간의 진행 - 모든 육체를 위한 바로 타당한 시간.
* [599.04 - 599.24]: 시간의 순회 - 과거와 현재.
* [599.25 - 600.04]: 물의 순환 - 지역이 거의 알려지지 않다.
* [600.05 - 601.07]: 장면이 펼쳐지다 - 우물, 강, 도시, 나무, 돌이 가시적
  이 되다.
* [601.08 - 602.05]: 29소녀들이 케빈이 상승하도록 노래를 부르다 - 교회
  종소리가 울리다.

* [602.06 - 603.33]: 우편물을 지닌 우체부, 식사를 지닌 아들 - 부자父子
  의 대결.
* [603.34 - 604.21]: 아침 해가 마을 교회 창문을 통해 그리고 아일랜드의
  들판 위를 비치다 - 별들이 여전히 보인다.
* [604.22 - 604.26]: 라디오 방송 - 질풍 경보.
* [604.27 - 606.12]: 글렌달로의 성 케빈의 이야기 - 물 곁의 인간의 재생
  위에 집중적으로 집중하다.
* [606.13 - 607.16]: 복수 이미지들의 혼성 - 꿈의 후광.
* [607.17 - 607.22]: 깨어남과 잠 사이의 변경에서 - 잠자는 내외가 사과
  조로 서로 비비며 쾅 부딪치다.
* [607.23 - 607.36]: 대낮이 더블린 위로 솟기를 계속하다 - 시장市長을
  만나는 왕에게 앞뒤를 쳐다보며.
* [608.01 - 608.11]: 시야가 속일 수 있다 - 공원의 사건의 또 다른 상기 자.
* [608.12 - 608.36]: 우리가 잠으로부터 깨어남으로 통과하고 있을 때, 꿈
  이 시들기 시작하다 - 단지 상징적 기호만 남는다.
* [609.01 - 609.23]: 경쾌하게 꿈의 세계 속으로 뒤 돌아다니며 - 4노인들,
  그들의 당나귀, 소녀들, 12인들, 등등을 기억하면서.
* [609.24 - 610.02]: 뮤트와 쥬바의 대화가 시작 한다 - 파스칼의 불과 성
  패트릭 및 대주교 버클리의 도착을 살피면서.
* [610.03 - 610.32]: 리어리 왕, 그의 미소, 그의 도박, 그의 물의 - 뮤트와
  쥬바의 대화가 끝나다.
* [610.33 - 611.03]: 다음 경기마의 뉴스 소식을 위한 헤드라인 - 여기 세
  목細目이 있다.
* [611.04 - 612.15]: 성인 패트릭과 대주교 버클리의 토론이 시작 한다 -

드루이드 승僧은 색깔에 대한 그의 이론을 설명한다.

* [612.16 - 612.30]: 패트릭은 드루이드 논리를 보이기 위해 대답 한다 - 그는 손수건으로 자신을 훔치고, 무지개 앞에 엎드린다.

* [612.31 - 612.36]: 드루이드 승僧은 모욕을 폭발 한다 - 그는 패트릭을 공격하고, 태양을 폭파하려고 시도한다.

* [613.01 - 613.16]: 개종된, 사람들이 패트릭을 찬가한다, 태양이 솟을 때 - 성인 패트릭과 대주교 버클리의 토론이 끝난다.

* [613.17 - 613.26]: 꽃들이 자라나는 일광을 향해 개화開花한다 - 아침이, 조반과 원반 운동과 함께 도착한다.

* [613.27 - 614.18]: 불결하고, 우뢰의, 시간의 변화가 당도했다 - 모든 이전의 사건들이 재발하고, 역사가 스스로 반복한다.

* [614.19 - 614.26]: 꿈이 잊혀지고, 단지 숭고하게 기억되기 시작한다 - 많은 질문들을 뒤에 남긴 채.

* [614.27 - 615.11]: 경이한 신안新案 - 계란과 편지들의 아침의 소지를 위하여.

* [615.12 - 616.19]: 승상 받는 편지가 시작한다 - 전반의 그리고 특히 마그라스로부터 그녀의 남자에 대항하는 불만의 비방.

* [616.20 - 617.29]: 혼돈스런 혼란의 전기적 세목들을 마련하며 그리고 다가오는 장례와 경야를 말하며 - 편지에 대한 위선의 종말.

* [617.30 - 619.15]: 편지가 계속하다 - 한층 위선적 주장에 대답하며, 이변에 주로 그녀에게 주로 목적한 채.

* [619.16 - 619.19]: ALP의 서명과 우표 - 존경할 편지가 끝나다.

* [619.20 - 628.18]: 그녀의 잠자는 동료에게 어머니의 아침 독백, 강이 바

다로 흐르듯 - 책의 첫 문장에서 계속되다.

<경야>의 새벽의 ALP의 먼 부르짖음

다가오면서, 멀리! 여기 끝일지라. 우리를 이어, 핀, 다시(again)! 가질지라. 그러나 그대 부드럽게, 기억수(水)할지라(mememormee)! 수천송년數千送年까지. 들을지니. 열쇠. 주어버린 채! 한 길, 한 외로운, 한 마지막, 한 사랑, 받는 한 기다란 그(the).

百忍堂有泰和! 인내忍耐 - 이제, 인내. 그리하여 인내야말로 위대한 것임을 기억할 지라, 그리하여 그 밖에 만사를 초월하여 우리는 인내 밖의 것이나 또는 외에서 이루어지는 것은 무엇이든 피해야 하도다.
공자孔子의 중용中庸의 덕德

<율리시스>의 한 밤중의 몰리 블룸의 독백

그래요 나의 야산의 꽃이여 그리고 처음으로 나는 나의 팔로 그이의 몸을 감았지 그렇지 그리고 그이를 나에게 끌어당겼어 그이가 온갖 향내를 풍기는 나의 앞가슴을 감촉 할 수 있도록 그래 그러자 그이의 심장이 미칠 듯이 팔딱거렸어 그리하여 그렇지 나는 그러세요 하고 말했어 그렇게 하겠어요 그래요(Yes).

[X] 결론(Conclusion)

이제 이 연구서 [20 - 21세기, 모더니즘 & 포스트모더니즘 문학의 진단] 은 〈율리시스〉 12장 말의 블룸의 도피처럼 하늘을 나른다! 신문학을 찾아! 저 멀리 태양을 향해! 하느님을 향해! 삽을 떠난 흙덩이처럼, 총알처럼(like a shot *off a shovel*).

- 그 때, 볼지라, 그들 주변에 온통 커다란 밝음이 나타나자 그들은 그분이 전 차 속에 서서 하늘로 오르는 것을 보았노라. 그리하여 그들은, 밝음의 영광 속에 감싸인 채, 태양처럼 눈부신 의상을 걸치고, 달처럼 아름다운 그리고 그들이 두려움 때문에 그분을 감히 쳐다볼 수 없을 만큼 무섭게, 전차에 타 고 있는 것을 보았노라. 그리하여 하늘로부터 외마디 소리가 불렀나니: '엘 리야! 엘리야!' 그러자 그분은 전력을 다하여 외마디 소리로 대답했나니: '압바! 아도나이!(하느님! 아버지시여!)' 그리하여 그들은 그분 심지어 그분, 블룸 산(山)엘리야가, 리틀 그린 가(街)의 도노호 점(店) 위를 45도 각도로 삽

을 떠나 총알처럼 천사들의 구름 사이 밝음의 영광을 향해 오르는 것을 보았노라.(U 284) 천지심영天地神明이여!

새 책인, 〈제임스 조이스: 문학의 현대적 탐색〉(*James Joyce: Literary Modern Research*) 또는 〈피네간의 경야: 모더니즘적 진단〉(*Modernistic diagnosis of Finnegans Wake*)은 오늘 날의 "현대적" 의의를 가급적 살려, 〈경야〉 또는 〈율리시스〉 가운데 "읽을 수 없는"(unreadable) 어휘나 구句를 "읽을 수 있도록(Readable) 하는데 진력했음을 독자들에게 권고를 알리는 바이다. 이번에 새로 작업한 책에는 모두 10개의 장들이 수록되었거니와, 각 장 나름대로 제 구실의 값진 성과가 있기 바란다. 각 장의 모두에서 그들 나름의 변명을 기록했음을 명시한다. 오늘날 〈경야〉 또는 〈율리시스〉의 모더니즘적 진단이 상세히 교사教唆되기를, 한층 심오하게 이해되기를 바라마지 않는다. 이것이야 말로, 저자 생각에, 책의 주된 의도요 가치이리라. 이것이야 말로 우리의 이해의 변용을 독자에게 가르칠지라.

여기 실체적으로 개정되고, 확장된 채, 조이스의 위대한 현대적 고전에 대한 참고야 말로 〈경야〉 또는 〈율리시스〉의 여하한 독서를 알리는 별난 백과사전의 총괄일지라. 각 장의 소개와 두주頭註는 전반적으로 지리적, 전기적, 그리고 역사적 배경을 설명한다. 주석들은 미지의 지식들에 상세한 설명을 달고, 속어들을 정의하고, 기관들의 캡슐 역사를 제공하고, 정치적 및 문화적 현대의 동향에 토를 달았다. 아일랜드적 전설과 학식의 편린들을 제공하고, 종교적 명명법과 실습을 설명하고, 문학적 인유와 다른 문화들에 대한 언급들을 답습하고 해설하려 했다. 사소한 상세함의 암시적 잠재성은 조이스나 독자들에게 크게 매혹적일지니, 상세한 용도의 정확성은 그의 문학적 방법의 가장 중요한 양상이다.

이 책은 그 동안 빠진 주석들의 세목들을 상세하게 설명하기를 탐욕스 럽게 희망한다. 거기에는 조이스의 〈비평 해설〉도 첨가한다. 지난번 〈율 리시스〉 번역에는(2016) 약 5,300개의, 〈경야〉 번역에는(2018) 약 9,000개 의 주석을 새로이 각각 달았다. 세계 동서 문학사상 이렇게 많은 주석들을 단 범례도 없을 듯하다.

조이스의 모더니즘적 혹은 포스트 모더니즘적 양대 작품들은 지리적 현황의 기록인지라, 도로의 아스팔트 위에는, 책 자체를 도보 자들은 읽 는 양, 택시 운전사들도 도로에 산발적으로 박힌 글귀를 고객에게 알려 준 다.(이러한 기행은 〈아일랜드 관광국〉의 짓이거니와) 필자는 과거 20여 년 전 10여 회에 걸쳐 현장을 누비고, 리피 강을 따라 사행蛇行을 조이스 조카 (얼마 전 천국으로 간)로부터 안내 받았다. 그야말로 확인 수업인 셈이다. 만 1년 동안을 UCD에서 수학을 했다(1993). 그리하여 답사 현장의 약 200 매의 사진을 찍어 사진첩, 즉, [〈율리시스〉: 지지연구]라는 책도 10여 년 전 에 출판 한바 있다.(이는 〈고려대의 학술상〉(제9회)의 은전 덕택이거니와) 이런 현장 확인 작업은 미국에서만도 매년 5,000여 명의 학생들이 대서양 을 건너 더블린을 드나든다. 필자의 회고록 〈수리 봉峰〉도 같은 류類의 책 이다.

논증의 여지가 있을지니 모더니스트(오늘 날의 포스트모더니스트) 작가 들 중의 가장 위대할 제임스 조이스는 코믹 천재요, 형식의 발명자이며, 아 일랜드의 생활과 양상의 감상적 시인이다. 그의 〈율리시스〉와 〈경야〉에서 탐구된 채, 작품들에서 이토록 특별하게 모던적 주제들로서, 예술의 특성, 예술가의 사회적 책임, 개인의 기관에 대한 연관, 그리고 인간 생활 그것 자 체의 의미의 해설 본은 특이할 것이다. 그의 작품들에서 조이스는 내적 독 백과 의식의 흐름 또는 무의식의 흐름의 기법에 파이오니어적인 데다가,

패러디의 방편들의 장쾌한 용도를 변명 없이 제공했으리라. 이들을 통하여 그는 일상생활의 세세함을 독자들로 하여금 보다 큰 문화에 대한 빛나는 논평을 편리하게 사용하게 하리라. 독자가 조이스의 〈율리시스〉와 〈경야〉를 읽는 동안 사용되고 논의된 채, 본서는 근본적으로 독자를 위해 최초의 참신한 현대적 조이스 독본을 제공하고, 심지어 나태한 학도들에게까지 심도 있는 용역用役을 역하리라. 분명하고, 확실하게 접근할 수 있는 양상으로, 이 해설서야 말로 조이스의 필서筆書들의 감상과 즐거움을 위해 필요한 기본적, 문화적, 역사적, 자전적 그리고 파편적 정보를 유익하게 공급할 것이다. 그리하여 마침내 이 불굴의 인내를 요하는 책을 "인내" 하나로서 해결해 주기를 간절히 바란다. 책을 읽는 "인내"의 필요성은 〈경야〉 초두에 진작 아래처럼 강조된다,

> **인내忍耐** - 만일 이어위커의 존재 자체가 의심스럽다면, 그는 편지에 관해 말할 수 있을 것인가? - 책의 해독을 위한 인내의 필수적 조건. 이제, **인내.** 그리하여 인내야말로 위대한 것임을 기억할지라, 그리하여 그 밖에 만사를 초월하여 우리는 **인내** 밖의 것이나 또는 외에서 이루어지는 것은 무엇이든 피해야 하도다. **공자孔子의 중용中庸의 덕德** 또는 잉어(魚)독장督長의 예의범절편禮儀凡節篇을 통달하는 많은 동기를 여태까지 갖지 않았을 통뇌痛腦의 실업중생實業衆生에 의하여 사용되는 한 가지 훌륭한 계획이란 그들의 스코틀랜드의 거미 및 엘버펠드(E)의 지원知源 개척하는(C) 계산마計算馬(H)와 합동하는 브루스 양兩 형제에 의한 그들의 합병의 이름들로 소유되는 **인내**의 모든 감채기금減債基金(투자)을 바로 생각하는 것일지라. [108.08 - 108.28]

새 복원 〈경야〉판에 부쳐

우선적으로, 조이스는 그의 〈율리시스〉에 대하여 진작 초기에 당당히 말했다. 그의 작품은 자신의 만년晩年의 걸작 〈경야〉와 함께,(그가 말한 대로) 지난 20세기 모더니즘과 그를 걸쳐 오늘날 포스트모더니즘의 양대 증언적證言的 텍스트들로서, 그가 자신하듯, 그들은 불멸의 영웅적 창조물로서 군림해 왔다.

〈율리시스〉는 1904년 6월16일 하루인 "블룸즈데이"(Bloomsday)의 낮의 의식과, 〈경야〉는 1939년3월21일 하루의 밤인 "이어위커나이트"(Earwickernight)의 밤의 의식과 무의식적 편력의 이야기들이다. 이들은 그들의 우화적 어려움과 광범위한 예술 때문에 특히 다른 어떤 모더니즘적(또는 포스트모더니즘적) 소설들보다 한층 비평적 연구와 주도면밀한 번역을 요구해 왔고, 지금도 그러하다. 조이스의 이들 현대판 양대 클래식의 번역본들은 호머와 단테 또는 괴테의 대본들로서 학생들과 학자들에게 현대를 읽기 위한 충실한 걸작들이다. 특히, 이들의 번역 출판은 보수적 비평가들에 의해 세계적으로 지적된 "가장 위대한 바건의 책들"(books of the greatest bargain)로 재삼 확약된다.

여기 이 책의 목록이 알리다시피, II 장은 책의 모더니즘적 그리고 포스트모더니즘적 취지의 해부를 의도했다. III 장은 특이한 취지의 것으로, 오늘 날 현대 〈경야〉의 제I, II 장을 완료한 다음에, 제III장을 중국어로 번역 중인 梁孫璨 교수(Prof. Liang)가 한국어의 기존의 번역을 자문했기에 그에 응답을 최근 청한 셈이다. 특히 한국어판은 양대 모던 - 포스트모던의 해명을, 필자가 과거 박사학위의 논문의 취지로 해부한 것에 도움을 청했다. 소박하지만 도움이 되었기를 기대한다. 본서의 IIII 장에서 필자는 조이스의 57개의 비평을 해설하고, 이것들이 어떻게 양대 작품들의 바탕으로 작용하는지를 해명 했다. [IV] 장은 〈경야〉 해설 최초로 작품 속의 "현대 양자 물리학"을 해명하고, 이 글에서 참신한 바로미터로서 해명했음은 고무적일 것으로 독자를 도우리라. 여기에는 아인스타인의 저 유명한 "상대성 원리"(Einsteinian Relativity Theory)를 비롯하여, "프랑크의 상수常數 양자 원리의 기본"(Plank's costant) 과 "양자 원리"(quantun theory), 하이젠버그(Heisenberg)의 과학적 언어, 보오(Nieis Bohr - 덴마크의 물리학자)의 물리학 이론 등을 동원하여 작품을 해석했거니와, 필자는 이들 이론이 그간 난해한 "양자 원리"와 〈경야〉를 "읽을 수 없음을 읽을수 있도록"(unreadable it readable) 도우기를 간절히 바란다. 이들 "양자 원리"는 독자가 사뭇 해석에 무지한 채 모르고 지나가기 마련이다. 이는 필자의 지금까지의 경험이거니와, 〈경야〉의 II부 3장의 4번 째 중간 참 - 원자 분할에 관한 뉴스 게시판에 나타난다:

> - 루터장애물항의 최초의 주경主卿의 토대마자土臺磨者의 우뢰폭풍에 의한 원원자源原子의 무화멸망無化滅亡은 비상공포쾌걸非常恐怖快傑이반적의인 고격노성高激怒聲과 함께 퍼시오렐리를 통하여 폭작렬爆炸裂하나니, 그리하여 전반적 극최상極最上의 고백혼잡告白混雜에 에워싸여 남성원자가 여성분자와 도망치는 것이 감지될 수 있는지라 한편 살찐 코번트리 시골 호박들이 야행자夜行者 피카딜리의 런던 우아기품優雅氣稟 속에 적절자신대모適切自身代母되도다. 유사한 장면들이 홀울루루炎爛樓樓, 사발와요沙鉢瓦窯, 최고천제最高天帝의 공라마空羅麻 및 현대의 아태수亞太守로부터 투사화投射化되는지라. 그들은 정확히 12시, 영분零分, 무초無秒로다 올대이롱(종일)의 전戰왕국의 혹좌일몰或座日沒에, 공란空蘭의 여명에.[353.25 - 353.34]

나아가, 본서의 제[V] 장의 "그리스툴"(Glasthule)[글라신]의 단화이론短
話理論을 〈경야〉 해설에 최초로 적용해 보았다. 참신한 해명이 이루어지
기를 희망한다. [VI] 장은 셰익스피어의 갈등적 해명을, W 슈트(Schutte) 교
수의 〈율리시스〉 해명 및 빈센트 첸(V. Senn)의 〈경야〉의 본을 각각, 특
히 그의 i)역사의 가능성 ii)모든 세계의 단계 iii)햄릿 iv)부자父子 (v)형
제의 갈등의 해명을 (vi)〈경야〉에 도입된 셰익스피어적 인유들을, 필자
의 참신한 지식으로 논문에 적용해 보았다. 이들은 모두 이 책이 시도한
새 소재들로서 작용할 것이다. [VII] 장은 〈경야〉가 시도한 "꿈의 서술"
의 이론을 채취하여 필자의 논문에 적용했음을 뜻한다. 본서의 특이한 것
은 그것의 마지막 [X] 장에서 〈경야〉에 대한 **W. 가린도(Galindo)의** 컴퓨터
화(computerization)를 적용하여 작품의 프롯(plot)을 상세하게 분석한 바, 이
는 진작 나온 벤스톡(Benstock)의 보다 간명한 개요(synopsis)의 도표를 예
증例證으로 본 삼았다.

　조이스 자신도 그의 〈율리시스〉를 마감한 뒤, 〈경야〉를 위해 17년 동안
그의 천재성을 헌납했거니와, 이 "총 미로의 밤"(Allmazifull Night)은 1939년
미국 뉴욕의 바이킹 프레스 출판사 및 영국의 파이버 앤드 파이버 출판사
에서 이미 각각 처음으로 출판되었다. 그 뒤로 세계의 저명한 〈율리시스〉
및 〈경야〉 학자들, 특히 아일랜드의 서지학자들인, 로스(Rose)와 오한런(O'
Hanlon)두 교수들은 〈경야〉의 초판이 품은 그것의 잘못된 철자, 구두점, 누
락된 어귀, 다양한 기호의 혼잡 등, 9,000여 개의 오류들을 거의 30여 년 동
안, 수정 보안해 왔다. 그들은 오랜 기간 동안 텍스트 분석의 종국에 도달했
다. 로스는 말하기를, "나는 이 날[복원의 날]이 올 것을 결코 생각지 못했다.
텍스트의 복잡성 및 사회적 상황의 복잡성은 그것이 아주, 정말 아주, 어려
움을 의미했다. 그러나 우리는 그것에 부딪치고, 거기 달하여, 마침내 해냈

다." 드디어, 그의 개정본이 [〈복원된 피네간의 경야〉(The Restored Edition of Finnegans Wake)란 이름으로 그의 초판 출간 75년 만인 2014년에 미국의 펭귄 사에 의하여 재차 출간되기에 이르렀다. 한국에서는 금번 본서의 연구판에 이들을 수정 보안한 셈이다.

그러나 〈복원된 피네간의 경야〉는 한국어의 기존 번역판의 수정을 사실상 거의 불가능하게 했다. 수정 상으로 이의 시청각의 결손缺損 때문이다. 필(역)자(본서 필자)는 〈복원된 피네간의 경야〉의 수정본의 조사를 위해, 저명한 조이스 학자들인, 마이클 그로든, 한스 월터 가블러, 데이비드 헤이만, A. 원튼 리즈 등과 함께, 뉴욕 버펄로 대학 도서관이 소장한 63권의 〈제임스 조이스 필사본(기록문서)(Joyce's Archives)〉을 탐사한 바 있다. 이들 〈필사본들〉은 오랜 편집의 노력과 9,000여 개의 개정 뒤에 한층 이해할 수 있는 〈경야〉를 생산했다. 20,000여 페이지의 원고, 60여 권의 노트북, 그리고 〈경야〉 초판이 품은 아수라장 같은 오철, 구두점, 누락된 어귀, 다양한 기호의 혼잡, 퇴고 등, 조이스의 초고, 타자고, 교정쇄의 검열이 필(역)자의 주된 목적이었다. 이번에 필(역)자(본서 필자)는 2014년에 출간된 펭귄판인 새로 복원된 〈경야〉의 한국어 번역을 위해 지난 5년 동안 원본의 오철誤綴 및 오역을 세밀히 조사해 왔다. 그렇다고 이번 2018년에 출간된 복원의 〈경야〉가 2014년판의 진정한 교체交替라고는 할 수는 없어도, 그렇다고 한국의 번역본이 담고 있는 수많은 "읽을 수 없는" 한자漢字나 불합리한 표현의 신조어들(coinages)을 다수 지우고 한자漢字의 응축어 (portmanteau words)들을 한글로 해체함으로써 산문화했다.

조이스의 〈경야〉는 〈율리시스〉와 함께, 모든 페이지에, 이를테면, "피수자彼鬚者(Shakisbeard)(177.32), 단테, 괴테"를 비롯한 수많은 문인들의 주석(인유)들이 음식물의 후추 가루마냥 뿌려져 있다. 이는 제임스 S. 아서턴(Atherton)이 수행한 값진 논증의 결과이다. [〈경야의 책〉(the Books at the Wake)(162 - 165) 참조]. 조이스는, 일종의 텍스트의 내부의 논평을 가지고, 계몽적 소개와 더불어, 우리에게 20세기 또는 21세기의 가장 위대한 작품들 중의 하나의 요지를 제공하는 셈이다. 한국에서 필(역)자의 희망인 즉, 조이스의 학도들 또는 연구자들로 하여금 이 사랑의 노동이 거대한 〈경야〉 세계를 총체적으로 계속 개척해 나가도록 돕기를 간절히 바란다.

〈경야〉는 인간의 마음이 작동하는 방식으로 책을 썼다. 〈경야〉는 바로 다른 것 위에 쌓인 또 하나이다. 〈경야〉는 모든 종류의 "전후 참조"(cross reference)이다. 〈경야〉는 그의 새로운 기교에 의한 이번의 한어역이야말로 세계적으로 처음 있는 일이다. 지난 날 〈율리시스〉와 함께, 금세기 소설(문학)예술의 기념비를 이룬 〈경야〉는 현대문학에 가장 강력한 영향력을 행사함으로써, 셰익스피어의 〈햄릿〉을 비롯하여, 단테의 〈신곡〉이나, 괴테의 〈파우스트〉처럼, 인류의 감정, 문화, 사조, 그 자체를 그토록 고무적으로 변경시켜 놓은 작품도 드물 것이다.

금번 양 세기에 걸쳐, 〈경야〉와 〈율리시스〉를 읽는다면 독자들은 엄청난 시간과 정력이 필요할 것이다. 과연 전대 미증유의 작품들일 것이다. 〈경야〉의 해독을 위해 독자는 자주 실망하기 일 수 일지라, 작품의 내용 절반은 "보통의 독자"(common reader - 일반 독자)에게 거의 해독이 불가능하기 때문이다. 그럼 조이스의 고전의 해독이 "보통의 독자"에게 전혀 불가능한가! 그렇지만은 않다. 우리는 조이스의 이 같은 생성을 위해 광분해야 하는가! 그렇지만은 않다. 조이스의 〈경야〉어의 구성은 가장 합리적이요, 과학적이기 때문이다.

독자여, 최근 출간된 필(역)자의 연구서 〈피네간의 경야 이야기〉(어문학사: 2015)를 자세히 읽을 지라! 우리는 〈경야〉에 쓰인 단어의 해독을 위해 수많은 학자들의 연구서들을 동원해야 하고, 그의 다양한 언어유희의 기교들을 시험해야 한다. 앞서 언급했듯이, 한국어의 〈경야〉번역은 우리의 한글만으로는 거의 불가능하다. 이를 위해 한자의 사용이 절대필수적이다. 현대판 한자 문맹 사회에서, 한자 부재의 〈경야〉 한 페이지의 해독을 위해 더 많은 각종 사서 및 "옥편"을 비롯하여, 백과사전을 100번~200번 뒤져야 한다.

조이스는 그의 〈율리시스〉나, 자신의 만년晩年의 걸작 〈경야〉와 함께,(그가 말한 대로) 이들은, 지난 20세기 모더니즘과 그를 걸쳐 오늘날 21세기 포스트모더니즘의 양대 증언적證言的 텍스트들로서, 그가 자신하듯, 불멸의 영웅적 창조물로서 군림한다.

이상의 모체(matrix)의 해설에서 독자는 〈경야〉의 모든 주제들(motifs)을 조람하거니와, 아일랜드의 한 가족의 꿈같은 익살 또는 희비극(comicism)은 영어보다 많은 다른 언어들로서 공명共鳴하고 유희하는 조이스의 유독한 언어로서, 그리고 그것은 비유담(parable), 어구, 언어유희, 말장난, 민요, 철학 그리고 종교적 텍스트요, 비범하게 발명된 세계를 포착하기 위해 쓰였는지라, 희곡 중의 상上희곡(funferall)이다.

우연변이偶然變移(transaccidentation)여! 〈경야〉 제I부 7장에서 숀은 예술가적 성찬聖餐의 원리를 서술한다. 거기서 그의 형 솀의 외모 혹은 "육체의 구김세"(bodily getup)(그의 돌연변이)는 잉크와 말들의 우연변이 혹은 외모로 변이한다. 거기서 솀의 정신적 몸체는 살기를 계속한다. 단스 스코터스(Duns Scotus)(43.30)에 의해 대략 1,300어를 애초에 사용한 채, 〈옥스퍼드 사전〉에 의하면, 성찬의 신비적 축하동안 빵과 포도주의 변용에 관계한 신학적 문제들이 언급된다.

본 연구의 우연변이는 진지한지라, 독자여 부디 자신의 지식을 변용하여 세상에 유익되게 변조變造할지라 - 제발! 인내忍耐로서! 이제 극히도 난마亂麻의 본서를 마감하면서, 필(저)자는 그간 자신의 부족한 난비亂飛의 책을 독자의 아낌없는 질타로서 보상 하고자 한다. 부디 간절한 난삽難澁의 질정叱正을 청한다.

2019년4월10일

복원판 〈경야〉: 가블러의 부록(Cabler: Appendix)

아래 글은 최근 가블러(H. W Gabler)의 글로서, 2014년에 〈경야〉 복원 판에 실린 부록(Appendix)을 필자가 번역하여 일부 개조한 것임을 여기 밝 힌다. 전문적인 글인지라, 상당히 난해하다.

제임스 조이스의 재산 관리 위원회와 조이스 학회 간의 상관관계의 진 행에 있어서 그것은 생산적 순간이었는바 - 비록 "실은 무한에서 기원하 여 무한으로 반복되는 계열에 있어서 그는 최초의 자도 그 이상 없는 자도 또는 유일 단독의 자도 전혀 아닌 것이다."(U 17) 1975년에 한 그룹의 조 이스 연구자들은 피터 소토이(Peter Sautoy)와 함께 파리의 베돔 광장(Place Vendome)의 한 카페 바깥에 함께 앉아 있었다. 당시 파이버 앤드 파이버 (Faber & Faber) 출판사의 지배인뿐만 아니라, 재산관리 위원회, 그리고 그 의 사무실에서, 자주 발생하는, T. S 엘리엇의 상속자, 그리고 그는 자기 차례로, 파이버 앤드 파이버의 지배인이었는바, 모두들은 제임스 조이스 의 1939년의 출판에 관해 사회하고 있었다.

1975년의 만남은 파리에서 그 해 개최된 〈국제 제임스 조이스 재 단〉(International James Joyce Foundation)의 기간 동안으로 어느 아침 늦게 일어났거니와, 그 도시에서 1923년과 1939년 사이에 제임스 조이스는 〈경 야〉로 윤회한, "진행 중의 작업"을 썼다. 그것은 회기會期가 뒤따랐으니 거기 필자인, 가블러(Gabler)는 모든 존속했던 원고, 타자고, 그리고 교정 쇄의 수립에 관한 탐색으로부터 〈율리시스〉의 수집을 위해 적용할 의도 인 의사議事 절차를 정리하고 있었다. 이 편집은 조이스의 필기 과정과 철저하게 재수립된 텍스트의 결과를 설명할 의도였다. 주지하다시피, 가블러는 독일 태생의 조이스 학자로, 3권으로 된, "〈율리시스〉의 비평 및 개관판"(*A Critical and Synoptic Edition of Ulysses*)의 총 지휘자요, 편집 책임자이다. 가블러의 학구성은 텍스트 연구의 기념비적 성취였다.

다른 한편으로, 출판자(그리고 의심할 바 없이 또한 〈경야〉를 마음에 두고), 소토이(Sowtoy)는 자신의 불안을 고백했다. 저자는 우리에게 자기의 텍스트를 그의 출판자들인, 우리에게 위탁한다. 우리는 그것이 우리에게 위탁한대로 그것을 본래대로 보존할 의무를 진다. 그것에 대해 나는 책임질 무모함을 가졌다. 그러나 그들의 경우에서, 거기 - 제임스 조이스와 더불어 - 그것은 노골적으로 그리고 이미 널리 인식되었는데, 조이스의 권위본이 아니라 한층 차라리, 재산 관리자로서, 조이스에 대해 의무와 책임을 갖지 않을지니, 그는 당신의 출판자의 생략의식을 유린하지 않으면 안 되는 고? 요점은 - 내가 믿기로 - 조이스의 서류와 텍스트의 학구성은 이익을 위하여 영광스럽게 택했다. 어느 쪽이야 하면, 그것이 초래했던 인식은 〈제임스 조이스 기록문서〉(*James Joyce Archieve*)의 관리 측의 계속적인 지지를 강화하도록 초래했다. 그것으로부터, 역시, 우리들의 〈율리시스〉 판본과 〈경야〉의 대니스 로즈(Danis Rose)의 그리고 존 오한런(John O'Hanlon)의 편집 작업은 그들이 추적을 시작했다. 〈율리시스〉의 비평적 및 개관적 판권은 1984년에 출판되었고, 2009년에 25회 기념으로서 축하받았다. (대니스 로즈는 우리에게 알리는 지라, 즉, 〈경야〉의 신조어新造語(neologism)는 "정상의 단어들로서 정확히 꼭 같은 식으로 취급되었다. 이 접근은 역시 캐롤(Lewis Carroll)에 속한다. 만일, 예를 들면, 편집자는 발견한 바," 시간을 통해 쓰인 철자들의 윤회는 "jabberwoky"를 "jobbwacky"로, "correction"을 "Jabberwocky"로, 후에 꽤나 질서적이다. 이는 그레그(Greg)의 도전인 교정의 충분 의미화에 호응하는 한 가지 방법, 아마도 유일한 방법이리라.)

〈경야〉의 이해적이요 작문적 그리고 텍스트의 분석을 위한 상오의 개념론은, 한 편으로, 분리적으로 시작했다. 그러나 조이스 세계의 비경쟁적 권위인 크라이브 하트(Clive Hart)가 1970년대,(그리고, 발생한대로, 제임스 조이스의 재산 관리 위원회 위원으로서 소토이에 곧 합작하기 위해 〈율리시스〉를 위한 계획을 배웠을 때) 그는 로즈와 가블러를 서로 접촉했는지라, 왜냐하면, 이미 〈경야〉의 충고를 위해 의지했기에, 그는 조이스의 걸작에서 그들의 상호 타깃 작품들에 유사한 혁신적 접근을 인식했었다.

양쪽 사업을 위한 접근들은 변전할지라. "제임스 조이스 재산 관리 위원회"는 양자 격려했으며, 각각의 학자적 독립을 인지했고, 결과적으로 출판될 학자적 판본들을 위한 집중적 윤곽을 고안했다. 여기, 런던의 파이버 앤드 파이버를 위한 소토이(Sautoy)와 뉴욕의 바이킹을 위한 마샬 베스트 간의 꾸준한 상담에서 - 두 본래의 〈경야〉의 출판자들 - 대조적 모체는 작용되고, 완성에 접근하고 있었으니,(한편 주로 〈경야〉는 여전히 긴 길을 가야만 했다) 고로 모체는 1984년의 〈율리시스〉 판에 적합 되었다. 〈경야〉 사업은 1970년대 후반 이래 있었던 것이 남았다. 즉, 이해적 텍스트의 탐험적이요, 자동적 계획은 복잡한 편집상의 목적을 가지고 제임스 조이스 재산 관리 위원회의 협조와 격려를 가지고, 가랜드 출판 사업의 가빈 보던(Gavin Borden)의 열성적 협조뿐만 아니라, 〈제임스 조이스 아카이브〉(1978 - 1980)와 "비평적 및 개략적 〈율리시스〉판"(1984)의 진전을 향해 열성적 협조와 더불어 이해되어 갔다.

현재의 판본에서 우리는 〈경야〉의 서류들과 텍스트의 우주 속으로 약 30년의 대니스 로즈(Danis Rose)와 존 오한런(John O'Hanlon)의 첫 대중적 결과를 본다. 그것은 조이스의 서필 생활에서 마지막 문학적 노력의 재수립된 테스트를 제공한다. 이는 1939년에, 1권의 책으로서, 첫 전부가 출간된 전체의 서술이다. 우리가 자신들 앞에 가졌던 것의 장황한 서술은 무상의 것이 아니나니, 즉 만일 〈경야〉는 세계에서 모든 면에서 문학적 예술과 필법의 특별한 경우라면, 그것은 또한 책으로서 이고 책의 텍스트로서 이다.

그의 생애의 전체 마지막 동안 조이스의 창조적 에너지는 〈율리시스〉를 계승하기 위해 그의 걸작에서 단일의 작업을 성취하는데 훈련되어 있었다. 이 새로운 작업을 그는 광범위하게 종사했는지라, 그는 "진행 중의 작업"(Work in Progress)이라 부르기로 주장했거니와 그것의 몇몇 부분들은 문학잡지에 다양하게 그리고 계속적으로 출판했으며, 개별적으로 얇은 책자로서, 그러한 타이틀의 [괄호]가 처졌다. 수년 동안의 생성을 통하여, 일종의 마스터플랜이 나타났는바 - 혹은 푸른 인쇄로 이야기하는 것이 보다 낳았고 - 통지하기 위해 그리고, 우리는 의심하거니와, "진행 중의 작업"을 재 출현시켰다. 그럼에도 불구하고, "진행 중의 작업"의 수년 동안에 걸친 몇몇 단위들은 텍스트로서 그들의 자율을 합법적으로 요구할 수 있었다. 단지 회고컨대, 사실상, 그들은 한층 간단하게 변형을 지시할 수 없었고, 〈경야〉를 향한 "사전事前 - 출판"이 되었다. 하지만 따라서 이것을 그들은 중요한 창조적 노력에 의하여 한 권의 책으로서 진행 - 중 - 작업으로 혼성되어 갔다. 아무도 제임스 조이스 자신이 그랬던 것 보다 한층 간단하게 변형을 지시할 수 없었다. 그리하여 그는 책을 위한 타이틀을 노정하려하지 않았고, 그러자 드디어 그것은 한 권의 책인, 〈경야〉로서 모두 함께 출범하게 되었다.

〈경야〉는 현저한 창조성, 상상력 그리고 사상에 대한 증언으로서 스스로 입지立地한다. 오늘 날, 우리는 그것이 20세기의 넓게 인식된 문화적 이정표임을 말할 수 있다. 양자는, 한 작품으로서 그리고 한 책으로서 - 그것의 물질성이란 말로 의미하며, 양자는 인쇄업의 기술로서 그리고 그것의 페이지들에 프린트된 텍스트라는 대가로서 - 그것은 힘들게 인조人造된 것이다. 이것은 우리의 문화적 인지認知로서 언제나 종사한다. 설명과 해석의 방법으로, 우리는 텍스트, 그리고 책이 운반하는 작품의 의미를 재확약하기를 원한다. 그러나, 그렇게 하기 위하여, 우리는 동등하게 책을 재 확약하거나, 인위人爲로서 그리고 프린트 된 텍스트로서 책을 물질성이란 말로 우선 그렇게 할 필요가 있다. 이를 위하여, 우리의 문화는 수 천 년 동안 텍스트의 비평과 편집의 기술들을 개발해 왔다. 이들에 감사하게도, 우리는 편집자들에게 직각적인 물질적 전환을 신용하는지라, 그것의 편집된 텍스트를 위하여, 학자로서 그들 자신의 책임과 성실의 힘 위에, 그들은 응답한다.

1939년의 책, 〈경야〉는 - 원칙에서 도든 책이 그러하듯, 의문시 되어 - 현재의 책에서 그것의 편집된 상대 물을 받는다. 이것은, 그러나, 이 책이, 한 권의 책으로서, 그것이 문화적 이정표처럼 1939년의 첫째 판본을 대치한다. 뿐만 아니라 텍스트는 첫 판본의 텍스트를 무효로 하지 않는다. 대신에, 텍스트는 이 책본 속에 첫 편집본의 텍스트와 더불어 대담 자체의 위치를 제공 한다. 이러한 대댐은, 현재의 책 권본의 물질적 실형화 속으로 한결같이 증정되는 동안, 비교적 독서 행위를 통해서 여전히 활력을 받을 필요가 있다. 이러한 것이 이해적으로 확언되는 것은 〈경야〉가 한 개의 작품으로서, 혹은 한 가지 독서 경험으로서, 편집을 통하여 달리 될 수 없음을 확약할 것이다.

의식적인 그리고 비평적으로 비공식화 된 편집은 정돈된 텍스트를 통해서 작품에 대한 우리의 인식을 예리하게 하는 바, 그것은, 빈번히, 혼란되거나, 아마도 변질에 있어서 악화되거니와, 그것을 수시로 분명히 하거나 이리하여 그것을 초첨화焦點化 한다. 그리고 빈번히, 그것 속의 직설적 과오들을 분명하게 하기도 한다. 편집적 조처는 〈경야〉를 위한 독서의 텍스트에 대한 이러한 참신한 요청을 성취하기 위해 수취한 편집적 조처의 성공이야 말로 첫 판본의 대중적 출현과 작품상 텍스트의 여기 편집적으로 중죄된 것으로써, 〈경야〉의 실재의 대화에 독자가 종사하는 시련을 겪어야 한다.

프린트에서 텍스트의 정치定置는 첫 판본의 출판으로 즉시 뒤따랐다. 교정으로의 행위는 저자 자기 자신이다. 그리하여, 첨가할 필요 없이, 그는 텍스트와 그것의 프린트의 현실화, 인간이 만든 양자의 특성을 그런고로 감지하는 최초의 자가 되거니와, 그 때 출판자의 편집자들과 타자 세터들의 손과 마찬가지로 그의 자신의 마음과 손을 통해서 행해진다. 프린트 된 책의 독서에서 눈을 사로잡는 오점들을 표지標識하면서, 그는(한 가지 의미로) 그것의 출판의 순간을 초월하여 〈경야〉의 텍스트에 그의 주의를 확장했다. 또다른 의미로, 그가 명기했던 정오正誤들은 아마도 최소한 〈경야〉를 향한 수년을 초월한 "진행 중의 작품"에 뻗은 노동이 언제나 특징이요, 그리하여 그것은 그러한 진화의 빙산의 일각보다 한층 적을지라.

편집자들을 위해 포함된 첫 판본에 호응하는 편찬된 텍스트를 한결같이 수립하기 위하여, 단순히 등록된 것보다 거대하고도 한층 넓은 네트의 투망은 단순히 작업과 등록에 의해 개관된 후기 출판 교정들이 저자에 의하여 약정된다. 이러한 수정들은 여러 해를 거쳐, 비록 혐오스럽지만, 1939년의 첫 세팅에서 "단연코"(once for all)타자로서 노동으로 애써 성취되었다.(모든 판본은 과거 70년 동안 본질적으로 그러한 세팅을 재생산하기 위해 계속되었거니와) 소재의 우주는, 우리가 말하기 유혹되게도, 〈경야〉에서 협동되었던 작품들과 텍스트들의 개시, 작문 그리고 수정의 여러 해들로부터 보존되었다. 그것은 이러한 소재들로서 - 노트 북, 원고, 타자고, 교정쇄로서, 개인적(사전)출판물들, 개정 물들의 사전 - 출판물 등이다. 그리고 최후로 프린터 - 부본副本들 및 재차 책을 위한 교정쇄로서 - 〈경야〉를 위한 판본의 비평적으로 수정된 텍스트를 수립하기 위한 종자상자種子箱子 (seedbed)로 봉사하기 위하여 함께 분석하기에 필요한 것들이다.

만일 빙산일각氷山一角이란 말이 있을 수 있다면, 1939년의 첫 판본의 텍스트를 두고 하는 말일 것이다. 그러한 텍스트는 〈경야〉를 향한 합류적 合流的 물질 절반수생折半水生 덩어리 위에 올려 보여 지는 텍스트임에 틀림없다. 위에 솟은 것은 방금 그러한 같은 덩어리 위의 쌍 꼭대기일지니, 모양에 있어서, 다시 한번, 〈경야〉의 텍스트에 속한다. 그것은 로즈와 오한런의 30년의 노력으로 결과하는바, 그것의 과정에서 〈경야〉의 전체 복잡성은 조이스의 서류 사이에 전기傳記를 위해 보존된 관련 물질로서 디지털 형식으로, 의미되고, 분석되고, 상오 연관되고, 가장 중요하게도, 1939년의 출판 된 텍스트의 상호 연관적으로 디지털의 기록으로 상호 짜인 것이다. 상호 짜임은 텍스트의 초점을 통하여 예리하게 짜여진 것이다. 최초의 판본 텍스트는 결과적으로 제임스 조이스 자신의 초기의 교정을 초월하여 감상적으로 수정의 필요에 있음을 결과적으로 발견 되었다. 이제 새로이 타이프세트의 책 페이지들로 제공된 것이란, 이야기 되듯, "진행 중의 작업" 자료를 가진 편집자들이 종사한 결과이다. 그들의 오랜 지속적 및 복잡한 텍스트의 비평적 및 편집상의 결실이란 현재로서 〈경야〉만을 위한 고려되는 독서 텍스트로 홀로 신선하게 놓여있다.

아마도, 당황스런 고집이리라. 그것은 "신선하게 생각되는 텍스트"의 독해로 언제나 모두가 - 아니요 학구적 편집의 - 모든 종말인가? 우리는 허락하지 않으면 안 되나니, 그건 사실이라, 편집자들은 텍스트를 위해 보존된 증거의 모든 편린을 가지고 싸울 필요가, 혹은 텍스들의, 인식적으로 충분하게 안전한 위치에 있을 작품의 그리고 그들이 제공하는 편집된 텍스트를 비평적으로 수립하기 위해 그것으로부터 인식과 지식을 위한 것이다. 하지만, 우리는 해서는, 그들의 판본들의 일반적 독자들이나 사용자들, 저 물질의 모든 갈라짐을 우리들에게 열어 놓아서는, 안 되나니. 전통적 이해에 의하여, 이해로, 판본들을 통해서 그들의 명상하는 텍스트들은 편집자들에게 부담을 지울 지니, 그들의 편집의 노동을 방벽防壁하기 위하여 모든 필요한 정보를 마련하기 위해서 이리라. 그들이 편집의 노동의 질적 평가를 할 수 있도록, 그러니 표준적 인습들, 이러한 의무는 메타 코딩(meta - coding)이나 장비 리스팅(apparatus listing)의 비밀스런 제도의 방법으로 수행되도다. 이것들은 편집된 텍스트의 단순한 독서를 위하여 크게 비非본질적으로 생각되지만, 물질적 편집의 보조적 준비애서 독립적 이익은 보통으로 인식되지 않는다. 이러한 것들이 자동적 입장과 질을 가져야함은 공통으로 기대가 허락 되지 않는다.

예외적 양상으로, 경우는 조이스의 걸작들인, 〈율리시스〉와 〈경야〉에 중심적 두 작품들과 함께 별도이다. 오늘날 문학적 비평은 쓰는 과정에서 시간의 차원을 인식하거니와 고로 문학 작품으로서 그것의 출판의 순간에 성취한다. 결과적으로, 오늘날 문학적 비평은 소재의 기본을 위하여 밖으로 뻗거니와, 그것으로부터 글을 쓰는 시간의 차원은 측정되고 평가될 수 있다. 이러한 기초는 개념, 작문 그리고 개정의 서류들로 부여된다. 이러한 서류들은, 모든 작업을 위해 가정될지니, 비록 많은 것을 위하여 회복할 수 없을지라도 〈율리시스〉와 〈경야〉를 위한 숨 가쁜 범위까지 보존되었다. 이것은 뜻밖이 아니다. 그것은 제임스 조이스 자기 자신이라, 그는, 자신이 종사하는 필법상筆法上 과정의 자율이 성장하는 인식과 더불어, 그가 종사하고, 증가하는 숫자로 원고들을 구조한다. "진행 중의 작업"을 위하여, 구조는 제도적 습관이 되었다. 수년 동언 규칙적으로, 그는 하리에트 쇼 위버(Harriet S. Weaver)여사, 런던의 여인 은인에게 그가 이제는 필요도 없는 서류들을 우편으로 보냈던 것이다. 비록 그렇게라도, 심지어 여러 해 뒤에 상황이 발생했는바, 이들을 재차 조사할 필요가 발생하리라. 조이스는 위버 소관의 특별한 서류를 기억했거니와, 그들을 되돌리도록 요구하리라. 그러나 위버 편에서, 그녀의 생애의 종말을 향해 그녀의 조이스 서류들을 〈대영 박물관〉은 위탁했다. 이것은, 비록 유일하지는 않을지라도, "진행 중의 작업"은 후손을 위해 보존되었다.

제임스 조이스 자기 자신은 소재들을 풍부한 존속으로 보존했나니, 그들은 그의 필지 속으로 들어갔다. 이것은, 비록 디자인으로 한결같은 태도로서 일지라도 때때로 일어났다. 그리고 언제나 마치 엄청난 선견先見이듯 - 마치 이들이 어느 날 사용될 용도의 사전 지식에 의해서처럼 통찰력을 그들로부터 획득하리라. 물질적 서류가 - 물론 그가 출판한 텍스트와 더불어 - 그가 "여러 백년에 걸쳐 대학 교수들을 바쁘게 할 것" 이라는 기억 속에 존속을 확약하리라는, 그의 많은 객관적 상관물(objective correlative)을 구성하리라.

여기에 아직 또 다른 분야가 있으니, 그 속에 리처드 엘먼의 50년 전의 전기의 열린 문장이 재차 의미를 띠운다. 즉, "우리는 제임스 조이스의 당대인들이 되기를 여전히 배우고 있다." 조이스가 직관한 그의 작업물질의 의미는 조이스의 연구에서 단지 이제 심각하게 인식되고, 따라서 활동적으로 개발되고 있다. 그 동안 공적으로 접근 할 수 있는 것은 〈율리시스〉의 비평적 및 개략적 판본의 핵核(core)이다. 즉, 그것은 첫 판본의 정서판淨書版(fair copy)으로 부터의 텍스트 상 창작적 및 개관적 진전의 총화를 지닌 왼쪽 페이지들이다. 이 판본은 1984년에 출판되었으니, 하지만 조이스의 집필 과정에 관해 나타난 것이란, 그것이 개척되기 시작하고 있다는 것이 단지 우리들의 현재의 날에 속한다. 이러한 진보를 위한 한 가지 이유는 과거 십수년에 걸쳐 투자된 강력한 설명적 에너지로서, 〈경야〉의 노트북에서, 유전적 비평의 전제하에 의한 것이다. 이것은 현재로 조이스 비평과 학구의 유전적 연구의 기초 영역이다. 엄청난 도약이 이루어 질수 있었는지라 - - 전체에 대한 사전 질서의 접근성이란 말로, "진행 중의 작업" / 〈경야〉 자료의 디지털 방식으로 복수적 십자 연결을 가중하는바, 그로부터 참신한 독서 테스트 상 현재의 제공이 파생되는바 - 자료 은행이 대중화를 허락한다.

이러한 자료 은행(data bank)의 보조적 작용은 설명의 그리고, 필요할 때, 이러한 부름에 제의되는 텍스트의 정당화의 그것일 것이다. 유감스러운 것은 "기기器機"가 여기 나타나지 않은지라, 독서의 텍스트와 더불어, 전자電子 형태에서 분리되지 않는다는 것이다. 그러나, 우리가 구조 받는 것이란(당분간) 첫 판본에서 그것들과는 달리 독서를 발견하는 것의 여하에 관한 결론에 "옳으냐" 혹은 "잘못이냐"이다. 단순히 각자 대화로서 두 텍스트를 고정하여 - 희망을 가지고, 연습을, 우리가 자극적으로 이러한 프린트가 과연 1939년의 판본에 교정하는 것인지 발견하는데 있다. 다른 경우들에서, 우리는 확약을 덜 발견할지니, 한편으로 우리가 빈번한 말의 수식이 "진행 중의 작업"에 있을 것인지 관찰하는 것이다. 예를 들면, 한 구절에서, 거기 서술은 행복하게 HCE의 말더듬의 오디오 라디오를 주는 곳으로, "도 - 동지! 나의 오직, 그들 다섯 개, 그는 대등한 전투라. 나는 당장 이겼도다. 그러므로 나의 무국無國 광역廣域 호텔과 낙농 시설을 두고, 우리들의 아웅다웅 서로의 딸들의 명예를 위하여"(Shsh shake, co - comerald -

I am woowooo wiliing to take my stand, sir, upon thhe monument, that sigh of our ruru redemption)(36.20), 우리는 이제 HCE가 그의 연설 도구를 다시 한번 추월함을 발견한다. 우리는 "묵살된"(elided) "눈"(eye) 뒤에 디자인을 상상할 것인가? 생략 좌우 파괴, 아마도, 말더듬 때문에, 즉 우리는 - 밀턴(Milton)에 안전하게 탐탐耽한지라 - 쉽게 보상할 것인가? 이러한 합법화는 물론 가능하다. 하지만 수식된 텍스트를 상호 텍스트의 언급을 철자 밖으로 수식한 텍스트를 불찬不贊하지 않은 것인가.

조이스 연보

· 1882년 2월 2일. 아일랜드 수도 더블린에서 경제적으로 넉넉지 못한 수세리(收稅吏) 존 스태니슬라우스 조이스(John Stanislaus Joyce)와 메리 제인 조이스(Mary Jane Joyce) 사이에서 장남으로 태어남.

· 1888년 9월. 한 예수회의 기숙사제 학교인 클론고우즈 우드 칼리지 (Clongowes Wood College) 초등학교에 입학, 1891년 6월까지(휴가를 제외하고) 그곳에 적(籍)을 둠.

· 1891년. 이 해는 조이스 생애에 있어서 가장 중요한 한 해였음. 6월, 경제적 어려움 때문에 부친인 존은 제임스를 클론고우즈 우드 칼리지 초등학교에서 퇴교시킴. 10월 6일, 파넬(Parnell)의 죽음은 아홉 살 난 소년에게 큰 충격을 주어, 파넬의 '배신자'를 규탄하는 〈힐리여, 너마저(Et Tu, Healy)〉란 시를 쓰게 함. 존 조이스는 이 시에 크게 만족하여 그것을 인쇄하게 했으나 현재는 단 한 부部도 남아 있지 않음. 뒤에 〈젊은 예술가의 초상〉에 서술된 바와 같이 그의 격렬한 기분으로 조이스가家의 크리스마스 만찬을 망쳐 버린 것도 이 해임.

· 1893년 4월. 역시 예수회 학교인 벨비디어 칼리지(Belvedere College) 중학교에 입학, 1898년까지 그곳에 적을 두었는데, 우수한 성적을 기록함.

· 1898년. 카디널 뉴먼(Cardinal Newman)이 설립한 예수회 학교인 더블린의 유니버시티 칼리지(University College)에 진학, 이때부터 기독교

및 편협한 애국심에 대한 그의 반항심이 움트기 시작함.

· 1899년5월. 예이츠 작作 〈캐슬린 백작부인〉을 공격하는 동료 학생들의 항의문에 서명하기를 거부함.

· 1900년. 문학적 활동의 해. 1월에 문학 및 역사학 학회에서 "연극과 인생"(Drama and Life)에 관한 논문을 발표함.(〈영웅 스티븐 히어로[Stephen Hero]〉 참조) 4월에 〈입센의 신극(Ibsen's New Drama)〉이라는 논문이 저명한 〈포트나이틀리 리뷰(Fortnightly Review)〉지에 게재됨.

· 1901년. 이 해 말에 아일랜드 극장의 지방성을 공격하는 수필 〈소요의 날(The Day of Rabblement)〉을 발표함(본래 대학 잡지에 게재할 의도였으나, 예수회의 지도교수에 의하여 거절당함)

· 1902년2월. 아일랜드 시인인 제임스 클라렌스 맹건(James Clarence Mangan)에 관한 논문을 발표, 맹건이 편협한 민족주의의 제물이었음을 주장함. 이어 10월에 학위를 받고 파리에서 의학을 공부하기로 결심함. 늦가을, 더블린을 떠나 런던의 예이츠를 방문하고, 그의 작품 판로(販路)의 가능성을 살피기 위해 얼마간 그곳에 머무름.

· 1903년. 파리에서 이내 의학에 대한 흥미를 잃고 잇따라 더블린의 일간지에 서평을 쓰기 시작함. 4월10일, "모(母)위독 귀가 부(父)"라는 전보를 받고 더블린으로 돌아옴. 그의 어머니는 이 해 8월13일에 세상을 떠남.

· 1904년. 이 해 초에 〈예술가의 초상〉(A Portrait of the Artist)이라 불리는 단편을 시작으로 자서전적 소설 집필에 착수함. 이는 나중에 〈스티븐 히어로〉로 발전하고 이를 다시 개작한 것이 〈젊은 예술가의 초상〉임. 어머니 메리 재인의 사망 후로 조이스가의 처지는 악화되었으며, 조이스는 가족과 점차 멀어지기 시작함. 3월에 달키(Dalkey)의 한 초등학교 교사로 취직, 6월말까지 그곳에 머무름. 이 해 6월10일, 조이스는 노라 바너클(Nora Barnacle)을 만나 이내 사랑에 빠짐. 그는 결혼을 하나의 관습으로 보고 반대함으로써 더블린에서 노라와 같이 살 수 없게 되자, 유럽으로 떠나기로 작정함. 10월 8일, 노라와 더블린을 떠나 런던과 취리히를 거쳐 폴라(유고슬라비아 령)에 도착한 뒤, 그곳 베리츠 학교에서 영어를 가르치기 시작함.

· 1905년3월. 트리에스트로 이주, 7월27일 그곳에서 아들 조지오(Giorgio)가 탄생함. 3개월 뒤 동생인 스태니슬라우스가 트리에스트에서 그와 합세함. 이 해 말, 《더블린 사람들》의 원고를 한 출판업자에게 양도했으나, 10여 년의 다툼 끝에 1914년에야 비로소 출판됨.

· 1906년7월. 로마로 이주, 이듬해 3월까지 그곳 은행에서 일함. 그 후 다시 트리에스트로 돌아와 계속 영어를 가르침.

· 1907년5월. 런던의 한 출판업자가 그의 시집 〈실내악〉(Chamber Music)을 출판함. 7월28일, 딸 루시아 안나(Lucia Anna)가 탄생함.

· 1908년9월. 〈영웅 스티븐〉를 개작하기 시작, 이듬해까지 이 작업을

계속함. 그러나 3장(章)을 끝마친 뒤 잠시 작업을 중단함.

· 1909년 8월 1일. 방문차 아일랜드로 건너감. 다음날 트리에스트로 되돌
아왔다가 경제적 지원을 얻어 더블린으로 돌아가 그곳에서 한 극장을
개관함.

· 1910년 1월. 트리에스트로 되돌아옴으로써 극장 사업의 모험은 이내
무너짐. 더블린을 처음 방문했을 때, 조이스는 뒤에 그의 희곡 〈망명
자들〉의 소재로 삼은 감정적 위기를 경험함.

· 1912년. 몇 해 동안 〈더블린 사람들〉에 대한 시비가 조이스에게 하나
의 강박관념이 됨. 마침내 7월, 마지막으로 더블린을 방문했으나, 여
전히 그 출판을 주선할 수 없었음. 조이스는 심한 비통 속에 더블린을
떠났으며, 트리에스트로 돌아오는 길에 〈분화구로부터의 가스〉(Gas
from a Burner)란 격문(激文)을 씀.

· 1913년. 이 해 말에 에즈라 파운드(Ezra Pound)와 교신(交信)하기 시작
함. 그의 행운이 움트고 있었음.

· 1914년. 이른바 조이스의 "기적의 해"(annus mirabilis)로, 2월에 〈젊
은 예술가의 초상〉이 에고이스트(Egoist)지에 연재되기 시작, 이듬해
9월까지 계속됨. 6월, 《더블린 사람들》이 출판됨. 5월에 〈율리시스
(Ulysses)〉를 기초(起草)하기 시작했으나, 〈망명자들〉을 쓰기 위해 이
내 중단함.

· 1915년1월. 전쟁에도 불구하고 중립국인 스위스로의 입국이 허용됨. 이 해 봄에 〈망명자들〉이 완성됨.

· 1916년12월29일. 〈젊은 예술가의 초상〉이 출판됨.

· 1917년. 이 해 최초로 눈 수술을 받음. 이 해 말까지 〈율리시스〉의 처음 3개의 에피소드 초고를 끝마침. 이 소설의 구조는 이때 이미 거의 틀이 잡혀 있었음.

· 1918년3월. 〈리틀 리뷰(Little Review)〉지(뉴욕)에 〈율리시스〉를 연재하기 시작함. 5월5일, 《망명자들》이 출판됨.

· 1919년10월. 트리에스트로 귀환, 그곳에서 영어를 가르치며 〈율리시스〉를 다시 쓰기 시작함.

· 1920년7월 초순. 에즈라 파운드의 주장으로 파리로 이주함. 10월, "죄악 금지회"(The Society for the Suppression of Vice)의 고소로 〈리틀 리뷰〉지에서의 〈율리시스〉 연재가 중단됨. 제14장인 "태양신의 황소들"(Oxen of the Sun)의 초두가 그 마지막이었음.

· 1921년2월. 〈율리시스〉의 마지막 남은 에피소드를 완성하고 작품 교정에 몰두함.

· 1922년. 조이스의 40번째 생일인 2월2일에 〈율리시스〉가 출판됨.

· 1923년3월10일. 〈경야〉(經夜) 첫 부분 몇 페이지를 씀(1939년에 출판될
때까지 〈진행 중의 작품[Work in Progress]〉으로 알려짐)그는 수년 동안
이 새로운 작품에 대하여 활발한 계획을 세우고 있었음.

· 1924년. 〈경야〉의 단편 몇 개가 4월에 처음 출판됨. 이후 15년 동안 조
이스는 〈경야〉의 대부분을 예비 판으로 출판할 계획이었음.

· 1927년 이 해 4월과 1929년11월 사이. 〈경야〉 제1부와 제3부 초본(初
本)을 실험 잡지인 〈트랑지숑(Transition)〉지에 게재함.

· 1928년10월20일. 〈아나 리비아 플루라벨(Anna Livia Plurabelle)〉이 출
판됨. 이후 10년 동안 〈진행 중의 작품〉의 여러 단편들이 출판됨.

· 1931년5월. 아내와 함께 런던을 여행함. 이 해 12월29일, 아버지가 사
망함.

· 1932년2월15일. 손자 스티븐 조이스가 탄생함. 이 사실은 조이스를
깊이 감동시켰으며, 이때 〈보라, 저 아이를〉(Ecce Puer) 이라는 시를
씀. 3월에 딸 루시아가 정신분열증으로 고통을 받았음. 그녀는 이후
회복되지 못한 채 조이스의 여생을 암담하게 만들었음.

· 1933년. 이 해 말에 미국의 한 법원은 〈율리시스〉가 외설물이 아님을
판결함. 이 유명한 판결은 이듬해 2월, 이 작품에 대한 최초의 미국 판
출판을 가능하게 함(최초의 영국 판은 1936년에 출판됨)

· 1934년. 이 해의 대부분을 스위스에서 보냄. 따라서 그는 딸 루시아 곁에 있을 수 있었음.(그녀는 취리히 근처의 한 요양원에 수용됨) 1930년 이래 그의 고질적 눈병을 돌보았던 취리히의 의사와 상담함.

· 1935년. 수년 동안 집필해 오던 〈경야〉를 완성하기 위해 노력함.

· 1938년. 프랑스, 스위스 그리고 덴마크로의 잦은 여행으로 더 이상 파리에서 거주할 수 없게 됨.

· 1939년. 〈경야〉가 5월4일에 출판되었고, 조이스는 이 책을 57세의 생일(2월2일) 선물로 미리 받음.

· 1940년. 프랑스가 함락된 뒤 조이스 가는 취리히에 거주함.

· 1941년1월 13일. 장 궤양으로 복부 수술을 받은 후 취리히에서 사망.

참고문헌

- 어서톤(Artherton, James S). 〈경야의 책〉(The Books at the Wake)(런던, 파이버 앤드 파이버, 1959, 증쇄, 1974)

- 벤스톡(Benstock, Bernard). 〈조이스 - 재차의 경야〉(Joyce - Again's Wake)(시애틀 및 런던 워싱턴 대학 출판, 1965)

- 비숍(Bishop, John). 〈조이스의 어둠의 책〉(Joyce's Book of the Dark)(매디슨 위스콘신 대학 출판, 1989)

- 버저스(Burgess, Anthony). 〈만인 도래(매인 도래)〉(Here Comes Everybody)(런던 파이버 앤드 파이버, 1965)

- 코놀리(Connolly Thomas E. 편). 〈제임스 조이스의 잡기雜記〉(James Joyce's Scribbledehobble, The Ur - Workbook for 'Finnegans Wake')(에반스톤 노드웨스턴 대학 출판, 1961)

- 코프(Cope, Jackson I.). 〈조이스의 시市들 영혼의 고고학〉(Joyce's Cities Archaeology of the Soul)(볼티모어 및 런던 존스 홉킨스 대학 출판, 1981)

- 에코(Echo, Umberto). 〈제임스 조이스의 중년 혼질서의 심미론〉(The Middle Ages of James Joyce The Aesthetics of Chaosmos)(E. 에스록 역)(런던 헤르친슨 라디어스, 1989)

- 엘먼(Ellmann Richard). 〈제임스 조이스〉(James Joyce)(뉴욕 옥스퍼드 대학 출판, 1959)

- 글라신(Glasheen, Adaline). 〈경야〉의 세 번째 통계조사 인물과 역할의 색인(Third Census of 'Finnegans Wake' An Index of Characters and their Roles)(버클리, 로스앤젤레스 및 런던 캘리포니아 대학 출판, 1977)

- 하트(Hart, Clive). 〈경야〉의 구조와 주제〉(Structure and Motif in

'Finnegans Wake')(런던 파이버 앤드 파이버, 1962)

- 〈경야〉의 용어 색인(A Concordance of Finnegans Wake)(미네아폴리스 미네소타 대학 출판, 1963) 해이먼(Hayman, David). 〈전환의 경야〉(The 'Wake' in Transit)(이타카 및 런던 코넬 대학 출판, 1990)

- 〈경야〉의 첫 초고본(A First - Draft Version of Finnegans Wake)(오스틴 텍사스 대학 출판, 1963)

- 히긴슨(Higginson, Fred, 편). 〈아나 리비아 플루라벨 한 장의 제작〉(Anna Livia Plurabelle The Making of a Chapter)(미니애폴리스 미네소타 대학 출판, 1960)

- 레노트(Lernout, Geert, 편). 〈유럽의 조이스 연구 II, 〈경야〉 50년〉(European Joyce Studies II. 'Finnegans Wake' Fifty Years)(암스테르담 및 애틀랜타 로도피, 1990)

- 맥휴(McHugh, Roland), 〈경야〉의 기호(The Sigla of 'Finnegans Wake')(런던 에드워드 아놀드, 1976)

- 〈경야〉 주석(Annotations to Finnegans Wake)(볼티모어 및 런던 존스 홉킨스 대학 출판, 1980)

- 노리스(Norris, Margot). 〈경야〉의 탈중심의 우주 구조주의자의 분석(The Decentered Universe of 'Finnegans Wake' A Structuralist Analysis)(볼티모어 및 런던 존스 홉킨스 대학 출판, 1976)

- 로스(Rose, Danis 편). 〈제임스 조이스의 〈색인 원고〉 〈경야〉 자필 문서 작업본 V. I. B. 46〉(James Joyce's The Index Manuscript Finnegans Wake Holograph Workbook VI. B. 46)(콜체스터 Wake Newslitter 출판, 1978)

- 로스(Rose, Danis & John O'Hanlon). 〈경야〉 이해 제임스 조이스의 걸작

의 서술 안내(Understanding 'Finnegans Wake' A Guide to the Narrative of James Joyce's Masterpiece)(뉴욕 가랜드 출판, 1982)

- 틴덜(Tindall, William). 〈경야〉 안내(A Guide to Finnegans Wake)(뉴욕 눈 대이 출판, 1959)

- 버린(Verene, Donald Philip. 편), 〈비코와 조이스〉(Vico and Joyce)(알바니 뉴욕 주립 대학 출판, 1987)

필자 약력

1957: 진해고등학교 졸업

1957: 서울대학교 사범대 영어과 졸업

1962: 서울대학교 대학원 영문과 석사

1973: 미국 털사대학교 대학원 영문과 석·박사

1981 - 1999: 고려대학교 영어교육과 재직

저서 & 역서

1968 - 2019

〈더블린 사람들〉 번역

〈젊은 예술가의 초상〉 번역

〈율리시스〉 편역

〈피네간의 경야〉 편역

〈제임스 조이스 전집〉 번역

〈피네간의 경야 이야기〉 저서

〈밤의 미로〉 저서

〈노라〉 번역

그 외 다수

수상

1968: 제11회 한국 번역 문학상 수상
1993: 제9회 고려대학교 학술상 수상
1999: 대한민국 훈장증 수여
2013: 제58회 대한민국 학술원상 수상
2018: 제1회 롯데 출판문화 대상 수상

20 - 21세기, 모더니즘과 포스트모더니즘 문학의 진단

초판 1쇄 발행일 2019년 6월 14일

지은이 김종건
펴낸이 박영희
편집 박은지
디자인 원채현
마케팅 김유미
인쇄·제본 태광 인쇄
펴낸곳 도서출판 어문학사
  서울특별시 도봉구 해등로 357 나너울카운티 1층
  대표전화: 02 - 998 - 0094/편집부1: 02 - 998 - 2267, 편집부2: 02 - 998 - 2269
  홈페이지: www.amhbook.com
  트위터: @with_amhbook
  페이스북: https://www.facebook.com/amhbook
  블로그: 네이버 http://blog.naver.com/amhbook
    다음 http://blog.daum.net/amhbook
  e - mail: am@amhbook.com
  등록: 2004년 7월 26일 제2009 - 2호

ISBN 978-89-6184-925-8 93840

정가 30,000원

이 도서의 국립중앙도서관 출판예정도서목록(CIP)은 서지정보유통지원시스템 홈페이지(http://seoji.nl.go.kr)
와 국가자료공동목록시스템(http://www.nl.go.kr/kolisnet)에서 이용하실 수 있습니다.
(CIP제어번호: CIP2019021652)